DE DA VINCI CODE

Dan Brown

DE
DA VINCI
CODE

Uitgeverij Luitingh

Eerste druk januari 2004   Zevenendertigste druk augustus 2005
Tweede druk januari 2004
Derde druk februari 2004
Vierde druk februari 2004
Vijfde druk februari 2004
Zesde druk maart 2004
Zevende druk april 2004
Achtste druk mei 2004
Negende druk mei 2004
Tiende druk juni 2004
Elfde druk juni 2004
Twaalfde druk juli 2004
Dertiende druk juli 2004
Veertiende druk augustus 2004
Vijftiende druk augustus 2004
Zestiende druk september 2004
Zeventiende druk september 2004
Achttiende druk oktober 2004
Negentiende druk oktober 2004
Twintigste druk november 2004
Eenentwintigste druk november 2004
Tweeëntwintigste druk november 2004
Drieëntwintigste druk november 2004
Vierentwintigste druk december 2004
Vijfentwintigste druk december 2004
Zesentwintigste druk december 2004
Zeventwintigste druk januari 2005
Achtentwintigste druk januari 2005
Negenentwintigste druk februari 2005
Dertigste druk februari 2005
Eenendertigste druk maart 2005
Tweeëndertigste druk april 2005
Drieëndertigste druk mei 2005
Vierendertigste druk mei 2005
Vijfendertigste druk juni 2005
Zesendertigste druk juli 2005

© 2004, 2005 Nederlandse vertaling
Uitgeverij Luitingh ~ Sijthoff B.V., Amsterdam
Alle rechten voorbehouden
Oorspronkelijke titel: *The Da Vinci Code*
Vertaling: Josephine Ruitenberg
Omslagontwerp: Wouter van der Struys
Omslagfotografie: © Photo RMN – G. Blot

ISBN 90 245 4800 4
NUR 332

Voor Blythe... alweer.
Meer dan ooit.

FEITEN

De Priorij van Sion, een geheim genootschap dat in 1099 is opgericht, is een werkelijk bestaande organisatie. In 1975 ontdekte de Parijse *Bibliothèque Nationale* perkamenten, *Les dossiers secrets*, waarin talrijke leden van de Priorij van Sion worden genoemd, onder wie sir Isaac Newton, Botticelli, Victor Hugo en Leonardo da Vinci.

De Vaticaanse prelatuur Opus Dei is een zeer devote katholieke sekte waarover onlangs veel ophef is geweest, vanwege geruchten over hersenspoeling, dwang en een gevaarlijke vorm van zelfkastijding. Het Opus Dei heeft zojuist voor zevenenveertig miljoen dollar een Amerikaans hoofdkantoor laten bouwen in New York, Lexington Avenue 243.

Alle beschrijvingen van kunstwerken, architectuur, documenten en geheime rituelen in dit boek zijn waarheidsgetrouw.

PROLOOG

Het Louvre, Parijs
22.46 uur

De beroemde conservator Jacques Saunière wankelde door de boogvormige entree de Grande Galerie van het museum binnen. Hij deed een uitval naar het dichtstbijzijnde schilderij dat hij zag, een Caravaggio. Saunière greep de vergulde lijst en trok het meesterwerk naar zich toe totdat het loskwam van de muur en de zesenzeventigjarige man met het doek over zich heen achterwaarts op de grond viel.

Zoals hij had verwacht, kwam er vlakbij met donderend geraas een valhek naar beneden, dat de toegang tot de galerij versperde. De parketvloer trilde. In de verte begon een alarm te rinkelen.

De conservator bleef even naar adem snakkend liggen en maakte de balans op. *Ik leef nog.* Hij kroop onder het doek vandaan en keek in de donkere ruimte om zich heen naar een plek om zich te verbergen.

Er klonk een stem, ijzingwekkend dichtbij. 'Verroer je niet.'

De conservator, die op handen en knieën zat, verstijfde en draaide langzaam zijn hoofd.

Slechts vierenhalve meter bij hem vandaan, buiten het gesloten hek, keek de gigantische gestalte van zijn aanvaller hem tussen de ijzeren tralies door strak aan. Hij was breed en lang, had een lijkbleke huid en dun wordend, wit haar. Zijn irissen waren roze en zijn pupillen donkerrood. De albino trok een pistool uit zijn jas en richtte de loop tussen de tralies door recht op de conservator. 'U had niet weg moeten rennen.' Zijn accent was niet gemakkelijk thuis te brengen. 'Zeg me waar het is.'

'Dat heb ik u al gezegd,' stamelde de conservator, die weerloos op zijn knieën op de grond van de galerij zat. 'Ik heb geen idee waar u het over hebt!'

'U liegt.' De man staarde hem aan, volkomen roerloos op de schittering in zijn spookachtige ogen na. 'U en uw broeders bezitten iets dat niet van u is.'

De conservator voelde een stoot adrenaline vrijkomen. *Hoe kan hij dat weten?*

'Vannacht zullen de rechtmatige bewaarders het weer in hun be-

9

zit krijgen. Zeg me waar het verborgen is, en u zult blijven leven.'
De man richtte zijn pistool op het hoofd van de conservator. 'Is het een geheim waarvoor u bereid bent te sterven?'
Saunière kon geen lucht krijgen.
De man hield zijn hoofd schuin en tuurde langs de loop van zijn pistool.
Saunière stak afwerend zijn handen op. 'Wacht even,' zei hij langzaam. 'Ik zal u zeggen wat u moet weten.' Zijn volgende woorden sprak hij zorgvuldig uit. De leugen die hij vertelde, had hij vele malen gerepeteerd... En elke keer had hij gebeden dat hij die nooit zou hoeven gebruiken.
Toen de conservator uitgesproken was, glimlachte zijn aanvaller zelfvoldaan. 'Ja. Dat is precies wat de anderen me hebben verteld.'
Saunière schrok. *De anderen?*
'Hen heb ik ook gevonden,' zei de enorme man honend. 'Alle drie. Ze bevestigden wat u zojuist hebt gezegd.'
Dat kan niet waar zijn! De ware identiteit van de conservator was, net als die van zijn drie *sénéchaux*, bijna zo heilig als het oeroude geheim dat ze beschermden. Saunière besefte nu dat zijn *sénéchaux* de strikte procedure hadden gevolgd en voorafgaand aan hun dood dezelfde leugen hadden verteld. Dat maakte deel uit van het protocol.
De aanvaller richtte zijn pistool weer op hem. 'Als u er niet meer bent, zal ik de enige zijn die de waarheid kent.'
De waarheid. In een flits besefte de conservator de ware verschrikking van de situatie. *Als ik sterf, zal de waarheid voorgoed verloren gaan.* Onwillekeurig probeerde hij weg te kruipen.
Het pistool bulderde en de conservator voelde een brandende hitte toen de kogel zich in zijn buik boorde. Hij viel voorover, worstelend tegen de pijn. Langzaam rolde hij op zijn zij en hij keek zijn aanvaller tussen de tralies door strak aan.
De man richtte nu recht op Saunières hoofd.
Saunière sloot zijn ogen, en zijn gedachten waren een wervelstorm van angst en spijt.
De klik van een lege kamer echode door de galerij.
De ogen van de conservator schoten open.
De man keek met een bijna geamuseerde blik naar zijn wapen. Hij stak zijn hand uit om een tweede patroonhouder te pakken, maar leek zich toen te bedenken en grijnsde kalm in de richting van Saunières buik. 'Mijn werk hier zit erop.'
De conservator keek naar beneden en zag het kogelgat in zijn witte linnen overhemd. Het zat een paar centimeter onder zijn borst-

been en werd omlijst door een cirkeltje van bloed. *Mijn maag.* Bijna onbarmhartig had de kogel zijn hart gemist. Als veteraan van *la guerre d'Algérie* had de conservator zo'n afschuwelijk langdurige doodsstrijd weleens gezien. Hij zou nog een kwartier te leven hebben, waarin zijn maagzuur zijn borstholte in zou druppelen en hem langzaam van binnen uit zou vergiftigen.

'Pijn is goed, monsieur,' zei de man.

Toen was hij verdwenen.

Nu Jacques Saunière alleen was, keek hij weer naar het ijzeren hek. Hij zat opgesloten, en de deuren zouden minstens twintig minuten lang niet geopend kunnen worden. Tegen de tijd dat er iemand bij hem kon komen, zou hij dood zijn. Maar de angst waardoor hij werd gegrepen was veel groter dan die voor zijn eigen dood.

Ik moet het geheim doorgeven.

Terwijl hij wankelend overeind kwam, zag hij zijn drie vermoorde broeders voor zich. Hij dacht aan de generaties die hen waren voorgegaan, aan de missie die hun allen was toevertrouwd.

Een ongebroken keten van kennis.

Plotseling, ondanks alle voorzorgen, alle veiligheidsmaatregelen, was Jacques Saunière nu de enig overblijvende schakel, de enige bewaarder van een van de belangrijkste geheimen die ooit hadden bestaan.

Huiverend hees hij zichzelf overeind.

Ik moet een manier zien te vinden...

Hij zat opgesloten in de Grande Galerie, en er was maar één persoon ter wereld aan wie hij de fakkel kon doorgeven. Saunière keek op naar de muren van zijn weelderige gevangenis. Een paar van de beroemdste schilderijen ter wereld leken als oude vrienden naar hem te glimlachen.

Krimpend van de pijn verzamelde hij al zijn krachten, al zijn talenten. Hij wist dat hij voor de enorme taak die hij moest volbrengen elke seconde nodig zou hebben die hem nog restte.

I

Robert Langdon werd langzaam wakker.

Er rinkelde een telefoon in het donker; een metalig, onbekend geluid. Hij tastte naar het bedlampje en deed het aan. Toen hij met half dichtgeknepen ogen om zich heen keek, zag hij een luxueuze slaapkamer in renaissancestijl met Lodewijk-xvi-meubilair, fresco's op de muren en een kolossaal hemelbed van mahoniehout. *Waar ben ik in godsnaam?*

Op de ochtendjas in jacquard-weefsel, die aan zijn bedstijl hing, was geborduurd: HOTEL RITZ PARIS.

Langzaam begon de mist op te trekken.

Langdon nam de telefoon op. 'Hallo?'

'Meneer Langdon?' zei een man. 'Ik hoop dat ik u niet wakker heb gemaakt?'

Versuft keek Langdon naar de klok naast zijn bed. Het was twee minuten over halfeen 's nachts. Hij had pas een uur geslapen, maar voelde zich alsof het diep in de nacht was.

'U spreekt met de portier, meneer. Neemt u me niet kwalijk dat ik u stoor, maar u hebt bezoek. Meneer zegt dat het dringend is.'

Langdon voelde zich nog steeds duf. *Bezoek?* Zijn blik viel op een verkreukte folder op zijn nachtkastje.

DE AMERIKAANSE UNIVERSITEIT VAN PARIJS
presenteert vol trots
EEN AVOND MET ROBERT LANGDON
HOOGLERAAR RELIGIEUZE SYMBOLIEK, HARVARD UNIVERSITY

Langdon kreunde. De lezing van afgelopen avond – een diapresentatie over verborgen heidense symbolen in de stenen van de kathedraal van Chartres – was het conservatieve deel van het publiek ongetwijfeld in het verkeerde keelgat geschoten. Waarschijnlijk had een of andere godvruchtige geleerde hem gevolgd om ruzie met hem te maken.

'Het spijt me,' zei Langdon, 'maar ik ben erg moe en...'

'*Mais, monsieur,*' drong de portier aan, en hij liet zijn stem zakken tot een doordringend gefluister. 'Uw gast is een belangrijk man.'

Daar twijfelde Langdon niet aan. Zijn boeken over religieuze schilderkunst en de symboliek van de godsverering hadden hem tegen wil en dank beroemd gemaakt in de kunstwereld, en een jaar eerder was zijn bekendheid verhonderdvoudigd doordat hij betrokken was geweest bij een incident in het Vaticaan waarvoor veel mediabelangstelling was geweest. Sinds die tijd leek er geen einde te komen aan de stoet historici en kunstliefhebbers vol eigendunk die bij hem aan de deur kwamen.

'Als u zo vriendelijk zou willen zijn,' zei Langdon, die zijn best deed beleefd te blijven, 'wilt u dan de naam en het telefoonnummer van de man noteren en hem zeggen dat ik zal proberen hem te bellen voordat ik uit Parijs vertrek, komende dinsdag? Dank u.' Hij hing op voordat de portier kon protesteren.

Langdon was inmiddels gaan zitten en keek met een frons naar het *Handboek voor gasten*, dat op zijn nachtkastje lag. Op de kaft stond vol trots: SLAAP ALS EEN BABY IN DE LICHTSTAD, LOGEER IN HET RITZ-HOTEL IN PARIJS. Hij draaide zich om en keek vermoeid in de passpiegel aan de andere kant van de kamer. De man die hem aanstaarde, was een vreemde, verfomfaaid en lusteloos.

Je bent aan vakantie toe, Robert.

Het afgelopen jaar had een zware tol van hem geëist, maar hij keek niet graag in de spiegel om het bewijs daarvan te zien. Zijn gewoonlijk doordringende blauwe ogen stonden vannacht wazig en afgetobd. Zijn krachtige kaaklijn en zijn kin met een kuiltje gingen schuil onder een donkere stoppelbaard. Bij zijn slapen rukte het grijs op, en het drong steeds dieper door in zijn bos stug, zwart haar. Hoewel zijn vrouwelijke collega's beweerden dat het grijs zijn intellectuele aantrekkingskracht alleen maar verhoogde, wist Langdon wel beter.

Als Boston Magazine *me nu eens kon zien.*

Tot Langdons grote gêne had *Boston Magazine* hem de afgelopen maand opgenomen in een top-tien van de intrigerendste mensen in Boston, een twijfelachtige eer die hem het mikpunt had gemaakt van eindeloze plagerijen van zijn collega's op Harvard. De afgelopen avond had de loftuiting, op bijna vijfduizend kilometer van huis, hem weten te bereiken bij de lezing die hij had gehouden.

'Dames en heren...' zo was de gastvrouw begonnen tegen de volle zaal in het Pavillon Dauphine van de Amerikaanse Universiteit van Parijs, 'onze gast van vanavond heeft geen introductie nodig. Hij heeft vele boeken op zijn naam staan: *De symboliek van geheime sekten, De kunst van de Illuminati, De verloren taal van ideogrammen*, en hij is de schrijver van hét boek over *Religieuze*

13

Iconologie. Velen van u gebruiken zijn boeken bij de colleges.'
De studenten in het publiek knikten enthousiast.

'Ik was van plan hem vanavond te introduceren aan de hand van zijn indrukwekkende curriculum vitae. Maar...' Ze wierp een schalkse blik op Langdon, die op een stoel op het podium zat. 'Iemand uit het publiek heeft me zojuist een veel... laten we zeggen, intrigerender introductie gegeven.'

Ze hield een exemplaar van *Boston Magazine* omhoog.

Langdon kromp ineen. *Hoe kwam ze daar in godsnaam aan?*

De gastvrouw begon wat goed gekozen fragmenten uit het onnozele artikel voor te lezen, en Langdon had het gevoel dat hij steeds dieper in zijn stoel wegzakte. Een halve minuut later zat het publiek te grinniken, en de vrouw wekte niet de indruk dat ze van plan was ermee op te houden. 'En de weigering van meneer Langdon om in het openbaar te spreken over zijn ongebruikelijke rol bij het Vaticaanse conclaaf van vorig jaar levert hem zeker punten op voor onze top-tien.' De gastvrouw hitste het publiek op. 'Wilt u nog meer horen?'

Het publiek applaudisseerde.

Laat iemand haar het zwijgen opleggen, smeekte Langdon inwendig toen ze opnieuw in het artikel dook.

'Hoewel je professor Langdon misschien geen spetter kunt noemen, zoals sommige jongere mannen uit de top-tien, beschikt deze academicus van in de veertig over een flinke portie erudiete charme. Zijn boeiende persoonlijkheid wordt benadrukt door zijn stem, een uitzonderlijk lage bariton, die door zijn studentes wordt omschreven als "chocola voor de oren".'

De zaal barstte in lachen uit.

Langdon produceerde een opgelaten glimlach. Hij wist wat er nu kwam – een dwaze opmerking over 'Harrison Ford in Harristweed' – en omdat hij vanavond had gedacht dat het eindelijk weer veilig zou zijn om zijn tweedjasje en coltrui van Burberry te dragen, besloot hij tot actie over te gaan.

'Dank je, Monique,' zei Langdon, terwijl hij voortijdig opstond en haar zachtjes wegduwde van het spreekgestoelte. 'De journalisten van *Boston Magazine* zouden goede romanschrijvers zijn, dat is duidelijk.' Hij wendde zich met een gegeneerde zucht tot het publiek. 'En als ik ontdek wie van u dat artikel heeft meegebracht, laat ik u door het consulaat uitwijzen.'

De zaal lachte.

'Nou, mensen, zoals jullie allemaal weten, ben ik hier vanavond om te praten over de kracht van symbolen...'

Opnieuw werd de stilte verbroken door het gerinkel van de telefoon in Langdons hotelkamer.

Hij kreunde vol ongeloof en nam op. 'Ja?'

Zoals hij al verwachtte, was het de portier. 'Meneer Langdon, ik moet me nogmaals verontschuldigen. Ik bel om u te vertellen dat uw gast op dit moment op weg is naar uw kamer. Ik dacht dat ik u even moest waarschuwen.'

Langdon was nu klaarwakker. 'Hebt u iemand naar mijn kámer gestuurd?'

'Het spijt me, meneer, maar een man als hij... Ik heb niet het gezag hem tegen te houden.'

'Wie ís het dan eigenlijk?'

Maar de portier had al opgehangen.

Bijna onmiddellijk daarna werd er krachtig op Langdons deur gebonsd.

Onzeker liet Langdon zich van het bed glijden, en hij voelde zijn voeten diep wegzakken in het savonnerietapijt. Hij trok de ochtendjas van het hotel aan en liep naar de deur. 'Wie is daar?'

'Meneer Langdon? Ik moet u spreken.' De man sprak Engels met een accent, op een blaffende, gebiedende toon. 'Ik ben inspecteur Jérôme Collet. Direction Centrale de la Police Judiciaire.'

Langdon zweeg. *De Dienst Centrale Recherche?*

Zonder de ketting los te maken, opende Langdon de deur een paar centimeter. Het gezicht dat hem aankeek, was smal en bleek. De man was bijzonder mager en droeg een blauw uniform dat er officieel uitzag.

'Mag ik binnenkomen?' vroeg hij.

Langdon aarzelde; hij voelde zich onzeker toen de vaalgele ogen van de vreemde hem opnamen. 'Waar gaat het over?'

'Mijn *capitaine* heeft uw deskundig advies nodig in een vertrouwelijke zaak.'

'Nu?' wist Langdon uit te brengen. 'Het is na middernacht.'

'Klopt het dat u vanavond een afspraak had met de conservator van het Louvre?'

Langdon kreeg plotseling een akelig voorgevoel. Het was de bedoeling geweest dat hij na zijn lezing die avond iets zou gaan drinken met de alom gerespecteerde conservator Jacques Saunière, maar Saunière was niet komen opdagen. 'Ja. Hoe weet u dat?'

'We hebben uw naam in zijn agenda gevonden.'

'Er is toch niets mis?'

De agent zuchtte bedroefd en stak een polaroidfoto door de smalle kier van de deur.

Toen Langdon de foto zag, verstijfde hij.

'Deze foto is nog geen uur geleden genomen. In het Louvre.'

Terwijl Langdon naar het bizarre beeld staarde, maakten zijn eerste walging en schrik plaats voor een plotselinge opwelling van woede. 'Wie doet er nou zoiets!'

'Gezien uw kennis van symboliek en uw afspraak met hem, hoopten we dat u ons kon helpen die vraag te beantwoorden.'

Langdon staarde naar de foto, en zijn afschuw vermengde zich met angst. Wat hij zag, was gruwelijk en uiterst vreemd, en riep een verontrustend gevoel van déjà vu op. Iets meer dan een jaar geleden had Langdon een foto van een lijk en een vergelijkbaar verzoek om hulp gekregen. Vierentwintig uur later had hij in Vaticaanstad bijna de dood gevonden. Deze foto was volkomen anders, en toch kwam hij hem voor als deel van een onrustbarend bekend scenario.

De agent keek op zijn horloge. 'Mijn *capitaine* wacht, meneer.'

Langdon hoorde hem nauwelijks. Hij keek nog steeds strak naar de foto. 'Dit symbool hier, en de vreemde...'

'Houding?' opperde de agent.

Langdon knikte, en hij voelde een koude rilling over zijn rug lopen terwijl hij opkeek. 'Ik kan me niet voorstellen wie zoiets met iemand zou doen.'

De agent keek grimmig. 'U begrijpt het niet, meneer Langdon. Wat u op deze foto ziet...' Hij zweeg even. 'Dat heeft meneer Saunière zelf gedaan.'

2

Anderhalve kilometer verderop hinkte de logge albino Silas door het toegangshek van het voorname huis van bruinrode zandsteen aan de Rue La Bruyère. De boetegordel met stekels die hij om zijn dij droeg, de *cilice*, sneed in zijn vlees, maar zijn gemoed zong van vreugde omdat hij de Heer had gediend.

Pijn is goed.

Hij liet zijn blik door de hal gaan toen hij het huis binnenstapte. Leeg. Geluidloos beklom hij de trap, want hij wilde zijn mede-*numerairs* niet wakker maken. De deur van zijn slaapkamer was open; sloten waren hier verboden. Hij ging naar binnen en deed de deur achter zich dicht.

De kamer was Spartaans: een hardhouten vloer, een grenen ladekast en in de hoek een mat van canvas die dienst deed als bed. Hij logeerde hier deze week, maar hij was al jarenlang gezegend met een vergelijkbaar toevluchtsoord in New York.

De Heer heeft me onderdak en een doel in mijn leven gegeven.

Vanavond had Silas eindelijk het gevoel dat hij was begonnen zijn schuld af te lossen. Hij haastte zich naar de kast, pakte de mobiele telefoon die in de onderste la verborgen lag en belde iemand.

'Ja?' antwoordde een mannenstem.

'Leermeester, ik ben terug.'

'Vertel,' zei de man, die klonk alsof hij blij was hem te horen.

'Ze zijn alle vier dood. De drie *sénéchaux*... en de Grootmeester zelf.'

Er viel even een stilte, alsof er gebeden werd. 'Dan neem ik aan dat je de informatie hebt?'

'Ze zeiden alle vier hetzelfde. Onafhankelijk van elkaar.'

'En geloofde je hen?'

'De overeenkomst in wat ze zeiden was te groot om toeval te zijn.'

Een opgewonden ademhaling. 'Uitstekend. Ik was bang dat de fameuze geheimhoudingsplicht van de broederschap ons parten zou spelen.'

'Het vooruitzicht van de dood is een sterke motivering.'

'Goed, m'n leerling, zeg me wat ik moet weten.'

Silas wist dat de informatie die hij uit zijn slachtoffers had losgekregen als een schok zou komen. 'Leermeester, ze bevestigden alle vier het bestaan van de *clef de voûte*, de legendarische sluitsteen.'

Hij hoorde dat er snel werd ingeademd en voelde de opwinding van de Leermeester. 'De sluitsteen. Precies zoals we al dachten.'

Volgens de overlevering had de broederschap een landkaart van steen gemaakt – een *clef de voûte* of sluitsteen – een gegraveerde tablet waarop de plek werd onthuld waar het grootste geheim van de broederschap zich bevond, informatie die zo belangrijk was dat de bescherming ervan de bestaansreden vormde van de broederschap.

'Als we de sluitsteen hebben,' zei de Leermeester, 'is het nog maar één stapje.'

'We zijn er dichter bij dan u denkt. De sluitsteen is hier in Parijs.'

'In Parijs? Ongelooflijk. Het is bijna te makkelijk.'

Silas vertelde wat er die avond was gebeurd, hoe alle vier zijn slachtoffers vlak voordat ze stierven wanhopig hadden geprobeerd hun goddeloze leven terug te kopen door hun geheim te vertellen. Ieder van hen had Silas precies hetzelfde verteld: dat de sluitsteen vernuftig verborgen was op een bepaalde plek in een van de oudste kerken van Parijs, de Eglise Saint-Sulpice.

'In een godshuis nog wel,' riep de Leermeester uit. 'Ze spotten met ons!'

'Dat doen ze al eeuwen.'

De Leermeester zweeg, alsof hij de triomf van dit ogenblik tot zich liet doordringen. Ten slotte zei hij: 'Je hebt God een grote dienst bewezen. Hier hebben we eeuwen op gewacht. Je moet de steen voor me bemachtigen. Onmiddellijk. Vannacht. Je weet wat er op het spel staat.'

Silas wist dat er oneindig veel op het spel stond, maar toch leek de opdracht die de Leermeester hem nu gaf hem onuitvoerbaar. 'Maar die kerk is een vesting. Vooral 's nachts. Hoe kom ik er binnen?'

Op de zelfverzekerde toon van een man die altijd wordt gehoorzaamd, legde de Leermeester hem uit wat hij moest doen.

Toen Silas ophing, tintelde zijn huid van hoopvolle verwachting. *Eén uur*, hield hij zichzelf voor, dankbaar dat de Leermeester hem tijd gunde om de vereiste boete te doen voordat hij een godshuis binnenging. *Ik moet mijn ziel verlossen van de zonden die ik vandaag heb begaan.* Die zonden hadden een heilig doel gediend. Oorlogsdaden tegen de vijanden van God werden al eeuwenlang begaan. Hij was zeker van vergiffenis.

Maar toch was er voor absolutie een opoffering nodig, wist Silas. Hij trok de rolgordijnen dicht, kleedde zich uit en knielde naakt midden in zijn kamer. Hij sloeg zijn ogen neer en keek naar de boetegordel, de *cilice*, die strak om zijn dij zat. Alle ware volgelingen van *De Weg* droegen er een: een leren gordel, bezet met scherpe, metalen stekels die in het vlees sneden, als een voortdurende herinnering aan het lijden van Christus. De pijn die het ding veroorzaakte, hielp ook bij het onderdrukken van vleselijke verlangens. Silas had zijn *cilice* vandaag al langer om dan de vereiste twee uur, maar dit was geen gewone dag. Hij pakte de gesp en trok de riem een gaatje strakker, waarbij hij ineenkromp toen de stekels dieper in zijn vlees drongen. Terwijl hij langzaam uitademde, genoot hij van het louterende ritueel van zijn pijn.

'Pijn is goed,' fluisterde Silas, en hij herhaalde de heilige mantra van pater Josemaría Escrivá, de Leermeester van alle Leermeesters. Escrivá was in 1975 gestorven, maar zijn wijsheid leefde voort, zijn woorden werden nog steeds door duizenden trouwe dienaren over de hele wereld gefluisterd als ze op de vloer knielden en het heilige gebruik van zelfkastijding beoefenden.

Nu richtte Silas zijn aandacht op een touw met knopen erin, dat netjes opgerold op de vloer naast hem lag. Het geselkoord. Aan de knopen zat opgedroogd bloed. Verlangend naar het louterende effect van zijn eigen pijn, zei Silas snel een gebed. Toen pakte hij het touw bij één uiteinde, sloot zijn ogen en zwaaide het hard over zijn schouder; hij voelde de knopen tegen zijn rug slaan. Hij zwiepte het weer over zijn schouder en ranselde zijn vlees af. Steeds opnieuw geselde hij zichzelf.

Castigo corpus meum.

Uiteindelijk voelde hij dat het bloed begon te vloeien.

3

De frisse aprilbries sloeg door het open raampje van de Citroën zx naar binnen toen die de Rue Saint-Honoré afreed. Robert Langdon, die naast de chauffeur zat, zag de stad langs zich schieten terwijl hij probeerde zijn gedachten op een rijtje te krijgen. Nu hij snel had gedoucht en zich had geschoren, zag hij er redelijk toonbaar uit, maar daar was zijn ongerustheid niet minder door geworden. Het beangstigende beeld van het lijk van de conservator liet hem niet los.

Jacques Saunière is dood.

Langdon kon een sterk gevoel van verlies om de dood van de conservator niet onderdrukken. Saunière had de reputatie een teruggetrokken leven te leiden, maar zijn toewijding aan de kunst maakte dat Langdon hem bewonderde. Zijn boeken over de geheime codes die verborgen waren in de schilderijen van Poussin en Teniers behoorden tot Langdons favoriete lesmateriaal. Hij had zich zeer verheugd op de afspraak van die avond, en hij was teleurgesteld geweest toen de conservator niet was komen opdagen.

Opnieuw zag hij het beeld van de dode conservator voor zich. *Heeft Jacques Saunière dat zelf gedaan?* Langdon keek uit het raampje om het beeld uit zijn gedachten te verdrijven.

Buiten bereidde de stad zich voor op de nacht: straatverkopers reden karretjes met suikeramandelen weg, kelners droegen vuilniszakken naar de rand van de stoep, en een stel late geliefden kroop dicht tegen elkaar aan om warm te blijven in een bries die naar jasmijn rook. De Citroën navigeerde met gezag tussen de chaos door; zijn luidruchtige tweetonige sirene deed het verkeer uiteen wijken alsof er een mes doorheen sneed.

'*Le capitaine* was blij dat u vannacht nog in Parijs was,' zei de agent. Het was het eerste dat hij zei sinds ze het hotel hadden verlaten. 'Een gelukkig toeval.'

Langdon voelde zich helemaal niet gelukkig, en in het concept toeval geloofde hij niet erg. Doordat hij zijn hele leven had besteed aan het onderzoeken van het verborgen onderlinge verband tussen verschillende symbolen en ideologieën, zag Langdon de wereld als een netwerk van nauw verstrengelde gebeurtenissen uit heden en verleden. 'Het verband mag dan onzichtbaar zijn,' verkondigde hij vaak tijdens zijn colleges symboliek aan Harvard, 'maar het is er altijd, net onder het oppervlak verscholen.'

'Ik neem aan,' zei Langdon, 'dat de Amerikaanse Universiteit van Parijs u heeft verteld waar ik logeerde?'

De chauffeur schudde zijn hoofd. 'Interpol.'

Interpol, dacht Langdon. *Natuurlijk.* Hij was vergeten dat het schijnbaar onschuldige verzoek van alle Europese hotels om een paspoort te laten zien als je je inschreef meer was dan een curieuze formaliteit; het was wettelijk voorschrift. In een willekeurige nacht konden functionarissen van Interpol door heel Europa precies vaststellen wie waar sliep. Het had waarschijnlijk niet meer dan vijf seconden gekost om te ontdekken dat hij in het Ritz te vinden was.

Terwijl de Citroën door de stad reed, zagen ze het licht van de Eiffeltoren over de daken strijken. Toen hij die zag, dacht Langdon aan Vittoria en aan hun schertsende belofte van een jaar geleden dat ze elkaar elk halfjaar op een andere romantische plek op aarde zouden ontmoeten. De Eiffeltoren was een goede kandidaat voor hun lijstje geweest, vermoedde Langdon. Helaas had hij Vittoria meer dan een jaar geleden voor het laatst gekust, op een lawaaiig vliegveld in Rome.

'Hebt u haar bestegen?' vroeg de agent, die naar hem keek.

Langdon keek op; hij wist zeker dat hij het verkeerd begreep. 'Pardon?'

'Ze is schitterend, nietwaar?' De agent gebaarde door de voorruit naar de Eiffeltoren. 'Hebt u haar bestegen?'

Langdon rolde met zijn ogen. 'Nee, ik heb de toren niet beklommen.'

'Ze is het symbool van Frankrijk. Ik vind haar volmaakt.'

Langdon knikte afwezig. Deskundigen op het gebied van de symboliek merkten vaak op dat Frankrijk – een land dat bekendstond om het machismo en versiergedrag van de mannelijke inwoners en om hun kleine, op dat gebied onzekere staatshoofden, zoals Napoleon en Pepijn de Korte – geen toepasselijker nationaal symbool had kunnen kiezen dan een fallus van driehonderd meter hoog.

Toen ze de kruising met de Rue St. Honoré bereikten, stond het stoplicht op rood, maar de Citroën minderde geen vaart. De agent gaf gas en de auto schoot over het kruispunt en reed met grote snelheid een door bomen omgeven deel van de Rue de Castiglione op, die de noordelijke toegang vormde tot de beroemde Jardin des Tuileries. De meeste toeristen dachten dat de naam Jardin des Tuileries iets te maken had met de duizenden tulpen die in het park bloeiden, maar het woord 'Tuileries' was een verwijzing naar iets veel minder romantisch. Eens was dit park een enorme, vervuilde uitgegraven kuil geweest, een plek waar door Parijse aannemers klei werd gewonnen voor de vervaardiging van de beroemde rode dakpannen of *tuiles* van de stad.

Langdon had de Tuileries altijd als heilige grond beschouwd. Dit was het park waar Claude Monet had geëxperimenteerd met vorm en kleur, en de grondslag voor het impressionisme had gelegd. Vannacht hing er echter een vreemde, onheilspellende sfeer.

De Citroën sloeg af en reed om het park heen naar het oosten. Nu zag Langdon het einde van de Jardin des Tuileries, gemarkeerd door een gigantische stenen poort.

De Arc du Carrousel.

Eens werden er rituele orgiën gehouden bij de Arc du Carrousel, maar voor kunstliefhebbers was deze plek om een geheel andere reden belangrijk. Gezien vanaf de esplanade aan het einde van de Jardin des Tuileries lagen vier van de beste kunstmusea van de hele wereld, in elke windrichting een.

In het zuiden, aan de overkant van de Seine en de Quai Voltaire, bevond zich de indrukwekkend verlichte gevel van het oude treinstation, nu het alom gewaardeerde Musée d'Orsay. Links lag het ultramoderne Centre Pompidou, waarin het Musée d'Art Moderne gevestigd was. In het westen wist Langdon, stond de obelisk van Ramses uit de oudheid met daarnaast het Musée du Jeu de Paume.

Maar recht voor zich uit, in het oosten, door de poort heen, zag Langdon het kolossale renaissancepaleis dat een van de beroemdste kunstmusea ter wereld was geworden.

Het Musée du Louvre.

Langdon voelde een bekende zweem van verwondering toen hij een vergeefse poging deed om het hele gebouw in één blik te vangen. Aan de overkant van een enorm plein rees de indrukwekkende gevel van het Louvre als een fort tegen de hemel boven Parijs op. Het Louvre had de vorm van een gigantisch hoefijzer en was het langste gebouw van Europa, langer dan drie Eiffeltorens als je die plat op de grond zou leggen. Zelfs het uitgestrekte plein tussen de vleugels van het museum kon de imponerende breedte van de gevel niet kleiner doen lijken. Langdon was eens helemaal om het Louvre heen gelopen, en dat was een wandeling van bijna vijf kilometer geweest.

Het zou een bezoeker naar schatting vijf weken kosten om de 65 300 kunstwerken in dit gebouw goed te bekijken, maar de meeste toeristen kozen voor een ingekort bezoek dat Langdon 'de flitstour' noemde: een sprint door het museum langs de drie beroemdste werken, de *Mona Lisa*, de *Venus van Milo* en de *Nike van Samothrace*. Art Buchwald had eens gepocht dat hij alle drie de meesterwerken in vijf minuten en zesenvijftig seconden had gezien.

De chauffeur trok een walkie-talkie te voorschijn en sprak in razendsnel Frans: '*Monsieur Langdon est arrivé. Deux minutes.*'

Er kwam krakend een onverstaanbaar antwoord.

De agent stak het apparaat weer weg en wendde zich tot Langdon. 'U zult de *capitaine* bij de hoofdingang ontmoeten.'

De chauffeur negeerde de borden die autoverkeer op het plein verboden, gaf nog eens gas en reed de stoeprand op. De hoofdingang van het Louvre was in zicht; in de verte rees die duidelijk op, omringd door zeven driehoekige vijvertjes waaruit verlichte fonteinen omhoog spoten.

La Pyramide.

De nieuwe ingang van het Louvre was al bijna net zo beroemd als het museum zelf. De controversiële, moderne glazen piramide, die was ontworpen door de Amerikaanse architect van Chinese afkomst I.M. Pei, kon nog steeds op minachtend commentaar rekenen van traditionalisten, die vonden dat ze de statigheid van de renaissance-binnenplaats tenietdeed. Goethe had architectuur omschreven als bevroren muziek, en Peis critici vergeleken deze piramide met vingernagels over een schoolbord. Maar vooruitstrevende bewonderaars noemden de eenentwintig meter hoge, doorzichtige piramide van Pei een schitterende versmelting van een oude vorm en een moderne methode, een symbolische schakel tussen het oude en het nieuwe, die het Louvre klaarmaakte voor het volgende millennium.

'Wat vindt u van onze piramide?' vroeg de agent.

Langdon fronste zijn voorhoofd. Dit was een vraag die de Fransen Amerikanen dolgraag leken te stellen. Het was natuurlijk een beladen vraag. Als je toegaf dat je de piramide mooi vond, was je een typische Amerikaan zonder smaak, en als je je afkeuring erover uitsprak, beledigde je de Fransen.

'Mitterrand was een dapper man,' antwoordde Langdon bij wijze van compromis. De voormalige Franse president, die opdracht had gegeven tot de bouw van de piramide, zou aan een 'farao-complex' hebben geleden. François Mitterrand, die overal in Parijs Egyptische obelisken, kunst en kunstvoorwerpen had laten neerzetten, had zo'n allesverterende passie voor de Egyptische cultuur dat de Fransen hem nog steeds de Sfinx noemden.

'Hoe heet de hoofdinspecteur?' vroeg Langdon, om van onderwerp te veranderen.

'Bezu Fache,' zei de chauffeur, terwijl ze de hoofdingang van de piramide naderden. 'We noemen hem *le Taureau*.'

Langdon wierp hem een blik toe. 'Noemt u uw hoofdinspecteur de Stiér?'

De man trok zijn wenkbrauwen op. 'Uw Frans is beter dan u wilt doen geloven, monsieur Langdon.'

Mijn Frans is waardeloos, dacht Langdon, *maar mijn kennis van sterrenbeelden mag er wezen.* Taurus was altijd de stier. In de astrologie werden over de hele wereld dezelfde symbolen gebruikt.

De agent bracht de auto tot stilstand en wees tussen twee fonteinen door naar een grote deur in de zijwand van de piramide. 'Daar is de ingang. Succes, monsieur.'

'Gaat u niet mee?'

'Mijn opdracht is om u hier af te zetten. Ik heb andere bezigheden.'

Langdon slaakte een zucht en stapte uit. *Jullie mogen het zeggen.* De agent gaf gas en de auto schoot weg.

Toen Langdon, eenmaal alleen, naar de kleiner wordende achterlichten stond te kijken, bedacht hij dat hij best kon terugkomen op zijn besluit en de binnenplaats af kon lopen om een taxi naar zijn hotel te nemen en weer naar bed te gaan. Maar iets zei hem dat dat waarschijnlijk een slecht idee was.

Terwijl hij naar de nevel van de fonteinen liep, had Langdon het onbehaaglijke gevoel dat hij een denkbeeldige drempel overstapte naar een andere wereld. De avond kreeg weer het karakter van een droom. Twintig minuten geleden had hij nog liggen slapen in zijn hotelkamer. Nu stond hij voor een doorzichtige piramide die was neergezet door de Sfinx en wachtte hij op een politieman die ze de Stier noemden.

Ik ben in een schilderij van Salvador Dalí terechtgekomen, dacht hij.

Langdon liep naar de hoofdingang, een enorme draaideur. De hal erachter was zwak verlicht en verlaten.

Zou ik moeten kloppen?

Langdon vroeg zich af of een van Harvards eerbiedwaardige egyptologen weleens op de voordeur van een piramide had geklopt en een antwoord had verwacht. Hij hief zijn hand om tegen het glas te bonzen, maar uit het donker van de lagere verdieping verscheen een gestalte, die de gebogen trap opliep. De man was gedrongen en donker, bijna als een Neanderthaler, en droeg een donker, double-breasted pak dat strak om zijn brede schouders spande. Hij bewoog zich met onmiskenbaar gezag voort op korte, gespierde benen. Hij sprak in zijn mobiele telefoon, maar beëindigde het gesprek toen hij boven aankwam. Hij wenkte Langdon.

'Ik ben Bezu Fache,' kondigde hij aan toen Langdon door de draaideur binnenkwam. 'Hoofdinspecteur van de Dienst Centrale Recherche.' Zijn stem paste bij hem: een achter uit de keel komend gerommel, als een naderend onweer.

Langdon stak zijn hand uit. 'Robert Langdon.'

Faches enorme hand vouwde zich met een verpletterende kracht om de zijne.

'Ik heb de foto gezien,' zei Langdon. 'Uw agent zei dat Jacques Saunière dat zélf had...'

'Meneer Langdon.' Faches gitzwarte ogen keken in de zijne. 'Wat u op de foto ziet, is nog niet de helft van wat Saunière heeft gedaan.'

4

Hoofdinspecteur Bezu Fache had de houding van een kwade os, met zijn brede schouders naar achteren en zijn kin ingetrokken tegen zijn borst. Zijn donkere haar was met olie naar achteren gekamd, waardoor de v-vorm van zijn haarimplant duidelijk zichtbaar was. Die V deelde zijn uitpuilende voorhoofd in tweeën en ging hem voor als de steven van een slagschip. Als hij zich voortbewoog, leken zijn donkere ogen de grond te verschroeien;

ze straalden een vurige helderheid uit waaraan zijn reputatie was af te lezen: een man die, wanneer dan ook, meedogenloos streng was.

Langdon liep achter de hoofdinspecteur de beroemde marmeren trap af naar het verzonken atrium onder de glazen piramide. Op hun weg naar beneden kwamen ze tussen twee agenten van de recherche met machinegeweren door. De boodschap was duidelijk: vanavond komt er niemand in of uit zonder toestemming van hoofdinspecteur Fache.

Toen ze onder de grond afdaalden, moest Langdon zich verzetten tegen een opkomende onrust. Fache had niet bepaald een verwelkomende persoonlijkheid, en het Louvre zelf had op dit tijdstip een bijna naargeestige uitstraling. Net als het gangpad in een donkere bioscoop was de trap verlicht door kleine lampjes in de treden. Langdon hoorde zijn eigen voetstappen weerkaatsen tegen het glas boven zijn hoofd. Toen hij opkeek, zag hij de verlichte flarden nevel van de fonteinen wegtrekken boven het transparante dak.

'Vindt u het mooi?' vroeg Fache, terwijl hij met zijn brede kin naar boven wees.

Langdon zuchtte; hij was te moe voor spelletjes. 'Ja, uw piramide is schitterend.'

Fache gromde. 'Een litteken op het gezicht van Parijs.'

Eén-nul. Langdon had het gevoel dat zijn gastheer niet gauw tevreden was. Hij vroeg zich af of Fache enig idee had dat deze piramide, op uitdrukkelijk verzoek van president Mitterrand, was gemaakt van precies 666 glazen ruiten, een bizar verzoek dat altijd een heet hangijzer was geweest onder liefhebbers van complottheorieën, die beweerden dat 666 het getal van Satan was.

Langdon besloot er niet over te beginnen.

Naarmate ze dieper de ondergrondse hal in daalden, werd de gapende ruimte langzaam zichtbaar. De nieuwe entreehal van het Louvre, die zeventien meter onder de grond lag en achtduizend vierkante meter groot was, spreidde zich als een onafzienbare grot uit. De hal was bekleed met marmer in een warme okerkleur om bij de honingkleurige stenen van het bovengrondse Louvre te passen, en meestal was het er vol toeristen en zonlicht. Maar vannacht was het er kaal en donker, wat de hele ruimte een koude sfeer gaf, die deed denken aan een grafkelder.

'En het reguliere beveiligingspersoneel van het museum?' vroeg Langdon.

'*En quarantaine,*' antwoordde Fache, en hij klonk alsof Langdon de integriteit van Faches team in twijfel had getrokken. 'Het is duidelijk dat er vanavond iemand binnen is gekomen die daar niet had mogen zijn. Alle nachtwakers van het Louvre worden in de Sully-vleugel ondervraagd. Mijn eigen agenten hebben voor vannacht de bewaking van het museum overgenomen.'

Langdon knikte, terwijl hij zich haastte om Fache bij te houden.

'Hoe goed kende u Jacques Saunière?' vroeg de hoofdinspecteur.

'Eerlijk gezegd helemaal niet. We hebben elkaar nooit ontmoet.'

Fache keek verrast. 'Vanavond zou uw eerste ontmoeting zijn?'

'Ja. We hadden afgesproken elkaar na mijn lezing bij de receptie van de Amerikaanse Universiteit te treffen, maar hij is niet komen opdagen.'

Fache krabbelde wat aantekeningen in een boekje. Terwijl ze verder liepen, ving Langdon een glimp op van de minder bekende piramide van het Louvre, *la Pyramide Inversée*, een enorm dakraam in de vorm van een omgekeerde piramide, die als een stalactiet vanaf het plafond naar beneden hing in een aangrenzend deel van het souterrain. Fache nam Langdon mee een korte trap op naar de ingang van een gekromde tunnel met een bord erboven waarop stond: DENON. De Denon-vleugel was de beroemdste van de drie hoofdafdelingen van het Louvre.

'Wie heeft het initiatief genomen voor de ontmoeting van vanavond?' vroeg Fache plotseling. 'Hij of u?'

Het leek een vreemde vraag. 'Meneer Saunière,' antwoordde Langdon terwijl ze de tunnel in liepen. 'Zijn secretaresse heeft me een paar weken geleden een e-mailtje gestuurd. Ze zei dat de conservator had gehoord dat ik deze maand een lezing zou geven in Parijs en dat hij iets met me wilde bespreken als ik hier was.'

'Wat wilde hij bespreken?'

'Dat weet ik niet. Kunst, neem ik aan. We hebben dezelfde interesses.'

Fache keek sceptisch. 'Hebt u geen enkel idee waar uw gesprek over zou gaan?'

Dat had Langdon inderdaad niet. Hij was er wel nieuwsgierig naar geweest, maar had niet om bijzonderheden willen vragen. Het was algemeen bekend dat de eerbiedwaardige Jacques Saunière erg op zijn privacy was gesteld en maar zelden mensen te woord wilde staan; Langdon was dankbaar voor de kans hem te ontmoeten.

'Meneer Langdon, kunt u dan misschien ráden wat ons slachtoffer met u had willen bespreken op de avond dat hij vermoord is? Het zou nuttig kunnen zijn.'

De bitsheid van de vraag trof Langdon onaangenaam. 'Ik heb echt geen idee. Ik heb het niet gevraagd. Ik voelde me vereerd door het feit dat hij contact met me opnam. Ik bewonder het werk van meneer Saunière. Ik gebruik zijn publicaties vaak bij mijn colleges.'

Fache noteerde dat feit in zijn boekje.

De twee mannen waren nu halverwege de tunnel naar de Denonvleugel, en Langdon zag de twee roltrappen aan het einde ervan, allebei bewegingloos.

'Dus hij en u hadden dezelfde interesses?' vroeg Fache.

'Ja. Ik ben zelfs het grootste deel van het afgelopen jaar bezig geweest met een boek over het vakgebied waarop meneer Saunière het meest deskundig was. Ik verheugde me erop het naadje van de kous te weten te komen.'

Fache keek op. 'Pardon?'

Blijkbaar begreep hij die uitdrukking niet. 'Ik verheugde me erop te horen wat hij over het onderwerp dacht.'

'Aha. En wat is het onderwerp?'

Langdon aarzelde, omdat hij niet precies wist hoe hij dat onder woorden moest brengen. 'In wezen gaat het manuscript over de iconografie van godinnenverering; over het concept van de vrouwelijke heiligheid, en de kunst en symbolen die daar betrekking op hebben.'

Fache streek met een brede hand over zijn haar. 'En daar had Saunière verstand van?'

'Als geen ander.'

'Ik snap het.'

Langdon had het gevoel dat Fache het helemaal niet snapte. Jacques Saunière werd beschouwd als de belangrijkste godinneniconograaf ter wereld. Niet alleen had Saunière persoonlijk een passie voor voorwerpen die verband hielden met vruchtbaarheid, godinnenvereringen, Wicca en de heilige vrouwelijkheid, maar gedurende zijn twintig jaar als conservator had Saunière ervoor gezorgd dat het Louvre de grootste collectie van godinnenkunst ter wereld had vergaard: labrys uit het oudste Griekse heiligdom van priesteressen in Delphi, gouden Mercuriusstaven, honderden ankhs die op rechtopstaande engeltjes leken, sistrums die in het oude Egypte werden gebruikt om kwade geesten te verdrijven, en een verbazingwekkende verzameling beelden van Horus aan de borst van de godin Isis.

'Wist Jacques Saunière misschien wat u aan het schrijven was?' opperde Fache. 'En wilde hij u ontmoeten om zijn hulp aan te bieden?'

Langdon schudde zijn hoofd. 'Niemand heeft mijn manuscript gelezen. Het is nog maar een ruwe versie en ik heb het alleen aan mijn uitgever laten zien.'

Fache zweeg.

Langdon vertelde niet wat de réden was dat hij het manuscript aan niemand anders had laten zien. In de kladversie van driehonderd bladzijden, die de voorlopige titel *Symbolen van de verloren heilige vrouwelijkheid* had, gaf hij een paar zeer ongebruikelijke interpretaties van religieuze werken, die afweken van wat algemeen werd aanvaard en die ongetwijfeld controversieel zouden zijn.

Langdon naderde de stilstaande roltrappen, maar hij bleef staan toen hij besefte dat Fache niet meer naast hem liep. Hij draaide zich om en zag dat Fache een paar meter achter hem bij een dienstlift stond.

'We nemen de lift,' zei Fache terwijl de liftdeuren openschoven. 'Zoals u vast wel weet, is het te voet nog een heel eind naar de galerij.'

Hoewel Langdon wist dat de lift de lange klim van twee verdiepingen naar de Denon-vleugel overbodig zou maken, bleef hij roerloos staan.

'Is er iets?' Fache hield met een ongeduldige blik de deur tegen.

Langdon blies zijn adem uit en wierp een lange blik achter zich, op de roltrappen. *Er is helemaal niets*, loog hij zichzelf voor, terwijl hij terug sjokte naar de lift. Toen hij een jongetje was, was Langdon in een ongebruikte put gevallen en had urenlang watertrappend overleefd in die kleine ruimte voordat hij op het nippertje was gered. Sinds die tijd leed hij aan een fobie voor afgesloten ruimtes: liften, metro's, squashbanen. *De lift is een volkomen veilig apparaat*, hield hij zichzelf voortdurend voor, maar hij geloofde het nog steeds niet. *Het is een kleine, metalen doos die in een dichte schacht hangt!* Met ingehouden adem stapte hij de lift in, en hij voelde de bekende tinteling van adrenaline toen de deuren dichtschoven.

Twee verdiepingen. Tien seconden.

'Meneer Saunière en u,' zei Fache toen de lift in beweging kwam, 'u hebt elkaar nooit gesproken? Nooit gecorrespondeerd? Elkaar nooit iets toegestuurd?'

Weer een vreemde vraag. Langdon schudde zijn hoofd. 'Nee. Nooit.'

Fache hield zijn hoofd schuin alsof hij hier in gedachten een aantekening van maakte. Zonder iets te zeggen staarde hij recht voor zich uit naar de chromen deuren.

Terwijl ze omhooggingen, probeerde Langdon zich op iets anders te concentreren dan op de vier wanden om hem heen. In de glanzende liftdeur werd de dasspeld van de hoofdinspecteur weerspiegeld, een zilveren kruis met dertien ingelegde stukjes zwart onyx. Langdon vond dat enigszins verrassend. Het symbool werd een *crux gemmata* genoemd, een kruis met dertien edelstenen, en het was het christelijke ideogram voor Jezus en Zijn twaalf apostelen. Om de een of andere reden had Langdon niet verwacht dat een hoofdinspecteur van de Franse recherche zo openlijk voor zijn godsdienst uit zou komen. Aan de andere kant was dit Frankrijk; het christendom was hier niet zozeer een godsdienst als wel een geboorterecht.

'Het is een *crux gemmata*,' zei Fache plotseling.

Geschrokken keek Langdon op en zag dat Faches blik in de spiegelende deur op hem was gericht.

De lift kwam met een schok tot stilstand en de deuren gingen open. Langdon stapte snel de gang in, verlangend naar de grote open ruimte die de galerijen van het Louvre met hun beroemde hoge plafonds boden. Maar de wereld die hij binnenstapte, leek in niets op wat hij had verwacht.

Verrast bleef Langdon staan.

Fache wierp een blik op hem. 'U hebt het Louvre zeker nog nooit na sluitingstijd gezien, meneer Langdon?'

Blijkbaar niet, dacht Langdon, terwijl hij probeerde zich te oriënteren.

De galerijen van het Louvre, die anders zo goed verlicht waren, waren vannacht schrikwekkend donker. In plaats van het gebruikelijke gelijkmatige, witte licht dat van boven naar beneden viel, leek er nu een zwakke rode gloed uit de plinten naar boven te stralen; met gelijke tussenruimten vielen er plassen rood licht op de tegelvloer.

Terwijl Langdon de schemerige gang in keek, besefte hij dat hij dit tafereel had kunnen verwachten. Vrijwel alle grote musea gebruikten 's nachts rode verlichting; strategisch geplaatste lampen met een kleine lichtopbrengst, die het voor stafleden mogelijk maakten hun weg te vinden en er tegelijk voor zorgden dat de schilderijen relatief in het donker bleven, waardoor ze minder snel zouden verbleken dan wanneer ze werden blootgesteld aan licht. Vannacht deed het museum bijna benauwend aan. Overal loerden lange schaduwen, en in plaats van de hoge, gewelfde plafonds zag hij nu een lage, zwarte leegte.

'Deze kant op,' zei Fache, en hij sloeg naar rechts af en liep een reeks onderling verbonden galerijen in.

Langdon volgde hem, en zijn ogen raakten langzaam gewend aan het donker. Overal om hem heen begonnen grote olieverfschilderijen te materialiseren, als foto's die voor zijn neus in een enorme donkere kamer werden ontwikkeld; hun ogen volgden hem op zijn weg door de zalen. Hij proefde de bekende, scherpe smaak van museumlucht: een droge, van ionen gezuiverde lucht met een vleugje koolstof, geproduceerd door industriële luchtdrogers met koolstoffilters die vierentwintig uur per dag werkten om het schadelijke kooldioxide dat de bezoekers uitademden te neutraliseren.

Hoog aan de muren hingen zichtbare beveiligingscamera's als duidelijke boodschap aan de bezoekers: we zien jullie. Raak niets aan. 'Zijn daar echte bij?' vroeg Langdon, en hij gebaarde naar de camera's.

Fache schudde zijn hoofd. 'Natuurlijk niet.'

Dat verraste Langdon niet. Videobewaking in musea van deze afmetingen was onbetaalbaar en inefficiënt. Met de vele galerijen die bewaakt moesten worden, zou het Louvre alleen al een paar honderd man nodig hebben om de beelden te bekijken. De meeste grote musea werkten tegenwoordig met 'insluitingsbeveiliging'. *Doe geen moeite om dieven buiten te sluiten. Als je ze maar binnen weet te houden.* Die beveiliging werd na sluitingstijd ingeschakeld, en als een indringer een kunstwerk wegpakte, werd de betreffende galerij afgesloten en dan zat de dief al achter de tralies voordat de politie ter plekke was.

Door de marmeren gang voor hen uit weergalmde het geluid van stemmen. Het leek uit een grote alkoof aan de rechterkant van de gang te komen. Er scheen fel licht de gang in.

'Het kantoor van de conservator,' zei de hoofdinspecteur.

Toen Fache en hij dichter bij de alkoof kwamen, zag Langdon een korte gang en daarachter Saunières luxueuze werkkamer; warm gekleurd hout, schilderijen van oude meesters en een enorm antiek bureau met een zestig centimeter hoog schaalmodel van een geharnaste ridder erop. Er was een handjevol politieagenten druk bezig; ze waren aan het telefoneren en maakten aantekeningen. Een van hen zat met een laptop aan Saunières bureau. Blijkbaar was het privékantoor van de conservator voor vanavond ingericht als de geïmproviseerde commandopost van de DCPJ.

'*Messieurs,*' riep Fache, en de mannen draaiden zich om. '*Ne nous dérangez sous aucun prétexte. Entendu?*'

Iedereen in het kantoor knikte, ten teken dat ze het begrepen hadden.

Langdon had genoeg bordjes met NE PAS DERANGER aan deuren van hotelkamers gehangen om de essentie te begrijpen van wat de hoofdinspecteur had gezegd. Fache en Langdon mochten onder geen enkele voorwaarde worden gestoord.

Ze lieten het groepje agenten achter en Fache liep met Langdon verder de donkere gang in. Dertig meter voor hen uit was vaag de doorgang zichtbaar naar het meest geliefde deel van het Louvre, de Grande Galerie, een schier onafzienbare galerij waarin de kostbaarste Italiaanse meesterwerken van het Louvre hun plek hadden. Langdon had al begrepen dat Saunières lijk daar lag; de beroemde parketvloer van de Grande Galerie was duidelijk zichtbaar geweest op de foto.

Toen ze naderbij kwamen, zag Langdon dat de doorgang werd versperd door een enorm stalen hek dat eruitzag als iets dat bij een middeleeuws kasteel werd gebruikt om plunderende legers buiten te houden.

'Insluitingsbeveiliging,' zei Fache toen ze bijna bij het hek waren. Zelfs in het donker zag de barrière eruit alsof die een tank zou kunnen tegenhouden. Toen hij erbij aankwam, tuurde Langdon tussen de tralies door naar de flauw verlichte spelonken van de Grande Galerie.

'Na u, meneer Langdon,' zei Fache.

Langdon draaide zich om. *Na mij, waarheen?*

Fache wees naar de grond onder het hek.

Langdon keek naar beneden. In het donker had hij het niet gezien. De versperring was ongeveer een halve meter opgehesen, waardoor er een onpraktische doorgang was gecreëerd.

'Dit deel van het gebouw is nog verboden terrein voor de beveiligingsdienst van het Louvre,' zei Fache. 'Mijn team van *Police Technique et Scientifique* is net klaar met het onderzoek.' Hij gebaarde naar de opening. 'Kruipt u er alstublieft onderdoor.'

Langdon staarde naar de lage opening aan zijn voeten en toen omhoog naar het zware ijzeren hek. *Dat meent hij toch niet?* De versperring zag eruit als een guillotine die klaar hing om indringers te verpletteren.

Fache bromde iets in het Frans en keek op zijn horloge. Toen liet hij zich op zijn knieën zakken en schoof zijn omvangrijke lijf onder het hek door. Aan de andere kant stond hij op en keek tussen de tralies door om naar Langdon.

Langdon zuchtte. Hij legde zijn handen plat op het gewreven parket, ging op zijn buik liggen en trok zichzelf naar voren. Toen hij onder het hek door gleed, haakte de kraag van zijn tweedjasje vast achter de onderkant van een tralie, en hij stootte zijn achterhoofd tegen het ijzer.

Erg elegant, Robert, dacht hij, terwijl hij zich los frunnikte, zodat hij ten slotte onder het hek door kon kruipen. Toen hij overeind kwam, begon Langdon te vermoeden dat het een lange nacht zou worden.

5

Murray Hill Place, het nieuwe Amerikaanse hoofdkantoor en congrescentrum van het Opus Dei, staat aan Lexington Avenue 243 in New York. De torenflat, met een vloeroppervlak van twaalfduizend vierkante meter, heeft zevenenveertig miljoen dollar gekost en is bekleed met rode baksteen en kalksteen uit Indiana. Het gebouw is ontworpen door May & Pinska en heeft meer dan honderd slaapkamers, zes eetzalen, bibliotheken, zitkamers, vergaderzalen en kantoren. Op de eerste, de zevende en de vijftiende verdieping bevinden zich kapellen, versierd met kabinetwerk en marmer. De zestiende etage is een woonverdieping. Mannen gaan het gebouw binnen door de hoofdingang aan Lexington Avenue. Vrouwen gebruiken een zij-ingang en zijn in het gebouw altijd 'akoestisch en visueel gescheiden' van de mannen.

Eerder op de avond had bisschop Manuel Aringarosa in zijn rustige dakappartement een kleine reistas ingepakt en een traditionele zwarte soutane aangetrokken. Normaal zou hij een paarse singel om zijn middel hebben gewikkeld, maar vanavond zou hij zich onder de mensen begeven, en hij vestigde liever niet de aandacht op zijn hoge ambt. Alleen de oplettende toeschouwer zou zijn 14-karaats gouden bisschopsring opmerken, die gezet was met een paarse amethist, grote diamanten en een mijter en staf in handgemaakt oplegwerk. Nadat hij de reistas over zijn schouder had gehangen, zei hij geluidloos een gebed, verliet zijn appartement en daalde af naar de vestibule, waar zijn chauffeur wachtte om hem naar het vliegveld te brengen.

Nu zat Aringarosa in een passagiersvliegtuig naar Rome en hij keek uit het raam naar de donkere Atlantische Oceaan. De zon was al onder, maar Aringarosa wist dat zijn eigen ster rijzende was. *Vannacht zal de strijd gewonnen worden*, dacht hij, verbaasd dat hij zich nog maar een paar maanden geleden machteloos had gevoeld tegenover degenen die dreigden zijn rijk te vernietigen.

Als hoofd van het Opus Dei had bisschop Aringarosa zich de laatste tien jaar gewijd aan het verspreiden van de boodschap van het 'werk van God', letterlijk *Opus Dei*. De congregatie, die in 1928 was opgericht door de Spaanse priester Josemaría Escrivá, pleitte voor een terugkeer naar de conservatieve katholieke waarden en moedigde haar leden aan grote persoonlijke offers te brengen om het werk van God te doen.

De traditionalistische filosofie van het Opus Dei had in eerste instantie voet aan de grond gekregen in Spanje voordat Franco daar aan de macht was, maar nadat Josemaría Escrivá in 1934 zijn religieuze boek *De Weg* publiceerde – 999 punten van meditatie om het werk van God in je eigen leven te doen – werd Escrivá's boodschap over de hele wereld bekend. Intussen waren er meer dan vier miljoen exemplaren van *De Weg* in tweeënveertig talen in omloop en had het Opus Dei over de hele wereld volgelingen. In bijna elke wereldstad was er wel een kantoor, een onderwijscentrum of zelfs een universiteit van de organisatie te vinden. Het Opus Dei was de snelst groeiende en financieel best draaiende katholieke organisatie ter wereld. Helaas had Aringarosa ondervonden dat in een tijd van cynisme, sektes en tv-evangelisten de toenemende rijkdom en macht van het Opus Dei achterdocht wekten.

'Velen noemen het Opus Dei een sekte die mensen hersenspoelt,' zeiden verslaggevers vaak uitdagend. 'Anderen noemen u een ultraconservatief christelijk geheim genootschap. Welke van de twee bent u?'

'Het Opus Dei is geen van tweeën,' antwoordde de bisschop dan geduldig. 'We zijn een katholieke Kerk. We zijn een congregatie van katholieken die ervoor hebben gekozen de katholieke leer zo zorgvuldig mogelijk door te voeren in ons dagelijks leven.'

'Is het bij het doen van Gods werk echt noodzakelijk een kuisheidsgelofte af te leggen, tienden te betalen en voor zondes te boeten door middel van zelfkastijding en de *cilice*?'

'U beschrijft slechts een gering aantal van de leden van het Opus Dei,' zei Aringarosa. 'Je kunt op allerlei niveaus meedoen. Duizenden Opus Dei-leden zijn getrouwd, hebben een gezin en doen het werk van God in hun eigen gemeenschap. Anderen kiezen een leven van ascese binnen de kloostermuren van onze leefgemeenschappen. Die keuzes zijn persoonlijk, maar iedereen in het Opus Dei streeft naar een betere wereld door het werk van God te doen. Dat is toch een bewonderenswaardig streven?'

Maar redelijkheid had zelden effect. De media werden altijd aangetrokken tot schandalen, en het Opus Dei had, net als de meeste grote organisaties, een paar dolende zielen onder haar leden die een schaduw over de hele groep wierpen.

Twee maanden geleden was een Opus Dei-groep aan een universiteit in de Midwest van de Verenigde Staten betrapt op het drogeren van nieuwe leden met mescaline in een poging bij hen een euforische toestand op te roepen die de nieuw bekeerden zouden aanzien voor een religieuze ervaring. Een andere student had zijn boetegordel vaker gebruikt dan de aanbevolen twee uur per dag en had zichzelf een bijna dodelijke infectie bezorgd. Kortgeleden had een ontgoochelde jonge bankier in Boston al zijn spaargeld overgemaakt naar het Opus Dei en daarna geprobeerd zelfmoord te plegen.

Dolende schapen, dacht Aringarosa, en zijn hart ging naar hen uit. En ze waren natuurlijk pas goed in verlegenheid gebracht door de rechtszaak tegen FBI-spion Robert Hanssen, die veel publiciteit had gekregen. Behalve dat de man een vooraanstaand lid van het Opus Dei was geweest, was gebleken dat hij seksueel afwijkend gedrag had vertoond; er was bewijs ter tafel gekomen dat hij verborgen videocamera's in zijn slaapkamer had gemonteerd, zodat zijn vrienden konden toekijken hoe hij seks had met zijn vrouw. 'Niet echt de aangewezen hobby voor een vroom katholiek,' had de rechter opgemerkt.

Helaas hadden al die gebeurtenissen geleid tot de oprichting van een nieuwe waakhond, het Opus Dei Awareness Network (ODAN). Op de populaire website van de groep – www.odan.org – stonden angstaanjagende verhalen van vroegere Opus Dei-leden, die waarschuwden voor de gevaren van het lidmaatschap. De media noemden het Opus Dei nu 'Gods maffia' en 'de Sekte van Christus'.

We vrezen wat we niet begrijpen, dacht Aringarosa, en hij vroeg zich af of die critici wel enig idee hadden van alle levens die door het Opus Dei verrijkt werden. De groep genoot de volledige steun en zegening van het Vaticaan. *Het Opus Dei is een persoonlijke prelatuur van de paus zelf.*

De laatste tijd werd het Opus Dei echter bedreigd door een macht die veel invloedrijker was dan de media, een onverwachte vijand waarvoor Aringarosa zich onmogelijk kon verbergen. Vijf maanden geleden was de caleidoscoop geschud, de machtsverhoudingen waren totaal veranderd, en Aringarosa was nog steeds duizelig van de klap.

'Ze weten niet welk een oorlog ze zijn begonnen,' fluisterde Aringarosa voor zich uit, terwijl hij door het vliegtuigraampje naar de donkere oceaan onder zich staarde. Even stelden zijn ogen zich op iets anders scherp, op de weerspiegeling van zijn eigenaardige gezicht, donker en langwerpig, gedomineerd door een platte, scheve neus die was gebroken toen hij in Spanje, als jong missionaris, een stomp in zijn gezicht had gekregen. Die lichamelijke onvolkomenheid viel hem nu nauwelijks meer op. Aringarosa leefde in de wereld van de ziel, niet die van het vlees.

Toen het vliegtuig boven de kust van Portugal vloog, begon de mobiele telefoon in Aringarosa's soutane te trillen. Volgens de reglementen van de vliegmaatschappij was het gebruik van mobiele telefoons tijdens de vlucht verboden, maar Aringarosa wist dat hij dit gesprek niet kon laten lopen. Er was maar één man die dit nummer had, de man die Aringarosa de telefoon had toegestuurd.

Opgewonden zei de bisschop met zachte stem: 'Ja?'

'Silas weet waar de sluitsteen is,' zei de beller. 'In Parijs. In de Eglise Saint-Sulpice.'

Bisschop Aringarosa glimlachte. 'Dan hebben we hem bijna.'

'We kunnen hem meteen bemachtigen. Maar daar hebben we uw invloed bij nodig.'

'Natuurlijk. Zeg me maar wat ik moet doen.'

Toen Aringarosa de telefoon uitschakelde, bonsde zijn hart. Hij keek weer de leegte van de nacht in en voelde zich nietig in het licht van wat hij in beweging had gezet.

Achthonderd kilometer verderop stond de albino Silas bij een kleine waskom en depte het bloed van zijn rug; hij keek hoe de rode kleur door het water wervelde. *Raak met hysop mij aan, ik zal rein zijn*, bad hij een citaat uit Psalmen. *Was mij, en ik zal witter zijn dan sneeuw.*

Silas voelde een opgewonden verwachting die hij niet meer had gekend sinds zijn vorige leven. Het verraste en prikkelde hem. De afgelopen tien jaar had hij *De Weg* gevolgd en zich gereinigd van zonden, zijn leven opnieuw opgebouwd en het geweld uit zijn verleden uitgewist. Maar vannacht was alles in één keer weer teruggekomen. De haat die hij met zoveel moeite had begraven, was weer tot leven gewekt. Het had hem geschokt dat zijn verleden zo snel weer boven was gekomen. En daarmee natuurlijk zijn vaardigheden. Roestig, maar nog steeds bruikbaar.

De boodschap van Jezus is vrede, geweldloosheid en liefde. Dat was de boodschap die Silas van het begin af aan was geleerd, de boodschap die hij in zijn hart meedroeg. Maar diezelfde boodschap dreigden de vijanden van Christus nu te vernietigen. *Zij die God met geweld bedreigen, zullen geweld ontmoeten. Onverzettelijk en standvastig.*

Tweeduizend jaar lang hadden christelijke soldaten hun geloof verdedigd tegen degenen die het probeerden te verdringen. Vannacht was Silas tot de strijd geroepen.

Hij depte zijn wonden droog en trok zijn enkellange pij met capuchon aan. Die was eenvoudig, van donkere wol die de bleekheid van zijn huid en haar benadrukte. Nadat hij de band van touw om zijn middel had geknoopt, trok hij de kap over zijn hoofd en keek met zijn rode ogen naar zijn reflectie in de spiegel. *De raderen draaien.*

6

Nadat hij zich onder het hek door had gewurmd, stond Robert Langdon nu net binnen de Grande Galerie. Hij keek een lang, diep ravijn in. Aan weerszijden van de galerie rezen grimmige muren negen meter op en verdwenen in de duisternis erboven. De rode gloed van de dienstverlichting scheen omhoog en wierp een onnatuurlijk schijnsel over een duizelingwekkende collectie schilderijen van Da Vinci, Titiaan en Caravaggio, die met kabels aan het plafond hingen. Stillevens, bijbelse taferelen en landschappen hingen zij aan zij met portretten van de adel en politici.

Hoewel de Grande Galerie van het Louvre onderdak bood aan kunst van de bekendste Italiaanse meesters, vonden veel bezoekers de beroemde parketvloer eigenlijk het allermooiste. Die was gelegd in een duizelingwekkend geometrisch patroon van diagonale eiken latjes en creëerde een efemere optische illusie; een meerdimensionaal netwerk, dat bezoekers het gevoel gaf dat ze door de galerie zweefden over een oppervlak dat met elke stap veranderde.

Langdons blik dwaalde over het inlegwerk, maar kwam abrupt tot stilstand bij een onverwacht voorwerp dat een paar meter links van hem op de vloer lag, omgeven door linten van de politie. Hij draaide zich om naar Fache. 'Is dat... een Caravaggio, daar op de vloer?'

Fache knikte zonder ernaar te kijken.

Langdon vermoedde dat het schilderij meer dan twee miljoen dollar waard was, maar het lag op de grond als een afgedankte poster. 'Wat doet dat in godsnaam op de vloer?'

Fache keek hard, maar onbewogen. 'Hier is een misdrijf gepleegd, meneer Langdon. We hebben niets aangeraakt. Dat schilderij is door de conservator van de muur getrokken. Op die manier heeft hij het beveiligingssysteem ingeschakeld.'

Langdon keek om naar het hek en probeerde zich voor te stellen wat er was gebeurd.

'De conservator is in zijn kantoor aangevallen, is de Grande Galerie in gevlucht en heeft daar het beveiligingshek ingeschakeld door dat schilderij van de muur te trekken. Het hek is onmiddellijk naar beneden gezakt en heeft de toegang versperd. Dit is de enige weg deze galerij in of uit.'

Langdon vond het verwarrend. 'Dus de conservator heeft zijn aanvaller eigenlijk opgesloten in de Grande Galerie?'

Fache schudde zijn hoofd. 'Het valhek was een afscheiding tussen Saunière en zijn aanvaller. De moordenaar was buitengesloten, daar, in de gang, en heeft Saunière door het hek heen neergeschoten.' Fache wees naar een oranje label dat aan een van de tralies hing van het hek waar ze zojuist onderdoor waren gekropen. 'De technische recherche heeft kruitsporen gevonden. Hij heeft tussen de tralies door geschoten. Saunière is hier in eenzaamheid gestorven.'

Langdon haalde zich de foto van Saunières lichaam voor de geest. *Ze zeiden dat hij dat zelf had gedaan.* Langdon keek naar de enorme galerij voor zich uit. 'Waar is hij dan?'

Fache duwde zijn kruisvormige dasspeld recht en zette zich in beweging. 'Zoals u waarschijnlijk wel weet, is de Grande Galerie tamelijk lang.'

Ongeveer vierhonderdvijftig meter, als Langdon het zich goed herinnerde; dat was anderhalf maal zo lang als de Eiffeltoren hoog was. Ook de breedte van de galerij was adembenemend; er zouden gemakkelijk twee passagierstreinen naast elkaar in passen. In het midden van de galerij stond hier en daar een beeld of een kolossale porseleinen urn; een smaakvolle afscheiding die ervoor zorgde dat de mensenstroom langs de ene muur de ene kant en langs de andere muur de andere kant op liep.

Fache beende nu zwijgend langs de rechterkant van de galerij en keek recht voor zich uit. Langdon vond het bijna oneerbiedig om zo snel langs al die meesterwerken te lopen zonder te blijven staan om er op z'n minst een blik op te werpen.

Niet dat ik iets zou kunnen zien bij dit licht, dacht hij.

Het zwakke rode licht riep bij Langdon onaangename herinneringen op aan zijn vorige ervaring met niet-schadelijk licht, in het geheime archief van het Vaticaan. Dat was de tweede verontrustende overeenkomst met die nacht in Rome dat hij bijna het leven had gelaten. Hij dacht weer aan Vittoria. Hij had al maanden niet meer van haar gedroomd. Langdon kon zich niet voorstellen dat Rome pas een jaar geleden was; het leken wel decennia. *Een ander leven.* De laatste keer dat hij iets van Vittoria had gehoord, was in december geweest; een ansichtkaart waarop ze had geschreven dat ze op weg ging naar de Javazee om haar onderzoek naar ecosystemen en fysica voort te zetten... Iets met het inzetten van satellieten om de migratie van manta's in kaart te brengen. Langdon had nooit de illusie gehad dat een vrouw als Vittoria Vetra gelukkig zou kunnen zijn als ze met hem op een universiteitscampus woonde, maar hun ontmoeting in Rome had in hem een verlangen gewekt waarvan hij nooit had gedacht dat het bij hem de kop op zou steken. Zijn levenslange voorliefde voor het vrijgezellenleven en de eenvoudige vrijheden die dat met zich meebracht, was op de een of andere manier aan het wankelen gebracht... en er was een onverwachte leegte voor in de plaats gekomen, die in het afgelopen jaar alleen maar groter leek te zijn geworden.

Ze liepen in een flink tempo door, maar Langdon zag nog steeds geen lichaam. 'Is Jacques Saunière zó ver gekomen?'

'Meneer Saunière had een schotwond in zijn maag. Hij is zeer langzaam gestorven. Het heeft misschien wel ruim een kwartier of twintig minuten geduurd. Hij was blijkbaar een man met een sterk karakter.'

Langdon draaide zich geschokt naar zijn metgezel. 'Heeft het de beveiliging een kwartíér gekost om hier te komen?'

'Natuurlijk niet. De beveiligingsdienst van het Louvre heeft ogenblikkelijk op het alarm gereageerd en de Grande Galerie afgesloten aangetroffen. Door het hek heen konden ze iemand aan de andere kant van de galerij horen lopen, maar ze konden niet zien wie het was. Ze riepen, maar kregen geen antwoord. In de veronderstelling dat het een misdadiger moest zijn, hebben ze de voorschriften gevolgd en de recherche erbij geroepen. Wij waren binnen een kwartier ter plaatse. Toen we aankwamen, hebben we het hek genoeg opgehesen om eronderdoor te kunnen kruipen, en heb ik een tiental gewapende agenten naar binnen gestuurd. Zij hebben de galerij over de hele lengte uitgekamd om de indringer in een hoek te drijven.'

'En?'

'Ze hebben niemand gevonden. Behalve...' Hij wees voor hen uit. 'Hem.'

Langdon keek op en volgde Faches uitgestoken wijsvinger. Eerst dacht hij dat Fache naar een groot marmeren beeld in het midden van de galerij wees. Maar toen ze verder liepen, kon Langdon voorbij het beeld kijken. Dertig meter verderop bescheen één schijnwerper op een draagbare standaard de vloer en creëerde een eilandje van fel wit licht in de donkerrode galerij. Midden in de lichtcirkel lag het lichaam van de conservator naakt op de parketvloer, als een insect onder een microscoop.

'U hebt de foto gezien,' zei Fache, 'dus dit zal geen verrassing voor u zijn.'

Langdon kreeg een koude rilling toen ze het lichaam naderden. Het tafereel voor zijn ogen was een van de vreemdste die hij ooit had gezien.

Het bleke lichaam van Jacques Saunière lag precies zo op de parketvloer als het op de foto stond. Terwijl Langdon zich over het lichaam boog en zijn ogen tot spleetjes kneep tegen het felle licht, hield hij zichzelf voor dat het verbazend genoeg Saunière zelf was die in de laatste minuten van zijn leven in deze vreemde houding was gaan liggen.

Saunière was zo te zien in uitstekende conditie geweest voor een man van zijn leeftijd... en zijn spierstelsel was goed zichtbaar. Hij had zich volledig uitgekleed, had zijn kleren netjes op de grond gelegd en was op zijn rug midden in de brede galerij gaan liggen, volmaakt parallel met de lengteas van de ruimte. Zijn armen en benen waren gespreid als van een kind dat zich languit in de sneeuw laat vallen om een afdruk te maken... Of, misschien toepasselijker, als een man die door een of andere onzichtbare kracht wordt gevierendeeld.

Vlak onder Saunières borstbeen gaf een smeer bloed aan waar de kogel zijn vlees had doorboord. De wond had verrassend weinig gebloed; er lag maar een klein plasje zwart geworden bloed op de grond.

Aan Saunières linker wijsvinger zat ook bloed, doordat hij die blijkbaar in de wond had gedoopt om het eigenaardigste aspect van zijn macabere doodsbed te creëren: met zijn eigen bloed als inkt en zijn eigen naakte buik als doek had Saunière een eenvoudig symbool op zijn huid getekend, vijf rechte lijnen die elkaar sneden en zo een vijfpuntige ster vormden.

Het pentagram.

De ster van bloed, met Saunières navel als middelpunt, gaf zijn lichaam een gruwelijke aanblik. De foto die Langdon had gezien was al akelig genoeg geweest, maar nu hij het tafereel in het echt zag, vond hij het nog verontrustender.

Hij heeft dit zelf gedaan.

'Meneer Langdon?' Fache vestigde zijn donkere ogen weer op hem. 'Het is een pentagram,' zei Langdon, en zijn stem klonk hol in de enorme ruimte. 'Een van de oudste symbolen die er bestaan. Werd meer dan vierduizend jaar voor Christus al gebruikt.'

'En wat betekent het?'

Langdon aarzelde altijd als hij deze vraag moest beantwoorden. Iemand vertellen wat een symbool 'betekende' was ongeveer hetzelfde als iemand vertellen wat voor gevoel ze bij een liedje moesten krijgen; het was voor iedereen anders. De witte kap van de Ku-Klux-Klan riep in de Verenigde Staten beelden van haat en racisme op, maar hetzelfde hoofddeksel had in Spanje een religieuze betekenis.

'Symbolen hebben verschillende betekenissen in verschillende omgevingen,' zei Langdon. 'Het pentagram is in de eerste plaats een heidens religieus symbool.'

Fache knikte. 'Duivelsverering.'

'Nee,' corrigeerde Langdon, en hij besefte dat hij zich duidelijker had moeten uitdrukken.

Tegenwoordig was de term 'heidens' bijna synoniem geworden met de verering van de duivel, maar dat was een groot misverstand. Oorspronkelijk betekende het woord heiden 'iemand van de heide', waarmee iemand werd bedoeld die vasthield aan de oude plattelandsgodsdienst: de verering van de natuur. De angst van de Kerk voor bewoners van de landelijke *villages* was zelfs zo groot dat het eens onschuldige woord voor dorpsbewoner – *vilain* – de bijvoeglijke betekenis van lelijk of vilein had gekregen.

'Het pentagram,' verduidelijkte Langdon, 'is een voorchristelijk symbool, dat betrekking heeft op de natuurverering. Onze verre voorouders stelden zich voor dat de wereld uit twee helften bestond, de mannelijke en de vrouwelijke. Hun goden en godinnen deden hun best om een machtsevenwicht te handhaven. Yin en yang. Als het mannelijke en het vrouwelijke in evenwicht waren, was er harmonie in de wereld. Als ze uit balans waren, heerste er chaos.' Langdon gebaarde naar Saunières buik. 'Het pentagram staat voor de vrouwelijke helft van alles, een concept dat door godsdiensthistorici "het heilig vrouwelijke" of "de godin" wordt genoemd. Als iemand dat kon weten, was het Saunière wel.'

'Heeft Saunière het symbool voor een godín op zijn buik getekend?'

Langdon moest toegeven dat het vreemd leek. 'In de meest strikte interpretatie is het pentagram het symbool voor Venus, de godin van de vrouwelijke lichamelijke liefde en schoonheid.'

Fache keek naar de naakte man en bromde iets.

'De vroegste vorm van godsdienst was gebaseerd op de goddelijke orde van de natuur. De godin Venus en de planeet Venus waren een en dezelfde. De godin had een plek aan de nachtelijke hemel en was onder vele namen bekend: Venus, de Oostelijke Ster, Ishtar, Astarte, allemaal invloedrijke vrouwelijke begrippen die sterk verband houden met moeder natuur en moeder aarde.'

Fache keek nu verontruster, alsof hij toch de voorkeur gaf aan het idee van duivelsverering.

Langdon besloot het maar niet te hebben over het verbazendste kenmerk van het pentagram: het verband tussen zijn vorm en de planeet Venus. Toen hij nog maar kort astronomie studeerde, had het hem verbijsterd dat Venus in acht jaar een volmaakt pentagram aan de hemel trok. In de oudheid had dit verschijnsel de mensen zo verbaasd dat Venus en haar pentagram de symbolen werden van volmaaktheid, schoonheid en de cyclische kenmerken van de lichamelijke liefde. Als eerbetoon aan de magie van Venus kozen de Grieken haar achtjarige cyclus als uitgangspunt bij de organisatie van hun Olympische Spelen. Tegenwoordig beseffen nog maar weinigen dat het feit dat de Olympische Spelen eens in de vier jaar werden gehouden samenhangt met de cyclus van Venus. Nog minder mensen wisten dat de vijfpuntige ster bijna het officiële olympische symbool was geworden. Pas op het laatste moment werden de vijf punten vervangen voor vijf elkaar snijdende ringen, om beter weer te geven dat het bij de Spelen draaide om deelname en harmonie.

'Meneer Langdon,' zei Fache plotseling. 'Het pentagram verwijst toch zeker ook naar de duivel? Dat blijkt duidelijk uit uw Amerikaanse horrorfilms.'

Langdon fronste zijn wenkbrauwen. *Bedankt, Hollywood.* De vijfpuntige ster verscheen zo ongeveer in elke film over van Satan bezeten seriemoordenaars, meestal op de muur geschilderd in het appartement van een of andere satanist, samen met allerlei andere zogenaamd demonische symbolen. Het ergerde Langdon altijd als hij het symbool in die context zag, want de ware oorsprong van het pentagram was eerder goddelijk.

'Ik verzeker u,' zei Langdon, 'dat die demonische interpretatie van het pentagram historisch onjuist is, ondanks al die films. De oorspronkelijke betekenis is vrouwelijk, maar de symboliek van het pentagram is in de loop der millennia vertekend geraakt. In dit geval door middel van bloedvergieten.'

'Ik kan u niet helemaal volgen.'

Langdon wierp een blik op Faches dasspeld en twijfelde hoe hij deze kwestie onder woorden moest brengen. 'Door de Kerk, meneer. Symbolen zijn moeilijk uit te roeien, maar de betekenis van het pentagram is veranderd door de vroege rooms-katholieke Kerk. Als onderdeel van het streven van het Vaticaan om heidense rituelen uit te bannen en de massa tot het christendom te bekeren, heeft de Kerk een lastercampagne gevoerd tegen de heidense goden en godinnen, door hun goddelijke symbolen om te vormen tot die van het kwaad.'

'Ga verder.'

'Dat gebeurt heel vaak in roerige tijden,' vervolgde Langdon. 'Een machtsblok in opkomst neemt de bestaande symbolen over en degradeert die langzamerhand, in een poging hun betekenis uit te wissen. In de strijd tussen de heidense en de christelijke symbolen hebben de heidense het onderspit gedolven; de drietand van Poseidon werd de hooivork van de duivel, de puntmuts van het wijze oude vrouwtje werd het symbool van een heks, en het pentagram van Venus werd een teken van de duivel.' Langdon zweeg even. 'Helaas heeft het Amerikaanse leger het pentagram ook misbruikt; het is nu ons belangrijkste oorlogssymbool. We verven het op al onze gevechtsvliegtuigen en hangen het aan de schouders van al onze generaals.' *Tot zo ver de godin van liefde en schoonheid.*

'Interessant.' Fache knikte naar de gespreide armen en benen. 'En de houding van het lichaam? Wat denkt u daarvan?'

Langdon haalde zijn schouders op. 'De houding is gewoon een benadrukking van de verwijzing naar het pentagram en het heilig vrouwelijke.'

Faches gezicht betrok. 'Pardon?'

'Het herhalen van een symbool is de eenvoudigste manier om de betekenis ervan te versterken. Jacques Saunière is in de vorm van een vijfpuntige ster gaan liggen.' *Als één pentagram goed is, zijn twee nog beter.*

Faches blik ging langs de vijf punten van Saunières armen, benen en hoofd, terwijl hij zijn hand over zijn glanzende haar haalde. 'Interessante analyse.' Hij zweeg even. 'En dat hij náákt is?' Hij sprak het woord uit alsof de aanblik van een ouder mannelijk lichaam weerzin bij hem wekte. 'Waarom heeft hij zijn kleren uitgetrokken?'

Verdomd goeie vraag, dacht Langdon. Dat vroeg hij zich al af sinds hij de polaroidfoto voor het eerst had gezien. Het enige dat hij kon bedenken, was dat een naakt menselijk lichaam opnieuw een bekrachtiging van Venus was, de godin van de seksualiteit. Hoewel de moderne beschaving het verband tussen Venus en de geslachtsgemeenschap tussen man en vrouw grotendeels had uitgewist, kon iemand met oog voor etymologie nog een spoor van de oorspronkelijke betekenis van Venus terugvinden in het woord 'venerisch'. Langdon besloot daar maar niet op in te gaan.

'Meneer Fache, ik kan u natuurlijk niet vertellen waarom meneer Saunière dat symbool op zijn buik heeft getekend of in die houding is gaan liggen, maar ik kan u wél vertellen dat een man als Jacques Saunière het pentagram beschouwd zal hebben als een teken van de vrouwelijke godheid. De samenhang tussen dit symbool en het heilig vrouwelijke is algemeen bekend bij kunsthistorici en symboliekdeskundigen.'

'Goed. En het feit dat hij zijn eigen bloed als inkt heeft gebruikt?'

'Hij had kennelijk niets anders om mee te schrijven.'

Fache zweeg even. 'Ik geloof eigenlijk dat hij bloed heeft gebruikt om ervoor te zorgen dat de politie bepaalde forensische procedures zou volgen.'

'Hoe bedoelt u?'

'Kijk maar naar zijn linkerhand.'

Langdons blik ging langs de bleke arm van de conservator naar zijn linkerhand, maar hij zag niets. Onzeker liep hij om het lijk heen en ging op zijn hurken zitten, en nu zag hij tot zijn verrassing dat de conservator een dikke viltstift in zijn hand had.

'Die had Saunière in zijn hand toen we hem vonden,' zei Fache, terwijl hij een paar meter bij Langdon vandaan liep, naar een draagbare tafel die vol lag met onderzoeksinstrumenten, snoeren en allerlei elektronische apparatuur. Terwijl hij iets zocht op de tafel, zei hij: 'Zoals ik al zei, hebben we niets aangeraakt. Kent u dat soort stiften?'

Langdon boog zich verder voorover om te zien wat er op de stift stond.

STYLO DE LUMIERE NOIRE

Hij keek verrast op.

De uv-stift was een speciale viltstift die was ontworpen voor musea, restaurateurs en de politie om onzichtbare merktekens op voorwerpen te zetten. De stift schreef met een onschadelijke, fluorescerende inkt op alcoholbasis, die alleen zichtbaar was onder ultraviolet licht. Tegenwoordig hadden medewerkers van musea zo'n stift bij zich om onzichtbare 'vinkjes' op de lijsten van schilderijen te zetten die gerestaureerd moesten worden.

Terwijl Langdon overeind kwam, liep Fache naar de schijnwerper en schakelde die uit. Het was plotseling donker in de galerie. Langdon, die even niets zag, voelde zich slecht op zijn gemak. Het silhouet van Fache verscheen, felpaars verlicht. Hij kwam naderbij met een draagbare lichtbron in zijn handen, die hem in een violette gloed hulde.

'Zoals u misschien wel weet,' zei Fache, en zijn ogen lichtten op in het violette licht, 'gebruikt de politie ultraviolet licht om op plaatsen waar een misdrijf is gepleegd te zoeken naar bloed en ander forensisch bewijs. U kunt zich onze verrassing voorstellen toen...' Abrupt richtte hij de lamp op het lichaam.

Langdon keek omlaag en sprong geschrokken achteruit.

Met bonzend hart bekeek hij het bizarre tafereel dat nu voor hem op de parketvloer opgloeide. De laatste woorden van de conservator, die in lichtgevende letters waren neergekrabbeld, gloeiden paars op naast zijn lichaam. Toen Langdon naar de oplichtende tekst stond te staren, had hij het gevoel dat de mist die over deze hele nacht hing nog dikker werd.

Hij las de boodschap opnieuw en keek op naar Fache. 'Wat betekent dit in godsnaam?'

Faches ogen glansden wit. 'Dat is nu juist wat we u wilden vragen, monsieur.'

Niet ver bij hen vandaan, in het kantoor van Saunière, was inspecteur Collet zojuist teruggekeerd, en hij zat over geluidsapparatuur gebogen die op het enorme bureau van de conservator stond. Afgezien van de griezelige, robotachtige pop van een middeleeuwse ridder die hem leek aan te staren vanaf de hoek van Saunières bureau, voelde Collet zich op zijn gemak. Hij zette zijn AKG-koptelefoon op en controleerde het opnameniveau van de harddisk-recorder. Alles ging goed. De microfoons werkten uitstekend en het geluid was kristalhelder.

Le moment de vérité, dacht hij.

Met een glimlach sloot hij zijn ogen en ging hij gemakkelijk zitten om te genieten van de rest van het gesprek dat nu in de Grande Galerie werd opgenomen.

7

De bescheiden woonruimte in de Saint-Sulpicekerk lag op de eerste verdieping van de kerk zelf, links van het koor. Het was een tweekamerappartement met een stenen vloer en een zeer bescheiden inrichting, en zuster Sandrine Bieil woonde er al meer dan tien jaar. Officieel, als iemand ernaar vroeg, woonde ze in het naburige klooster, maar ze gaf de voorkeur aan de rust van de kerk en had het zich daar vrij gerieflijk gemaakt, met een bed, een telefoon en een kookplaatje.

Als *conservatrice d'affaires* van de kerk was zuster Sandrine verantwoordelijk voor alle niet-godsdienstige aspecten van het kerkleven: het onderhoud, het aannemen van ondersteunend personeel en gidsen, het afsluiten van het gebouw na sluitingstijd en het bestellen van voorraden, zoals miswijn en hosties.

Vannacht lag ze te slapen in haar smalle bed, totdat ze wakker werd van de schrille toon van haar telefoon. Vermoeid nam ze op.

'*Soeur Sandrine. Eglise Saint-Sulpice.*'

'Hallo, zuster,' zei de man in het Frans.

Zuster Sandrine ging rechtop zitten. *Hoe laat is het?* Ze herkende de stem van haar baas, maar ze was in vijftien jaar nooit eerder door hem wakker gebeld. De *abbé* was een zeer vroom man, die onmiddellijk na de mis naar huis en naar bed ging.

'Neem me niet kwalijk dat ik u wakker maak, zuster,' zei de abbé, en zijn eigen stem klonk slaperig en geïrriteerd. 'Ik wil u om een gunst vragen. Ik ben zojuist gebeld door een belangrijke Amerikaanse bisschop. Misschien hebt u weleens van hem gehoord? Manuel Aringarosa?'

'Het hoofd van Opus Dei?' *Natuurlijk heb ik van hem gehoord. Wie binnen de Kerk heeft dat niet?* Aringarosa's conservatieve prelatuur was in de afgelopen jaren invloedrijk geworden. Dat was flink versneld in 1982, toen paus Johannes Paulus II haar onverwachts had verheven tot een 'persoonlijke prelatuur van de paus', waarmee al haar gebruiken officieel werden goedgekeurd. Het was verdacht dat die verheffing van het Opus Dei in hetzelfde jaar plaatsvond dat de rijke sekte bijna een miljard dollar zou hebben overgemaakt naar het Vaticaans Instituut voor Religieuze Werken – algemeen bekend als de Vaticaanse Bank – waardoor dat werd behoed voor een gênant faillissement. Een tweede manoeuvre van de paus die voor opgetrokken wenkbrauwen zorgde, was dat hij de oprichter van het Opus Dei op de 'snelweg' naar heiligverklaring zette, waarmee een wachttijd van vaak wel een eeuw werd bekort tot twintig jaar. Zuster Sandrine kon zich niet aan de indruk onttrekken dat de hoge status die het Opus Dei in Rome genoot verdacht was, maar je trad nu eenmaal niet in discussie met de Heilige Stoel.

'Bisschop Aringarosa belde om me een gunst te vragen,' vertelde de abbé haar met nerveuze stem. 'Een van zijn numerairs is vannacht in Parijs...'

Toen zuster Sandrine naar het vreemde verzoek luisterde, groeide haar verbazing. 'Wilt u zeggen dat die numerair niet tot morgenochtend kan wachten?'

'Ik vrees van niet. Zijn vliegtuig vertrekt zeer vroeg. Hij heeft er altijd van gedroomd om de Saint-Sulpice te zien.'

'Maar overdag is de kerk veel interessanter. De zonnestralen door de oculus, de verschuivende schaduw op de zonnewijzer, dát is wat de Saint-Sulpice uniek maakt.'

'Zuster, ik ben het met u eens, maar ik zou het toch zeer op prijs stellen als u hem vannacht binnen kon laten. Hij kan daar zijn om... laten we zeggen één uur? Dat is over twintig minuten.'

Zuster Sandrine fronste haar voorhoofd. 'Natuurlijk. Met alle genoegen.'

De abbé bedankte haar en hing op.

Verbaasd bleef zuster Sandrine nog even in haar warme bed liggen; ze probeerde de dufheid van de slaap te verdrijven. Haar zestig jaar oude lichaam werd niet meer zo snel wakker als vroeger, hoewel het telefoontje van daarnet toch alarmerend was geweest. Het Opus Dei had haar altijd een onbehaaglijk gevoel gegeven. Afgezien van het feit dat de prelatuur het mysterieuze ritueel van de zelfkastijding voorstond, waren hun opvattingen over vrouwen op zijn best middeleeuws. Het had haar geschokt toen ze had gehoord dat vrouwelijke numerairs de woonruimtes van de mannen schoon moesten maken zonder ervoor betaald te worden, terwijl de mannen naar de mis waren; vrouwen sliepen op de hardhouten vloer, terwijl mannen stromatten hadden, en vrouwen werden gedwongen extra tuchtiging te ondergaan... Allemaal als boetedoening voor de erfzonde. Het leek wel of het hapje dat Eva van de appel der kennis had genomen een schuld was die vrouwen tot in de eeuwigheid moesten afbetalen. Terwijl het binnen de verdere katholieke Kerk langzamerhand de goede kant op ging met vrouwenrechten, dreigde het Opus Dei de klok terug te draaien. Maar ja, zuster Sandrine had haar instructies gekregen.

Ze zwaaide haar benen van het bed en ging langzaam staan, ril-

lend van het koude steen onder haar blote voeten. Toen de rilling door haar lijf ging, kreeg ze onverwachts een bang voorgevoel.
Vrouwelijke intuïtie?
Als dienares van God had zuster Sandrine geleerd rust te zoeken bij de kalmerende stemmen van haar eigen ziel. Maar vannacht waren die stemmen even stil als de lege kerk om haar heen.

8

Langdon kon zijn blik niet losrukken van de paars oplichtende tekst die op de parketvloer was gekrabbeld. Jacques Saunières laatste bericht was de meest onwaarschijnlijke afscheidsbrief die Langdon zich kon voorstellen.
De boodschap was:

13-3-2-21-1-1-8-5
O, DRACONIAN DEVIL!
OH, LAME SAINT!

(O, draconische duivel!
Oh, armzalige heilige!)

Hoewel Langdon geen flauw idee had wat het betekende, begreep hij nu Faches gedachte dat het pentagram iets met duivelsverering te maken had.
O, Draconian devil!
Saunière had een letterlijke verwijzing naar de duivel achtergelaten. Ook de getallenreeks was bizar. 'Het eerste deel lijkt wel een geheimschrift in cijfers.'
'Ja,' zei Fache. 'Onze deskundigen zijn er al mee bezig. We denken dat er uit die getallen mogelijk valt op te maken wie hem heeft vermoord. Misschien is het een of ander telefoonnummer of sofinummer. Ziet u er enige symbolische betekenis in?'
Langdon keek opnieuw naar de cijfers, maar hij had het gevoel dat het hem uren zou kosten om er een symbolische betekenis uit af te leiden. *Als Saunière die al heeft bedoeld.* Bij Langdon wekten de getallen een volkomen willekeurige indruk. Hij was gewend aan symbolische opeenvolgingen die in elk geval de schijn wekten ergens op te slaan, maar hier leek alles – het pentagram, de tekst, de

getallen – volledig los van elkaar te staan.

'Daarnet zei u te vermoeden,' zei Fache, 'dat alles wat Saunière hier heeft gedaan een poging was om een boodschap over te brengen... Godinnenverering of iets in die richting? Hoe past deze boodschap daarin?'

Langdon wist dat het een retorische vraag was. Dit bizarre bericht paste duidelijk helemaal niet in Langdons scenario van godinnenverering.

O, Draconian devil? Oh, lame saint?

Fache zei: 'Deze tekst lijkt wel een soort beschuldiging, vindt u niet?'

Langdon probeerde zich de laatste minuten van de conservator voor te stellen: alleen, opgesloten in de galerij, zich ervan bewust dat hij zou sterven. Het leek voor de hand liggend. 'Een beschuldiging van zijn moordenaar zou wel logisch zijn, ja.'

'En het is mijn taak daar een naam bij te vinden. Laat me u nog iets vragen, meneer Langdon. Wat is, afgezien van de getallen, naar uw mening het vreemdste aan deze boodschap?'

Het vreemdste? Een stervende had zichzelf opgesloten in de galerij, een pentagram op zijn lijf getekend en een mysterieuze beschuldiging op de grond geschreven. Wat was er niét vreemd aan?

'Het woord *Draconian*?' opperde hij; het was het eerste dat hem te binnen schoot. Hij was er tamelijk zeker van dat een verwijzing naar Draco, de meedogenloze politicus uit de zevende eeuw voor Christus, iets was waar weinig stervenden aan zouden denken. '*Draconian devil* lijkt een wat vreemde woordkeus.'

'*Draconian?*' Er klonk nu een zweem van ongeduld door in Faches stem. 'Saunières woordkeus lijkt me hier niet echt de belangrijkste kwestie.'

Langdon wist niet precies welke kwestie Fache dan in gedachten had, maar hij begon te vermoeden dat Draco en Fache het goed met elkaar zouden kunnen vinden.

'Saunière was Fransman,' zei Fache kortaf. 'Hij woonde in Parijs. En toch is deze boodschap...'

'In het Engels,' zei Langdon, die nu besefte wat de hoofdinspecteur bedoelde.

Fache knikte. '*Précisément.* Enig idee waarom?'

Langdon wist dat Saunière vloeiend Engels sprak, maar de reden dat hij Engels had gekozen als de taal om zijn laatste woorden in te schrijven, ontging Langdon. Hij haalde zijn schouders op.

Fache gebaarde achter zich naar het pentagram op Saunières buik.

'Dus dit heeft niets met duivelsverering te maken? Bent u daar nog steeds zeker van?'

Langdon was nergens meer zeker van. 'De symboliek en de tekst lijken niet met elkaar te kloppen. Het spijt me dat ik u niet beter van dienst kan zijn.'

'Misschien verheldert dit iets.' Fache liep achteruit bij het lichaam weg en pakte de ultraviolette lamp weer op, zodat de bundel een grotere plek op de grond verlichtte. 'En nu?'

Tot Langdons verbazing gloeide er om het lichaam van de conservator heen een rudimentaire cirkel op. Saunière was blijkbaar gaan liggen en had in een paar lange bogen met de pen om zich heen gezwaaid, waardoor hij min of meer een cirkel om zich heen had getrokken.

In een flits werd de betekenis duidelijk.

'*De mens van Vitruvius*,' stootte Langdon uit. Saunière had een levensgrote replica van Leonardo da Vinci's beroemdste tekening gecreëerd.

Da Vinci's *De mens van Vitruvius*, die als de anatomisch meest correcte tekening uit die tijd werd beschouwd, was een hedendaags symbool van cultuur geworden en verscheen over de hele wereld op posters, muismatjes en T-shirts. De bekende schets bestond uit een volmaakte cirkel waarin een naakte man was getekend... met zijn armen en benen wijd.

Da Vinci. Langdon kreeg een rilling van verbazing. Saunières bedoeling was onmiskenbaar. In de laatste ogenblikken van zijn leven had de conservator zijn kleren uitgetrokken en was hij zodanig gaan liggen dat zijn houding overeenkwam met die van Leonardo da Vinci's *De mens van Vitruvius*.

De cirkel was het ontbrekende element geweest, dat de doorslag gaf. Het was een vrouwelijk symbool van bescherming en vervolmaakte zo Da Vinci's boodschap: de harmonie tussen het mannelijke en het vrouwelijke. Maar nu was de vraag waaróm Saunière een beroemde tekening had nagebootst.

'Meneer Langdon,' zei Fache, 'een man als u weet vast wel dat Leonardo da Vinci belangstelling had voor de zwarte kunst.'

Langdon was verrast dat Fache zoveel van Da Vinci wist, en het verklaarde de vermoedens van duivelsverering die de hoofdinspecteur koesterde. Da Vinci was altijd een lastig onderwerp voor historici geweest, vooral binnen de christelijke traditie. Hij was weliswaar een man met visie en een genie geweest, maar ook een zwierige homoseksueel en een aanbidder van de goddelijke orde van de natuur, twee aspecten waardoor hij voortdurend in een toestand van zonde tegenover God verkeerde. Bovendien hield de kunstenaar er een paar griezelige, zonderlinge gewoontes op na die inderdaad een wat demonische indruk wekten: Da Vinci groef lijken op om de menselijke anatomie te bestuderen, hij hield mysterieuze dagboeken bij in een onleesbaar spiegelschrift, hij geloofde dat hij over de alchemistische krachten beschikte om lood in goud te veranderen en meende zelfs God te slim af te zijn door een drankje te maken dat de dood zou uitstellen, en onder zijn uitvindingen bevonden zich afschuwelijke, nooit eerder bedachte oorlogswapens en martelwerktuigen.

Onbegrip leidt tot wantrouwen, dacht Langdon.

Zelfs Da Vinci's enorme productie van adembenemende christelijke kunst versterkte alleen zijn reputatie van religieuze hypocrisie. Hij nam honderden lucratieve opdrachten van het Vaticaan aan en schilderde christelijke thema's, niet als uitdrukking van zijn eigen overtuiging maar uit commerciële overwegingen, als middel waarmee hij zijn verkwistende levensstijl kon bekostigen. Ook was Da Vinci een grappenmaker geweest, die zich vaak had vermaakt door onopvallende practical jokes uit te halen met zijn weldoeners. In veel van zijn christelijke schilderijen had hij een verborgen symboliek aangebracht die allesbehalve christelijk was; daarmee bewees hij eer aan zijn eigen overtuigingen en trok hij nauwelijks merkbaar een lange neus naar de Kerk. Langdon had zelfs eens een lezing gegeven in de National Gallery in Londen, onder de titel: 'Het geheime leven van Leonardo: heidense symbolen in christelijke kunst.'

'Ik begrijp wat u bedoelt,' zei Langdon nu, 'maar Da Vinci heeft die zwarte kunst nooit echt beoefend. Hij was een zeer religieus man, ook al kwam hij dan voortdurend in conflict met de Kerk.' Terwijl Langdon dit zei, ging er een vreemde gedachte door zijn hoofd. Hij keek weer naar de boodschap op de vloer. *O, Draconian devil! Oh, lame saint!*

'Ja?' vroeg Fache.

Langdon koos zijn woorden zorgvuldig. 'Ik bedacht alleen dat Saunière veel ideeën op het religieuze vlak met Da Vinci deelde, onder meer de bezorgdheid over het feit dat de Kerk het heilig vrouwelijke volledig uit de moderne godsdienst heeft geëlimineerd. Misschien wilde Saunière, door een beroemde tekening van Da Vinci te imiteren, gewoon hun beider frustraties uiten over de manier waarop de moderne Kerk de godin demoniseert.'

Faches blik werd hard. 'Denkt u dat Saunière de Kerk een armzalige heilige en een draconische duivel noemt?'

Langdon moest toegeven dat het vergezocht leek, maar toch leek het pentagram het idee enigszins te bevestigen. 'Ik zeg alleen maar dat meneer Saunière zijn leven heeft gewijd aan het bestuderen van de geschiedenis van de godin, en geen enkele organisatie heeft meer haar best gedaan om die geschiedenis uit te wissen dan de katholieke Kerk. Het lijkt redelijk dat Saunière misschien als laatste afscheid zijn teleurstelling wilde uitdrukken.'

'Teleurstelling?' vroeg Fache, nu op regelrecht vijandige toon. 'Deze boodschap klinkt eerder woedend dan teleurgesteld, vindt u niet?'

Langdon begon zijn geduld te verliezen. 'Hoofdinspecteur, u hebt me gevraagd wat ik vermoed dat Saunière duidelijk probeert te maken, en dat vertel ik u.'

'Dat dit een aanklacht jegens de Kerk is?' Fache sprak nu met zijn kaken opeengeklemd. 'Meneer Langdon, ik heb heel wat doden gezien in mijn werk, en laat me u één ding vertellen. Als iemand door een ander wordt vermoord, geloof ik er niets van dat zijn laatste wens eruit bestaat een onduidelijke religieuze verklaring achter te laten die niemand begrijpt. Volgens mij denkt hij dan maar aan één ding.' Fache fluisterde sissend: '*La vengeance*. Ik geloof dat Saunière deze boodschap heeft geschreven om ons te vertellen wie hem heeft vermoord.'

Langdon staarde hem aan. 'Maar dat is helemaal niet logisch.'

'Nee?'

'Nee,' repliceerde hij, moe en gefrustreerd. 'U hebt me verteld dat Saunière in zijn kantoor is aangevallen door iemand die hij kennelijk binnen had gevraagd.'

'Ja.'

'Dus kunnen we aannemen dat de conservator zijn aanvaller kende.'

Fache knikte. 'Ga verder.'

'Als Saunière zijn moordenaar kénde, wat is dit dan voor beschuldiging?' Hij wees naar de vloer. 'Cijfercodes? Armzalige heiligen? Draconische duivels? Een pentagram op zijn buik? Het is allemaal veel te cryptisch.'

Fache fronste zijn voorhoofd alsof dit nog niet bij hem was opgekomen. 'Daar zit wel iets in.'

'Gezien de omstandigheden,' zei Langdon, 'zou ik denken dat als Saunière u wilde vertellen wie hem heeft vermoord, hij een náám zou hebben opgeschreven.'

Toen Langdon dat zei, trok er voor het eerst die nacht een zelfvoldane glimlach over Faches lippen. '*Précisément*,' zei hij. '*Précisément*.'

Ik luister naar een ware meester, dacht inspecteur Collet terwijl hij aan een knopje draaide en naar Faches stem over de koptelefoon luisterde. De *agent supérieur* wist dat het dit soort momenten waren die de hoofdinspecteur naar de top van de Franse politiemacht hadden gebracht.

Fache doet wat niemand anders durft.

De subtiele kunst om iemand met zachte hand te krijgen waar je hem hebben wilt, was op de achtergrond geraakt in de moderne politiepraktijk, en je moest er het hoofd koel voor kunnen houden als je onder druk stond. Slechts weinigen beschikten over de noodzakelijke koelbloedigheid voor een dergelijke operatie, maar Fache leek ervoor in de wieg te zijn gelegd. Zijn zelfbeheersing en geduld grensden aan het onmenselijke.

De enige emotie die Fache vanavond leek te hebben, was een enorme vastberadenheid, alsof deze arrestatie om de een of andere reden voor hem persoonlijk van belang was. Toen Fache een uur geleden zijn agenten hun instructies had gegeven, was hij bijzonder bondig en zelfverzekerd geweest. 'Ik weet wie Jacques Saunière heeft vermoord,' had hij gezegd. 'Jullie weten wat je te doen staat. Geen vergissingen vannacht.'

En tot nu toe waren er geen vergissingen gemaakt.

Collet kende het bewijsmateriaal niet dat Fache zo zeker maakte van de schuld van hun verdachte, maar hij wist wel beter dan dat hij de instincten van de Stier in twijfel zou trekken. Soms leek Faches intuïtie bijna bovennatuurlijk. 'God fluistert in zijn oor,' had een agent eens gezegd, na een uitzonderlijk indrukwekkend blijk van Faches zesde zintuig. Collet moest erkennen dat als er een God was, die Bezu Fache vast op Zijn A-lijstje had staan. De hoofdinspecteur ging met een bijna fanatieke regelmaat naar de mis en de biecht; veel vaker dan alleen op de verplichte heiligedagen, zoals de andere hoge functionarissen deden om een goede indruk te maken. Toen de paus een paar jaar geleden Parijs had bezocht, had Fache al zijn invloed aangewend om een audiëntie te krijgen. Nu hing er een foto van Fache met de paus in zijn kantoor. 'De pauselijke bul,' noemden de agenten die onder elkaar.

Collet vond het ironisch dat een van Faches zeldzame openbare stellingnamen in de afgelopen jaren zijn onverbloemde reactie op het katholieke pedofilieschandaal was geweest. 'Die priesters zouden tweemaal opgehangen moeten worden!' had Fache verklaard. 'Eenmaal voor hun misdaden tegen kinderen, en eenmaal omdat ze de goede naam van de katholieke Kerk door het slijk hebben gehaald.' Collet kon zich niet aan de indruk onttrekken dat dat laatste Fache nog het kwaadst maakte.

Nu richtte Collet zijn aandacht op zijn laptop en hij concentreerde zich op de andere helft van zijn taken hier vanavond: het GPS-volgsysteem. Op het scherm was een gedetailleerde plattegrond van de Denon-vleugel te zien, een schematisch diagram dat was overgenomen van het beveiligingsbureau van het Louvre. Collet liet zijn blik over de doolhof aan galerijen en gangen glijden en vond waarnaar hij op zoek was.

Diep in de Grande Galerie knipperde een klein rood stipje.

La marque.

Fache zorgde er vannacht voor dat zijn prooi niet kon ontsnappen. En dat was heel verstandig. Robert Langdon had al eerder laten zien dat hij een koelbloedige kerel was.

9

Om er zeker van te zijn dat zijn gesprek met meneer Langdon niet onderbroken zou worden, had Bezu Fache zijn mobiele telefoon uitgeschakeld. Helaas was dit een duur model dat was uitgerust met een portofoon, die nu, tegen zijn bevelen in, door een van zijn agenten werd gebruikt om hem op te roepen.

'*Capitaine?*' De telefoon kraakte als een walkie-talkie.

Fache voelde dat hij van woede zijn kaken op elkaar klemde. Hij kon zich niets voorstellen dat belangrijk genoeg was om te rechtvaardigen dat Collet deze *surveillance cachée* onderbrak, vooral niet op dit kritieke moment.

Hij wierp Langdon een kalme, verontschuldigende blik toe. 'Een ogenblikje alstublieft.' Hij trok de telefoon uit zijn riem en drukte het knopje in om de portofoon in te schakelen. '*Oui?*'

'*Capitaine, un agent du Département de Cryptographie est arrivé.*'

Faches woede zakte even. *Een cryptoloog?* Afgezien van de belabberde timing was het waarschijnlijk goed nieuws. Nadat Fache Saunières cryptische tekst op de vloer had gevonden, had hij via internet foto's van de plek van de misdaad naar de afdeling Cryptologie gestuurd, in de hoop dat iemand daar hem kon vertellen wat Saunière probeerde duidelijk te maken. Als er nu een decodeur was gearriveerd, betekende dat waarschijnlijk dat iemand Saunières boodschap had ontcijferd.

'Ik ben nu bezig,' meldde Fache, op een toon die er geen misverstand over liet bestaan dat er een grens was overschreden. 'Vraag die cryptoloog maar om in de commandopost te wachten. Ik zal met hem praten als ik hier klaar ben.'

'Met háár,' verbeterde de stem. 'Het is agent Neveu.'

Fache begon het bericht steeds minder geslaagd te vinden. Sophie Neveu was een van de grootste vergissingen van de DCPJ. Ze was een jonge *déchiffreuse* uit Parijs die aan Royal Holloway, een *college* van de University of London, cryptologie had gestudeerd en twee jaar geleden aan Fache was opgedrongen als onderdeel van de pogingen van het ministerie om meer vrouwen bij de politie in dienst te nemen. Fache had aangevoerd dat het voortdurende streven van het ministerie naar politieke correctheid de politie alleen maar verzwakte. Niet alleen ontbeerden vrouwen de lichamelijke kenmerken die noodzakelijk waren voor politiewerk, maar bovendien vormde alleen al hun aanwezigheid een gevaarlijke bron van afleiding voor de mannen die hun werk moesten doen. En zoals Fache al had gevreesd, bleek Sophie Neveu een nog veel grotere afleiding te vormen dan de meesten.

Ze was tweeëndertig jaar en had een koppige vastberadenheid die aan halsstarrigheid grensde. Haar gretige omhelzing van de nieuwe Britse cryptologische methodes ergerde de oudere Franse cryptologen die haar meerderen waren. En wat Fache nog wel het zorgwekkendste vond, was de onontkoombare, universele waarheid dat op een afdeling van mannen van middelbare leeftijd een knappe jonge vrouw de aandacht altijd afleidde van het werk dat gedaan moest worden.

De man zei over de portofoon: 'Agent Neveu stond erop u onmiddellijk te spreken, *capitaine*. Ik heb geprobeerd haar tegen te houden, maar ze is al op weg naar de galerij.'

Fache deinsde vol ongeloof achteruit. 'Onaanvaardbaar! Ik heb heel duidelijk gezegd...'

Even dacht Robert Langdon dat Bezu Fache een beroerte kreeg. De hoofdinspecteur was midden in een zin toen zijn kaak ophield met bewegen en zijn ogen uitpuilden. Zijn vernietigende blik leek gericht te zijn op iets achter Langdons schouder. Voordat hij zich kon omdraaien om te zien wat het was, hoorde hij een vrouwenstem achter zich.

'*Excusez-moi, messieurs.*'

Langdon draaide zich om en zag een jonge vrouw. Ze liep met grote, soepele stappen door de galerij naar hen toe, met een natuur-

54

lijke zelfverzekerdheid in haar tred. Het was een knappe vrouw van een jaar of dertig, informeel gekleed in een roomkleurige Ierse trui over een zwarte legging. Haar dikke bourgognerode haar viel ongedwongen tot op haar schouders en omlijstte haar warme gezicht. In tegenstelling tot de uitdagende, dik opgemaakte blondines die de muren van de studentenkamers op Harvard sierden, was dit een gezonde vrouw met een onopgesmukte schoonheid en echtheid die een opvallend zelfvertrouwen uitstraalde.

Tot Langdons verrassing kwam de vrouw recht op hem af en stak beleefd haar hand uit. 'Meneer Langdon, ik ben Sophie Neveu van de afdeling Cryptologie van de DCPJ.' Haar woorden klonken elegant door haar licht Franse accent. 'Aangenaam kennis te maken.' Langdon pakte haar zachte hand in de zijne en werd gefixeerd door haar krachtige blik. Haar ogen waren olijfgroen, scherpzinnig en helder.

Fache ademde ziedend in, kennelijk van plan haar een reprimande te geven.

'*Capitaine*,' zei ze, terwijl ze zich vlug tot hem wendde en hem zo te snel af was, 'mijn verontschuldigingen voor de onderbreking, maar...'

'*Ce n'est pas le moment!*' sputterde Fache.

'Ik heb geprobeerd u te bellen.' Sophie sprak verder in het Engels, blijkbaar uit beleefdheid jegens Langdon. 'Maar uw mobiele telefoon was uitgeschakeld.'

'Daar had ik een reden voor,' siste Fache. 'Ik ben met meneer Langdon in gesprek.'

'Ik heb de numerieke code ontcijferd,' zei ze toonloos.

Langdon voelde dat zijn hart sneller ging kloppen van opwinding. *Heeft ze de code gekraakt?*

Fache keek alsof hij niet precies wist hoe hij moest reageren.

'Voordat ik er dieper op inga,' zei Sophie, 'heb ik een dringende boodschap voor meneer Langdon.'

Nu werd Faches gelaatsuitdrukking verbaasd. 'Voor meneer Langdon?'

Ze knikte en wendde zich weer tot Langdon. 'U moet contact opnemen met de Amerikaanse ambassade, meneer Langdon. Ze hebben een bericht voor u uit Amerika.'

Langdon was verrast, en zijn opwinding over de code maakte plaats voor een plotselinge opwelling van ongerustheid. *Een bericht uit Amerika?* Hij probeerde te bedenken wie er contact met hem kon zoeken. Alleen een paar van zijn collega's wisten dat hij in Parijs was.

Faches brede gezicht stond strak. 'De Amerikaanse ambassade?' vroeg hij op wantrouwige toon. 'Hoe weten die dat meneer Langdon híér te vinden is?'

Sophie haalde haar schouders op. 'Blijkbaar hebben ze meneer Langdons hotel gebeld, en de portier heeft hun verteld dat meneer Langdon was opgehaald door een agent van de DCPJ.'

Fache keek ongelovig. 'En heeft de ambassade toen contact opgenomen met de afdeling Cryptologíé?'

'Nee, *capitaine*,' zei Sophie op ferme toon. 'Toen ik de centrale van de DCPJ belde in een poging u aan de lijn te krijgen, hadden ze een bericht klaarliggen voor meneer Langdon en ze vroegen me het door te geven als ik u sprak.'

Fache fronste in kennelijke verwarring zijn voorhoofd. Hij deed zijn mond open om iets te zeggen, maar Sophie had zich alweer tot Langdon gewend.

'Meneer Langdon,' zei ze, terwijl ze een strookje papier uit haar zak trok, 'dit is het nummer van de berichtendienst van uw ambassade. Ze vroegen of u zo snel mogelijk kon bellen.' Ze gaf hem het papiertje, terwijl ze hem doordringend aankeek. 'Terwijl ik hoofdinspecteur Fache uitleg wat de code betekent, moet u maar even gaan bellen.'

Langdon keek op het papiertje. Er stonden een telefoonnummer in Parijs en een getal van drie cijfers op. 'Dank u,' zei hij, en hij was nu echt ongerust. 'Waar kan ik een telefoon vinden?'

Sophie wilde haar mobiele telefoon uit de zak van haar trui halen, maar Fache hield haar met een handgebaar tegen. Hij zag eruit als de Vesuvius die op het punt stond uit te barsten. Zonder zijn blik van Sophie af te wenden, pakte hij zijn eigen mobieltje en stak het Langdon toe. 'Dit is een beveiligde lijn, meneer Langdon. Gebruikt u die maar.'

Langdon begreep niets van Faches woede jegens de jonge vrouw. Slecht op zijn gemak nam hij de telefoon aan. Fache nam Sophie ogenblikkelijk mee een paar stappen weg en begon haar met zachte stem de les te lezen. Langdon, die de hoofdinspecteur steeds onsympathieker begon te vinden, draaide zijn rug naar het merkwaardige conflict en schakelde de telefoon in. Hij keek op het papiertje dat Sophie hem had gegeven en toetste het nummer in.

De telefoon ging over.

Eenmaal... tweemaal... driemaal...

Eindelijk kreeg hij verbinding.

Hij verwachtte de telefoniste van een ambassade aan de lijn te krijgen, maar in plaats daarvan bleek hij naar een antwoordapparaat te luisteren. Vreemd genoeg kwam de stem op het bandje hem bekend voor. Het was die van Sophie Neveu.

'*Bonjour, vous êtes bien chez Sophie Neveu,*' zei de vrouwenstem. '*Je suis absente pour le moment, mais...*'

Beduusd keerde Langdon zich weer naar Sophie. 'Het spijt me, mevrouw Neveu, maar ik geloof dat u me per ongeluk...'

'Nee, dat is het goede nummer,' viel Sophie hem snel in de rede, alsof ze al verwachtte dat het Langdon zou verwarren. 'De ambassade heeft een automatisch berichtensysteem. Je moet een toegangscode intoetsen om je berichten te kunnen afluisteren.'

Langdon staarde haar aan. 'Maar...'

'Het is die code van drie cijfers die op het papiertje staat.'

Langdon deed zijn mond open om de bizarre vergissing uit te leggen, maar Sophie wierp hem een korte blik toe om hem het zwijgen op te leggen. Haar groene ogen zonden een kristalheldere boodschap uit.

Stel geen vragen. Doe het nou maar.

Verbijsterd toetste Langdon het nummer op het papiertje in: 454. Sophies meldtekst werd onmiddellijk onderbroken, en Langdon hoorde een elektronische stem in het Frans zeggen: 'U hebt één nieuw bericht.' Blijkbaar was 454 Sophies code om haar berichten te beluisteren als ze niet thuis was.

Krijg ik nu de berichten voor deze vrouw te horen?

Langdon hoorde het bandje spoelen. Uiteindelijk stopte het en ging het apparaat weer afspelen. Langdon luisterde. Opnieuw hoorde hij Sophies stem.

'Meneer Langdon,' zo begon ze, angstig fluisterend. 'Laat geen reactie blijken op dit bericht. Luister goed en blijf kalm. U verkeert op dit moment in gevaar. Volg mijn aanwijzingen nauwkeurig op.'

IO

Silas zat achter het stuur van de zwarte Audi die de Leermeester voor hem had geregeld en keek naar de grote Eglise Saint-Sulpice. De twee klokkentorens van de kerk, die van beneden werden verlicht door rijen schijnwerpers, rezen als robuuste wachters op boven de lange romp van het gebouw. Aan beide zijden stak in het donker een rij smalle, hoge steunberen uit, als de ribben van een prachtig beest.

De heidenen hebben een godshuis gebruikt om hun sluitsteen te verbergen. Opnieuw had de broederschap haar legendarische reputatie op het gebied van misleiding en bedrog bevestigd. Silas verheugde zich erop de sluitsteen te vinden en aan de Leermeester te geven, zodat ze konden herwinnen wat de broederschap lang geleden van de gelovigen had gestolen.

Dat zal het Opus Dei onvoorstelbaar machtig maken.

Nadat hij de Audi op de verlaten Place Saint-Sulpice had geparkeerd, blies Silas zijn adem uit en hij hield zichzelf voor dat hij zijn geest leeg moest maken voor de opdracht die hij nu ging uitvoeren. Zijn brede rug deed nog pijn van de zelfkastijding die hij eerder die dag had ondergaan, maar de pijn was onbetekenend in vergelijking met het leed dat hij had doorstaan vóórdat het Opus Dei hem had gered.

Die herinneringen achtervolgden hem nog altijd.

Laat je haat varen, gebood Silas zichzelf. *Vergeef hen die overtredingen tegen je hebben begaan.*

Terwijl hij opkeek naar de stenen torens van de Saint-Sulpice, verzette Silas zich tegen die bekende onderstroom, die macht die zijn geest vaak mee terug in de tijd sleurde en hem weer opsloot in de gevangenis die zijn wereld was geweest toen hij jong was. De herinneringen aan het vagevuur raasden zoals altijd als een storm over zijn zintuigen... De lucht van rottende kool, de stank van de dood, menselijke urine en uitwerpselen. De kreten van wanhoop boven de huilende wind van de Pyreneeën uit en het zachte snikken van vergeten mannen.

Andorra, dacht hij, en hij voelde dat zijn spieren zich spanden.

Ongelooflijk genoeg was het in dat dorre en uitgestorven staatje tussen Spanje en Frankrijk geweest dat Silas, die huiverend in zijn stenen cel had gezeten en alleen nog maar dood wilde, was gered.

Op dat moment had hij dat niet beseft.

Het licht was lang na de donder gekomen.

Toen heette hij nog geen Silas, maar de naam die zijn ouders hem hadden gegeven herinnerde hij zich niet. Hij leefde al sinds zijn zevende alleen. Zijn vader, een potige dokwerker, kon het niet verdragen dat hij een albino als zoon had gekregen. Hij dronk te veel en sloeg zijn moeder regelmatig, want hij gaf haar de schuld van het gênante uiterlijk van hun zoon. Als de jongen probeerde haar te verdedigen, werd ook hij meedogenloos geslagen.

Op een avond hadden zijn ouders vreselijk ruzie, en zijn moeder stond niet meer op. De jongen boog zich over zijn levenloze moeder en voelde zich ondraaglijk schuldig dat hij dit had laten gebeuren.

Dit is mijn schuld!

Alsof hij bezeten was van een boze geest, liep hij naar de keuken en greep een slagersmes. Als in trance ging hij naar de slaapkamer, waar zijn vader bewusteloos van de drank op bed lag. Zonder een woord te zeggen, stak de jongen hem in de rug. Zijn vader schreeuwde van pijn en probeerde zich om te draaien, maar hij bleef op hem in steken totdat het stil werd in het appartement.

De jongen ontvluchtte het huis, maar merkte dat de straten van Marseille net zo onherbergzaam waren. Door zijn vreemde voorkomen werd hij verstoten door de andere zwerfkinderen, en hij was gedwongen alleen in de kelder van een vervallen fabriek te wonen en gestolen fruit en rauwe vis van de kade te eten. Zijn enige gezelschap bestond uit gehavende tijdschriften die hij bij het vuilnis vond, en hij leerde zichzelf lezen. In de loop der tijd werd hij sterk. Toen hij twaalf was, dreef een andere dakloze – een meisje dat tweemaal zo oud was als hij – op straat de spot met hem en probeerde zijn eten te stelen. Hij sloeg haar bijna dood. Toen het bevoegd gezag de jongen van haar af trok, werd hij voor de keuze gesteld: Marseille verlaten of naar een jeugdgevangenis gaan.

De jongen trok langs de kust naar Toulon. Langzamerhand veranderden de medelijdende blikken van voorbijgangers in angstige. De jongen was een sterke jongeman geworden. Als de mensen hem passeerden, kon hij ze horen fluisteren. *Een geest*, zeiden ze, en met grote ogen van angst staarden ze naar zijn witte huid. *Een geest met de ogen van de duivel!*

En hij voelde zich als een geest, onzichtbaar zwevend van havenstad naar havenstad.

De mensen leken dwars door hem heen te kijken.

Toen hij achttien was, werd hij in een havenstad door een paar bemanningsleden betrapt toen hij probeerde een kist met gerookte ham van een vrachtschip te stelen. De twee zeelui begonnen hem te slaan en roken naar bier, net als zijn vader had gedaan. Als een monster uit de diepzee kwamen de herinneringen aan angst en haat boven. De jongeman brak met zijn blote handen de nek van de ene zeeman en het leven van de andere werd alleen gered doordat de politie op tijd kwam.

Twee maanden later kwam hij geketend aan bij een gevangenis in Andorra.

'Je bent zo wit als een geest,' riepen de andere gevangenen spottend toen de bewakers hem binnenbrachten, naakt en verkleumd.

'*Mira el espectro!* Misschien kan die geest wel dwars door de muren lopen!'

In de loop van twaalf jaar kwijnden zijn lichaam en ziel weg, totdat hij wist dat hij doorzichtig was geworden.

Ik ben een geest.

Ik ben gewichtloos.

Yo soy un espectro... pálido como un fantasma... caminando este mundo a solas.

Op een nacht werd de geest wakker door het geschreeuw van andere gevangenen. Hij wist niet wat voor onzichtbare kracht de vloer deed schudden waarop hij sliep en de mortel van zijn stenen cel deed trillen, maar terwijl hij overeind sprong, viel er een grote kei precies op de plek waar hij had liggen slapen. Toen hij opkeek naar waar de steen vandaan was gekomen, zag hij een gat in de trillende muur en daarachter iets dat hij in meer dan tien jaar niet meer had gezien. De maan.

Terwijl de aarde nog schokte, kroop de geest al door een nauwe tunnel, wankelde hij naar buiten in een weids landschap en stormde hij langs een kale berghelling het bos in. Hij bleef de hele nacht rennen, steeds verder naar beneden, ijlend van honger en uitputting.

Op het randje van bewusteloosheid kwam hij bij zonsopkomst op een open plek aan waar treinrails een spoor door het bos trokken. Als in een droom volgde hij de rails. Toen hij een lege goederenwagon zag, kroop hij erin om daar te kunnen schuilen en rusten. Toen hij wakker werd, bewoog de wagon. *Hoe lang al? Hoe ver?* Hij kreeg steeds meer pijn in zijn buik. *Ga ik dood?* Hij viel weer in slaap. Deze keer werd hij wakker toen er iemand schreeuwde, hem sloeg en hem de goederenwagon uit gooide. Met bloed besmeurd zwierf hij door de buitenwijken van een klein plaatsje, en hij zocht vergeefs naar eten. Ten slotte, toen hij te zwak was om nog een stap te zetten, ging hij langs de weg liggen en hij gleed weg in bewusteloosheid.

Het werd langzaam licht, en de geest vroeg zich af hoe lang hij dood was geweest. *Een dag? Drie dagen?* Het deed er niet toe. Zijn bed was zo zacht als een wolk, en om hem heen hing de aangename lucht van kaarsen. Jezus was bij hem en keek op hem neer. *Ik ben hier*, zei Jezus. *De steen is opzij gerold, en je bent wedergeboren.*

Hij viel in slaap en werd weer wakker. Zijn gedachten waren nevelig. Hij had nooit in de hemel geloofd, maar toch hield Jezus de wacht bij hem. Er verscheen eten naast zijn bed, en de geest at het op; hij kon bijna voelen dat hij weer vlees op zijn botten kreeg.

Hij viel weer in slaap. Toen hij wakker werd, keek Jezus nog steeds glimlachend op hem neer, en zei: *Je bent gered, mijn zoon. Gezegend zijn zij die mijn weg volgen.*

Opnieuw viel hij in slaap.

Een schreeuw van angst wekte de geest uit zijn sluimering. Hij sprong uit bed en wankelde door een gang naar het geschreeuw toe. Hij kwam een keuken binnen en zag een grote man die bezig was een kleinere man te slaan. Zonder te weten waarom, greep de geest de grote man en wierp hem achterwaarts tegen een muur. De man vluchtte, en de geest bleef achter bij een jongeman in een priestergewaad. De priester had een gebroken neus. De geest tilde hem op en bracht hem naar een bank.

'Dank u, mijn vriend,' zei de priester in slecht Frans. 'Het offergeld is verleidelijk voor dieven. U spreekt Frans in uw slaap. Spreekt u ook Spaans?'

De geest schudde zijn hoofd.

'Hoe heet u?' vervolgde de man in gebroken Frans.

De geest kon zich de naam die zijn ouders hem hadden gegeven niet herinneren. Het enige dat hij hoorde, waren de schimpscheuten van de gevangenbewaarders.

De priester glimlachte. '*No hay problema.* Ik heet Manuel Aringarosa. Ik ben een missionaris uit Madrid. Ik ben hierheen gestuurd om een kerk voor de Obra de Dios te bouwen.'

'Waar ben ik?' Zijn stem klonk hol.

'Oviedo. In het noorden van Spanje.'

'Hoe ben ik hier gekomen?'

'Iemand heeft je op mijn stoep achtergelaten. Je was ziek. Ik heb je eten gegeven. Je bent hier al vele dagen.'

De geest keek aandachtig naar zijn jonge verzorger. Het was jaren geleden dat er iemand vriendelijk voor hem was geweest. 'Dank u, pater.'

De priester raakte zijn bebloede lip aan. 'Ik ben degene die dankbaar is, mijn vriend.'

Toen de geest de volgende ochtend wakker werd, was de wereld helderder voor hem. Hij keek op naar het kruisbeeld aan de muur boven zijn bed. Hoewel het niet meer tegen hem praatte, straalde het iets geruststellends uit. Toen hij ging zitten, zag hij tot zijn verrassing een uitgeknipt krantenartikel op zijn nachtkastje liggen. Het kwam uit een Franse krant van een week geleden. Toen hij het verhaal las, werd hij erg bang. Het ging over een aardbeving in de bergen waardoor een gevangenis was verwoest en er veel gevaarlijke criminelen op vrije voeten waren gekomen.

Zijn hart begon te bonzen. *De priester weet wie ik ben!* Hij had gevoelens die hij sinds lang niet meer had gehad. Schaamte. Schuldgevoel. En daarbij de angst weer opgepakt te worden. Hij sprong uit bed. *Waar kan ik heen?*

'Het boek Handelingen,' zei een stem vanuit de deuropening.

De geest draaide zich geschrokken om.

De jonge priester kwam glimlachend binnen. Zijn neus was onhandig verbonden en hij had een oude bijbel in zijn hand. 'Ik heb er een in het Frans voor je gevonden. Het hoofdstuk is aangestreept.'

Handelingen 16.

De verzen gingen over een gevangene die Silas heette en die naakt en geslagen in zijn cel lag, hymnes zingend voor God. Toen de geest bij vers 26 kwam, hapte hij geschrokken naar lucht.

'Plotseling kwam er een zo hevige schok, dat de gevangenis beefde op haar fundamenten. Meteen vlogen alle deuren open...'

Zijn blik schoot naar de priester.

Die glimlachte hartelijk. 'Omdat je geen andere naam hebt, mijn vriend, zal ik je van nu af aan Silas noemen.'

De geest knikte sprakeloos. *Silas.* Hij was weer een mens van vlees en bloed. *Ik heet Silas.*

'Het is tijd voor het ontbijt,' zei de priester. 'Je zult je krachten nodig hebben als je me gaat helpen met het bouwen van die kerk.'

Op zesduizend meter boven de Middellandse Zee hotste vlucht 1618 van Alitalia op en neer in de turbulentie, en de passagiers zaten nerveus te draaien in hun stoelen. Bisschop Aringarosa merkte het nauwelijks.

Zijn gedachten waren bij de toekomst van het Opus Dei. Hij zou graag willen weten hoe de plannen in Parijs vorderden en verlangde ernaar Silas te bellen. Maar dat kon hij niet. Daar had de Leermeester voor gezorgd.

'Het is voor uw eigen veiligheid,' had de Leermeester verklaard, in zijn Engels met een Frans accent. 'Ik heb genoeg verstand van elektronische communicatiemiddelen om te weten dat ze afgeluisterd kunnen worden. Dat zou rampzalig voor u kunnen uitpakken.'

Aringarosa wist dat hij gelijk had. De Leermeester was blijkbaar een bijzonder voorzichtig mens. Hij had zijn identiteit niet aan Aringarosa onthuld, maar hij had bewezen dat hij het waard was om gehoorzaamd te worden. Per slot van rekening had hij op de een of andere manier de hand gelegd op zeer geheime informatie.

De namen van de belangrijkste vier leden van de broederschap!
Dat was een prestatie geweest die de bisschop ervan had overtuigd dat de Leermeester daadwerkelijk in staat was hem de verbazingwekkende buit te bezorgen waarop hij beslag dacht te kunnen leggen.

'Monseigneur,' had de Leermeester tegen hem gezegd, 'ik heb alles voorbereid. Om mijn plan te doen slagen, moet u toestaan dat Silas een paar dagen lang alleen voor mij bereikbaar is. U tweeën mag elkaar niet spreken. Ik zal via beveiligde kanalen met hem communiceren.'

'Zult u hem met respect behandelen?'

'Een gelovig man verdient het grootste respect.'

'Uitstekend. Dan is het afgesproken. Silas en ik zullen elkaar niet spreken totdat dit voorbij is.'

'Ik doe dit ter bescherming van uw identiteit en die van Silas, en van mijn investering.'

'Uw investering?'

'Monseigneur, als u door uw verlangen om op de hoogte te blijven in de gevangenis terechtkomt, kunt u me mijn honorarium niet betalen.'

De bisschop glimlachte. 'Dat is waar. Onze wensen stemmen overeen. Gods zegen.'

Twintig miljoen euro, dacht de bisschop, die uit het vliegtuigraampje staarde. *Een schijntje voor iets dat zoveel invloed zal hebben.*

Hij had een hernieuwd vertrouwen dat de Leermeester en Silas succesvol zouden zijn. Geld en geloof waren krachtige drijfveren.

II

'*Une plaisanterie numérique?*' Bezu Fache was ziedend en staarde Sophie Neveu ongelovig aan. *Een grapje met getallen?* 'Jouw deskundige beoordeling van Saunières code bestaat uit de vaststelling dat het een of ander wiskundig geintje is?'

Fache vond het lef van deze vrouw ongelooflijk. Niet alleen was ze zonder zijn toestemming komen binnenvallen, maar nu probeerde ze hem er ook nog van te overtuigen dat Saunière in de laatste ogenblikken van zijn leven zin had gehad om een mathematische mop achter te laten.

'Deze code,' verklaarde Sophie in rad Frans, 'is zo eenvoudig dat het bijna absurd is. Jacques Saunière moet geweten hebben dat we hem onmiddellijk zouden doorzien.' Ze haalde een papiertje uit de zak van haar trui en gaf het aan Fache. 'Hier is de oplossing.'

Fache keek naar het kaartje.

$$1-1-2-3-5-8-13-21$$

'Is dit het?' snauwde hij. 'Je hebt alleen de getallen in oplopende volgorde gezet!'

Sophie was ook nog zo brutaal om tevreden te glimlachen. 'Precies.'

Fache dempte zijn stem tot een laag gegrom. 'Neveu, ik heb geen idee waar je heen wilt, maar ik stel voor dat je een beetje opschiet.' Hij wierp een ongeruste blik op Langdon, die op enige afstand met de telefoon tegen zijn oor gedrukt blijkbaar nog steeds stond te luisteren naar zijn boodschap van de Amerikaanse ambassade. Zo te zien aan Langdons asgrauwe gezicht was het slecht nieuws.

'*Capitaine*,' zei Sophie, en haar toon was gevaarlijk uitdagend, 'de rij getallen op dat papiertje is toevallig een van de beroemdste wiskundige reeksen die er bestaan.'

Fache was zich er niet van bewust dat er wiskundige reeksen bestonden die je beroemd kon noemen, en hij kon Sophies oneerbiedige toon absoluut niet waarderen.

'Dit is de Fibonacci-reeks,' verklaarde ze, terwijl ze naar het papiertje in Faches hand knikte. 'Een getallenreeks waarin elke term gelijk is aan de som van de twee voorgaande termen.'

Fache keek aandachtig naar de getallen. Elke term was inderdaad de som van de twee voorafgaande, maar Fache kon zich niet voorstellen wat dat met Saunières dood te maken had.

'De wiskundige Leonardo Fibonacci heeft deze getallenreeks in de dertiende eeuw opgesteld. Het kan geen toeval zijn dat álle getallen die Saunière op de grond heeft geschreven deel uitmaken van Fibonacci's beroemde reeks.'

Fache keek de jonge vrouw enige tijd strak aan. 'Goed, als het geen toeval is, vertel me dan maar waarom Jacques Saunière het heeft gedaan. Wat vertelt hij ermee? Wat betékent dit?'

Ze haalde haar schouders op. 'Helemaal niets. Daar gaat het juist om. Het is een simplistisch cryptografisch grapje. Net zoiets als de woorden van een beroemd gedicht willekeurig door elkaar husselen en dan kijken of iemand doorheeft wat de woorden met elkaar te maken hebben.'

Fache deed dreigend een stap naar voren en bracht zijn gezicht dicht bij dat van Sophie. 'Ik hoop dat je een heel wat bevredigender verklaring voor me hebt dan dit, jongedame.'

Sophies zachte trekken werden verrassend streng toen ze zich naar hem toe boog. '*Capitaine*, in aanmerking genomen wat er hier vannacht op het spel staat, dacht ik dat u wel graag zou willen weten dat Jacques Saunière misschien spelletjes met u speelt. Maar blijkbaar is dat niet het geval. Ik zal de directeur van Cryptologie op de hoogte stellen van het feit dat u onze diensten niet meer nodig hebt.'

Toen draaide ze zich om en beende weg in de richting waaruit ze was gekomen.

Verbluft keek Fache haar na totdat ze in het donker was verdwenen. *Is ze gek geworden?* Sophie Neveu had zojuist nieuwe inhoud gegeven aan het begrip carrièremoord.

Fache keerde zich naar Langdon, die nog steeds aandachtig naar zijn telefonische boodschap luisterde en inmiddels nog bezorgder was gaan kijken. *De Amerikaanse ambassade.* Bezu Fache had voor veel dingen minachting, maar er waren maar weinig zaken die hij zo verfoeide als de Amerikaanse ambassade.

Fache en de ambassadeur vlogen elkaar regelmatig in de haren over kwesties waar ze allebei bij betrokken waren, meestal over de aanpak van wetsovertredingen door bezoekende Amerikanen. De DCPJ arresteerde bijna dagelijks Amerikaanse studenten wegens drugsbezit, Amerikaanse zakenlui wegens het aanspreken van minderjarige prostituees en Amerikaanse toeristen wegens winkeldiefstal of vernielingen. De Amerikaanse ambassade had het wettelijke recht om te interveniëren en de schuldige burgers uit te leveren aan de Verenigde Staten, waar ze er met een vermaning van afkwamen. En dat was precies wat de ambassade altijd deed.

L'émasculation de la Police Judiciaire, noemde Fache het. *Paris Match* had kortgeleden een spotprent gepubliceerd waarin Fache werd afgebeeld als een politiehond die probeerde een Amerikaanse crimineel te bijten, maar er niet bij kon doordat hij met een ketting aan de Amerikaanse ambassade vastlag.

Vannacht niet, dacht Fache. *Dit is een veel te ernstige zaak.*

Toen Robert Langdon de telefoon uitschakelde, zag hij er slecht uit.

'Is alles in orde?' vroeg Fache.

Zwakjes schudde Langdon zijn hoofd.

Slecht nieuws van thuis, dacht Fache, en hij zag dat Langdon transpireerde toen hij Fache zijn mobiele telefoon teruggaf.

'Een ongeluk,' stamelde Langdon, en hij keek Fache met een vreemde uitdrukking aan. 'Een vriend...' Hij aarzelde. 'Ik moet morgenochtend vroeg met het eerste vliegtuig naar huis.'

Fache twijfelde er niet aan dat de geschokte blik van Langdon oprecht was, maar toch had hij het gevoel dat hij nog iets anders in de ogen van de Amerikaan zag, alsof er plotseling een vage angst in schemerde. 'Wat akelig voor u,' zei Fache, terwijl hij Langdon aandachtig opnam. 'Wilt u even gaan zitten?' Hij gebaarde naar een van de banken die in de galerij stonden.

Langdon knikte afwezig en deed een paar passen naar de bank. Toen bleef hij staan; hij maakte een steeds verwardere indruk. 'Eigenlijk wil ik even naar het toilet.'

Fache fronste zijn wenkbrauwen om het oponthoud. 'Het toilet. Natuurlijk. Laten we een paar minuten pauzeren.' Hij gebaarde door de lange galerij in de richting van waaruit ze gekomen waren. 'De toiletten zijn bij het kantoor van de conservator.'

Langdon aarzelde en wees toen de andere kant op, naar het einde van de Grande Galerie. 'Ik geloof dat het toilet aan die kant veel dichterbij is.'

Fache besefte dat Langdon gelijk had. Ze waren op twee derde van de Grande Galerie, en die eindigde bij een stel toiletten. 'Zal ik met u meegaan?'

Langdon schudde zijn hoofd en begon al verder de galerij in te lopen. 'Dat hoeft niet. Ik zou wel graag een paar minuten alleen willen zijn.'

Fache was niet enthousiast over het idee dat Langdon alleen door de rest van de galerij dwaalde, maar hij troostte zich met de wetenschap dat de Grande Galerie doodliep en dat de enige uitgang aan de andere kant was: het hek waar ze onderdoor waren gekropen. Volgens de veiligheidsvoorschriften van de Franse brandweer moest een ruimte van deze afmetingen weliswaar verscheidene nooduitgangen hebben, maar die trappenhuizen waren automatisch vergrendeld toen Saunière het beveiligingssysteem had ingeschakeld. Dat systeem was weliswaar inmiddels uitgezet en opnieuw ingeschakeld, zodat de toegang tot de trappenhuizen weer open was, maar dat was geen probleem; als de buitendeuren werden geopend, zou er een brandalarm afgaan en bovendien werden ze aan de buitenkant bewaakt door agenten van de DCPJ. Langdon kon het gebouw onmogelijk verlaten zonder dat Fache het wist.

'Ik moet even terug naar het kantoor van meneer Saunière,' zei Fache. 'Komt u alstublieft zo snel mogelijk achter me aan, meneer Langdon. We hebben nog meer te bespreken.'

Langdon zwaaide slapjes en verdween in het donker.

Fache draaide zich om en beende kwaad de andere kant op. Toen hij bij het hek kwam, kroop hij eronderdoor, liep door de gang en stormde Saunières kantoor binnen, waar de commandopost was.

'Wie heeft toestemming gegeven om Sophie Neveu tot het gebouw toe te laten?' brulde Fache.

Collet was de eerste die antwoord gaf. 'Ze heeft de bewakers buiten verteld dat ze de code had gekraakt.'

Fache keek om zich heen. 'Is ze weg?'

'Is ze dan niet bij u?'

'Ze is weggegaan.' Fache wierp een blik de donkere gang in. Blijkbaar had Sophie geen zin gehad om nog bij de andere agenten binnen te stappen en een praatje te maken op weg naar buiten.

Even overwoog Fache of hij de bewakers op de entresol via de portofoon zou oproepen en opdracht zou geven Sophie tegen te houden en haar hierheen te brengen voordat ze het gebouw kon verlaten. Toen bedacht hij zich. Dat zou hij alleen uit gekrenkte trots doen, om het laatste woord te hebben. Hij had vannacht al genoeg aan zijn hoofd.

Later kun je met agent Neveu afrekenen, hield hij zich voor, en hij verheugde zich er nu al op haar de laan uit te sturen.

Hij staarde even naar de miniatuurridder die op Saunières bureau stond en probeerde Sophie uit zijn hoofd te zetten. Toen wendde hij zich weer tot Collet. 'Heb je hem?'

Collet gaf een knikje en draaide de laptop naar Fache. Het rode stipje was duidelijk zichtbaar op de plattegrond van de verdieping en knipperde regelmatig in een ruimte waar TOILETTES PUBLIQUES bij stond.

'Mooi,' zei Fache; hij stak een sigaret op en stapte de gang in. 'Ik moet even iemand bellen. Hou verdomd goed in de gaten dat het toilet de enige plek is waar Langdon komt.'

12

Robert Langdon voelde zich licht in zijn hoofd toen hij naar het einde van de Grande Galerie sjokte. Steeds opnieuw hoorde hij in gedachten de telefonische boodschap van Sophie. Aan het einde van de galerij wezen verlichte borden met de internationale poppetjessymbolen voor toiletten hem de weg door een doolhof van schermen met Italiaanse tekeningen eraan, die de toiletten aan het gezicht onttrokken.

Toen hij de deur van het herentoilet had gevonden, stapte Langdon naar binnen en deed het licht aan.

De ruimte was verlaten.

Hij liep naar de wastafel en plensde koud water in zijn gezicht in een poging wat helderder te worden. Het felle tl-licht werd weerkaatst door de strakke tegels, en het rook naar ammonia. Toen hij zich afdroogde, ging de deur van de toiletruimte achter hem knarsend open. Hij draaide zich razendsnel om.

Sophie Neveu kwam binnen, en uit haar groene ogen sprak angst. 'Goddank bent u gekomen. We hebben niet veel tijd.'

Langdon stond naast de wastafels en keek haar verbijsterd aan. Nog maar een paar minuten geleden had Langdon naar haar telefonische boodschap geluisterd en gedacht dat de zojuist gearriveerde cryptologe blijkbaar krankzinnig was. Maar hoe langer hij had geluisterd, des te meer had hij de indruk gekregen dat het Sophie Neveu ernst was. *Laat geen reactie blijken op dit bericht. Luister goed en blijf kalm. U verkeert op dit moment in gevaar. Volg mijn aanwijzingen nauwkeurig op.* Vol twijfel had Langdon besloten te doen wat Sophie hem opdroeg. Hij had Fache verteld dat hij te horen had gekregen dat er een vriend van hem gewond was geraakt. Daarna had hij gevraagd of hij gebruik mocht maken van het toilet aan het einde van de Grande Galerie.

En nu stond Sophie voor hem, nog nahijgend van de sprint terug naar het toilet. Bij het tl-licht zag Langdon tot zijn verrassing dat er achter haar uitstraling van vastberadenheid onverwacht zachte gelaatstrekken schuilgingen. Alleen haar blik was scherp, en die tegenstelling riep de herinnering op aan een portret van Renoir met vele lagen... Versluierd maar toch duidelijk, met een directheid die toch ruimte liet voor een waas van geheimzinnigheid.

'Ik wilde u waarschuwen, meneer Langdon...' begon Sophie, nog steeds buiten adem, 'dat u *sous surveillance cachée* bent. U wordt in de gaten gehouden.' Haar Engels met een Frans accent weerkaatste tegen de tegelmuren, wat haar stem hol deed klinken.

'Maar... waarom?' vroeg Langdon. Sophie had hem door de telefoon al een verklaring gegeven, maar hij wilde die uit haar mond horen.

'Omdat,' zei ze, terwijl ze naar hem toe stapte, 'ú Faches belangrijkste verdachte bent in deze moordzaak.'

Langdon wist wat ze zou gaan zeggen, en toch klonk het volkomen belachelijk. Volgens Sophie was Langdon vannacht niet als symboliekdeskundige maar als verdachte naar het Louvre geroepen en was hij op dit ogenblik het onwetende doelwit van een van de DCPJ's favoriete onderzoeksmethodes, de *surveillance cachée*. Dit was niets anders dan een handige vorm van misleiding waarbij de politie een verdachte op de plek van het misdrijf uitnodigde en daar met hem sprak in de hoop dat hij zenuwachtig zou worden en de verdenking per ongeluk zou bevestigen.

'Kijk eens in de linkerzak van uw jasje,' zei Sophie. 'Daar vindt u bewijs dat ze u in de gaten houden.'

Langdon voelde hoe zijn ongerustheid toenam. *In mijn zak kijken?* Het klonk als een goedkoop goocheltrucje.

'Kijk nou maar.'

Verbaasd stak Langdon zijn hand in de linkerzak van zijn tweedjasje, die hij nooit gebruikte. Hij tastte erin rond en vond niets. *Wat had je anders verwacht?* Hij begon zich af te vragen of Sophie misschien toch krankzinnig was. Toen gleden zijn vingers langs iets onverwachts. Klein en hard. Langdon klemde het kleine voorwerpje tussen zijn vingertoppen, trok het naar buiten en staarde er verbluft naar. Het was een metalen schijfje in de vorm van een knoop, ongeveer ter grootte van een horlogebatterijtje. Hij had het nooit eerder gezien. 'Wat is...?'

'Een GPS-zendertje,' zei Sophie. 'Het geeft zijn lokatie voortdurend door aan een satelliet van het Global Positioning System en die informatie wordt door de DCPJ uitgelezen. We gebruiken ze om bij te houden waar mensen zich bevinden. Het systeem is tot op een meter nauwkeurig, over de hele aardbol. Ze hebben u aan een elektronische leiband. De agent die u in het hotel heeft opgehaald, heeft het voordat u uw kamer verliet in uw zak laten glijden.'

Langdon dacht terug aan de hotelkamer... Hij had snel gedoucht en zijn kleren aangetrokken, en de agent van de DCPJ had hem beleefd zijn tweedjasje aangegeven toen ze de kamer uit gingen. 'Het is koud buiten, meneer Langdon,' had hij gezegd. 'De lente in Parijs is niet zo mooi als uw liedje *April in Paris* beweert.' Langdon had hem bedankt en het jasje aangetrokken.

Sophie keek hem met haar olijfgroene ogen doordringend aan. 'Ik heb u daarnet niets verteld over het zendertje, omdat ik niet wilde dat u in het bijzijn van Fache in uw zak ging voelen. Hij mag niet weten dat u het hebt gevonden.'

Langdon had geen idee hoe hij moest reageren.

'Ze hebben u dat dingetje gegeven omdat ze dachten dat u misschien zou vluchten.' Ze zweeg even. 'Sterker nog, ze hóópten dat u zou vluchten; dat zou hun zaak sterker maken.'

'Waarom zou ik vluchten?' vroeg Langdon. 'Ik heb niets gedaan!'

'Fache denkt daar anders over.'

Boos beende Langdon naar de afvalbak om zich van het zendertje te ontdoen.

'Nee!' Sophie greep zijn arm en hield hem tegen. 'Laat het in uw zak zitten. Als u het weggooit, houdt het signaal op met bewegen en dan weten ze dat u het hebt gevonden. De enige reden dat Fache u alleen heeft gelaten, is dat hij kan zien waar u bent. Als hij denkt dat u hebt ontdekt wat hij aan het doen is...' Sophie maakte haar gedachte niet af. In plaats daarvan wurmde ze het metalen knoopje uit Langdons hand en liet het weer in de zak van zijn tweedjasje glijden. 'U moet het zendertje bij u houden. Voorlopig, in elk geval.'

Langdon was van zijn stuk gebracht. 'Hoe kan Fache nu denken dat ik Jacques Saunière heb vermoord?'

'Hij heeft tamelijk overtuigende redenen om u te verdenken.' Sophies gezicht stond grimmig. 'Er is bewijsmateriaal dat u nog niet hebt gezien. Fache heeft ervoor gezorgd dat het voor u verborgen bleef.'

Langdon staarde haar sprakeloos aan.

'Herinnert u zich de drie regels tekst die Saunière op de vloer heeft geschreven?'

Langdon knikte. De getallen en woorden stonden in zijn geheugen gegrift.

Sophie dempte haar stem nu tot gefluister. 'Wat u hebt gezien was niet de hele boodschap. Er was een víérde regel die Fache heeft gefotografeerd en daarna uitgewist voordat u aankwam.'

Langdon wist dat de oplosbare inkt van een uv-stift gemakkelijk kon worden weggeveegd, maar hij kon zich niet voorstellen waarom Fache bewijsmateriaal zou uitwissen.

'Fache wilde niet dat u de laatste regel van de boodschap zou lezen,' zei Sophie. Ze zweeg even. 'In elk geval niet totdat hij klaar met u was.'

Sophie haalde een computerafdruk van een foto uit de zak van haar trui en vouwde die open. 'Fache heeft eerder vanavond beelden van de plek van het misdrijf naar de afdeling Cryptologie gestuurd, in de hoop dat wij erachter konden komen wat Saunière met zijn boodschap probeerde te zeggen. Dit is een foto van de complete boodschap.' Ze gaf het vel papier aan Langdon.

Verbijsterd keek Langdon naar de foto. Het was een detailopname van de fluorescerende boodschap op de parketvloer. De laatste regel trof Langdon als een mokerslag.

13-3-2-21-1-1-8-5
O, DRACONIAN DEVIL!
OH, LAME SAINT!
P.S. ZOEK ROBERT LANGDON

13

Langdon stond een paar seconden verwonderd naar Saunières postscriptum op de foto te staren. *P.S. Zoek Robert Langdon.* Hij had het gevoel dat de vloer onder zijn voeten wegzakte. *Saunière heeft een postscriptum achtergelaten met mijn naam erin.* Langdon zou in zijn wildste fantasieën niet kunnen bedenken waarom. 'Begrijpt u nu,' zei Sophie met een indringende blik, 'waarom Fache u vannacht hierheen heeft laten komen, en waarom u zijn hoofdverdachte bent?'
Het enige dat Langdon op dat moment begreep, was waarom Fache zo zelfvoldaan had gekeken toen Langdon opperde dat Saunière zijn moordenaar bij de naam genoemd zou hebben.
Zoek Robert Langdon.
'Waarom zou Saunière dat geschreven hebben?' vroeg Langdon, en zijn verwarring maakte plaats voor woede. 'Waarom zou ik Jacques Saunière willen vermoorden?'
'Fache heeft nog geen motief kunnen vinden, maar hij heeft zijn hele gesprek met u vannacht opgenomen, in de hoop dat u het prijs zou geven.'
Langdon deed zijn mond open, maar er kwamen geen woorden uit.
'Hij draagt een piepklein microfoontje,' legde Sophie uit. 'Het is verbonden met een zendertje in zijn zak, dat het signaal naar de commandopost stuurt.'
'Dit kan niet waar zijn,' stamelde Langdon. 'Ik heb een alibi. Ik ben na mijn lezing direct teruggegaan naar mijn hotel. Dat kun je bij de receptie van het hotel navragen.'
'Dat heeft Fache al gedaan. Volgens zijn rapport hebt u uw kamersleutel om ongeveer halfelf bij de portier opgehaald. Helaas is

de moord om een uur of elf gepleegd. U kunt gemakkelijk ongezien uw hotelkamer weer verlaten hebben.'

'Dit is krankzinnig! Fache heeft geen bewijs!'

Sophies ogen werden groot, alsof ze wilde zeggen: hoezo, geen bewijs? 'Meneer Langdon, uw naam staat op de vloer naast het lijk geschreven en volgens Saunières agenda was u bij hem op het tijdstip van de moord.' Ze zweeg even. 'Fache heeft meer dan genoeg bewijs om u in hechtenis te nemen voor verhoor.'

Plotseling had Langdon het gevoel dat hij een advocaat nodig had. 'Ik heb het niet gedaan.'

Sophie zuchtte. 'Dit is geen Amerikaanse tv-serie, meneer Langdon. In Frankrijk beschermen de wetten de politie, niet de criminelen. En helaas wordt er in dit geval ook nog rekening gehouden met de media. Jacques Saunière was zeer bekend en geliefd in Parijs, en zijn moord zal morgenochtend groot nieuws zijn. Fache zal onmiddellijk onder druk worden gezet om een verklaring af te leggen, en hij maakt een veel betere indruk als hij al een verdachte heeft aangehouden. Of u nu wel of niet schuldig bent, u zult ongetwijfeld door de DCPJ worden vastgehouden totdat ze hebben uitgezocht wat er nu eigenlijk is gebeurd.'

Langdon voelde zich als een gekooid dier. 'Waarom vertelt u me dit allemaal?'

'Omdat ik geloof dat u onschuldig bent, meneer Langdon.' Sophie wendde haar blik even af en keek hem toen weer aan. 'En ook omdat het gedeeltelijk míjn schuld is dat u in de problemen zit.'

'Hoe bedoelt u? Is het úw schuld dat Saunière heeft geprobeerd me te beschuldigen?'

'Saunière probeerde u niet te beschuldigen. Het is een misverstand. Die boodschap op de vloer was voor mij bedoeld.'

Langdon had een minuutje nodig om dat tot zich te laten doordringen. 'Pardon?'

'Die boodschap was niet voor de politie. Die heeft hij voor míj geschreven. Ik denk dat hij alles zo snel moest doen dat hij gewoon niet heeft beseft wat voor indruk het op de politie zou maken.' Ze zweeg even. 'De numerieke code betekent niets. Die heeft Saunière opgeschreven om ervoor te zorgen dat er cryptologen bij het onderzoek betrokken zouden worden, zodat ík zo snel mogelijk zou weten wat er met hem was gebeurd.'

Langdon raakte nu echt de draad kwijt. Of Sophie Neveu wel of niet gek was geworden, was op dit moment niet te zeggen, maar Langdon begreep nu in elk geval waarom ze hem probeerde te helpen. *P.S. Zoek Robert Langdon.* Blijkbaar geloofde ze dat de conservator een cryptisch postscriptum voor haar had achtergelaten waarin hij haar vertelde dat ze Langdon moest zoeken. 'Maar waarom denkt u dat zijn boodschap voor u was bedoeld?'

'*De mens van Vitruvius*,' zei ze toonloos. 'Die tekening is altijd mijn lievelingswerk van Da Vinci geweest. Vannacht heeft hij het gebruikt om mijn aandacht te trekken.'

'Wacht even. Wilt u zeggen dat de conservator wíst wat uw favoriete kunstwerk was?'

Ze knikte. 'Het spijt me. Ik vertel het allemaal in de verkeerde volgorde. Jacques Saunière en ik...'

Sophies stem stokte, en Langdon hoorde er een plotselinge melancholie in doorschemeren, een verdrietig verleden. Sophie en Jacques Saunière hadden blijkbaar een bijzondere relatie gehad. Langdon keek aandachtig naar de mooie jonge vrouw tegenover hem; hij wist dat oudere mannen in Frankrijk er vaak jonge maîtresses op nahielden, maar om de een of andere reden kon hij zich Sophie Neveu niet voorstellen als vrouw die zich liet 'onderhouden'.

'We hebben tien jaar geleden ruzie gekregen,' zei Sophie fluisterend. 'Sindsdien hebben we elkaar nauwelijks nog gesproken. Vanavond, toen Crypto het telefoontje kreeg dat hij vermoord was en ik de foto's van zijn lichaam en de tekst op de vloer zag, besefte ik dat hij me een boodschap probeerde te sturen.'

'Vanwege *De mens van Vitruvius*?'

'Ja. En de letters P.S.'

'Post Scriptum?'

Ze schudde haar hoofd. 'P.S. zijn mijn initialen.'

'Maar u heet Sophie Neveu.'

Ze wendde haar blik af. 'P.S. is de koosnaam die hij voor me gebruikte toen ik bij hem woonde.' Ze bloosde. 'Het staat voor *Princesse Sophie*.'

Langdon reageerde niet.

'Onnozel, ik weet het,' zei ze. 'Maar het was jaren geleden. Toen ik een klein meisje was.'

'Hebt u hem gekend toen u een klein méisje was?'

'Heel goed zelfs,' zei ze, en er welden nu tranen op in haar ogen. 'Jacques Saunière was mijn grootvader.'

14

'Waar is Langdon?' vroeg Fache, terwijl hij de laatste trek van zijn sigaret uitblies en de commandopost binnenstapte.

'Nog op het herentoilet, chef.' Inspecteur Collet had de vraag verwacht.

Fache bromde: 'Hij neemt de tijd, zie ik.'

De hoofdinspecteur keek over Collets schouder naar het knipperende stipje en Collet kon hem bijna horen denken. Fache verzette zich tegen de impuls om te gaan kijken waar Langdon bleef. Het was het beste om het object van observatie zoveel mogelijk tijd en vrijheid te gunnen, om hem een vals gevoel van veiligheid te geven. Langdon moest uit zichzelf terugkomen. Maar het duurde al bijna tien minuten.

Te lang.

'Kan het zijn dat Langdon ons doorheeft?' vroeg Fache.

Collet schudde zijn hoofd. 'We zien nog steeds kleine bewegingen op het toilet, dus hij draagt het zendertje nog. Misschien voelt hij zich niet lekker? Als hij het zendertje gevonden had, zou hij het uit zijn zak hebben gehaald en hebben geprobeerd te vluchten.'

Fache keek op zijn horloge. 'Goed.'

Toch leek Fache onrustig. De hele avond had Collet al een ongewone gespannenheid bij zijn hoofdinspecteur bespeurd. Hoewel hij meestal ontspannen en kalm bleef onder druk, leek Fache er vanavond emotioneel bij betrokken, alsof deze zaak hem op de een of andere manier persoonlijk aanging.

Niet verrassend, dacht Collet. *Fache heeft deze arrestatie hard nodig.* De laatste tijd hadden de ministerraad en de media zich kritisch uitgelaten over de agressieve werkwijze van Fache, zijn botsingen met belangrijke buitenlandse ambassades en de grote bedragen die hij uitgaf aan nieuwe technologieën. Als er vanavond met behulp van geavanceerde technische middelen een in het oog lopende arrestatie van een Amerikaan kon plaatsvinden, zou dat de critici van Fache voorlopig de mond snoeren en dan zou hij deze baan nog een paar jaar kunnen houden, totdat hij van het lucratieve bijbehorende pensioen kon gaan genieten. *God weet dat hij het pensioen nodig heeft,* dacht Collet. Faches voorliefde voor technologie had hem zowel beroepsmatig als privé geschaad. Het gerucht ging dat Fache tijdens de technologiegekte van een paar jaar geleden al zijn spaargeld had belegd en alles was kwijtgeraakt.

En Fache is een man die van dure dingen houdt.
Ze hadden vannacht nog alle tijd. De vreemde onderbreking door Sophie Neveu was weliswaar ongelukkig, maar het was slechts een rimpeling geweest. Nu was ze weg, en Fache had nog genoeg troeven uit te spelen. Hij moest Langdon nog vertellen dat zijn naam op de vloer naast het slachtoffer gekrabbeld stond. *P.S. Zoek Robert Langdon.* De reactie van de Amerikaan op dat stukje bewijsmateriaal zou veelzeggend zijn.
'Chef?' riep een van de DCPJ-agenten van de andere kant van het kantoor. 'Ik denk dat u beter even aan de telefoon kunt komen.' Hij hield een telefoonhoorn omhoog en keek bezorgd.
'Wie is het?' vroeg Fache.
De agent fronste zijn wenkbrauwen. 'Het hoofd van onze afdeling Cryptologie.'
'En?'
'Het gaat over Sophie Neveu, chef. Er klopt iets niet helemaal.'

15

Het was tijd.
Silas voelde zich sterk toen hij uit de zwarte Audi stapte. De nachtelijke bries deed zijn wijde pij wapperen. *Er waait een wind der verandering.* Hij wist dat hij voor de taak die hem wachtte meer tact dan kracht nodig zou hebben, en hij liet zijn pistool in de auto. De Leermeester had voor de Heckler & Koch USP 40 met dertien patronen gezorgd.
Een dodelijk wapen hoort niet thuis in een godshuis.
Het plein voor de grote kerk was op dit uur verlaten; de enige levende zielen die hij zag, waren een paar tienerhoertjes die aan de andere kant van de Place Saint-Sulpice aan toeristen die zo laat in de nacht nog langsreden lieten zien wat ze aan te bieden hadden. Hun aantrekkelijke lijven wekten een bekend verlangen in Silas' lendenen. Onwillekeurig spande hij zijn dijspieren, waardoor de *cilice* pijnlijk in zijn vlees prikte.
De begeerte verdween ogenblikkelijk. Tien jaar lang had Silas zichzelf alle seksuele genot ontzegd, zelfs dat wat hij zichzelf kon verschaffen. Dat was *De Weg.* Hij wist dat hij veel had opgeofferd toen hij zich bij het Opus Dei had aangesloten, maar hij had er veel meer voor teruggekregen. De kuisheidsgelofte en het opgeven

van alle persoonlijke eigendommen leken nauwelijks offers. Gezien de armoede die hij had gekend en de seksuele gruwelen die hij in de gevangenis had doorstaan, was kuisheid een welkome afwisseling.

Nu hij voor het eerst sinds hij was gearresteerd en naar de gevangenis in Andorra was gebracht weer terug was in Frankrijk, merkte Silas dat zijn vaderland hem op de proef stelde en gewelddadige herinneringen bovenhaalde in zijn geredde ziel. *Je bent wedergeboren,* hield hij zichzelf voor. Om God te dienen had hij vandaag de zonde van moord moeten begaan, en dat was een offer waarvan Silas wist dat hij het voorgoed stilzwijgend met zich mee moest dragen.

'De omvang van je geloof is evenredig met de hoeveelheid pijn die je kunt verdragen,' had de Leermeester hem gezegd. Silas wist wat pijn was en wilde zichzelf graag bewijzen tegenover de Leermeester, degene die hem had verzekerd dat zijn daden door een hogere macht waren voorbestemd.

'Hago la obra de Dios,' fluisterde Silas terwijl hij naar de ingang van de kerk liep.

In de schaduw van de zware deur ademde hij diep in. Nu pas besefte hij werkelijk wat hij op het punt stond te gaan doen en wat hem binnen wachtte.

De sluitsteen. Die zal ons naar ons einddoel brengen.

Hij hief zijn krijtwitte vuist en bonsde driemaal op de deur.

Even later werden de grendels van het enorme houten portaal opzij geschoven.

16

Sophie vroeg zich af hoe lang het zou duren voordat Fache in de gaten had dat ze nog in het gebouw was. Nu ze zag dat Langdon volkomen ontdaan was, twijfelde ze of het wel verstandig was geweest om hem hier op het herentoilet met dit alles te overvallen.

Wat had ik anders moeten doen?

Ze zag het lichaam van haar grootvader weer voor zich, naakt en met zijn armen en benen gespreid op de grond. Er was een tijd geweest dat hij alles voor haar betekende, maar vannacht had Sophie tot haar verrassing nauwelijks verdriet over hem. Jacques

Saunière was nu een vreemde voor haar. Op een avond in maart, toen ze tweeëntwintig was, was hun goede relatie in één enkel ogenblik verloren gegaan. *Tien jaar geleden.* Sophie was een paar dagen eerder dan verwacht thuisgekomen van de universiteit in Engeland waar ze studeerde en had haar grootvader per ongeluk betrapt bij iets dat duidelijk niet voor haar ogen bedoeld was. Het was een tafereel dat ze tot op de dag van vandaag nauwelijks kon geloven.

Als ik het niet met mijn eigen ogen had gezien...

Ze was te beschaamd en geschokt geweest om de pijnlijke pogingen van haar grootvader om het uit te leggen te kunnen verdragen, en was onmiddellijk op zichzelf gaan wonen. Ze had haar spaargeld opgenomen en samen met een paar andere meisjes een appartementje gehuurd. Ze nam zich heilig voor nooit met iemand te praten over wat ze had gezien. Haar grootvader deed zijn uiterste best om haar te bereiken; hij stuurde haar kaarten en brieven waarin hij Sophie smeekte met hem te praten zodat hij het kon uitleggen. *Hoe zou dat uit te leggen zijn?* Sophie reageerde maar één keer, om hem te verbieden haar ooit nog te bellen of te proberen haar te zien te krijgen. Ze was bang dat zijn uitleg nog afschuwelijker zou zijn dan het incident zelf.

Saunière had het echter nooit opgegeven, en Sophie had nu een stapel ongeopende brieven die al tien jaar lang in een la lagen. Maar het strekte haar grootvader tot eer dat hij zich had neergelegd bij haar verzoek en haar nooit had gebeld.

Tot vanmiddag.

'Sophie?' Zijn stem op haar antwoordapparaat had ontstellend oud geklonken. 'Ik heb je wens heel lang gerespecteerd, en het doet me verdriet dat ik je moet bellen, maar ik moet je spreken. Er is iets vreselijks gebeurd.'

Sophie, die in de keuken van haar appartement in Parijs stond, kreeg een rilling toen ze hem na al die jaren weer hoorde. Zijn vriendelijke stem bracht een vloed aan mooie jeugdherinneringen boven.

'Sophie, luister alsjeblieft naar me.' Hij sprak Engels tegen haar, zoals hij altijd had gedaan toen ze nog klein was. *Frans oefen je op school. Engels oefen je thuis.* 'Je kunt niet altijd kwaad blijven. Heb je de brieven niet gelezen die ik je al die jaren heb gestuurd? Kun je het nog niet begrijpen?' Hij zweeg even. 'We moeten elkaar onmiddellijk spreken. Willig alsjeblieft deze ene wens van je opa in. Bel me in het Louvre, Sophie. Ik denk dat jij en ik in groot gevaar verkeren.'

Sophie staarde naar het antwoordapparaat. *Gevaar?* Waar had hij het over?

'Prinses...' De stem van haar grootvader sloeg over van een emotie die Sophie niet kon plaatsen. 'Ik weet dat ik dingen heb achtergehouden, en ik weet dat me dat je liefde heeft gekost. Maar het was voor je eigen veiligheid. Nu moet je de waarheid weten. Alsjeblieft, ik moet je de waarheid over je familie vertellen.'

Plotseling hoorde Sophie haar eigen hart bonzen. *Mijn familie?* Sophies ouders waren gestorven toen ze vier was. Hun auto was van een brug af het snelstromende water in gereden. Haar oma en jongere broertje hadden ook in de auto gezeten, en Sophies hele familie was in een ogenblik weggevaagd. Ze had een doos vol krantenartikelen die dat konden bevestigen.

Door zijn woorden ging er een onverwachte vlaag van verlangen door haar heen. *Mijn familie!* In dat vluchtige ogenblik zag Sophie beelden uit de droom waaruit ze als klein meisje talloze malen wakker was geschrokken: *mijn familie leeft nog! Ze komen thuis!* Maar net als in haar droom, vervlogen die beelden meteen weer.

Je familie is dood, Sophie. Ze komen niet thuis.

'Sophie...' zei haar opa op het antwoordapparaat. 'Ik heb er jaren mee gewacht je dit te vertellen. Ik wachtte op het juiste moment, maar nu is de tijd op. Bel me in het Louvre. Meteen als je dit hoort. Ik zal hier de hele avond wachten. Ik ben bang dat we allebei in gevaar zijn. Er is zoveel dat je moet weten.'

Dat was het einde van het bericht.

In de stilte bleef Sophie misschien wel minutenlang bevend staan. Ze dacht na over haar grootvaders boodschap, en kon maar één mogelijke verklaring vinden. Zijn ware bedoeling werd haar duidelijk.

Hij probeerde haar te lokken.

Kennelijk wilde haar grootvader haar vreselijk graag zien. Hij probeerde alles wat hij kon bedenken. Haar afkeer van de man groeide. Ze vroeg zich af of hij misschien ongeneeslijk ziek was en had besloten elke list te gebruiken die hij kon bedenken om haar over te halen hem een laatste keer te bezoeken. Als dat zo was, had hij een gevoelige snaar geraakt.

Mijn familie.

Nu ze op het schemerige herentoilet van het Louvre stond, hoorde Sophie de telefonische boodschap van die middag nog nagalmen in haar hoofd. *Bel me in het Louvre, Sophie. Ik denk dat jij en ik in groot gevaar verkeren.*

Ze had hem niet gebeld. Dat was ze ook niet van plan geweest.

Maar nu werd haar scepsis zwaar op de proef gesteld. Haar opa was in zijn eigen museum vermoord. En hij had een code op de vloer geschreven.

Een code voor háár. Daar was ze zeker van.

Hoewel ze niet begreep wat zijn boodschap betekende, wist Sophie zeker dat de cryptische aard ervan eens temeer bewees dat de woorden voor haar waren bedoeld. Sophies passie en talent voor cryptologie waren het resultaat van haar jeugd met Jacques Saunière, die zelf dol was geweest op geheimschriften, woordspelletjes en puzzels. *Hoeveel zondagen hebben we niet doorgebracht met het invullen van de cryptogrammen en kruiswoordraadsels uit de krant?*

Toen ze twaalf was, kon Sophie het kruiswoordraadsel uit *Le Monde* zonder hulp oplossen, en toen gaf haar grootvader haar Engelse kruiswoordraadsels, puzzels met getallen en cijferschriften. Sophie loste alles met groot enthousiasme op. Uiteindelijk had ze van haar passie haar beroep gemaakt door als decodeur bij de recherche te gaan werken.

Vannacht moest de cryptoloog in Sophie erkennen dat haar opa op zeer efficiënte wijze, met een eenvoudige code, twee volkomen vreemden bij elkaar had gebracht: Sophie Neveu en Robert Langdon.

De vraag was: waarom?

Uit de onthutste blik in Langdons ogen maakte Sophie op dat de Amerikaan helaas evenmin enig idee had waarom haar grootvader hen bijeen had gebracht.

Ze drong weer aan. 'Mijn opa en u waren van plan elkaar vanavond te spreken. Waarover?'

Langdon keek oprecht verbijsterd. 'Zijn secretaresse vroeg om een afspraak zonder een reden te geven, en ik heb er niet naar gevraagd. Ik nam aan dat hij had gehoord dat ik een lezing zou geven over de heidense iconografie in Franse kathedralen, dat het onderwerp hem interesseerde en dat het hem leuk leek om na de lezing iets met me te drinken.'

Daar geloofde Sophie niet in. Het klonk niet overtuigend. Haar opa wist meer van heidense iconografie dan wie ook ter wereld. Bovendien was hij een zeer teruggetrokken man, niet iemand die zomaar een praatje zou willen maken met een willekeurige Amerikaanse hoogleraar als daar geen belangrijke reden voor was.

Sophie ademde diep in en deed nog een poging. 'Mijn opa heeft me vanmiddag gebeld en me verteld dat hij en ik in groot gevaar verkeerden. Zegt dát u iets?'

Langdon kneep zijn blauwe ogen verontrust samen. 'Nee, maar gezien de gebeurtenissen...'

Sophie knikte. Gezien de gebeurtenissen van vanavond zou ze wel gek zijn als ze niet bang was. Met een gevoel van uitputting liep ze naar de spiegelglazen ruit aan het einde van de toiletruimte en keek zwijgend door het raster van alarmbedrading dat in het glas was ingebed naar buiten. Ze bevonden zich op een hoogte van minstens twaalf meter.

Met een zucht sloeg ze haar blik op en keek naar het schitterende uitzicht over Parijs. Links van haar, aan de overkant van de Seine, zag ze de verlichte Eiffeltoren. Recht voor haar uit de Arc de Triomphe. En naar rechts, hoog op de heuvel van Montmartre, de sierlijke wit stenen koepel van de Sacré-Coeur, die glansde als een schitterende tempel.

Hier, aan het westelijke uiteinde van de Denon-vleugel, liep de rijweg van de Place du Carrousel van noord naar zuid vlak langs het gebouw, alleen door een smal trottoir gescheiden van de buitenmuur van het Louvre. Ver onder hen stond de gebruikelijke nachtelijke karavaan bestelwagens te wachten tot het stoplicht op groen sprong, en hun lampen leken spottend naar Sophie te twinkelen.

'Ik weet niet wat ik moet zeggen,' zei Langdon, terwijl hij achter haar dichterbij kwam. 'Uw grootvader probeert ons kennelijk iets te vertellen. Het spijt me dat u zo weinig aan me hebt.'

Sophie keerde haar rug naar het raam; ze hoorde aan Langdons diepe stem dat hij dat oprecht betreurde. Ondanks het feit dat hij zelf in de problemen zat, wilde hij haar blijkbaar graag helpen. *De leraar in hem,* dacht ze, want ze had de informatie van de DCPJ over hun verdachte gelezen. Dit was een academicus die er duidelijk een hekel aan had iets niet te begrijpen.

Dat hebben we dan gemeen, dacht ze.

Als decodeur verdiende Sophie haar brood met het vinden van een betekenis in schijnbaar willekeurige gegevens. Ze vermoedde dat Robert Langdon, of hij dat nu wist of niet, over informatie beschikte die zij hard nodig had. *Princesse Sophie, Zoek Robert Langdon.* Kon het nog duidelijker? Sophie had meer tijd met Langdon nodig. Tijd om na te denken. Tijd om dit mysterie samen op te lossen. Helaas begon hun tijd op te raken.

Sophie keek op naar Langdon en deed de enige zet die ze kon bedenken. 'Bezu Fache kan u elk ogenblik in hechtenis nemen. Ik weet hoe ik u dit museum uit kan krijgen. Maar dan moeten we nu iets ondernemen.'

Langdons ogen werden groot. 'Wilt u dat ik vlúcht?'

'Het is het slimste dat u kunt doen. Als u zich nu door Fache in hechtenis laat nemen, zit u weken in een Franse gevangenis terwijl de DCPJ en de Amerikaanse ambassade ruzie maken over de vraag voor welk hof u moet verschijnen. Maar als we u hier weg krijgen en bij uw ambassade weten te komen, zal uw regering uw rechten beschermen terwijl u en ik bewijzen dat u niets met deze moord te maken hebt.'

Langdon leek zelfs niet een beetje overtuigd. 'Vergeet het maar! Fache heeft gewapende bewakers bij elke uitgang staan! Zelfs als we ontsnappen zonder te worden neergeschoten, wekt weglopen alleen de indruk dat ik schuldig ben. U moet Fache vertellen dat de boodschap op de vloer voor ú bedoeld was en dat mijn naam daar niet als een beschuldiging stond.'

'Dat zal ik ook zeker doen,' zei Sophie gehaast, 'maar pas nadat u veilig in de Amerikaanse ambassade bent. Die is hier maar anderhalve kilometer vandaan en mijn auto staat bij het museum geparkeerd. Vanuit deze positie is praten met Fache te riskant. Ziet u dat dan niet? Fache is vannacht vastbesloten te bewijzen dat u schuldig bent. De enige reden dat hij u nog niet heeft gearresteerd, is dat hij u wilde observeren in de hoop dat u iets zou doen wat zijn zaak sterker zou maken.'

'Precies. Zoals weglopen!'

Plotseling begon het mobieltje in de zak van Sophies trui te rinkelen. *Waarschijnlijk Fache.* Ze stak haar hand in haar trui en schakelde haar telefoon uit.

'Meneer Langdon,' zei ze gehaast, 'ik moet u nog één ding vragen.' *En uw hele toekomst kan hiervan afhangen.* 'Het is duidelijk dat wat er op de vloer is geschreven geen bewijs van uw schuld is, maar toch heeft Fache ons team verteld dat hij zéker weet dat u degene bent die hij moet hebben. Kunt u nog een andere reden bedenken waarom hij ervan overtuigd is dat u het hebt gedaan?'

Langdon zweeg een paar seconden. 'Absoluut niet.'

Sophie zuchtte. *Wat betekent dat Fache liegt.* Ze had geen idee waarom, maar daar ging het nu niet om. Het feit bleef dat Bezu Fache vastbesloten was om Robert Langdon vannacht achter de tralies te krijgen, koste wat het kost. Sophie had Langdon zelf nodig, en voor dat dilemma wist ze maar één logische oplossing.

Ik moet hem bij de Amerikaanse ambassade zien te krijgen.

Ze keerde zich weer naar het raam en keek tussen de alarmbedrading door naar het duizelingwekkend twaalf meter lager gele-

gen wegdek. Een sprong van deze hoogte zou Langdon twee gebroken benen opleveren. Op z'n minst.

Toch nam Sophie een besluit.

Robert Langdon zou uit het Louvre ontsnappen, of hij wilde of
niet.

17

'Hoe bedoel je, ze neemt niet op?' Fache keek ongelovig. 'Je belt
toch naar haar mobiele telefoon? Ik weet dat ze die bij zich heeft.'
Collet probeerde al een paar minuten Sophie te bereiken. 'Misschien is haar accu leeg. Of haar beltoon staat uit.'

Fache keek verontrust sinds hij het hoofd van Cryptologie aan de
telefoon had gehad. Nadat hij had opgehangen, was hij naar Collet gebeend en had hem opgedragen agent Neveu te bellen. Daar
was Collet niet in geslaagd, en nu ijsbeerde Fache als een gekooi-
de leeuw heen en weer.

'Waarom belde Crypto?' waagde Collet te vragen.

Fache draaide zich om. 'Om ons te vertellen dat ze geen verwijzingen naar draconische duivels en armzalige heiligen hadden gevonden.'

'Was dat alles?'

'Nee, ze wilden ons ook vertellen dat ze in de getallen zojuist de
Fibonacci-reeks hadden herkend, maar dat ze vermoedden dat dat
geen betekenis had.'

Collet begreep het niet. 'Maar ze hadden agent Neveu al gestuurd
om ons dat te vertellen.'

Fache schudde zijn hoofd. 'Ze hebben Neveu niet gestuurd.'

'Wat?'

'Volgens het hoofd heeft hij op mijn instructies zijn hele team bij-
eengeroepen om te kijken naar de beelden die ik hem had gestuurd.
Toen agent Neveu aankwam, wierp ze één blik op de foto's van
Saunière en de code, en liep ze zonder een woord te zeggen het
kantoor uit. Het hoofd zei dat hij haar gedrag niet al te vreemd
vond, omdat het begrijpelijk was dat ze van streek was door de
foto's.'

'Van streek? Heeft ze nooit eerder een foto van een lijk gezien?'

Fache zweeg even. 'Ik wist het niet, en het hoofd kennelijk ook
niet voordat een collega het hem vertelde, maar blijkbaar is So-

phie Neveu de kleindochter van Jacques Saunière.'

Collet was sprakeloos.

'Het hoofd zei dat ze nooit iets over Saunière tegen hem had gezegd, en hij veronderstelde dat ze geen voorkeursbehandeling wilde krijgen vanwege haar beroemde grootvader.'

Geen wonder dat ze van streek was door de foto's. Collet kon zich nauwelijks een ongelukkiger toeval voorstellen dan dat een jonge vrouw werd gevraagd een code te ontcijferen die door een dood familielid was opgeschreven. Maar dat verklaarde nog niet wat ze had gedaan. 'Blijkbaar herkende ze de getallen als de Fibonaccireeks, want ze is hierheen gekomen en heeft het ons verteld. Ik snap niet waarom ze het kantoor uit is gelopen zonder tegen iemand te zeggen dat ze dat had ontdekt.'

Collet kon maar één mogelijke verklaring bedenken voor de verontrustende ontwikkelingen: Saunière had een numerieke code op de grond geschreven, in de hoop dat Fache de hulp zou inroepen van de cryptologen en daarmee zijn eigen kleindochter bij het onderzoek zou betrekken. Communiceerde Saunière dan in de rest van de boodschap op de een of andere manier met zijn kleindochter? Zo ja, wat vertelde de boodschap haar dan? En hoe paste Langdon in het geheel?

Voordat Collet hier verder over kon nadenken, werd de stilte van het verlaten museum ruw verbroken door een alarm. Het belsignaal klonk alsof het uit de Grande Galerie kwam.

'*Alarme!*' riep een van de agenten, terwijl hij naar het scherm keek waar de plattegrond van de beveiligingsdienst te zien was. '*La Grande Galerie! Les messieurs!*'

Fache draaide zich razendsnel om naar Collet. 'Waar is Langdon?'

'Nog steeds op het herentoilet!' Collet wees naar het knipperende rode stipje op het scherm van zijn laptop. 'Hij moet het raam hebben gebroken!' Collet wist dat Langdon niet ver zou komen. Weliswaar moesten in Parijs ramen beneden de vijftien meter hoog volgens de veiligheidsvoorschriften in geval van brand gebroken kunnen worden, maar het zou zelfmoord zijn om zonder ladderwagen uit een raam op de eerste verdieping van het Louvre te klimmen. Bovendien waren er aan de westzijde van de Denonvleugel geen bomen of gras om een val te breken. Recht onder dat raam liep op nog geen meter van de buitenmuur de Quai du Louvre. 'Mijn god,' riep Collet uit, terwijl hij naar het scherm keek. 'Langdon loopt naar het raamkozijn!'

Maar Fache was al onderweg. Terwijl hij zijn revolver, een Manurhin MR-93, uit zijn schouderholster trok, stormde hij het kantoor uit.

Collet keek verbijsterd naar het scherm, waar het knipperende stipje bij het raamkozijn aankwam en toen iets volkomen onverwachts deed. Het stipje bewoog verder búíten de muren van het gebouw. *Wat gebeurt er?* vroeg hij zich af. *Staat Langdon op een richel of...* 'Jezus!' Collet sprong overeind terwijl het stipje verder buiten de muur schoot. Het signaal leek even te trillen en toen kwam het knipperende stipje abrupt tot stilstand op een meter of tien buiten het gebouw.

Collet drukte wat knoppen in, zodat hij een plattegrond van Parijs op het scherm kreeg, en stelde het Global Positioning System opnieuw in. Nadat hij had ingezoomd, kon hij nu de precieze plek van het signaal zien.

Het bewoog niet meer.

Het lag doodstil midden op de Quai du Louvre.

Langdon was gesprongen.

18

Fache sprintte door de Grande Galerie terwijl Collet over de portofoon boven het geluid van het alarm in de verte uit blèrde.

'Hij is gesprongen!' schreeuwde Collet. 'Ik ontvang het signaal van de Quai du Louvre! Buiten het raam van het toilet! En het beweegt helemaal niet meer! Jezus, ik geloof dat Langdon zelfmoord heeft gepleegd!'

Fache hoorde de woorden, maar ze drongen niet tot hem door. Hij rende verder. Er leek geen einde te komen aan de galerij. Toen hij langs Saunières lichaam sprintte, kreeg hij de schotten aan het eind van de Denon-vleugel in zicht. Het alarm ging steeds harder klinken.

'Wacht even!' brulde Collets stem weer over de portofoon. 'Hij beweegt! Mijn god, hij leeft nog. Langdon beweegt!'

Fache bleef rennen en vervloekte bij elke stap de enorme lengte van de galerij.

'Langdon gaat sneller bewegen!' riep Collet over de radio. 'Hij rent naar het oosten. Wacht even... Hij versnelt nog meer. Hij gaat te snel!'

Toen Fache bij de schotten aankwam, zocht hij zich er een weg tussendoor, kreeg de deur van de toiletruimte in het oog en rende erheen.

De walkie-talkie kwam nu nauwelijks nog boven het alarm uit. 'Hij moet in een auto zitten! Ik denk dat hij in een auto zit! Ik kan niet...'

Collets woorden werden overstemd door het alarm toen Fache ten slotte met getrokken revolver het herentoilet binnenstormde. Ineenkrimpend vanwege de snerpende herrie keek hij om zich heen.

De toilethokjes waren leeg. De wasruimte was verlaten. Faches blik ging onmiddellijk naar het verbrijzelde raam achter in de ruimte. Hij rende naar de opening en keek over de rand. Langdon was nergens te bekennen. Fache kon zich niet voorstellen dat iemand zo'n risico zou nemen. Als hij dat hele eind gevallen was, zou hij ernstig gewond zijn.

Eindelijk ging het alarm uit, en Collets stem over de walkie-talkie werd weer hoorbaar.

'... naar het zuiden... sneller... via de Pont Neuf de Seine over!'

Fache keek naar de brug. Het enige voertuig dat hij zag was een enorme truck met oplegger die in zuidelijke richting bij het Louvre vandaan reed. Over de open laadbak van de oplegger lag een plastic dekzeil, dat een beetje op een enorme hangmat leek. Er kwam een bang vermoeden bij Fache op. Die truck had waarschijnlijk zojuist nog voor een rood licht recht onder het raam van het toilet gestaan.

Een krankzinnig risico, hield Fache zichzelf voor. Langdon kon absoluut niet weten wat de truck onder dat dekzeil vervoerde. Stel je voor dat er een lading staal op lag? Of cement? Of zelfs afval? Een sprong van twaalf meter? Het was waanzin.

'Het stipje gaat de hoek om!' riep Collet. 'Het gaat naar rechts de Quai de Conti op.'

De truck met oplegger die over de brug had gereden, sloeg nu inderdaad naar rechts de Quai de Conti op. *Het zij zo,* dacht Fache. Verbaasd zag hij de truck om de hoek verdwijnen. Collet was al bezig de agenten die buiten stonden via de portofoon opdracht te geven van het Louvre naar hun auto's te gaan en de achtervolging in te zetten, terwijl hij de veranderende lokatie van de truck bleef doorgeven. Het klonk als een bizar verslag van een of andere sportwedstrijd.

Het is voorbij, wist Fache. Zijn mannen zouden de truck binnen een paar minuten omsingeld hebben. Langdon zou niet ver komen.

Nadat hij zijn revolver had weggestoken, liep Fache de toiletruimte uit en zocht contact met Collet. 'Laat mijn auto voorrijden. Ik wil erbij zijn als we hem arresteren.'

Terwijl Fache op een sukkeldrafje door de Grande Galerie terugrende, vroeg hij zich af of Langdon de val wel zou hebben overleefd.

Niet dat het iets uitmaakte.

Langdon is op de vlucht geslagen. Hij is dus schuldig.

Op slechts vijftien meter van het toilet stonden Langdon en Sophie in de duisternis van de Grande Galerie met hun rug tegen een van de grote schotten gedrukt die de toiletten aan het zicht onttrokken. Ze hadden maar nauwelijks tijd gehad om zich te verbergen voordat Fache met getrokken revolver langs hen was gestormd en in de toiletruimte was verdwenen.

De afgelopen minuut was als in een droom voorbijgetrokken.

Langdon had in de toiletruimte gestaan en weigerde weg te lopen van een misdrijf dat hij niet had gepleegd, toen Sophie onderzoekend de ruit en de alarmbedrading erin bekeek. Daarna tuurde ze naar beneden de straat in, alsof ze de hoogte schatte.

'Als je een beetje goed mikt, kun je hier wegkomen,' zei ze.

Goed mikken? Hij tuurde ongerust uit het raam.

Verderop kwam een enorme truck met oplegger op het stoplicht onder het raam af rijden. Over de gigantische laadruimte van de truck lag een blauw plastic dekzeil, dat de lading losjes bedekte. Langdon hoopte dat Sophie niet dacht wat ze leek te denken.

'Sophie, ik ga absoluut niet spring...'

'Pak het zendertje uit uw zak.'

Verbouwereerd tastte Langdon in zijn zak totdat hij het kleine metalen knoopje vond. Sophie pakte het van hem aan en beende ogenblikkelijk naar de wastafel. Ze greep een groot stuk zeep, legde het zendertje erop en duwde het er met haar duim krachtig in. Toen het knoopje in de zachte ondergrond was weggezonken, wreef ze het gat dicht, zodat het apparaatje stevig in het stuk zeep zat.

Nadat ze dat aan Langdon had gegeven, pakte Sophie een zware, cilindervormige afvalbak onder een wastafel vandaan. Voordat Langdon kon protesteren, rende Sophie met de afvalbak als een stormram voor zich uit naar het raam. Ze sloeg de onderkant van de afvalbak tegen het midden van de ruit en verbrijzelde het glas. Boven hun hoofd ging een oorverdovend alarm af.

'Geef me de zeep!' gilde Sophie, nauwelijks hoorbaar boven het alarm uit.

Langdon drukte het stuk zeep in haar hand.

Met de zeep in haar hand tuurde ze door het gebroken raam naar de oplegger die onder hen stond te wachten. Het doelwit was groot genoeg – het uitgestrekte oppervlak van een onbeweeglijk dekzeil – en het bevond zich op nauwelijks drie meter van de muur van het gebouw. Vlak voordat de stoplichten versprongen, ademde Sophie diep in en smeet het stuk zeep naar buiten, de nacht in.

Het tuimelde door de lucht en kwam op de rand van het dekzeil neer, waarna het naar het midden van de laadruimte gleed op het ogenblik dat het licht groen werd.

'Gefeliciteerd,' zei Sophie terwijl ze hem meetrok naar de deur. 'U bent zojuist uit het Louvre ontsnapt.'

Ze renden het herentoilet uit en stapten net het donker in toen Fache voorbij stormde.

Nu het alarm niet langer afging, hoorde Langdon de sirenes van de DCPJ, die zich met hoge snelheid van het Louvre verwijderden. *Een uittocht van agenten.* Ook Fache was weggerend en de Grande Galerie was verlaten.

'Een meter of vijftig terug in de galerij is een brandtrap,' zei Sophie. 'Nu de bewakers weg zijn, kunnen we maken dat we hier wegkomen.'

Langdon besloot die avond geen woord meer te zeggen. Sophie Neveu was duidelijk een stuk slimmer dan hij.

19

Men zegt dat de Eglise Saint-Sulpice de meest zonderlinge geschiedenis heeft van alle Parijse bouwwerken. De kerk, die op de ruïne van een oude tempel voor de Egyptische godin Isis is gebouwd, heeft een plattegrond die tot op de decimeter overeenkomt met die van de Notre-Dame. Het heiligdom is het toneel geweest van de doop van markies de Sade en Baudelaire, en van de bruiloft van Victor Hugo. Het aangebouwde seminarie heeft een goed gedocumenteerde geschiedenis van onorthodoxe praktijken en was eens de clandestiene ontmoetingsplek voor allerlei geheime genootschappen.

Vannacht was het doodstil in het grote, donkere schip van de Saint-Sulpice, en het enige spoor van leven was de flauwe wierooklucht van de eerder die avond gehouden mis. Silas zag aan zuster Sandrines bewegingen toen ze hem meenam het heiligdom in dat ze niet op haar gemak was. Dat verbaasde hem niets. Silas was eraan gewend dat mensen zich ongemakkelijk voelden door zijn uiterlijk.

'U bent Amerikaans,' zei ze.

'Frans van geboorte,' antwoordde Silas. 'Ik heb in Spanje mijn roeping gevonden, en nu studeer ik in de Verenigde Staten.'

Zuster Sandrine knikte. Het was een kleine vrouw met rustige ogen. 'En u hebt Saint-Sulpice nog nooit gezien?'

'Ik besef dat dat op zich bijna een zonde is.'

'Overdag is ze mooier.'

'Vast wel. Maar toch ben ik u dankbaar dat u me vannacht deze gelegenheid biedt.'

'Op verzoek van de abbé. U hebt blijkbaar invloedrijke vrienden.'

Je hebt geen idee, dacht Silas.

Toen hij achter zuster Sandrine aan door het middenpad liep, was Silas verrast door de soberheid van de kerk. In tegenstelling tot de Notre-Dame met haar kleurrijke fresco's, vergulde altaarwerk en warm gekleurde hout, was de Saint-Sulpice streng en kil. Daardoor maakte ze een bijna steriele indruk, en deed ze denken aan de ascetische kathedralen in Spanje. Het ontbreken van versieringen deed de ruimte nog groter lijken, en toen Silas opkeek in het hoog oprijzende ribgewelf van het dak stelde hij zich voor dat hij onder een enorme, omgekeerde scheepsromp stond.

Een toepasselijk beeld, dacht hij. Het schip van de broederschap stond op het punt voorgoed te kapseizen. Silas verlangde ernaar aan het werk te gaan en wilde dat zuster Sandrine hem alleen zou laten. Omdat het een kleine vrouw was, zou Silas haar gemakkelijk kunnen uitschakelen, maar hij had gezworen geen geweld te gebruiken als dat niet strikt noodzakelijk was. *Ze is een geestelijke, en het is niet haar schuld dat de broederschap haar kerk heeft gekozen om hun sluitsteen in te verbergen. Ze mag niet gestraft worden voor de zonden van anderen.*

'Ik schaam me dat u voor mij wakker bent gemaakt, zuster.'

'Dat is helemaal niet nodig. U bent maar heel even in Parijs. U mag de Saint-Sulpice niet missen. Is uw belangstelling voor de kerk architectonisch of historisch van aard?'

'Eerlijk gezegd is mijn belangstelling religieus, zuster.'

Ze lachte vriendelijk. 'Dat spreekt vanzelf. Ik vroeg me alleen af waar ik uw rondleiding zou beginnen.'

Silas kreeg het altaar in zicht. 'Een rondleiding is niet nodig. U

hebt al meer dan genoeg gedaan. Ik kijk zelf wel rond.'
'Het is een kleine moeite,' zei ze. 'Ik ben nu toch wakker.'
Silas bleef staan. Ze waren nu bij de voorste kerkbanken aangekomen en het altaar was nog maar vijftien meter van hem verwijderd. Hij draaide zijn indrukwekkende lijf helemaal naar de kleine vrouw en zag dat ze terugschrok toen ze opkeek in zijn rode ogen. 'Ik wil niet onbeleefd zijn, zuster, maar ik ben er niet aan gewend om zomaar een godshuis binnen te lopen en een rondleiding te volgen. Zou u het erg vinden als ik eerst enige tijd alleen doorbreng om te bidden voordat ik rondkijk?'
Zuster Sandrine aarzelde. 'Nee, natuurlijk niet. Ik zal achter in de kerk op u wachten.'
Silas legde een zachte maar zware hand op haar schouder en keek op haar neer. 'Zuster, ik voel me al schuldig dat ik u wakker heb gemaakt. Het zou te veel zijn om nu ook nog van u te verlangen dat u wakker blijft. Gaat u alstublieft terug naar bed. Ik kan van uw heiligdom genieten en mezelf daarna uitlaten.'
Ze keek bezorgd. 'Zult u zich dan niet in de steek gelaten voelen?'
'Zeker niet. Bidden is een eenzame vreugde.'
'Zoals u wilt.'
Silas tilde zijn hand van haar schouder. 'Slaap lekker, zuster. Moge de vrede van God met u zijn.'
'En met u.' Zuster Sandrine liep naar de trap. 'Zorgt u er alstublieft voor dat de deur goed dicht is als u weggaat.'
'Dat zal ik doen.' Silas keek haar na tot ze op de trap uit het zicht was verdwenen. Toen draaide hij zich om en knielde in de voorste bank; hij voelde de *cilice* in zijn been prikken.
Goede God, ik bied U het werk dat ik vandaag doe...

Weggedoken in de duisternis van het koor, hoog boven het altaar, gluurde zuster Sandrine zonder geluid te maken door de balustrade naar de geknielde monnik. De vrees die haar plotseling om het hart was geslagen, maakte het moeilijk om stil te blijven zitten. Even vroeg ze zich af of deze mysterieuze bezoeker de vijand kon zijn voor wie ze haar hadden gewaarschuwd, en of ze vanavond de bevelen zou moeten uitvoeren die ze al die jaren geleden had gekregen. Ze besloot daar in het donker te blijven zitten en elke beweging van hem in de gaten te houden.

20

Langdon en Sophie kwamen uit de duisternis te voorschijn en slopen door de verlaten Grande Galerie naar de brandtrap.

Intussen had Langdon het gevoel dat hij, al lopend, in het donker probeerde een legpuzzel te maken. Het nieuwste aspect van dit raadsel was zeer verontrustend: *de hoofdinspecteur van de recherche probeert me voor een moord te laten opdraaien.*

'Denkt u,' fluisterde hij, 'dat Fáche die boodschap op de grond kan hebben geschreven?'

Sophie draaide zich niet eens om. 'Uitgesloten.'

Langdon was er niet zo zeker van. 'Hij lijkt nogal vastbesloten om me de schuld in de schoenen te schuiven. Misschien dacht hij dat het zijn zaak zou helpen om mijn naam op de grond te schrijven.'

'En de Fibonacci-reeks? Het P.S.? Alle verwijzingen naar Da Vinci en godinnenverering? Dat móét mijn opa geweest zijn.'

Langdon wist dat ze gelijk had. De symboliek van de aanwijzingen paste te goed in elkaar; het pentagram, *De mens van Vitruvius*, Da Vinci, de godin en zelfs de Fibonacci-reeks. *Een coherente symbolenreeks*, zou een iconoloog zeggen. Allemaal onlosmakelijk met elkaar verbonden.

'En zijn telefoontje van vanmiddag,' vervolgde Sophie. 'Hij zei dat hij me iets moest vertellen. Ik weet zeker dat zijn boodschap in het Louvre zijn laatste poging was om me iets belangrijks te vertellen, iets waarvan hij dacht dat u me erbij kon helpen.'

Langdon fronste zijn voorhoofd. *O, Draconian devil! Oh, lame saint!* Hij wilde dat hij de boodschap begreep, zowel voor Sophie als voor hemzelf. Zijn situatie was er niet beter op geworden sinds hij die cryptische woorden voor het eerst had gezien. Zijn nepsprong uit het toiletraam zou Langdon niet populairder maken bij Fache. Hij betwijfelde of de hoofdinspecteur van de Franse recherche de humor van het achtervolgen en inrekenen van een stuk zeep zou inzien.

'De deur is nu vlakbij,' zei Sophie.

'Denkt u dat het mogelijk is dat de getallen in uw grootvaders boodschap de sleutel vormen tot het begrijpen van de andere regels?' Langdon had eens aan een reeks manuscripten van Francis Bacon gewerkt. Daarin kwamen cijferschriften voor waarbij bepaalde regels aanwijzingen waren om de andere regels te ontcijferen.

'Ik loop al de hele avond over de getallen na te denken. Sommen, quotiënten, producten. Ik zie er niets in. Mathematisch gezien zijn ze willekeurig gerangschikt. Cryptografische wartaal.'

'En toch maken ze allemaal deel uit van de Fibonacci-reeks. Dat kan geen toeval zijn.'

'Dat is het ook niet. Het gebruik van de Fibonacci-getallen was ook weer een manier van mijn opa om mijn aandacht te trekken, net als het feit dat hij de boodschap in het Engels heeft geschreven, dat hij erbij is gaan liggen als mijn favoriete kunstwerk en dat hij een pentagram op zijn lichaam heeft getekend. Dat was allemaal voor mij bedoeld.'

'Betekent het pentagram dan iets voor u?'

'Ja. Ik heb nog niet de kans gehad u dat te vertellen, maar het pentagram was een speciaal symbool voor mijn opa en mij toen ik opgroeide. We speelden voor ons plezier tarot, en ik trok altijd een kaart van de 'kleur' pentakels. Ik weet zeker dat hij sjoemelde bij het schudden, maar die pentakels werden een grapje tussen ons.'

Langdon kreeg een rilling. *Speelden ze tarot?* Dat middeleeuwse Italiaanse kaartspel was zo doordrenkt van verborgen ketterse symboliek dat Langdon in zijn nieuwe manuscript een heel hoofdstuk aan het tarotspel had gewijd. De tweeëntwintig kaarten van de Grote Arcana droegen namen als 'de Hogepriesteres', 'de Keizerin' en 'de Ster'. Het spel was oorspronkelijk bedacht als een verborgen manier om ideologieën door te geven die door de Kerk verboden waren. Tegenwoordig werd het mystieke karakter van het tarotspel gebruikt door waarzeggers.

Bij tarot is het kleursymbool voor vrouwelijke goddelijkheid pentakels, dacht Langdon, en hij besefte dat als Saunière voor de grap vals speelde, die pentakels wel heel toepasselijk waren.

Ze kwamen bij de brandtrap aan en Sophie trok de deur voorzichtig open. Er ging geen alarm af. Alleen de deuren naar buiten waren beveiligd. Sophie liep voor Langdon uit een reeks smalle, heen en weer zigzaggende trappen af naar de begane grond, en ze ging steeds sneller lopen.

'Heeft uw grootvader,' vroeg Langdon, terwijl hij zich achter haar aan haastte, 'toen hij u over het pentagram vertelde, iets gezegd over godinnenverering of enige wrok van de katholieke Kerk?'

Sophie schudde haar hoofd. 'Ik had meer belangstelling voor de wiskundige kant ervan: de gulden snede, phi, de Fibonacci-reeks, dat soort dingen.'

Langdon was verrast. 'Heeft uw grootvader u verteld over het getal phi?'

'Natuurlijk. De gulden snede of *sectio divina*.' Ze trok een schaap-achtig gezicht. 'Hij grapte zelfs altijd dat ik half goddelijk was... Vanwege de letters in mijn naam, snapt u?'

Langdon dacht er even over na en kreunde toen.

s-o-phi-e.

Nog steeds de trap af lopend, concentreerde Langdon zich op phi. Hij begon te beseffen dat Saunières aanwijzingen nog consistenter waren dan hij had gedacht.

Da Vinci... Fibonacci-getallen... het pentagram.

Ongelooflijk genoeg werden deze drie begrippen verbonden door één concept, dat zo essentieel was voor de kunstgeschiedenis dat Langdon vaak meerdere colleges aan het onderwerp wijdde.

Phi.

Plotseling had hij het gevoel dat hij terug werd gezogen naar Harvard, waar hij zijn college 'Symboliek in de kunst' gaf en zijn favoriete getal op het schoolbord schreef.

1,618

Hij draaide zich om en keek naar de klas vol enthousiaste studenten. 'Wie kan me vertellen wat dit getal is?'

Een langbenige wiskundestudent achterin stak zijn hand op. 'Dat is het getal phi.' Hij sprak het uit als *fi*.

'Heel goed, Stettner,' zei Langdon. 'Laat me jullie voorstellen: phi.'

'Niet te verwarren met pi,' vulde Stettner met een grijns aan. 'Zoals wij wiskundigen altijd zeggen: phi is wel even een h'tje swin-gender dan pi!'

Langdon lachte, maar verder leek niemand het grapje te begrijpen. Stettner zakte weer onderuit.

'Het getal phi,' vervolgde Langdon, 'een komma zes-een-acht, is een heel belangrijk getal in de kunst. Wie kan me vertellen waarom?'

Stettner probeerde zijn mislukte grapje goed te maken. 'Omdat het zo mooi is?'

Iedereen lachte.

'Stettner heeft weer gelijk,' zei Langdon. 'Phi wordt algemeen beschouwd als het mooiste getal dat er bestaat.'

Het gelach hield abrupt op, en Stettner genoot.

Terwijl Langdon zijn dia's in de projector zette, legde hij uit dat het getal phi was afgeleid van de Fibonacci-reeks, een getallenreeks die niet alleen bekend was omdat de som van elke twee opeen-volgende termen gelijk was aan de volgende term. Bovendien hadden de quotiënten van de opeenvolgende termen de verbazing-wekkende eigenschap dat ze het getal 1,618 naderden; phi!

Hoewel phi een mystieke wiskundige oorsprong leek te hebben, lag het waarlijk verbijsterende aspect van phi in de rol die het getal in de natuur speelde. Planten, dieren en zelfs mensen hadden in hun afmetingen bepaalde verhoudingen, die met een griezelige precisie gelijk waren aan phi staat tot 1.

'De alomtegenwoordigheid van phi in de natuur,' zei Langdon terwijl hij de lichten doofde, 'gaat het toeval duidelijk te boven, en dus veronderstelde men in de oudheid dat het getal phi door de Schepper van het heelal moest zijn voorbeschikt. De vroegste geleerden noemden een komma zes-een-acht de *sectio divina* of goddelijke verhouding.'

'Wacht even,' zei een jonge vrouw op de eerste rij. 'Ik studeer biologie en ik ben die goddelijke verhouding in de natuur nog nooit tegengekomen.'

'Nee?' Langdon grijnsde. 'Heb je de verhouding tussen het aantal vrouwtjes en mannetjes in een kolonie honingbijen weleens bestudeerd?'

'Jawel. Er zijn altijd meer vrouwtjesbijen dan mannetjes.'

'Precies. En wist je dat je, als je bij elke willekeurige bijenkorf ter wereld het aantal vrouwtjesbijen door het aantal mannetjesbijen deelt, altijd dezelfde uitkomst krijgt?'

'O, ja?'

'Ja. Phi.'

Het meisje keek hem met open mond aan. 'Nee, toch?!'

'Jazeker!' reageerde Langdon, en glimlachend liet hij een dia zien van een spiraalvormige schelp. 'Herken je dit?'

'Dat is een nautilus,' zei de biologiestudente. 'Een koppotig weekdier dat gas in de kamers van zijn schelp pompt om zijn drijfvermogen te regelen.'

'Dat klopt. En heb je enig vermoeden hoe de diameter van elke spiraal zich tot de volgende verhoudt?'

Het meisje keek weifelend naar de concentrische bogen van de spiraalvormige schelp.

Langdon knikte. 'Als phi. De gulden snede. Als een komma zes-een-acht tot een.'

Het meisje keek verbluft.

Langdon ging verder met de volgende dia, een close-up van een zaadbol van een zonnebloem. 'Zonnebloemzaden groeien in tegengestelde spiralen. Weten jullie wat de verhouding is tussen elke omwenteling en de volgende?'

'Phi?' zei iedereen in koor.

'Juist.' Langdon liet nu in hoog tempo dia's zien: spiraalvormige dennenappels, de rangschikking van bladeren aan planten, de segmentatie van insecten, en allemaal voldeden ze met een verbluffende precisie aan de gulden snede.

'Dit is ongelooflijk!' riep iemand uit.

'Ja,' zei iemand anders, 'maar wat heeft het met kúnst te maken?'

'Aha!' zei Langdon. 'Goede vraag.' Hij liet een andere dia zien, een vaalgeel perkament met Leonardo da Vinci's beroemde mannelijke naakt erop: *De mens van Vitruvius*, genoemd naar Marcus Vitruvius, de briljante Romeinse architect die in zijn publicatie *De Architectura* de gulden snede prees.

'Niemand begreep de goddelijke bouw van het menselijk lichaam beter dan Da Vinci. Da Vinci groef zelfs lijken op om de precieze verhoudingen van de menselijke botten te meten. Hij was de eerste die aantoonde dat het menselijk lichaam letterlijk bestaat uit bouwstenen waarvan de onderlinge verhouding áltijd phi is.'

Iedereen in de klas keek hem vol twijfel aan.

'Geloven jullie me niet?' vroeg Langdon uitdagend. 'Neem de volgende keer dat je gaat douchen maar een meetlint mee.'

Een paar fanatieke sporters grinnikten.

'Niet alleen de onzekere jongetjes,' reageerde Langdon prompt. 'Iederéén. Jongens en meisjes. Probeer het maar. Meet de afstand van je kruin tot de vloer. Deel die door de afstand van je navel tot de vloer. Raad eens wat daaruit komt.'

'Toch niet phi?' riep een van de jongens ongelovig uit.

'Jawel, phi,' antwoordde Langdon. 'Een komma zes-een-acht. Willen jullie nog een voorbeeld? Meet de afstand van je schouder tot je vingertoppen en deel die dan door de afstand van je elleboog tot je vingertoppen. Ook phi. Nog een? De afstand van je heup tot de grond, gedeeld door de afstand van je knie tot de grond. Ook phi. Vingerkootjes. Tenen. Groepen wervels. Phi. Phi. Phi. Ieder van jullie is een wandelend eerbetoon aan de gulden snede.'

Zelfs in het donker kon Langdon zien dat ze allemaal verbaasd waren. Hij voelde een bekende warmte in zijn binnenste. Dit was de reden dat hij lesgaf. 'Vrienden, zoals jullie zien, gaat er onder de chaos in de wereld toch een zekere orde schuil. Toen de mensen lang geleden phi ontdekten, waren ze ervan overtuigd dat ze Gods bouwsteen voor de wereld hadden gevonden, en die ontdekking was voor hen reden de natuur te vereren. Dat is ook heel begrijpelijk. De hand van God is duidelijk zichtbaar in de natuur, en zelfs tot op de dag van vandaag bestaan er heidense religies

94

waarin moeder aarde wordt vereerd. Velen van ons huldigen de natuur zoals de heidenen dat deden, maar ze zijn zich daar niet van bewust. De viering van 1 mei is daar een goed voorbeeld van, het feest van de lente... De aarde die weer tot leven komt en haar overvloed gaat produceren. De mysterieuze magie die ten grondslag ligt aan de gulden snede is aan het begin der tijden ontstaan. De mens houdt zich eenvoudigweg aan de regels van de natuur, en omdat kunst de poging van de mens is om de schoonheid van het werk van de Schepper te evenaren, kun je je wel voorstellen dat we dit semester heel wat voorbeelden van de gulden snede in de kunst zullen tegenkomen.'

In het volgende halfuur liet Langdon dia's zien van werken van Michelangelo, Albrecht Dürer, Da Vinci en vele anderen, waarin duidelijk zichtbaar was dat de kunstenaar zich in de opzet van zijn compositie opzettelijk en strikt aan de gulden snede had gehouden. Langdon liet de rol van phi zien in de bouwkundige afmetingen van het Griekse Parthenon, de Egyptische piramides en zelfs van het gebouw van de Verenigde Naties in New York. Phi speelde een rol in de structuur van Mozarts sonates, de Vijfde Symfonie van Beethoven en de werken van Bartók, Debussy en Schubert. Langdon vertelde hun dat het getal phi zelfs werd gebruikt door Stradivarius om precies uit te rekenen waar in zijn beroemde violen de f-gaten moesten komen.

'Ten slotte,' zei Langdon terwijl hij naar het bord liep, 'komen we terug bij de symbolen.' Hij tekende vijf elkaar snijdende lijnen op het bord, die een vijfpuntige ster vormden. 'Dit symbool is een van de belangrijkste tekens die jullie dit semester zullen zien. Officieel heet het een pentagram, of een pentakel, zoals het in de oudheid werd genoemd, en het wordt in veel culturen als goddelijk en magisch beschouwd. Kan iemand me vertellen waarom dat zou kunnen zijn?'

Stettner, de wiskundestudent, stak zijn hand op. 'Als je een pentagram tekent, worden de lijnen vanzelf verdeeld in segmenten die aan de gulden snede voldoen.'

Langdon knikte de jongen voldaan toe. 'Heel goed. Ja, de verhoudingen tussen de lijnsegmenten in een pentagram zijn állemaal gelijk aan phi, wat dit symbool de ultieme uiting van de gulden snede maakt. Daarom is de vijfpuntige ster altijd het symbool voor schoonheid en perfectie geweest, die wordt geassocieerd met de godin en het heilig vrouwelijke.'

De meisjes in de klas straalden.

'Eén opmerking, jongens. We hebben het vandaag maar heel even over Da Vinci gehad, maar we zullen dit semester nog veel meer van hem horen. Er zijn vele bewijzen voor zijn toewijding aan de oude gebruiken van de godin. Morgen zal ik jullie zijn fresco *Het Laatste Avondmaal* laten zien, een van de verbazendste eerbetonen aan het heilig vrouwelijke die jullie ooit zullen zien.'

'U maakt toch zeker een grapje?' vroeg iemand. 'Ik dacht dat *Het Laatste Avondmaal* over Jezus ging!'

Langdon knipoogde. 'Er zijn symbolen verborgen op plaatsen waar je ze nooit zou vermoeden.'

'Kom mee,' fluisterde Sophie. 'Wat is er? We zijn er bijna. Schiet op!'

Langdon keek op en keerde uit zijn gedachtewereld terug in het heden. Hij besefte dat hij doodstil op de trap stond, verlamd door een plotseling inzicht.

O, Draconian devil! Oh, lame saint!

Sophie keek hem aan.

Zo eenvoudig kan het niet zijn, dacht Langdon.

Maar hij wist dat het dat natuurlijk wel was.

Daar, diep in het Louvre, terwijl de gedachten aan phi en Da Vinci door zijn hoofd gingen, had Robert Langdon plotseling en onverwachts Saunières code ontcijferd.

'O, Draconian devil!' zei hij. 'Oh, lame saint! Het is de eenvoudigste code die je kunt bedenken!'

Sophie was onder hem op de trap blijven staan en staarde verward naar hem op. *Een code?* Ze had de hele avond over de woorden nagedacht en er geen code in gezien. En al helemaal geen eenvoudige.

'U hebt het zelf gezegd.' Langdons stem beefde van opwinding. 'Fibonacci-getallen betekenen alleen iets als ze in de juiste volgorde staan. Anders zijn ze wiskundige wartaal.'

Sophie had geen idee waar hij het over had. *De Fibonacci-getallen?* Ze wist zeker dat die alleen bedoeld waren om ervoor te zorgen dat de afdeling Cryptologie vanavond bij het onderzoek zou worden betrokken. *Hebben ze nog een ander doel?* Ze stak haar hand diep in haar zak en haalde de foto eruit om haar grootvaders boodschap nog eens te bestuderen.

13-3-2-21-1-1-8-5
O, DRACONIAN DEVIL!
OH, LAME SAINT!

Wat is er met de getallen?
'De door elkaar gehusselde Fibonacci-reeks is een hint,' zei Langdon, terwijl hij de foto van haar aanpakte. 'De getallen vormen een aanwijzing over hoe je de rest van de boodschap moet ontcijferen. Hij heeft de getallenreeks door elkaar gehusseld om ons te vertellen dat we dezelfde methode op de tekst toe moeten passen. *O, Draconian devil? Oh, lame saint?* Die regels betekenen niets. Het zijn gewoon létters die in de verkeerde volgorde staan.'
Sophie had maar een ogenblik nodig om tot zich door te laten dringen wat Langdon bedoelde, en het leek haar lachwekkend simpel. 'Denkt u dat de boodschap... *une anagramme* is?' Ze staarde hem aan. 'Zoiets als een woordspelletje uit de krant?'
Langdon zag aan Sophies gezicht dat ze sceptisch was en begreep dat maar al te goed. Slechts weinigen beseften dat anagrammen, die tegenwoordig een alledaags tijdverdrijf vormden, een rijke geschiedenis van heilige symboliek hadden.
In de mystieke leer van de kabbala speelden anagrammen een belangrijke rol; de letters van Hebreeuwse woorden werden in een andere volgorde gezet om er nieuwe betekenissen uit af te leiden. In de Renaissance waren de Franse koningen er zo van overtuigd dat anagrammen magische kracht hadden, dat ze koninklijke anagramdeskundigen aanstelden om hen te helpen betere besluiten te nemen door de woorden in belangrijke documenten te analyseren. De Romeinen noemden de studie naar anagrammen zelfs *ars magna*, 'de grote kunst'.
Langdon keek Sophie aan. 'Wat uw grootvader bedoelde, heeft de hele tijd vlak onder onze neus gestaan, en hij heeft meer dan genoeg aanwijzingen voor ons achtergelaten.'
Zonder nog een woord te zeggen, haalde Langdon een pen uit de zak van zijn jasje en begon de letters in een andere volgorde te zetten.

O, DRACONIAN DEVIL!
OH, LAME SAINT!

was een volmaakt anagram van...

Leonardo da Vinci!
The Mona Lisa!

21

De Mona Lisa.

Even vergat Sophie daar op de brandtrap dat ze probeerden weg te komen uit het Louvre.

Haar schok over het anagram werd alleen geëvenaard door haar gêne dat ze zelf de boodschap niet had ontcijferd. Sophie was zo deskundig op het gebied van complexe cryptoanalyse dat ze een simpel woordraadsel over het hoofd had gezien, maar ze wist dat ze het had moeten zien. Per slot van rekening waren anagrammen niet nieuw voor haar, en in het Engels zeker niet.

Toen ze klein was, had haar grootvader vaak anagramspelletjes gebruikt om haar spelling van het Engels te verbeteren. Hij had het Engelse woord *planets* een keer opgeschreven en Sophie verteld dat het verbazingwekkend genoeg mogelijk was met diezelfde letters tweeënnegentig ándere Engelse woorden van verschillende lengte te maken. Sophie had drie dagen in een Engels woordenboek zitten zoeken totdat ze ze allemaal had gevonden.

'Ik kan me niet voorstellen dat uw grootvader in de minuten voor zijn dood zo'n mooi anagram heeft kunnen maken,' zei Langdon, terwijl hij naar de foto staarde.

Sophie wist wat daar de verklaring voor was, en daardoor voelde ze zich nog dommer. *Ik had het moeten zien!* Ze herinnerde zich nu dat haar opa als jongeman uit liefhebberij anagrammen had gemaakt van de titels van beroemde kunstwerken. Eén van die anagrammen had hem zelfs een keer in de problemen gebracht toen Sophie nog klein was. In een interview met een Amerikaans kunsttijdschrift had Saunière blijk gegeven van zijn afkeer van de moderne kubistische beweging door op te merken dat Picasso's meesterwerk *Les demoiselles d'Avignon* een volmaakt anagram was van *vile meaningless doodles* (miserabele betekenisloze krabbels). De liefhebbers van Picasso vonden dat geen leuke toespeling.

Sophie keek op naar Langdon en zei: 'Waarschijnlijk had mijn grootvader dat anagram van de *Mona Lisa* lang geleden al gemaakt.' *En vanavond was hij gedwongen het als een geïmproviseerde code te gebruiken.* Haar grootvaders stem riep haar van de andere kant van het graf, en deed dat met ijzingwekkende precisie.

Leonardo da Vinci!
The Mona Lisa!

Waarom zijn laatste woorden aan het beroemde schilderij waren gewijd, wist Sophie niet, maar ze kon maar één mogelijkheid bedenken. Een verontrustende.

Het waren niet zijn laatste woorden...

Zou ze naar de *Mona Lisa* moeten gaan kijken? Had haar opa daar een boodschap voor haar achtergelaten? Het leek volkomen plausibel. Per slot van rekening hing het beroemde schilderij in de Salle des Etats, een aparte museumzaal waar je alleen vanuit de Grande Galerie kon komen. Sophie bedacht nu dat de deuren naar die zaal maar een meter of twintig verwijderd waren van de plek waar haar opa was gevonden.

Hij kan gemakkelijk bij de Mona Lisa zijn geweest voordat hij gestorven is.

Sophie keek langs de brandtrap omhoog en verkeerde in tweestrijd. Ze wist dat ze Langdon onmiddellijk het museum uit moest zien te krijgen, maar intuïtief wilde ze terug naar boven. Toen Sophie zich haar eerste bezoek, als kind, aan de Denon-vleugel herinnerde, besefte ze dat als haar opa haar een geheim te vertellen had, er nauwelijks een passender plek te verzinnen was dan bij Da Vinci's *Mona Lisa*.

'Ze hangt een klein stukje verderop,' had haar opa gefluisterd, toen hij hand in hand met Sophie na sluitingstijd door het verlaten museum liep.

Sophie was zes. Toen ze omhoogkeek naar de enorme plafonds en naar beneden naar de duizelingwekkende vloer, voelde ze zich klein en onbetekenend. Ze vond het eng in het lege museum, maar ze was niet van plan dat tegen haar opa te zeggen. Ze trok een vastberaden gezicht en liet zijn hand los.

'Voor ons uit is de Salle des Etats,' zei haar opa toen ze de beroemdste zaal van het Louvre naderden. Ondanks de zichtbare opwinding van haar opa wilde Sophie naar huis. Ze had foto's van de *Mona Lisa* in boeken gezien en ze vond er niets aan. Ze begreep niet waarom iedereen er zo'n drukte over maakte.

'*C'est ennuyeux*,' mopperde Sophie.

'Saai,' corrigeerde hij. 'Frans op school. Engels thuis.'

'*Le Louvre, c'est pas chez moi!*' riep ze uit.

Hij lachte haar vermoeid toe. 'Daar heb je gelijk in. Laten we dan gewoon voor de lol Engels praten.'

Sophie liep pruilend verder. Toen ze de Salle des Etats binnengingen, liet ze haar blik door de smalle zaal gaan totdat ze had gevonden wat duidelijk de ereplaats was, het midden van de rechtermuur, waar achter een plaat van plexiglas één portret hing. Haar grootvader bleef in de deuropening staan en gebaarde naar het schilderij.

'Ga maar kijken, Sophie. Niet veel mensen krijgen de kans om haar in alle rust te bezoeken.'

Sophie slikte haar angst weg en liep langzaam door de zaal. Na alles wat ze over de *Mona Lisa* had gehoord, had ze het gevoel dat ze naar een koningin toe liep. Toen ze voor de plaat van plexiglas stond, hield Sophie haar adem in en keek op, zodat ze in één keer alles zag.

Sophie wist niet precies wat voor gevoel ze had verwacht, maar dit in elk geval niet. Geen verrassing. Geen verwondering. Het beroemde gezicht zag er net zo uit als in de boeken. Ze bleef een eeuwigheid zwijgend staan, wachtend tot er iets zou gebeuren.

'Wat vind je ervan?' fluisterde haar opa, die achter haar kwam staan. 'Mooi, hè?'

'Ze is te klein.'

Saunière glimlachte. 'Jij bent ook klein, maar toch mooi.'

Ik ben niet mooi, dacht ze. Sophie had een hekel aan haar rode haar en haar sproeten, en ze was groter dan alle jongens uit haar klas. Ze keek weer naar de *Mona Lisa* en schudde haar hoofd. 'Ze is nog erger dan in de boeken. Haar gezicht is... *brumeux.*'

'Nevelig,' verbeterde haar opa.

'Nevelig,' herhaalde Sophie, want ze wist dat het gesprek niet verder zou gaan totdat ze haar nieuw geleerde woord had herhaald.

'Het is geschilderd in *sfumato*-stijl,' vertelde hij haar, 'en dat is heel moeilijk. Leonardo da Vinci kon het beter dan wie ook.'

Sophie vond het schilderij nog steeds niet mooi. 'Ze kijkt alsof ze iets weet... Zoals kinderen op school die een geheim hebben.'

Haar opa lachte. 'Dat is een van de dingen waar ze zo beroemd om is. De mensen proberen altijd te raden waarom ze glimlacht.'

'Weet jíj waarom ze glimlacht?'

'Misschien.' Haar opa knipoogde. 'Op een dag zal ik je er alles over vertellen.'

Sophie stampvoette. 'Ik heb je toch verteld dat ik niet van geheimen houd!'

'Prinsesje,' zei hij met een glimlach. 'Het leven is vol geheimen. Die kun je niet allemaal tegelijk te weten komen.'

'Ik ga terug naar boven,' kondigde Sophie aan, en haar stem klonk hol in het trappenhuis.

'Naar de *Mona Lisa*?' Langdon schrok terug. 'Nú?'

Sophie was bereid het risico te nemen. 'Ik word niet van moord verdacht. Ik waag het erop. Ik moet weten wat mijn opa me probeerde te vertellen.'

'En de ambassade?'

Sophie voelde zich schuldig dat ze er eerst voor had gezorgd dat Langdon voortvluchtig was geworden en hem nu in de steek liet, maar ze zag geen andere mogelijkheid. Ze wees de trap af naar een metalen deur. 'Ga door die deur en volg de verlichte bordjes naar de uitgang. Mijn opa nam me altijd via deze route mee. De bordjes leiden naar een nooduitgang met een tourniquet. Het draait maar één kant op; je kunt er alleen door naar buiten.' Ze gaf Langdon haar autosleutels. 'De mijne is de rode Smart op de parkeerplaats voor personeel. Meteen aan de andere kant van deze muur. Weet u hoe u bij de ambassade moet komen?'

Langdon knikte, terwijl hij naar de sleutels in zijn hand keek.

'Hoor eens,' zei Sophie, en haar stem werd zachter. 'Ik denk dat mijn opa misschien een boodschap voor me heeft achtergelaten bij de *Mona Lisa*, een of andere aanwijzing over wie hem heeft vermoord. Of waarom ik in gevaar verkeer.' *Of wat er met mijn familie is gebeurd.* 'Ik moet gaan kijken.'

'Maar als hij u wilde vertellen waarom u in gevaar bent, waarom zou hij dat dan niet gewoon op de vloer hebben geschreven, op de plek waar hij is gestorven? Waarom dit ingewikkelde woordraadsel?'

'Wat het ook is dat mijn opa me wilde vertellen, ik denk niet dat hij wilde dat iemand anders het zou horen. Zelfs de politie niet.' Haar opa had duidelijk alles gedaan wat hij kon om haar rechtstreeks een vertrouwelijke boodschap te sturen. Hij had geheimschrift en de initialen van haar bijnaam gebruikt en haar verteld dat ze Robert Langdon moest zoeken, een verstandige opdracht, aangezien de Amerikaanse symboliekdeskundige zijn geheimschrift had ontcijferd. 'Het klinkt misschien vreemd,' zei Sophie, 'maar ik denk dat hij wil dat ik bij de *Mona Lisa* ga kijken voordat er iemand anders komt.'

'Ik ga met u mee.'

'Nee! We weten niet hoe lang de Grande Galerie verlaten zal blijven. U moet vluchten.'

Langdon leek te aarzelen, alsof zijn eigen wetenschappelijke nieuwsgierigheid het bijna won van zijn gezonde verstand en dreigde hem in de handen van Fache te drijven.

'Ga. Nu.' Sophie glimlachte hem dankbaar toe. 'Dan zie ik u op de ambassade, meneer Langdon.'

Langdon keek ontstemd. 'Op één voorwaarde,' antwoordde hij op strenge toon.

Ze keek hem gealarmeerd aan. 'Wat is die dan?'

'Dat u ophoudt me meneer Langdon te noemen.'

Sophie bespeurde een zweem van een scheve glimlach op Langdons gezicht en merkte dat ook zij glimlachte. 'Succes, Robert.'

Toen Langdon op de overloop onder aan de trap aankwam, drong de onmiskenbare geur van lijnolie en gipsstof zijn neus binnen. Voor hem uit hing een verlicht bordje met SORTIE/EXIT erop, en een pijl die een lange gang in wees.

Langdon stapte de gang in.

Rechts van hem was een doorgang naar een donker restauratie-atelier waar een groot aantal beelden in verschillende stadia van reparatie naar hem stond te staren. Links zag hij een reeks ateliers die leken op de klaslokalen waar op Harvard schilderlessen werden gegeven: rijen ezels, schilderijen, paletten, gereedschap om doeken in te lijsten, kortom, een montageband voor kunst.

Toen hij door de gang liep, vroeg Langdon zich af of hij zo meteen in zijn bed in Cambridge wakker zou schrikken. De hele avond leek een bizarre droom. *Ik sta op het punt om als voortvluchtige het Louvre uit te rennen.*

Saunières slimme anagramboodschap speelde nog door zijn hoofd, en hij vroeg zich af wat Sophie bij de *Mona Lisa* zou vinden... Als ze al iets vond. Ze leek ervan overtuigd te zijn dat het de bedoeling van haar grootvader was dat ze bij het beroemde schilderij ging kijken. Hoe plausibel die interpretatie ook leek, er was een verontrustende ongerijmdheid die Langdon dwarszat.

P.S. Zoek Robert Langdon.

Saunière had Langdons naam op de vloer geschreven en Sophie opgedragen hem te zoeken. Maar waarom? Alleen omdat Langdon haar misschien zou kunnen helpen bij het oplossen van het anagram?

Dat leek zeer onwaarschijnlijk.

Per slot van rekening had Saunière geen reden om aan te nemen dat Langdon bijzonder bedreven was in het oplossen van anagrammen. *We hebben elkaar zelfs nooit ontmoet.* Bovendien had Sophie ronduit gezegd dat zíj dat anagram zelf had moeten oplossen. Het was Sophie geweest die de Fibonacci-reeks had herkend en ongetwijfeld zou ze, als ze iets meer tijd had gehad, de boodschap ook zonder Langdons hulp hebben ontcijferd.

Het was de bedoeling dat Sophie dat anagram zelf oploste. Plotseling was Langdon daar tamelijk zeker van, maar die conclusie zorgde voor een gat in de logica van Saunières daden.

Waarom ik? vroeg Langdon zich af, terwijl hij door de gang liep. *Waarom was het Saunières laatste wens dat zijn van hem vervreemde kleindochter mij zou zoeken? Wat dacht Saunière dat ik weet?*

Abrupt bleef Langdon staan. Met grote ogen stak hij zijn hand in zijn zak en trok de foto te voorschijn. Hij staarde naar de laatste regel van Saunières boodschap.

P.S. Zoek Robert Langdon.

Hij concentreerde zich op twee letters.

P.S.

Op dat ogenblik vielen de onderdelen van Saunières raadselachtige mengeling van symbolen voor Langdon op hun plaats. Als een donderslag weerklonk al zijn kennis over symboliek en geschiedenis door zijn hoofd. Alles wat Jacques Saunière vanavond had gedaan, was plotseling volkomen logisch.

Langdon probeerde koortsachtig te overzien wat dit betekende. Hij draaide zich om en staarde in de richting waaruit hij was gekomen.

Is er nog tijd?

Hij wist dat dat er niet toe deed.

Zonder aarzelen zette Langdon het op een lopen, terug naar de trap.

22

Silas zat geknield in de voorste bank en deed alsof hij bad terwijl hij de indeling van het godshuis bestudeerde. Net als de meeste kerken had ook de Saint-Sulpice een grondvlak in de vorm van een reusachtig Latijns kruis. Het lange middendeel – het schip – liep naar het hoofdaltaar, waar het werd doorsneden door een korter deel dat er haaks op stond, de dwarsbeuk. Het schip en de dwarsbeuk kruisten elkaar recht onder de grootste koepel en die plek werd beschouwd als het hart van de kerk, haar heiligste en meest mystieke punt.

Vannacht niet, dacht Silas. *De Saint-Sulpice verbergt haar geheimen ergens anders.*

Hij draaide zijn hoofd naar rechts en keek het zuidelijke deel van de dwarsbeuk in, naar de open plek voorbij de kerkbanken, naar het voorwerp dat zijn slachtoffers hadden beschreven.

Daar is het.

Ingelegd in de grijze, granieten vloer glinsterde een smalle, gepoetste koperen strook... Een rode lijn die dwars over de vloer van de kerk liep. De lijn had kleine streepjes, als een liniaal. Het was een gnomon, was Silas verteld, een heidens astronomisch instrument, zoiets als een zonnewijzer. Toeristen, geleerden, historici en heidenen van over de hele wereld kwamen naar de Saint-Sulpice om naar deze beroemde lijn te kijken.

La rose ligne.

Langzaam liet Silas zijn blik langs de koperen strook gaan, die voor hem uit onder een vreemde hoek van rechts naar links over de vloer liep, zonder enig verband met de symmetrie van de kerk. De lijn doorsneed het hoofdaltaar en Silas vond dat het een snijwond leek, die liep over een mooi gezicht. De strook spleet de communiebank in tweeën en stak daarna de hele breedte van de kerk over, om uiteindelijk in de hoek van het noordelijk deel van de dwarsbeuk uit te komen, onder aan een zeer onverwacht bouwsel.

Een kolossale Egyptische obelisk.

Hier maakte de glanzende *rose ligne* een hoek van negentig graden naar boven en liep hij verder over het oppervlak van de obelisk zelf, tien meter omhoog naar het puntje van de piramidevormige top, waar hij eindelijk eindigde.

De rose ligne, dacht Silas. *De broederschap heeft de sluitsteen bij de* rose ligne *verborgen.*

Eerder die avond, toen Silas de Leermeester vertelde dat de sluitsteen van de Priorij in de Saint-Sulpice verborgen was, had de Leermeester sceptisch geklonken. Maar toen Silas eraan had toegevoegd dat de broeders hem allemaal een exacte lokatie hadden gegeven, die iets te maken had met een koperen strook die door de Saint-Sulpice liep, had de Leermeester naar adem gehapt van verrassing. 'Je hebt het over de *rose ligne!*'

De Leermeester had Silas in het kort verteld over de beroemde architectonische eigenaardigheid van de Saint-Sulpice, een koperen strook die precies van noord naar zuid door de kerk liep. Het was een soort zonnewijzer, heel oud, een restant van de heidense tempel die ooit op die plek had gestaan. De zonnestralen, die door het ronde raam in de zuidelijke muur schenen, schoven elke dag verder langs de lijn op en gaven het verstrijken van de tijd van zonnewende tot zonnewende aan.

Het leek vreemd dat de streep van noord naar zuid de *rose ligne* werd genoemd. Eeuwenlang was het symbool van de roos in verband gebracht met landkaarten en het aanwijzen van de juiste richting. De kompasroos, die op bijna elke kaart werd getekend, gaf het noorden, oosten, zuiden en westen aan. Een ander woord ervoor was windroos, omdat hij de tweeëndertig winden aangaf: de acht hoofdwindrichtingen, de acht halve windrichtingen en de zestien kwart windrichtingen. Als je een schematische voorstelling in een cirkel maakte van die tweeëndertig punten van het kompas, leek die op een traditionele roos met tweeëndertig blaadjes. Tot op de dag van vandaag wordt dit essentiële navigatiehulpmiddel de windroos genoemd, en de noordelijke richting wordt nog altijd aangegeven door een pijlpunt, of, gebruikelijker, door het symbool van de Franse lelie.

Op een globe was een *rose ligne* – ook meridiaan of lengtecirkel genoemd – elke denkbeeldige lijn die van de noordpool naar de zuidpool liep. Er was natuurlijk een oneindig aantal *roses lignes*, want door elk punt op de globe kon je een lijn trekken die de noordpool met de zuidpool verbond. Voor de vroegste scheepvaarders was de vraag welke van die lijnen *de rose ligne* genoemd zou worden, de nulmeridiaan, de lijn van waaruit alle andere geografische lengtes gemeten zouden worden.

Tegenwoordig loopt die lijn door Greenwich in Engeland, maar dat was niet altijd zo geweest.

Voordat was bepaald dat de nulmeridiaan door Greenwich zou lopen, had die lange tijd door Parijs gelopen, door de Saint-Sulpice. De koperen strook in de Saint-Sulpice herinnerde aan de eerste nulmeridiaan die de wereld had gekend, en hoewel Greenwich in 1888 met de eer was gaan strijken, was de oorspronkelijke *rose ligne* nog steeds te zien.

'Dus de legende is waar,' had de Leermeester tegen Silas gezegd. 'De sluitsteen van de Priorij zou "onder het teken van de roos" liggen.'

Nog steeds geknield in een bank keek Silas onopvallend om zich heen in de kerk en luisterde of er niemand was. Even dacht hij dat hij in het koor geritsel hoorde. Hij draaide zich om en keek een paar seconden omhoog. Niets.

Ik ben alleen.

Hij ging met zijn gezicht naar het altaar staan en knielde driemaal. Toen keerde hij zich naar links en volgde de koperen lijn in noordelijke richting naar de obelisk.

Op dat moment schrok bisschop Aringarosa op uit zijn slaap doordat de banden de landingsbaan van het vliegveld Leonardo da Vinci bij Rome raakten.

Ik ben weggedommeld, dacht hij, verbaasd dat hij ontspannen genoeg was om te slapen.

'*Benvenuto a Roma,*' klonk het door de intercom.

Aringarosa ging rechtop zitten, streek zijn zwarte soutane glad en stond zichzelf een zeldzame glimlach toe. Dit was een reis die hij met plezier had gemaakt. *Ik ben te lang in het defensief geweest.* Maar vanavond waren de regels veranderd. Nog maar vijf maanden geleden had Aringarosa zich zorgen gemaakt over de toekomst van het Geloof. Nu, alsof het de wil van God was, had zich een oplossing voorgedaan.

Goddelijke interventie.

Als alles vannacht in Parijs volgens plan verliep, zou Aringarosa binnenkort in het bezit zijn van iets dat hem tot de machtigste man van de christelijke wereld zou maken.

23

Sophie kwam buiten adem aan bij de grote houten deuren van de Salle des Etats, de zaal waarin de *Mona Lisa* hing. Voordat ze naar binnen ging, keek ze aarzelend verder de galerij in, een meter of twintig, naar de plek waar het lichaam van haar grootvader nog steeds onder de schijnwerper lag.

Ze werd plotseling overvallen door een diep berouw, een groot verdriet dat gepaard ging met schuldgevoel. De man had in de afgelopen tien jaar talloze malen geprobeerd het contact met haar te herstellen, maar Sophie had zich niet laten vermurwen; ze had zijn brieven en pakjes ongeopend in een la gelegd en geweigerd hem te woord te staan. *Hij heeft tegen me gelogen! Hij had afschuwelijke geheimen! Wat had ik dan moeten doen?* En dus had ze hem buitengesloten. Volledig.

Nu was haar opa dood, maar hij praatte nog steeds tegen haar. *De Mona Lisa.*

Ze stak haar hand uit naar de enorme houten deuren en duwde ertegen. Langzaam ging het gapende gat open. Sophie bleef even op de drempel staan en keek de grote, rechthoekige zaal in. Ook die was in een zacht rood licht gehuld. De Salle des Etats was een van de weinige *culs-de-sac* in het museum, een doodlopende ruimte en de enige zaal die midden op de Grande Galerie uitkwam. Tegenover deze deur, de enige ingang, hing een indrukwekkende Botticelli van vierenhalve meter hoog en breed. Daaronder, op de parketvloer midden in de zaal, vormde een enorme achthoekige bank een welkome zitplaats voor duizenden bezoekers per dag, die er hun benen even rust konden geven terwijl ze het kostbaarste bezit van het Louvre bewonderden.

Al voordat Sophie naar binnen stapte, wist ze dat ze iets miste. *Een ultraviolette lamp.* Ze keek door de gang naar haar opa, die in de verte in het licht lag, met allerlei elektronische apparatuur om hem heen. Als hij hierbinnen iets had opgeschreven, had hij dat bijna zeker met de uv-stift gedaan.

Sophie ademde diep in en rende naar de goed verlichte plek van het misdrijf. Ze was niet in staat om naar haar grootvader te kijken en concentreerde zich op de instrumenten van de technische recherche. Toen ze een klein ultraviolet zaklampje vond, liet ze dat in de zak van haar trui glijden, en ze haastte zich door de gang terug naar de open deuren van de Salle des Etats.

Sophie sloeg de hoek om en stapte over de drempel. Meteen daarna hoorde ze het onverwachte geluid van gedempte voetstappen die door de zaal snel naar haar toe kwamen. *Er is hier iemand!* Er dook plotseling een spookachtige gestalte op uit de rode gloed. Sophie sprong achteruit.

'Daar ben je!' Langdons hese gefluister doorbrak de stilte, en zijn silhouet kwam glijdend voor haar tot stilstand.

Haar opluchting was maar tijdelijk. 'Robert, ik had je toch gezegd hier weg te gaan! Als Fache...'

'Waar was je gebleven?'

'Ik moest een ultraviolette lamp halen,' fluisterde ze, terwijl ze het zaklampje ophield. 'Als mijn opa een boodschap voor me heeft achtergelaten...'

'Sophie, luister.' Langdon hijgde nog na en keek haar met zijn blauwe ogen vastberaden aan. 'De letters P.S., betekenen die nog iets anders voor jou? Wat dan ook?'

Omdat ze bang was dat hun stemmen door de gang zouden echoën, trok Sophie hem de Salle des Etats in en sloot ze geluidloos de enorme dubbele deur. 'Ik heb je toch verteld dat de initialen Prinses Sophie betekenen.'

'Dat weet ik, maar heb je ze weleens ergens ánders gezien? Gebruikte je grootvader de letters P.S. weleens op een andere manier? In een monogram, of misschien op postpapier of op iets dat van hemzelf was?'

De vraag verraste haar. *Hoe kan Robert dat weten?* Ze had de initialen P.S. inderdaad een keer eerder gezien, in een soort monogram. Het was op de dag geweest voor haar negende verjaardag. Ze speurde stiekem het huis af naar verborgen verjaarscadeautjes. Toen kon ze er al niet tegen dat er dingen voor haar geheim werden gehouden. *Wat heeft opa dit jaar voor me gekocht?* Ze doorzocht kasten en laden. *Heeft hij de pop voor me gekocht die ik wil hebben? Waar zou hij die verstopt hebben?*

Toen ze in het hele huis niets had gevonden, raapte Sophie al haar moed bij elkaar en glipte stiekem haar opa's slaapkamer in. Daar mocht ze niet komen, maar haar opa lag beneden op de bank te slapen.

Ik kijk alleen even snel rond!

Nadat ze op haar tenen over de krakende houten vloer naar zijn kast was geslopen, gluurde Sophie op de planken achter zijn kleren. Niets. Daarna keek ze onder het bed. Nog steeds niets. Ze liep naar zijn bureau en begon de laden een voor een zorgvuldig te doorzoeken. *Er moet hier iets voor me zijn!* Toen ze bij de onderste la was aangekomen, had ze nog steeds geen spoor van een pop gevonden. Teleurgesteld trok ze de laatste la open en duwde wat zwarte kleren opzij die ze hem nooit had zien dragen. Ze wilde de la net weer dichtdoen toen ze achterin de fonkeling van goud zag. Het zag eruit als een horlogeketting, maar ze wist dat hij die niet gebruikte. Met bonzend hart besefte ze wat het moest zijn.

Een halsketting!

Voorzichtig trok Sophie de ketting uit de la. Tot haar verbazing hing er een glinsterende gouden sleutel aan. Zwaar en glanzend. Gefascineerd hield ze hem omhoog. Zo'n sleutel had ze nooit eerder gezien. De meeste sleutels waren plat met een gekartelde baard, maar deze had een driehoekige kolom met kleine putjes over het hele oppervlak. Zijn grote gouden kop had de vorm van een kruis, maar geen gewoon kruis. Dit was een kruis waarvan alle armen even lang waren, als een plusteken. Midden op het kruis was in reliëf een vreemd symbool aangebracht: twee letters met een soort bloemenpatroon erdoorheen.

'P.S.,' fluisterde ze, toen ze met gefronste wenkbrauwen de letters las. *Wat kan dit zijn?*

'Sophie?' zei haar opa vanuit de deuropening.

Geschrokken draaide ze zich om en de sleutel kletterde hard op de grond. Ze staarde naar de sleutel omdat ze niet durfde op te kijken naar het gezicht van haar opa. 'Ik... was op zoek naar mijn verjaarscadeautje,' zei ze met gebogen hoofd, want ze wist dat ze zijn vertrouwen had geschonden.

Gedurende wat wel een eeuwigheid leek, bleef haar opa zwijgend in de deuropening staan. Ten slotte zuchtte hij diep en gekweld. 'Pak de sleutel op, Sophie.'

Sophie pakte de sleutel van de grond.

Haar opa liep naar binnen. 'Sophie, je moet de privacy van anderen respecteren.' Hij knielde kalm bij haar neer en nam de sleutel van haar aan. 'Deze sleutel is heel bijzonder. Als je hem zoek had gemaakt...'

Door de rustige stem van haar opa voelde Sophie zich nog schuldiger. 'Het spijt me, *grand-père*. Heus waar.' Ze zweeg even. 'Ik dacht dat het een ketting voor mijn verjaardag was.'

Hij keek haar een paar seconden ernstig aan. 'Ik zeg dit nog eenmaal, Sophie, omdat het belangrijk is. Je moet de privacy van anderen respecteren.'

'Ja, *grand-père*.'

'We praten hier een andere keer wel verder over. Nu moet de tuin gewied worden.'

Sophie haastte zich naar buiten om haar karweitjes te doen.

De volgende ochtend kreeg ze geen verjaarscadeautje van haar opa. Dat had ze ook niet verwacht, na wat ze had gedaan. Maar hij feliciteerde haar zelfs de hele dag niet. Verdrietig sjokte ze die avond naar boven om naar bed te gaan. Maar toen ze erin wilde klimmen, vond ze een kaartje op haar kussen. Er was een eenvoudig raadsel op geschreven. Al voordat ze het had opgelost, glimlachte ze. *Ik weet wat dit is!* Op kerstochtend had haar opa dit ook voor haar gedaan.

Een speurtocht!

Gretig verdiepte ze zich in het raadsel totdat ze het had opgelost. De oplossing leidde haar naar een ander deel van het huis, waar ze weer een kaartje met een raadsel vond. Ook dit loste ze op, en ze rende verder naar het volgende kaartje. Zo stormde ze heen en weer door het huis, van aanwijzing naar aanwijzing, totdat ze uiteindelijk een aanwijzing vond die haar weer naar haar eigen slaapkamer stuurde. Sophie vloog de trap op, rende haar kamer binnen en bleef als aan de grond genageld staan. Daar, midden in de kamer, stond een glanzende rode fiets met een lint om het stuur gestrikt. Sophie gilde van blijdschap.

'Ik weet dat je een pop had gevraagd,' zei haar opa, die glimlachend in de hoek stond. 'Maar ik dacht dat je dit misschien nog mooier zou vinden.'

De volgende dag leerde haar opa haar fietsen, en hij rende naast haar mee over het pad. Toen Sophie het zachte gazon opreed en haar evenwicht verloor, rolden ze allebei lachend in het gras.

'Grand-père,' zei Sophie terwijl ze hem omhelsde, 'het spijt me echt heel erg van die sleutel.'

'Dat weet ik, lieverd. Het is je vergeven. Ik kan onmogelijk boos op je blijven. Opa's en kleindochters vergeven elkaar altijd alles.'

Sophie wist dat ze het niet zou moeten vragen, maar ze kon het niet laten. 'Waar is hij van? Ik heb nog nooit zo'n sleutel gezien. Hij was heel mooi.'

Haar opa zweeg lange tijd, en Sophie kon zien dat hij niet wist wat hij moest zeggen. *Opa liegt nooit.* 'Hij is van een kistje,' zei hij ten slotte. 'Daar bewaar ik allerlei geheimen in.'

Sophie pruilde. 'Ik hou niet van geheimen!'

'Dat weet ik, maar dit zijn belangrijke geheimen. En op een dag zul je ze net zo gaan waarderen als ik.'

'Ik heb letters op de sleutel zien staan, en een bloem.'

'Ja, dat is mijn lievelingsbloem. Het is een *fleur de lis*. We hebben ze in de tuin. In het Engels noemen we zo'n bloem een lelie.'

'Die ken ik! Dat is ook míjn lievelingsbloem!'

'Dan weet ik het goed gemaakt.' Haar opa trok zijn wenkbrauwen op zoals hij altijd deed als hij haar ging uitdagen. 'Als jij mijn sleutel geheim kunt houden en er nóóit meer over praat, noch tegen mij, noch tegen anderen, dan zal ik hem op een dag aan jou geven.'

Sophie kon haar oren niet geloven. 'Echt waar?'

'Dat beloof ik. Als de tijd daar is, zal de sleutel van jou zijn. Jouw naam staat erop.'

Sophie trok een lelijk gezicht. 'Niet waar. Er staat P.S. Ik heet geen P.S.!'

Haar opa dempte zijn stem en keek om zich heen alsof hij zich ervan wilde vergewissen dat er niemand meeluisterde. 'Goed, Sophie, als je het dan móét weten, P.S. is een code. Het zijn jouw geheime initialen.'

Haar ogen werden groot. 'Heb ik dan geheime initialen?'

'Natuurlijk. Kleindochters hebben altíjd geheime initialen die alleen hun opa kent.'

'P.S.?'

Hij kietelde haar. '*Princesse Sophie.*'

Ze giechelde. 'Ik ben geen prinses.'

Hij knipoogde. 'Voor mij wel.'

Na die dag hadden ze nooit meer over de sleutel gepraat. En zij werd zijn prinses Sophie.

Sophie stond zwijgend in de Salle des Etats en voelde een scherpe steek van verdriet.

'De initialen,' fluisterde Langdon, die haar bevreemd aankeek. 'Heb je ze weleens gezien?'

Sophie had het gevoel dat ze haar opa's stem in de gangen van het museum hoorde fluisteren. *Praat nooit over deze sleutel, Sophie. Noch tegen mij, noch tegen anderen.* Ze wist dat ze hem in de steek had gelaten door hem nooit te vergeven, en ze vroeg zich af of ze zijn vertrouwen nu nog eens kon schenden. *P.S. Zoek Robert Langdon.* Haar opa had gewild dat Langdon haar hielp. Sophie knikte. 'Ja, ik heb de initialen P.S. een keer gezien. Toen ik nog heel klein was.'

'Waar?'

Sophie aarzelde. 'Op iets dat heel belangrijk voor hem was.'

Langdon keek haar recht aan. 'Sophie, dit is essentieel. Kun je me vertellen of de initialen vergezeld gingen van een symbool? Een Franse lelie?'

Sophie merkte dat ze achteruit wankelde van verbazing. 'Maar... hoe kun jij dat nou weten?'

Langdon blies zijn adem uit en dempte zijn stem. 'Ik ben er vrij zeker van dat je opa lid was van een geheim genootschap. Een heel oude, ondergrondse broederschap.'

Sophie kreeg een knoop in haar maag. Zij was er ook zeker van. Tien jaar lang had ze geprobeerd het incident te vergeten dat dat schokkende feit voor haar had bevestigd. Ze had iets onvoorstelbaars gezien. *Iets onvergeeflijks.*

'De Franse lelie,' zei Langdon, 'gecombineerd met de initialen P.S., dat is het officiële embleem van de broederschap. Hun wapenschild. Hun logo.'

'Hoe weet je dat?' Sophie hoopte vurig dat Langdon haar niet zou gaan vertellen dat hijzélf er lid van was.

'Ik heb over die groep geschreven,' zei hij, en zijn stem trilde van opwinding. 'Onderzoek naar symbolen van geheime genootschappen is een specialiteit van me. Ze noemen zich de Priorij van Sion. Ze hebben hun basis hier in Frankrijk en trekken invloedrijke leden uit heel Europa aan. Ze zijn zelfs een van de oudste geheime genootschappen ter wereld die nog bestaan.'

Sophie had er nog nooit van gehoord.

Langdon vuurde zijn informatie nu op haar af. 'Enkele van de meest geleerde mensen uit de geschiedenis waren lid van de Priorij: mannen als Botticelli, sir Isaac Newton en Victor Hugo.' Hij zweeg even, en zijn stem liep nu over van wetenschappelijk enthousiasme. 'En Leonardo da Vinci.'

Sophie staarde hem aan. 'Was Da Vinci lid van een geheim genootschap?'

'Da Vinci stond van 1510 tot 1519 als Grootmeester van de broederschap aan het hoofd van de Priorij, wat misschien je opa's passie voor Leonardo's werk verklaart. De twee mannen hadden een historische broederband. En het sluit allemaal precies aan bij hun fascinatie voor de iconologie van godinnen, het heidendom en vrouwelijke godheden, en met hun minachting voor de Kerk. Het staat vast dat de Priorij een geschiedenis heeft van verering van het heilig vrouwelijke.'

'Vertel je me nu dat die groep een heidense sekte is die godinnen aanbidt?'

'Eigenlijk *de* heidense sekte die godinnen aanbidt. Maar bovendien staan ze bekend als de bewaarders van een oud geheim. Een geheim dat hun onvoorstelbaar veel macht geeft.'

Ondanks de diep overtuigde blik in Langdons ogen was Sophies instinctieve reactie er een van ongeloof. *Een geheime heidense sekte? Waar Leonardo da Vinci eens van aan het hoofd stond?* Het klonk allemaal volkomen absurd. Maar hoewel ze het hele idee van de hand wees, gingen haar gedachten toch tien jaar terug, naar de avond dat ze haar opa per ongeluk had verrast en iets had gezien dat ze nog steeds niet kon aanvaarden. *Zou dat de verklaring zijn?*

'De identiteit van nog in leven zijnde leden van de Priorij wordt streng geheimgehouden,' zei Langdon, 'maar de P.S. en de Franse lelie die jij als kind hebt gezien, zijn het bewijs. Die móeten wel verband houden met de Priorij.'

Sophie besefte nu dat Langdon veel meer over haar opa wist dan ze zich had kunnen voorstellen. Deze Amerikaan zou haar heel wat kunnen vertellen, maar dit was daar de plek niet voor. 'Ik kan me niet veroorloven je gevangen te laten nemen, Robert. We hebben een heleboel te bespreken. Je moet maken dat je hier wegkomt!'

Langdon hoorde alleen het zachte gemompel van haar stem. Hij ging helemaal nergens heen. Hij was in gedachten op een heel andere plek, een plek waar oude geheimen opborrelden. Een plek waar vergeten geschiedenissen aan het licht kwamen.

Langzaam, alsof hij onder water bewoog, keek Langdon om. Door de roodachtige gloed zag hij de *Mona Lisa.*

De fleur de lis... *de bloem van Lisa... de* Mona Lisa.

Het hing allemaal samen, een geluidloze symfonie waarin de diepste geheimen van de Priorij van Sion en Leonardo da Vinci weerklonken.

Een paar kilometer verderop, aan de oever van de Seine voorbij Les Invalides, werd de chauffeur van een truck met oplegger onder schot gehouden, en hij keek verbijsterd toe hoe de hoofdinspecteur van de recherche een diep gebrul van woede uitstootte en een stuk zeep in het diepe water van de Seine keilde.

24

Silas keek omhoog naar de obelisk in de Saint-Sulpice en nam de lengte van de indrukwekkende marmeren zuil in zich op. Zijn pezen stonden strak van spanning. Hij wierp nog eenmaal een blik om zich heen om er zeker van te zijn dat hij alleen was. Toen knielde hij aan de voet van het gevaarte neer, niet uit eerbied, maar uit noodzaak.
De sluitsteen ligt onder de rose ligne *verborgen.*
Aan de voet van de obelisk in de Saint-Sulpice.
Daar waren alle broeders het over eens geweest.
Silas lag nu op zijn knieën en liet zijn handen over de stenen vloer glijden. Hij zag geen kieren of andere aanwijzingen dat er een tegel uit de vloer kon worden gelicht, dus klopte hij zachtjes met zijn knokkels op de grond. Hij volgde de koperen lijn in de richting van de obelisk en beklopte elke tegel die aan de lijn grensde. Ten slotte vond hij er een die een vreemde echo gaf.
Er is een holte onder de vloer!
Silas glimlachte. Zijn slachtoffers hadden de waarheid gesproken. Hij ging staan en keek om zich heen, op zoek naar iets waarmee hij de vloertegel kon breken.

Hoog boven Silas, in het koor, onderdrukte zuster Sandrine een uitroep. Haar grootste angst was zojuist bewaarheid. Deze bezoeker was niet wie hij voorgaf te zijn. De mysterieuze monnik van het Opus Dei was met een ander doel naar de Saint-Sulpice gekomen.
Een geheim doel.
Jij bent niet de enige met geheimen, dacht ze.

Zuster Sandrine Bieil was meer dan alleen de beheerster van deze kerk. Ze was een schildwacht. En vannacht waren de oeroude raderen in beweging gezet. Het verschijnen van deze vreemde aan de voet van de obelisk was een signaal van de broederschap.

Het was een geluidloze noodkreet.

25

De Amerikaanse ambassade in Parijs is een compact gebouw aan de Avenue Gabriel, net ten noorden van de Champs-Elysées. Het terrein, dat twaalfduizend vierkante meter groot is, wordt beschouwd als Amerikaans grondgebied, wat betekent dat iedereen die zich erop bevindt onder dezelfde wetten valt en dezelfde bescherming geniet als wanneer hij of zij zich in de Verenigde Staten zou bevinden.

De telefoniste die nachtdienst had, zat de internationale editie van *Time Magazine* te lezen toen ze werd onderbroken door het geluid van haar telefoon.

'Amerikaanse ambassade,' meldde ze.

'Goedenavond.' De beller sprak Engels met een Frans accent. 'Ik heb uw hulp nodig.' Ondanks de beleefdheid van zijn woorden was zijn toon bars en ambtelijk. 'Ik heb gehoord dat u een telefonisch bericht voor me op uw automatische systeem hebt. De naam is Langdon. Helaas ben ik mijn driecijferige toegangscode vergeten. Als u me zou kunnen helpen, zou ik u zeer dankbaar zijn.'

De telefoniste zweeg even beduusd. 'Het spijt me, meneer, maar dan moet uw bericht tamelijk oud zijn. Dat systeem is twee jaar geleden uit veiligheidsoverwegingen afgeschaft. Bovendien waren alle toegangscodes vijfcijferig. Wie heeft u verteld dat we een bericht voor u hadden?'

'Dus u hebt geen automatisch telefoonsysteem?'

'Nee, meneer. Als er een bericht voor u is, zou dat met de hand geschreven bij de serviceafdeling liggen. Hoe was uw naam ook weer?'

Maar de man had opgehangen.

Bezu Fache ijsbeerde met stomheid geslagen langs de oever van de Seine. Hij wist zeker dat hij Langdon een lokaal nummer en daarna een driecijferige code had zien intoetsen, waarna hij naar een bandje had geluisterd. *Maar als Langdon niet naar de ambassade heeft gebeld, naar wie dan wel?*

Op dat moment keek Fache naar zijn mobieltje en besefte dat hij het antwoord in zijn hand had. *Langdon heeft mijn telefoon gebruikt.*

Fache zocht toegang tot het menu van het mobieltje, riep een lijst op van de laatste nummers die gebeld waren en vond het gesprek van Langdon terug.

Een nummer in Parijs, gevolgd door de driecijferige code 454.

Fache toetste het nummer in en wachtte terwijl de telefoon overging.

Ten slotte antwoordde er een vrouwenstem. '*Bonjour, vous êtes bien chez Sophie Neveu,*' zei het bandje. '*Je suis absente pour le moment, mais...*'

Faches bloed kookte toen hij de nummers 4... 5... 4... intoetste.

26

Ondanks haar indrukwekkende reputatie was de *Mona Lisa* slechts tachtig bij vijfenvijftig centimeter groot; dat was zelfs kleiner dan de posters die in de museumwinkel van het Louvre van haar werden verkocht. Ze hing achter een vijf centimeter dikke plaat plexiglas aan de noordwestelijke muur van de Salle des Etats. Ze was geschilderd op een paneel van populierenhout en de etherische, mistige sfeer van het portret werd toegeschreven aan Da Vinci's beheersing van het sfumato, het schilderen met vervagende, vervloeiende omtrekken.

Sinds ze haar intrek in het Louvre had genomen, was de *Mona Lisa* – of *La Joconde*, zoals ze in Frankrijk werd genoemd – tweemaal gestolen, de laatste keer in 1911, toen ze was verdwenen uit Le Salon Carré, de '*salle impénétrable*' van het Louvre. De Parijzenaars hadden gehuild op straat en krantenartikelen geschreven waarin ze de dieven smeekten het schilderij terug te geven. Twee jaar later werd de *Mona Lisa* gevonden in de dubbele bodem van een grote koffer in een hotelkamer in Florence.

Nadat Langdon Sophie ervan had overtuigd dat hij niet van plan was weg te gaan, liep hij samen met haar de Salle des Etats door. Ze waren nog twintig meter bij de *Mona Lisa* vandaan toen Sophie de ultraviolette lamp aandeed, en de blauwige maansikkel van het zaklampje waaierde uit op de vloer vóór hen. Ze zwaaide de stralenbundel heen en weer over de vloer als een mijnenveger, op zoek naar een spoor van oplichtende inkt.

Terwijl hij naast haar liep, voelde Langdon de tinteling van verwachting die hij altijd kreeg als hij bijna tegenover een groot kunstwerk stond. Hij spande zich in om voorbij de cocon van paarsachtig licht te kijken die afkomstig was van Sophies zaklampje. Links van hen verscheen de achthoekige bank, een donker eiland in de lege zee van parket.

Langdon zag nu een glimp van de glazen plaat aan de muur. Daarachter hing, opgesloten in haar eigen privécel, het beroemdste schilderij ter wereld.

Langdon wist dat de reputatie van de *Mona Lisa* als het bekendste kunstwerk ter wereld niets te maken had met haar raadselachtige glimlach. Noch was die te danken aan de mysterieuze interpretaties die vele kunsthistorici en liefhebbers van complottheorieën van het werk hadden gegeven. De *Mona Lisa* was heel eenvoudig beroemd omdat Leonardo da Vinci beweerde dat ze het beste was dat hij had gemaakt. Hij nam het schilderij altijd mee als hij op reis ging en als men hem vroeg waarom, antwoordde hij dat hij het moeilijk vond om te scheiden van zijn subliemste weergave van vrouwelijke schoonheid.

Veel kunsthistorici vermoedden echter dat Da Vinci's liefde voor de *Mona Lisa* niets te maken had met het artistieke meesterschap dat eruit sprak. In werkelijkheid was het schilderij een verrassend gewoon sfumato portret. Velen beweerden dat Da Vinci's eerbied voor dit werk een minder voor de hand liggende reden had: een verborgen boodschap in de verflagen. Eigenlijk was de *Mona Lisa* een van de best gedocumenteerde grappen ter wereld. De meeste werken over kunstgeschiedenis besteedden aandacht aan de collage van dubbelzinnigheden en toespelingen die het schilderij was, maar toch beschouwde het grote publiek haar glimlach nog steeds als zeer mysterieus.

Die is niet mysterieus, dacht Langdon terwijl hij naar voren liep en de vage contouren van het schilderij begon te onderscheiden. *Helemaal niet.*

Kortgeleden had Langdon het geheim van de *Mona Lisa* verteld aan een wel zeer onwaarschijnlijk gezelschap: een stuk of tien gevangenen in de penitentiaire inrichting van Essex County. Langdons lezing in de gevangenis maakte deel uit van een programma van Harvard waarbij werd geprobeerd educatie te integreren in het gevangeniswezen; beschaving voor boeven, zoals Langdons collega's het altijd noemden.

Terwijl hij naast een overheadprojector in de verduisterde bibliotheek van de gevangenis stond, had Langdon *Mona Lisa*'s geheim verteld aan de gevangenen die de lezing bijwoonden, mannen die hij verrassend geïnteresseerd vond; ze waren onbehouwen maar scherp. 'U ziet misschien,' zei Langdon terwijl hij naar het geprojecteerde beeld van de *Mona Lisa* op de muur van de bibliotheek liep, 'dat de achtergrond achter haar gezicht aan de ene kant anders is dan aan de andere kant.' Langdon wees naar de opvallende discrepantie. 'Da Vinci schilderde de horizon links een stuk lager dan rechts.'

'Dus hij heeft er een zootje van gemaakt?' vroeg een van de gevangenen.

Langdon grinnikte. 'Nee. Dat overkwam Da Vinci niet vaak. Dit is een trucje van hem. Door de achtergrond links lager te maken dan rechts, zorgde Da Vinci ervoor dat Mona Lisa van de linkerkant veel groter leek dan van de rechterkant. Een grapje voor insiders. In de geschiedenis hoort links bij vrouwelijk en rechts bij mannelijk. Omdat Da Vinci een groot aanhanger van de vrouwelijke principes was, zorgde hij ervoor dat Mona Lisa er van links majestueuzer uitzag dan van rechts.'

'Ik heb gehoord dat het een flikker was,' zei een klein mannetje met een sikje.

Langdon vertrok zijn gezicht. 'Historici brengen het meestal anders onder woorden, maar inderdaad, Da Vinci was homoseksueel.'

'Had hij daarom iets met dat vrouwelijke gedoe?'

'Da Vinci was geïnteresseerd in het evenwicht tussen het mannelijke en het vrouwelijke. Hij dacht dat de menselijke ziel niet verlicht kon worden als die niet zowel mannelijke als vrouwelijke elementen had.'

'Zoals een wijf met kloten, bedoelt u,' riep iemand.

Hier werd hartelijk om gelachen. Langdon overwoog of hij een etymologisch zijsprongetje zou maken naar het woord 'hermafrodiet' en het verband met Hermes en Aphrodite, maar iets zei hem dat dat aan dit gezelschap niet besteed zou zijn.

'Hé, meneer Langford,' zei een zeer gespierde man. 'Is het waar dat de *Mona Lisa* een afbeelding is van Da Vinci in vrouwenkleren? Dat heb ik weleens gehoord.'

'Het is heel goed mogelijk,' zei Langdon. 'Da Vinci was een grappenmaker, en computeranalyses van de *Mona Lisa* en Da Vinci's zelfportretten bevestigen inderdaad dat er verrassende overeenkomsten in hun gezicht zijn. Hoe dan ook, de *Mona Lisa* is mannelijk noch vrouwelijk. Er zit een subtiele androgynie in. Het is een samensmelting.'

'Is dat niet gewoon een nette manier om te zeggen dat Mona Lisa een lelijk wijf is?'

Nu lachte Langdon. 'Daar zit misschien iets in. Maar Da Vinci heeft een duidelijke hint gegeven dat het schilderij androgyn bedoeld was. Heeft iemand weleens van de Egyptische god Amon gehoord?'

'Jawel!' zei de grote kerel. 'De god van de mannelijke vruchtbaarheid!'

Langdon stond versteld.

'Dat staat op elk doosje Amon-condooms.' De gespierde man grijnsde breed. 'Er staat een kerel met de kop van een ram op de voorkant, en dat hij de Egyptische vruchtbaarheidsgod is.'

Langdon kende de merknaam niet, maar hij was blij te horen dat de fabrikanten van voorbehoedmiddelen hun hiërogliefen op een rijtje hadden. 'Heel goed. Amon wordt inderdaad afgebeeld als een man met de kop van een ram, en van zijn grote seksuele activiteit en zijn gebogen hoorntjes zijn de uitdrukkingen "hoorndrager" en "iemand hoorns opzetten" afgeleid.'

'U meent het!'

'Ik meen het,' zei Langdon. 'En weten jullie wie Amons tegenhanger was? De Egyptische vruchtbaarheidsgodín?'

Het bleef een paar seconden stil.

'Dat was Isis,' vertelde Langdon, en hij pakte een stift. 'Dus we hebben de mannelijke god, Amon.' Hij schreef de naam op. 'En de vrouwelijke godin, Isis, wier oude pictogram vroeger L'ISA werd genoemd.'

Langdon was klaar met schrijven en stapte achter de projector vandaan.

AMON L'ISA

'Zien jullie het al?' vroeg hij.

'Mona Lisa... Godsamme,' bracht iemand uit.

Langdon knikte. 'Heren, niet alleen ziet het gezicht van Mona Lisa er androgyn uit, maar haar naam is een anagram van de goddelijke versmelting van het mannelijke en het vrouwelijke. En dát, vrienden, is Da Vinci's geheimpje, en de reden dat Mona Lisa veelbetekenend glimlacht.'

'Mijn opa is hier geweest,' zei Sophie, en ze liet zich plotseling op haar knieën vallen, op een meter of drie van de *Mona Lisa*. Ze richtte de ultraviolette lamp op een plek op de parketvloer.

Eerst zag Langdon niets. Maar toen hij naast haar neerhurkte, zag hij een piepklein druppeltje opgedroogde vloeistof oplichten. *Inkt?* Plotseling herinnerde hij zich waar ultraviolette lampen eigenlijk voor werden gebruikt. *Bloed.* Zijn hart ging sneller kloppen. Sophie had gelijk. Jacques Saunière had inderdaad kort voordat hij stierf een bezoek aan de *Mona Lisa* gebracht.

'Hij is hier vast niet zonder reden gekomen,' fluisterde Sophie terwijl ze ging staan. 'Ik weet zeker dat hij een boodschap voor me heeft achtergelaten.' Ze zette snel de laatste stappen naar de *Mona Lisa* en verlichtte de vloer vlak voor het schilderij. Ze liet het ultraviolette licht heen en weer zwaaien over het lege parket.

'Er is hier niets!'

Op dat ogenblik zag Langdon een zwakke paarse glinstering op de plaat van plexiglas voor de *Mona Lisa*. Hij pakte Sophies pols en bewoog het licht langzaam omhoog naar het schilderij zelf.

Ze verstijfden allebei.

Op het glas lichtten zes woorden op, die in het paars over het gezicht van de *Mona Lisa* waren gekrabbeld.

27

Inspecteur Collet zat aan Saunières bureau en drukte ongelovig de telefoon tegen zijn oor. *Heb ik Fache goed verstaan?* 'Een stuk zeep? Maar hoe kan Langdon van het zendertje hebben geweten?'

'Sophie Neveu,' antwoordde Fache. 'Ze heeft het hem verteld.'

'Wat? Waarom?'

'Verdomd goeie vraag, maar ik heb net een opname gehoord die bevestigt dat ze hem heeft gewaarschuwd.'

Collet was sprakeloos. *Wat bezielt Neveu?* Had Fache bewijs dat Sophie de DCPJ had gehinderd bij het uitvoeren van een geheime operatie? Dan zou Sophie Neveu niet alleen ontslagen worden, maar ook in de gevangenis terechtkomen. 'Maar hoofdinspecteur... Waar is Langdon dan nú?'

'Is er daar nog een brandalarm afgegaan?'

'Nee, meneer.'

'En is er iemand onder het hek van de Grande Galerie door naar buiten gekomen?'

'Nee. Er staat een beveiligingsbeambte van het Louvre bij het hek. Volgens uw instructies.'

'Goed, dan moet Langdon nog in de Grande Galerie zijn.'

'Binnen? Maar wat doet hij daar dan?'

'Is die beveiligingsbeambte gewapend?'

'Ja, meneer. Het is een ervaren bewaker.'

'Stuur hem naar binnen,' beval Fache. 'Ik kan mijn mannen pas over een paar minuten daar hebben, en ik wil niet dat Langdon een uitbraakpoging doet.' Fache zweeg even. 'En dan moet je de bewaker maar vertellen dat agent Neveu waarschijnlijk bij hem is.'

'Ik dacht dat Neveu vertrokken was.'

'Heb je haar daadwerkelijk zíén vertrekken?'

'Nee, meneer, maar...'

'Van de bewakers bij de uitgangen heeft ook niemand haar zien vertrekken. Ze hebben haar alleen naar binnen zien gaan.'

Collet was stomverbaasd over het lef van Sophie Neveu. *Is ze nog steeds in het gebouw?*

'Regel het,' verordende Fache. 'Ik wil dat Langdon en Neveu onder schot worden gehouden tegen de tijd dat ik terug ben.'

Terwijl de truck met oplegger wegreed, verzamelde hoofdinspecteur Fache zijn mannen. Robert Langdon was vannacht een prooi gebleken die moeilijk te vangen was, en nu agent Neveu hem hielp, was hij misschien veel lastiger in een hoek te drijven dan Fache had verwacht.

Hij besloot geen enkel risico te nemen.

Om zijn kansen te spreiden, stuurde hij de helft van zijn team terug naar het Louvre. De andere helft gaf hij opdracht de enige plek in Parijs te bewaken waar Robert Langdon zijn toevlucht zou kunnen zoeken.

28

In de Salle des Etats stond Langdon verbijsterd naar de zes woorden te kijken die opgloeiden op het plexiglas. De tekst leek in de lucht te zweven en wierp een kartelige schaduw over Mona Lisa's mysterieuze glimlach.

'De Priorij,' fluisterde Langdon. 'Dit bewijst dat je opa er lid van was!'

Sophie keek hem verbaasd aan. 'Begríjp jij dit dan?'

'Het klopt precies,' zei Langdon, en hij knikte terwijl zijn gedachten door zijn hoofd raasden. 'Het is een verkondiging van een van de basisprincipes van de Priorij!'

In de paarse weerschijn van de boodschap die over het gezicht van de *Mona Lisa* was geschreven, zag hij Sophie verbluft kijken.

SO DARK THE CON OF MAN
(Zo duister de zwendel van de man)

'Sophie,' zei Langdon, 'de traditie van de Priorij om de godinnenverering in stand te houden, is gebaseerd op de overtuiging dat mannen met macht in de vroege christelijke Kerk de wereld hebben "bezwendeld" door leugens te verkondigen die het vrouwelijke devalueerden en de balans in het voordeel van het mannelijke deden doorslaan.'

Sophie stond nog steeds zwijgend naar de woorden te staren.

'De Priorij gelooft dat Constantijn de Grote en al zijn mannelijke opvolgers de wereld met succes van het heidense matriarchaat tot het christelijke patriarchaat hebben bekeerd door een propagandacampagne te voeren waarin het heilig vrouwelijke als demon werd voorgesteld, zodat de godin voorgoed uit de moderne godsdienst werd verdreven.'

Sophie keek nog steeds aarzelend. 'Mijn opa heeft me hierheen gestuurd om dit te vinden. Hij moet me meer hebben willen vertellen dan dát.'

Langdon begreep wat ze bedoelde. *Ze denkt dat dit weer een code is.* Of hier nog een verborgen betekenis achter zat of niet kon Langdon niet onmiddellijk zeggen. Hij verbaasde zich nog steeds over de onverschrokken duidelijkheid van Saunières letterlijke boodschap.

Zo duister de zwendel van de man, dacht hij. *Zeg dat wel.*

Niemand kon ontkennen dat de Kerk tegenwoordig veel goeds deed in een wereld vol problemen, maar de Kerk had een verleden vol bedrog en geweld. Haar genadeloze kruistocht ter 'heropvoeding' van aanhangers van heidense en godinnen vererende godsdiensten had drie eeuwen geduurd, en daarbij waren methodes gebruikt die weliswaar vernuftig maar ook gruwelijk waren.

De katholieke inquisitie had een boek gepubliceerd dat je het meest bloeddoordrenkte werk uit de menselijke geschiedenis kon noemen. *Malleus Maleficarum* (*Heksenhamer*) had de wereld doordrongen van 'de gevaren van vrijdenkende vrouwen' en de geestelijkheid geïnstrueerd hoe ze gevonden, gemarteld en vernietigd moesten worden. Onder degenen die door de Kerk als 'heksen' werden beschouwd, waren alle vrouwelijke geleerden, priesteressen, zigeunerinnen, mystici, natuurminnaars, kruidenverzamelaars, en elke vrouw die 'verdacht dicht bij de natuur staat'. Ook vroedvrouwen werden gedood, vanwege hun ketterse gewoonte medische kennis te gebruiken om de pijn van het baren te verlichten, een lijden dat volgens de Kerk Gods terechte straf was voor Eva, omdat ze van de appel der kennis had gegeten, waarmee het idee van de erfzonde geboren was. In de driehonderd jaar dat er heksenjachten werden gehouden, bracht de Kerk het verbluffende aantal van vijf miljoen vrouwen op de brandstapel.

De propaganda en het bloedvergieten hadden hun uitwerking niet gemist.

De hedendaagse wereld was daar het levende bewijs van.

Vrouwen, die ooit gezien werden als een onmisbare helft van geestelijke verlichting, waren uit de tempels van de wereld verbannen. Er waren geen vrouwelijke orthodoxe rabbijnen, katholieke priesters of islamitische geestelijken. De eens heilige daad *hiëros gamos* – de natuurlijke seksuele eenwording van man en vrouw waardoor elk van hen geestelijk heel werd – was iets beschamends geworden. Vrome mannen die de seksuele eenwording met hun vrouwelijke geloofsgenoten eens hadden gezien als manier om met God in contact te treden, zagen hun seksuele driften nu als het werk van de duivel, die samenwerkte met zijn favoriete handlanger... de vrouw.

Zelfs het verband tussen het vrouwelijke en het linkse werd door de Kerk in diskrediet gebracht. In Frankrijk en Italië kregen de woorden voor 'links' – *gauche* en *sinistra* – zeer negatieve bijbetekenissen, terwijl hun rechtse tegenhangers klonken naar rechtvaardigheid, handigheid en juistheid. Tot op de dag van vandaag werd een radicaal gedachtegoed als links beschouwd en was alles wat slecht was sinister.

De dagen van de godin waren voorbij. Er was een kentering opgetreden. Moeder aarde was een mannenwereld geworden, en de goden van vernietiging en oorlog eisten hun tol. Het mannelijk ego werd al tweeduizend jaar lang niet meer in toom gehouden door zijn vrouwelijke tegenhanger. Volgens de Priorij van Sion lag deze verwijdering van het heilig vrouwelijke uit het hedendaagse leven ten grondslag aan wat de Hopi-indianen *koyaanisqatsi* noemden, 'het leven uit balans', een onstabiele situatie die werd gekenmerkt door oorlogen die door testosteron werden gevoed, een overvloed aan samenlevingen waarin vrouwen werden gehaat en een groeiend gebrek aan respect voor moeder aarde.

'Robert!' zei Sophie, en door haar gefluister werd hij weer in het heden getrokken. 'Er komt iemand aan!'

Hij hoorde buiten in de gang voetstappen naderen.

'Hierheen!' Sophie deed de ultraviolette lamp uit en leek voor Langdons ogen in het niets op te lossen.

Even had hij het gevoel dat hij blind was. *Waarheen?* Toen zijn ogen aan het donker gewend raakten, zag hij Sophies silhouet naar het midden van de zaal rennen en uit het zicht duiken achter de achthoekige bank. Hij wilde net achter haar aan stormen toen een bulderende stem hem tegenhield.

'*Arrêtez!*' verordende een man vanuit de deuropening.

De beveiligingsbeambte van het Louvre kwam met getrokken pistool de Salle des Etats binnen en richtte het recht op Langdons borst.

Langdon merkte dat hij instinctief zijn armen opstak.

'*Couchez-vous!*' commandeerde de bewaker. '*Ga liggen!*'

Langdon lag binnen een paar seconden op zijn buik op de grond. De bewaker kwam snel naar hem toe en schopte zijn benen uit elkaar, zodat ze gespreid kwamen te liggen.

'*Une mauvaise idée, monsieur Langdon,*' zei hij, terwijl hij het pistool hard in Langdons rug drukte. '*Une mauvaise idée.*'

Langdon lag voorover op de grond met zijn armen en benen gespreid, maar hij kon niet echt lachen om de ironie van die houding. *De mens van Vitruvius,* dacht hij. *Maar dan op zijn buik.*

29

In de Saint-Sulpice droeg Silas de zware ijzeren votiefkandelaar van het altaar naar de obelisk. De steel ervan zou goed dienst kunnen doen als stormram. Toen hij naar de grijze marmeren tegel keek die een holte in de vloer leek af te dekken, besefte hij dat hij die onmogelijk kapot zou kunnen slaan zonder flink wat herrie te maken.

IJzer op marmer. Het lawaai zou weerkaatsen tegen het gewelfde plafond.

Zou de non hem horen? Waarschijnlijk sliep ze alweer. Toch was het een risico dat Silas liever niet nam. Hij keek om zich heen op zoek naar een doek die hij om de punt van de ijzeren staaf kon wikkelen, maar het enige dat hij zag was het linnen altaarkleed, en dat weigerde hij te ontheiligen. *Mijn pij,* dacht hij. Omdat hij wist dat hij alleen in de grote kerk was, knoopte Silas zijn pij los en liet die van zijn lijf glijden. Hij voelde een steek van pijn doordat de wol zat vastgekleefd aan de verse wonden op zijn rug.

Afgezien van zijn lendendoek was Silas nu naakt, en hij wikkelde zijn pij over het uiteinde van de ijzeren staaf. Toen richtte hij dat op het midden van de vloertegel en stootte het er hard tegenaan. Een gedempte dreun. De tegel brak niet. Hij stootte de staaf er nog eens tegenaan. Opnieuw een doffe dreun, maar deze keer was er ook gekraak. Bij de derde klap brak de tegel eindelijk in stukken, en er vielen scherven steen in een holte onder de vloer.

Een compartiment!

Silas trok snel de resterende stukken weg en keek het gat in. Zijn bloed klopte in zijn slapen toen hij erbij op zijn hurken ging zitten. Hij stak zijn bleke, blote arm erin.

Eerst voelde hij niets. De vloer van het compartiment was van kale, gladde steen. Maar toen hij zijn arm er dieper in stak, onder de *rose ligne*, voelde hij iets! Een dikke, stenen plaat. Hij sloeg zijn vingers om de rand, greep die vast en tilde de plaat er voorzichtig uit. Toen hij ging staan en zijn vondst bekeek, besefte hij dat hij een ruw uitgehakte stenen plak met een gegraveerde tekst in zijn handen had. Even voelde hij zich een hedendaagse Mozes.

Toen Silas de tekst las, was hij verrast. Hij had verwacht dat de sluitsteen een landkaart was, of een ingewikkelde reeks aanwijzingen, misschien zelfs in geheimschrift. Maar de inscriptie was zeer eenvoudig.

Job 38:11

Een bijbelvers? Silas was verbluft door de buitensporige eenvoud. Werd de geheime plek van wat ze zochten onthuld in een bijbelvers? De broederschap deinsde nergens voor terug als het op het bespotten van de rechtschapenen aankwam!

Job. Hoofdstuk achtendertig. Vers elf.

Silas kende de precieze inhoud van vers elf niet uit zijn hoofd, maar hij wist dat in het boek Job het verhaal werd verteld van een man wiens geloof in God standhield, hoewel het herhaaldelijk op de proef werd gesteld. *Toepasselijk,* dacht hij, nauwelijks in staat zijn opwinding te bedwingen.

Hij keek over zijn schouder langs de glanzende *rose ligne* en kon een glimlach niet onderdrukken. Op het hoofdaltaar, opengeslagen op een vergulde boekenstandaard, lag een enorme in leer gebonden bijbel.

In het koor stond zuster Sandrine te trillen. Een paar minuten geleden had ze op het punt gestaan weg te rennen en haar instructies uit te voeren, toen de man plotseling zijn pij had uitgetrokken. Toen ze zijn albasten huid zag, was ze door ontsteltenis en verbijstering gegrepen. Zijn brede, bleke rug zat vol bloedrode striemen. Zelfs van waar ze stond, kon ze zien dat de wonden vers waren.

Die man is genadeloos gegeseld!

Ze zag ook de bloederige *cilice* om zijn dij en het bloed dat eronderuit droop. *Wat voor God zou willen dat een lichaam zo werd toegetakeld?* Zuster Sandrine wist dat ze de rituelen van het Opus Dei nooit zou begrijpen. Maar dat was op dit moment haar minste zorg. *Het Opus Dei is op zoek naar de sluitsteen.* Hoe ze ervan wisten, kon zuster Sandrine zich niet voorstellen, maar ze wist dat ze geen tijd had om daarover na te denken.

De bebloede monnik trok nu geluidloos zijn pij weer aan en liep met zijn vondst tegen zich aan gedrukt naar het altaar, waar de bijbel lag.

Ademloos en zonder geluid te maken verliet zuster Sandrine het balkon en stormde door de gang naar haar kamer. Ze liet zich op haar handen en knieën zakken, stak haar hand onder het houten bed en haalde de verzegelde envelop te voorschijn die ze daar jaren geleden verborgen had.

Toen ze die openscheurde, vond ze vier telefoonnummers in Parijs.

Bevend koos ze een nummer.

Beneden legde Silas de stenen plaat op het altaar en wendde zich gretig tot de leren bijbel. Zijn lange witte vingers zweetten terwijl hij de bladzijden omsloeg. Hij bladerde door het Oude Testament en vond het boek Job. Hij zocht hoofdstuk achtendertig op. Terwijl hij zijn vinger langs de kolom tekst naar beneden liet glijden, verheugde hij zich al op de woorden die hij zou gaan lezen.

Ze zullen de weg wijzen!

Toen hij vers elf had gevonden, las Silas de tekst. Het waren maar vijf woorden. Van zijn stuk gebracht las hij ze nog eens, met het gevoel dat er iets helemaal verkeerd was gegaan. Het vers luidde:

TOT HIER EN NIET VERDER!

30

Beveiligingsbeambte Claude Grouard stond ziedend van woede over zijn gevangene gebogen, die languit voor de *Mona Lisa* op de grond lag. *Deze klootzak heeft Jacques Saunière vermoord!* Saunière was als een vader voor Grouard en zijn beveiligingsteam geweest.

Grouard wilde niets liever dan de trekker overhalen en Robert Langdon een kogel in zijn rug schieten. Als hoofd van de bewaking was Grouard een van de weinige bewakers die een geladen wapen droeg. Maar hij hield zichzelf voor dat de dood een milde straf zou zijn in vergelijking met de beproevingen die Bezu Fache en het Franse gevangeniswezen Langdon zouden bezorgen.

Grouard rukte zijn walkie-talkie van zijn riem en probeerde versterking aan te vragen. Hij hoorde alleen geruis. De extra elektronische beveiliging van deze zaal stuurde de communicatie tussen de bewakers altijd grondig in de war. *Ik moet bij de deur gaan staan.* Met zijn wapen nog steeds op Langdon gericht begon Grouard langzaam achteruit naar de deur te lopen. Bij zijn derde stap bespeurde hij iets, en hij bleef abrupt staan.

Wat is dat, verdomme?

Ongeveer in het midden van de zaal verscheen op onverklaarbare wijze een gestalte. Een silhouet. Was er nog iemand in de zaal? Er bewoog een vrouw door het donker, en ze liep kordaat naar de linkermuur. Voor haar uit zwaaide een paarsige lichtbundel heen en weer over de vloer, alsof ze naar iets op zoek was met een gekleurde zaklantaarn.

'*Qui est là?*' vroeg Grouard, die voor de tweede keer in een halve minuut een adrenalinestoot kreeg. Plotseling wist hij niet meer waar hij zijn pistool op moest richten en welke kant hij op moest.

'PTS,' antwoordde de vrouw kalm, terwijl ze verder ging met het afzoeken van de vloer.

Police Technique et Scientifique. Het zweet was Grouard uitgebroken. *Ik dacht dat alle agenten weg waren!* Nu herkende hij het paarse licht als ultraviolet, en dat maakte het heel goed mogelijk dat het iemand van de PTS was, maar hij begreep niet waarom de recherche hier naar bewijsmateriaal zocht.

'*Votre nom!*' riep Grouard, want zijn intuïtie zei hem dat er iets mis was. '*Répondez!*'

'*C'est moi,*' antwoordde de stem rustig in het Frans. '*Sophie Neveu.*'

De naam kwam Grouard vaag bekend voor. *Sophie Neveu?* Heette Saunières kleindochter niet zo? Toen ze klein was, kwam ze wel met hem mee, maar dat was jaren geleden. *Dit kan ze onmogelijk zijn!* En zelfs als het Sophie Neveu was, was dat nog nauwelijks een reden om haar te vertrouwen; Grouard had geruchten gehoord over de pijnlijke breuk tussen Saunière en zijn kleindochter.

'U kent me,' riep de vrouw. 'En Robert Langdon heeft mijn opa niet vermoord. U kunt me geloven.'

Bewaker Grouard was niet van plan dat voetstoots aan te nemen. *Ik heb versterking nodig!* Hij probeerde zijn walkie-talkie weer te gebruiken, maar hoorde alleen ruis. De ingang was nog ruim twintig meter achter hem, en Grouard begon langzaam achteruit te lopen, terwijl hij zijn pistool op de man op de grond gericht hield. Toen Grouard voorzichtig achteruit schuifelde, zag hij de vrouw aan de andere kant van de zaal haar zaklamp omhoog richten en aandachtig een groot schilderij bekijken dat recht tegenover de *Mona Lisa* hing.

Grouard hapte naar adem toen hij besefte welk schilderij het was. *Wat is ze in godsnaam aan het doen?*

Aan de andere kant van de zaal voelde Sophie Neveu dat het koude zweet haar uitbrak. Langdon lag nog steeds met zijn armen en benen wijd op de grond. *Volhouden, Robert. We zijn er bijna.* In de wetenschap dat de bewaker nooit werkelijk op een van hen tweeën zou schieten, richtte Sophie haar aandacht weer op de hoofdzaak en ze zocht het hele gebied rond één bepaald meesterwerk af, een andere Da Vinci. Maar de ultraviolette lamp bracht niets bijzonders aan het licht. Niet op de grond, niet op de muren en niet op het doek zelf.

Er moet hier iets zijn!

Sophie was er volkomen zeker van dat ze haar opa's bedoelingen juist had geïnterpreteerd.

Wat kan hij anders bedoeld hebben?

Het meesterwerk dat ze bekeek, was een doek van anderhalve meter hoog. Het bizarre tafereel dat Da Vinci had geschilderd, toonde de Heilige Maagd, in een onhandige pose met het kindje Jezus op schoot, Johannes de Doper en een engel, gezeten op een gevaarlijk overhangend rotsblok. Toen Sophie klein was, was een bezoekje aan de *Mona Lisa* niet compleet zonder dat haar opa haar meenam naar de andere kant van de zaal om dit tweede schilderij te bekijken.

Opa, ik ben hier! Maar ik zie het niet!

Achter haar hoorde Sophie dat de bewaker een nieuwe poging deed versterking op te roepen.

Denk na!

Ze haalde zich de boodschap voor de geest die op het plexiglas voor de *Mona Lisa* was gekrabbeld. *Zo duister de zwendel van de man.* Het schilderij dat voor haar hing, had geen beschermende plaat waar een boodschap op geschreven kon worden, en Sophie wist dat haar opa dit meesterwerk nooit beschadigd zou hebben door op het schilderij zelf te schrijven. Ze bedacht zich. *Niet op de voorkant, in elk geval.* Haar blik schoot naar boven, langs de lange kabels die van het plafond naar beneden kwamen en waar het schilderij aan hing.

Zou dat het kunnen zijn? Ze pakte de houten, met snijwerk versierde lijst aan de linkerkant vast en trok die naar zich toe. Het schilderij was groot en de achterkant boog door toen ze het van de muur wegtrok. Ze glipte met haar hoofd en schouders achter het schilderij en bescheen met de ultraviolette zaklamp de achterkant.

Het kostte haar maar een paar seconden om te beseffen dat haar idee niet juist was geweest. De achterkant van het schilderij was bleek en leeg. Er was hier geen paarse tekst, alleen de vlekkerige, lichtbruine achterkant van een ouder doek en...

Wacht even.

Sophies blik vestigde zich op een opvallende schittering van glanzend metaal bij de onderrand van de houten lijst. Het was een klein voorwerp, dat gedeeltelijk in de spleet tussen het doek en de lijst was geduwd. Er bungelde een glinsterende gouden ketting aan.

Tot Sophies grote verbazing zat het kettinkje vast aan een bekende gouden sleutel. De brede, gemodelleerde kop had de vorm van een kruis en droeg een zegel dat ze sinds haar negende niet meer had gezien. Een Franse lelie met de initialen P.S. Op dat ogenblik voelde Sophie de geest van haar opa in haar oor fluisteren. *Als de tijd daar is, zal de sleutel van jou zijn.* Haar keel werd dichtgesnoerd toen ze besefte dat haar opa zelfs na zijn dood zijn belofte had gehouden. *Hij is van een kistje,* zei zijn stem. *Daar bewaar ik allerlei geheimen in.*

Nu besefte Sophie dat deze sleutel het doel was geweest van alle woordspelletjes van die avond. Haar opa had hem bij zich gehad toen hij werd vermoord. Omdat hij niet wilde dat de politie de sleutel in handen zou krijgen, had hij die achter dit schilderij verborgen. Daarna had hij een ingenieuze speurtocht verzonnen om er zeker van te zijn dat alleen Sophie hem zou vinden.

'*Au secours!*' riep de bewaker.

Sophie griste de sleutel achter het schilderij vandaan en liet hem samen met het zaklampje diep in haar zak glijden. Toen ze achter het doek vandaan gluurde, zag ze dat de bewaker nog steeds vertwijfeld probeerde iemand te bereiken via de walkie-talkie. Hij schuifelde achteruit naar de ingang en had zijn pistool nog steeds op Langdon gericht.

'*Au secours!*' schreeuwde hij opnieuw in zijn portofoon.

Ruis.

Hij kan niet zenden, besefte Sophie, en ze herinnerde zich dat toeristen met mobieltjes hier vaak teleurgesteld werden als ze probeerden naar huis te bellen om erover op te scheppen dat ze tegenover de *Mona Lisa* stonden. De extra beveiligingsbedrading in de muren maakte het vrijwel onmogelijk een signaal naar buiten te krijgen, tenzij je de gang in stapte. De bewaker liep nu snel achteruit naar de deur, en Sophie wist dat ze onmiddellijk iets moest doen.

Toen ze opkeek naar het grote schilderij waar ze gedeeltelijk achter stond, bedacht Sophie dat Leonardo da Vinci haar voor de tweede maal vannacht zou helpen.

Nog een paar meter, hield Grouard zich voor, en hij bleef zijn pistool op Langdon richten.

'*Arrêtez! Ou je la détruis!*' weerklonk de stem van de vrouw door de zaal.

Grouard wierp een blik in haar richting en bleef als aan de grond genageld staan. '*Mon dieu, non!*'

In de roodachtige schemering zag hij dat de vrouw het grote schilderij van de kabels had getild en op de vloer voor haar had gezet. Doordat het anderhalve meter hoog was, ging bijna haar hele lichaam verborgen achter het doek. Grouards eerste gedachte was de vraag waarom er geen alarm was afgegaan, maar de kabelsensoren van de kunstwerken moesten natuurlijk nog opnieuw ingeschakeld worden na de gebeurtenissen van vanavond. *Wat doet ze?*

Toen hij dat zag, deed het het bloed in zijn aderen stollen.

Het doek begon in het midden op te bollen en de broze contouren van de Heilige Maagd, het kindje Jezus en Johannes de Doper begonnen te vervormen.

'*Non!*' schreeuwde Grouard verstijfd van ontzetting toen hij zag hoe het schilderij van onschatbare waarde vervaarlijk uitrekte. De vrouw duwde van achteren haar knie midden in het doek! '*Non!*'

Grouard draaide zich naar haar toe en richtte zijn pistool op haar, maar besefte meteen dat dat een loos dreigement was. Het doek was maar van textiel, maar het was volkomen ondoordringbaar; een kogelvrij pantser van zes miljoen euro.

Ik kan geen kogel door een Da Vinci jagen!

'Leg uw pistool en portofoon neer,' zei de vrouw kalm in het Frans, 'of ik duw mijn knie door dit schilderij. Ik denk dat u wel weet wat mijn opa daarvan zou denken.'

Het duizelde Grouard. 'Nee, alsjeblieft niet. Dat is *Madonna in de grot*!' Hij liet zijn pistool en portofoon vallen en stak zijn armen omhoog.

'Dank u,' zei de vrouw. 'Doe nu precies wat ik u zeg, dan komt alles goed.'

Even later rende Langdon met bonzend hart naast Sophie de brandtrap af naar de begane grond. Geen van tweeën had een woord gezegd nadat ze de bevende bewaker plat op de grond in de Salle des Etats hadden achtergelaten. Langdon had het pistool van de bewaker nu stevig in zijn handen geklemd, en hij kon nauwelijks wachten tot hij het weer kwijt was. Het wapen voelde zwaar en gevaarlijk onbekend aan.

Terwijl hij met twee treden tegelijk de trap afrende, vroeg Langdon zich af of Sophie wel wist hoe kostbaar het schilderij was dat ze bijna had vernield. Haar keuze van kunstwerken was vannacht griezelig toepasselijk. De Da Vinci die ze van de muur had getrokken, was net als de *Mona Lisa* berucht onder kunsthistorici vanwege een veelheid aan verborgen heidense symbolen.

'Je had een kostbaar schild gekozen,' zei hij.

'*Madonna in de grot*,' antwoordde ze. 'Maar dat had ík niet gekozen, dat had mijn opa gedaan. Hij had iets voor me achtergelaten achter het schilderij.'

Langdon wierp haar een verblufte blik toe. 'Wat?! Maar hoe wist je dan welk schilderij je moest hebben? Waarom *Madonna in de grot*?'

'*Madonna of the Rocks*.' Ze glimlachte triomfantelijk naar hem.

'*So dark the con of man.* Ik heb de eerste twee anagrammen niet geraden, Robert. Dat wilde ik me niet nog een keer laten gebeuren.'

3 I

'Ze zijn dood!' stamelde zuster Sandrine op haar kamer in de telefoonhoorn. Ze sprak een boodschap in op een antwoordapparaat. 'Neem alstublieft op! Ze zijn allemaal dood!'
De eerste drie telefoonnummers op de lijst hadden angstaanjagende resultaten opgeleverd: een hysterische weduwe, een rechercheur die nog laat aan het werk was op de plek waar een moord was gepleegd, en een sombere priester die diepbedroefde familieleden bijstond. Alle drie de contactpersonen waren dood. En nu ze het vierde en laatste nummer belde – het nummer dat ze alleen mocht bellen als ze de eerste drie niet kon bereiken – kreeg ze een antwoordapparaat aan de lijn. In de meldtekst werd geen naam genoemd; de beller werd alleen verzocht een boodschap achter te laten.
'De vloertegel is gebroken!' zei ze jammerend in de telefoon. 'De andere drie zijn dood!'
Zuster Sandrine kende de identiteit niet van de vier mannen die ze beschermde, en de privénummers die ze onder haar bed had verborgen, mocht ze maar op één voorwaarde gebruiken.
Als die vloertegel ooit gebroken wordt, had de anonieme boodschapper haar verteld, *betekent dat dat er een bres is geslagen in de bovenste gelederen. Een van ons is dan met de dood bedreigd en is gedwongen geweest een leugen te vertellen. Bel naar die nummers. Waarschuw de anderen. Laat ons niet in de steek.*
Het was een stil alarm. Waterdicht in zijn eenvoud. Het plan had haar verbaasd toen ze het voor het eerst hoorde. Als een van de broeders in gevaar was, zou hij een leugen vertellen die een mechanisme in werking stelde om de anderen te waarschuwen. Vannacht leek het er echter op dat meer dan één broeder in gevaar was geweest.
'Neem alstublieft op,' fluisterde ze angstig. 'Waar bent u?'
'Verbreek de verbinding,' zei een diepe stem vanuit de deuropening.
Toen ze zich hevig geschrokken omdraaide, zag ze de enorme mon-

nik. Hij had de zware, ijzeren kandelaar in zijn handen. Sidderend legde ze de hoorn terug op het toestel.

'Ze zijn dood,' zei de monnik. 'Alle vier. En ze hebben me voor de gek gehouden. Vertel me waar de sluitsteen is.'

'Dat weet ik niet!' zei zuster Sandrine naar waarheid. 'Dat geheim wordt door anderen bewaard.' *Anderen die dood zijn!*

De man kwam naderbij, zijn witte vuisten stevig om de ijzeren kandelaar geklemd. 'U bent een zuster van de Kerk, maar u dient hén?'

'Jezus had maar één ware boodschap,' zei zuster Sandrine uitdagend. 'En die vind ik niet terug bij het Opus Dei.'

Plotseling barstte er achter de ogen van de monnik een explosie van woede los. Hij sprong naar voren en haalde met de kandelaar uit alsof het een knuppel was. Toen zuster Sandrine viel, was het laatste waar ze zich van bewust was een overweldigend bang voorgevoel.

Ze zijn alle vier dood.

De kostbare waarheid is voorgoed verloren.

32

De duiven in de nabijgelegen Tuilerieën vlogen op van het alarm in het westelijk deel van de Denon-vleugel, en Langdon en Sophie stormden het gebouw uit, de Parijse nacht in. Toen ze over het plein naar Sophies auto renden, hoorde Langdon in de verte politiesirenes janken.

'Het is die daar,' riep Sophie, en ze wees naar een rood two-seatertje met een stompe neus dat op het plein geparkeerd stond.

Dat meent ze toch niet? Het voertuig was met gemak de kleinste auto die Langdon ooit had gezien.

'Een Smart,' zei ze. 'Rijdt hartstikke zuinig.'

Langdon had zichzelf nog maar nauwelijks op de passagiersstoel laten vallen toen Sophie gas gaf en de Smart over een stoeprand een vluchtheuvel van grind op joeg. Hij greep zich vast aan het dashboard toen de auto over een trottoir schoot en daarna weer naar beneden stuiterde.

Even leek het erop dat Sophie overwoog de kortste weg over de rotonde te nemen door rechtdoor te ploegen, dwars door de heg, en de grote cirkel van gras over te steken.

'Nee!' riep Langdon, want hij wist dat de heg rond het Carrousel du Louvre daar stond om de gevaarlijke afgrond in het midden te verbergen, *la Pyramide Inversée*, het dakraam in de vorm van een omgekeerde piramide dat hij eerder van binnen uit het museum had gezien. Dat was groot genoeg om hun Smart in één keer helemaal op te slokken. Gelukkig besloot Sophie een gebruikelijker route te kiezen; ze rukte het stuur naar rechts en reed in de juiste richting over de rotonde totdat ze die achter zich liet. Daarna sloeg ze naar het noorden af, in de richting van de Rue de Rivoli.

De tweetonige politiesirenes loeiden nu harder achter hen, en Langdon kon de zwaailichten in de zijspiegel aan zijn kant zien. De motor van de Smart gierde protesterend toen Sophie hem nog sneller weg van het Louvre joeg. Vijftig meter voor hen uit sprong het stoplicht op rood. Sophie vloekte onderdrukt en bleef er op volle snelheid op af rijden. Langdon voelde dat zijn spieren zich spanden.

'Sophie?'

Toen ze het kruispunt bereikten, minderde Sophie een klein beetje vaart, gaf een knippersignaal met haar koplampen en wierp een snelle blik naar links en naar rechts voordat ze het gaspedaal weer naar beneden drukte. Langdon draaide zich om in zijn stoel en rekte zijn nek om door de achterruit naar het Louvre te kijken. De politie leek hen niet te achtervolgen. De zee van blauwe lichten verzamelde zich bij het museum.

Zijn hartslag daalde eindelijk weer, en Langdon draaide zich terug. 'Dat was interessant.'

Sophie leek hem niet te horen. Ze bleef strak voor zich uit kijken, naar het kruispunt met de Avenue Gabriel. De ambassade was nog maar een paar honderd meter ver, en Langdon ging gemakkelijk zitten.

So dark the con of man.

Sophie had het deze keer indrukwekkend snel gezien.

Madonna of the Rocks.

Sophie had gezegd dat haar opa achter het schilderij iets voor haar had achtergelaten. *Een laatste boodschap?* Langdon verwonderde zich over Saunières briljante schuilplaats; *Madonna in de grot* was opnieuw een toepasselijke schakel in de keten van symboliek van die avond. Elke keer leek Saunière zijn voorliefde voor de duistere en schalkse kant van Leonardo da Vinci verder te benadrukken. Da Vinci had in eerste instantie de opdracht voor *Madonna in de grot* gekregen van een organisatie die de Broederschap van de Onbevlekte Ontvangenis heette. Die had een schilderij nodig als middelste werk van een drieluik, dat boven een altaar in hun San Francesco-kerk in Milaan zou komen te hangen. De nonnen gaven Leonardo de precieze afmetingen en het gewenste onderwerp van het schilderij op: de Heilige Maagd, de baby Johannes de Doper, een engel en kindje Jezus die schuilden in een grot. Hoewel Da Vinci hun wensen uitvoerde, reageerde de groep vol afschuw toen hij het werk afleverde. Het wemelde namelijk van de controversiële en schokkende details.

Op het schilderij zat de Heilige Maagd in een blauw gewaad met haar arm om een baby'tje heen, vermoedelijk het kindje Jezus. Tegenover Maria zat een engel, ook met een baby, waarschijnlijk Johannes de Doper. Maar in plaats van het gebruikelijke tafereel van Jezus die Johannes zegende, was het Johánnes die Jezus zegende, en Jezus die zich aan zijn gezag onderwierp! Wat nog verontrustender was, was dat Maria één hand hoog boven het hoofd van Johannes hield en een onmiskenbaar dreigend gebaar maakte; haar vingers waren gekromd als de klauw van een adelaar en leken een onzichtbaar hoofd vast te grijpen. En dan was er het duidelijkste en angstwekkendste detail: vlak onder Maria's gekromde vingers maakte de engel een hakkend gebaar met zijn hand, alsof hij de nek afsneed van het onzichtbare hoofd dat Maria met haar klauwachtige hand vasthield.

Het amuseerde Langdons studenten altijd als ze hoorden dat Da Vinci de broederschap uiteindelijk suste door een tweede, 'afgezwakte' versie van *Madonna in de grot* voor hen te schilderen, waarin iedereen in een wat conventionelere houding zat. De tweede versie hing nu in de National Gallery in Londen, maar Langdon gaf de voorkeur aan het intrigerender origineel van het Louvre. Hij vroeg Sophie: 'Het schilderij. Wat zat erachter?'

Ze hield haar blik op de weg gericht. 'Dat laat ik je wel zien als we veilig in de ambassade zijn.'

'Laat je het me zíén?' Langdon was verbaasd. 'Heeft hij dan een voorwerp voor je achtergelaten?'

Sophie knikte kort. 'Versierd met een Franse lelie en de initialen P.S.'

Langdon kon zijn oren niet geloven.

We halen het, dacht Sophie terwijl ze langs het luxueuze Hôtel de Crillon reed en eindelijk het gevoel had dat ze weer normaal kon ademhalen.

Ook onder het rijden bleven Sophies gedachten bij de sleutel in haar zak en haar herinneringen aan die keer, vele jaren geleden, dat ze hem had gezien, de gouden kop in de vorm van een gelijkarmig kruis, de driehoekige steel, de inkepingen, het zegel in de vorm van een bloem en de letters P.S.

Hoewel Sophie in al die jaren nauwelijks aan de sleutel had gedacht, kwam de bijzondere vorm ervan haar nu niet zo raadselachtig meer voor doordat ze bij haar werk veel had geleerd over beveiligingen. *Een onregelmatig raster van met een laser ingebrande putjes. Niet na te maken.* In plaats van dat er stiften door inkepingen werden opgelicht, werd deze complexe reeks met een laser gebrande putjes door een elektrisch oog onderzocht. Als het oog vaststelde dat de zeshoekige putjes op de juiste afstand van elkaar en in de juiste draaiing op de juiste plek zaten, ging het slot open.

Sophie had geen idee wat je met een dergelijke sleutel open zou kunnen maken, maar ze had het gevoel dat Robert haar dat kon vertellen. Per slot van rekening had hij het zegel op de sleutel beschreven zonder dat hij het ooit had gezien. Het kruis bovenaan wees erop dat de sleutel van een of andere christelijke organisatie was, maar Sophie kende geen kerken die dit soort sleutels gebruikten.

Bovendien was mijn opa geen christen...

Tien jaar geleden had Sophie daar het bewijs voor gezien. Ironisch genoeg was het een andere sleutel geweest – een veel gewonere – waardoor ze de ware aard van haar opa had leren kennen.

Op een warme middag was ze op het vliegveld Charles de Gaulle geland en had ze een taxi naar huis genomen. *Opa zal wel verrast zijn als hij me ziet,* dacht ze. Ze had een paar dagen eerder dan gepland voorjaarsvakantie gekregen van haar universiteit in Engeland en popelde om hem te zien en hem alles te vertellen over de codeermethodes die ze bestudeerde.

Maar toen ze bij hun huis in Parijs aankwam, was haar opa er niet. Ze was teleurgesteld, maar ze wist dat hij haar niet had verwacht en ze dacht dat hij waarschijnlijk op zijn werk was, in het Louvre. Toen besefte ze dat het zaterdagmiddag was. Hij werkte bijna nooit in het weekend. In het weekend ging hij meestal...

Met een grijns rende Sophie naar de garage. En inderdaad, zijn auto stond er niet. Het was weekend. Jacques Saunière had een hekel aan autorijden in de stad en had maar voor één doel een auto: om naar zijn landhuis in Normandië te rijden. Sophie, die maandenlang in het drukke Londen had gewoond, verlangde naar de geuren van de natuur en wilde meteen aan haar vakantie beginnen. Het was nog vroeg op de avond, en ze besloot onmiddellijk te vertrekken en hem te verrassen. Ze leende de auto van een vriend en reed naar het westen, over een kronkelige weg de verlaten, door de maan beschenen heuvels bij Creully in. Ze kwam kort na tienen aan en sloeg de oprijlaan naar haar opa's huis in. Die laan was meer dan anderhalve kilometer lang, en ze was halverwege voordat ze het huis tussen de bomen door zag schemeren: een gigantisch, oud stenen landhuis dat op een beboste helling stond.

Sophie had min of meer verwacht dat haar opa al zou slapen en zag tot haar vreugde dat de lichten in het huis aan waren. Haar blijdschap sloeg echter om in verbazing toen ze aankwam en zag dat de oprijlaan vol geparkeerde auto's stond: Mercedessen, BMW's, Audi's en een Rolls-Royce.

Sophie staarde er even naar en barstte toen in lachen uit. *Mijn opa, de bekende kluizenaar!* Blijkbaar leefde Jacques Saunière heel wat minder teruggetrokken dan hij deed voorkomen. Hij gaf kennelijk een feest terwijl Sophie weg was voor haar studie, en te oordelen naar de auto's waren enkele van de invloedrijkste mensen van Parijs aanwezig.

Blij om hem te kunnen verrassen, haastte ze zich naar de voordeur. Die bleek echter op slot te zijn. Ze klopte. Niemand deed open. Verbaasd liep ze om het huis en probeerde de achterdeur. Ook die was op slot. Geen reactie.

Beduusd bleef ze even staan luisteren. Het enige geluid dat ze hoorde, was de koele bries die met een zacht gehuil door het dal wervelde.

Geen muziek.

Geen stemmen.

Niets.

In de stilte van het bos rende Sophie naar de zijkant van het huis en ze klom op een stapel hout, zodat ze haar gezicht tegen het raam van de huiskamer kon drukken. Wat ze binnen zag, kon ze niet verklaren.

'Er is niemand!'

De hele benedenverdieping zag er verlaten uit.

Waar zijn al die mensen?

Met bonzend hart rende Sophie naar het houtschuurtje en pakte de reservesleutel die altijd onder de kist met aanmaakhout lag. Ze holde naar de voordeur en liet zichzelf binnen. Toen ze de verlaten hal in stapte, begon het controlepaneel van het beveiligingssysteem rood te knipperen, een waarschuwing dat de aangekomene tien seconden de tijd had om de juiste code in te toetsen voordat het alarm afging.

Heeft hij het alarm aan terwijl hij een feestje geeft?
Sophie toetste snel de code in en deactiveerde het systeem.
Toen ze verder naar binnen liep, bleek er geen levende ziel in huis te zijn. Boven ook niet. Toen ze de trap weer af liep naar de huiskamer, bleef ze even in de stilte staan. Ze vroeg zich af wat er in godsnaam aan de hand kon zijn.
Toen hoorde ze iets.
Gedempte stemmen. En ze leken van onder haar te komen. Dat kon ze zich niet voorstellen. Ze ging op haar knieën zitten, drukte haar oor tegen de vloer en luisterde. Ja, het geluid kwam onmiskenbaar van beneden. De stemmen leken te zingen of... iets te scanderen? Ze was bang. Bijna griezeliger dan het geluid zelf was het besef dat dit huis niet eens een kelder had.
Tenminste, niet dat ik weet.
Toen ze zich omdraaide en haar blik door de huiskamer liet dwalen, zag ze het enige voorwerp in het hele huis dat zich niet op zijn vaste plaats leek te bevinden: haar opa's favoriete antiquiteit, een groot wandtapijt uit Aubusson. Het hing altijd aan de oostelijke muur naast de open haard, maar vanavond was het over de koperen roe opzij getrokken, zodat de muur erachter vrijkwam.
Toen Sophie naar de kale houten muur liep, had ze het gevoel dat het gezang luider werd. Aarzelend hield ze haar oor tegen het hout. De stemmen waren nu duidelijker. Het waren absoluut mensen die iets scandeerden, woorden opdreunden die Sophie niet kon verstaan.
Er zit een holle ruimte achter deze muur!
Ze tastte de randen van de panelen af en vond een zeer onopvallende uitsparing waar ze haar vinger in kon zetten. *Een schuifdeur.* Met bonzend hart zette ze haar vinger in de holte en trok. Met geluidloze precisie gleed de zware muur opzij. Uit het donker aan de andere kant rezen de stemmen op.
Sophie glipte door de deur en ontdekte dat ze boven aan een ruw uitgehakte stenen wenteltrap naar beneden stond. Ze kwam al sinds haar kindertijd in dit huis, maar ze had nooit geweten dat deze trap bestond!
Toen ze naar beneden liep, werd de lucht koeler. De stemmen werden duidelijker. Ze hoorde nu mannen en vrouwen. Door de kromming van de trap kon ze niet veel zien, maar de onderste trede kwam nu in zicht. Daarachter zag ze een stukje van de keldervloer; steen, verlicht door de flakkerende oranje gloed van vlammen.
Met ingehouden adem sloop Sophie nog een paar treden naar be-

neden en ging op haar hurken zitten om te kijken. Het kostte haar een paar seconden om te verwerken wat ze zag.

De ruimte was een soort grot, een onafgewerkt vertrek dat uitgehakt leek te zijn in het graniet waar de heuvel uit bestond. Het enige licht kwam van toortsen aan de muren. In de gloed van de vlammen stonden een stuk of dertig mensen in een kring midden in de kamer.

Ik droom, hield Sophie zichzelf voor. *Een droom. Wat kan dit anders zijn?*

Iedereen in de kamer had een masker op. De vrouwen droegen lange witte jurken van ragfijne stof en goudkleurige schoenen. Hun maskers waren wit, en in hun hand hadden ze allemaal een gouden bol. De mannen droegen lange zwarte gewaden en hun maskers waren zwart. Ze zagen eruit als stukken van een reusachtig schaakspel. Iedereen in de kring wiegde van voor naar achter en zong vol eerbied naar iets op de vloer vóór hen... Iets wat Sophie niet kon zien.

Het gezang zwol aan. Het versnelde. Nu was het een gebulder. Steeds sneller. De mensen in de kring zetten een stap naar voren en knielden neer. Op dat ogenblik kon Sophie eindelijk zien waar ze allemaal naar keken. Terwijl ze vol afschuw achteruitdeinsde, voelde ze dat het beeld voor altijd op haar netvlies werd gebrand. Overvallen door een golf van misselijkheid draaide ze zich om en wankelde ze terug naar boven, terwijl ze steun zocht bij de stenen muur. Ze trok de schuifdeur dicht, rende het lege huis uit en reed huilend en half verdoofd terug naar Parijs.

Haar leven lag aan stukken door ontgoocheling en verraad, en ze pakte haar bezittingen in en verliet haar huis. Op de eettafel liet ze een briefje achter.

IK HEB JULLIE GEZIEN. GA NIET NAAR ME OP ZOEK.

Naast het briefje legde ze de oude reservesleutel uit het houtschuurtje van het landhuis.

'Sophie!' Langdons stem onderbrak haar gedachten. 'Stop! Stóp!' Sophie kwam terug in het heden en remde zo hard dat ze slippend tot stilstand kwamen. 'Wat? Wat is er aan de hand?!'

Langdon wees de lange straat voor hen in.

Toen ze het zag, werd het Sophie koud om het hart. Honderd meter voor hen uit was het kruispunt geblokkeerd door een paar politiewagens van de DCPJ, die met een duidelijk doel schots en scheef waren neergezet. *Ze hebben de Avenue Gabriel afgezet!*

Langdon zuchtte grimmig. 'Ik neem aan dat de ambassade vannacht onbereikbaar is?'

Verderop in de straat stonden twee agenten naast hun auto's nu in hun richting te staren, kennelijk nieuwsgierig naar de koplampen die zo plotseling tot stilstand waren gekomen.

Goed, Sophie, keer de auto heel langzaam.

Door een paar keer zeer beheerst voor- en achteruit te steken, keerde ze de Smart. Toen ze wegreed, hoorde ze het geluid van piepende banden achter hen. Sirenes begonnen te loeien.

Vloekend trapte ze het gaspedaal in.

33

De Smart van Sophie raasde de brede Champs-Elysées op.

Langdon zat met witte knokkels van spanning in de passagiersstoel achterstevoren gedraaid en keek door de achterruit of hij sporen van de politie zag. Plotseling wilde hij dat hij niet had besloten op de vlucht te slaan. *Dat heb je niet besloten,* bracht hij zichzelf in herinnering. Sophie had dat besluit voor hem genomen toen ze het zendertje uit het toiletraam had gegooid. Nu ze de ambassade in snel tempo achter zich lieten en tussen het schaarse verkeer op de Champs-Elysées door schoten, had Langdon het gevoel dat zijn situatie steeds slechter werd. Hoewel Sophie de politie afgeschud leek te hebben, voorlopig in elk geval, betwijfelde hij of het geluk lang aan hun kant zou blijven.

Sophie, achter het stuur, tastte rond in de zak van haar trui. Ze haalde er een klein, metalen voorwerp uit en stak hem dat toe. 'Robert, jij moet hier maar even naar kijken. Dit is wat mijn opa voor me had achtergelaten achter *Madonna in de grot.*'

Met een huivering van verwachting nam Langdon het voorwerp aan en bekeek het. Het was zwaar en had de vorm van een kruis. Zijn eerste gedachte was dat hij een *pieu funéraire* in zijn hand had, een miniatuurversie van een herdenkingspaal die bedoeld was om bij een graf in de grond te steken. Maar toen zag hij dat de steel die uit het kruis stak driehoekig in doorsnede was. Bovendien had de steel honderden kleine zeshoekige putjes die zorgvuldig gemaakt en willekeurig verspreid leken.

'Het is een sleutel die met een laser is gemaakt,' vertelde Sophie hem. 'Die zeshoekjes worden gelezen door een elektronisch oog.'

Een sleutel? Langdon had nog nooit zoiets gezien.

'Kijk eens naar de andere kant,' zei ze, terwijl ze van rijstrook veranderde en een kruispunt overstak.

Toen Langdon de sleutel omdraaide, merkte hij dat zijn mond openviel. Daar, in fijn reliëfwerk midden op het kruis, was een gestileerde Franse lelie met de initialen P.S.! 'Sophie,' zei hij, 'dit is het zegel waar ik je over heb verteld! Het officiële embleem van de Priorij van Sion.'

Ze knikte. 'Ik had je al verteld dat ik de sleutel lang geleden heb gezien. Hij had me gezegd dat ik er nooit meer over mocht praten.'

Langdons blik was nog steeds op de bewerkte sleutel gevestigd. De geavanceerde technologie en eeuwenoude symboliek ervan vormden een mysterieuze versmelting van geschiedenis en heden.

'Hij heeft me verteld dat de sleutel op een kist past waar hij allerlei geheimen in bewaarde.'

Langdon kreeg een koude rilling toen hij zich probeerde voor te stellen wat voor geheimen een man als Jacques Saunière zou kunnen hebben. Wat een oude broederschap met een futuristische sleutel deed, daar had Langdon geen idee van. De enige bestaansreden van de Priorij was het beschermen van een geheim. Een geheim dat ongelooflijk veel invloed kon hebben. *Zou deze sleutel daar iets mee te maken hebben?* De gedachte was overweldigend. 'Weet je waar hij van is?'

Sophie keek teleurgesteld. 'Ik hoopte dat jíj dat zou weten.'

Langdon draaide het kruis zwijgend rond in zijn hand en bekeek het van alle kanten.

'Het ziet eruit als iets christelijks,' merkte Sophie op.

Daar was Langdon niet zo zeker van. De kop van deze sleutel werd niet gevormd door het traditionele christelijke kruis met een lange arm en drie korte armen, maar door een víérkant kruis – met vier armen van gelijke lengte – dat als symbool vijftienhonderd jaar ouder was dan het christendom. Dit kruis had niets van de christelijke bijbetekenis van de kruisiging, zoals het Latijnse kruis met de lange steel, dat door de Romeinen werd gebruikt als martelwerktuig. Het verbaasde Langdon altijd dat zo weinig christenen die naar de 'crucifix' keken, beseften dat de gewelddadige geschiedenis van dat symbool doorklonk in de naam ervan: 'kruis' en 'crucifix' kwamen van het Latijnse werkwoord *cruciare*, dat folteren betekende.

'Sophie,' zei hij, 'het enige dat ik je kan vertellen, is dat kruisen met gelijke armen, zoals dit, beschouwd worden als vreedzame kruisen. Hun vierkante vorm maakt ze ongeschikt om iemand aan te kruisigen, en het evenwicht tussen hun verticale en horizontale component weerspiegelt een natuurlijke harmonie tussen het mannelijke en het vrouwelijke, zodat hun symboliek past binnen de filosofie van de Priorij.'

Ze wierp hem een vermoeide blik toe. 'Je hebt geen flauw idee, hè?'

Langdon fronste zijn voorhoofd. 'Absoluut niet.'

'Oké, we moeten van de weg af zien te komen.' Sophie keek in haar achteruitkijkspiegel. 'We moeten een veilige plek vinden om te kunnen bedenken waar die sleutel op kan passen.'

Langdon dacht verlangend aan zijn gerieflijke kamer in het Ritz. Dat was uiteraard geen alternatief. 'Wat denk je van mijn gastheren bij de Amerikaanse Universiteit van Parijs?'

'Te voor de hand liggend. Fache zal contact met hen opnemen.'

'Jij zult toch wel iemand kennen? Je woont hier.'

'Fache zal de gegevens van mijn telefoon en e-mail bekijken en met mijn collega's praten. Hij zal precies weten wie mijn vrienden en kennissen zijn. En een hotel zoeken werkt ook niet, want die vragen allemaal om identificatie.'

Langdon vroeg zich weer af of hij er niet beter aan had gedaan het risico te nemen zich in het Louvre door Fache te laten arresteren. 'Laten we de ambassade bellen. Dan kan ik de situatie uitleggen en vragen of de ambassade iemand stuurt om ons ergens te ontmoeten.'

'Ons te ontmoeten?' Sophie draaide zich om en staarde hem aan alsof hij gek was geworden. 'Dat had je gedroomd, Robert. Je ambassade heeft alleen rechtsbevoegdheid op haar eigen grondgebied. Als ze iemand sturen om ons te komen halen, wordt dat beschouwd als hulp verlenen aan een voortvluchtige. Dat gebeurt niet. Je ambassade binnenlopen en tijdelijk asiel vragen is één ding, maar van het ambassadepersoneel verwachten dat het daadwerkelijk actie onderneemt tegen het Franse politieapparaat?' Ze schudde haar hoofd. 'Als je je ambassade nu belt, zullen ze je vertellen dat je de schade moet beperken en jezelf bij Fache moet melden. Dan beloven ze je dat ze er via diplomatieke kanalen voor zullen zorgen dat je eerlijk wordt berecht.' Ze keek naar de rij chique winkels langs de Champs-Elysées. 'Hoeveel contant geld heb je?'

Langdon keek in zijn portefeuille. 'Een paar honderd dollar. Een paar euro. Waarom?'

'Creditcards?'

'Natuurlijk.'

Sophie ging harder rijden, en Langdon had het gevoel dat ze een plan aan het verzinnen was. Recht voor hen uit, aan het eind van de Champs-Elysées, stond de Arc de Triomphe, Napoleons vijftig meter hoge eerbetoon aan zijn eigen militaire kracht, en daaromheen lag de grootste rotonde van Frankrijk, een kolos met twaalf toegangswegen.

Toen ze de rotonde naderden, keek Sophie weer in de achteruitkijkspiegel. 'Voorlopig zijn we ze kwijt,' zei ze, 'maar als we in deze auto blijven rondrijden, duurt dat geen vijf minuten.'

Steel dan een andere, dacht Langdon, *nu we toch misdadigers zijn.*

'Wat ga je doen?'

Sophie joeg de Smart de rotonde op. 'Vertrouw me maar.'

Langdon reageerde niet. Met vertrouwen was hij vanavond nog niet ver gekomen. Hij trok de mouw van zijn jasje omhoog en keek op zijn horloge. Het was een klassiek Mickey Mouse-horloge, een verzamelobject, dat hij op zijn tiende verjaardag van zijn ouders had gekregen. Hoewel mensen vaak raar opkeken als ze de kinderlijke wijzerplaat zagen, had Langdon nooit een ander horloge gehad. De tekenfilms van Disney waren zijn eerste kennismaking geweest met de magie van vorm en kleur, en nu herinnerde Mickey Langdon er dagelijks aan dat hij jong van geest moest blijven. Maar op dit ogenblik had Mickey zijn armen onder een akelige hoek verdraaid om een even akelig tijdstip aan te geven.

Negen minuten voor drie in de nacht.

'Interessant horloge,' zei Sophie, terwijl ze een blik op zijn pols wierp en de Smart tegen de klok in om de brede rotonde reed.

'Dat is een lang verhaal,' zei hij, en hij trok zijn mouw weer naar beneden.

'Dat dacht ik al.' Ze wierp hem snel een glimlach toe en verliet de rotonde in noordoostelijke richting, de Avenue de Friedland en vervolgens de Boulevard Haussmann op.

Toen ze voorbij de Saint Augustin-kerk kwamen, begon Langdon te vermoeden wat het doel was.

Het Gare Saint-Lazare.

Het treinstation vóór hen leek met zijn glazen dak op een vreemde kruising tussen een vliegtuighangar en een kas. Bij een station was het nooit stil. Zelfs op dit tijdstip stonden er bij de hoofdingang een stuk of vijf taxi's te wachten. Er waren verkopers van belegde stokbroden en mineraalwater met hun karretjes, en er kwamen smoezelige jongeren met rugzakken het station uit, die in hun ogen wreven en om zich heen keken alsof ze probeerden zich te herinneren in welke stad ze nu weer waren. Verderop in de straat wezen een paar politieagenten op het trottoir enkele verdwaalde toeristen de weg.

Sophie reed naar de stoeprand achter de rij taxi's en parkeerde haar Smart op een plek waar dat niet mocht, ondanks het feit dat er aan de overkant van de straat een overvloed aan officiële parkeerplaatsen was. Voordat Langdon kon vragen wat de bedoeling was, was ze al uitgestapt. Ze liep haastig naar het raampje van de taxi voor hen en begon met de chauffeur te praten.

Toen Langdon uit de Smart stapte, zag hij dat Sophie de taxichauffeur een dik pak geld gaf. De taxichauffeur knikte, en scheurde toen tot Langdons verbijstering weg zonder hen te laten instappen.

'Wat is er gebeurd?' vroeg Langdon, die bij Sophie op de stoep kwam staan terwijl de taxi verdween.

Sophie was al op weg naar de ingang van het station. 'Kom mee. We kopen twee kaartjes voor de volgende trein weg uit Parijs.'

Langdon rende met haar mee. Wat was bedoeld als een spurt van anderhalve kilometer naar de Amerikaanse ambassade, was nu een onvervalste vlucht uit Parijs geworden. Het ging Langdon allemaal steeds minder aanstaan.

34

De chauffeur die bisschop Aringarosa kwam ophalen van het vliegveld Leonardo da Vinci, kwam voorrijden in een kleine, onopvallende zwarte Fiat. Aringarosa herinnerde zich de tijd dat alle auto's van het Vaticaan grote, luxueuze wagens waren, met een embleem op de grille en vlaggetjes met het wapen van de Heilige Stoel op de hoeken. *Dat is verleden tijd.* De auto's van het Vaticaan waren nu minder opzichtig en droegen bijna nooit bijzondere kentekens. Het Vaticaan beweerde dat dat kostenbesparend was, zodat er meer geld naar de diocesen kon gaan, maar Aringarosa vermoedde dat het eerder een veiligheidsmaatregel was. De wereld was gek geworden, en in grote delen van Europa stond het openlijk tonen van je liefde voor Jezus Christus gelijk aan het schilderen van een doelwit op het dak van je auto.

Aringarosa hield zijn zwarte soutane dicht om zich heen, stapte achter in de auto en bereidde zich voor op de lange rit naar Castel Gandolfo. Het zou dezelfde tocht zijn die hij vijf maanden eerder had gemaakt.

De reis naar Rome van vorig jaar, dacht hij met een zucht. *De langste nacht van mijn leven.*

Vijf maanden geleden had het Vaticaan gebeld en Aringarosa verzocht onmiddellijk naar Rome te komen. Er was geen reden gegeven. *Uw ticket ligt op het vliegveld klaar.* De Heilige Stoel deed zijn best om een sfeer van geheimzinnigheid te handhaven, zelfs voor de hoogste geestelijken die er deel van uitmaakten.

Aringarosa had vermoed dat de mysterieuze oproep diende om de paus en andere Vaticaanse hoogwaardigheidsbekleders de gelegenheid te geven met hem op de foto te gaan, zodat ze konden meeliften op het recente publieke succes van het Opus Dei: de voltooiing van hun Amerikaanse hoofdkantoor in New York. In *Architectural Digest* was het gebouw van het Opus Dei 'een lichtend baken van katholicisme, subliem geïntegreerd in het moderne landschap' genoemd, en de laatste tijd leek het Vaticaan zich aangetrokken te voelen tot alles waarin het woord 'modern' voorkwam.

Aringarosa moest de uitnodiging wel aannemen, al was het met tegenzin. Net als de meeste conservatieve geestelijken had hij met ernstige bezorgdheid toegezien hoe de nieuwe paus het er in zijn eerste jaar als kerkleider af zou brengen. Zijne Heiligheid was ongekend vooruitstrevend en was tot paus gekozen in een van de meest controversiële en ongebruikelijke conclaven uit de Vaticaanse geschiedenis. En in plaats van zich bescheiden op te stellen nadat hij zo onverwachts aan de macht was gekomen, had de Heilige Vader geen tijd verloren laten gaan, maar hij had ogenblikkelijk de spierballen laten zien waarover het hoogste officie in de christelijke wereld beschikte. Met behulp van een verontrustende hoeveelheid liberale steun vanuit het College van Kardinalen had de paus nu verklaard dat het zijn pauselijke missie was om 'de Vaticaanse leer te verjongen en het katholicisme te moderniseren en geschikt te maken voor het derde millennium'.

Eigenlijk betekende dit, vreesde Aringarosa, dat de man arrogant genoeg was om te denken dat hij de wetten van God kon herschrijven en de harten kon herwinnen van degenen die vonden dat het in onze moderne wereld te lastig was om te voldoen aan de eisen van het ware katholicisme.

Aringarosa had al zijn politieke invloed ingezet – en die was aanzienlijk, gezien de omvang van de achterban en de bankrekening van het Opus Dei – om de paus en zijn adviseurs ervan te over-

tuigen dat versoepeling van de kerkelijke wetten niet alleen god-
loochenend en laf was, maar bovendien politieke zelfmoord betekende. Hij had hen eraan herinnerd dat de vorige versoepeling van
het kerkrecht – het fiasco van het Tweede Vaticaans Concilie – een
vernietigend effect had gehad: het kerkbezoek was inmiddels verder teruggelopen dan ooit, er kwam steeds minder aan giften binnen en er waren niet eens genoeg katholieke priesters om alle kerken te bemannen.

'Mensen hebben behoefte aan structuur en leiding van de Kerk,'
had Aringarosa gezegd, 'geen vertroeteling en toegeeflijkheid!'

Die avond, maanden geleden, was Aringarosa verbaasd geweest
toen de Fiat vanaf het vliegveld niet in de richting van het
Vaticaan was gereden, maar naar het oosten, een kronkelige
bergweg op. 'Waar gaan we heen?' had hij aan de chauffeur gevraagd.

'Naar de Albaanse Bergen,' had de man geantwoord. 'Uw gesprek
vindt plaats in Castel Gandolfo.'

Het zomerverblijf van de paus? Daar was Aringarosa nog nooit
geweest, noch had hij er ooit behoefte aan gehad het te zien. Behalve dat het het zomerverblijf van de paus was, huisvestte de zes-
tiende-eeuwse citadel ook het Specula Vaticana, het Vaticaanse Observatorium, een van de meest geavanceerde astronomische
sterrenwachten van Europa. Aringarosa was nooit gelukkig geweest met de historische behoefte van de Vaticaanse leiders om te
liefhebberen in de wetenschap. Wat was de beweegreden om wetenschap en geloof te versmelten? Iemand die in God geloofde, kon
onmogelijk een onbevooroordeeld wetenschapper zijn. En het geloof had geen bevestiging van de fysica nodig.

Niettemin staat het daar, dacht hij toen Castel Gandolfo in zicht
kwam, hoog oprijzend tegen een novemberhemel vol sterren. Vanaf de toegangsweg leek Castel Gandolfo een groot stenen monster
dat een suïcidale sprong overwoog. Het kasteel stond op de rand
van een steile rots en keek uit over de wieg van de Italiaanse beschaving, het dal waar de Curiazi- en Orazi-stammen al met elkaar vochten lang voordat de grondvesten van Rome werden gelegd.

Zelfs in silhouet was Castel Gandolfo indrukwekkend om te zien;
een mooi voorbeeld van een hoog gelegen verdedigingsbouwwerk,
waarin de kracht door de dramatische situering op de rots werd
geaccentueerd. Helaas, zag Aringarosa nu, had het Vaticaan het
gebouw bedorven door twee enorme aluminium koepels voor te-
lescopen op het dak te bouwen, waardoor dit eens zo waardige

bouwwerk er nu uitzag als een trotse krijger met twee feestmut-sen op.

Toen Aringarosa uit de auto stapte, kwam er een jonge jezuïeten-pater naar buiten rennen om hem te begroeten. 'Welkom, bisschop. Ik ben pater Mangano. Ik ben astronoom.'

Je doet je best maar. Aringarosa bromde een groet en liep achter zijn gastheer aan de hal van het kasteel in, een grote open ruimte die gedecoreerd was met een lelijke mengeling van renaissance-kunst en afbeeldingen uit de astronomie. Toen hij achter zijn be-geleider aan de brede trap van travertijn beklom, zag Aringarosa bordjes die wezen naar conferentieruimtes, zalen voor weten-schappelijke lezingen en een dienst voor toeristische informatie. Het verbaasde hem dat het Vaticaan keer op keer in gebreke bleef als het erom ging samenhangende, stringente richtlijnen op te stel-len voor geestelijke groei, maar op de een of andere manier wel de tijd vond om lezingen over astrofysica voor toeristen te verzorgen.

'Vertel eens,' zei Aringarosa tegen de jonge priester, 'wanneer zijn de bijzaken hoofdzaken geworden?'

De priester wierp hem een bevreemde blik toe. 'Pardon?'

Aringarosa wuifde zijn opmerking weg en besloot die aanval van-avond niet opnieuw in te zetten. *Het Vaticaan is gek geworden.* Als een luie ouder die het gemakkelijker vond om toe te geven aan de kuren van een verwend kind dan om streng te zijn en het kind waarden en normen bij te brengen, werd de Kerk alleen maar steeds soepeler; ze probeerde zichzelf te hervormen om zich aan te pas-sen aan een beschaving die de weg kwijt was.

De gang op de bovenste verdieping was breed en weelderig van aankleding, en liep maar één kant op: naar enorme, dubbele deu-ren van eikenhout met een koperen bord erop.

BIBLIOTECA ASTRONOMICA

Aringarosa had weleens van de Astronomische Bibliotheek van het Vaticaan gehoord; men zei dat die meer dan vijfentwintigduizend boeken herbergde, waaronder zeldzame werken van Copernicus, Galilei, Kepler, Newton en Secchi. Naar verluidt was het ook de plek waar de hoogste functionarissen van de paus vertrouwelijke besprekingen hielden, besprekingen die ze liever niet binnen de mu-ren van Vaticaanstad hielden.

Toen hij naar de deur liep, had bisschop Aringarosa nog geen voor-stelling van het schokkende nieuws dat hem binnen te wachten stond, of de fatale reeks gebeurtenissen die erdoor in gang zou worden gezet. Pas een uur later, toen hij de vergaderzaal uit wankelde, waren de verschrikkelijke gevolgen tot hem doorgedrongen. *Over een halfjaar!* had hij gedacht. *God sta ons bij!*

Nu hij in de Fiat zat, merkte bisschop Aringarosa dat hij alleen al bij de herinnering aan die eerste bespreking zijn vuisten had gebald. Hij strekte zijn vingers en dwong zichzelf diep in te ademen en zijn spieren te ontspannen.
Alles zal goed komen, hield hij zichzelf voor, terwijl de Fiat steeds hoger de bergen in reed. Maar toch wenste hij dat zijn mobieltje over zou gaan. *Waarom heeft de Leermeester me niet gebeld? Silas zou de sluitsteen inmiddels moeten hebben.*
In een poging zijn zenuwen de baas te worden, concentreerde de bisschop zich op de paarse amethist in zijn ring. Hij betastte de opgelegde staf en mijter en de facetten van de diamanten, en bracht zichzelf in herinnering dat deze ring weliswaar een symbool van macht was, maar dat hij binnenkort veel machtiger zou zijn.

35

Vanbinnen zag het Gare Saint-Lazare er hetzelfde uit als elk ander station in Europa, een gapende spelonk die half binnen, half buiten was en waarin zich de gebruikelijke personen ophielden: daklozen met kartonnen bordjes waarop hun ellende beschreven werd, studenten die doodmoe lagen te slapen op hun rugzak of naar hun MP3-speler luisterden, en groepjes in het blauw geklede kruiers die sigaretten stonden te roken.
Sophie keek op naar het enorme bord met de vertrektijden van de treinen. De zwart-witte kaartjes herschikten zich en rolden om toen de informatie werd ververst. Toen alles weer was bijgewerkt, keek Langdon wat er geboden werd. Bovenaan stond:
CAEN – 3.06
'Ik wou dat die eerder vertrok,' zei Sophie, 'maar we zullen het ermee moeten doen.'
Eerder? Langdon keek op zijn horloge. Eén minuut voor drie. De trein vertrok over zeven minuten en ze hadden nog niet eens kaartjes.

Sophie nam Langdon mee naar de automaat en zei: 'Koop twee kaartjes voor ons met je creditcard.'

'Ik dacht dat het gebruik van creditcards kon worden nagetrokken door...'

'Precies.'

Langdon gaf alle pogingen op om Sophie Neveu te begrijpen. Hij kocht met zijn Visa-card twee kaartjes voor de tweede klas naar Caen en gaf ze aan Sophie.

Sophie nam hem mee naar de sporen, waar een bekende toon klonk en werd omgeroepen dat passagiers voor Caen onmiddellijk moesten instappen. Er lagen zestien sporen voor hen. Rechts, in de verte, bij spoor drie, stond de trein naar Caen te puffen en te blazen in voorbereiding op zijn vertrek, maar Sophie had haar arm al door die van Langdon gestoken en voerde hem mee de andere kant op. Ze haastten zich door een zijportaal, langs een cafetaria die de hele nacht open was, en daarna door een zijdeur naar een rustige straat aan de westkant van het station.

Er stond een eenzame taxi bij de deuropening.

De chauffeur zag Sophie en knipperde met zijn lichten.

Sophie sprong achterin. Langdon volgde haar.

Toen de taxi bij het station wegreed, haalde Sophie hun zojuist gekochte treinkaartjes te voorschijn en verscheurde ze.

Langdon zuchtte. *Daar gaat weer zeventig dollar.*

Pas toen hun taxi met een monotoon gebrom in noordelijke richting op de Rue de Clichy reed, had Langdon echt het gevoel dat ze ontsnapt waren. Links van hem zag hij door het raampje Montmartre en de prachtige koepel van de Sacré-Coeur. Die werd tijdelijk aan het zicht onttrokken door de zwaailichten van politiewagens, die in de tegenovergestelde richting voorbij zoefden.

Langdon en Sophie doken naar beneden, en het geluid van de sirenes werd zwakker.

Sophie had de taxichauffeur alleen verteld dat hij de stad uit moest rijden, en aan haar gespannen kaaklijn zag Langdon dat ze probeerde te bepalen wat hun volgende zet zou zijn.

Langdon bestudeerde de kruisvormige sleutel weer. Hij hield hem bij het raampje en bracht hem dicht bij zijn ogen in een poging er een merkteken op te vinden, waaraan hij misschien zou kunnen zien waar de sleutel gemaakt was. Bij het periodieke licht van de straatlantaarns kon hij niets vinden, behalve het zegel van de Priorij.

'Het is niet logisch,' zei hij uiteindelijk.

'Wat niet?'

'Dat je opa zoveel moeite heeft gedaan om je een sleutel te geven waarvan je niet weet wat je ermee moet doen.'

'Dat ben ik met je eens.'

'Weet je zeker dat hij niets op de achterkant van het schilderij had geschreven?'

'Ik heb overal gezocht. Dit was alles wat er was. Deze sleutel, tussen de achterkant van het schilderij en de lijst geklemd. Ik zag het zegel van de Priorij, heb de sleutel in mijn zak gestoken, en toen zijn we weggegaan.'

Langdon keek met een frons naar het stompe uiteinde van de driehoekige steel. Niets. Hij kneep zijn ogen tot spleetjes en bekeek van heel dichtbij de rand van de kop. Niets. 'Ik denk dat deze sleutel kortgeleden is schoongemaakt.'

'Waarom?'

'Hij ruikt naar spiritus.'

Ze draaide zich om. 'Wat zeg je?'

'Hij ruikt alsof iemand hem met een schoonmaakmiddel heeft opgepoetst.' Langdon hield de sleutel bij zijn neus en snoof. 'Aan de andere kant ruik je het sterker.' Hij draaide hem om. 'Ja, het is iets op basis van alcohol, alsof hij is opgewreven met een schoonmaakmiddel of...' Langdon zweeg.

'Wat?'

Hij hield de sleutel naar het licht en keek naar het gladde oppervlak van de brede arm van het kruis. Dat leek op sommige plaatsen te glanzen... alsof het nat was. 'Hoe goed heb je naar de achterkant van deze sleutel gekeken voordat je hem in je zak stopte?'

'Wat? Niet goed. Ik had haast.'

Langdon draaide zich naar haar toe. 'Heb je die ultraviolette lamp nog?'

Sophie stak haar hand in haar zak en haalde het zaklampje te voorschijn. Langdon nam het aan, knipte het aan en scheen met de lichtbundel op de achterkant van de sleutel.

Die lichtte onmiddellijk op. Er was op geschreven. In een gehaast, maar leesbaar handschrift.

'Nou,' zei Langdon met een glimlach. 'Dan was dat de alcohollucht.'

Sophie staarde verbaasd naar de paarse letters op de achterkant van de sleutel.

Een adres! Mijn opa heeft er een adres op geschreven!
'Waar is dit?' vroeg Langdon.
Sophie had geen idee. Ze boog zich naar voren en vroeg opgewonden aan de chauffeur: '*Connaissez-vous la Rue Haxot?*'
De chauffeur dacht even na en knikte toen. Hij vertelde Sophie dat
het in de buurt van het tennisstadion aan de westrand van Parijs
was. Ze vroeg hem hen daar onmiddellijk heen te brengen.
'De snelste route is door het Bois de Boulogne,' zei de chauffeur
in het Frans tegen haar. 'Is dat goed?'
Sophie fronste haar wenkbrauwen. Ze kon zich minder aanstoot-
gevende routes voorstellen, maar vannacht kon ze niet kieskeurig
zijn. '*Oui.*' *Dat zal wel schokkend zijn voor een Amerikaan.*
Sophie keek weer naar de sleutel en vroeg zich af wat ze op nummer 24 van de Rue Haxot zouden vinden. *Een kerk? Een soort
hoofdkantoor van de Priorij?*
Haar gedachten gingen weer naar het geheime ritueel dat ze tien
jaar geleden in de kelder had gezien, en ze zuchtte diep. 'Robert,
ik moet je een heleboel vertellen.' Ze zweeg even en keek hem aan
terwijl de taxi naar het westen stoof. 'Maar eerst wil ik dat jij me
alles vertelt wat je over die Priorij van Sion weet.'

36

Bezu Fache stond ziedend voor de Salle des Etats, terwijl bewaker
Grouard hem uitlegde hoe Sophie en Langdon hem hadden ont-
wapend. *Waarom heb je niet gewoon door dat verdomde schilderij heen geschoten?*
'Hoofdinspecteur?' Inspecteur Collet kwam uit de richting van de
commandopost op hem afhollen. 'Hoofdinspecteur, ik heb net gehoord dat de auto van agent Neveu gevonden is.'
'Heeft ze de ambassade weten te bereiken?'
'Nee. Gare Saint-Lazare. Ze hebben twee kaartjes gekocht. De trein
is net vertrokken.'
Fache gebaarde naar Grouard dat hij kon gaan en nam Collet mee
naar een nis vlakbij, waar hij op gedempte toon vroeg: 'Waar gaat
die trein heen?'
'Caen.'

'Waarschijnlijk een truc.' Fache blies zijn adem uit en ontvouwde een plan. 'Oké, waarschuw het volgende station en laat de trein aanhouden en doorzoeken. Je weet nooit. Laat haar auto staan waar die staat en laat die door agenten in burger bewaken, voor het geval dat ze terugkomen. Laat mannen in de straten rond het station zoeken, voor als ze te voet zijn gevlucht. Gaan er bussen vanaf het station?'

'Om deze tijd niet, meneer. Er staan alleen taxi's.'

'Mooi. Ondervraag de chauffeurs. Misschien hebben ze iets gezien. Neem daarna contact op met de coördinator van het taxibedrijf en geef hem hun beschrijvingen. Ik bel Interpol.'

Collet keek verrast. 'Hangt u dit aan de grote klok?'

Fache betreurde het mogelijke gezichtsverlies, maar hij zag geen andere mogelijkheid.

Het net moet snel en stevig worden aangetrokken.

Het eerste uur was beslissend. Het eerste uur na hun ontsnapping waren voortvluchtigen voorspelbaar. Ze hadden altijd hetzelfde nodig. *Vervoer. Een verblijfplaats. Contant geld.* De Heilige Drie-eenheid. Interpol had de macht om alle drie die dingen in een oogwenk onbereikbaar te maken. Door foto's van Langdon en Sophie te faxen naar instanties uit de reiswereld, hotels en banken in Parijs zou Interpol al hun mogelijkheden afsluiten; geen manier om de stad te verlaten, geen plek om zich te verbergen en geen manier om geld op te nemen zonder herkend te worden. Meestal raakten voortvluchtigen dan ergens op straat in paniek en deden ze iets doms. Ze stalen een auto. Beroofden een winkel. Gebruikten in hun wanhoop een bankpasje. Wat voor vergissing ze ook begingen, ze lieten de plaatselijke autoriteiten al snel weten waar ze waren.

'Maar toch zeker alleen Langdon?' vroeg Collet. 'U laat Sophie Neveu toch niet oppakken? Ze is er een van óns.'

'Natuurlijk laat ik haar oppakken!' snauwde Fache. 'Wat heb ik eraan om Langdon op te pakken als zij al zijn klusjes kan opknappen? Ik ben van plan Neveus gegevens uit het personeelsbestand te lichten en op zoek te gaan naar vrienden, familie, iedereen die ze om hulp zou kunnen vragen. Ik weet niet wat ze allemaal aan het doen is, maar het zal haar heel wat meer kosten dan alleen haar baan!'

'Wilt u mij aan de telefoon of in het veld hebben?'

'In het veld. Ga naar het station en coördineer het team. Je hebt de leiding, maar onderneem niets zonder het met mij te bespreken.'

'Goed, chef.' Collet rende weg.

Fache stond als versteend in de nis. Buiten, aan de andere kant van het raam, blonk de glazen piramide, en haar weerspiegeling rimpelde in de vijvers, waar de wind over blies. *Ze zijn me ontglipt.* Hij vertelde zichzelf dat hij kalm moest blijven.

Zelfs een goed opgeleide agent zou geluk moeten hebben om het hoofd te kunnen bieden aan de druk die Interpol zou gaan uitoefenen.

Een cryptologe en een schoolmeester?

Ze zouden het nog niet tot zonsopgang redden.

37

Het Bois de Boulogne, een dicht bebost park, had vele bijnamen, maar de kenners van Parijs noemden het 'de tuin der lusten'. Hoewel dat vleiend klonk, was het dat allerminst. Iedereen die het gelijknamige, lugubere schilderij van Jeroen Bosch kende, begreep de steek onder water. Net als het bos was ook het schilderij donker en zonderling; een vagevuur voor freaks en fetisjisten. 's Nachts dwaalden er langs de kronkelige paden van het bos honderden glanzende lichamen die tegen betaling verkrijgbaar waren, aardse genoegens om ieders diepste, geheime lusten te bevredigen; mannelijk, vrouwelijk en alles ertussenin.

Terwijl Langdon zijn gedachten op een rijtje zette om Sophie te gaan vertellen over de Priorij van Sion, reed hun taxi door de lommerrijke entree het park in en zette over de met keien geplaveide rijweg koers naar het westen. Langdon vond het moeilijk zich te concentreren toen er hier en daar een nachtelijke parkbewoner uit de schaduwen te voorschijn kwam en in het licht van de koplampen liet zien wat hij of zij aan te bieden had. Voor hen uit wierpen twee topless tienermeisjes broeierige blikken de taxi in. Achter hen draaide een zwarte man, glimmend van de olie en met alleen een string aan, zich om en spande zijn bilspieren. Naast hem tilde een adembenemende blonde vrouw haar minirok op om te laten zien dat ze eigenlijk geen vrouw was.

De hemel sta me bij! Langdon besloot niet meer naar buiten te kijken en ademde diep in.

'Vertel me over de Priorij van Sion,' zei Sophie.

Langdon knikte; hij kon zich nauwelijks een minder gepaste achtergrond voorstellen voor het verhaal dat hij ging vertellen. Hij vroeg zich af waar hij zou beginnen. De geschiedenis van de broederschap omspande bijna een millennium; een verbazingwekkende kroniek van geheimen, afpersing, verraad en zelfs genadeloze foltering in opdracht van een woedende paus.

'De Priorij van Sion,' begon hij, 'is in 1099 in Jeruzalem opgericht door de Franse hertog Godfried van Bouillon, onmiddellijk nadat hij de stad had veroverd en koning was geworden.'

Sophie knikte en keek hem geboeid aan.

'Koning Godfried had naar men zei een belangrijk geheim, een geheim dat zijn familie al kende sinds de tijd van Jezus. Omdat hij bang was dat zijn geheim verloren zou gaan als hij zou sterven, richtte hij een geheime broederschap op – de Priorij van Sion – en hij gaf de leden opdracht zijn geheim te beschermen door het van generatie op generatie door te geven. Gedurende de jaren in Jeruzalem kwam de Priorij ter ore dat er een stapel documenten verborgen lag onder de ruïne van de tempel van Herodes, die op de oudere ruïne van de tempel van Salomo was gebouwd. Ze geloofden dat deze documenten het belangrijke geheim van Godfried bevestigden en zo controversieel waren dat de Kerk nergens voor zou terugdeinzen om ze in handen te krijgen.'

Sophie keek aarzelend.

'De Priorij besloot dat deze documenten uit het puin onder de tempel vandaan moesten worden gehaald, hoe lang het ook zou duren, en voor altijd beschermd moesten worden, zodat de waarheid nooit verloren zou gaan. Om de documenten uit de ruïne te halen, riep de Priorij een militaire tak in het leven, een groep van negen ridders die de Orde van de Arme Ridders van de Tempel van Salomo heette.' Langdon zweeg even. 'Beter bekend als de tempeliers.'

Sophie keek met een verraste blik van herkenning op.

Langdon had vaak genoeg lezingen gegeven over de tempeliers om te weten dat bijna iedereen ter wereld in elk geval de naam weleens had gehoord. Voor academici was de geschiedenis van de tempeliers een hachelijke zaak waarin feiten, overlevering en verkeerde informatie zo met elkaar verweven waren geraakt dat het bijna onmogelijk was geworden te bepalen wat de zuivere waarheid was. Tegenwoordig aarzelde Langdon om de tempeliers zelfs maar te noemen tijdens een lezing, omdat dat onveranderlijk leidde tot een spervuur van gecompliceerde vragen over allerlei complottheorieën.

Sophie keek al bedenkelijk. 'Bedoel je dat de orde van de tempeliers door de Priorij van Sion is opgericht om een verzameling geheime documenten te pakken te krijgen? Ik dacht dat die in het leven was geroepen om het Heilige Land te beschermen.'

'Een wijdverbreid misverstand. Het beschermen van pelgrims was de dékmantel waaronder de tempeliers hun werk deden. Hun ware doel was om de documenten onder de ruïne van de tempel vandaan te halen.'

'En hebben ze die gevonden?'

Langdon grijnsde. 'Dat weet niemand zeker, maar over één ding. zijn alle geleerden het eens: de tempeliers hebben in elk geval íéts ontdekt in die ruïne... Iets waar ze rijker en machtiger door zijn geworden dan iemand zich in zijn stoutste dromen had kunnen voorstellen.'

Langdon vertelde Sophie in grote lijnen het algemeen aanvaarde standaardverhaal over de geschiedenis van de tempeliers. Hij legde uit dat de tempeliers gedurende de Tweede Kruistocht in het Heilige Land waren en koning Boudewijn II vertelden dat het hun taak was christelijke pelgrims op de wegen te beschermen. Ze werden weliswaar niet betaald en hadden een gelofte van armoede afgelegd, maar ze vertelden de koning dat ze een eenvoudige verblijfplaats nodig hadden en vroegen zijn toestemming om in de stallen onder de ruïne van de tempel te gaan wonen. Koning Boudewijn willigde het verzoek van de soldaten in, en de tempeliers betrokken hun povere behuizing in het verwoeste heiligdom.

Die vreemde keuze was allerminst willekeurig geweest, vertelde Langdon. De tempeliers geloofden dat de documenten die de Priorij zocht diep onder de ruïne begraven lagen; onder het Heilige der Heiligen, een gewijde ruimte waarvan men dacht dat God Zelf er aanwezig was. Het was letterlijk het centrum van het joodse geloof. Bijna een decennium lang woonden de negen tempeliers in de ruïne en hakten ze zich in het diepste geheim een weg door massief gesteente.

Sophie keek hem aan. 'En je zei dat ze iets hebben ontdekt?'

'Dat hebben ze zeker,' zei Langdon, en hij vertelde dat het negen jaar had gekost, maar dat de tempeliers uiteindelijk hadden gevonden wat ze zochten. Ze namen de schat mee uit de tempel en reisden ermee naar Europa, waar hun invloed van de ene dag op de andere enorm was.

Niemand wist zeker of de tempeliers het Vaticaan afpersten of dat de Kerk eenvoudigweg probeerde de tempeliers af te kopen en zo het zwijgen op te leggen, maar paus Innocentius II vaardigde onmiddellijk een unieke pauselijke bul uit, waarmee hij de tempeliers onbegrensde macht verleende en hun toestemming gaf hun eigen wetten op te stellen. Daarmee werden ze een autonoom leger dat onafhankelijk was van koningen en kerkvorsten.

Met hun carte blanche van het Vaticaan groeiden de tempeliers in een ontstellend tempo, zowel in aantal als in politieke invloed, en ze vergaarden in ruim tien landen grote lappen grond. Ze gingen over tot het verstrekken van kredieten aan koningshuizen die op zwart zaad zaten en vroegen daar rente voor, waarmee de grondslag voor het hedendaagse banksysteem werd gelegd en hun rijkdom en invloed nog verder toenamen.

Toen de veertiende eeuw aanbrak, hadden de tempeliers dankzij de steun van het Vaticaan zo veel macht verzameld dat paus Clemens v besloot dat er iets aan gedaan moest worden. Samen met de Franse koning Filips de Schone beraamde de paus een ingenieus plan om korte metten te maken met de tempeliers en de hand te leggen op hun schat, en zo het geheim te bemachtigen waarmee macht over het Vaticaan werd uitgeoefend. In een militaire manoeuvre waar de CIA zich niet voor zou hoeven te schamen, vaardigde paus Clemens geheime, verzegelde orders uit die door zijn soldaten in heel Europa tegelijk moesten worden geopend, op vrijdag 13 oktober 1307.

Op de dertiende werden bij zonsopgang de zegels van de documenten verbroken en hun verschrikkelijke inhoud werd onthuld. Clemens beweerde in zijn brief dat God hem in een visioen had bezocht en hem had gewaarschuwd dat de tempeliers ketters waren die zich schuldig maakten aan duivelsverering, homoseksualiteit, ontheiliging van het kruis, sodomie en ander blasfemisch gedrag. God had paus Clemens gevraagd de aarde te louteren door alle tempeliers op te pakken en te martelen totdat ze hun misdaden tegen God hadden bekend. De machiavellistische operatie van Clemens verliep met uiterste nauwkeurigheid. Op die dag werden talloze tempeliers gevangengenomen, genadeloos gemarteld en uiteindelijk als ketters op de brandstapel ter dood gebracht. Sporen van die tragedie waren nog terug te vinden in de hedendaagse beschaving: tot op de dag van vandaag stond vrijdag de dertiende te boek als een ongeluksdag.

Sophie keek verward. 'Zijn de tempeliers uitgeroeid? Ik dacht dat er tegenwoordig nog steeds broederschappen van tempeliers bestonden.'

'Dat is ook zo, onder allerlei namen. Ondanks de valse aantijgingen van Clemens en zijn inspanningen om hen uit te roeien, slaagden sommige tempeliers er dankzij hun invloedrijke bondgenoten in te ontkomen aan de zuiveringsacties van het Vaticaan. De belangrijke schat aan documenten van de tempeliers, die blijkbaar hun bron van macht was geweest en die Clemens eigenlijk in handen had willen krijgen, is door zijn vingers geglipt. De documenten waren al veel eerder overgedragen aan de geheimzinnige oprichters van de tempeliers, de Priorij van Sion, die ze dankzij hun verborgen bestaan uit handen van het Vaticaan hadden weten te houden. Toen het Vaticaan er in de buurt kwam, smokkelde de Priorij de documenten 's nachts van een van hun gebouwen in Parijs naar schepen van de tempeliers die in La Rochelle lagen.'

'Waar zijn de documenten gebleven?'

Langdon haalde zijn schouders op. 'Alleen de Priorij van Sion kent het antwoord op die vraag. Omdat de documenten ook vandaag de dag nog steeds een bron van voortdurend onderzoek en speculatie zijn, denkt men dat ze verscheidene keren zijn verplaatst en opnieuw verborgen. Tegenwoordig vermoedt men dat de documenten zich ergens in Groot-Brittannië bevinden.'

Sophie keek ongemakkelijk.

'Duizend jaar lang,' vervolgde Langdon, 'zijn er verhalen over dit geheim overgeleverd. De hele verzameling documenten, de macht ervan en het geheim dat erin wordt onthuld, zijn onder één naam bekend geworden: Sangreal. Er zijn honderden boeken over geschreven en er zijn maar weinig raadsels die historici zo hebben gefascineerd als de Sangreal.'

'De Sangreal? Heeft dat woord iets te maken met het Franse woord *sang* of het Spaanse *sangre*, die "bloed" betekenen?'

Langdon knikte. Bloed lag ten grondslag aan de Sangreal, maar niet zoals Sophie zich dat waarschijnlijk voorstelde. 'De legende is gecompliceerd, maar het belangrijkste is dat de Priorij het bewijs bewaakt, en naar men beweert op het juiste moment in de geschiedenis wacht om de waarheid te onthullen.'

'Welke waarheid? Wat voor geheim kan zo belangrijk zijn?'

Langdon ademde diep in en keek naar buiten, naar de onderbuik van Parijs, die in de schaduw wulps kronkelde. 'Sophie, het woord *Sangreal* is heel oud. Het heeft zich in de loop der jaren ontwikkeld tot een andere term, een modernere naam.' Hij zweeg even. 'Als ik je die moderne naam vertel, zul je beseffen dat je er al veel over weet. Bijna iedereen ter wereld kent het verhaal van de Sangreal.'

Sophie keek sceptisch. 'Ik heb er nog nooit van gehoord.'

156

'Dat heb je wel.' Langdon glimlachte. 'Je bent alleen gewend dat het de "heilige graal" wordt genoemd.'

38

Op de achterbank van de taxi nam Sophie Langdon kritisch op. *Hij maakt een geintje.* 'De heilige graal?'

Langdon knikte met een serieus gezicht. 'Heilige graal is de letterlijke betekenis van Sangreal. Het woord is afkomstig van het Franse *Sangraal*, dat zich heeft ontwikkeld tot Sangreal en uiteindelijk in twee woorden is gesplitst, San Greal.'

Heilige graal. Het verbaasde Sophie dat ze het linguïstische verband niet meteen had gezien. Maar ze snapte nog steeds niets van Langdons bewering. 'Ik dacht dat de heilige graal een béker was. Maar je hebt me net verteld dat de Sangreal een verzameling documenten is waarin een duister geheim wordt onthuld.'

'Ja, maar de documenten zijn maar de hélft van de schat. Ze zijn tegelijk met de graal zelf begraven en onthullen de werkelijke betekenis ervan. De documenten gaven de tempeliers zoveel macht doordat de ware aard van de graal erin duidelijk werd gemaakt.'

De ware aard van de graal? Nu begreep Sophie er nog minder van. Ze had altijd gedacht dat de heilige graal de beker was waaruit Jezus bij het Laatste Avondmaal had gedronken en waarin Jozef van Arimathea later, bij de kruisiging, Zijn bloed had opgevangen. 'De heilige graal is de beker van Jezus,' zei ze. 'Simpeler kan het niet.'

'Sophie,' fluisterde Langdon, terwijl hij zich naar haar toe boog, 'volgens de Priorij van Sion is de heilige graal helemaal geen beker. Ze beweren dat de legende van de graal – de legende over een kelk – een ingenieus geconstrueerde allegorie is. Dat wil zeggen dat in het verhaal van de graal de kelk wordt gebruikt als metafoor voor iets anders, iets veel belangrijkers.' Hij zweeg even. 'Iets dat volkomen past bij alles wat je opa ons vannacht heeft geprobeerd te vertellen, onder andere met al zijn symbolische verwijzingen naar het heilig vrouwelijke.'

Sophie, die het nog steeds niet helemaal geloofde, zag aan Langdons geduldige glimlach dat hij begrip had voor haar verwarring, maar zijn ogen bleven serieus. 'Maar als de graal geen beker is,' vroeg ze, 'wat is het dan wel?'

Langdon had geweten dat deze vraag zou komen, en toch wist hij niet precies hoe hij het haar moest vertellen. Als hij het antwoord niet tegen de juiste historische achtergrond plaatste, zou Sophie hem alleen maar wezenloos en verbijsterd aankijken; precies dezelfde uitdrukking die Langdon een paar maanden geleden op het gezicht van zijn uitgever had gezien, nadat Langdon hem een vroege versie van zijn manuscript had gegeven.

'Wát beweer je in dit manuscript?' had zijn uitgever uitgebracht, terwijl hij hoestend zijn wijnglas neerzette en hem over zijn half genuttigde werklunch heen aanstaarde. 'Dat meen je niet.'

'Ik meen het serieus genoeg om er een jaar lang onderzoek naar te hebben gedaan.'

De bekende New Yorkse uitgever Jonas Faukman trok nerveus aan zijn sikje. Faukman had ongetwijfeld al heel wat wilde ideeën voor boeken gehoord in zijn illustere carrière, maar nu was hij sprakeloos.

'Robert,' zei Faukman ten slotte, 'begrijp me niet verkeerd. Ik ben dol op je werk, en we hebben samen prachtige dingen gedaan. Maar als ik ermee instem iets dergelijks te publiceren, heb ik maandenlang protestdemonstraties voor de deur van mijn kantoor. Bovendien helpt het jouw reputatie om zeep. Je bent historicus aan Harvard, verdorie, geen populaire rotzooiverkoper die even snel binnen moet lopen. Waar zou je in godsnaam genoeg betrouwbaar bewijs kunnen vinden om een dergelijke theorie te ondersteunen?'

Met een kalme glimlach trok Langdon een vel papier uit de zak van zijn tweedjasje en gaf dat aan Faukman. Er stond een bibliografie van meer dan vijftig titels op; boeken van bekende historici, sommigen hedendaags, anderen van eeuwen geleden, en veel van de boeken waren bestsellers geweest in de academische wereld. Alle boektitels suggereerden dezelfde vooronderstelling die Langdon zojuist had geformuleerd. Toen Faukman de lijst had gelezen, zag hij eruit als een man die net heeft ontdekt dat de aarde toch plat is. 'Sommige van deze schrijvers kén ik. Het zijn... echte historici!'

Langdon grijnsde. 'Zoals je ziet, Jonas, is dit niet alleen míjn theorie. Ze bestaat al heel lang. Ik bouw er gewoon op voort. In geen enkel boek is de legende van de graal vanuit de invalshoek van de symbolenleer onderzocht. Het iconografische bewijsmateriaal dat ik heb gevonden om de theorie te steunen is, zeg maar gerust, bijzonder overtuigend.'

Faukman zat nog steeds naar de lijst te staren. 'Mijn god, een van deze boeken is geschreven door sir Leigh Teabing, een historicus die lid is van de Britse Royal Historical Society.'

'Teabing heeft een groot deel van zijn leven onderzoek gedaan naar de graal. Ik heb hem ontmoet. Ik ben voornamelijk door hem geïnspireerd. Hij gelooft erin, Jonas, en alle anderen op die lijst ook.'

'Wil je me vertellen dat alle historici op deze lijst echt geloven...' Faukman slikte, kennelijk niet in staat het hardop te zeggen.

Langdon grijnsde weer. 'De heilige graal is zonder twijfel de meest gezochte schat in de geschiedenis van de mensheid. De graal heeft aanleiding gegeven tot legenden, oorlogen en levenslange zoektochten. Lijkt het je dan logisch dat het alleen maar een beker is? Als dat zo is, zouden andere relikwieën toch zeker net zoveel of meer belangstelling moeten wekken – de doornenkroon, het ware kruis van de kruisiging, de titulus – maar dat is niet zo. In de hele geschiedenis is de graal het belangrijkst geweest.' Langdon grijnsde. 'Nu weet je waarom.'

Faukman zat nog steeds zijn hoofd te schudden. 'Maar als al deze boeken erover zijn geschreven, waarom is die theorie dan niet bekender?'

'Deze boeken kunnen onmogelijk concurreren met de algemeen aanvaarde versie van de geschiedenis, vooral niet wanneer die geschiedenis wordt bevestigd in de grootste bestseller die er ooit is geweest.'

Faukman zette grote ogen op. 'Ga me nou niet vertellen dat *Harry Potter* eigenlijk over de graal gaat.'

'Ik bedoelde de bijbel.'

Faukman trok een gezicht. 'Dat wist ik heus wel.'

'*Laissez-le!*' Sophies kreet weerklonk door de taxi. 'Leg neer!'

Langdon schrok op toen Sophie zich naar voren boog en tegen de taxichauffeur schreeuwde. Langdon zag dat de chauffeur het mondstuk van zijn portofoon vasthield en erin sprak.

Sophie draaide zich om en stak haar hand in de zak van Langdons tweedjasje. Voordat Langdon wist wat er gebeurde, had ze het pistool eruit getrokken en duwde ze het tegen het achterhoofd van de chauffeur. Die liet zijn portofoon ogenblikkelijk vallen en stak zijn ene vrije hand op.

'Sophie!' bracht Langdon naar lucht happend uit. 'Wat is er in godsnaam...'

'*Arrêtez!*' gebood Sophie de chauffeur.

Bevend gehoorzaamde de chauffeur; hij stopte en zette de auto in zijn vrij.

Toen hoorde Langdon de metalige stem van de coördinator van het taxibedrijf uit het dashboard. '... *qui s'appelle agent Sophie Neveu...*' De radio kraakte. '*Et un Américain, Robert Langdon...*' Langdon verstijfde. *Hebben ze ons nu al gevonden?*

'*Descendez,*' beval Sophie.

De bevende chauffeur stapte met zijn handen boven zijn hoofd uit zijn taxi en deed een paar passen naar achteren.

Sophie had haar raampje naar beneden gedraaid en richtte het pistool nu op de verbijsterde man buiten. 'Robert,' zei ze rustig, 'ga achter het stuur zitten. Jij rijdt.'

Langdon was niet van plan een gewapende vrouw tegen te spreken. Hij stapte de auto uit en liet zich achter het stuur zakken. De chauffeur stond met zijn armen in de lucht verwensingen naar hen te schreeuwen.

'Robert,' zei Sophie vanaf de achterbank, 'ik neem aan dat je genoeg hebt gezien van ons sprookjesbos?'

Hij knikte. *Ruimschoots.*

'Mooi. Zorg dan dat we eruit komen.'

Langdon keek naar de bediening van de auto en aarzelde. *Shit.* Hij tastte naar de koppeling en greep de versnellingspook. 'Sophie? Misschien moet jij...'

'Schiet op!' riep ze.

Buiten kwamen een paar hoeren aanlopen om te zien wat er gebeurde. Eén vrouw belde met haar mobieltje. Langdon trapte de koppeling in en duwde de pook in wat hij hoopte dat de eerste versnelling was. Hij drukte voorzichtig het gaspedaal in.

Hij liet de koppeling schieten. De banden gierden toen de taxi wild slingerend naar voren schoot, en de omstanders doken weg. De vrouw met het mobieltje sprong tussen de bomen, net op tijd om niet overreden te worden.

'*Doucement!*' zei Sophie, terwijl de auto over de weg zwierde. 'Wat doe je?'

'Ik wilde je waarschuwen,' riep hij boven de herrie van de knarsende versnellingen uit. 'Ik rijd in een automaat!'

39

Hoewel de Spartaans ingerichte kamer in het patriciërshuis aan de Rue La Bruyère al heel wat lijden had gezien, betwijfelde Silas of iets de smart kon evenaren die zich nu meester maakte van zijn bleke lijf. *Ik ben bedrogen. Alles is verloren.*

Silas was voor de gek gehouden. De broeders hadden gelogen, en voor de dood gekozen in plaats van hun ware geheim prijs te geven. Silas kon het niet opbrengen de Leermeester te bellen. Niet alleen had Silas de enige vier mensen vermoord die wisten waar de sluitsteen verborgen was, hij had ook nog eens een non gedood in de Saint-Sulpice. *Ze werkte God tegen! Ze minachtte het werk van het Opus Dei!*

Die daad was een opwelling geweest, maar de dood van de vrouw maakte alles veel gecompliceerder. Bisschop Aringarosa had gebeld om ervoor te zorgen dat Silas de Saint-Sulpice in kon; wat zou de abbé denken als hij ontdekte dat de non dood was? Silas had haar weer in bed gelegd, maar de wond aan haar hoofd was duidelijk zichtbaar. Hij had geprobeerd de gebroken tegels weer in de vloer te leggen, maar ook die schade was duidelijk. Ze zouden weten dat er iemand was geweest.

Silas was van plan geweest zich binnen Opus Dei te verschuilen als zijn werk hier voltooid was. *Bisschop Aringarosa zal me beschermen.* Silas kon zich geen zaliger bestaan voorstellen dan een leven van meditatie en gebed, diep binnen de muren van Opus Dei's hoofdkantoor in New York. Hij zou nooit meer een voet buiten de deur zetten. Alles wat hij nodig had, bevond zich binnen dat heiligdom. *Niemand zal me missen.* Helaas wist Silas dat een prominent man als bisschop Aringarosa niet zo gemakkelijk kon verdwijnen.

Ik heb de bisschop in gevaar gebracht. Silas staarde zonder iets te zien naar de grond en overwoog of hij zich van het leven zou beroven. Per slot van rekening was het Aringarosa geweest die Silas dat leven had geschonken... in die kleine pastorie in Spanje, waar hij hem had onderwezen en hem een doel had gegeven.

'M'n vriend,' had Aringarosa tegen hem gezegd, 'je bent als albino geboren. Schaam je daar niet voor. Begrijp je niet hoe bijzonder je bent? Wist je niet dat Noach een albino was?'

'Noach van de Ark?' Dat had Silas nog nooit gehoord.

Aringarosa glimlachte. 'Precies, Noach van de Ark. Een albino. Net als jij was hij zo wit als een engel. Denk daar maar eens over na. Noach heeft al het leven op de planeet gered. Jij bent voorbestemd voor grote zaken, Silas. De Heer heeft een reden gehad om jou te bevrijden. Je hebt een roeping. De Heer heeft je hulp nodig om Zijn werk te doen.'

In de loop der tijd had Silas geleerd zichzelf in een ander licht te zien. *Ik ben zuiver. Wit. Mooi. Als een engel.*

Maar op dat ogenblik, in zijn kamer in de leefgemeenschap, was het zijn vaders teleurgestelde stem die vanuit het verleden tegen hem fluisterde.

Tu es un désastre. Un spectre.

Silas knielde op de houten vloer en bad om vergiffenis. Toen trok hij zijn pij uit en pakte hij het geselkoord.

40

Worstelend met de versnellingspook slaagde Langdon erin de gekaapte taxi naar de andere kant van het Bois de Boulogne te manoeuvreren en de motor onderweg maar tweemaal te laten afslaan. Helaas werd het humoristische aspect van de situatie overschaduwd door het feit dat de coördinator van het taxibedrijf hun wagen herhaaldelijk probeerde op te roepen over de portofoon.

'*Voiture cinq-six-trois. Où êtes-vous? Répondez!*'

Toen Langdon de uitgang van het park bereikte, slikte hij zijn mannelijke trots in en trapte op de rem. 'Rijd jij maar.'

Sophie ging met een opgelucht gezicht achter het stuur zitten. Binnen een paar seconden zoemde de auto probleemloos over de Allée de Longchamp naar het westen en lieten ze de tuin der lusten achter zich.

'Welke kant is de Rue Haxot op?' vroeg Langdon, terwijl hij zag dat Sophie de snelheidsmeter liet oplopen tot meer dan honderd kilometer per uur.

Sophie hield haar blik op de weg. 'De taxichauffeur zei dat het vlak bij Roland Garros was. Ik ken die buurt wel.'

Langdon haalde de zware sleutel weer uit zijn zak en woog het gewicht in zijn hand. Hij had het gevoel dat het een voorwerp van groot belang was. Misschien wel de sleutel tot zijn eigen vrijheid.

Eerder, toen hij Sophie over de tempeliers vertelde, had Langdon bedacht dat deze sleutel, afgezien van het zegel van de Priorij dat er in reliëf op was aangebracht, nog een subtielere band met de Priorij van Sion had. Het gelijkarmige kruis was een symbool voor evenwicht en harmonie, maar ook voor de tempeliers. Iedereen had wel schilderijen gezien waarop de tempeliers witte tunieken droegen waarop een rood gelijkarmig kruis was geschilderd. Goed, de armen van het tempelierskruis werden naar het uiteinde toe wat breder, maar ze waren wel van gelijke lengte.

Een gelijkarmig kruis. Net als dat op deze sleutel.

Langdon merkte dat zijn fantasie op hol sloeg toen hij zijn gedachten liet gaan over wat ze misschien zouden vinden. *De heilige graal.* Hij moest bijna hardop lachen bij de absurditeit daarvan. Men vermoedde dat de graal zich ergens in Engeland bevond, in een geheime ruimte onder een van de vele tempelierskerken, waar hij al zeker sinds 1500 verborgen was.

De tijd van Grootmeester Da Vinci.

Om de belangrijke documenten veilig te stellen, was de Priorij in de eeuwen daarvoor gedwongen geweest ze vele malen te verhuizen. Historici vermoedden dat de graal sinds hij uit Jeruzalem in Europa was aangekomen wel zes keer naar een andere plek was overgebracht. Hij was voor het laatst 'gesignaleerd' in 1447, toen talrijke ooggetuigen beschreven hoe er brand was uitgebroken en de documenten bijna waren verteerd voordat ze in veiligheid konden worden gebracht, in vier enorme kisten die elk door zes man gedragen moesten worden. Daarna had niemand ooit meer gemeld de graal te hebben gezien. Het enige dat er restte, waren geruchten dat hij in Groot-Brittannië verborgen was, het land van koning Arthur en de ridders van de Ronde Tafel.

Waar hij ook was, er waren twee belangrijke feiten: *Leonardo had geweten waar de graal zich tijdens zijn leven bevond, en die bergplaats was waarschijnlijk tot op de dag van vandaag niet veranderd.*

Om die reden bestudeerden graalenthousiastelingen nog steeds Da Vinci's kunstwerken en dagboeken, in de hoop een verborgen aanwijzing te vinden over de verblijfplaats van de graal. Sommigen beweerden dat de bergachtige achtergrond van *Madonna in de grot* overeenkwam met de topografie van een reeks heuvels vol grotten in Schotland. Anderen wisten zeker dat de verdachte rangschikking van de discipelen op *Het Laatste Avondmaal* een of andere hint was. Weer anderen beweerden dat op röntgenfoto's van de *Mona Lisa* te zien was dat ze oorspronkelijk een lazuurstenen hanger van Isis om had gehad, een detail dat Da Vinci later overgeschilderd zou hebben. Langdon had nooit enig bewijs van de hanger gezien, noch kon hij zich voorstellen hoe die duidelijk kon maken waar de graal zich bevond, maar toch bleef het voor graalliefhebbers stof voor eindeloze discussies op internet.

Iedereen is dol op samenzweringen.

En er kwam geen eind aan. De meest recente was natuurlijk de wereldschokkende ontdekking geweest dat Da Vinci's beroemde *Aanbidding der Wijzen* een duister geheim onder zijn verflagen verborg. De Italiaanse kunstonderzoeker Maurizio Seracini had de verbazende waarheid onthuld, die in een hoofdartikel in het *New York Times Magazine* werd gebracht met de kop 'de verdoezeling van Leonardo'.

Seracini had aangetoond dat het boven alle twijfel verheven was dat de grijsgroene onderliggende ontwerptekening van de *Aanbidding* weliswaar van Da Vinci was, maar het schilderij zelf niet. In werkelijkheid had een anonieme schilder Da Vinci's tekening jaren na de dood van de kunstenaar als een soort kleurplaat ingekleurd. Maar wat nog veel meer beroering veroorzaakte, was wat er ónder de verf van de oplichter schuilging. Op foto's die met behulp van infrarood licht en röntgenstraling waren gemaakt, was te zien dat deze bedrieger bij het inkleuren van Da Vinci's ontwerptekening daar verdachte veranderingen in had aangebracht, alsof hij de werkelijke bedoeling van Da Vinci had willen ondermijnen. Wat de ware aard van de ontwerptekening was geweest, moest nog bekend worden gemaakt. Toch was de leiding van de Galleria degli Uffizi in Florence nu al bang voor gezichtsverlies en had ze het schilderij ogenblikkelijk naar een depot aan de overkant van de straat verbannen. Bezoekers van de Leonardo-zaal in het museum troffen nu een misleidend en weinig verontschuldigend bordje aan op de plek waar de *Aanbidding* had gehangen.

DIT WERK WORDT ONDERZOCHT
IN VOORBEREIDING OP RESTAURATIE.

In het bizarre wereldje van hedendaagse zoekers naar de graal bleef Leonardo da Vinci hét grote raadsel. Zijn kunst leek bol te staan van geheimen die verteld moesten worden, maar wat die ook waren, ze bleven verborgen, misschien onder een laag verf, misschien in een code die zich in het volle zicht bevond, of misschien helemaal nergens. Misschien was Da Vinci's overvloed aan verwachtingen wekkende aanwijzingen alleen een loze belofte die hij had

164

achtergelaten om de nieuwsgierigen te frustreren en een zelfgenoegzaam lachje op het gezicht van zijn alwetende Mona Lisa te toveren.

'Is het mogelijk,' vroeg Sophie, en Langdon kwam weer terug in het heden, 'dat de sleutel die je in je hand hebt, past op de bergplaats van de graal?'

Langdons lach klonk zelfs hemzelf geforceerd in de oren. 'Dat kan ik me echt niet voorstellen. Bovendien denkt men dat de graal ergens in Groot-Brittannië verborgen is, niet in Frankrijk.' Hij vertelde haar in grote lijnen de geschiedenis.

'Maar het lijkt de enige logische conclusie te zijn,' hield ze vol. 'We hebben een streng beveiligde sleutel met het zegel van de Priorij van Sion erop, die ons is toegespeeld door een lid van de Priorij, een broederschap waarvan het bestaansrecht het bewaken van de heilige graal is. Dat heb je me net verteld.'

Langdon wist dat de logica van haar standpunt klopte, maar instinctief kon hij het onmogelijk aanvaarden. Er gingen geruchten dat de Priorij had gezworen de graal op een dag terug te brengen naar een definitieve rustplaats in Frankrijk, maar er bestond geen geschiedkundig bewijsmateriaal dat dit inderdaad was gebeurd. Zelfs als de Priorij erin was geslaagd de graal terug te brengen naar Frankrijk, klonk het adres Rue Haxot 24, in de buurt van een tennisstadion, niet echt als een statige definitieve rustplaats. 'Sophie, ik zie echt niet hoe deze sleutel iets met de graal te maken kan hebben.'

'Omdat de graal in Engeland zou zijn?'

'Niet alleen dat. De plek waar de graal zich bevindt, is een van de best bewaarde geheimen uit de geschiedenis. Leden van de Priorij moeten tientallen jaren lang bewijzen dat ze te vertrouwen zijn voordat ze worden toegelaten tot de hoogste regionen van de broederschap en te horen krijgen waar de graal is. Dat geheim wordt bewaakt door een ingewikkeld systeem van verdeelde kennis, en hoewel de broederschap heel groot is, weten er op elk willekeurig moment maar víér leden waar de graal verborgen is: de Grootmeester en zijn drie *sénéchaux*. De kans dat jouw opa een van die vier mensen aan de top was, is heel klein.'

Mijn opa was een van die vier, dacht Sophie, terwijl ze het gaspedaal dieper indrukte. Ze had een beeld op haar netvlies gegrift staan dat de hoge rang van haar opa binnen de broederschap boven elke twijfel verhief.

'En zelfs als je opa wel deel uitmaakte van de top, zou hij nooit iets mogen onthullen aan iemand buiten de broederschap. Het is ondenkbaar dat hij jou zou toelaten tot de kring van vertrouwelingen.'

Daar ben ik al geweest, dacht Sophie, en ze zag het ritueel in de kelder voor zich. Ze vroeg zich af of dit het moment was om Langdon te vertellen wat ze die nacht in het landhuis in Normandië had gezien. Tien jaar lang had ze er nu uit schaamte met niemand over gesproken. Ze huiverde al bij de gedachte eraan. Ergens in de verte loeiden sirenes, en ze voelde zich alsof er een dikke sluier van vermoeidheid over haar hing.

'Daar!' zei Langdon, opgewonden dat hij het enorme Roland Garros-complex voor hen uit zag opdoemen.

Sophie zocht zich een weg naar het tennisstadion. Na een paar zijstraten vonden ze de kruising met de Rue Haxot en ze reden die in, in de richting van de lagere nummers. Langs de straat stonden steeds meer bedrijven in plaats van woonhuizen.

We moeten nummer vierentwintig hebben, dacht Langdon, en hij besefte dat hij de horizon heimelijk afspeurde naar de torenspitsen van een kerk. *Doe niet zo belachelijk. Een vergeten tempelierskerk in deze buurt?*

'Daar is het,' riep Sophie uit, en ze wees.

Langdons blik volgde haar vinger naar het gebouw voor hen uit. *Wat is het in jezusnaam?*

Het was een modern gebouw. Een plomp fort met een gigantisch, gelijkarmig kruis in neon op de gevel. Onder het kruis stonden de woorden:

DEPOSITOBANK VAN ZÜRICH

Langdon was blij dat hij niets tegen Sophie had gezegd over zijn hoop op een tempelierskerk. Een beroepsdeformatie van symboliekdeskundigen was de neiging een verborgen betekenis toe te kennen aan zaken die die helemaal niet hadden. In dit geval had Langdon er helemaal niet aan gedacht dat het vreedzame, gelijkarmige kruis was gekozen als het volmaakte symbool voor de vlag van het neutrale Zwitserland.

In elk geval was het raadsel opgelost.

Sophie en Langdon waren in het bezit van een sleutel van een Zwitserse bankkluis.

41

Er blies een kille, opwaartse luchtstroom over de top en langs de wand van de steile rots, die bisschop Aringarosa een rilling bezorgde toen hij voor Castel Gandolfo uit de Fiat stapte. *Ik had meer moeten aantrekken dan alleen een soutane,* dacht hij, terwijl hij de reflex om te huiveren onderdrukte. Het laatste dat hij vanavond wilde was zwak of angstig lijken.

Het kasteel was donker, behalve de ramen helemaal boven in het gebouw, die een onheilspellend licht uitstraalden. *De bibliotheek,* dacht Aringarosa. *Ze zijn wakker en zitten te wachten.* Hij boog zijn hoofd tegen de wind en liep verder zonder ook maar een blik op de koepels van het observatorium te werpen.

De priester die de deur voor hem opendeed, zag er slaperig uit. Het was dezelfde priester die Aringarosa vijf maanden geleden had ontvangen, maar vannacht was hij veel minder gastvrij. 'We maakten ons zorgen over u, monseigneur,' zei de priester. Hij keek op zijn horloge en leek eerder verstoord dan bezorgd.

'Mijn verontschuldigingen. Vliegmaatschappijen zijn tegenwoordig zo onbetrouwbaar.'

De priester mompelde iets onverstaanbaars en zei toen: 'Ze wachten boven op u. Ik zal u erheen brengen.'

De bibliotheek was een grote, vierkante ruimte die van vloer tot plafond met donker hout was betimmerd. Aan alle kanten rezen boekenkasten op, die uitpuilden van de boeken. De vloer was van amberkleurig marmer met sierranden van zwart basalt, en de schoonheid ervan herinnerde de bezoeker eraan dat dit gebouw ooit een paleis was geweest.

'Welkom, monseigneur,' zei een man vanaf de andere kant van het vertrek.

Aringarosa probeerde te zien wie het was, maar de verlichting was absurd slecht; het was veel donkerder dan het bij zijn eerste bezoek was geweest, toen alle lampen aan waren. *De nacht van het grote ontwaken.* Vannacht zaten deze mannen in de duisternis alsof ze zich om de een of andere reden schaamden voor wat er zou gaan gebeuren.

Aringarosa schreed langzaam, zelfs majestueus naar binnen. Hij zag de silhouetten van drie mannen achter een lange tafel aan de andere kant van het vertrek. De gestalte van de man in het midden herkende hij onmiddellijk: de gezette Secretarius Vaticana, de Vaticaans staatssecretaris, die de leiding had over alle juridische zaken binnen Vaticaanstad. De andere twee waren vooraanstaande Italiaanse kardinalen.

Aringarosa liep door de bibliotheek naar hen toe. 'Mijn nederige excuses voor het tijdstip. We leven in verschillende tijdzones. U zult wel moe zijn.'

'Helemaal niet,' zei de staatssecretaris, die zijn handen over zijn enorme buik had gevouwen. 'We zijn u dankbaar dat u dat hele eind gekomen bent. Het minste dat we kunnen doen, is wakker zijn om u te ontvangen. Kunnen we u koffie of iets te eten aanbieden?'

'Laten we niet doen alsof dit een gezelligheidsbezoekje is. Ik moet een vliegtuig halen. Zullen we ter zake komen?'

'Wat u wilt,' zei de staatssecretaris. 'U hebt sneller gehandeld dan we hadden verwacht.'

'O, ja?'

'U hebt nog een maand.'

'U hebt me vijf maanden geleden van uw zorgen op de hoogte gesteld,' zei Aringarosa. 'Waarom zou ik wachten?'

'Inderdaad. We zijn zeer ingenomen met uw efficiëntie.'

Aringarosa's blik gleed over de lange tafel naar een grote zwarte aktetas. 'Is dat waar ik om heb gevraagd?'

'Jazeker.' De staatssecretaris klonk slecht op zijn gemak. 'Hoewel ik moet toegeven dat we bezorgd zijn over het verzoek. Het lijkt nogal...'

'Gevaarlijk,' vulde een van de kardinalen aan. 'Weet u zeker dat we het niet aan u kunnen overmaken? Het is een exorbitant bedrag.'

Vrijheid is duur. 'Ik maak me geen zorgen om mijn eigen veiligheid. God is met me.'

De mannen keken alsof ze daar hun bedenkingen over hadden.

'Is het precies zoals ik had gevraagd?'

De staatssecretaris knikte. 'Obligaties aan toonder in grote coupures, van de Vaticaanse Bank. Overal ter wereld verhandelbaar tegen de contante waarde.'

Aringarosa liep naar het uiteinde van de tafel en maakte de aktetas open. Er zaten twee dikke stapels obligaties in, elk met het zegel van het Vaticaan en het opschrift PORTATORE, wat betekende dat ze konden worden ingewisseld door iedereen die ze in zijn bezit had.

De staatssecretaris leek nerveus. 'Ik moet zeggen, monseigneur, dat we er allemaal geruster op zouden zijn als dit bedrag in contant geld werd uitgekeerd.'

Zoveel contant geld kan ik niet tillen, dacht Aringarosa terwijl hij de aktetas sloot. 'De obligaties zijn verhandelbaar tegen contant geld. Dat zei u zelf.'

De kardinalen wisselden ongemakkelijke blikken en ten slotte zei een van hen: 'Ja, maar deze obligaties zijn rechtstreeks terug te voeren op de Vaticaanse Bank.'

Aringarosa glimlachte inwendig. Dat was precies de reden dat de Leermeester Aringarosa had voorgesteld het geld te laten uitkeren in obligaties van de Vaticaanse Bank. Dat diende als zekerheid. *We zijn hier nu allemaal bij betrokken.* 'Dit is een volkomen legale transactie,' zei Aringarosa verdedigend. 'Het Opus Dei is een persoonlijke prelatuur van Vaticaanstad, en Zijne Heiligheid kan gelden verdelen hoe hij dat wil. Er wordt hier geen wet overtreden.'

'Dat is waar, maar toch...' De staatssecretaris boog zich naar voren en zijn stoel kraakte onder het gewicht. 'Wij weten niet wat u van plan bent met deze som te gaan doen, en als dat iets is dat in enig opzicht illegaal is...'

'Gezien wat u van me vraagt,' reageerde Aringarosa, 'gaat het u niets aan wat ik met dit geld doe.'

Er viel een lange stilte.

Ze weten dat ik gelijk heb, dacht Aringarosa. 'Ik neem aan dat ik iets moet tekenen?'

Ze haastten zich alle drie om het papier naar hem toe te schuiven, alsof ze niet konden wachten tot hij weg was.

Aringarosa keek naar het vel papier dat voor hem lag. Het droeg het pauselijke zegel. 'Is dit identiek aan de kopie die u me hebt gestuurd?'

'Exact.'

Het verraste Aringarosa dat hij nauwelijks emoties voelde bij het tekenen van het document. Maar de drie mannen die erbij aanwezig waren, leken te zuchten van opluchting.

'Dank u, monseigneur,' zei de staatssecretaris. 'Uw verdienste voor de Kerk zal nooit vergeten worden.'

Aringarosa pakte de aktetas op en voelde de belofte en het gezag van het gewicht. De vier mannen keken elkaar even aan alsof er nog iets gezegd moest worden, maar kennelijk was dat niet het geval. Aringarosa draaide zich om en liep naar de deur.

'Monseigneur?' riep een van de kardinalen toen Aringarosa bij de drempel was.

Aringarosa bleef staan en draaide zich om. 'Ja?'

'Waar gaat u nu heen?'

Aringarosa had het gevoel dat de vraag eerder in spirituele dan letterlijke zin moest worden opgevat, maar hij was niet van plan op dit tijdstip over moraal te gaan discussiëren. 'Naar Parijs,' zei hij, en hij liep de deur uit.

42

De Depositobank van Zürich was een *Geldschrank*-bank die vierentwintig uur per dag het volledige hedendaagse aanbod aan anonieme diensten beschikbaar stelde, in de traditie van de Zwitserse nummerrekening. De bank had filialen in Zürich, Kuala Lumpur, New York en Parijs en had haar diensten de laatste jaren uitgebreid met de mogelijkheid via anonieme computercodes bankgaranties en ondersteuning te verkrijgen.

Maar de hoofdmoot van haar activiteiten bestond nog steeds uit haar oudste en eenvoudigste dienst: *das anonyme Lager*, anonieme bankkluisjes. Klanten die iets wilden opslaan, variërend van certificaten van aandelen tot kostbare schilderijen, konden hun bezittingen hier anoniem in bewaring geven en voorwerpen eveneens in volslagen anonimiteit op elk gewenst tijdstip weer ophalen, doordat er allerlei geavanceerde technieken werden toegepast om de privacy te waarborgen.

Toen Sophie de taxi stil zette, keek Langdon naar de starre architectuur van het gebouw en hij kreeg het gevoel dat de Depositobank van Zürich een firma met weinig gevoel voor humor was. Het gebouw was een rechthoek zonder ramen die volledig uit dof staal vervaardigd leek te zijn. Het was net een enorme metalen baksteen met een vierenhalve meter hoog gelijkarmig neon-kruis aan de gevel.

Zwitserlands reputatie voor geheimhouding in bankzaken was een van de belangrijkste exportproducten van het land geworden. Dit soort faciliteiten was binnen de kunstwereld omstreden. Ze boden kunstdieven immers een perfecte plek om gestolen waar te verbergen, indien nodig jarenlang, totdat de aandacht ervoor verslapt was. Omdat kluisjes door privacywetgeving tegen inspectie door de politie beschermd werden en hoorden bij rekeningen op nummer in plaats van naam, hadden dieven het geruststellende gevoel dat hun gestolen goederen veilig waren en onmogelijk op hen waren terug te voeren.

Sophie zette de taxi bij een imponerend hek voor de oprit van de bank, een betonnen helling die tot onder het gebouw afliep. Boven het hek hing een videocamera die recht op hen was gericht, en Langdon had het gevoel dat deze camera, in tegenstelling tot die in het Louvre, wel echt was.

Sophie draaide het raampje naar beneden en bestudeerde het elektronische paneel aan de bestuurderskant. Op een LCD-scherm werden in zeven talen aanwijzingen gegeven. Er stond:

BRENG SLEUTEL IN

Sophie haalde de gouden sleutel met laserputjes uit haar zak en richtte haar aandacht weer op het paneel. Onder het scherm zat een driehoekig gaatje.

'Iets zegt me dat hij zal passen,' zei Langdon.

Sophie hield de driehoekige steel van de sleutel voor het gaatje en duwde hem erin, totdat de hele steel verdwenen was. Deze sleutel hoefde je blijkbaar niet om te draaien. Het hek begon onmiddellijk open te zwaaien. Sophie haalde haar voet van de rem en liet de auto naar een tweede hek met een paneel rollen. Achter haar sloot het eerste hek, zodat ze vastzaten als een schip in een schutsluis.

Langdon hield niet van dat opgesloten gevoel. *Laten we hopen dat dit tweede hek ook werkt.*

Op het tweede paneel stond dezelfde aanwijzing.

BRENG SLEUTEL IN

Toen Sophie de sleutel in het gat stak, ging het tweede hek onmiddellijk open. Even later reden ze de helling af, de buik van het gebouw in.

De garage was klein en schemerig, en bood ruimte aan een stuk of tien auto's. Aan het eind ervan kreeg Langdon de hoofdingang van het gebouw in het oog. Er lag een rode loper over de betonnen vloer, die bezoekers verwelkomde en naar een enorme deur leidde die van massief staal leek te zijn.

Hoezo tegengestelde boodschappen, dacht Langdon. *Welkom en waag het niet om binnen te komen.*

Sophie zette de taxi in een parkeervak dicht bij de ingang en zette de motor uit. 'Je kunt het pistool beter hier laten.'

Met alle genoegen, dacht Langdon, en hij liet het pistool onder zijn stoel glijden.

Sophie en Langdon stapten uit en liepen over de rode loper naar de stalen plaat. De deur had geen kruk, maar in de muur ernaast zat opnieuw een driehoekig sleutelgat. Deze keer werden er geen aanwijzingen gegeven.

'Zo houd je de langzame leerlingen buiten,' zei Langdon.

Sophie lachte en leek nerveus. 'Daar gaan we dan.' Ze stak de sleutel in het gat en de deur zwaaide met een zacht gezoem naar binnen toe open. Sophie en Langdon keken elkaar even aan en stapten naar binnen. De deur viel met een klap achter hen dicht.

De hal van de Depositobank van Zürich had de meest imposante aankleding die Langdon ooit had gezien. Terwijl de meeste banken tevreden waren met het gebruikelijke glanzende marmer en graniet, had deze gekozen voor kamerbreed metaal en klinknagels. *Wie is hun binnenhuisarchitect?* vroeg Langdon zich af. *Een ijzerwarengroothandel of zo?*

Ook Sophie keek geïntimideerd toen ze haar blik door de hal liet gaan.

Het grijze metaal was overal: de vloer, de muren, balies, deuren, zelfs de stoelen leken van smeedijzer gemaakt te zijn. Het effect was indrukwekkend. De boodschap was duidelijk: je loopt een kluis binnen.

Een grote man achter de balie keek op toen ze binnenkwamen. Hij schakelde het kleine tv-toestel uit waarnaar hij had gekeken en begroette hen met een vriendelijke glimlach. Ondanks zijn gespierdheid en zichtbare handwapen, had zijn dictie de gepolijste beleefdheid van een Zwitserse piccolo.

'*Bonsoir,*' zei hij. 'Waar kan ik u mee van dienst zijn?'

De tweetalige begroeting was het nieuwste trucje van de Europese gastheer om gastvrij over te komen. Er werd niets van tevoren aangenomen en het gaf de gast de mogelijkheid antwoord te geven in de taal die hij het beste sprak.

Sophie gaf helemaal geen antwoord. Ze legde alleen de gouden sleutel voor de man op de balie.

De man keek ernaar en rechtte ogenblikkelijk zijn rug. 'Natuurlijk. Uw lift is aan het einde van de hal. Ik zal iemand waarschuwen dat u onderweg bent.'

Sophie knikte en pakte haar sleutel op. 'Welke verdieping?'

De man keek haar bevreemd aan. 'Uw sleutel vertelt de lift op welke verdieping u moet zijn.'

Ze glimlachte. 'O, ja.'

De bewaker keek toe hoe de twee nieuwkomers naar de liften liepen, hun sleutel in het gaatje staken, de lift in stapten en verdwenen. Zodra de deur dicht was, greep hij de telefoon. Hij belde niet om iemand van hun komst op de hoogte te stellen; dat hoefde niet. Er was al automatisch iemand gewaarschuwd om hen bij de kluizen op te vangen toen de sleutel buiten in het toegangshek was gestoken.

In plaats daarvan belde de bewaker de manager die nachtdienst had. Terwijl de telefoon overging, zette de bewaker de tv weer aan en keek er ingespannen naar. Het nieuwsbericht waarnaar hij had gekeken, was net afgelopen. Dat was niet erg. Hij kon nog een laatste blik op de twee gezichten op de tv werpen.

De manager nam op. '*Oui?*'

'We hebben hier een probleem.'

'Wat is er aan de hand?' vroeg de manager.

'De Franse politie zit vannacht achter twee voortvluchtigen aan.'

'Nou, en?'

'Die zijn hier net binnen komen lopen.'

De manager vloekte zachtjes. 'Oké. Ik neem onmiddellijk contact op met monsieur Vernet.'

Toen hing de bewaker op en pleegde nog een telefoontje. Deze keer naar Interpol.

Langdon was verrast toen hij voelde dat de lift naar beneden ging en niet naar boven. Hij had geen idee hoeveel verdiepingen ze onder de Depositobank van Zürich waren afgedaald toen de deur uiteindelijk openging. Het kon hem ook niet schelen. Hij was blij dat hij de lift weer uit was.

Er stond al een indrukwekkend montere gastheer klaar om hen te begroeten. Hij was op leeftijd en vriendelijk, en droeg een keurig geperst flanellen pak dat hem eigenaardig misplaatst deed lijken; een ouderwetse bankier in een wereld vol geavanceerde technologie.

'*Bonsoir,*' zei de man. 'Goedenavond. Zou u me willen volgen, *s'il vous plaît?*' Zonder op antwoord te wachten, draaide hij zich om en beende energiek een smalle metalen gang in.

Langdon liep met Sophie door een paar gangen langs verscheidene grote vertrekken vol computers, waarvan lichtjes knipperden.

'*Voici,*' zei hun gastheer toen hij bij een stalen deur aankwam die hij voor hen opende. 'U bent er.'

Langdon en Sophie stapten een andere wereld binnen. Het kleine vertrek dat voor hen lag, zag eruit als een weelderig ingerichte zitkamer in een goed hotel. Het metaal en de klinknagels waren verdwenen en vervangen door oosterse tapijten, donker eiken meubilair en zachte stoelen. Op de grote tafel die midden in de kamer stond, stonden twee kristallen glazen naast een geopende fles Perrier, waarvan de bubbeltjes nog opbruisten. Ernaast stond een tinnen pot met koffie te stomen.

Alles precies op tijd, dacht Langdon. *Laat dat maar aan de Zwitsers over.*

De man glimlachte begripvol. 'Ik heb het gevoel dat u voor het eerst bij ons bent?'

Sophie aarzelde en knikte toen.

'Ik begrijp het. Sleutels worden vaak via overerving doorgegeven, en mensen die ze voor het eerst gebruiken, weten meestal niet precies hoe alles hier werkt.' Hij gebaarde naar de tafel met glazen. 'Deze kamer staat tot uw beschikking zolang u die maar wilt gebruiken.'

'Zei u dat sleutels vaak geërfd worden?' vroeg Sophie.

'Jazeker. Uw sleutel werkt net als een Zwitserse nummerrekening, die vaak van generatie op generatie wordt doorgegeven. Op onze gouden rekeningen is de kortste periode waarvoor je een kluis kunt huren vijftig jaar. Vooraf te betalen. Dus we zien heel wat kluizen overgaan in andere handen.'

Langdon staarde hem aan. 'Zei u vijftig jáár?'

'Minimaal,' antwoordde hun gastheer. 'U kunt een kluis natuurlijk veel langer huren, maar als er verder niets is geregeld en als er vijftig jaar lang geen activiteit op een rekening is, wordt de inhoud van die kluis automatisch vernietigd. Zal ik het gebruik van de kluis toelichten?'

Sophie knikte. 'Graag.'

Hun gastheer maakte een armgebaar dat de luxe zitkamer omvatte. 'Dit is uw privékamer. Als ik de kamer heb verlaten, mag u hier zoveel tijd doorbrengen als u wilt om de inhoud van uw kluis te bekijken of te veranderen. De inhoud komt... hier aan.' Hij liep met hen naar de tegenoverliggende muur, waar met een sierlijke bocht een transportband de kamer binnenkwam, die enigszins leek op de lopende banden waar je op een vliegveld je bagage van af moest pakken. 'U steekt uw sleutel in dat gaatje daar...' De man wees naar een groot elektronisch paneel tegenover de transportband. Het paneel had een bekend driehoekig gaatje. 'Als de computer de putjes in uw sleutel heeft gecontroleerd, toetst u uw rekeningnummer in, en dan wordt uw kluis door een robot uit de beveiligde ruimte hieronder gehaald, zodat u hem kunt inspecteren. Als u klaar bent, zet u hem terug op de transportband, steekt uw sleutel weer in het gat, en dan verloopt het hele proces de andere kant op. Doordat alles geautomatiseerd is, is uw privacy gewaarborgd; zelfs het bankpersoneel komt er niet aan te pas. Als u iets nodig hebt, wat dan ook, hoeft u alleen maar op de tafel in het midden van de kamer op het knopje te drukken.'

Sophie wilde net een vraag stellen toen de telefoon ging. De man keek verbaasd en in verlegenheid gebracht. 'Neemt u me alstublieft niet kwalijk.' Hij liep naar de telefoon, die op de tafel naast de koffie en de Perrier stond.

'*Qui?*' antwoordde hij.

Er verschenen rimpels in zijn voorhoofd terwijl hij luisterde. '*Oui... oui... d'accord.*' Hij hing op en glimlachte hen ongemakkelijk toe. 'Het spijt me, ik moet u nu alleen laten. Maak het u alstublieft gemakkelijk.' Hij liep snel naar de deur.

'Pardon,' riep Sophie. 'Kunt u nog iets uitleggen voordat u weggaat? U zei dat we een rékeningnummer moesten intoetsen?'

De man bleef met een bleek gezicht bij de deur staan. 'Uiteraard. Zoals bij de meeste Zwitserse banken zijn onze kluisjes gekoppeld aan een númmer, niet aan een naam. U hebt een sleutel en een persoonlijk rekeningnummer, dat alleen bij u bekend is. Uw sleutel is slechts de helft van uw legitimatie. Uw persoonlijke rekeningnummer is de andere helft. Anders zou iedereen uw sleutel kunnen gebruiken als u die had verloren.'

Sophie aarzelde. 'En als mijn weldoener me geen rekeningnummer heeft gegeven?'

Het hart van de bankier bonsde. *Dan hebt u hier duidelijk niets te zoeken!* Hij schonk hun een kalme glimlach. 'Ik zal iemand vragen u te helpen. Hij komt zo.'

Nadat de bankier de deur uit was gestapt, sloot hij die achter zich en draaide een zwaar slot om, waarmee hij hen binnen opsloot.

Ver buiten de stad stond Collet te wachten toen zijn telefoon ging.

Het was Fache. 'Interpol heeft een tip gekregen,' zei hij. 'Laat die trein maar zitten. Langdon en Neveu zijn net het Parijse filiaal van de Depositobank van Zürich binnengelopen. Ik wil dat jij en je manschappen daar ogenblikkelijk heen gaan.'

'Zijn er al aanwijzingen over wat Saunière agent Neveu en Robert Langdon duidelijk probeerde te maken?'

Faches toon was kil. 'Als je ze arresteert, inspecteur Collet, kan ik het hun zelf vragen.'

Collet begreep de hint. 'Rue Haxot 24. Komt voor elkaar, chef.'
Hij hing op en riep over de portofoon zijn manschappen op.

43

André Vernet, de president van het Parijse filiaal van de Depositobank van Zürich, woonde in een chique flat boven de bank. Ondanks zijn luxueuze woonomstandigheden had hij er altijd van gedroomd een appartement aan de Seine te bezitten, op het Ile Saint-Louis, waar hij in het gezelschap van de intellectuele elite zou verkeren, terwijl hij hier slechts de stinkend rijken ontmoette.

Als ik met pensioen ben, nam Vernet zich voor, *vul ik mijn kelder met zeer goede bordeaux, hang ik een Fragonard in mijn salon, en misschien ook een Boucher, en ga ik de hele dag in het Quartier Latin op jacht naar antiek meubilair en zeldzame boeken.*

Vannacht was Vernet nog maar zesenhalve minuut wakker. Toch zag hij er, toen hij zich door de ondergrondse gang van de bank spoedde, uit alsof hij door zijn privékleermaker en -kapper met veel zorg was opgepoetst. Hij was onberispelijk gekleed in een zijden pak, spoot onder het lopen wat spray voor een frisse adem in zijn mond en trok zijn das strak. Aangezien het hem regelmatig overkwam dat hij wakker werd gemaakt om zijn internationale clientèle, afkomstig uit verschillende tijdzones, van dienst te zijn, had hij zijn slaapgewoonten gemodelleerd naar het voorbeeld van de Afrikaanse Masai-krijgers, die er beroemd om waren dat ze in een paar seconden vanuit de diepste slaap wakker konden worden en dan meteen klaarstonden voor de strijd.

Klaar voor de strijd, dacht Vernet, die vreesde dat de vergelijking vannacht toepasselijker zou zijn dan anders. De komst van een cliënt met een gouden sleutel zorgde altijd voor extra drukte en aandacht, maar de komst van een cliënt met een gouden sleutel die werd gezocht door de recherche was wel een zeer delicate aangelegenheid. De bank had al genoeg hoog oplopende discussies met de handhavers van de wet over het recht op privacy van cliënten zonder bewijs dat sommigen misdadigers waren.

Vijf minuten, hield Vernet zichzelf voor. *Ik moet deze mensen mijn bank uit zien te krijgen voordat de politie er is.*

Als hij snel handelde, kon de dreigende ramp nog behendig worden afgewend. Vernet kon de politie vertellen dat de voortvluchtigen in kwestie inderdaad zijn bank waren binnengelopen, zoals was gemeld, maar dat ze geen cliënten waren en geen rekeningnummer hadden, zodat ze waren weggestuurd. Hij wilde dat die verdomde bewaker Interpol niet had gebeld. Discretie kwam blijkbaar niet voor in het vocabulaire van een bewaker die vijftien euro per uur verdiende.

Voor de deur bleef hij staan, ademde diep in en ontspande zich. Toen forceerde hij een geruststellende glimlach, draaide de deur van het slot en wervelde als een warme bries de kamer in.

'Goedenavond,' zei hij, terwijl zijn blik zijn cliënten zocht. 'Ik ben André Vernet. Hoe kan ik u van dienst...' De rest van de zin bleef ergens onder zijn adamsappel klem zitten. De vrouw die voor hem stond, was de meest onverwachte gast die Vernet ooit had gehad.

'Neemt u me niet kwalijk, maar kennen we elkaar?' vroeg Sophie. Ze herkende de bankier niet, maar hij had even gekeken alsof hij een geest had gezien.

'Nee...' stamelde de bankpresident. 'Ik... geloof het niet. Onze diensten zijn anoniem.' Hij blies zijn adem uit en dwong zichzelf kalm te glimlachen. 'Mijn assistent heeft me verteld dat u een gouden sleutel maar geen rekeningnummer hebt. Zou ik mogen vragen hoe u aan de sleutel komt?'

'Die heeft mijn opa me gegeven,' antwoordde Sophie, terwijl ze de man aandachtig opnam. Hij leek slecht op zijn gemak.

'Heus waar? Heeft uw opa u de sleutel gegeven, maar geen rekeningnummer?'

'Ik denk dat hij daar geen tijd meer voor had,' zei Sophie. 'Hij is vanavond vermoord.'

Toen hij dat hoorde, wankelde de man achteruit. 'Is Jacques Saunière dood?' vroeg hij, terwijl zijn blik zich met ontsteltenis vulde. 'Maar... Hoe?!'

Nu was het Sophie die geschokt achteruitdeinsde. 'Kénde u mijn opa dan?'

André Vernet leek net zo verbluft als zij en zocht steun bij een bijzettafeltje om zijn evenwicht te bewaren. 'Jacques en ik waren goede vrienden. Wanneer is dit gebeurd?'

'Eerder op de avond. In het Louvre.'

Vernet liep naar een lage, leren fauteuil en liet zich erin zakken. 'Ik moet u beiden iets heel belangrijks vragen.' Hij keek even op naar Langdon en toen weer naar Sophie. 'Heeft een van u iets te maken gehad met zijn dood?'

'Nee!' verklaarde Sophie. 'Absoluut niet.'

Vernets gezicht stond grimmig, en hij dacht even na. 'Interpol laat foto's van u circuleren. Daar herkende ik u van. U wordt gezocht wegens moord.'

Sophie liet haar schouders hangen. *Heeft Fache Interpol al een oproep via de tv laten maken?* Blijkbaar was de hoofdinspecteur gemotiveerder dan Sophie had verwacht. Ze vertelde Vernet snel wie Langdon was en wat er die avond in het Louvre was gebeurd.

Vernet keek verbijsterd. 'En toen uw opa stervende was, heeft hij een boodschap voor u achtergelaten waarin hij zei dat u meneer Langdon moest zoeken?'

'Ja. En deze sleutel.' Sophie legde de gouden sleutel op de salontafel voor Vernet neer, met het zegel van de Priorij naar onderen.

Vernet wierp een blik op de sleutel, maar maakte geen aanstalten die op te pakken. 'Heeft hij u alleen deze sleutel nagelaten? Niets anders? Geen stukje papier?'

Sophie wist dat ze haast had gehad in het Louvre, maar ze was er zeker van dat ze niets anders had gezien achter *Madonna in de grot*. 'Nee. Alleen de sleutel.'

Vernet slaakte een machteloze zucht. 'Ik vrees dat de sleutel elektronisch gekoppeld is aan een rekeningnummer van tien cijfers, dat als een wachtwoord werkt. Zonder dat nummer is uw sleutel waardeloos.'

Tien cijfers. Sophie berekende met tegenzin het aantal mogelijke combinaties. *Tien miljard.* Zelfs als ze de krachtigste parallelle computers van de DCPJ kon gebruiken, zou ze weken nodig hebben om de juiste combinatie te vinden. 'Maar, monsieur, gezien de omstandigheden kunt u ons toch wel helpen?'

'Het spijt me. Ik kan echt niets beginnen. Cliënten kiezen hun eigen rekeningnummer via een beveiligde terminal, wat betekent dat alleen de cliënt en de computer het rekeningnummer kennen. Dat is een van de manieren waarop we anonimiteit kunnen garanderen. En de veiligheid van ons personeel.'

Sophie begreep het. Supermarkten deden hetzelfde. HET PERSONEEL HEEFT GEEN SLEUTELS VAN DE KLUIS. Deze bank wilde kennelijk niet het risico lopen dat iemand een sleutel stal en dan een personeelslid gijzelde om achter het rekeningnummer te komen.

Sophie ging naast Langdon zitten, keek naar de sleutel en toen naar Vernet. 'Hebt u enig idee wat mijn opa in uw bank heeft opgeslagen?'

'Geen enkel. Dat is de definitie van een *Geldschrank*-bank.'

'Monsieur Vernet,' drong ze aan, 'we hebben vannacht niet veel tijd. Als u het niet erg vindt, zal ik openhartig tegen u zijn.' Ze stak haar hand uit naar de gouden sleutel, draaide die om en bleef de blik van de man in de gaten houden terwijl ze het zegel van de Priorij van Sion naar boven legde. 'Zegt het symbool op deze sleutel u iets?'

Vernet liet zijn blik even over de Franse lelie gaan en reageerde niet. 'Nee, maar veel van onze klanten laten bedrijfslogo's of initialen op hun sleutel aanbrengen.'

Sophie zuchtte en bleef hem in de gaten houden. 'Dit zegel is het symbool van een geheim genootschap dat de Priorij van Sion heet.' Vernet vertoonde nog steeds geen reactie. 'Daar weet ik niets van. Uw opa was een vriend van me, maar we spraken voornamelijk over zaken.' De man trok zijn das recht en maakte nu een nerveuze indruk.

'Monsieur Vernet,' zei Sophie op ferme toon. 'Mijn opa heeft me vanavond gebeld en me verteld dat hij en ik in groot gevaar verkeerden. Hij zei dat hij me iets moest geven. Hij heeft me een sleutel van uw bank gegeven. Nu is hij dood. Alles wat u ons kunt vertellen, zou nuttig kunnen zijn.'

Het zweet brak Vernet uit. 'We moeten maken dat we het gebouw uit komen. Ik vrees dat de politie snel hier zal zijn. Mijn bewaker voelde zich geroepen Interpol te bellen.'

Daar was Sophie al bang voor geweest. Ze deed nog een laatste poging. 'Mijn opa zei dat hij me de waarheid over mijn familie moest vertellen. Zegt dat u iets?'

'Mademoiselle, uw familie is bij een auto-ongeluk omgekomen toen u klein was. Het spijt me. Ik weet dat uw opa heel veel van u hield. Hij heeft me meermalen verteld hoe erg hij het vond dat er geen contact meer was tussen u tweeën.'

Sophie wist niet precies hoe ze moest reageren.

Langdon vroeg: 'Heeft de inhoud van de kluis iets met de Sangreal te maken?'

Vernet keek hem bevreemd aan. 'Ik heb geen idee wat dat is.' Op dat ogenblik ging Vernets mobieltje over, en hij rukte het van zijn riem. '*Qui?*' Hij luisterde even, met een verbaasde en steeds bezorgdere blik. '*La police? Si rapidement?*' Hij vloekte, gaf snel een paar instructies in het Frans en zei dat hij naar de hal zou komen.

Terwijl hij de verbinding verbrak, wendde hij zich weer tot Sophie. 'De politie heeft veel sneller gereageerd dan gebruikelijk. Ze komen op dit moment aan.'

Sophie was niet van plan met lege handen te vertrekken. 'Vertel hun dat we alweer weg zijn. Als ze de bank willen doorzoeken, eis dan een bevelschrift. Dat zal ze tijd kosten.'

'Luister,' zei Vernet, 'Jacques was een vriend van me, en mijn bank kan dit soort publiciteit niet gebruiken, dus er zijn twee redenen waarom ik niet van plan ben u in dit gebouw te laten arresteren. Geef me een paar minuten, dan zal ik kijken wat ik kan doen om u te helpen de bank ongezien te verlaten. Verder kan ik me hier niet in mengen.' Hij stond op en liep haastig naar de deur. 'Wacht hier. Ik ga wat dingen regelen en kom zo terug.'

'En de kluis dan?' vroeg Sophie. 'We kunnen niet zomaar weggaan.'

'Daar kan ik niets aan doen,' zei Vernet, terwijl hij snel de deur uit stapte. 'Het spijt me.'

Sophie staarde hem even na en vroeg zich af of het rekeningnummer misschien ergens in een van de talloze brieven en pakjes stond die haar opa haar in de loop der jaren had gestuurd en die ze nooit had opengemaakt.

Langdon stond plotseling op, en Sophie bespeurde een onverwachte twinkeling van genoegen in zijn ogen.

'Robert? Je glimlacht.'

'Jouw opa was een genie.'

'Pardon?'

'Tien cijfers?'

Sophie had geen idee waar hij het over had.

'Het rekeningnummer,' zei hij, en er verscheen een bekende, scheve grijns op zijn gezicht. 'Ik ben er vrij zeker van dat hij het wel voor ons heeft achtergelaten.'

'Waar dan?'

Langdon haalde de foto van de plaats van het misdrijf uit zijn zak en legde die op de salontafel. Sophie hoefde alleen de eerste regel te lezen om te weten dat Langdon gelijk had.

13-3-2-21-1-1-8-5

O, DRACONIAN DEVIL!

OH, LAME SAINT!

P.S. ZOEK ROBERT LANGDON

44

'Tien cijfers,' zei Sophie, en haar cryptologenhart ging sneller kloppen toen ze de foto bestudeerde.

13-3-2-21-1-1-8-5

Grand-père heeft zijn rekeningnummer in het Louvre op de grond geschreven!
Toen Sophie de Fibonacci-reeks voor het eerst op het parket gekrabbeld had zien staan, had ze aangenomen dat hij dat alleen had gedaan om ervoor te zorgen dat de DCPJ hun cryptologen zou inschakelen, zodat Sophie bij de zaak betrokken zou worden. Later had ze beseft dat de getallen ook een aanwijzing waren hoe de andere regels ontcijferd moesten worden: een reeks die in de verkeerde volgorde stond, een cijfermatig anagram. Nu zag ze tot haar verbazing dat de getallen een nog belangrijker betekenis hadden. Ze vormden vrijwel zeker de laatste sleutel tot het openen van haar opa's mysterieuze bankkluis.
'Hij was een meester in dubbelzinnigheden,' zei Sophie tegen Langdon. 'Hij was dol op alles wat verschillende betekenislagen had. Codes binnen codes.'
Langdon liep al naar het elektronische paneel bij de transportband. Sophie pakte de foto en volgde hem.
Het paneel had een toetsenbord dat leek op dat van een geldautomaat. Op het scherm was het kruisvormige logo van de bank te zien. Naast het toetsenbord zat een driehoekig gaatje. Sophie stak er onmiddellijk haar sleutel in.
Het scherm reageerde meteen.

REKENINGNUMMER:
— — — — — — — — — —

De cursor knipperde. Afwachtend.
Tien cijfers. Sophie las de getallen voor en Langdon toetste ze in.

REKENINGNUMMER:
1332211185

Toen hij het laatste cijfer had ingetoetst, veranderde het scherm weer. Er verscheen een boodschap in een paar talen.

```
           WAARSCHUWING:
    Controleer voordat u op 'ja' drukt,
 of uw rekeningnummer correct is ingetoetst.
  Als de computer uw rekeningnummer niet
                 herkent,
  zal voor uw eigen veiligheid de transactie
      automatisch beëindigd worden.
```

'*La fonction sera terminée*,' zei Sophie met een frons. 'Blijkbaar krijgen we maar één kans.' Standaard geldautomaten gaven gebruikers dríé kansen om hun pingetal juist in te toetsen voordat ze hun bankpasje in beslag namen. Dit was duidelijk geen gewone geldautomaat.

'Het nummer lijkt me goed,' bevestigde Langdon, nadat hij het ingetoetste nummer zorgvuldig had vergeleken met dat op zijn papiertje. Hij wees naar de 'ja'-toets. 'Ga je gang.'

Sophie stak haar wijsvinger uit naar het toetsenbord, maar aarzelde, omdat er een eigenaardige gedachte bij haar opkwam.

'Toe dan,' zei Langdon. 'Vernet komt zo terug.'

'Nee.' Ze trok haar hand terug. 'Dit is niet het goede rekeningnummer.'

'Natuurlijk wel! Tien cijfers. Wat zou het anders kunnen zijn?'

'Het is te willekeurig.'

Te willekeurig? Daar was Langdon het helemaal niet mee eens. Elke bank adviseerde haar klanten om dit soort nummers zo willekeurig mogelijk te kiezen, zodat niemand ze kon raden. Dat advies zouden de klanten hier zeker ook krijgen.

Sophie haalde alles weg wat ze zojuist hadden ingetoetst en keek met zelfverzekerde blik naar hem op. 'Het is veel te toevallig dat dit zogenaamd willekeurige nummer in een andere volgorde de Fibonacci-reeks is.'

Langdon besefte dat daar wel wat in zat. Sophie had dit rekeningnummer door elkaar gehusseld totdat het de Fibonacci-reeks vormde. Hoe groot was de kans dat zoiets mogelijk was?

Sophie toetste een ander nummer in, blijkbaar uit haar hoofd. 'Bovendien is het, gezien de voorliefde van mijn opa voor symboliek en codes, waarschijnlijk dat hij een rekeningnummer gekozen heeft dat iets voor hem betekende, zodat hij het makkelijk kon ont-

houden.' Ze was klaar met intoetsen en glimlachte geslepen. 'Iets wat willekeurig lijkt... maar dat niet ís.'
Langdon keek naar het scherm.

REKENINGNUMMER:
1123581321

Het duurde even voordat Langdon het doorhad, maar toen wist hij dat ze gelijk had.
De Fibonacci-reeks.
1-1-2-3-5-8-13-21
Als je er geen streepjes tussen zette, zodat het een getal van tien cijfers leek, werd het vrijwel onherkenbaar. *Makkelijk te onthouden, maar schijnbaar willekeurig.* Een briljante code van tien cijfers die Saunière nooit zou vergeten. Bovendien verklaarde het waarom de getallen die in het Louvre op de grond waren geschreven in een andere volgorde die beroemde getallenreeks konden vormen.
Sophie stak haar hand uit en drukte op de 'ja'-toets.
Er gebeurde niets.
Althans, niet voor zover zij merkten.

Op dat moment kwam er onder hen, in de grote onderaardse beveiligde ruimte van de bank, een robotarm tot leven. Langs een aan het plafond bevestigde dubbele rails gleed de arm naar de juiste coördinaten. Op de betonnen vloer eronder stonden honderden identieke plastic kratten rij aan rij gerangschikt in een raster, als rijen kleine doodskisten in een crypte.
Nadat hij gonzend tot stilstand was gekomen boven de juiste plek op de vloer, kwam de klauw van de arm naar beneden en werd met een elektronisch oog de streepjescode op de kist gecontroleerd. Toen pakte de klauw met computergestuurde precisie het stevige handvat en hees hij het krat recht naar boven. De aandrijving kwam weer in beweging en de klauw bracht de kist naar één kant van de ruimte, waarna hij boven een stilstaande transportband bleef hangen.
De arm zette het krat zachtjes neer en trok zich terug.
Toen de arm uit de weg was, kwam de transportband zoemend tot leven...

Boven bliezen Sophie en Langdon opgelucht hun adem uit toen ze de transportband zagen bewegen. Ze stonden er naast als een stel vermoeide reizigers die in een bagagehal stonden te wachten op een mysterieuze koffer waarvan ze niet wisten wat erin zat.

De transportband kwam van rechts de kamer binnen door een smalle spleet onder een deur die omhoog kon bewegen. De metalen deur schoof naar boven en op het hellende vlak verscheen een enorme plastic kist uit de diepte. De kist was van zwart, stevig plastic en veel groter dan Sophie zich had voorgesteld. Hij zag eruit als een krat waarin huisdieren vervoerd worden in een vliegtuig, maar dan zonder luchtgaten.

De kist kwam recht voor hen tot stilstand.

Langdon en Sophie stonden zwijgend naar het mysterieuze ding te kijken.

Net als al het andere aan deze bank, was het een fabrieksmatig aandoend krat, met metalen sluithaken, een sticker met een streepjescode op de bovenkant, en een solide handvat. Sophie vond dat het eruitzag als een gigantische gereedschapskist.

Zonder tijd te verliezen maakte Sophie de twee sluitingen aan de voorkant los. Toen keek ze Langdon even aan. Samen tilden ze het zware deksel op en sloegen het naar achteren.

Ze stapten naar voren en tuurden in het krat.

Even dacht Sophie dat het leeg was. Toen zag ze iets. Onderin. Eén voorwerp.

De gepolitoerde houten doos had ongeveer de afmetingen van een schoenendoos en had rijkelijk bewerkte scharnieren. Het hout was glanzend diep paarsrood en sterk gevlamd. *Rozenhout,* besefte Sophie. De favoriete houtsoort van haar opa. Op het deksel was een prachtige roos ingelegd. Langdon en zij keken elkaar verbaasd aan. Ze boog zich naar voren, pakte de doos en tilde hem uit de kist.

Mijn god, wat is die zwaar!

Ze droeg hem voorzichtig naar een grote tafel en zette hem neer. Langdon stond naast haar en samen staarden ze naar het schatkistje waarvan haar opa blijkbaar had gewild dat ze het gingen ophalen.

Langdon keek verwonderd naar het met de hand gemaakte inlegwerk op het deksel, een vijfbladige roos. Hij had dat type roos vaak gezien. 'De vijfbladige roos,' fluisterde hij, 'is het symbool van de Priorij voor de heilige graal.'

Sophie draaide zich om en keek hem aan. Langdon kon zien wat ze dacht, en hij dacht hetzelfde. De afmetingen van het kistje, het kennelijke gewicht van de inhoud en een Priorij-symbool voor de graal leken allemaal tot één onvoorstelbare conclusie te leiden. *De drinkbeker van Jezus zit in dit houten kistje.* Langdon hield zichzelf opnieuw voor dat dat onmogelijk was.

'Het heeft de perfecte afmetingen om... een kelk te bevatten,' fluisterde Sophie.

Het kan geen kelk zijn.

Sophie trok het kistje over de tafel naar zich toe om het open te gaan maken. Maar toen ze het bewoog, gebeurde er iets onverwachts. Er kwam een vreemd, klotsend geluid uit.

Langdon was van zijn stuk gebracht. *Zit er vloeistof in?*

Sophie keek net zo verward. 'Hoorde jij ook...?'

Langdon knikte verbaasd. 'Vloeistof.'

Sophie maakte langzaam de sluiting los en tilde het deksel op.

Het voorwerp dat erin lag, leek op niets dat Langdon ooit had gezien. Eén ding was hun beiden echter meteen duidelijk. Dit was in elk geval níét de drinkbeker van Jezus.

45

'De politie heeft de straat afgezet,' zei André Vernet, terwijl hij de kamer binnen kwam lopen. 'Het zal moeilijk worden om u eruit te krijgen.' Toen hij de deur achter zich sloot, zag hij het zware plastic krat op de transportband staan en bleef als aan de grond genageld staan. *Mijn god! Hebben ze toegang weten te krijgen tot Saunières kluis?*

Sophie en Langdon stonden bij de tafel over iets gebogen dat op een grote houten juwelenkist leek. Sophie deed onmiddellijk het deksel dicht en keek op. 'We bleken het rekeningnummer toch te hebben,' zei ze.

Vernet was sprakeloos. Dat veranderde de zaak. Hij wendde zijn blik eerbiedig af van het kistje en probeerde te bedenken wat hij moest doen. *Ik moet ze de bank uit smokkelen!* Nu de politie de weg al had afgezet, kon Vernet maar één manier bedenken om dat te doen. 'Mademoiselle Neveu, als ik u veilig de bank uit kan krijgen, wilt u het voorwerp dan meenemen of wilt u het voor u vertrekt weer wegbergen in de kluis?'

Sophie keek even naar Langdon en toen weer naar Vernet. 'We moeten het meenemen.'

Vernet knikte. 'Uitstekend. Dan stel ik voor dat u het, wat het ook is, in uw jasje wikkelt voordat we de gang opgaan. Ik heb liever niet dat iemand het ziet.'

Terwijl Langdon zijn jasje uittrok, liep Vernet haastig naar de transportband, sloot het nu lege krat en toetste een reeks eenvoudige commando's in. De transportband ging weer lopen en bracht de plastic kist terug naar de kelder. Vernet trok de gouden sleutel uit het paneel en gaf hem aan Sophie.

'Deze kant op, alstublieft. Haast u.'

Toen ze bij de laadplaats aan de achterkant van de bank kwamen, zag Vernet door de ondergrondse garage heen de zwaailichten van de politie schemeren. Hij fronste zijn wenkbrauwen. Waarschijnlijk hadden ze de oprit versperd. *Ga ik dit echt proberen?* Hij zweette.

Hij gebaarde naar een van de kleine, gepantserde vrachtwagens die de bank had. Beveiligd transport was een van de andere diensten die de Depositobank van Zürich te bieden had. 'Stap in de laadruimte,' zei hij, terwijl hij de grote achterdeur optrok en naar het glanzend stalen compartiment wees. 'Ik ben zo terug.'

Terwijl Sophie en Langdon naar binnen klommen, rende Vernet over de laadplaats naar het kantoortje van de opzichter, liet zichzelf binnen, pakte de sleutels van de vrachtwagen en vond een chauffeursjasje en -pet. Hij trok zijn eigen jasje en das uit en wilde het chauffeursjasje aantrekken. Toen bedacht hij zich en hij deed onder het uniformjasje een schouderholster om. Op zijn weg naar buiten greep hij een chauffeurspistool uit het rek, duwde er een patroonhouder in en stak het in de holster, waarna hij het uniformjasje eroverheen dichtknoopte. Terwijl hij terugliep naar de vrachtwagen, trok hij de pet diep over zijn ogen, en hij tuurde naar binnen, waar Sophie en Langdon in de lege stalen ruimte stonden. 'Deze kunnen we beter aandoen,' zei Vernet, waarop hij zijn hand naar binnen stak en met een muurschakelaar het ene lampje aan het plafond van de laadruimte inschakelde. 'En u kunt beter gaan zitten. Geen geluid terwijl we door het hek gaan.'

Sophie en Langdon gingen op de metalen vloer zitten. Langdon hield de schat die hij in zijn tweedjasje had gerold in zijn armen. Vernet zwaaide de zware deuren dicht en sloot hen op. Toen ging hij achter het stuur zitten en startte de motor.

Terwijl de gepantserde vrachtwagen log de helling opreed, voelde Vernet het zweet al prikken onder zijn chauffeurspet. Hij zag veel meer zwaailichten voor zich uit dan hij had verwacht. Toen de vrachtwagen nog tegen de helling op denderde, zwaaide het eerste hek naar binnen toe open om hem door te laten. Vernet reed een stukje door en wachtte tot het hek achter hem weer dicht was, voordat hij naar voren reed en de volgende sensor activeerde. Het tweede hek ging open en de uitgang lonkte.

Afgezien van de politiewagen die boven aan de helling de weg verspert.

Vernet wiste het zweet van zijn voorhoofd en trok op.

Een paar meter voor de wegversperring stapte een slungelige agent naar voren en hij gaf hem een stopteken. Er stonden vier politiewagens voor hem geparkeerd.

Vernet stopte. Hij trok zijn pet nog wat verder naar beneden en probeerde zich zo onbehouwen voor te doen als zijn beschaafde opvoeding hem toestond. Zonder achter het stuur vandaan te komen, deed hij het portier open en keek hij neer op de agent, die een streng en bleek gezicht had.

'*Qu'est-ce qui se passe?*' vroeg Vernet op ruwe toon.

'*Je suis Jérôme Collet,*' zei de agent. '*Lieutenant de la Police Judiciaire.*' Hij gebaarde naar de laadruimte van de vrachtwagen. '*Qu'est-ce qu'il y a là-dedans?*'

'Ik zou het verdomd niet weten,' antwoordde Vernet in grof Frans. 'Ik ben alleen de chauffeur.'

Collet leek niet onder de indruk. 'We zijn op zoek naar twee misdadigers.'

Vernet lachte. 'Dan zijn jullie hier goed. Sommige van die klootzakken waar ik voor rij bulken zo van het geld dat het wel misdadigers moeten zijn.'

De agent hield een pasfoto van Robert Langdon op. 'Is deze man vannacht in uw bank geweest?'

Vernet haalde zijn schouders op. 'Geen idee. Ik kom alleen op de laadplaats. Ze laten ons niet in de buurt van de klanten komen. Dat moet je binnen bij de receptie vragen.'

'Uw bank eist een bevelschrift voordat we naar binnen mogen.'

Vernet vertrok zijn gezicht van afkeer. 'Stelletje bureaucraten. Praat me d'r niet van.'

'Maak uw vrachtwagen open, alstublieft.' Collet gebaarde naar de laadruimte.

Vernet staarde de agent aan en stootte een schampere lach uit. 'De vrachtwagen openmaken? Denk je dat ik daar sleutels van heb? Denk je dat ze ons vertrouwen? Je zou 's moeten weten wat een hongerloontje ik krijg.'

De agent hield zijn hoofd schuin, duidelijk sceptisch. 'Wilt u zeggen dat u geen sleutels hebt van uw eigen vrachtwagen?'

Vernet schudde zijn hoofd. 'Niet van de laadruimte. Alleen een contactsleutel. Deze vrachtwagens worden op de laadplaats afgesloten door opzichters. Dan blijft de wagen daar staan terwijl iemand met de sleutels van de laadruimte naar de ontvanger rijdt. Als wij een telefoontje krijgen dat de sleutels zijn aangekomen, krijg ik toestemming om te gaan rijden. Geen seconde eerder. Ik weet nooit waar ik mee rondrij.'

'Wanneer is déze vrachtwagen afgesloten?'

'Dat moet uren geleden zijn. Ik moet helemaal naar St. Thurial vannacht. De sleutels van de laadruimte zijn daar al.'

De agent reageerde niet, maar hij keek Vernet aan alsof hij zijn gedachten probeerde te lezen.

Een zweetdruppel stond op het punt langs Vernets neus naar beneden te glijden. 'Nou, wat zeg je ervan?' zei hij, en hij veegde zijn neus af met zijn mouw en gebaarde naar de politiewagen die de weg versperde. 'Ik moet opschieten.'

'Hebben alle chauffeurs een Rolex?' vroeg de agent, en hij wees naar Vernets pols.

Vernet wierp een blik naar beneden en zag de glinsterende band van zijn absurd dure horloge onder de mouw van zijn jasje uit piepen. *Merde.* 'Dat nepding? Voor twintig euro van een Taiwanees gekocht, op straat in Saint-Germain-des-Prés. Voor veertig mag je hem hebben.'

De agent zweeg even en stapte eindelijk opzij. 'Nee, dank u. Goede reis verder.'

Vernet durfde pas weer adem te halen toen de vrachtwagen ruim vijftig meter de straat in was gereden. En nu had hij een ander probleem. Zijn lading. *Waar breng ik ze heen?*

46

Silas lag voorover op de mat van canvas in zijn kamer, zodat het bloed van de wonden op zijn rug aan de lucht kon stollen. Hij was nog duizelig en verzwakt van de tweede sessie met de gesel van vannacht. De *cilice* zat nog om zijn been, en hij voelde het bloed langs de binnenkant van zijn dijbeen sijpelen. Toch kon hij het nog niet verantwoorden de gordel los te maken.

Ik ben tekortgeschoten jegens de Kerk.

En wat veel erger is, jegens de bisschop.

Deze nacht had de redding van bisschop Aringarosa moeten worden. Vijf maanden geleden was de bisschop teruggekeerd van een bespreking in het Vaticaanse Observatorium, waar hij iets had gehoord dat een diepgaande verandering in hem teweeg had gebracht. Nadat hij wekenlang neerslachtig was geweest, had Aringarosa Silas eindelijk verteld wat het nieuws was.

'Maar dat is onmogelijk!' had Silas uitgeroepen. 'Ik kan het niet geloven!'

'Het is waar,' zei Aringarosa. 'Onvoorstelbaar, maar waar. Over een halfjaar al.'

De woorden van de bisschop hadden Silas vrees ingeboezemd. Hij bad om verlossing, en zelfs in die donkere dagen had zijn vertrouwen in God en *De Weg* nooit gewankeld. Pas een maand later was er op wonderbaarlijke wijze een opening tussen de wolken gekomen, waar het licht van een kans door scheen.

Goddelijke interventie, had Aringarosa het genoemd.

De bisschop had voor het eerst weer een hoopvolle indruk gemaakt. 'Silas,' fluisterde hij, 'God heeft ons een gelegenheid geschonken om *De Weg* te beschermen. Onze strijd zal offers vragen, zoals elke strijd. Wil jij een soldaat van God zijn?'

Silas had zich op zijn knieën laten vallen voor bisschop Aringarosa – de man die hem zijn nieuwe leven had gegeven – en had gezegd: 'Ik ben een lam Gods. Hoed me zoals uw hart u ingeeft.'

Toen Aringarosa vertelde wat voor gelegenheid zich had voorgedaan, wist Silas dat dit alleen het werk van God kon zijn. *Wonderbaarlijk lot!* Aringarosa had Silas in contact gebracht met de man die het plan had geopperd, een man die zichzelf de Leermeester noemde. Hoewel de Leermeester en Silas elkaar nooit in levenden lijve hadden ontmoet, was Silas elke keer diep van hem onder de indruk als ze elkaar over de telefoon spraken, zowel door de intensiteit van zijn geloof als door de reikwijdte van zijn macht. De Leermeester leek een man te zijn die alles wist, die overal ogen en oren had. Hoe de Leermeester aan zijn informatie kwam, wist Silas niet, maar Aringarosa had veel vertrouwen in hem en had Silas gezegd dat hij dat ook moest hebben. 'Doe wat de Leermeester je opdraagt,' had de bisschop Silas verteld. 'Dan zullen we zegevieren.'

Zegevieren. Nu staarde Silas naar de kale vloer en vreesde dat de zege hun was ontgaan. De Leermeester was voor de gek gehouden. De sluitsteen was een verraderlijke, doodlopende weg gebleken. En met het bedrog was alle hoop vervlogen.

Silas wilde dat hij bisschop Aringarosa kon bellen om hem te waarschuwen, maar de Leermeester had al hun mogelijkheden om rechtstreeks met elkaar te communiceren voor die nacht geblokkeerd. *Voor onze veiligheid.*

Uiteindelijk overwon Silas zijn grote schroom. Hij krabbelde overeind en pakte zijn pij, die op de grond lag. Hij haalde zijn mobieltje uit de zak. Met gebogen hoofd van schaamte toetste hij het nummer in.

'Leermeester,' fluisterde hij, 'alles is verloren.' Silas vertelde de man eerlijk hoe hij was beetgenomen.

'Je geeft de moed te snel op,' antwoordde de Leermeester. 'Ik heb zojuist nieuws gekregen. Zeer onverwachts en welkom. Het geheim is niet dood. Jacques Saunière heeft informatie doorgegeven voordat hij stierf. Ik bel je snel terug. Ons werk van vannacht is nog niet gedaan.'

47

Rondgereden worden in de zwak verlichte laadruimte van de gepantserde vrachtwagen was net zoiets als transport in een isoleercel. Langdon verzette zich tegen de overbekende angst die hem in kleine afgesloten ruimtes altijd overviel. *Vernet zei dat hij ons een flink eind de stad uit zou brengen. Waarheen? Hoe ver?*

Langdons benen waren stijf geworden van het in kleermakerszit op de metalen vloer zitten. Daarom veranderde hij van houding en vertrok zijn gezicht toen hij het bloed weer door zijn onderlijf voelde stromen. In zijn armen had hij nog steeds de bizarre schat geklemd, die ze met zoveel moeite uit de kluis van de bank hadden gered.

'Ik geloof dat we nu op de grote weg zijn,' fluisterde Sophie.

Dat gevoel had Langdon ook. Na een zenuwslopend lange tijd boven aan de helling bij de uitgang van de bank te hebben gestaan, was de vrachtwagen verder gereden, was een paar minuten lang kriskras links- en rechtsaf geslagen en versnelde nu naar wat zijn topsnelheid leek. Onder hen snorden de kogelvrije banden over een vlak wegdek. Langdon dwong zijn aandacht naar het rozenhouten kistje in zijn armen. Hij legde het kostbare bundeltje op de vloer, wikkelde zijn jasje los en trok het kistje naar zich toe. Sophie veranderde van houding, zodat ze naast elkaar zaten. Langdon vond plotseling dat ze net twee kinderen leken die zich over een kerstcadeautje bogen.

De ingelegde roos was gemaakt van een bleke houtsoort, waarschijnlijk essen, en stak bij het zwakke licht duidelijk af tegen de warme kleuren van het rozenhouten kistje. *De roos*. Afgezien van geheime genootschappen waren er complete legers en religies op dit symbool gestoeld. *De Rozenkruisers*.

'Toe dan,' zei Sophie. 'Maak het open.'

Langdon ademde diep in. Terwijl hij zijn hand naar het deksel uitstak, wierp hij een laatste bewonderende blik op het fijne houtsnijwerk en daarna klapte hij de sluiting open en tilde hij het deksel op, waardoor zichtbaar werd wat erin zat.

Langdon had diverse fantasieën gekoesterd over wat er misschien in het kistje zou zitten, maar het was duidelijk dat geen daarvan juist was geweest. Weggezonken in de gewatteerde voering van karmijnrode zijde lag een voorwerp dat Langdon absoluut niet thuis kon brengen.

Het was een stenen cilinder van glanzend wit marmer, met ongeveer de afmetingen van een blik tennisballen. De cilinder was echter niet een eenvoudige kolom van steen, maar leek uit vele delen te bestaan. Vijf schijven van marmer, elk ter grootte van een donut, waren op elkaar gestapeld en aan elkaar bevestigd door middel van een teer, geel koperen frame. Het geheel zag eruit als een soort kokervormige caleidoscoop met meerdere draaischijven. Aan beide uiteinden van de cilinder zat een afsluiter, ook van marmer, zodat het onmogelijk was erin te kijken. Omdat hij vloeistof had horen klotsen, nam Langdon aan dat de cilinder hol was.

Maar hoe raadselachtig de constructie van de cilinder ook was, het waren de graveringen aan de buitenkant van de koker die Langdons aandacht trokken. In alle vijf de schijven was dezelfde eigenaardige reeks letters gegraveerd: het hele alfabet. De cilinder met letters deed Langdon denken aan een speeltje dat hij als kind had gehad, een stok waaraan blokken met letters geregen waren die je kon draaien om verschillende woorden te vormen.

'Verbazingwekkend, hè?' fluisterde Sophie.

Langdon keek op. 'Ik weet het niet. Wat is het in godsnaam?'

Nu schitterden Sophies ogen. 'Mijn opa maakte deze als hobby. Ze zijn uitgevonden door Leonardo da Vinci.'

Zelfs in het diffuse licht kon Sophie zien dat Langdon verrast was. 'Da Vinci?' mompelde hij, en hij keek opnieuw naar de cilinder.

'Ja. Het heet een *cryptex*. Volgens mijn opa zijn de werktekeningen ervan afkomstig uit een van Da Vinci's geheime dagboeken.'

'Waar is het voor?'

Sophie wist dat het antwoord daarop, gezien de gebeurtenissen van die nacht, misschien interessante implicaties kon hebben. 'Het is een kluis,' zei ze. 'Om geheime informatie in op te bergen.'

Langdons ogen werden nog groter.

Sophie legde uit dat het een van de hobby's van haar opa was geweest om modellen van Da Vinci's uitvindingen te maken. Jacques Saunière was een getalenteerd ambachtsman die uren doorbracht in zijn werkplaats, waar hij onder andere hout en metaal bewerkte. Hij had er plezier in de meesters onder de ambachtslieden te imiteren: Fabergé, de cloisonnémakers, en de minder artistieke maar veel praktischer ingestelde Leonardo da Vinci.

Zelfs als je Da Vinci's dagboeken vluchtig doorbladerde, werd duidelijk waarom deze briljante geest er bekend om stond dat hij lang niet alles waaraan hij begon afmaakte. Da Vinci had ontwerpschetsen gemaakt voor honderden uitvindingen die hij nooit had gebouwd. Een van de favoriete vrijetijdsbestedingen van Jacques Saunière was het tot leven brengen van Da Vinci's onbekendere ingevingen: uurwerken, waterpompen, cryptexen, en zelfs een volledig van gewrichten voorzien schaalmodel van een middeleeuwse Franse ridder, dat nu trots op het bureau in zijn kantoor stond. Hij was in 1495 door Da Vinci ontworpen als voortvloeisel uit zijn vroegste bestudering van de anatomie en bewegingsleer, en het inwendige mechanisme had levensechte gewrichten en pezen. Hij was zo ontworpen dat hij kon zitten, met zijn armen kon zwaaien en zijn hoofd kon bewegen door middel van een flexibele hals, terwijl de anatomisch correcte kaak open en dicht ging. Deze geharnaste ridder had Sophie altijd beschouwd als het mooiste dat haar opa ooit had gemaakt... Tenminste, totdat ze de cryptex in dit rozenhouten kistje had gezien.

'Hij heeft er ooit een voor me gemaakt toen ik klein was,' zei Sophie. 'Maar ik heb nog nooit zo'n grote en mooie gezien.'

Langdons blik was nog steeds op het kistje gevestigd. 'Ik heb nog nooit van een cryptex gehoord.'

Dat verbaasde Sophie niets. De meeste niet-gerealiseerde uitvindingen van Leonardo waren nooit bestudeerd en hadden zelfs geen naam gekregen. Het was mogelijk dat haar opa de term 'cryptex' zelf had verzonnen. Het was in ieder geval een toepasselijke naam voor dit apparaat, dat gebruik maakte van de cryptologie ter bescherming van informatie op de rol papier of 'codex' die erin zat.

Sophie wist dat Da Vinci een pionier op het gebied van de cryptologie was geweest, ook al kreeg hij daar zelden erkenning voor. Als docenten aan de universiteit Sophie lesgaven over computercoderingen om gegevens te beveiligen, noemden ze hedendaagse cryptologen als Zimmerman en Schneier, maar ze vertelden nooit dat het Leonardo was geweest die eeuwen geleden een van de eerste rudimentaire vormen van codering met een openbare sleutel had uitgevonden. Sophies opa had haar daar natuurlijk alles over verteld.

Terwijl de gepantserde vrachtwagen waarin ze zaten over de grote weg denderde, legde Sophie aan Langdon uit dat de cryptex Da Vinci's oplossing was voor het probleem om vertrouwelijke berichten over lange afstanden te versturen. In een tijdperk zonder telefoon en e-mail was de enige manier om vertrouwelijke informatie te sturen naar iemand die ver weg was, die op te schrijven en de brief toe te vertrouwen aan een bode. Helaas kon een bode, als hij vermoedde dat de brief waardevolle informatie bevatte, veel meer verdienen door de informatie aan derden te verkopen dan door de brief netjes te bezorgen.

Veel grote denkers uit de geschiedenis hadden cryptologische oplossingen bedacht voor het beveiligen van gegevens: Julius Caesar had een geheimschrift ontwikkeld dat de Caesar-methode werd genoemd, een cijfer- en lettervervangingssysteem; Maria Stuart, koningin van Schotland, had ook een cijferschrift gemaakt en stuurde geheime boodschappen uit de gevangenis; en de briljante Arabische geleerde Abu Yusuf Ismail al-Kindi beschermde zijn geheimen met een ingenieus cijferschrift dat gebruik maakte van meerdere alfabetten.

Da Vinci had de wiskunde en de cryptologie echter gemeden en gekozen voor een mechanische oplossing. De cryptex. Een draagbare koker waarin brieven, landkaarten, schema's of wat dan ook veilig konden worden opgeborgen. Als de informatie eenmaal in de cryptex zat, kon alleen iemand die het juiste wachtwoord had er nog bij.

'We hebben een wachtwoord nodig,' zei Sophie, en ze wees naar de letters op de schijven. 'Een cryptex werkt ongeveer zoals het cijferslot van een fiets. Als je de schijven in de juiste positie onder elkaar draait, glijdt het slot open. Deze cryptex heeft vijf schijven met letters. Als je die alle vijf in de juiste positie draait, staan de tuimelaars op één lijn en dan glijdt de hele cilinder uit elkaar.'

'En vanbinnen?'

'Als de cilinder eenmaal uit elkaar glijdt, kom je bij een hol middengedeelte, waarin een opgerold vel papier kan zitten waar de vertrouwelijke informatie op staat.'

Langdon keek ongelovig. 'En je zegt dat je opa deze dingen voor je maakte toen je klein was?'

'Wat kleinere dan deze, ja. Hij heeft me voor mijn verjaardag een paar keer een cryptex gegeven en een raadsel verteld. Het antwoord van het raadsel was het wachtwoord van de cryptex, en als ik dat had opgelost, kon ik hem openmaken en vond ik mijn verjaardagskaart.'

'Veel werk voor een kaart.'

'Nee, op de kaart stond altijd weer een ander raadsel of een aanwijzing. Mijn opa was er dol op ingewikkelde speurtochten door ons huis uit te zetten, een reeks aanwijzingen die uiteindelijk naar mijn echte cadeau leidden. Elke speurtocht was een test van mijn doorzettingsvermogen en kennis, om ervoor te zorgen dat ik mijn beloning verdiende. En die tests waren nooit eenvoudig.'

Langdon keek weer naar het apparaat, nog steeds met een sceptisch gezicht. 'Maar waarom zou je hem niet gewoon openwrikken? Of kapotslaan? Het metaal ziet er teer uit, en marmer is een zachte steensoort.'

Sophie glimlachte. 'Omdat Da Vinci daar te slim voor was. Hij heeft de cryptex zo ontworpen dat de informatie automatisch wordt vernietigd als je hem probeert open te breken. Kijk maar.' Sophie stak haar hand in het kistje en tilde de cilinder er voorzichtig uit. 'Alle informatie die erin wordt opgeborgen, wordt eerst op een papyrusrol geschreven.'

'Niet op perkament?'

Sophie schudde haar hoofd. 'Papyrus. Ik weet dat perkament duurzamer en gebruikelijker was in die dagen, maar het moest papyrus zijn. Hoe dunner, hoe beter.'

'Oké.'

'Voordat de papyrusrol in het compartiment van de cryptex werd gestoken, werd die om een breekbaar glazen buisje gerold.' Ze hield de cryptex schuin, en de vloeistof binnenin maakte een gorgelend geluid. 'Een buisje met vloeistof.'

'Wat voor vloeistof?'

Sophie glimlachte. 'Azijn.'

Langdon aarzelde even en knikte toen. 'Briljant.'

Azijn en papyrus, dacht Sophie. Als iemand probeerde de cryptex open te breken, zou het buisje breken en de papyrus zou razendsnel oplossen in de azijn. Tegen de tijd dat iemand de geheime boodschap uit het compartiment kon trekken, zou die alleen nog maar een klodder brij zonder betekenis zijn.

'Zoals je ziet,' zei Sophie, 'is de enige manier om de informatie te bemachtigen die erin zit, het juiste vijfletterige wachtwoord te kennen. En met vijf schijven, elk met zesentwintig letters, zijn er zesentwintig tot de macht vijf combinaties.' Ze berekende snel het aantal mogelijkheden. 'Ongeveer twaalf miljoen.'

'Als jij het zegt,' zei Langdon, die keek alsof hij ongeveer twaalf miljoen vragen in gedachten had. 'Wat voor informatie denk je dat erin zit?'

'Wat het ook is, mijn opa wilde het blijkbaar heel graag geheimhouden.' Ze zweeg even, sloeg het deksel van het kistje dicht en keek naar de vijfbladige roos die erop was ingelegd. Er zat haar iets dwars. 'Zei je nou daarnet dat de roos het symbool voor de graal is?'

'Precies. In de symboliek van de Priorij zijn de roos en de graal synoniem.'

Sophie fronste haar voorhoofd. 'Dat is vreemd, want mijn opa heeft me altijd verteld dat de roos voor geheimhouding stond. Hij hing thuis altijd een roos aan de deur van zijn werkkamer als hij een vertrouwelijk telefoongesprek voerde en niet wilde dat ik hem stoorde. Hij moedigde mij aan hetzelfde te doen. "Lieverd," zei hij dan, "in plaats van elkaar buiten te sluiten, kunnen we allebei een roos op onze deur hangen – *la fleur des secrets* – als we privacy nodig hebben. Op die manier leren we elkaar te respecteren en vertrouwen. Het ophangen van een roos is een oude Romeinse gewoonte."'

'Sub rosa,' zei Langdon. 'De Romeinen hingen een roos op bij besprekingen om aan te geven dat die vertrouwelijk waren. Aanwezigen wisten dat alles wat "onder de roos" of "sub rosa" gezegd werd, geheim moest blijven.'

Langdon legde snel uit dat de bijbetekenis van geheimhouding niet de enige reden was dat de Priorij de roos gebruikte als symbool voor de graal. De *rosa rugosa*, een van de oudste rozensoorten, had vijf bloemblaadjes en een pentagonale symmetrie, net als de begeleidende ster van Venus, zodat de roos sterke iconografische banden met vrouwelijkheid had. Verder werd de roos in verband gebracht met de 'juiste richting' en navigatie. De kompasroos helpt reizigers navigeren, net als de *roses lignes*, de meridianen op landkaarten. Om die reden was de roos een symbool dat veel aanknopingspunten met de graal had – geheimhouding, vrouwelijkheid en het gidsen – de vrouwelijke kelk en de ster die de weg naar de geheime waarheid wezen.

Toen Langdon klaar was met zijn uiteenzetting, leek zijn gezicht plotseling te verstrakken.

'Robert? Is alles goed?'

Zijn blik was strak op het rozenhouten kistje gericht. 'Sub... rosa,' bracht hij stamelend uit, terwijl er op zijn gezicht geschrokken verbijstering te lezen stond. 'Dat kan niet.'

'Wat?'

Langdon sloeg langzaam zijn blik op. 'Onder het teken van de roos,' fluisterde hij. 'Deze cryptex... Ik denk dat ik weet wat het is.'

48

Langdon kon zijn eigen vermoeden nauwelijks geloven, maar als hij bedacht wie hun die stenen cilinder had gegeven en hóe hij dat had gedaan, en daarbij de ingelegde roos op het kistje in aanmerking nam, kon hij maar tot één conclusie komen.

Ik heb de sluitsteen van de Priorij in handen.

De legende was er heel duidelijk over.

De sluitsteen is een gecodeerde steen die onder het teken van de roos ligt.

'Robert?' Sophie keek hem aan. 'Wat is er aan de hand?'

Langdon had een ogenblik nodig om zijn gedachten op een rijtje te zetten. 'Heeft je opa het weleens met je gehad over iets dat *la clef de voûte* heette?'

'De sleutel van de kluis?' vertaalde Sophie.

'Nee, dat is de letterlijke vertaling. *Clef de voûte* is een heel gewone term in de bouwkunde. *Voûte* slaat niet op een bankkluis, maar op een gewelf. Zoals een gewelfd plafond.'

'Maar gewelfde plafonds hebben geen sleutels.'

'Jawel, eigenlijk wel. Elke stenen boog heeft een centrale, wigvormige steen bovenin nodig om de andere stenen op hun plaats te houden en het hele gewicht te dragen. Die steen is in bouwkundige zin de sleutel van het gewelf. Hij wordt dan ook sleutel of sluitsteen genoemd.' Langdon keek of hij een sprank van herkenning in haar ogen zag.

Sophie haalde haar schouders op en keek naar de cryptex. 'Maar dit is duidelijk geen sluitsteen.'

Langdon wist niet waar hij moest beginnen. Sluitstenen hadden, als metselaarstechniek om stenen gewelven te bouwen, tot de best bewaarde geheimen van de vroege broederschap der vrijmetselaars behoord. Het Koninklijk Gewelf. Architectuur. Sluitstenen. Het hing allemaal met elkaar samen. De geheime kennis dat je een wigvormige sluitsteen moest gebruiken om een gewelf te bouwen, maakte deel uit van de wijsheid die de vrijmetselaars tot zulke rijke ambachtslieden had gemaakt, en het was een geheim dat ze angstvallig bewaarden. Om sluitstenen had altijd een waas van geheimzinnigheid gehangen. Maar de stenen cilinder in het rozenhouten kistje was duidelijk iets heel anders. De sluitsteen van de Priorij – als het inderdaad datgene was wat ze hier hadden – was heel anders dan Langdon zich had voorgesteld.

'De sluitsteen van de Priorij is niet mijn specialiteit,' erkende Langdon. 'Mijn belangstelling voor de graal ligt vooral op het gebied van de symboliek, dus heb ik de neiging de overvloed aan verhalen over hoe je hem daadwerkelijk zou kunnen vinden, te negeren.'

Sophie trok haar wenkbrauwen op. 'De graal vínden?'

Langdon knikte aarzelend en koos zijn woorden zorgvuldig. 'Sophie, volgens de verhalen over de Priorij is de sluitsteen een gecodeerde landkaart... Een landkaart waarop de bergplaats van de heilige graal staat aangegeven.'

Sophie keek wezenloos. 'En denk je dat dit hem is?'

Langdon wist niet wat hij moest zeggen. Het klonk hem zelf ook ongeloofwaardig in de oren, maar het was de enige logische conclusie die hij kon trekken. *Een gecodeerde steen, verborgen onder het teken van de roos.*

Het idee dat de cryptex was ontworpen door Leonardo da Vinci, gewezen Grootmeester van de Priorij van Sion, was een andere aanlokkelijke vingerwijzing dat dit inderdaad de sluitsteen van de Priorij was. *De ontwerptekening van een gewezen Grootmeester... Eeuwen later tot leven gewekt door een ander lid van de Priorij.* Het verband was te duidelijk om te negeren.

De afgelopen tien jaar waren historici in Franse kerken op zoek geweest naar de sluitsteen. Zoekers naar de graal, die bekend waren met de geschiedenis van cryptische dubbelzinnigheden van de Priorij, waren tot de conclusie gekomen dat *la clef de voûte* letterlijk een sluitsteen was: een gegraveerde, gecodeerde wigvormige steen, die was ingepast in het gewelf van een kerk. *Onder het teken van de roos.* In de bouwkunst was geen gebrek aan rozen. Roosvensters. Rozetten. En er was natuurlijk een overvloed aan vijfbladen, de vijfbladige bloemversieringen die vaak boven een poort werden aangebracht, recht boven de sluitsteen. De schuilplaats leek op een duivelse manier eenvoudig. De landkaart die de weg wees naar de heilige graal zat ergens hoog in een gewelf van een of andere vergeten kerk ingemetseld en dreef de spot met de kerkgangers die er blind onderdoor dwaalden.

'Deze cryptex kán de sluitsteen niet zijn,' voerde Sophie aan. 'Hij is niet oud genoeg. Ik weet zeker dat mijn opa hem heeft gemaakt. Hij kan niet voorkomen in een of andere oude legende over de graal.'

'Om precies te zijn,' antwoordde Langdon, en hij kreeg een tinteling van opwinding, 'gelooft men dat de sluitsteen ergens in de afgelopen decennia door de Priorij is gemaakt.'

Uit Sophies blik sprak ongeloof. 'Maar als in deze cryptex de bergplaats van de graal wordt onthuld, waarom zou mijn opa die dan aan míj geven? Ik heb geen idee hoe ik hem open moet maken en wat ik ermee moet beginnen. Ik weet niet eens wat de graal ís!'

Langdon besefte tot zijn verrassing dat ze gelijk had. Hij had nog geen kans gehad Sophie te vertellen wat de ware aard van de heilige graal was. Dat verhaal moest nog even wachten. Op dit ogenblik vroeg de sluitsteen hun aandacht.

Als dit inderdaad de sluitsteen is...

Boven het gegons van de wielen uit vertelde Langdon Sophie snel alles wat hij over de sluitsteen had gehoord. Naar verluidt was het grootste geheim van de Priorij – de bergplaats van de heilige graal – eeuwenlang nooit opgeschreven. Uit veiligheidsoverwegingen werd die tijdens een geheime ceremonie mondeling doorgegeven aan elke nieuwe *sénéchal*. Ergens gedurende de laatste eeuw hadden er echter geruchten de kop opgestoken dat het beleid van de Priorij was veranderd, misschien vanwege de nieuwe mogelijkheden van elektronische afluisterapparatuur. Hoe dan ook, de Priorij had gezworen nooit meer hardop uit te spreken waar de graal zich bevond.

'Maar hoe konden ze het geheim dan doorgeven?' vroeg Sophie.

'Daar gaat de sluitsteen een rol spelen,' legde Langdon uit. 'Als een van de hoogste vier leden stierf, kozen de resterende drie uit de lagere regionen de volgende kandidaat om *sénéchal* te worden. In plaats van de nieuwe *sénéchal* te vertéllen waar de graal verborgen was, gaven ze hem een test waarmee hij kon bewijzen dat hij geschikt was voor de functie.'

Sophie leek slecht op haar gemak. Langdon wist, doordat ze dat juist nog had verteld, dat haar opa het leuk vond speurtochten voor haar uit te zetten, *preuves de mérite*. Aan de sluitsteen lag inderdaad een soortgelijk concept ten grondslag. Aan de andere kant waren dit soort tests zeer gebruikelijk bij geheime genootschappen. De bekendste was die van de vrijmetselaars, waarbij leden tot hogere graden doordrongen door te bewijzen dat ze een geheim konden bewaren en door in de loop van vele jaren rituelen en verscheidene tests van geschiktheid te doorlopen. De opdrachten werden steeds moeilijker, totdat ze uitmondden in de installatie van de succesvolle kandidaat als vrijmetselaar van de tweeëndertigste graad.

'Dus de sluitsteen is een *preuve de mérite*,' zei Sophie. 'Als een nieuw benoemde *sénéchal* van de Priorij hem open kan krijgen, bewijst hij dat hij het waard is over de informatie te beschikken die zich erin bevindt.'

Langdon knikte. 'Ik had vergeten dat je ervaring met dit soort dingen had.'

'Niet alleen met mijn opa. In de cryptologie heet dat een "zelf-autoriserende taal". Dat wil zeggen, als je slim genoeg bent om die te lezen, mag je weten wat er staat.'

Langdon aarzelde even. 'Sophie, als dit inderdaad de sluitsteen is, betekent het feit dat je opa er toegang toe had, dat hij een zeer hoge positie binnen de Priorij van Sion bekleedde; dat besef je toch wel? Dan moet hij een van de hoogste vier leden zijn geweest.'

Sophie zuchtte. 'Hij had een hoge positie in een geheim genootschap. Daar ben ik zeker van. Ik moet maar aannemen dat het de Priorij was.'

Langdon wist niet wat hij hoorde. 'Wíst je dat hij lid was van een geheim genootschap?'

'Tien jaar geleden heb ik dingen gezien die ik niet had mogen zien. Sinds die tijd hebben we elkaar niet meer gesproken.' Ze zweeg even. 'Mijn opa behoorde niet alleen tot de hoogste regionen van de groep... Ik denk dat hij de állerhoogste was.'

Langdon kon niet geloven wat ze zojuist had gezegd. 'Grootmeester? Maar... Dat kan jij toch niet weten?'

'Ik praat er liever niet over.' Sophie wendde haar blik af, en haar uitdrukking was gekweld maar ook vastbesloten.

Langdon zweeg verbluft. *Jacques Saunière? Grootmeester?* Ondanks de enorme implicaties als het waar zou zijn, had Langdon het griezelige gevoel dat het wel erg goed zou kunnen kloppen. Per slot van rekening waren vroegere Grootmeesters van de Priorij ook mannen van aanzien met een artistieke inslag geweest. Bewijs daarvan was jaren geleden gevonden in de Bibliothèque Nationale in Parijs, in documenten die bekend waren geworden als *Les dossiers secrets*.

Iedereen die zich had verdiept in de geschiedenis van de Priorij en van de graal, had de *Dossiers* gelezen. Ze waren gecatalogiseerd onder nummer 4° lm¹ 249, waren door veel specialisten als authentiek aangemerkt en bevestigden onomstotelijk wat historici al sinds lang hadden vermoed: onder de Grootmeesters van de Priorij waren Leonardo da Vinci, Botticelli, sir Isaac Newton, Victor Hugo en, korter geleden, de beroemde Parijse kunstenaar Jean Cocteau.

Waarom Jacques Saunière niet?

Langdons ongeloof groeide toen hij besefte dat hij die avond een áfspraak met Saunière had gehad. *Wilde de Grootmeester van de Priorij me spreken? Waarom? Om gezellig over kunst te babbelen?* Dat leek opeens ongeloofwaardig. Als Langdons intuïtie juist was, had de Grootmeester van de Priorij van Sion ervoor gezorgd dat de legendarische sluitsteen van de broederschap in handen van zijn kleindochter was gekomen en haar tegelijkertijd opdracht gegeven Robert Langdon te zoeken.

Onvoorstelbaar!

Langdon kon zich niets voorstellen dat Saunières gedrag kon verklaren. Zelfs als Saunière voor zijn eigen leven had gevreesd, waren er nog drie *sénéchaux* die het geheim ook kenden en daardoor de veiligheid van de Priorij konden waarborgen. Waarom zou Saunière zo'n enorm risico nemen door zijn kleindochter de sluitsteen te geven, en dat terwijl zij gebrouilleerd waren? En waarom zou hij Langdon erbij betrekken, een volslagen vreemde?

Er ontbreekt een stukje van deze puzzel, dacht Langdon.

Blijkbaar moesten de antwoorden nog even wachten. De motor ging langzamer lopen, en bij dat geluid keken ze allebei op. Er knerpte grind onder de banden. *Waarom gaat hij al naar de kant,* vroeg Langdon zich af. Vernet had hun gezegd dat hij hen een flink stuk de stad uit zou brengen, zodat ze veilig zouden zijn. De vrachtwagen minderde vaart en kroop over onverwacht ruw terrein. Sophie wierp Langdon een verontruste blik toe, sloot haastig het kistje met de cryptex en vergrendelde het. Langdon trok zijn jasje weer aan.

De vrachtwagen kwam tot stilstand, maar de motor bleef draaien terwijl de sloten op de achterdeuren werden opengedraaid. Toen de deuren openzwaaiden, zag Langdon tot zijn verrassing dat ze tussen bomen stonden, een flink stuk van de weg af. Vernet stapte met een gespannen gezicht te voorschijn. In zijn hand had hij een pistool.

'Het spijt me,' zei hij. 'Ik heb werkelijk geen andere keus.'

49

André Vernet zag er onbeholpen uit met een pistool, maar uit zijn ogen sprak een vastberadenheid die Langdon niet graag op de proef wilde stellen.

'Ik vrees dat ik moet aandringen,' zei Vernet, en hij richtte het wapen op hen tweeën in de laadruimte. 'Zet het kistje neer.'

Sophie drukte het kistje tegen haar borst. 'U zei dat mijn opa en u vrienden waren.'

'Ik heb de plicht de bezittingen van uw grootvader te beschermen,' antwoordde Vernet. 'En dat is precies wat ik doe. Zet het kistje op de grond, nu.'

'Mijn opa heeft me dit toevertrouwd!' verklaarde Sophie.

'Doe wat ik zeg,' gebood Vernet, en hij hief het pistool hoger.

Sophie zette het kistje aan haar voeten.

Langdon zag hoe de loop van het pistool nu in zijn richting zwaaide.

'Meneer Langdon,' zei Vernet, 'u brengt het kistje naar mij. En vergeet niet dat ik het u vraag omdat ik niet zou aarzelen ú neer te schieten.'

Langdon staarde de bankier ongelovig aan. 'Waarom doet u dit?'

'Wat denkt u?' snauwde Vernet, en zijn Engels met Franse tongval klonk nu kortaf. 'Om de bezittingen van mijn cliënt te beschermen.'

'Wíj zijn nu uw cliënten,' zei Sophie.

Vernets gelaatsuitdrukking werd ijskoud, een griezelige transformatie. 'Mademoiselle Neveu, ik weet niet hoe u vanavond aan die sleutel en dat rekeningnummer bent gekomen, maar het lijkt me duidelijk dat er vuil spel gespeeld is. Als ik op de hoogte was geweest van al uw misdaden, had ik u nooit geholpen uit de bank weg te komen.'

'Ik heb u al verteld dat wij niets te maken hebben met de dood van mijn opa,' zei Sophie.

Vernet keek naar Langdon. 'En toch wordt er over de radio beweerd dat u niet alleen voor de moord op Jacques Saunière wordt gezocht, maar voor nog drie ándere moorden.'

'Wat?' Langdon reageerde als door de bliksem getroffen. *Nog drie moorden?* Het aantal kwam harder aan dan het feit dat hij de belangrijkste verdachte was. Het leek onwaarschijnlijk dat dit toeval was. *De drie* sénéchaux? Langdon sloeg zijn blik neer naar het rozenhouten kistje. *Als de* sénéchaux *vermoord zijn, had Sauniè-*

re geen keuze. Dan moest hij de sluitsteen wel aan een ander geven.

'Dat moet de politie maar verder uitzoeken als ik u aan hen uitlever,' zei Vernet. 'Mijn bank is hier al te veel bij betrokken geraakt.' Sophie keek Vernet boos aan. 'U bent helemaal niet van plan ons uit te leveren. Dan zou u ons terug hebben gereden naar de bank. En in plaats daarvan hebt u ons hierheen gebracht en houdt u ons onder schot.'

'Uw grootvader is maar om één reden met mij in zee gegaan: om zijn bezittingen veilig en privé te houden. Wat er ook in dit kistje zit, ik ben niet van plan het een bewijsstuk te laten worden in een politieonderzoek. Meneer Langdon, breng me het kistje.'

Sophie schudde haar hoofd. 'Niet doen.'

Er klonk een schot, en er boorde zich een kogel in de wand boven hem. De vrachtwagen schudde van de klap en er viel met een metalige tik een lege huls op de vloer van de laadruimte.

Shit! Langdon verstijfde.

Vernets stem klonk nu zelfverzekerder. 'Meneer Langdon, pak het kistje op.'

Langdon pakte het kistje.

'Breng het nu naar me toe.' Vernet stond op de grond achter de achterbumper en had zijn pistool op Langdon gericht, zodat zijn uitgestrekte arm met het wapen zich in de laadruimte bevond.

Met het kistje in zijn hand liep Langdon door de ruimte naar de open deur.

Ik moet iets doen, dacht Langdon. *Ik sta op het punt de sluitsteen van de Priorij uit handen te geven!* Naarmate Langdon dichter bij de deur kwam, werd zijn hogere positie uitgesprokener, en hij begon zich af te vragen of hij die niet in zijn voordeel kon gebruiken. Hoewel Vernet zijn pistool geheven had, bevond het zich slechts ter hoogte van Langdons knieën. *Een goed geplaatste schop, misschien?* Helaas leek Vernet, toen Langdon dichterbij kwam, het gevaar aan te voelen, en hij deed een paar stappen naar achteren en koos een positie op twee meter afstand. Ruimschoots buiten Langdons bereik.

Vernet beval: 'Zet het kistje naast de deur.'

Aangezien hij geen andere mogelijkheden zag, hurkte Langdon neer en zette het rozenhouten kistje aan de rand van de laadruimte, recht voor de open deuren.

'Sta op.'

Langdon wilde zich oprichten, maar onderbrak zijn beweging toen hij de kleine, gebruikte patroonhuls op de vloer zag liggen, naast de exact sluitende onderdorpel van de deuren.

'Sta op en ga achteruit.'

Langdon bleef nog even zitten en keek naar de metalen drempel. Toen ging hij staan. Terwijl hij dat deed, duwde hij de huls onopvallend over de rand in de smalle richel van de onderdorpel. Toen hij rechtop stond, stapte hij naar achteren.

'Ga terug naar de achterwand en draai u om.'

Langdon gehoorzaamde.

Vernet voelde zijn hart bonzen. Terwijl hij het pistool in zijn rechterhand hield, stak hij zijn linkerhand uit naar het houten kistje. Hij ontdekte dat dat veel te zwaar was. *Ik heb twee handen nodig.* Hij keek weer naar zijn gevangenen en schatte het risico in. Ze stonden allebei op ongeveer vierenhalve meter bij hem vandaan, met hun rug naar hem toe, aan de andere kant van de laadruimte. Vernet nam een beslissing. Hij legde snel het pistool op de bumper, tilde het kistje met twee handen op, zette het op de grond en greep onmiddellijk het pistool weer om de twee in de laadruimte onder schot te houden. Ze hadden zich geen van tweeën verroerd.

Perfect. Nu hoefde hij alleen de deur nog dicht te doen en af te sluiten. Hij liet het kistje zolang op de grond staan, greep de metalen deur en begon die dicht te sjorren. Toen de deur langs hem heen zwaaide, stak Vernet zijn arm op om de grendel te pakken die op zijn plaats geschoven moest worden. De deur sloeg met een doffe dreun dicht, en Vernet greep snel de grendel en trok die naar links. De grendel gleed een paar centimeter naar links en kwam toen onverwachts knarsend tot stilstand, doordat hij niet in de opening viel. *Wat is er aan de hand?* Vernet trok nog eens, maar de grendel ging niet verder. Het mechanisme wilde niet sluiten. *De deur is niet helemaal dicht!* In een opwelling van paniek gaf Vernet een harde duw tegen de buitenkant van de deur, maar die weigerde mee te geven. *Er zit iets in de weg!* Vernet draaide zich om met de bedoeling zich met zijn schouder tegen de deur te werpen, maar deze keer vloog de deur naar buiten, waardoor die tegen Vernets gezicht sloeg en hij achterwaarts op de grond viel, met het gevoel dat zijn neus verbrijzeld was. Het pistool vloog uit zijn hand toen hij die naar zijn gezicht bracht en het warme bloed uit zijn neus voelde lopen.

Robert Langdon kwam ergens vlak bij hem op de grond terecht en Vernet probeerde overeind te komen, maar hij kon niets zien. Alles om hem heen werd vaag en hij viel weer achterover. Sophie

Neveu riep iets. Even later voelde Vernet een wolk van stof en uit-
laatgassen die over hem heen golfde. Hij hoorde het knerpen van
banden op grind en ging net op tijd zitten om te zien dat de brede vrachtwagen een bocht niet kon nemen. Er klonk een klap toen
de voorbumper achter een boom bleef haken. De motor brulde, en
de boom kromde zich. Uiteindelijk was het de bumper die meegaf
en half los werd gerukt. De gepantserde wagen slingerde weg terwijl zijn voorbumper over de grond sleepte. Toen de vrachtwagen
de geplaveide weg bereikte, maakte hij vaart, en een regen van vonken verlichtte de nacht.

Vernet keek weer naar de grond waar de vrachtwagen had gestaan.
Zelfs bij het zwakke maanlicht kon hij zien dat er niets was.

Het houten kistje was weg.

50

De ongemarkeerde Fiat reed vanaf Castel Gandolfo over de kronkelige weg door de Albaanse Bergen naar het lager gelegen dal.
Bisschop Aringarosa zat met een glimlach op de achterbank; hij
voelde het gewicht van de obligaties in de aktetas op zijn schoot
en vroeg zich af hoe lang het zou duren voordat de Leermeester
en hij de ruil konden maken.

Twintig miljoen euro.

Met die som kon Aringarosa een macht verwerven die veel meer
waard was.

Terwijl zijn auto snel terugreed naar Rome, vroeg Aringarosa zich
opnieuw af waarom de Leermeester nog geen contact had opgenomen. Hij haalde zijn mobieltje uit de zak van zijn soutane en
controleerde de signaalsterkte. Zeer zwak.

'Ze doen het hier niet altijd,' zei de chauffeur, die even naar hem
keek in de achteruitkijkspiegel. 'Over een minuut of vijf zijn we
de bergen uit, en dan wordt het signaal sterker.'

'Bedankt.' Aringarosa werd plotseling ongerust. *Een te zwak signaal in de bergen?* Misschien had de Leermeester al die tijd geprobeerd hem te bereiken. Misschien was er iets volkomen verkeerd gegaan.

Snel keek Aringarosa of er voicemailberichten waren. Niets. Aan
de andere kant, besefte hij, zou de Leermeester nooit zo'n bericht
achterlaten; hij was zeer voorzichtig met zijn communicatiemid-

delen. Niemand begreep beter dan de Leermeester wat in deze moderne wereld de gevaren waren van vrijuit spreken. Elektronische afluisterapparatuur had een grote rol gespeeld in de manier waarop hij zijn verbazingwekkende hoeveelheid geheime kennis had verzameld.

Daarom neemt hij extra voorzorgsmaatregelen.

Helaas behelsden die ook een weigering om Aringarosa een telefoonnummer te geven waar hij de Leermeester kon bereiken. 'Alleen ik zal contact leggen,' had de Leermeester tegen hem gezegd. 'Houd uw telefoon dus altijd in de buurt.' Nu Aringarosa besefte dat zijn telefoon misschien niet goed had gewerkt, was hij ongerust over wat de Leermeester zou denken als hij herhaaldelijk had geprobeerd te bellen en hem niet had bereikt.

Hij zal denken dat er iets mis is.

Of dat ik er niet in ben geslaagd de obligaties te bemachtigen.

Het zweet brak hem uit.

Of erger nog... Dat ik er met het geld vandoor ben!

51

Zelfs bij een bescheiden zestig kilometer per uur schraapte de loshangende voorbumper van de gepantserde vrachtwagen met een bulderend lawaai over de verlaten weg net buiten de stad, en sprongen de vonken tot op de motorkap.

We moeten van de weg af, dacht Langdon.

Hij kon nauwelijks zien waar ze heen gingen. De enige werkende koplamp van de vrachtwagen had ook een klap gekregen en wierp zijn lichtbundel scheef het bos naast de weg in. Blijkbaar had het 'gepantserde' van deze wagen alleen betrekking op de laadruimte en niet op het voorste deel.

Sophie zat op de passagiersstoel en staarde wezenloos naar het rozenhouten kistje op haar schoot.

'Is alles goed met je?' vroeg Langdon.

Sophie leek geschokt. 'Geloof je hem?'

'Over de drie andere moorden? Absoluut. Het beantwoordt allerlei vragen; waarom je opa zo wanhopig was om de sluitsteen door te geven, en waarom Fache zo fanatiek achter me aan zit.'

'Nee, ik bedoelde dat Vernet probeert zijn bank te beschermen.'

Langdon keek even naar haar. 'Wat zou hij anders willen?'

'De sluitsteen zelf inpikken.'

Daar had Langdon niet eens aan gedacht. 'Hoe zou hij kunnen weten wat er in het kistje zit?'

'Het was opgeslagen in zijn bank. Hij kende mijn opa. Misschien wist hij dingen. Hij kan wel besloten hebben dat hij de graal zelf wilde hebben.'

Langdon schudde zijn hoofd. Daar leek Vernet hem niet het type voor. 'In mijn ervaring zijn er maar twee redenen waarom mensen de graal zoeken. Ofwel ze zijn naïef en denken dat ze op zoek zijn naar de lang geleden verdwenen drinkbeker van Jezus...'

'Of?'

'Of ze kennen de waarheid en die is bedreigend voor ze. In de loop der eeuwen hebben veel groeperingen gestreefd naar de vernietiging van de graal.'

In de stilte tussen hen was het geluid van de schrapende bumper extra goed hoorbaar. Ze hadden nu een paar kilometer gereden, en terwijl Langdon naar de vonkenregen keek die van de voorkant van de vrachtwagen spatte, vroeg hij zich af of dat gevaarlijk kon zijn. Hoe dan ook, als ze een andere auto tegenkwamen, zou het zeker de aandacht trekken. Langdon nam een besluit.

'Ik ga kijken of ik die bumper terug kan buigen.'

Hij reed de berm in en zette de vrachtwagen stil.

Eindelijk stilte.

Toen Langdon naar de voorkant van de vrachtwagen liep, voelde hij zich verrassend alert. Dat hij voor de tweede keer vannacht in de loop van een pistool had gekeken had hem nieuwe energie gegeven. Hij ademde de nachtlucht diep in en probeerde helder na te denken. Afgezien van het ernstige feit dat hij gezocht werd, begon Langdon ook de last van de verantwoordelijkheid te voelen nu hij wist dat Sophie en hij misschien de gecodeerde instructies in handen hadden die de oplossing vormden van een van de oudste raadsels uit de geschiedenis.

En alsof dat nog niet genoeg was, besefte Langdon nu dat er geen enkele mogelijkheid meer was om de sluitsteen terug te brengen naar de Priorij. Het nieuws van de drie andere moorden had rampzalige implicaties. *De Priorij is geïnfiltreerd. Ze zijn in gevaar.* Het was duidelijk dat de broederschap in de gaten werd gehouden, of dat er een spion tot de gelederen was doorgedrongen. Dat leek te verklaren waarom Saunière er misschien voor had gezorgd dat Sophie en Langdon de sluitsteen in handen hadden gekregen: mensen van búíten de broederschap, van wie hij wist dat ze niet in gevaar waren. *We kunnen de sluitsteen niet gewoon te-*

ruggeven aan de broederschap. Zelfs als Langdon enig idee zou hebben hoe hij een lid van de Priorij moest vinden, was de kans groot dat degene die zich aanbood om de sluitsteen over te nemen nu juist de vijand zelf was. Het zag er naar uit dat Sophie en Langdon met de sluitsteen opgescheept zaten, of ze nu wilden of niet.

De voorkant van de vrachtwagen zag er slechter uit dan Langdon had verwacht. De linker koplamp was verdwenen, en de rechter zag eruit als een oogbol die uit zijn kas hing. Langdon duwde hem terug, maar hij kwam weer los. Het enige gunstige was dat de voorbumper bijna helemaal los was getrokken. Langdon gaf er een harde trap tegen en had het gevoel dat hij hem er misschien wel helemaal af zou kunnen breken.

Terwijl hij nog een paar keer tegen het verwrongen metaal trapte, herinnerde Langdon zich zijn eerdere gesprek met Sophie. 'Mijn opa heeft een bericht op mijn antwoordapparaat achtergelaten,' had Sophie hem verteld. 'Hij zei dat hij me de waarheid over mijn familie moest vertellen.' Op dat moment had het hem niets gezegd, maar nu hij wist dat de Priorij van Sion hierbij betrokken was, kwam de gedachte aan een verbijsterende nieuwe mogelijkheid bij Langdon op.

Plotseling brak de bumper met een klap af. Langdon bleef even staan om op adem te komen. De vrachtwagen zou er nu in elk geval niet meer uitzien alsof er een bundel sterretjes aan de motorkap was gebonden. Hij greep de bumper vast en sleepte die de bosjes in, uit het zicht, terwijl hij zich afvroeg waar ze het beste heen konden gaan. Ze hadden geen idee hoe ze de cryptex open moesten krijgen of waarom Saunière die aan hen had gegeven. Helaas leek het heel belangrijk de antwoorden op die vragen te vinden, wilden ze de nacht overleven.

We hebben hulp nodig, dacht Langdon. *Deskundige hulp.*

In de wereld van de heilige graal en de Priorij van Sion was er maar één man die die kon bieden. Het probleem zou zijn om Sophie daarvan te overtuigen.

Sophie zat in de gepantserde wagen op Langdon te wachten met het gewicht van het rozenhouten kistje op schoot, en ze voelde weerzin. *Waarom heeft mijn opa me dit gegeven?* Ze had geen flauw idee wat ze ermee moest doen.

Denk na, Sophie! Gebruik je verstand. Grand-père probeert je iets te vertellen!

Ze sloeg het kistje open en keek naar de schijven van de cryptex.

Een proeve van bekwaamheid. Ze kon bijna voelen dat haar opa dit had gemaakt. *De sluitsteen is een landkaart die alleen gebruikt kan worden door degenen die zich geschikt hebben getoond.* Dat klonk als haar opa ten voeten uit.

Sophie tilde de cryptex uit het kistje en liet haar vingers langs de schijven glijden. *Vijf letters.* Ze draaide de schijven een voor een. Het mechanisme bewoog soepel. Ze zette de schijven zo dat de door haar gekozen letters onder elkaar tussen de twee geel koperen pijlen aan de uiteinden van de cilinder stonden. Nu vormden de schijven een woord van vijf letters, waarvan Sophie wist dat het absurd voor de hand liggend was.

G-R-A-A-L

Voorzichtig pakte ze de twee uiteinden van de cilinder en trok eraan, waarbij ze de druk langzaam opvoerde. De cryptex gaf niet mee. Ze hoorde de azijn binnenin klotsen en hield op met trekken. Toen probeerde ze het nog eens.

V-I-N-C-I

Opnieuw geen beweging.

S-T-E-E-N

Niets. De cryptex bleef hermetisch dicht.

Met een frons legde ze hem terug in het rozenhouten kistje en ze sloot het deksel. Ze keek naar buiten, naar Langdon, en was blij dat hij vannacht bij haar was. *P.S. Zoek Robert Langdon.* Haar opa's beweegredenen om hem hierin te betrekken was haar inmiddels duidelijk. Sophie beschikte niet over de juiste kennis om de bedoelingen van haar opa te begrijpen, en dus had hij Robert Langdon aangewezen als haar gids. Een privéleraar om haar te onderwijzen. Helaas voor Langdon was hij vannacht heel wat meer geworden dan een privéleraar. Hij was het doelwit geworden van Bezu Fache... En van een onzichtbare macht die achter de heilige graal aan zat.

Wat die graal dan ook moge zijn.

Sophie vroeg zich af of het haar leven waard was om daarachter te komen.

Toen de vrachtwagen weer vaart maakte, merkte Langdon tot zijn tevredenheid dat die nu veel beter reed. 'Weet jij de weg naar Versailles?'

Sophie keek hem aan. 'Wil je het gaan bezichtigen?'

'Nee, ik heb een plan. Ik ken een historicus met een specialisatie in religie, die vlak bij Versailles woont. Ik weet niet precies meer waar, maar dat kunnen we opzoeken. Ik ben een paar keer in zijn landhuis geweest. Hij heet Leigh Teabing. Was vroeger lid van de Britse Royal Historical Society.'

'En hij woont in Frankrijk?'

'Teabings grote passie is de graal. Toen een jaar of vijftien geleden de geruchten over de sluitsteen van de Priorij de ronde begonnen te doen, is hij naar Frankrijk verhuisd om hier in kerken te kunnen zoeken. Hij heeft een paar boeken over de sluitsteen en de graal geschreven. Misschien kan hij ons helpen erachter te komen hoe we de cryptex open kunnen krijgen en wat we verder moeten doen.'

Sophie keek weifelend. 'Kun je hem vertrouwen?'

'In welke zin? Dat hij de informatie niet steelt?'

'En dat hij ons niet aangeeft.'

'Ik ben niet van plan hem te vertellen dat we door de politie gezocht worden. Ik hoop dat hij ons onderdak kan verschaffen totdat we dit allemaal hebben uitgezocht.'

'Robert, heb je er wel aan gedacht dat elke tv-zender in Frankrijk op dit moment waarschijnlijk voorbereidingen treft om onze foto's te laten zien? Bezu Fache maakt altijd zoveel mogelijk gebruik van de media. Hij zal ervoor zorgen dat we ons nergens kunnen vertonen zonder herkend te worden.'

Fantastisch, dacht Langdon. *Ik maak mijn Franse tv-debuut in 'Opsporing verzocht'.* Jonas Faukman zou er in elk geval blij mee zijn; elke keer dat Langdon in het nieuws kwam, gingen de verkoopcijfers van zijn boeken met sprongen omhoog.

'Is die man wel een goede vriend?' vroeg Sophie.

Langdon betwijfelde of Teabing iemand was die naar de tv keek, vooral op dit uur, maar de vraag was het overwegen waard. Zijn intuïtie zei Langdon dat Teabing volkomen betrouwbaar was. Als veilige haven ideaal. Gezien de omstandigheden, zou Teabing waarschijnlijk alle mogelijke moeite doen om hen zoveel mogelijk te helpen. Niet alleen was hij Langdon iets schuldig, hij verrichtte bovendien onderzoek naar de graal, en Sophie beweerde dat haar opa de Grootmeester van de Priorij van Sion was geweest. Als Teabing dát hoorde, zou het water hem in de mond lopen bij de gedachte dat hij hen hierbij kon helpen.

'Teabing zou een sterke bondgenoot kunnen zijn,' zei Langdon. *Het ligt eraan hoeveel je hem wilt vertellen.*

'Fache zal waarschijnlijk een beloning uitloven.'

Langdon lachte. 'Geloof me, geld is het laatste waar deze man behoefte aan heeft.' Leigh Teabing was vermogend zoals kleine landjes vermogend waren. Als afstammeling van de Britse Eerste Hertog van Lancaster was Teabing op de ouderwetse manier aan zijn geld gekomen: hij had het geërfd. Zijn landgoed even buiten Parijs omvatte een zeventiende-eeuws paleis en twee meren.

Langdon had Teabing een paar jaar geleden voor het eerst ontmoet door toedoen van de British Broadcasting Corporation. Teabing had de BBC benaderd met een voorstel voor een documentaire waarin hij de explosieve geschiedenis van de heilige graal uiteen zou zetten voor een breed tv-publiek. De producers van de BBC waren enthousiast over Teabings controversiële uitgangspunt, zijn onderzoek en zijn kwalificaties. Ze waren echter bang dat het concept zo schokkend en moeilijk te accepteren was dat de omroep zijn reputatie van betrouwbaarheid zou verspelen. Op voorstel van Teabing had de BBC haar geloofwaardigheidsprobleem opgelost door drie gerespecteerde historici van over de hele wereld, die alle drie het verbijsterende geheim van de heilige graal met hun eigen research konden staven, te vragen kort voor de camera te verschijnen.

Langdon was een van die drie geweest.

De BBC had Langdon naar Teabings landhuis bij Parijs laten vliegen voor de opnamen. Hij had in Teabings weelderige zitkamer voor de camera gezeten en zijn verhaal verteld. Hij had erkend dat hij in eerste instantie sceptisch stond tegenover het alternatieve verhaal van de heilige graal, en daarna had hij beschreven hoe jaren van onderzoek hem hadden overtuigd dat de theorie waar was. Ten slotte had hij iets van zijn eigen onderzoek laten zien: een aantal overeenkomsten in de symboliek die de schijnbaar controversiële beweringen steunden.

Toen het programma in Engeland werd uitgezonden, bleek het uitgangspunt zo lijnrecht in te gaan tegen de algemeen heersende christelijke overtuiging dat er ondanks de medewerking van vooraanstaande geleerden en het goed gedocumenteerde bewijs ogenblikkelijk een storm van protest opstak. In de Verenigde Staten was het nooit uitgezonden, maar de impact ervan was zelfs aan de andere kant van de Atlantische Oceaan merkbaar geweest. Kort na de uitzending kreeg Langdon een ansichtkaart van een oude vriend, de katholieke bisschop van Philadelphia. Er stond alleen op: *Et tu, Robert?*

'Robert,' vroeg Sophie, 'weet je zéker dat we die man kunnen vertrouwen?'

'Absoluut. We zijn collega's, hij heeft geen geld nodig, en ik weet toevallig dat hij de Franse autoriteiten verfoeit. De Franse regering laat hem absurd veel belasting betalen omdat hij een historisch monument heeft gekocht. Hij zal niet veel animo hebben om met Fache samen te werken.'

Sophie staarde voor zich uit naar de donkere weg. 'Als we naar hem toe gaan, hoeveel wil je hem dan vertellen?'

Langdon keek onbezorgd. 'Geloof me, Leigh Teabing weet meer over de Priorij van Sion en de heilige graal dan wie ter wereld.'

Sophie keek naar hem. 'Meer dan mijn opa?'

'Ik bedoelde meer dan ieder ander búíten de broederschap.'

'Hoe weet je dat Teabing geen lid van de broederschap is?'

'Teabing heeft zich ten doel gesteld de waarheid over de heilige graal te verbreiden. De leden van de Priorij hebben juist gezworen de ware aard ervan verborgen te houden.'

'Dan lijkt me dat er sprake is van tegenstrijdige belangen.'

Langdon begreep haar bezorgdheid. Saunière had de cryptex rechtstreeks aan Sophie gegeven, en hoewel ze niet wist wat erin zat of wat ze ermee moest doen, aarzelde ze om er een volkomen vreemde in te betrekken. Als je in aanmerking nam welke informatie er misschien in zat, was haar instinct waarschijnlijk goed. 'We hoeven Teabing niet meteen over de sluitsteen te vertellen. Of zelfs helemaal niet. Zijn huis zal ons een plek bieden om ons te verbergen en na te denken, en als we met hem over de graal praten, krijg je misschien een idee van de reden dat je opa dit aan je heeft gegeven.'

'Aan óns,' bracht Sophie hem in herinnering.

Langdon voelde een bescheiden trots en vroeg zich voor de zoveelste keer af waarom Saunière hem erbij had betrokken.

'Weet je ongeveer waar die meneer Teabing woont?' vroeg Sophie.

'Zijn landhuis heet Château Villette.'

Sophie draaide zich met een ongelovige blik naar hem toe. 'Hét Château Villette?'

'Dat, ja.'

'Mooie vrienden heb jij.'

'Ken je het?'

'Ik ben er weleens langs gekomen. Het is in het kastelendistrict. Twintig minuten hiervandaan.'

Langdon fronste zijn wenkbrauwen. 'Zo ver?'

'Ja, en dat geeft jou genoeg tijd om me te vertellen wat de heilige graal nou eigenlijk is.'

Langdon zweeg even. 'Dat vertel ik je wel bij Teabing. Hij en ik zijn deskundig op verschillende gebieden van de legende, dus van ons samen krijg je het volledige verhaal.' Langdon glimlachte. 'Bovendien is de graal Teabings leven, en het verhaal van de heilige

graal van Leigh Teabing horen is net zoiets als wanneer je de relativiteitstheorie door Einstein zelf uitgelegd krijgt.'
'Laten we hopen dat Leigh het niet vervelend vindt om laat bezoek te krijgen.'
'Het is trouwens sír Leigh.' Die vergissing had Langdon maar één keer gemaakt. 'Teabing is nogal excentriek. Hij is een paar jaar geleden door de koningin geridderd, nadat hij een diepgravende geschiedenis had geschreven over het Huis York.'
Sophie keek hem aan. 'Dat meen je toch niet? Gaan we op bezoek bij een rídder?'
Langdon glimlachte opgelaten. 'We zijn op zoek naar de graal, Sophie. Wie zou ons beter kunnen helpen dan een ridder?'

52

Het uitgestrekte landgoed van Château Villette, vijfenzeventig hectare groot, lag op vijfentwintig minuten rijden ten noordwesten van Parijs. Het was in 1668 door François Mansart ontworpen voor de graaf van Aufflay en het was een van de belangrijkste historische *châteaux* rond Parijs. Met de twee rechthoekige meren en de tuin, die ontworpen was door Le Nôtre, was Château Villette eerder een bescheiden kasteel dan een landhuis. Het landgoed had de bijnaam *La Petite Versailles*.
De gepantserde vrachtwagen kwam sidderend tot stilstand aan de voet van de anderhalve kilometer lange oprijlaan. Op een gazon in de verte, aan de andere kant van het imposante hek, stond de statige woning van sir Leigh Teabing. Het bord op het hek was in het Engels: PRIVÉTERREIN. VERBODEN TOEGANG.
Alsof hij zijn huis wilde uitroepen tot een Brits eiland, had Teabing niet alleen zijn borden in het Engels gesteld, maar ook de intercom om het hek te laten openen aan de réchterkant van de oprijlaan geïnstalleerd, in heel Europa behalve in Engeland de kant waar in auto's de passagier zat.
Sophie keek bevreemd naar de typisch geplaatste intercom. 'En als er nu iemand zonder passagier komt?'
'Vraag het me niet.' Die discussie had Langdon al met Teabing gevoerd. 'Hij heeft de zaken het liefst zoals ze thuis zijn.'
Sophie draaide haar raampje naar beneden. 'Robert, jij kunt beter het woord voeren.'

Langdon boog zich over Sophie heen om op het knopje van de intercom te drukken. Toen hij dat deed, kreeg hij een verleidelijke vleug van Sophies parfum in zijn neus, en hij besefte hoe dicht ze bij elkaar waren. Hij bleef onhandig vooroverhangend wachten terwijl door het luidsprekertje het geluid klonk van een telefoon die overging.

Ten slotte kraakte de intercom en werd er met een geïrriteerd Frans accent antwoord gegeven. 'Château Villette. Wie is daar?'

'Dit is Robert Langdon,' riep Langdon terwijl hij languit over Sophies schoot lag. 'Ik ben een vriend van sir Leigh Teabing. Ik heb zijn hulp nodig.'

'Mijn baas ligt te slapen. Net als ik, daarnet. Wat wilt u van hem?'

'Het is een privéaangelegenheid. Een die hem zeer zal interesseren.'

'Dan zal hij u morgenochtend ongetwijfeld graag ontvangen.'

Langdon veranderde van houding. 'Het is nogal belangrijk.'

'Dat is de nachtrust van sir Leigh ook. Als u een vriend van hem bent, weet u dat hij een slechte gezondheid heeft.'

Sir Leigh Teabing had als kind polio gehad en droeg daardoor nu beugels om zijn benen en liep met krukken, maar hij had bij zijn laatste bezoek zo'n levendige en kleurrijke indruk op Langdon gemaakt dat hij nauwelijks gehandicapt had geleken. 'Vertelt u hem alstublieft dat ik nieuwe informatie heb ontdekt over de graal. Informatie die niet tot morgenochtend kan wachten.'

Er viel een lange stilte.

Langdon en Sophie wachtten, en de vrachtwagen draaide luidruchtig stationair.

Er verstreek een volle minuut.

Ten slotte klonk er een stem. 'M'n beste man, je bent blijkbaar vergeten je horloge te verzetten toen je in Europa arriveerde.' De stem klonk opgewekt en luchthartig.

Langdon grinnikte, want hij herkende het overduidelijke Britse accent. 'Leigh, mijn verontschuldigingen dat ik je op dit onfatsoenlijke uur wakker maak.'

'Mijn huisknecht vertelt me dat je, behalve dat je in Parijs bent, ook nog eens iets over de graal te zeggen hebt.'

'Ik dacht dat ik je daarmee uit bed kon krijgen.'

'En dat is gelukt.'

'Is er enige kans dat je het hek opendoet voor een oude vriend?'

'Degenen die de waarheid zoeken, zijn meer dan vrienden. Zij zijn broeders.'

Langdon rolde met zijn ogen naar Sophie; hij kende Teabings voorliefde voor het theatrale.

'Zeker zal ik het hek ontsluiten,' verklaarde Teabing, 'maar eerst moet ik me ervan vergewissen dat je waarachtig en trouw bent. Een proeve van integriteit. Je moet drie vragen beantwoorden.'

Langdon kreunde en fluisterde tegen Sophie. 'Even geduld nog. Zoals ik al zei, is hij een tikje excentriek.'

'Je eerste vraag,' kondigde Teabing op hoogdravende toon aan. 'Zal ik je koffie of thee serveren?'

Langdon kende Teabings gevoelens over de Amerikaanse koffie-cultuur. 'Thee,' antwoordde hij. 'Earl grey.'

'Uitstekend. Je tweede vraag. Melk of suiker?'

Langdon aarzelde.

'Mélk,' fluisterde Sophie in zijn oor. 'Volgens mij doen Engelsen er melk in.'

'Melk,' zei Langdon.

Stilte.

'Suiker?'

Teabing gaf geen antwoord.

Wacht even! Langdon herinnerde zich plotseling het bittere drank-je dat hij bij zijn laatste bezoek had gekregen en besefte dat dit een strikvraag was. 'Citróén!' riep hij uit. 'Earl grey met citroen.'

'Inderdaad.' Teabing klonk nu bijzonder geamuseerd. 'En ten slot-te moet ik een zeer serieuze vraag stellen.' Teabing zweeg even en sprak toen op plechtige toon: 'In welk jaar heeft iemand van Harvard in Henley-on-Thames voor het laatst gewonnen van een roeier van Oxford?'

Langdon had geen idee, maar hij kon zich slechts één reden voor-stellen om deze vraag te stellen. 'Zoiets bespottelijks zal toch ze-ker nooit zijn voorgevallen?'

Het hek klikte open. 'Je bent waarachtig en trouw, m'n vriend. Je mag binnenkomen.'

53

'Monsieur Vernet!' De manager van de Depositobank van Zürich die die nacht dienst had, was opgelucht toen hij de stem van de bankpresident over de telefoon hoorde. 'Waar was u plotseling ge-bleven, meneer? De politie is hier en iedereen wacht op u!'

'Ik heb een klein probleempje,' zei de president, en hij klonk be-drukt. 'Ik heb onmiddellijk je hulp nodig.'

U hebt meer dan een klein probleempje, dacht de manager. De politie had de bank volledig omsingeld en dreigde de hoofdinspecteur van de DCPJ zelf te sturen met het bevelschrift waar de bank om had gevraagd. 'Wat kan ik voor u doen, meneer?'

'Gepantserde vrachtwagen nummer drie. Ik moet weten waar die is.'

Verbaasd keek de manager naar zijn bezorgrooster. 'Die is hier. Beneden, bij de laadplaats.'

'Nee, dat is hij niet. Hij is gestolen door die twee die door de politie gezocht worden.'

'Wat? Hoe zijn ze ermee weggekomen?'

'Ik kan over de telefoon niet in details treden, maar we zitten in een situatie die voor de bank zeer slecht zou kunnen uitpakken.'

'Wat wilt u dat ik doe, meneer?'

'Je moet de noodtransponder van de vrachtwagen voor me inschakelen.'

De blik van de manager ging naar het bedieningspaneel van het LoJack-systeem aan de andere kant van de kamer. Zoals veel gepantserde wagens waren alle vrachtwagens van de bank uitgerust met een apparaat dat signalen kon ontvangen en zelf uitzenden, en dat vanuit de bank op afstand kon worden ingeschakeld. De manager had het noodsysteem maar één keer gebruikt, na een kaping, en het had perfect gewerkt. Het had de plaats bepaald waar de vrachtwagen zich bevond en de coördinaten automatisch doorgegeven aan de autoriteiten. Maar vannacht had de manager de indruk dat de president wat meer tact verlangde. 'Meneer, bent u zich ervan bewust dat de transponder, als ik het LoJack-systeem inschakel, de autoriteiten er meteen van op de hoogte zal stellen dat we een probleem hebben?'

Vernet zweeg een paar seconden. 'Ja, dat weet ik. Doe het toch maar. Vrachtwagen nummer drie. Ik blijf aan de lijn. Ik heb de exacte lokatie van die vrachtwagen nodig, en zo snel mogelijk.'

'Komt voor elkaar, meneer.'

Een halve minuut later kwam er veertig kilometer verderop, verborgen in het onderstel van de gepantserde vrachtwagen, knipperend een klein transpondertje tot leven.

54

Toen Langdon en Sophie over de bochtige oprijlaan met populieren erlangs naar het huis reden, voelde Sophie dat ze zich ontspande. Het was een opluchting om van de weg af te zijn, en ze kon weinig plekken bedenken die veiliger zouden zijn dan dit omheinde privélandgoed dat eigendom was van een vriendelijke buitenlander.

Ze reden het laatste stuk van de oprijlaan op, die hier een bocht maakte, en Château Villette werd rechts van hen zichtbaar. Het gebouw was drie verdiepingen hoog en minstens zestig meter lang, en het had een gevel van grijze steen, die door schijnwerpers werd verlicht. De ruwe gevel stond in sterk contrast met de onberispelijk aangelegde en verzorgde tuin en de spiegelende vijver.

De lampen in het huis gingen net aan.

In plaats van naar de voordeur te rijden, zette Langdon de auto neer op een parkeerplaatsje dat tussen de groenblijvende struiken lag. 'We kunnen beter niet het risico lopen dat we vanaf de weg gezien worden,' zei hij. 'Of dat Leigh zich gaat afvragen waarom we in een kapotte gepantserde vrachtwagen komen.'

Sophie knikte. 'Wat doen we met de cryptex? Het is waarschijnlijk niet verstandig hem hier te laten, maar als Leigh hem ziet, zal hij vast willen weten wat het is.'

'Maak je geen zorgen,' zei Langdon. Toen hij uit de auto was gestapt, trok hij zijn jasje uit. Hij wikkelde het tweedjasje om het kistje en hield het bundeltje als een baby in zijn armen.

Sophie keek bedenkelijk. 'Onopvallend, hoor.'

'Teabing doet nooit zelf de deur open; hij maakt liever een entree. Ik vind binnen wel een plek om dit weg te stoppen voordat hij bij ons is.' Langdon zweeg even. 'Ik moet je misschien wel waarschuwen voordat je hem ontmoet. Sir Leigh heeft een gevoel voor humor dat mensen vaak een beetje... vreemd vinden.'

Sophie betwijfelde of er vannacht nog iets zou kunnen zijn dat ze vreemd zou vinden.

Het pad naar de hoofdingang bestond uit kinderkopjes. Het liep met een kromming naar een deur van ingesneden eiken- en kersenhout met een koperen klopper ter grootte van een grapefruit. Voordat Sophie de klopper kon pakken, werd de deur van binnenuit opengetrokken.

Voor hen stond een keurige, elegante butler die de laatste hand legde aan zijn witte vlinderdasje en het rokkostuum dat hij blijkbaar net had aangetrokken. Hij leek een jaar of vijftig, met verfijnde gelaatstrekken en een strenge uitdrukking die geen twijfel liet dat hij ontstemd was over hun aanwezigheid.

'Sir Leigh zal zo beneden komen,' verklaarde hij met een zwaar Frans accent. 'Hij kleedt zich. Hij begroet zijn bezoek liever niet in zijn nachtkleding. Mag ik uw jas aannemen?' Hij keek met een frons naar het verfrommelde tweed in Langdons armen.

'Nee, dank u, het gaat zo wel.'

'Uiteraard. Deze kant op, alstublieft.'

De butler ging hun voor door een fraaie, marmeren hal een schitterend gedecoreerde salon in, die zacht werd verlicht door Victoriaanse lampen met kwastjes. Het rook hier ouderwets, op de een of andere manier voornaam, met een vleugje pijptabak, theebladeren, warme sherry, en de aardachtige lucht van stenen gebouwen. In de muur tegenover hen, tussen twee glinsterende maliënkolders, was een massieve open haard die groot genoeg was om een os in te roosteren. Nadat hij naar de haard was gelopen, ging de butler op zijn hurken zitten en hij hield een lucifer bij een stapel eiken blokken en aanmaakhout die klaarlag. Er knetterde al snel een vuurtje op.

De man kwam overeind en trok zijn kostuum recht. 'Meneer verzoekt u het zich hier gemakkelijk te maken.' Met die woorden vertrok hij en liet hij Langdon en Sophie alleen achter.

Sophie vroeg zich af op welke van de antiquiteiten bij het vuur ze moest gaan zitten; de fluwelen renaissancedivan, de rustieke schommelstoel met adelaarsklauwen of de stenen kerkbanken die eruitzagen alsof ze uit een Byzantijnse tempel kwamen.

Langdon wikkelde zijn jasje open, liep naar de fluwelen divan en duwde het houten kistje er diep onder, helemaal uit het zicht. Daarna schudde hij zijn jasje uit, trok het weer aan, streek de revers glad en glimlachte naar Sophie terwijl hij recht boven de verborgen schat ging zitten.

De divan dus, dacht Sophie, en ze nam naast hem plaats.

Terwijl ze in het groeiende vuur staarde en van de warmte genoot, bedacht Sophie dat haar opa deze kamer prachtig gevonden zou hebben. De donkere houten lambrisering hing vol oude meesters, waarvan Sophie er een herkende als een Poussin, de op een na favoriete schilder van haar opa. Op de schoorsteenmantel boven de open haard keek een albasten buste van Isis uit over de kamer.

Onder de Egyptische godin, in de haard, deden twee stenen gargouilles dienst als vuurbokken; met hun opengesperde mond lieten ze dreigend hun holle keel zien. Als kind was Sophie altijd bang geweest voor gargouilles, tenminste, totdat haar opa haar van haar angst had genezen door haar tijdens een regenbui mee te nemen de Notre-Dame op. 'Prinses, kijk eens naar die onnozele wezens,' had hij tegen haar gezegd, terwijl hij naar de gargouilles wees, die regen spuiden uit hun open monden. 'Hoor je dat gekke geluid in hun keel?' Sophie knikte, en ze moest glimlachen om het boerende geluid van het water dat door hun keel klokte. 'Ze górgelen,' zei haar opa. *Gargariser!* Zo komen ze aan die rare naam, "gargouilles".' Sophie was er nooit meer bang voor geweest.

Die dierbare herinnering bezorgde Sophie een steek van verdriet toen de harde realiteit van de moord weer tot haar doordrong. *Opa is er niet meer.* Ze haalde zich de cryptex onder de divan voor de geest en vroeg zich af of Leigh Teabing enig idee zou hebben hoe ze die open konden maken. *Moeten we het hem eigenlijk wel vragen?* Met zijn laatste woorden had Sophies opa haar laten weten dat ze Robert Langdon moest zoeken. Hij had niets gezegd over andere mensen. *We hadden een schuilplaats nodig,* dacht Sophie, en ze besloot Robert in zijn oordeel te vertrouwen.

'Sir Robert!' riep een stem ergens achter hen. 'Ik zie dat je een dame aan je zij hebt.'

Langdon stond op. Ook Sophie sprong overeind. De stem kwam van boven aan een gebogen trap die in de schaduw van de eerste verdieping verdween. Boven aan de trap bewoog een gestalte in de schemering; alleen zijn silhouet was zichtbaar.

'Goedenavond,' riep Langdon naar boven. 'Sir Leigh, mag ik je Sophie Neveu voorstellen?'

'Het is me een eer.' Teabing kwam het licht in.

'Dank u dat u ons ontvangt,' zei Sophie, die nu zag dat de man metalen beugels om zijn benen droeg en met krukken liep. Hij kwam tree voor tree naar beneden. 'Ik besef dat het nogal laat is.'

'Het is zo laat, dat het weer vroeg is, m'n lieve kind.' Hij lachte. *'Vous n'êtes pas Américaine?'*

Sophie schudde haar hoofd. *'Parisienne.'*

'Uw Engels is uitstekend.'

'Dank u. Ik heb aan Royal Holloway gestudeerd.'

'Dat verklaart veel.' Teabing hinkte moeizaam verder naar beneden. 'Misschien heeft Robert u verteld dat ik daar vlakbij geschoold ben, aan Oxford.' Teabing keek Langdon met een duivelse glimlach aan. 'Natuurlijk had ik me ook ingeschreven bij Harvard, als reserve.'

Hun gastheer bereikte de voet van de trap; hij leek in Sophies ogen niet meer op een ridder dan sir Elton John. Sir Leigh Teabing was gezet en had een rood gezicht, borstelig rossig haar en vrolijke, lichtbruine ogen die leken te twinkelen als hij praatte. Hij droeg een broek met een vouw en een wijd, zijden overhemd onder een vest met een paisley-patroon. Ondanks de aluminium beugels om zijn benen had hij een veerkrachtige, waardige houding die meer een neveneffect leek van adellijke voorouders dan van een bewuste inspanning.

Teabing kwam bij hen aan en stak een hand uit naar Langdon. 'Robert, je bent wat gewicht kwijtgeraakt.'

Langdon grijnsde. 'En jij hebt er wat bij gevonden.'

Teabing lachte hartelijk en klopte op zijn ronde buik. 'Die zit. Mijn enige vleselijke genoegens zijn tegenwoordig culinair van aard.' Hij wendde zich tot Sophie, pakte voorzichtig haar hand, boog zijn hoofd een stukje en ademde licht tegen haar vingers terwijl hij zijn blik neersloeg. 'Milady.'

Sophie keek even naar Langdon, twijfelend of ze was teruggereisd in de tijd of in een gekkenhuis was beland.

De butler die de deur voor hen open had gedaan, kwam binnen met een theeservies, dat hij op een tafel voor de haard zette.

'Dit is Rémy Legaludec,' zei Teabing, 'mijn huisknecht.'

De tengere butler knikte stijfjes en verdween weer.

'Rémy is *Lyonnais*,' fluisterde Teabing, alsof dat een akelige ziekte was. 'Maar hij maakt heel goede sauzen.'

Langdon keek geamuseerd. 'Ik had verwacht dat je Engels personeel had laten overkomen.'

'Hemel, nee! Ik wens niemand een Britse kok toe, behalve de Franse belastinginners.' Hij keek even naar Sophie. '*Pardonnez-moi*, mademoiselle Neveu. Ik kan u verzekeren dat mijn afkeer van Fransen zich beperkt tot de politiek en het voetbalveld. Uw regering steelt mijn geld en uw voetbalteam heeft het onze kortgeleden vernederd.'

Sophie glimlachte hem vergevend toe.

Teabing keek even naar haar, en daarna naar Langdon. 'Er is iets gebeurd. Jullie zien er aangeslagen uit.'

Langdon knikte. 'We hebben een interessante avond gehad, Leigh.'

'Ongetwijfeld. Jullie staan onaangekondigd in het holst van de nacht bij mij op de stoep en hebben het over de graal. Vertel eens, gaat dit echt over de graal of zei je dat alleen omdat je weet dat het het enige is waarvoor je me midden in de nacht uit bed kunt halen?'

Van allebei een beetje, dacht Sophie, en ze haalde zich de cryptex voor de geest die onder de divan verborgen lag.

'Leigh,' zei Langdon, 'we willen graag met je over de Priorij van Sion praten.'

Teabing trok zijn borstelige wenkbrauwen verbaasd op. 'De wachters. Dus dit gaat inderdaad over de graal. Je zei dat je informatie had? Iets nieuws, Robert?'

'Misschien. We weten het niet precies. Als we eerst wat informatie van jou zouden krijgen, zouden we er misschien een duidelijker idee van hebben.'

Teabing schudde met zijn vinger. 'Altijd de berekenende Amerikaan. Voor wat hoort wat. Goed, dan. Ik sta geheel tot je dienst. Wat kan ik jullie vertellen?'

Langdon zuchtte. 'Ik hoopte dat je zo vriendelijk zou willen zijn mademoiselle Neveu uit te leggen wat de heilige graal eigenlijk is.'

Teabing keek verbluft. 'Wéét ze dat dan niet?'

Langdon schudde zijn hoofd.

De glimlach die zich over Teabings gezicht verspreidde, was bijna onbehoorlijk. 'Robert, heb je me een máágd gebracht?'

Langdon vertrok zijn gezicht en wierp Sophie een blik toe. '"Maagd" is een term die graalenthousiastelingen gebruiken om iemand te beschrijven die het ware verhaal over de graal nooit heeft gehoord.'

Teabing wendde zich gretig tot Sophie. 'Wat weet je wél, m'n lieve kind?'

Sophie vertelde in grote lijnen wat Langdon haar eerder had uitgelegd: de Priorij van Sion, de tempeliers, de documenten die de Sangreal werden genoemd, en de heilige graal, waarvan velen beweerden dat het geen beker was, maar iets veel belangrijkers.

'Is dat alles?' Teabing wierp Langdon een verwijtende blik toe. 'Robert, ik dacht dat je een heer was. Je hebt haar de climax onthouden!'

'Ik weet het, ik dacht dat jij en ik samen misschien...' Blijkbaar besloot Langdon dat de onbetamelijke metafoor ver genoeg was doorgedreven.

Teabing fixeerde Sophie al met zijn twinkelende blik. 'Je bent een maagd op het gebied van de graal, kind. En geloof me, je zult je eerste keer nooit vergeten.'

55

Op de divan naast Langdon dronk Sophie haar thee en at een cakeje. Ze voelde de aangename effecten van cafeïne en voedsel. Sir Leigh ijsbeerde moeizaam maar met een stralend gezicht heen en weer voor het vuur, en zijn beugels klikten tegen de haardsteen.

'De heilige graal,' sprak Teabing op gedragen toon. 'De meeste mensen vragen me alleen wáár hij is. Ik vrees dat ik het antwoord op die vraag misschien wel nooit zal kennen.' Hij draaide zich om en keek Sophie aan. 'Een veel belangrijker vraag is echter: wát is de heilige graal?'

Sophie bespeurde een groeiende spanning bij haar beide metgezellen, van wie ze wist dat ze belangrijke kennis deelden.

'Om het verhaal van de graal goed te begrijpen,' vervolgde Teabing, 'moeten we eerst de bijbel begrijpen. Hoe goed ken je het Nieuwe Testament?'

Sophie haalde haar schouders op. 'Helemaal niet, eerlijk gezegd. Ik ben opgevoed door een man die Leonardo da Vinci aanbad.'

Teabing keek blij geschrokken. 'Een verlichte geest. Voortreffelijk! Dan weet je vast wel dat Leonardo een van de hoeders van het geheim van de heilige graal was. En hij verborg aanwijzingen in zijn kunstwerken.'

'Dat heeft Robert me verteld, ja.'

'En Da Vinci's opvattingen over het Nieuwe Testament?'

'Ik heb geen idee.'

Teabings blik werd vrolijk toen hij naar de boekenkast aan de andere kant van de kamer gebaarde. 'Robert, zou jij het even willen pakken? Op de onderste plank. *La storia di Leonardo*.'

Langdon liep de kamer door, vond een groot boek over kunst en bracht dat mee terug. Hij legde het op de tafel tussen hen in. Teabing draaide het boek naar Sophie, sloeg het zware omslag open en wees naar een reeks citaten op de achterflap. 'Uit Da Vinci's notitieboek over polemiek en speculatie,' zei Teabing, en hij wees één citaat aan. 'Je zult wel zien dat dit relevant is voor ons gesprek.'

Sophie las de woorden.

Velen hebben hun brood verdiend met waanideeën
en valse wonderen, en hebben zo de domme massa misleid.
— LEONARDO DA VINCI

'En hier is er nog een,' zei Teabing, en hij wees een ander citaat aan.

Blinde onwetendheid misleidt ons.
O! Miserabele stervelingen, open uw ogen!
— LEONARDO DA VINCI

Sophie kreeg een koude rilling. 'Heeft Da Vinci het over de bijbel?'

Teabing knikte. 'Leonardo's ideeën over de bijbel houden rechtstreeks verband met de heilige graal. Da Vinci heeft de ware graal zelfs geschilderd, en dat zal ik je zo meteen laten zien, maar eerst moeten we het over de bijbel hebben.' Teabing glimlachte. 'En alles wat je over de bijbel moet weten, kan worden samengevat in de woorden van de grote kanunnik, doctor Martyn Percy.' Teabing schraapte zijn keel en verklaarde: 'De bijbel is ons niet per fax uit de hemel toegezonden.'

'Pardon?'

'De bijbel is een product van de méns, lieve kind. Niet van God. De bijbel is niet op magische wijze uit de wolken komen tuimelen. De mens heeft de bijbel geschreven als historisch verslag van woelige tijden, en hij heeft zich via talloze vertalingen, toevoegingen en herzieningen ontwikkeld tot wat wij kennen. Er is nooit een definitieve versie van het boek geweest.'

'Goed.'

'Jezus Christus was een historische figuur die een enorme invloed heeft gehad, misschien wel de meest ondoorgrondelijke en inspirerende leider die de wereld ooit heeft gekend. Als de aangekondigde messias heeft Jezus koningen ten val gebracht, miljoenen geïnspireerd en nieuwe filosofieën doen ontstaan. Als afstammeling van koning Salomo en koning David kon Jezus rechtmatig aanspraak maken op de positie van koning van de joden. Het was begrijpelijk dat zijn leven door duizenden volgelingen in het hele land werd vastgelegd.' Teabing zweeg even om een slokje thee te nemen en zette zijn kopje toen weer op de schoorsteenmantel. 'Er zijn meer dan táchtig evangeliën in aanmerking gekomen om in het Nieuwe Testament te worden opgenomen, maar uiteindelijk zijn er maar relatief weinig gekozen: die van Matteüs, Marcus, Lucas en Johannes.'

'Wie heeft er besloten welke evangeliën zouden worden opgenomen?' vroeg Sophie.

'Aha!' riep Teabing enthousiast uit. 'De fundamentele ironie van het christendom! De bijbel, zoals we die tegenwoordig kennen, is samengesteld door de heidense Romeinse keizer Constantijn de Grote.'

'Ik dacht dat Constantijn christelijk was,' zei Sophie.

'Nauwelijks,' zei Teabing spottend. 'Hij is zijn leven lang een heiden geweest en is gedoopt op zijn sterfbed, toen hij te zwak was om te protesteren. In de tijd van Constantijn was Romes officiële religie de zonaanbidding – de cultus van *Sol Invictus*, of de Onoverwinnelijke Zon – met Constantijn als opperpriester. Helaas voor hem viel het Romeinse Rijk ten prooi aan een groeiende religieuze onrust. Drie eeuwen na de kruisiging van Jezus Christus was het aantal volgelingen van Christus exponentieel gegroeid. Christenen en heidenen begonnen oorlog te voeren, en het conflict laaide zo hoog op dat het Rome dreigde te verscheuren. Constantijn besloot dat er iets moest gebeuren. In 325 na Christus bracht hij Rome onder één godsdienst. Het christendom.'

Sophie was verrast. 'Waarom zou een heidense keizer het christendom kiezen als officiële godsdienst?'

Teabing grinnikte. 'Constantijn was een goed zakenman. Hij zag dat het christendom in opkomst was en zette in op het winnende paard. Historici hebben nog steeds ontzag voor de briljante manier waarop Constantijn de zonaanbiddende heidenen tot het christendom heeft bekeerd. Door heidense symbolen, data en rituelen te versmelten met de groeiende christelijke traditie, creëerde hij een soort hybridische godsdienst die voor beide partijen aanvaardbaar was.'

'Ja,' zei Langdon. 'De christelijke symboliek draagt onmiskenbaar sporen van heidense religies. Egyptische zonneschijven werden de aureolen van de christelijke heiligen. Afbeeldingen van Isis die haar op wonderbaarlijke wijze verwekte zoon Horus de borst geeft, werden de blauwdruk voor onze hedendaagse beelden van de Heilige Maagd met het kindje Jezus. En vrijwel alle elementen van het katholieke ritueel – de mijter, het altaar, de doxologie en de communie, het "eten van God" – zijn rechtstreeks afkomstig uit vroegere heidense religies.'

Teabing kreunde. 'Vraag een symboliekdeskundige nooit naar christelijke symbolen. Niets in het christendom is origineel. De prechristelijke god Mithras – die *de Zoon van God* en *het Licht van de Wereld* werd genoemd – was geboren op 25 december, stierf, werd in een graf in de rotsen gelegd en stond na drie dagen weer op. 25 december is trouwens ook de geboortedag van Osiris, Adonis en Dionysus. De pasgeboren Krishna kreeg goud, wierookhars en mirre. Zelfs de wekelijkse christelijke rustdag is van de heidenen gepikt.'

'Hoezo?'

'Oorspronkelijk,' zei Langdon, 'volgde het christendom de joodse sabbat na en was zaterdag de heilige dag, maar Constantijn heeft die dag verschoven om hem samen te laten vallen met de dag waarop de heidenen de zon vereerden.' Hij zweeg even en grijnsde. 'Tot op de dag van vandaag gaan de meeste kerkgangers op zondagochtend naar de kerk zonder te weten dat ze daar zijn vanwege het wekelijkse eerbetoon aan de heidense zonnegod: zóndag.'

Het duizelde Sophie. 'En dit heeft allemaal met de graal te maken?'

'Jazeker,' zei Teabing. 'Even geduld nog. Tijdens die versmelting van religies moest Constantijn de nieuwe christelijke traditie versterken, en hij hield een oecumenische bijeenkomst, die bekend zou worden als het Concilie van Nicea.'

Sophie had er alleen van gehoord als de ontstaansplek van de geloofsbelijdenis van Nicea.

'Op deze bijeenkomst,' zei Teabing, 'werd over veel aspecten van het christendom gediscussieerd en gestemd; over de datum van Pasen, de rol van de bisschoppen, de toediening van sacramenten, en natuurlijk over de goddelijkheid van Jezus.'

'Dat snap ik niet. Zijn goddelijkheid?'

'M'n lieve kind,' verklaarde Teabing, 'tot op dat moment in de geschiedenis werd Jezus door Zijn volgelingen gezien als een sterfelijke profeet... Een groot en machtig man, maar niettemin een mán. Een sterveling.'

'Niet als de zoon van God?'

'Nee,' zei Teabing. 'Jezus werd pas benoemd tot de "zoon van God" nadat er een officieel voorstel voor was ingediend en over was gestemd door het Concilie van Nicea.'

'Wacht eventjes. Wilt u zeggen dat de goddelijkheid van Jezus het resultaat van een stémming was?'

'En wel een met een tamelijk kleine meerderheid,' vervolgde Teabing. 'Maar het was essentieel voor de verdere unificatie van het Romeinse Rijk en voor de nieuwe machtsbasis van het Vaticaan om ervoor te zorgen dat Christus als goddelijk werd gezien. Door Jezus officieel als de zoon van God te erkennen, veranderde Constantijn Jezus in een godheid die buiten de menselijke wereld stond, een entiteit met een macht die onbetwistbaar was. Dat voorkwam niet alleen verdere heidense aanvallen op het christendom, maar nu konden de volgelingen van Christus zichzelf alléén verlossen via de officiële heilige weg, de rooms-katholieke Kerk.'

Sophie keek even naar Langdon, en hij kniktc haar bevestigend toe.

'Het draaide allemaal om macht,' vervolgde Teabing. 'Het was essentieel voor het functioneren van de Kerk en de staat dat Christus als de Messias werd gezien. Veel geleerden beweren dat de vroege Kerk Jezus letterlijk heeft gestólen van Zijn oorspronkelijke volgelingen, Zijn boodschap als mens heeft gekaapt en deze heeft gehuld in een ondoordringbare mantel van goddelijkheid, en die boodschap heeft gebruikt om haar eigen macht te vergroten. Ik heb een paar boeken over dat onderwerp geschreven.'

'En ik neem aan dat u dagelijks hatelijke brieven van vrome christenen ontvangt?'

'Waarom zouden ze die schrijven?' vroeg Teabing. 'De meeste ontwikkelde christenen kennen de geschiedenis van hun geloof. Jezus was inderdaad een groot en machtig man. Constantijns slinkse politieke manoeuvres doen niets af aan de luister van het leven van Christus. Niemand zegt dat Christus een bedrieger was, of ontkent dat Hij op aarde is geweest en miljoenen heeft geïnspireerd tot een beter leven. Wat we alleen willen zeggen, is dat Constantijn heeft geprofiteerd van de grote invloed en het enorme belang van Jezus. En daarmee heeft hij het christendom het gezicht gegeven dat we vandaag de dag nog steeds kennen.'

Sophie wierp een blik op het kunstboek dat voor haar lag en verlangde ernaar het schilderij van Da Vinci met de heilige graal erop te zicn.

'Het punt was het volgende,' zei Teabing, en hij sprak nu sneller. 'Doordat Constantijn de status van Jezus pas bijna vier eeuwen ná Zijn dood opwaardeerde, bestonden er al duizenden documenten waarin Zijn leven als sterveling werd beschreven. Om de geschiedenisboeken te herschrijven, moest Constantijn een doortastende zet doen. Dat leidde tot het belangrijkste moment in de christelijke geschiedenis.' Teabing zweeg even en keek Sophie aan. 'Constantijn gaf opdracht voor een nieuwe bijbel, waarin de evangeliën werden weggelaten die over de menselijke trekken van Jezus gingen en de evangeliën verfraaid werden die Hem goddelijk maakten. De vroegere evangeliën werden verboden, verzameld en verbrand.'

'Een interessant zijsprongetje,' zei Langdon. 'Iemand die de verboden evangeliën verkoos boven de versie van Constantijn, werd van heresie beschuldigd. Het woord "heresie" stamt uit die tijd. Het Griekse woord *hairesis* betekent "keuze". Degenen die het oorspronkelijke verhaal van Christus "kozen", waren de eersten die aan heresie of ketterij deden.'

'Historici hebben het geluk gehad,' zei Teabing, 'dat sommige evangeliën die Constantijn heeft geprobeerd te vernietigen, toch zijn blijven bestaan. In de jaren vijftig van de vorige eeuw zijn in een grot in de buurt van Qumran in de woestijn van Judea de Dode-Zeerollen gevonden. En natuurlijk in 1945 bij Nag Hammadi de Koptische codices. Behalve dat deze het ware verhaal over de graal vertellen, wordt er in deze documenten in zeer menselijke termen over het leven van Christus gesproken. Het Vaticaan deed natuurlijk, geheel volgens zijn traditie verkeerde informatie te verstrekken, zijn uiterste best om te zorgen dat de inhoud van deze geschriften niet bekend zou worden gemaakt. En dat is immers ook logisch! Door de geschriften komen flagrante historische discrepanties en fabricaties aan het licht, die duidelijk bevestigen dat de moderne bijbel is samengesteld en geredigeerd door mannen met een politieke agenda, om de goddelijkheid van de man Jezus Christus te propageren en Zijn invloed te gebruiken om hun eigen macht te vergroten.'

'Aan de andere kant,' reageerde Langdon, 'moet je niet vergeten dat de wens van de hedendaagse Kerk om die documenten achter te houden voortkomt uit een oprecht geloof in de algemeen aanvaarde visie op Christus. Het Vaticaan bestaat uit zeer vrome mannen die echt geloven dat deze documenten, die daar strijdig mee zijn, alleen maar valse getuigenissen kunnen zijn.'

Teabing grinnikte en liet zichzelf in een stoel tegenover Sophie zakken. 'Zoals je ziet, oordeelt de professor hier veel milder over Rome dan ik. Maar hij heeft gelijk dat de hedendaagse geestelijken denken dat deze documenten valse getuigenissen zijn. Dat is ook begrijpelijk. De bijbel van Constantijn is al eeuwenlang hun waarheid. Niemand is sterker geïndoctrineerd dan degene die de indoctrinatie toepast.'

'Wat hij bedoelt,' zei Langdon, 'is dat we de god van onze voorouders aanbidden.'

'Wat ik bedoel,' zei Teabing, 'is dat bijna alles wat onze voorouders ons over Christus hebben geleerd onjuist is. Net als de verhalen over de heilige graal.'

Sophie keek weer naar het citaat van Da Vinci dat voor haar lag. *Blinde onwetendheid misleidt ons. O! Miserabele stervelingen, open uw ogen!*

Teabing boog zich over het boek en bladerde naar het midden ervan. 'En ten slotte, voordat ik je Da Vinci's schilderijen van de heilige graal laat zien, wil ik dat je hier nog even naar kijkt.' Hij legde het boek open bij een kleurige afbeelding die beide bladzijden helemaal besloeg. 'Ik neem aan dat je dit fresco herkent?'

Hij maakt zeker een grapje. Sophie keek naar het beroemdste fresco dat er bestond, *Het Laatste Avondmaal*, Da Vinci's legendarische schilderij in Milaan. Op het verweerde fresco waren Jezus en Zijn discipelen te zien op het moment dat Jezus aankondigde dat een van hen Hem zou verraden. 'Ik ken dit fresco, ja.'

'Wil je, om mij te plezieren, dan meedoen aan een spelletje? Doe alsjeblieft je ogen dicht.'

Onzeker sloot Sophie haar ogen.

'Waar zit Jezus?' vroeg Teabing.

'In het midden.'

'Goed. En wat voor voedsel breken en eten Hij en Zijn discipelen?'

'Brood.' *Wat anders?*

'Uitstekend. En wat dronken ze?'

'Wijn. Ze dronken wijn.'

'Prima. En dan nog een laatste vraag. Hoeveel wijnglazen staan er op tafel?'

Sophie zweeg even, want ze besefte dat dit de strikvraag was. *En na het avondmaal nam Jezus de beker wijn en deelde die met Zijn discipelen* 'Eén beker,' zei ze. 'De kelk.' *De drinkbeker van Christus. De heilige graal.* 'Jezus gaf één kelk met wijn door, net zoals christenen nu nog doen bij de communie.'

Teabing zuchtte. 'Doe je ogen maar open.'

Dat deed ze. Teabing grijnsde zelfvoldaan. Sophie keek naar het schilderij en zag tot haar verbazing dat iedereen aan tafel een glas wijn had, ook Christus. Dertien bekers. Bovendien waren de bekers klein, hadden ze geen steel en waren ze van glas. Er was geen kelk te zien op het schilderij. Geen heilige graal.

Teabings ogen twinkelden. 'Een beetje vreemd, vind je niet, gezien het feit dat zowel de bijbel als onze standaard graallegende dit ogenblik roemen als het moment waarop de heilige graal een rol gaat spelen. Eigenaardig genoeg lijkt Da Vinci vergeten te zijn de drinkbeker van Christus te schilderen.'

'Maar dat moeten kunstkenners toch gezien hebben?'

'Je zult geschokt zijn als je hoort wat voor onregelmatigheden Da Vinci hier heeft ingebouwd, die door de meeste geleerden ofwel niet worden gezien ofwel gewoon worden genegeerd. Dit fresco vormt zelfs de sleutel tot het mysterie van de heilige graal. In *Het*

Laatste Avondmaal laat Da Vinci het allemaal zien.'
Sophie nam het werk gretig op. 'Vertelt dit fresco ons wat de graal werkelijk is?'
'Niet wát die is,' fluisterde Teabing. 'Maar wíé die is. De heilige graal is geen voorwerp. Het is, om precies te zijn... een persoon.'

56

Sophie staarde Teabing lang aan en wendde zich toen tot Langdon. 'Is de heilige graal een persoon?'
Langdon knikte. 'Een vrouw.' Aan de beteuterde uitdrukking op Sophies gezicht kon Langdon zien dat ze er niets meer van snapte. Hij herinnerde zich dat hijzelf op soortgelijke wijze had gereageerd toen hij deze mededeling voor het eerst hoorde. Pas toen hij de symboliek achter de graal begreep, werd het verband met het vrouwelijke hem duidelijk.
Teabing dacht blijkbaar langs dezelfde lijnen. 'Robert, is dit misschien het moment waarop de symboliekdeskundige iets kan verhelderen?' Hij liep naar een bijzettafeltje, pakte een vel papier en legde dat voor Langdon neer.
Langdon trok een pen uit zijn zak. 'Sophie, ken je de hedendaagse tekens voor mannelijk en vrouwelijk?' Hij tekende het bekende mannelijke symbool ♂ en het vrouwelijke ♀.
'Natuurlijk,' zei ze.
'Dit zijn niet de oorspronkelijke symbolen voor mannelijk en vrouwelijk,' legde hij kalm uit. 'Veel mensen denken ten onrechte dat het mannelijke symbool is afgeleid van een schild en een speer, terwijl het vrouwelijke symbool een spiegel voorstelt waarin schoonheid wordt weerkaatst. In werkelijkheid zijn de symbolen afkomstig van oude astronomische symbolen voor de planeet en god Mars en de planeet en godin Venus. De oorspronkelijke symbolen zijn veel eenvoudiger.' Langdon tekende een ander symbool op het papier.

'Dit symbool is het oorspronkelijke teken voor mannelijk,' vertelde hij haar. 'Een rudimentaire fallus.'

'Heel toepasselijk,' zei Sophie.

'En zo herkenbaar,' voegde Teabing eraan toe.

Langdon ging verder. 'Dit teken wordt officieel "de kling" genoemd, en het staat voor agressie en mannelijkheid. Precies ditzelfde fallussymbool wordt trouwens tegenwoordig nog steeds gebruikt op legeruniformen om een rang aan te geven.'

'Inderdaad.' Teabing grijnsde. 'Hoe meer penissen je hebt, des te hoger je rang. Het blijven ook altijd jongetjes.'

Langdon vertrok zijn gezicht. 'En dan het vrouwelijke symbool. Dat is, zoals je misschien al had verwacht, precies het tegenovergestelde.' Hij tekende nog een symbool op het vel papier. 'Dit heet "de kelk".'

Sophie keek verrast op.

Langdon zag dat ze het verband had gelegd. 'De kelk,' zei hij, 'lijkt op een beker of een kom, maar wat belangrijker is, hij lijkt op de baarmoeder van de vrouw. Dit symbool staat voor vrouwelijkheid en vruchtbaarheid.' Langdon keek haar nu recht aan. 'Sophie, volgens de legende is de heilige graal een kelk, een beker. Maar de beschrijving van de graal als kelk is een allegorie om verborgen te houden wat de heilige graal werkelijk is. Dat wil zeggen dat de legende de kelk als metafoor gebruikt voor iets veel belangrijkers.'

'Een vrouw,' zei Sophie.

'Precies.' Langdon glimlachte. 'De graal is letterlijk het oude symbool voor vrouwelijkheid, en de heilige graal symboliseert het heilig vrouwelijke en de godin, die inmiddels natuurlijk verloren is gegaan, praktisch geëlimineerd door de Kerk. De kracht van de vrouw en haar vermogen om leven voort te brengen werden eens zeer hoog aangeslagen. Maar omdat ze een gevaar vormden voor de opkomst van de door mannen overheerste Kerk, werd het heilig vrouwelijke als demon voorgesteld en onrein genoemd. Het was de méns, niet God, die het begrip "erfzonde" heeft geïntroduceerd, waarbij Eva van de appel at en daarmee de zondeval van de mensheid bewerkstelligde. De vrouw, eens de heilige schenkster van leven, was de vijand geworden.'

'Ik wil daaraan toevoegen,' merkte Teabing op, 'dat het idee van de vrouw als brenger van leven de basis vormde voor de oude religies. De geboorte was een mystieke en belangrijke gebeurtenis. Helaas heeft de christelijke filosofie besloten de scheppende kracht

van de vrouw weg te moffelen door de biologische waarheid te negeren en van de mán de Schepper te maken. In Genesis lezen we
dat Eva uit een rib van Adam is geschapen. De vrouw werd een
loot van de man. En nog een zondige ook. Genesis was het begin
van het einde voor de godin.'

'De graal,' zei Langdon, 'is symbolisch voor de verloren godin.
Toen het christendom ontstond, stierven de oude heidense religies
niet zomaar uit. Sagen over ridders die naar de heilige graal zochten, waren in werkelijkheid verhalen over verboden zoektochten
naar het verloren heilige vrouwelijke. Ridders die zeiden "de kelk
te zoeken", gebruikten geheimtaal om zich te beschermen tegen
een Kerk die vrouwen had onderworpen, de godin had verbannen,
ongelovigen op de brandstapel bracht en de heidense verering van
het heilig vrouwelijke had verboden.'

Sophie schudde haar hoofd. 'Het spijt me, maar toen je zei dat de
heilige graal een persoon was, dacht ik dat je een wérkelijke persoon bedoelde.'

'Dat is ook zo,' zei Langdon.

'En niet zomaar iemand,' riep Teabing opgewonden uit, terwijl hij
moeizaam overeind kwam. 'Een vrouw die zo'n verstrekkend geheim met zich meedroeg dat het, als het onthuld zou worden, dreigde de fundamenten van het christendom te vernietigen!'

Sophie leek onder de indruk. 'Is die vrouw bekend uit de geschiedenis?'

'Tamelijk.' Teabing pakte zijn krukken en gebaarde naar de gang.
'Als we ons naar de werkkamer begeven, vrienden, zal het me een
eer zijn jullie Da Vinci's schilderij van haar te laten zien.'

Twee kamers verderop, in de keuken, stond Rémy Legaludec, de
bediende, zwijgend voor een tv. De nieuwszender zond foto's uit
van een man en een vrouw... Dezelfde twee mensen die Rémy zojuist thee had gebracht.

57

Inspecteur Collet stond bij de wegversperring voor de Depositobank van Zürich en vroeg zich af waarom het Fache zoveel tijd
kostte om met een bevelschrift op de proppen te komen. Het was
duidelijk dat de bankiers iets te verbergen hadden. Ze beweerden

dat Langdon en Neveu hier eerder die nacht waren geweest en waren weggestuurd omdat ze het goede rekeningnummer niet hadden.

Waarom laten ze ons dan niet binnen om een kijkje te nemen?

Eindelijk ging Collets mobieltje over. Het was de commandopost in het Louvre. 'Hebben we al een bevelschrift?' vroeg Collet.

'Laat die bank maar zitten, meneer,' zei de agent. 'We hebben net een tip gekregen. We weten de precieze plek waar Langdon en Neveu zich schuilhouden.'

Collet liet zich met zijn volle gewicht op de motorkap van zijn auto zakken. 'Je meent het.'

'Ik heb een adres ergens buiten de stad. In de buurt van Versailles.'

'Weet hoofdinspecteur Fache het al?'

'Nog niet. Hij is een belangrijk telefoontje aan het plegen.'

'Ik ben onderweg. Laat hem maar bellen als hij weer beschikbaar is.' Collet schreef het adres op en sprong in zijn auto. Terwijl hij bij de bank wegscheurde, besefte Collet dat hij vergeten was te vragen wie de DCPJ de tip had gegeven. Niet dat het veel uitmaakte. Collet mocht zijn handen dichtknijpen met een kans om zijn sceptische houding en eerdere blunders goed te maken. Hij stond op het punt de opvallendste arrestatie van zijn carrière te gaan verrichten.

Collet bracht via de portofoon de vijf wagens op de hoogte die hij bij zich had. 'Geen sirenes, mannen. Langdon mag niet weten dat we eraan komen.'

Veertig kilometer verderop reed een zwarte Audi de berm van een landweg in en parkeerde in de duisternis aan de rand van een veld. Silas stapte uit en tuurde tussen de tralies van het smeedijzeren hek door dat om het grote landgoed stond dat voor hem lag. Hij keek over de maanverlichte helling naar boven, naar het *château* in de verte.

Op de benedenverdieping waren alle lichten aan. *Vreemd voor dit tijdstip,* dacht Silas met een glimlach. De informatie die de Leermeester hem had gegeven, klopte blijkbaar. *Ik zal dit huis niet zonder de sluitsteen verlaten,* nam hij zich plechtig voor. *Ik zal de bisschop en de Leermeester niet teleurstellen.*

Nadat hij de patroonhouder van zijn Heckler & Koch had gecontroleerd, duwde Silas het wapen tussen de tralies door en liet het op de bemoste grond aan de andere kant van het hek vallen. Toen trok hij zichzelf omhoog en over het hek heen en sprong aan de andere kant op de grond. Hij negeerde de pijnscheut van zijn *cilice*, pakte zijn pistool en begon aan de lange tocht tegen de grazige helling op.

58

Teabings 'werkkamer' leek op geen enkele andere werkkamer die Sophie ooit had gezien. Het *cabinet de travail* van de ridder was zes- of zevenmaal zo groot als de meest luxueuze kantoorruimte die je je kon voorstellen en leek op een rommelige mengeling van een laboratorium, een archief en een overdekte vlooienmarkt. De schier onafzienbare tegelvloer was bezaaid met eilandjes van werktafels, die verlicht werden door drie kroonluchters en bedolven waren onder boeken, kunstvoorwerpen en een verrassende hoeveelheid elektronische apparatuur: computers, projectors, microscopen, kopieermachines en scanners.

'Ik heb de balzaal als werkkamer ingericht,' zei Teabing, terwijl hij met een schaapachtig gezicht de kamer in schuifelde. 'Ik dans niet zo vaak.'

Sophie had het gevoel dat ze vannacht in een soort overgangsgebied tussen verschillende werelden terecht was gekomen, waarin niets was zoals ze verwachtte. 'Hebt u dit allemaal voor uw werk nodig?'

'Het ontdekken van de waarheid is de liefde van mijn leven geworden,' zei Teabing. 'En de Sangreal is mijn favoriete maîtresse.'

De heilige graal is een vrouw, dacht Sophie, en er gingen allerlei gedachtes door haar hoofd die weliswaar verband met elkaar hielden, maar niet logisch leken te zijn. 'U zei dat u een afbeelding hebt van de vrouw van wie u beweert dat ze de heilige graal is.'

'Ja, maar ik ben niet degene die beweert dat ze de graal is. Die bewering heeft Jezus zelf gedaan.'

'Welk schilderij is het?' vroeg Sophie, en ze liet haar blik langs de muren gaan.

'Hmmm...' Teabing maakte er een vertoning van te doen alsof hij het was vergeten. 'De heilige graal. De Sangreal. De kelk.' Plotseling draaide hij zich om en wees naar de muur aan de andere kant van de kamer. Daar hing een tweeënhalve meter lange reproductie van *Het Laatste Avondmaal*, precies hetzelfde schilderij waar Sophie net naar had zitten kijken. 'Daar is het!'

Sophie was er zeker van dat ze hem niet goed begreep. 'Dat is hetzelfde schilderij dat u me net hebt laten zien.'

Hij knipoogde. 'Dat weet ik, maar de vergroting is veel opwindender. Vind je niet?'

Sophie wendde zich, hulp zoekend, tot Langdon. 'Ik snap het niet meer.'

Langdon glimlachte. 'De heilige graal is inderdaad afgebeeld op *Het Laatste Avondmaal*. Leonardo heeft haar een belangrijke plek gegeven.'

'Wacht eventjes,' zei Sophie. 'U hebt me verteld dat de heilige graal een vrouw is. *Het Laatste Avondmaal* is een schilderij met dertien mannen.'

'O, ja?' Teabing trok zijn wenkbrauwen op. 'Ga eens van dichterbij kijken.'

Onzeker baande Sophie zich een weg naar het schilderij en bekeek ze de dertien gestaltes: Jezus Christus in het midden, zes discipelen links van Hem en zes rechts. 'Het zijn allemaal mannen,' bevestigde ze.

'O?' zei Teabing. 'En degene die op de ereplaats zit dan, aan de rechterhand van de Heer?'

Sophie keek aandachtig naar het figuurtje dat rechts van Jezus zat. Toen ze het gezicht en het lichaam van deze gestalte bestudeerde, sloeg er een golf van verbazing door haar heen. Het figuurtje had golvend rood haar, smalle, gevouwen handen en een zweem van borsten. Het was onmiskenbaar... een vrouw.

'Dat is een vrouw!' riep Sophie uit.

Teabing lachte. 'Wat een verrassing, hè? Geloof me, het is geen vergissing. Leonardo was bedreven in het schilderen van het verschil tussen de seksen.'

Sophie kon haar ogen niet van de vrouw naast Christus afhouden. *Het Laatste Avondmaal, dat horen dertien mannen te zijn. Wie is die vrouw?* Hoewel Sophie dit klassieke beeld vaak had gezien, was de flagrante tegenstrijdigheid haar nooit opgevallen.

'Iedereen kijkt eroverheen,' zei Teabing. 'Onze vooropgezette ideeën over dit tafereel zijn zo sterk dat onze geest de ongerijmdheid wegfiltert en het wint van onze ogen.'

'We hebben er een blinde vlek voor,' voegde Langdon eraan toe. 'Soms doet het brein dat met sterke symbolen.'

'Een andere reden dat de vrouw je nooit is opgevallen,' zei Teabing, 'is dat veel foto's die in kunstboeken staan, genomen zijn voor 1954, toen de details nog verborgen gingen onder lagen vuil en een paar restauraties uit de achttiende eeuw die onhandig waren uitgevoerd. Nu is het fresco eindelijk tot op Da Vinci's oorspronkelijke verflaag schoongemaakt.' Hij gebaarde naar de foto. 'Et voilà!'

Sophie ging nog dichter bij de afbeelding staan. De vrouw rechts van Jezus was jong en maakte een vrome indruk, met een ingetogen gezicht, prachtig rood haar en kalm gevouwen handen. *Is dit de vrouw die in haar eentje de Kerk kan doen wankelen?*

'Wie is ze?' vroeg Sophie.

'Dat, m'n lieve kind,' antwoordde Teabing, 'is Maria Magdalena.'

Sophie draaide zich om. 'De prostituee?'

Teabing ademde scherp in, alsof het woord hem persoonlijk kwetste. 'Dat was Magdalena absoluut niet. Dat ongelukkige misverstand is het gevolg van een lastercampagne die door de vroege Kerk is gevoerd. De Kerk moest Maria Magdalena in diskrediet brengen om haar gevaarlijke geheim te verdoezelen, haar rol als de heilige graal.'

'Haar ról?'

'Zoals ik al zei,' vervolgde Teabing, 'moest de vroege Kerk de wereld ervan overtuigen dat de sterfelijke profeet Jezus een goddelijk wezen was. Daarom moesten alle evangeliën die aardse aspecten van het leven van Jezus beschreven, uit de bijbel worden geweerd. Helaas voor de redacteuren van lang geleden was er één zeer lastig aards thema dat steeds weer terugkwam in de evangeliën. Maria Magdalena.' Hij zweeg even. 'Meer in het bijzonder het huwelijk tussen haar en Jezus Christus.'

'Pardon?' Sophies blik ging naar Langdon en daarna weer naar Teabing.

'Het wordt in de geschiedenis vermeld,' zei Teabing, 'en dat wist Da Vinci zonder twijfel. *Het Laatste Avondmaal* schreeuwt de toeschouwer bijna toe dat Jezus en Magdalena een paar vormden.'

Sophie keek weer naar het fresco.

'Zie je dat Jezus en Magdalena spiegelbeeldig gekleed zijn?' Teabing wees naar de twee gestaltes in het midden van het fresco.

Sophie was gebiologeerd. Hun kleren hadden inderdaad tegengestelde kleuren. Jezus droeg een rood gewaad en een blauwe cape, Maria Magdalena een blauw gewaad en een rode cape. *Yin en yang.*

'En wat nog wonderlijker is,' zei Teabing, 'is dat het lijkt alsof Jezus en zijn bruid bij de heup vergroeid zijn en zich van elkaar af buigen alsof ze een duidelijk afgebakende ruimte tussen hen in willen creëren.'

Al voordat Teabing de vorm voor haar had nagetrokken, zag Sophie het: de onmiskenbare $\vee$-vorm in het brandpunt van het schilderij. Het was hetzelfde symbool dat Langdon had getekend voor de graal, de kelk en de baarmoeder.

'Ten slotte,' zei Teabing, 'als je Jezus en Magdalena bekijkt als elementen van de compositie en niet als mensen, zul je een andere in het oog springende vorm zien.' Hij zweeg even. 'Een letter van het alfabet.'

Sophie zag het onmiddellijk. 'In het oog springend' was een understatement. De letter was plotseling het enige dat Sophie kon zien. Midden in het schilderij stond zeer opvallend een enorme, perfect gevormde letter M.

'Een beetje te volmaakt om toeval te kunnen zijn, denk je niet?' vroeg Teabing.

Sophie was verbijsterd. 'Waarom staat die er?'

Teabing haalde zijn schouders op. 'Aanhangers van samenzweringstheorieën zullen je vertellen dat de M staat voor *Matrimonio* of Maria Magdalena. Eerlijk gezegd weet niemand het precies. Het enige dat zeker is, is dat de verborgen M geen vergissing is. Talloze kunstwerken die verband houden met de graal bevatten de verborgen letter M, of het nu is als watermerk, als onderliggende laag van een schilderij of als onderdeel van de compositie. De opvallendste M is natuurlijk op het altaar van Our Lady of Paris in Londen afgebeeld, dat ontworpen is door Jean Cocteau, een gewezen Grootmeester van de Priorij van Sion.'

Sophie overdacht de informatie. 'Ik geef toe dat de verborgen M's intrigerend zijn, maar ik neem aan dat niemand beweert dat die bewijzen dat Jezus en Magdalena getrouwd waren.'

'Nee, nee,' zei Teabing, terwijl hij naar een tafel met boeken liep. 'Zoals ik al zei, wordt het huwelijk tussen Jezus en Maria Magdalena in de geschiedenis vermeld.' Hij begon tussen zijn boeken te zoeken. 'Bovendien is het veel logischer dat Jezus getrouwd was dan dat hij, zoals in de bijbel staat, vrijgezel was.'

'Waarom?' vroeg Sophie.

'Omdat Jezus een jood was,' zei Langdon, die het van Teabing overnam terwijl die laatste naar een boek zocht. 'In die tijd was het volgens de etiquette bijna ondenkbaar dat een joodse man ongetrouwd was. In de joodse traditie werd het celibaat veroordeeld en was het de plicht van een joodse vader om een passende vrouw voor zijn zoon te zoeken. Als Jezus niet getrouwd was geweest, zou dat in minstens een van de bijbelse evangeliën zijn vermeld en zou er een verklaring zijn gegeven voor Zijn onnatuurlijke staat van vrijgezel.'

Teabing vond een enorm boek en trok het over de tafel naar zich toe. Het was een in leer gebonden werk ter grootte van een poster; het zou een gigantische atlas kunnen zijn. Op het omslag stond: *De gnostische evangeliën*. Teabing sloeg het met moeite open en Langdon en Sophie kwamen bij hem staan. Sophie zag dat er foto's in stonden van wat uitvergrote passages uit oude documenten leken te zijn; rafelige papyrus met handgeschreven tekst. Ze herkende de oude taal niet, maar op de tegenoverliggende bladzijden stonden de vertalingen afgedrukt.

'Dit zijn fotokopieën van de Koptische codices en de Dode-Zee-rollen, waar ik het eerder over heb gehad,' zei Teabing. 'De vroegste christelijke teksten. Helaas kloppen ze niet met de evangeliën in de bijbel.' Teabing bladerde naar het midden van het boek en wees een passage aan. 'Het Evangelie van Filippus is altijd een goede plek om te beginnen.'

Sophie las de passage.

> *En de metgezellin van de Heiland is Maria Magdalena.*
> *Jezus hield meer van haar dan van alle discipelen en kuste*
> *haar vaak op de mond. De andere discipelen waren daar*
> *boos over en spraken hun afkeuring uit. Ze zeiden tegen*
> *hem: 'Waarom houdt u meer van haar dan van ons?'*

De woorden uit de tekst verrasten Sophie, maar ze leken niet erg overtuigend. 'Er wordt niets over een huwelijk gezegd.'

'*Au contraire*.' Teabing glimlachte en wees naar de eerste regel. 'Zoals elke kenner van het Aramees je zou kunnen vertellen, betekende het woord "metgezellin" in die tijd letterlijk "echtgenote".'

Langdon bevestigde dit met een knikje.

Sophie las de eerste zin nog eens. *En de metgezellin van de Heiland is Maria Magdalena.*

Teabing bladerde door het boek en wees een paar andere passages aan, waarin tot Sophies verrassing duidelijk werd gesuggereerd dat Magdalena en Jezus een liefdesrelatie hadden. Terwijl ze de passages las, schoot het Sophie te binnen dat er eens een priester boos op de deur van haar opa had gebonkt toen ze nog op school zat. 'Woont Jacques Saunière hier?' had de priester gevraagd, en hij had dreigend neergekeken op de jonge Sophie, die de deur open had gedaan. 'Ik wil hem spreken over dit artikel dat hij heeft geschreven.' De priester stak een krant omhoog.

Sophie ging haar opa halen, en de twee mannen verdwenen in zijn werkkamer en sloten de deur achter zich. *Heeft mijn opa iets in de krant geschreven?* Sophie rende onmiddellijk naar de keuken en begon de krant van die ochtend door te bladeren. Ze vond haar opa's naam boven een artikel op de tweede bladzijde. Ze las het. Ze begreep niet alles wat er stond, maar het klonk alsof de Franse regering onder druk was gezet door priesters en ermee had ingestemd een Amerikaanse film te verbieden. Hij heette *The Last Temptation of Christ* en ging over Jezus die seks had met ene Maria Magdalena. Haar opa schreef in zijn artikel dat het arrogant en verkeerd van de Kerk was om de film te verbieden.

Geen wonder dat de priester kwaad is, dacht Sophie.

'Het is pornografie! Heiligschennis!' schreeuwde de priester, terwijl hij uit de werkkamer te voorschijn kwam en naar de voordeur stormde. 'Hoe kunt u dat goedkeuren? Die Martin Scorsese is een godslasteraar, en de Kerk zal hem in Frankrijk geen kansel gunnen!' De priester sloeg de deur met een klap achter zich dicht.

Toen haar opa de keuken in kwam, zag hij Sophie met de krant zitten en hij fronste zijn wenkbrauwen. 'Jij bent er snel bij.'

Sophie zei: 'Denk je dat Jezus een vriendinnetje had?'

'Nee, lieverd, ik heb geschreven dat de Kerk ons niet moet voorschrijven wat voor ideeën we wel of niet mogen hebben.'

'Had Jezus een vriendinnetje?'

Haar opa zweeg even. 'Zou het heel erg zijn als dat zo was geweest?'

Sophie dacht erover na en haalde haar schouders op. 'Het zou mij niets uitmaken.'

Sir Leigh Teabing was nog steeds aan het woord. 'Ik zal je niet vervelen met de talloze verwijzingen naar de verbintenis tussen Jezus en Magdalena. Die zijn al tot vervelens toe onderzocht door hedendaagse historici. Maar ik zou je nog wel het volgende willen laten zien.' Hij gebaarde naar een andere passage. 'Dit komt uit het Evangelie van Maria Magdalena.'

Sophie wist niet dat er een evangelie in de woorden van Magdalena bestond. Ze las de tekst.

En Petrus zei: 'Heeft de Heiland echt met een vrouw gepraat zonder dat wij dat wisten? Moeten wij ons omdraaien en allemaal naar haar luisteren? Verkoos hij haar boven ons?'
En Levi antwoordde: 'Petrus, jij bent altijd al heetgebakerd

geweest. Nu zie ik je wedijveren met de vrouw alsof ze een
tegenstandster is. Als de Heiland haar geschikt acht, wie
ben jij dan om haar af te keuren? De Heiland kent haar
heel goed. Daarom hield hij meer van haar dan van ons.'

'De vrouw over wie ze het hebben,' legde Teabing uit, 'is Maria
Magdalena. Petrus is jaloers op haar.'
'Omdat Jezus haar verkoos?'
'Niet alleen dat. Er stond veel meer op het spel dan genegenheid.
Op dit punt in de evangeliën vreest Jezus dat hij snel gevangengenomen en gekruisigd zal worden. Dus geeft hij Maria Magdalena
instructies over hoe ze Zijn Kerk moet voortzetten als Hij er niet
meer is. Petrus uit hier zijn ongenoegen over het feit dat hij tweede viool moet spelen en dat hij een vrouw boven zich moet dul-
den. Petrus was een beetje seksistisch.'
Sophie probeerde hem te volgen. 'Dit is de heilige Petrus. De rots
waarop Jezus Zijn Kerk heeft gebouwd.'
'Precies, behalve dat er één addertje onder het gras schuilt. Volgens deze ongewijzigde evangeliën was het niet Petrus die aanwijzingen van Christus kreeg om de christelijke Kerk te stichten, maar
Maria Magdalena.'
Sophie keek hem aan. 'Bedoelt u dat de christelijke Kerk zou moeten worden voortgezet door een vróúw?'
'Dat was het plan. Jezus was de eerste feminist. Hij wilde de toe-
komst van Zijn Kerk in handen leggen van Maria Magdalena.'
'En daar had Petrus een probleem mee,' zei Langdon, en hij wees
naar *Het Laatste Avondmaal*. 'Dat is Petrus, daar. Je kunt zien dat
Da Vinci heel goed wist wat Petrus van Maria Magdalena vond.'
Opnieuw was Sophie sprakeloos. Op het schilderij boog Petrus
zich dreigend naar Maria Magdalena en maakte hij met zijn hand,
die op een mes leek, een snijdende beweging voor haar hals langs.
Het dreigende gebaar dat ook te zien was op *Madonna in de grot*!
'En hier,' zei Langdon, terwijl hij naar het groepje discipelen bij
Petrus wees. 'Onheilspellend, vind je niet?'
Sophie kneep haar ogen tot spleetjes en zag een hand te voorschijn
komen uit de groep discipelen. 'Is dat een dólk, in die hand?'
'Ja. En wat nog eigenaardiger is, als je de armen telt, zul je zien
dat deze hand van niemand is. Er zit geen lichaam aan vast. Hij is
anoniem.'
Het begon Sophie te duizelen. 'Het spijt me, maar ik begrijp nog
steeds niet waarom dit alles betekent dat Maria Magdalena de heilige graal is.'

'Aha!' riep Teabing weer uit. 'Maar daar komen we nu aan toe!' Hij keerde zich weer naar de tafel en trok een grote kaart tussen de spullen vandaan, die hij voor haar legde. Het was een uitvoerige stamboom. 'Slechts weinigen beseffen dat Maria Magdalena niet alleen de rechterhand van Jezus was, maar dat ze daarvóór ook al een vrouw met invloed was.'

Nu zag Sophie wat er boven de stamboom stond.

DE STAM VAN BENJAMIN

'Hier staat Maria Magdalena,' zei Teabing, en hij wees ergens bovenaan in de stamboom.

Sophie was verrast. 'Was ze van het Huis van Benjamin?'

'Jazeker,' zei Teabing. 'Maria Magdalena was van koninklijke afkomst.'

'Maar ik heb altijd gedacht dat Magdalena arm was.'

Teabing schudde zijn hoofd. 'Magdalena is later als hoer beschreven om haar invloedrijke afkomst te verdoezelen.'

Sophie merkte dat ze weer even naar Langdon keek, die opnieuw knikte. Ze wendde zich weer tot Teabing. 'Maar waarom zou het de vroege Kerk iets uitmaken of Magdalena van koninklijken bloede was?'

De Brit glimlachte. 'M'n lieve kind, het was niet zozeer Maria Magdalena's koninklijke afkomst die de Kerk dwarszat, als wel het feit dat ze de partner van Jezus was, die óók van koninklijken bloede was. Zoals je weet, vertelt het Evangelie van Mattheüs dat Jezus van het Huis van David was. Een afstammeling van koning Salomo, de koning der joden. Door met een vrouw van het invloedrijke Huis van Benjamin te trouwen, versmolt Jezus twee koninklijke families. Zo bracht hij een politieke verbintenis tot stand waarmee mogelijk een legitieme aanspraak op de troon kon worden gedaan, waardoor de lijn van koningen vanaf Salomo kon worden voortgezet.'

Sophie had het gevoel dat Teabing eindelijk kwam waar hij wezen wilde.

Teabing maakte nu een opgewonden indruk. 'Het verhaal van de heilige graal is een verhaal over koninklijk bloed. Als het in de graallegende gaat over "de kelk die het bloed van Jezus bevatte", gaat het in werkelijkheid over Maria Magdalena, de schoot waarin de koninklijke afstammingslijn van Jezus werd voortgezet.'

De woorden leken door de balzaal naar de achtermuur en terug te echoën voordat ze helemaal tot Sophie doordrongen. *Werd door*

*Maria Magdalena de koninklijke afstammingslijn van Jezus voort-
gezet?* 'Maar hoe kon die worden voortgezet, tenzij...?' Ze zweeg
en keek naar Langdon.

Langdon glimlachte mild. 'Tenzij ze een kind hebben gekregen.'
Sophie stond paf.

'Ziedaar,' verkondigde Teabing, 'de grootste doofpotaffaire in de
geschiedenis van de mensheid. Niet alleen was Jezus getrouwd, Hij
was ook nog eens vader. M'n lieve kind, Maria Magdalena was
het heilige uitverkoren werktuig. Zij was de kelk waarin het koninklijke bloed van Jezus verder werd gedragen, zij was de schoot
van waaruit de afstammingslijn werd voortgezet en de rank waaraan de heilige vrucht ontsproten is!'

Sophie voelde dat ze kippenvel op haar armen kreeg. 'Maar hoe
kan zo'n groot geheim al die jaren stil zijn gehouden?'

'Goeie hemel!' zei Teabing. 'Het is allesbehalve stíl geweest! De
koninklijke afstammingslijn van Jezus is de bron van de hardnek-
kigste legende die er bestaat, die van de heilige graal. Het verhaal
van Maria Magdalena is eeuwenlang in allerlei metaforen en talen van de daken geschreeuwd. Als je er eenmaal je ogen voor
opent, is haar verhaal overal.'

'En de documenten van de Sangreal?' vroeg Sophie. 'Zouden die
het bewijs moeten bevatten dat Jezus koninklijke afstammelingen
heeft?'

'Inderdaad.'

'Dus de hele legende van de heilige graal gaat eigenlijk over koninklijk bloed?'

'Letterlijk,' zei Teabing. 'Het woord "Sangreal" bestaat uit "San"
en "Greal", heilige graal. Maar in zijn oudste vorm werd het woord
"Sangreal" op een andere plek in tweeën gedeeld.' Teabing schreef
iets op een velletje papier en gaf het haar.

Ze las wat hij had geschreven.

Sang Real

Sophie zag het meteen.
'Sang Real' betekende letterlijk 'Koninklijk Bloed'.

59

De receptionist in de hal van het hoofdkantoor van het Opus Dei aan Lexington Avenue in New York was verrast toen hij de stem van bisschop Aringarosa over de telefoon hoorde. 'Goedenavond, monseigneur.'

'Zijn er berichten voor me?' vroeg de bisschop, en hij klonk bijzonder geagiteerd.

'Ja, meneer. Ik ben blij dat u even belt. Ik kon u in uw appartement niet bereiken. Er is ongeveer een halfuur geleden een dringend telefoontje voor u geweest.'

'Ja?' Hij klonk opgelucht. 'Heeft de beller een naam achtergelaten?'

'Nee, meneer, alleen een nummer.' De receptionist gaf het nummer door.

'Landnummer drieëndertig? Dat is toch Frankrijk, is het niet?'

'Ja, meneer. Parijs. De beller zei dat het essentieel was dat u onmiddellijk contact met hem opnam.'

'Dank u. Op dat telefoontje zat ik te wachten.' Aringarosa verbrak snel de verbinding.

Terwijl de receptionist de hoorn op het toestel legde, vroeg hij zich af waarom Aringarosa's verbinding zo krakerig klonk. Volgens zijn agenda zou de bisschop dat weekend in New York zijn, maar hij klonk alsof hij aan de andere kant van de wereld zat. De receptionist haalde zijn schouders op. Bisschop Aringarosa gedroeg zich al een paar maanden hoogst merkwaardig.

Mijn mobieltje was zeker niet bereikbaar, dacht Aringarosa toen de Fiat de afslag naar het Ciampino-vliegveld bij Rome naderde. *De Leermeester heeft geprobeerd me te bellen.* Ondanks Aringarosa's ongerustheid over het feit dat hij het telefoontje had gemist, vond hij het bemoedigend dat de Leermeester genoeg vertrouwen in de zaak had om naar het hoofdkantoor van het Opus Dei te bellen.

Dan is het vannacht in Parijs zeker allemaal goed gegaan.

Terwijl Aringarosa het nummer intoetste, verheugde hij zich erop snel in Parijs te zijn. *Voor zonsopgang ben ik er.* Er stond een gehuurd turboprop-vliegtuig op Aringarosa te wachten voor het korte vluchtje naar Frankrijk. Lijnvliegtuigen waren op dit tijdstip geen optie, vooral niet gezien de inhoud van zijn aktetas.

Aan de andere kant van de lijn ging de telefoon over.

Een vrouw nam op. '*Direction Centrale de la Police Judiciaire.*'
Aringarosa merkte dat hij aarzelde. Dit had hij niet verwacht. 'Eh...
ja. Er is mij verzocht dit nummer te bellen...'
'*Qui êtes-vous?*' vroeg de vrouw. 'Wat is uw naam?'
Aringarosa wist niet zeker of hij die zou geven. *De Franse recherche?*
'Uw náám, alstublieft, meneer?' drong de vrouw aan.
'Bisschop Manuel Aringarosa.'
'*Un moment.*' Er klonk een klik.
Na lange tijd kwam er een man aan de lijn, die nors en zorgelijk
klonk. 'Monseigneur, ik ben blij dat ik u eindelijk heb bereikt. U
en ik hebben veel te bespreken.'

60

Sangreal... Sang Real... San Greal... koninklijk bloed... heilige graal.
Het hing allemaal met elkaar samen.
De heilige graal is Maria Magdalena... De moeder van de koninklijke afstammingslijn van Jezus. Hernieuwde verbijstering
maakte zich van Sophie meester terwijl ze in de stilte van de balzaal naar Robert Langdon stond te staren. Hoe meer stukken Langdon en Teabing vannacht op tafel legden, des te onvoorspelbaarder werd deze puzzel.
'Zoals je hier ziet, m'n lieve kind,' zei Teabing, die naar een boekenplank hinkte, 'is Leonardo niet de enige die heeft geprobeerd
de wereld de waarheid over de heilige graal te vertellen. De koninklijke afstammingslijn van Jezus Christus is door allerlei historici tot in de kleinste details opgetekend.' Hij liet zijn vinger langs
een rij van tientallen boeken glijden.
Sophie hield haar hoofd schuin en las een paar van de titels.

HET GEHEIME BOEK DER GROOTMEESTERS
Geheime bewakers van de ware identiteit van Christus

DE VROUW MET DE ALBASTEN KRUIK
Maria Magdalena en de betekenis van de graal

DE GODIN IN DE EVANGELIËN
Het eerherstel van het heilig vrouwelijke

'Dit is misschien wel het bekendste werk,' zei Teabing terwijl hij een beduimeld gebonden boek uit de rij trok en het aan haar gaf. Op het omslag stond:

HEILIG BLOED EN DE HEILIGE GRAAL
De veelgeprezen internationale bestseller

Sophie keek op. 'Een internationale bestseller? Ik heb er nog nooit van gehoord.'

'Jij was nog jong. Dit heeft in de jaren tachtig grote opschudding veroorzaakt. De auteurs hebben naar mijn smaak een paar twijfelachtige gedachtesprongen gemaakt in hun redenering, maar de achterliggende gedachte was juist, en het strekt hun tot eer dat ze het idee van een afstammingslijn van Jezus eindelijk in bredere kring bekend hebben gemaakt.'

'Hoe heeft de Kerk op het boek gereageerd?'

'Woedend, natuurlijk. Maar dat viel te verwachten. Per slot van rekening was dit een geheim dat het Vaticaan in de vierde eeuw had geprobeerd te verdoezelen. Dat was gedeeltelijk de aanleiding voor de kruistochten. Het verzamelen en vernietigen van informatie. Maria Magdalena vormde een enorme bedreiging voor de mannen van de vroege Kerk. Niet alleen was ze de vrouw die door Jezus was aangewezen om de Kerk te stichten, ze beschikte ook over het tastbare bewijs dat degene die kort daarvoor door de Kerk tot godheid was uitgeroepen, een sterfelijke afstammeling had voortgebracht. Om zich te verdedigen tegen Magdalena's invloed, verbreidde de Kerk het beeld van haar als hoer en verborg bewijzen dat Christus met haar getrouwd was. Hun bedoeling was de wind uit de zeilen te nemen bij al diegenen die durfden te beweren dat Christus een afstammeling had en een sterfelijke profeet was.'

Sophie keek even naar Langdon, die knikte. 'Sophie, hier is wezenlijk historisch bewijs voor te vinden.'

'Ik geef toe,' zei Teabing, 'dat deze beweringen ernstig zijn, maar je moet begrijpen dat de Kerk zeer gemotiveerd was om zulk historisch bedrog te plegen. Als algemeen bekend werd dat Jezus een afstammingslijn had, zou de Kerk dat niet overleven. Het bestaan van een kind van Jezus zou het cruciale idee van Zijn goddelijkheid ondermijnen, en daarmee de christelijke Kerk, die zichzelf had uitgeroepen tot het enig uitverkoren werktuig waarmee de mensheid toegang had tot het goddelijke en tot het hemelrijk.'

'De vijfbladige roos,' zei Sophie, en ze wees plotseling naar de rug van een van Teabings boeken. *Precies hetzelfde patroon als op het rozenhouten kistje.*

Teabing wierp Langdon een blik toe en grijnsde. 'Ze is alert.' Hij wendde zich weer tot Sophie. 'Dat is het symbool van de Priorij voor de graal. Maria Magdalena. Omdat het door de Kerk verboden was haar naam te gebruiken, kreeg ze allerlei pseudoniemen: de kelk, de heilige graal en de roos.' Hij zweeg even. 'De roos staat in verband met het pentagram van Venus en de gidsende kompasroos. Het woord "roos" is trouwens in heel veel talen, waaronder het Engels, Frans en Duits, identiek: "rose".'

'En dat,' zei Langdon, 'is weer een anagram van Eros, de Griekse god van de lichamelijke liefde.'

Sophie wierp hem een verbaasde blik toe terwijl Teabing zijn verhaal vervolgde.

'De roos is altijd het belangrijkste symbool voor de vrouwelijke seksualiteit geweest. Bij de vroegste godinnenvereringen stonden de vijf blaadjes voor de vijf stadia van het vrouwenleven: geboorte, menstruatie, moederschap, menopauze en dood. En in de recentere geschiedenis wordt er een visueler verband gelegd tussen de bloeiende roos en de vrouwelijkheid.' Hij keek even naar Robert. 'Misschien kan de symboliekdeskundige dat uitleggen?'

Robert aarzelde. Net iets te lang.

'O, hemeltje!' zei Teabing puffend. 'Wat zijn jullie Amerikanen toch preuts.' Hij keek weer naar Sophie. 'Waar Robert zo moeilijk over doet, is het feit dat de bloeiende roos op de vrouwelijke geslachtsdelen lijkt, de edele bloem waaruit de hele mensheid ter wereld komt. En als je weleens een schilderij van Georgia O'Keeffe hebt gezien, weet je precies wat ik bedoel.'

'Het punt is dat al deze boeken dezelfde stelling onderschrijven,' zei Langdon, terwijl hij naar de boekenplank gebaarde.

'Dat Jezus vader was.' Sophie twijfelde nog steeds.

'Ja,' zei Teabing. 'En dat Zijn koninklijke nakomeling in de schoot van Maria Magdalena is gedragen. Tot op de dag van vandaag vereert de Priorij van Sion Maria Magdalena als de Godin, de heilige graal, de roos en de goddelijke moeder.'

Sophie moest weer even denken aan het ritueel in de kelder.

'Volgens de Priorij,' vervolgde Teabing, 'was Maria Magdalena in verwachting ten tijde van de kruisiging. Om het ongeboren kind van Jezus in veiligheid te brengen, moest ze het Heilige Land ontvluchten. Met de hulp van de trouwe oom van Jezus, Jozef van

244

Arimathea, reisde Maria Magdalena in het geheim naar Frankrijk, dat toen Gallië heette. Daar vond ze een veilig toevluchtsoord binnen de joodse gemeenschap. Hier in Frankrijk werd haar dochter geboren. Ze heette Sara.'

Sophie keek op. 'Weten ze zelfs hoe het kind héétte?'

'Veel meer nog. De levens van Magdalena en Sara zijn tot in detail opgetekend door hun joodse beschermers. Vergeet niet dat Magdalena's kind tot het geslacht van joodse koningen behoorde, dat van David en Salomo. Om die reden beschouwden de joden in Frankrijk Magdalena als heilig en koninklijk, en ze vereerden haar als de moeder van de koninklijke lijn. Talloze geleerden uit die tijd hebben het leven van Maria Magdalena in Frankrijk in hun geschriften vastgelegd, inclusief de geboorte van Sara en de verdere stamboom.'

Sophie was geschokt. 'Bestaat er dan een stámboom van Jezus?'

'Jazeker. Die is naar men zegt een van de belangrijkste Sangreal-documenten. Een volledige stamboom van de vroegste afstammelingen van Jezus.'

'Maar wat heb je aan een stamboom van nakomelingen van Jezus?' vroeg Sophie. 'Dat is geen bewijs. Historici zouden de authenticiteit ervan onmogelijk kunnen vaststellen.'

Teabing grinnikte. 'Net zomin als ze de authenticiteit van de bijbel kunnen vaststellen.'

'Hoe bedoelt u?'

'De geschiedenis wordt altijd door de winnaars geschreven. Als twee culturen botsen, worden de verliezers uitgewist en schrijven de overwinnaars de geschiedenisboeken; boeken waarin hun eigen zaak wordt verheerlijkt en de verslagen vijand wordt gekleineerd. Napoleon heeft eens gezegd: "Wat is geschiedenis anders dan een fabel waarover iedereen het eens is?"' Hij glimlachte. 'Het is een inherente eigenschap van geschiedenis dat het altijd om een eenzijdig verhaal gaat.'

Zo had Sophie het nog nooit bekeken.

'In de Sangreal-documenten wordt eenvoudigweg de ándere kant van het verhaal van Jezus verteld. Welke kant van het verhaal je gelooft, is uiteindelijk een kwestie van vertrouwen en persoonlijke overtuiging, maar in elk geval is de informatie bewaard gebleven. De Sangreal-documenten beslaan tienduizenden bladzijden. In verslagen van ooggetuigen wordt beschreven dat de Sangreal in vier enorme kisten werd vervoerd. In die kisten zouden onder andere de Puristische Documenten zitten, duizenden bladzijden ongewijzigde documenten uit de tijd van voor Constantijn, geschreven door de vroegste volgelingen van Jezus, die hem vereerden als een volledig menselijke leermeester en profeet. Verder doet het gerucht de ronde dat het legendarische Q-Document deel uitmaakt van de schat, een manuscript waarvan zelfs het Vaticaan toegeeft dat het bestaat. Dat zou een boek met de leer van Jezus moeten zijn, misschien wel door Hemzelf geschreven.'

'Geschriften van Jezus zelf?'

'Natuurlijk,' zei Teabing. 'Waarom zou Hij geen kroniek hebben bijgehouden van Zijn leven? Dat deden de meeste mensen in die tijd. En een ander controversieel document waarvan men denkt dat het deel uitmaakt van de schat, is een manuscript met de titel *De dagboeken van Magdalena*: Maria Magdalena's persoonlijke verslag van haar relatie met Jezus, Zijn kruisiging en haar tijd in Frankrijk.'

Sophie zweeg enige tijd. 'En die vier kisten met documenten zijn de schat die de tempeliers onder de tempel van Salomo hebben gevonden?'

'Precies. De documenten die de tempeliers zoveel invloed hebben gegeven. De documenten die in de loop van de geschiedenis de aanleiding zijn geweest tot talloze zoektochten naar de graal.'

'Maar u zei dat de heilige graal Maria Magdalena was. Als mensen op zoek zijn naar documenten, waarom noemen ze dat dan een zoektocht naar de heilige graal?'

Teabing keek haar aan en zijn uitdrukking werd milder. 'Omdat er zich op de bergplaats van de heilige graal ook een sarcofaag bevindt.'

Buiten huilde de wind door de bomen.

Teabing ging zachter praten. 'De zoektocht naar de heilige graal is letterlijk de zoektocht om voor het gebeente van Maria Magdalena te kunnen neerknielen. Een tocht om te kunnen bidden aan de voeten van de verstotene, het verloren heilige vrouwelijke.'

Een onverwachte verwondering maakte zich van Sophie meester. 'Is de bergplaats van de heilige graal... een graf?'

Teabings lichtbruine ogen werden waterig. 'Ja. Een graf met het lichaam van Maria Magdalena en de documenten die haar ware levensverhaal vertellen. In de kern is de zoektocht naar de heilige graal altijd een zoektocht naar Magdalena geweest, naar de onrechtvaardig behandelde koningin, die begraven is met het bewijs dat haar familie rechtmatig aanspraak op de macht kon maken.'

Sophie wachtte even om Teabing tot zichzelf te laten komen. Er was nog zoveel over haar opa dat ze niet begreep. 'Hebben de leden van de Priorij al die jaren de Sangreal-documenten en het graf van Maria Magdalena bewaakt?' vroeg ze uiteindelijk.

'Ja, maar de broederschap had nog een andere, belangrijker taak: de familielijn zelf te beschermen. De afstammelingen van Christus verkeerden in voortdurend gevaar. De vroege Kerk was bang dat, als de familie zou groeien, het geheim van Jezus en Magdalena aan het licht zou komen en een gevaar zou vormen voor de basis van de katholieke leer, die uitging van een goddelijke Messias die geen seksuele gemeenschap met vrouwen had.' Hij zweeg even. 'Toch breidde de familie van Jezus zich in Frankrijk in het geheim uit, totdat die in de vijfde eeuw een gewaagde stap zette en zich door middel van een huwelijk mengde met Frans koninklijk bloed, wat het begin was van de dynastie van de Merovingers.'

Dat verraste Sophie. 'De Merovingers hebben de grondvesten van Parijs gelegd.'

'Ja. Dat is een van de redenen dat de graallegende in Frankrijk zo leeft. Veel van de zoektochten naar de graal die het Vaticaan heeft ondernomen, waren in werkelijkheid geheime operaties om leden van die koninklijke familie uit de weg te ruimen. Heb je weleens van koning Dagobert gehoord?'

Sophie herinnerde zich de naam vaag van een akelig verhaal uit de geschiedenisles. 'Dagobert was toch een Merovingische koning? Die in zijn oog is gestoken toen hij lag te slapen?'

'Precies. Door het Vaticaan, in samenwerking met Pepijn van Herstal, vermoord. Aan het eind van de zevende eeuw. Met de moord op Dagobert werd de Merovingische dynastie bijna uitgeroeid. Gelukkig wist Sigebert, de zoon van Dagobert, heimelijk aan de aanval te ontsnappen en zette hij de lijn voort, waar later ook Godfried van Bouillon uit voortkwam, de stichter van de Priorij van Sion.'

'Dezelfde man,' zei Langdon, 'die de tempeliers opdracht gaf de Sangreal-documenten onder de tempel van Salomo vandaan te halen en de Merovingers op die manier het bewijs te verschaffen van hun afstamming van Jezus Christus.'

Teabing knikte en slaakte een diepe zucht. 'Er rust een zware taak op de schouders van de hedendaagse Priorij van Sion. Die is eigenlijk drieledig. De broederschap moet de Sangreal-documenten bewaken, de sarcofaag van Maria Magdalena beschermen, en natuurlijk de afstammelingen van Jezus voor onheil behoeden, de paar leden van de koninklijke Merovingische dynastie die er nog zijn.'

De woorden bleven in het enorme vertrek hangen en Sophie voelde een vreemde trilling, alsof er een nieuwe waarheid in haar botten vibreerde. *Afstammelingen van Jezus die er nog zijn.* De stem van haar opa fluisterde weer in haar oor. *Prinses, ik moet je de waarheid over je familie vertellen.*

Er ging een koude rilling over haar rug.

Koninklijk bloed.

Ze kon het zich niet voorstellen.

Prinses Sophie.

'Sir Leigh?' De woorden van de bediende kraakten door de intercom aan de muur en Sophie schrok op. 'Kunt u misschien even naar de keuken komen?'

Teabing trok een lelijk gezicht vanwege de slecht getimede onderbreking. Hij liep naar de intercom en drukte op het knopje. 'Rémy, zoals je weet, heb ik gasten. Als we vannacht nog iets uit de keuken nodig hebben, helpen we onszelf wel. Bedankt en goedenacht.'

'Ik wil u graag even spreken voordat ik me terugtrek, meneer. Als u zo vriendelijk zou willen zijn.'

Teabing gromde en drukte op de knop. 'Snel dan, Rémy.'

'Het betreft een huishoudelijke aangelegenheid, meneer, niet echt geschikt om uw gasten mee te vervelen.'

Teabing keek ongelovig. 'En het kan niet tot morgenochtend wachten?'

'Nee, meneer. Mijn vraag kost maar een minuutje.'

Teabing rolde met zijn ogen en keek naar Langdon en Sophie. 'Soms vraag ik me af wie voor wie werkt.' Hij drukte weer op de knop. 'Ik kom eraan, Rémy. Kan ik nog iets voor je meebrengen?'

'Alleen bevrijding van onderdrukking, meneer.'

'Rémy, je beseft toch wel dat je *steak au poivre* de enige reden is dat je nog voor me werkt, hè?'

'Wat u zegt, meneer. Wat u zegt.'

61

Prinses Sophie.

Sophie luisterde met een hol gevoel naar het wegstervende getik van Teabings krukken in de hal. Als verdoofd draaide ze zich om en ze keek Langdon aan. Hij schudde zijn hoofd al, alsof hij haar gedachten las.

'Nee, Sophie,' fluisterde hij, en zijn blik was geruststellend. 'Dezelfde gedachte is door mijn hoofd gegaan toen ik besefte dat je opa lid was van de Priorij en jij zei dat hij je een geheim over je familie wilde vertellen. Maar het kan niet.' Langdon zweeg even. 'Saunière is geen Merovingische naam.'

Sophie wist niet of ze nu opgelucht of teleurgesteld was. Eerder had Langdon tot Sophies verbazing in het voorbijgaan naar de meisjesnaam van haar moeder gevraagd. Chauvel. Nu begreep ze de vraag. 'En Chauvel?' vroeg ze ongerust.

Opnieuw schudde hij zijn hoofd. 'Het spijt me. Ik weet dat het veel vragen voor je zou beantwoorden. Er bestaan nog maar twee takken Merovingers. Hun achternamen zijn Plantard en Saint-Clair. Beide families zijn ondergedoken en worden waarschijnlijk door de Priorij beschermd.'

Sophie herhaalde de namen in gedachten en schudde toen haar hoofd. Niemand in haar familie heette Plantard of Saint-Clair. Ze begon te beseffen dat ze, sinds ze het Louvre had verlaten, nog geen stap dichter bij de waarheid was gekomen die haar opa haar duidelijk had willen maken. Ze wou dat haar opa het die middag niet over haar familie had gehad. Hij had oude wonden opengereten die nu niet minder pijn deden dan toen. *Ze zijn dood, Sophie. Ze komen niet terug.* Ze dacht aan hoe haar moeder haar 's avonds in slaap had gezongen, hoe haar vader haar op zijn schouders had genomen en hoe haar oma en broertje haar met hun felgroene ogen lachend hadden aangekeken. Dat was haar allemaal ontnomen. Alles wat ze nog had gehad, was haar opa geweest. *En nu is hij ook weg. Ik ben alleen.*

Sophie keerde zich zwijgend naar *Het Laatste Avondmaal* en keek naar het lange rode haar en de kalme blik van Maria Magdalena. Er was iets in de gelaatsuitdrukking van de vrouw waarin het verlies van een geliefde zichtbaar was. Sophie kon het voelen.

'Robert?' zei ze zachtjes.

Hij kwam wat dichterbij.

'Ik weet dat Leigh zei dat het graalverhaal overal om ons heen is, maar ik had hier nooit eerder iets over gehoord.'

Langdon keek alsof hij troostend een hand op haar schouder wilde leggen, maar hij zag ervan af. 'Je hebt haar verhaal wel eerder gehoord, Sophie. Dat geldt voor iedereen. Alleen beseffen we het niet als we het horen.'

'Ik begrijp niet wat je bedoelt.'

'Het graalverhaal is overal, maar verborgen. Toen de Kerk de mensen verbood over Maria Magdalena te spreken, moesten haar verhaal en haar belang op een andere manier worden doorgegeven, via onopvallender kanalen... Door middel van metaforen en symboliek.'

'Natuurlijk. De kunst.'

Langdon gebaarde naar *Het Laatste Avondmaal*. 'Een uitstekend voorbeeld. In sommige belangrijke kunstwerken, literatuur en muziek wordt in het geheim het verhaal van Maria Magdalena en Jezus verteld.'

Langdon vertelde haar kort over werken van Da Vinci, Botticelli, Poussin, Bernini, Mozart en Victor Hugo, waarin toespelingen werden gemaakt op de zoektocht om het verbannen heilige vrouwelijke in ere te herstellen. Nog steeds voortlevende legenden zoals die van Sir Gawain en de groene ridder, koning Arthur en Doornroosje waren allegorieën van de graal. *De klokkenluider van de Notre-Dame* van Victor Hugo en *Die Zauberflöte* van Mozart zaten vol symbolische verwijzingen naar de vrijmetselaars en naar de graal.

'Als je oog hebt voor de heilige graal,' zei Langdon, 'dan zie je die overal. In schilderijen, in muziek, in boeken. Zelfs in stripverhalen, pretparken en populaire films.'

Langdon liet haar zijn Mickey Mouse-horloge zien en vertelde haar dat Walt Disney er heimelijk zijn levenswerk van had gemaakt om het graalverhaal door te geven aan nieuwe generaties. Disney was altijd 'de hedendaagse Leonardo da Vinci' genoemd. Beide mannen waren hun tijd ver vooruit, waren kunstenaars met een uniek talent, leden van een geheim genootschap en bovendien verzot op humor. Net als Leonardo was Walt Disney er dol op om verborgen boodschappen en symboliek in zijn werk te stoppen. Als je als symboliekdeskundige naar een vroege Disney-film keek, was het alsof je een lawine van toespelingen en metaforen over je heen kreeg.

De meeste van Disneys verborgen boodschappen gingen over religie, de heidense overlevering en de onderworpen godin. Het was geen toeval dat Disney sprookjes had bewerkt als *Assepoester*, *Doornroosje* en *Sneeuwwitje*, die allemaal over de opsluiting van het heilig vrouwelijke gingen. En je hoefde ook geen symboliek gestudeerd te hebben om te begrijpen dat Sneeuwwitje – een prinses die uit de gratie raakte nadat ze van een giftige appel had gegeten – een duidelijke toespeling op de zondeval van Eva was. Of dat *Doornroosje*, waarin de prinses zich diep in het woud verborg om uit de klauwen van de kwade heks te blijven, het graalverhaal voor kinderen was.

Ondanks het feit dat het inmiddels een groot concern was, heerste er toch nog een vernuftige, speelse sfeer onder de werknemers, en de tekenaars hadden er nog steeds plezier in symbolen te verstoppen in de producten van Disney. Langdon zou nooit vergeten dat een van zijn studenten een dvd van *The Lion King* meenam en de film op pauze zette op een moment dat het woord SEKS duidelijk leesbaar was, gevormd door rondzwevende stofdeeltjes boven Simba's kop. Hoewel Langdon vermoedde dat dit eerder een jongensachtige grap van een van de cartoontekenaars was dan een overdachte toespeling op heidense seksualiteit, had hij geleerd Disneys beheersing van de symboliek niet te onderschatten. *De kleine zeemeermin* was een fascinerende mengeling van religieuze symbolen die allemaal zo specifiek betrekking hadden op godinnen dat het geen toeval kon zijn.

Toen Langdon *De kleine zeemeermin* voor het eerst zag, had hij letterlijk naar lucht gehapt toen hij zag dat het schilderij in Ariëls huis onder water *De boetvaardige Magdalena* van de zeventiende-eeuwse schilder Georges de la Tour was, een beroemd eerbetoon aan de verbannen Maria Magdalena. Deze achtergrond was toepasselijk, in aanmerking genomen dat de film een collage van overduidelijke symbolische verwijzingen bleek te zijn naar de verloren heiligheid van Isis, Eva, de vissengodin Pisces en, herhaaldelijk, Maria Magdalena. Ook de naam van de kleine zeemeermin, Ariël, hield sterk verband met het heilig vrouwelijke en was in het Boek van Jesaja synoniem met 'de belegerde Heilige Stad'. En het lange rode haar van de kleine zeemeermin was ook zeker geen toeval.

Het getik van Teabings krukken kwam naderbij in de gang, en het klonk alsof hij bijzonder snel liep. Toen hun gastheer de werkkamer binnenkwam, stond zijn gezicht grimmig.

'Je hebt het een en ander uit te leggen, Robert,' zei hij op koele toon. 'Je bent niet eerlijk tegen me geweest.'

62

'Ik word erin geluisd, Leigh,' zei Langdon, en hij probeerde kalm te blijven. *Je kent me toch. Ik zou nooit iemand vermoorden.*

Teabings toon werd niet milder. 'Robert, je bent verdorie op de tv. Wist je dat de politie achter je aan zit?'

'Ja.'

'Dan heb je misbruik gemaakt van mijn vertrouwen. Het verbaast me zeer dat je mij in gevaar brengt door hier te komen en me te vragen verhalen over de graal te houden, zodat je je in mijn huis verborgen kunt houden.'

'Ik heb niemand vermoord.'

'Jacques Saunière is dood, en de politie zegt dat jij het hebt gedaan.' Teabings gezicht werd verdrietig. 'Een enorm verlies voor de kunstwereld.'

'Meneer?' De bediende stond met zijn armen over elkaar achter Teabing in de deuropening van de werkkamer. 'Zal ik ze uitlaten?'

'Laat mij dat maar doen.' Teabing hinkte door de werkkamer, draaide een stel brede dubbele glazen deuren van het slot en zwaaide die open naar een gazon aan de zijkant van het huis. 'Ga alsjeblieft naar jullie auto en vertrek.'

Sophie verroerde zich niet. 'We hebben informatie over de *clef de voûte*. De sluitsteen van de Priorij.'

Teabing staarde haar een paar seconden aan en snoof spottend. 'Een wanhopige list. Robert weet hoe hard ik daarnaar heb gezocht.'

'Ze vertelt de waarheid,' zei Langdon. 'Daarom zijn we vannacht naar je toe gekomen. Om met je over de sluitsteen te praten.'

Nu kwam de bediende tussenbeide. 'Ga, of ik bel de politie.'

'Leigh,' fluisterde Langdon, 'we weten waar hij is.'

Teabings vastberadenheid leek een beetje te wankelen.

Rémy beende door de kamer. 'Ga onmiddellijk! Anders zet ik u er...'

'Rémy!' Teabing draaide zich om en snauwde naar zijn bediende. 'Laat ons even alleen.'

De mond van de man viel open. 'Meneer? Ik ben het hier niet mee eens. Deze mensen zijn...'

'Ik handel dit wel af.' Teabing wees naar de gang.

Na een ogenblik van verbijsterd stilzwijgen sloop Rémy als een geslagen hond de kamer uit.

In de koele, nachtelijke bries die door de open deuren binnenkwam, wendde Teabing zich weer tot Sophie en Langdon; hij was nog steeds op zijn hoede. 'Ik hoop dat jullie inderdaad iets interessants te vertellen hebben. Wat weten jullie van de sluitsteen?'

In het dichte struikgewas buiten Teabings werkkamer tuurde Silas met zijn pistool in de hand door de glazen deuren naar binnen. Hij was nog maar net rond het huis geslopen en had Langdon en de vrouw in de grote werkkamer zien zitten. Voordat hij dichterbij had kunnen komen, was er een man op krukken binnengekomen die tegen Langdon had geschreeuwd, de deuren open had gegooid en had geëist dat zijn bezoek vertrok. Toen had de vrouw de sluitsteen genoemd, en alles was veranderd. Het geschreeuw was veranderd in gefluister. De stemming was minder vijandig geworden. En de glazen deuren werden al snel dichtgetrokken.

Nu zat Silas ineengedoken in de duisternis en gluurde naar binnen. *De sluitsteen is ergens in dit huis.* Dat voelde Silas.

Hij bleef in het donker, maar sloop dichter naar de ramen toe, in een poging te verstaan wat er werd gezegd. Hij zou hun vijf minuten geven. Als ze niet onthulden waar de sluitsteen was, zou Silas naar binnen gaan en hen er met geweld toe dwingen.

In de werkkamer voelde Langdon de verbijstering van hun gastheer.

'Grootmeester?' bracht Teabing moeizaam uit terwijl hij Sophie aankeek. 'Jacques Saunière?'

Sophie knikte, en ze zag hoe geschokt hij was.

'Maar dat kunnen jullie helemaal niet weten!'

'Jacques Saunière was mijn opa.'

Teabing wankelde op zijn krukken achteruit en wierp Langdon een blik toe. Die knikte. Teabing wendde zich weer tot Sophie. 'M'n lieve kind, ik ben sprakeloos. Als dit waar is, mijn welgemeende condoléances met je verlies. Ik geef toe dat ik een lijst heb bijgehouden van mannen in Parijs van wie ik dacht dat ze tot de Priorij konden behoren. Jacques Saunière stond op die lijst, net als vele anderen. Maar Grootmeester, zeg je? Ongelooflijk.' Teabing zweeg even en schudde toen zijn hoofd. 'Maar het klopt nog steeds niet. Zelfs als je opa Grootmeester van de Priorij was en de sluitsteen zelf heeft gemaakt, zou hij jou nooit verteld hebben waar hij te vinden was. Met de sluitsteen kun je de weg naar de grootste schat van de broederschap vinden. Kleindochter of niet, jij bent niet bevoegd om over dergelijke informatie te beschikken.'

'Meneer Saunière was stervende toen hij de informatie doorgaf,' zei Langdon. 'Hij had niet veel keus.'

'Hij had ook geen keus nódig,' voerde Teabing aan. 'Er zijn drie *sénéchaux*, die het geheim ook kennen. Dat is de schoonheid van hun systeem. Een van hen zal Grootmeester worden en ze zullen een nieuwe *sénéchal* inwijden, aan wie ze het geheim van de sluitsteen zullen vertellen.'

'Blijkbaar hebt u niet de hele nieuwsuitzending gezien,' zei Sophie. 'Behalve mijn opa zijn er vandaag nog drie andere vooraanstaande Parijzenaars vermoord. Allemaal op dezelfde manier. Ze zagen er allemaal uit alsof ze ondervraagd waren.'

Teabings mond viel open. 'En volgens jullie waren dat de...'

'De *sénéchaux*,' zei Langdon.

'Maar hoe kan dat dan? Het is onmogelijk dat een moordenaar de identiteit van álle vier de hoogste leden van de Priorij van Sion heeft achterhaald! Kijk eens naar mij, ik pleeg er al tientallen jaren onderzoek naar en zelfs ik kan nog niet één lid van de Priorij noemen. Het lijkt me onvoorstelbaar dat alle drie de *sénéchaux* en de Grootmeester op één dag ontdekt en vermoord konden worden.'

'Ik betwijfel of de informatie in één dag verzameld is,' zei Sophie. 'Het lijkt op een goed geplande onthoofding van een organisatie. Dat is een techniek die we inzetten tegen de georganiseerde misdaad. Als de DCPJ tegen een bepaalde groep wil optreden, observeert ze die maandenlang, ze identificeert de belangrijkste mensen en pakt die dan allemaal op hetzelfde moment op. Onthoofding. Zonder leiders vervalt de groep tot chaos en geeft ze nog meer informatie prijs. Het is mogelijk dat iemand de Priorij geduldig heeft geobserveerd en daarna heeft aangevallen, in de hoop dat de topmensen zouden bekennen waar de sluitsteen zich bevond.'

Teabing leek niet overtuigd. 'Maar de broeders zouden hun mond nooit opendoen. Ze hebben geheimhouding gezworen. Zelfs als dat hun dood zou betekenen.'

'Precies,' zei Langdon. 'Als ze dus het geheim niet hebben prijsgegeven, en ze zijn vermoord...'

Teabing hapte naar lucht. 'Dan zou de lokatie van de sluitsteen voorgoed verloren zijn gegaan!'

'En daarmee,' zei Langdon, 'de lokatie van de heilige graal.'

Teabing leek op zijn benen te zwaaien onder de last van Langdons woorden. Toen liet hij zich, alsof hij te moe was om nog een seconde langer te blijven staan, in een stoel vallen en keek strak uit het raam.

Sophie liep naar hem toe en zei met zachte stem: 'Gezien de hachelijke situatie waarin mijn opa verkeerde, is het mogelijk dat hij volkomen vertwijfeld heeft geprobeerd het geheim aan iemand buiten de broederschap door te geven. Iemand die hij als betrouwbaar beschouwde. Iemand uit zijn familie.'

Teabing was lijkwit. 'Maar iemand die in staat is tot een dergelijke aanval... Die zoveel over de broederschap te weten is gekomen...' Hij zweeg even en straalde een nieuwe angst uit. 'Dat kan maar één groep zijn. Dit soort infiltratie kan alleen afkomstig zijn van de oudste vijand van de Priorij.'

Langdon keek op. 'De Kerk.'

'Wie anders? Het Vaticaan is al eeuwenlang op zoek naar de graal.' Sophie was sceptisch. 'Denkt u dat de Kérk mijn opa heeft vermoord?'

Teabing antwoordde: 'Het zou niet de eerste keer in de geschiedenis zijn dat de Kerk mensen vermoordt om zichzelf te beschermen. De documenten die bij de graal horen zijn zeer omstreden, en de Kerk wil ze al jarenlang vernietigen.'

Langdon had problemen met Teabings aanname dat de Kerk zomaar mensen zou vermoorden om aan die documenten te komen. Doordat hij de nieuwe paus en veel van de kardinalen had ontmoet, wist Langdon dat dat diepgelovige mannen waren, die een moord nooit zouden goedkeuren. Wat er ook op het spel stond.

Sophie dacht blijkbaar langs dezelfde lijnen. 'Is het niet mogelijk dat de Priorij-leden vermoord zijn door iemand buiten de Kerk? Iemand die niet begreep wat de graal eigenlijk is? De drinkbeker van Jezus is per slot van rekening ook een aanlokkelijke buit. Er zijn wel moorden gepleegd om minder.'

'In mijn ervaring,' zei Teabing, 'doen mensen veel meer moeite om te vermijden wat ze vrezen dan om te bemachtigen wat ze graag willen hebben. Ik bespeur een zekere vertwijfeling in deze aanslag op de Priorij.'

'Leigh,' zei Langdon, 'er zit toch een paradox in je betoog. Waarom zou de katholieke geestelijkheid leden van de Priorij vermoorden in een poging documenten te vinden en te kunnen vernietigen waarvan ze toch al geloven dat ze vals zijn?'

Teabing grinnikte. 'Je bent weekhartig geworden in de ivoren torens van Harvard, Robert. Goed, de geestelijkheid in Rome is gezegend met een sterk geloof, en daardoor kunnen hun overtuigingen elke storm doorstaan, ook documenten die in tegenspraak zijn met alles wat hun dierbaar is. Maar hoe zit het met de rest van de wereld? Met degenen die niet met een onwankelbare overtuiging zijn gezegend? Die naar alle wreedheid in de wereld kijken en vragen: waar is God tegenwoordig? Die naar de schandalen binnen de Kerk kijken en vragen: wie zíjn die mannen, die beweren dat ze de waarheid over Jezus vertellen en tegelijkertijd liegen om seksueel misbruik van kinderen door hun eigen priesters te verdoezelen?' Teabing zweeg even. 'Wat gebeurt er met díé mensen, Robert, als er overtuigend wetenschappelijk bewijs bekend wordt dat de versie die de Kerk van het verhaal van Christus geeft onjuist is, en dat het grootste verhaal aller tijden in werkelijkheid de grootste léúgen aller tijden is?'

Langdon gaf geen antwoord.

'Ik zal je vertellen wat er gebeurt als de documenten openbaar worden,' zei Teabing. 'Dan staat het Vaticaan voor de grootste geloofscrisis uit zijn tweeduizendjarige geschiedenis.'

Na een lange stilte zei Sophie: 'Maar als het inderdaad de Kerk is die achter deze aanval zit, waarom zouden ze dat dan juist nu doen? Na al die jaren? De Priorij houdt de Sangreal-documenten verborgen. Ze vormen geen onmiddellijke bedreiging voor de Kerk.'

Teabing slaakte een veelbetekenende zucht en keek even naar Langdon. 'Robert, ik neem aan dat je bekend bent met de laatste taak van de Priorij?'

Langdons adem stokte bij de gedachte daaraan. 'Dat ben ik, ja.'

'Lieve kind,' zei Teabing, 'de Kerk en de Priorij hebben al jaren een stilzwijgende overeenkomst. Die behelst dat de Kerk de Priorij niet aanvalt en dat de Priorij de Sangreal-documenten verborgen houdt.' Hij zweeg even. 'Maar bij de Priorij heeft altijd het plan geleefd om het geheim te onthullen. Op een specifieke datum in de geschiedenis is de broederschap van plan het stilzwijgen te doorbreken en zijn grootste triomf te beleven door de Sangreal-documenten wereldkundig te maken en het ware verhaal van Jezus Christus van de daken te schreeuwen.'

Sophie staarde Teabing zwijgend aan. Uiteindelijk ging ook zij zitten. 'En denkt u dat die datum nabij is? En dat de Kerk dat weet?'

'Het is maar een vermoeden,' zei Teabing, 'maar het zou de Kerk wel motiveren om een grote aanval te doen en de documenten te bemachtigen voordat het te laat is.'

Langdon had het onaangename gevoel dat Teabings redenering vrij logisch was. 'Denk je dat de Kerk echt in staat zou zijn harde bewijzen te vinden van de datum die de Priorij in gedachten heeft?'

'Waarom niet? Als we ervan uitgaan dat de Kerk in staat is geweest de identiteit van de Priorij-leden vast te stellen, dan kunnen ze ook best van hun plannen op de hoogte zijn geraakt. En zelfs als ze de precieze datum niet weten, begint hun bijgeloof hun misschien parten te spelen.'

'Bijgeloof?' vroeg Sophie.

'Vanuit het perspectief van de astrologie,' zei Teabing, 'bevinden we ons momenteel in een periode van enorme verandering. Het millennium is net voorbij, en daarmee is een einde gekomen aan het tweeduizendjarige astrologische tijdperk van de Vissen, het sterrenbeeld van Jezus. Zoals elke deskundige op het gebied van astrologische symboliek je zal kunnen vertellen, is de gedachte van Vissen dat hogere machten de mens moeten vertéllen wat hij moet doen, aangezien de mens niet tot zelfstandig denken in staat is. Daardoor is het een tijd van fanatieke godsdienstigheid geweest. Nu gaan we echter het tijdperk van de Waterman in, en de bijbehorende gedachte is dat de mens de wáárheid zal leren kennen en zelf zal kunnen nadenken. De ideologische verschuiving is enorm, en die treedt op dit moment op.'

Langdon kreeg een koude rilling. Hij was nooit erg geïnteresseerd geweest in astrologie en geloofde er niet in, maar hij wist dat er mensen binnen de Kerk waren die deze voorspellingen aandachtig volgden. 'De Kerk noemt deze overgangsperiode het einde der dagen.'

Sophie keek sceptisch. 'Je bedoelt het einde van de wereld? De Apocalyps?'

'Nee,' antwoordde Langdon. 'Dat is een algemeen misverstand. In veel godsdiensten is sprake van het einde der dagen. Dat slaat niet op het einde van de wereld, maar op het einde van het huidige tijdperk, dat van de Vissen. Dat is in de tijd van de geboorte van Christus begonnen, omspande tweeduizend jaar en begon bij de millenniumwisseling weg te ebben. Nu we het tijdperk van de Waterman zijn binnengegaan, is het einde der dagen hier.'

'Veel historici die onderzoek hebben gedaan naar de graal,' vervolgde Teabing, 'denken dat áls de Priorij inderdaad van plan is de waarheid te onthullen, dit moment in de geschiedenis symbolisch gezien de juiste tijd zou zijn. Velen, onder wie ikzelf, hadden verwacht dat de onthulling van de broederschap precies zou samenvallen met de millenniumwisseling. Dat is dus niet het geval geweest. Toegegeven, de Romeinse kalender komt niet exact overeen met de astrologische mijlpalen, dus er is een grijs gebied in de voorspelling. Of de Kerk nu over vertrouwelijke informatie beschikt dat de exacte datum nabij is, of dat ze alleen nerveus wordt vanwege de astrologie, weet ik niet. Het doet er ook niet toe. Beide scenario's verklaren waarom de Kerk gemotiveerd zou kunnen zijn om uit voorzorg de Priorij aan te vallen.' Teabing fronste zijn wenkbrauwen. 'En geloof mij maar, als de Kerk de heilige graal vindt, zal ze die vernietigen. De documenten en ook de relikwieën van de heilige Maria Magdalena.' Zijn blik werd somber. 'Dan, m'n lieve kind, als de Sangreal-documenten er niet meer zijn, rest er geen enkel bewijs meer. Dan zal de Kerk haar eeuwenoude oorlog om de geschiedenis te herschrijven gewonnen hebben. Het verleden zal voorgoed zijn uitgewist.'

Langzaam haalde Sophie de kruisvormige sleutel uit de zak van haar trui en stak hem Teabing toe.

Teabing pakte de sleutel aan en bekeek hem aandachtig. 'Hemeltje. Het zegel van de Priorij. Hoe kom je hieraan?'

'Die heeft mijn opa me vanavond gegeven, voordat hij stierf.'

Teabing liet zijn vingers over het kruis glijden. 'De sleutel van een kerk?'

Sophie ademde diep in. 'Met deze sleutel kom je bij de sluitsteen.'

Teabing keek onmiddellijk op, zijn gezicht vertrokken van ongeloof. 'Onmogelijk! Welke kerk heb ik gemist? Ik heb in alle kerken van Frankrijk gezocht!'

'Hij is niet in een kerk,' zei Sophie, 'maar in een Zwitserse depositobank.'

Teabings opgewonden blik verflauwde. 'Is de sluitsteen in een bank?'

'In een kluis,' zei Langdon.

'In een bánkkluis?' Teabing schudde heftig zijn hoofd. 'Dat is onmogelijk. De sluitsteen moet onder het teken van de roos verborgen liggen.'

'Dat is ook zo,' zei Langdon. 'Hij lag in een rozenhouten kistje dat ingelegd was met een vijfbladige roos.'

Teabing keek als door de bliksem getroffen. 'Heb je de sluitsteen dan gezíen?'

Sophie knikte. 'We zijn bij de bank geweest.'

Teabing kwam met grote ogen van angst naar hen toe. 'Vrienden, we moeten iets doen. De sluitsteen is in gevaar! We hebben de plicht die te beschermen. Stel je voor dat er nog andere sleutels zijn. Misschien gestolen van de vermoorde *sénéchaux*? Als de Kerk zich, net als jullie, toegang tot de bank kan verschaffen...'

'Dan is ze te laat,' zei Sophie. 'We hebben de sluitsteen meegenomen.'

'Wat? Hebben jullie hem weggehaald uit zijn bergplaats?'

'Maak je geen zorgen,' zei Langdon. 'Hij is goed verborgen.'

'Zéér goed verborgen, mag ik hopen!'

Langdon kon een grijns niet onderdrukken. 'Dat ligt eraan hoe vaak je onder je divan stofzuigt.'

Buiten Château Villette was de wind aangewakkerd, en de pij van Silas wapperde in de bries terwijl hij naar het raam sloop. Hij had niet veel van het gesprek kunnen verstaan, maar het woord 'sluitsteen' was meerdere malen door het glas gedrongen.

Hij is binnen.

De woorden van de Leermeester lagen nog vers in zijn geheugen. *Dring Château Villette binnen. Neem de sluitsteen mee. Maak geen slachtoffers.*

Nu hadden Langdon en de anderen zich plotseling naar een andere kamer begeven, en ze hadden de lampen in de werkkamer uitgedaan. Silas kroop naar de glazen deuren als een panter die zijn prooi besluipt. Ze bleken niet op slot te zitten, dus glipte hij naar binnen en sloot ze geluidloos achter zich. Hij hoorde gedempte stemmen uit een andere kamer komen. Hij pakte het pistool uit zijn zak, drukte de veiligheidspal naar beneden en liep voetje voor voetje door de gang.

63

Inspecteur Collet stond alleen aan de voet van Leigh Teabings oprijlaan en keek op naar het grote huis. *Vrijstaand. Donker. Veel mogelijkheden tot dekking.* Collet keek toe hoe zijn zeven agenten zich geluidloos langs het hek verspreidden. In een paar minuten konden ze eroverheen klimmen en het huis omsingelen. Langdon had geen betere plaats kunnen kiezen voor een verrassingsaanval van Collets mannen.

Collet stond op het punt zelf Fache te gaan bellen toen eindelijk zijn telefoon ging.

Fache klonk lang niet zo tevreden over de ontwikkelingen als Collet had gedacht. 'Waarom heeft niemand me verteld dat we wisten waar Langdon was?'

'U was aan de telefoon en...'

'Waar ben je precies, inspecteur Collet?'

Collet gaf hem het adres. 'Het landgoed is eigendom van ene Teabing, een man met de Britse nationaliteit. Langdon heeft een flink stuk gereden om hier te komen, en de auto staat binnen het hek, zonder dat er sporen van braak zijn, dus de kans is groot dat Langdon de bewoner kent.'

'Ik kom daarheen,' zei Fache. 'Onderneem niets. Ik handel dit persoonlijk af.'

Collets mond viel open. 'Maar hoofdinspecteur, u zit hier twintig minuten vandaan! We moeten onmiddellijk ingrijpen. Ik heb hem omsingeld. We zijn met zijn achten. Vier van ons hebben een geweer en de anderen hebben een revolver.'

'Wacht op mij.'

'Maar hoofdinspecteur, stel dat Langdon daar een gijzelaar heeft. Stel dat hij ons ziet en besluit lopend te vluchten. We moeten nú ingrijpen! Mijn mannen zijn in positie en klaar om erop af te gaan.'

'Inspecteur Collet, u wacht tot ik er ben voordat u actie onderneemt. Dat is een bevel.' Fache hing op.

Verbluft schakelde inspecteur Collet zijn telefoon uit. *Waarom vraagt Fache me in godsnaam te wachten?* Collet kende het antwoord. Fache was weliswaar beroemd om zijn intuïtie, maar ook berucht om zijn trots. *Fache wil met de eer gaan strijken.* Nadat hij het gezicht van de Amerikaan op alle tv-stations had gebracht, wilde Fache ervoor zorgen dat hijzelf net zoveel zendtijd kreeg. En het was Collets taak om op de winkel te passen totdat de baas opdook om te zegevieren.

Terwijl hij daar stond, kwam er een tweede mogelijke verklaring voor dit uitstel bij hem op. *Beperking van de schade.* De politie aarzelde alleen om een voortvluchtige te arresteren als er onzekerheid was gerezen over de schuldvraag. *Twijfelt Fache of Langdon wel de juiste man is?* Dat was een beangstigende gedachte. Hoofdinspecteur Fache had vanavond alles op alles gezet om Robert Langdon te arresteren: *surveillance cachée*, Interpol, en nu de tv. Zelfs de grote Bezu Fache zou de politieke gevolgen niet overleven als hij bij vergissing een vooraanstaande Amerikaan op alle netten van de Franse tv had laten zien en voor moordenaar had uitgemaakt. Als Fache nu besefte dat hij zich had vergist, was het heel logisch dat hij Collet vertelde geen actie te ondernemen. Het laatste dat Fache dan kon gebruiken, was dat Collet het landhuis van een onschuldige Brit bestormde en Langdon onder bedreiging van vuurwapens arresteerde.

Bovendien, besefte Collet, zou Langdons onschuld een van de vreemdste paradoxen van deze zaak verklaren: waarom had Sophie Neveu, de kleindochter van het slachtoffer, de vermeende moordenaar helpen ontsnappen? Tenzij Sophie wist dat Langdon vals beschuldigd werd. Fache had vannacht allerlei theorieën aangevoerd om Sophies gedrag te verklaren, onder andere dat Sophie, als enige erfgenaam van Saunière, haar geheime minnaar Robert Langdon had overgehaald Saunière om te brengen voor het verzekeringsgeld. Saunière had dat misschien vermoed en de boodschap *P.S. Zoek Robert Langdon* voor de politie achtergelaten. Collet was er vrij zeker van dat er iets anders aan de hand was. Sophie Neveu had naar zijn mening een veel te sterk karakter om bij zoiets verachtelijks betrokken te zijn.

'Inspecteur?' Een van de agenten kwam naar hem toe rennen. 'We hebben een auto gevonden.'

Collet volgde de agent een meter of vijftig voorbij de oprijlaan. De agent wees naar een brede berm aan de overkant van de weg. Daar, in de bosjes, bijna uit het zicht, stond een zwarte Audi. Aan de nummerborden was te zien dat het een huurauto was. Collet voelde aan de motorkap. Die was nog warm. Heet, zelfs.

'Zo is Langdon hier blijkbaar gekomen,' zei Collet. 'Bel het verhuurbedrijf. Zoek uit of hij gestolen is.'

'Ja, meneer.'

Een andere agent wenkte Collet terug in de richting van het hek. 'Inspecteur, kijkt u hier eens naar.' Hij gaf Collet een nachtkijker. 'Het groepje bomen bijna boven aan de oprijlaan.'

Collet richtte de kijker heuvelopwaarts en stelde het beeld scherper. Langzaam kon hij groene vormen onderscheiden. Hij zag de kromming van de oprijlaan en volgde die langzaam naar boven tot hij bij het groepje bomen was. Toen kon hij alleen maar verbluft staren. Daar, onopvallend tussen het groen, stond een gepantserde vrachtwagen. Identiek aan de vrachtwagen die Collet eerder die nacht bij de Depositobank van Zürich had doorgelaten. Hij hoopte vurig dat dit een bizar toeval was, maar hij wist dat dat onwaarschijnlijk was.

'Het lijkt me duidelijk dat Langdon en Neveu met deze vrachtwagen uit de bank zijn gevlucht,' zei de agent.

Collet was sprakeloos. Hij dacht aan de chauffeur van de vrachtwagen die hij bij de wegversperring had aangehouden. De Rolex. Zijn ongeduld om te vertrekken. *Ik heb het laadruim niet gecontroleerd.*

Ongelovig besefte Collet dat iemand bij de bank blijkbaar tegen de DCPJ had gelogen over de verblijfplaats van Langdon en Sophie en hen daarna had helpen ontsnappen. *Maar wie? En waarom?* Collet vroeg zich af of dít misschien de reden was dat Fache hem had opgedragen nog geen actie te ondernemen. Misschien besefte Fache dat er meer mensen bij deze zaak betrokken waren dan alleen Langdon en Sophie. *En als Langdon en Neveu hier in die gepantserde vrachtwagen waren gekomen, wie had er dan in de Audi gereden?*

Honderden kilometers zuidelijker vloog een gehuurde Beechcraft Baron 58 over de Tyrrheense Zee naar het noorden. Ondanks het rustige weer omklemde bisschop Aringarosa een papieren zak om in te spugen, want hij wist zeker dat hij elk ogenblik kon gaan overgeven. Zijn gesprek met Parijs was niet bepaald verlopen zoals hij had verwacht.

Alleen in de kleine cabine draaide Aringarosa de gouden ring aan zijn vinger om en om, en probeerde zijn overweldigende angst en vertwijfeling in bedwang te houden. *In Parijs is alles volledig misgegaan.* Hij deed zijn ogen dicht en bad dat Bezu Fache kans zou zien de boel recht te breien.

64

Teabing zat op de divan met het houten kistje op zijn schoot en bewonderde de delicate, ingelegde roos op het deksel. *Dit is de vreemdste en wonderbaarlijkste nacht van mijn leven gebleken.*

'Maak het maar open,' fluisterde Sophie, die samen met Langdon naast hem stond.

Teabing glimlachte. *Jaag me niet op.* Hij was meer dan tien jaar naar deze sluitsteen op zoek geweest en wilde nu van elke milliseconde genieten. Hij liet zijn handpalm over het houten deksel glijden en voelde de structuur van de ingelegde bloem.

'De roos,' fluisterde hij. *De roos is Magdalena is de heilige graal. De roos is het kompas dat de weg wijst.* Teabing voelde zich een dwaas. Jarenlang had hij kathedralen en kerken door heel Frankrijk bezocht, toegangsprijzen betaald om er onderzoek te mogen doen en honderden bogen onder roosvensters onderzocht op zoek naar een sluitsteen met geheimschrift. *La clef de voûte, een stenen sleutel onder het teken van de roos.*

Langzaam maakte Teabing de sluiting los en tilde het deksel op. Toen hij de inhoud eindelijk zag, wist hij ogenblikkelijk dat het alleen maar de sluitsteen kon zijn. Hij staarde naar een stenen cilinder die uit onderling verbonden geletterde schijven bestond. Het voorwerp kwam hem verrassend bekend voor.

'Naar een ontwerp uit de dagboeken van Da Vinci,' zei Sophie. 'Mijn opa maakte ze bij wijze van hobby.'

Natuurlijk, besefte Teabing. Hij had de tekeningen en ontwerpen ervan gezien. *Binnen dit stenen voorwerp bevindt zich de sleutel tot het vinden van de heilige graal.* Teabing tilde de zware cryptex uit het kistje en hield hem voorzichtig vast. Hoewel hij geen idee had hoe je de cilinder open zou moeten maken, had hij het gevoel dat zijn eigen lot erin besloten lag. In ogenblikken van tegenslag had hij zich wel afgevraagd of de zoektocht van zijn leven ooit iets zou opleveren. Nu behoorden die twijfels voorgoed tot het verleden. In zijn hoofd hoorde hij de oude woorden, de basis van de graallegende.

Vous ne trouvez pas le Saint-Graal, c'est le Saint-Graal qui vous trouve.

Je vindt de graal niet, de graal vindt jou.

En ongelooflijk genoeg was de sleutel tot het vinden van de graal vannacht gewoon bij hem binnen komen wandelen.

Terwijl Sophie en Teabing over de cryptex gebogen zaten en praatten over de azijn, de schijven en wat het wachtwoord zou kunnen zijn, droeg Langdon het rozenhouten kistje door de kamer naar een goed verlichte tafel om het wat beter te kunnen bekijken. Teabing had iets gezegd wat Langdon aan het denken had gezet.

De sleutel tot het vinden van de graal ligt verborgen onder het teken van de roos.

Langdon hield het houten kistje op naar het licht en bekeek de ingelegde roos aandachtig. Zijn kennis van kunst strekte zich niet uit tot houtwerk of ingelegd meubilair, maar hij had zich zojuist het beroemde betegelde plafond van het Spaanse klooster net buiten Madrid herinnerd. Daar waren drie eeuwen na de bouw wat tegels uit het plafond gevallen, met als gevolg dat er gewijde teksten te voorschijn waren gekomen die door monniken op het pleisterwerk eronder waren geschreven.

Langdon keek weer naar de roos.

Onder de roos.

Sub rosa.

Geheim.

Er klonk een bons in de gang en Langdon draaide zich om. Hij zag alleen maar een donker gat. Waarschijnlijk was Teabings bediende langsgelopen. Langdon richtte zijn aandacht weer op het kistje. Hij liet zijn wijsvinger over de gladde rand van het inlegwerk glijden en vroeg zich af of hij de roos los kon peuteren, maar het was prachtig vakwerk. Hij betwijfelde of er zelfs maar een scheermesje paste tussen de ingelegde roos en de zorgvuldig uitgesneden holte waarin die lag.

Hij sloeg het deksel open en bekeek de binnenkant ervan. Die was glad. Maar toen hij van houding veranderde, viel het licht op een klein gaatje in de onderkant van het deksel, precies in het midden. Langdon sloot het deksel weer en bestudeerde het ingelegde symbool van boven af. Geen gaatje.

Het gaat er niet doorheen.
Hij zette het kistje op tafel, keek om zich heen en zag een stapel
papieren met een paperclip erop liggen. Hij ging de paperclip halen, liep terug naar het kistje, deed het weer open en bekeek het
gaatje opnieuw. Voorzichtig boog hij de paperclip recht en stak hij
het ene uiteinde ervan in het gaatje. Hij duwde zachtjes. Er was
bijna geen kracht voor nodig. Met een zacht tikje viel er iets op
tafel. Langdon deed het deksel dicht om te kijken. Het was een
stukje hout, als een puzzelstukje. De houten roos was uit het deksel op het tafelblad gevallen.
Sprakeloos staarde Langdon naar de lege plek in het deksel waar
de roos had gezeten. Daar stonden, in een keurig handschrift in
het hout gegraveerd, zes regels tekst in een taal die hij nog nooit
had gezien.
De letters lijken wel Semitisch, dacht Langdon, *maar ik herken de
taal helemaal niet!*
Een onverwachte beweging achter hem trok zijn aandacht. Plotseling kreeg hij vanuit het niets een keiharde klap op zijn hoofd,
en hij zakte op zijn knieën ineen.
Terwijl hij viel, dacht hij even een bleke geestverschijning boven
zich te zien, met een pistool in zijn hand. Toen werd alles zwart.

65

Hoewel Sophie Neveu bij de politie werkte, was ze vóór vannacht
nog nooit onder schot gehouden. Het pistool dat ze nu op zich gericht zag, bevond zich in de bleke hand van een enorme albino met
lang wit haar, een bijna onwerkelijke verschijning. Hij keek haar
aan met rode ogen die iets angstaanjagends en onstoffelijks uitstraalden. In zijn wollen pij met een koord om zijn middel geknoopt, leek hij op een middeleeuwse monnik. Sophie kon zich
niet voorstellen wie hij kon zijn, maar ze kreeg plotseling respect
voor Teabings vermoedens dat de Kerk hierachter zat.
'Jullie weten waar ik voor gekomen ben,' zei de monnik met holle stem.
Sophie en Teabing zaten op de divan met hun handen omhoog, zoals hun aanvaller hun had opgedragen. Langdon lag kreunend op
de grond. De blik van de monnik ging onmiddellijk naar de sluitsteen op Teabings schoot.

'Je kunt hem toch niet openkrijgen,' zei Teabing uitdagend.

'Mijn Leermeester is zeer wijs,' antwoordde de monnik terwijl hij voorzichtig naderbij kwam en het pistool afwisselend op Teabing en Sophie richtte.

Sophie vroeg zich af waar Teabings bediende was. *Heeft hij Robert niet horen vallen?*

'Wie is je leermeester?' vroeg Teabing. 'Misschien kunnen we een financiële regeling treffen.'

'De graal is onbetaalbaar.' Hij kwam dichterbij.

'Je bloedt,' merkte Teabing rustig op, en hij knikte naar de rechterenkel van de monnik, waar een straaltje bloed langs liep. 'En je hinkt.'

'Jij ook,' antwoordde de monnik, en hij gebaarde naar de metalen krukken die naast Teabing lagen. 'Kom op, geef me de sluitsteen.'

'Weet je van de sluitsteen?' vroeg Teabing verrast.

'Wat ik weet, doet er niet toe. Sta langzaam op en geef hem aan mij.'

'Opstaan is niet zo makkelijk voor me.'

'Des te beter. Ik heb ook liever niet dat iemand probeert een snelle beweging te maken.'

Teabing stak zijn rechterhand door een van zijn krukken en pakte met zijn linkerhand de sluitsteen. Hij kwam wankelend overeind en stond rechtop met de zware cilinder in zijn linkerhand, terwijl hij met zijn rechter onvast op zijn kruk leunde.

De monnik kwam dichterbij tot hij op nog geen meter afstand stond en hield het pistool recht op Teabings hoofd gericht. Sophie keek toe en voelde zich machteloos terwijl de monnik zijn hand uitstak om de cilinder aan te pakken.

'Het zal je niet lukken,' zei Teabing. 'Alleen degenen die het verdienen, kunnen dit voorwerp openkrijgen.'

Alleen God oordeelt wie het verdient, dacht Silas.

'Hij is nogal zwaar,' zei de man met de kruk, en zijn arm bewoog. 'Als je hem niet snel aanpakt, laat ik hem misschien vallen!' Hij zwaaide gevaarlijk heen en weer.

Silas stapte snel naar voren om de cilinder aan te pakken, en terwijl hij dat deed, verloor de man met de kruk zijn evenwicht. De kruk gleed onder hem weg en hij begon naar rechts te vallen. *Nee!* Silas deed een uitval om de cilinder te redden en liet daarbij zijn pistool zakken. Maar de sluitsteen bewoog van hem weg. Terwijl de man naar rechts viel, zwaaide zijn linkerhand naar achteren, en de cilinder tuimelde uit zijn hand op de divan. Tegelijkertijd leek de metalen kruk die van onder de man vandaan was gegleden sneller te gaan bewegen, en hij kwam met een grote boog door de lucht op Silas' been af.

Pijnscheuten sneden door Silas' lichaam toen de kruk precies op zijn *cilice* neerkwam en de stekels in zijn toch al kapotte vlees dreef. Silas wankelde en zakte op zijn knieën, waardoor de riem nog dieper in zijn been sneed. Het pistool ging met een oorverdovend lawaai af en de kogel boorde zich zonder kwaad aan te richten in de vloerplanken terwijl Silas viel. Voordat hij het pistool kon heffen en opnieuw kon vuren, raakte de voet van de vrouw hem recht onder zijn kaak.

Onder aan de oprijlaan hoorde Collet het schot. De gedempte knal bracht hem in paniek. Nu Fache onderweg was, had Collet alle hoop laten varen dat hem enige eer ten deel zou vallen voor het vinden van Langdon, maar hij peinsde er niet over om vanwege het ego van Fache voor een onderzoekscommissie te moeten verschijnen wegens nalatigheid.

Er werd een wapen afgevuurd in een woonhuis! En u bent onder aan de oprijlaan blijven wachten?

Collet wist dat de gelegenheid om het huis onopvallend te naderen allang voorbij was. Hij wist ook dat als hij een seconde langer zou wachten, zijn hele carrière morgen voorbij zou zijn. Hij keek naar het smeedijzeren hek van het landgoed en nam een besluit.

'Knoop maar vast, en trek het om.'

In een verre uithoek van zijn versufte geest had Robert Langdon het schot gehoord. En een schreeuw van pijn. Van hemzelf? Er werd met een boorhamer een gat achter in zijn schedel gemaakt. Ergens in zijn nabijheid waren mensen aan het praten.

'Waar hing jij verdomme uit?' riep Teabing.

De bediende kwam binnenrennen. 'Wat is er gebeurd? O, god! Wie is dat? Ik bel de politie!'

'Als je dat maar laat! Geen politie! Maak jezelf nuttig en haal iets waarmee we dit monster kunnen vastbinden.'

'En wat ijs!' riep Sophie hem na.

Langdon raakte weer buiten bewustzijn. Meer stemmen. Beweging. Nu zat hij op de divan. Sophie hield een ijskompres tegen zijn hoofd. Zijn schedel deed pijn. Toen Langdons gezichtsvermogen eindelijk wat helderder werd, merkte hij dat hij naar een lichaam op de vloer zat te kijken. *Hallucineer ik?* Voor hem op de grond lag het enorme lijf van een albino monnik, vastgebonden met stevig, breed plakband en met een stuk plakband over zijn mond. Zijn kin bloedde, en zijn pij was bij zijn rechterdij met bloed doordrenkt. Ook hij leek net weer bij te komen.

Langdon keerde zich naar Sophie. 'Wie is dat? Wat... is er gebeurd?'

Teabing hinkte naar hen toe. 'Je bent gered door een ridder gewapend met Excalibur, met dank aan de orthopedische industrie.'

Hè? Langdon probeerde rechtop te gaan zitten.

Sophies aanraking was onzeker maar teder. 'Rustig aan, Robert.'

'Ik vrees,' zei Teabing, 'dat ik je vriendin zojuist een demonstratie heb gegeven van het enige voordeel van mijn toestand. Je wordt altijd onderschat.'

Vanaf de divan keek Langdon naar de monnik en probeerde zich voor te stellen wat er was gebeurd.

'Hij droeg een *cilice*,' verklaarde Teabing.

'Een wat?'

Teabing wees naar de bebloede leren riem met stekels die op de grond lag. 'Een boetegordel. Die zat om zijn dij. Ik heb er zorgvuldig op gemikt.'

Langdon wreef over zijn hoofd. Hij had weleens van boetegordels gehoord. 'Maar hoe... Hoe wist je dat?'

Teabing grijnsde. 'Het christendom is mijn onderzoeksterrein, Robert, en er zijn nu eenmaal bepaalde gezindtes die hun hart op de tong dragen.' Hij wees met zijn kruk naar het bloed dat de pij van de monnik had doorweekt. 'Bij wijze van spreken.'

'Opus Dei,' fluisterde Langdon, en hij herinnerde zich dat de media kortgeleden hadden bericht over een paar vooraanstaande zakenlieden uit Boston die lid van het Opus Dei waren. Verontruste collega's hadden hen er in het openbaar en onterecht van beschuldigd dat ze een boetegordel onder hun driedelige pak droegen. In werkelijkheid deden de mannen dat helemaal niet. Zoals veel leden van het Opus Dei waren deze zakenlieden in het 'surnumeraire' stadium en deden ze aan geen enkele vorm van zelfkastijding. Het waren vrome katholieken, goede vaders voor hun kinderen en zeer toegewijde leden van de gemeenschap. Zoals te verwachten viel, besteedden de media maar heel even aandacht aan hun geloofsovertuiging en stapten ze toen over op het schokkender verhaal van de strengere 'numeraire' leden van het kerkgenootschap, leden zoals de monnik die nu voor Langdon op de grond lag.

Teabing bekeek de bebloede riem aandachtig. 'Maar waarom zou het Opus Dei op zoek zijn naar de heilige graal?'

Langdon was te versuft om erover na te denken.

'Robert,' zei Sophie, terwijl ze naar het houten kistje liep. 'Wat is dit?' Ze hield het ingelegde roosje op dat hij uit het deksel had geduwd.

'Dat dekte een gegraveerde tekst af. Ik denk dat die ons misschien zal vertellen hoe we de sluitsteen open kunnen krijgen.'

Voordat Sophie en Teabing konden reageren, barstte er onder aan de heuvel een kakofonie van sirenes en een kermis van zwaailichten los, die over de kronkelige, achthonderd meter lange oprijlaan naar boven kwamen.

Teabing fronste zijn wenkbrauwen. 'Vrienden, we zullen een beslissing moeten nemen. En dat kunnen we maar beter snel doen.'

66

Collet en zijn agenten stormden met getrokken wapens de voordeur van sir Leigh Teabings landhuis binnen. Ze verspreidden zich en begonnen alle kamers op de begane grond te doorzoeken. Ze vonden een kogelgat in de vloer van de zitkamer, sporen van een worsteling, een beetje bloed, een vreemde leren riem met stekels en een gedeeltelijk gebruikte rol breed plakband. De hele verdieping leek verlaten te zijn.

Net toen Collet zijn mannen wilde verdelen om de kelder en de tuin achter het huis te doorzoeken, hoorde hij stemmen op de etage boven hen.

'Ze zijn boven!'

Nadat ze de brede trap op waren gerend, trokken Collet en zijn mannen kamer voor kamer het enorme huis door. Ze controleerden donkere slaapkamers en gangen, terwijl ze het geluid van stemmen steeds dichter naderden. Dat leek uit de laatste slaapkamer aan een bijzonder lange gang te komen. De agenten schuifelden voetje voor voetje de gang door en sloten andere vluchtroutes af.

Toen ze de laatste slaapkamer naderden, zag Collet dat de deur ervan wijd openstond. De stemmen zwegen plotseling en er kwam een vreemd gerommel voor in de plaats, als een draaiende motor. Met geheven wapen gaf Collet het teken. Hij stak geluidloos zijn hand om de deurpost, voelde naar de lichtschakelaar en deed het licht aan. Hij rende met zijn mannen achter zich aan de kamer in, schreeuwde en richtte zijn revolver op... niets.

Een lege logeerkamer. Ongebruikt.

Het rommelende geluid van de automotor kwam uit een zwart elektronisch paneel aan de muur naast het bed. Collet had meer van die panelen in het huis gezien. Een of ander intercomsysteem. Hij stormde erheen. Het paneel had een stuk of tien schakelaars met aanduidingen.

WERKKAMER... KEUKEN... WASKAMER... KELDER...

Maar waar hoor ik dan een auto?

SLAAPKAMER... ZONNEKAMER... SCHUUR... BIBLIOTHEEK...

Schuur! Collet was in een paar seconden beneden, rende naar de achterdeur en sleurde in het voorbijgaan een van zijn agenten mee. De mannen staken het gazon achter het huis over en kwamen buiten adem bij een verweerde grijze schuur aan. Al voordat ze naar binnen gingen, hoorde Collet het wegstervende geluid van een motor. Hij trok zijn wapen, stormde naar binnen en deed het licht aan.

De rechterkant van de schuur was een soort werkplaats, met grasmaaiers, auto- en tuingereedschap. Aan de muur vlak bij Collet hing een bekende intercom. Een van de schakelaars stond naar beneden, op uitzenden.

LOGEERKAMER II

Collet draaide zich woedend om. *Ze hebben ons met de intercom naar boven gelokt!* Aan de andere kant van de schuur zag hij een lange rij paardenboxen. Geen paarden. Blijkbaar gaf de eigenaar de voorkeur aan paardenkracht in een andere vorm; de boxen werden gebruikt om een indrukwekkende reeks auto's te parkeren. Het was een bijzondere verzameling: een zwarte Ferrari, een perfect onderhouden Rolls-Royce, een oude tweedeurs Aston Martin sportwagen en een klassieke Porsche 356.

De laatste box was leeg.

Collet rende erheen en zag olievlekken op de grond. *Ze kunnen het terrein niet af.* De oprijlaan en het hek werden door twee politiewagens versperd, juist voor het geval dat deze situatie zich zou voordoen.

'Chef?' De agent wees langs de boxen naar achteren.

De schuifdeur in de achterwand van de schuur stond wijd open en bood uitzicht op een modderige helling van hobbelige velden die zich in het donker achter de schuur uitstrekten. Collet rende naar de deur en probeerde in de duisternis iets te zien. Het enige dat hij kon onderscheiden, was het vage silhouet van een bos in de verte. Geen koplampen. Door dit bosrijke dal liepen waarschijnlijk tientallen brandlanen en jagerspaden die niet op de kaarten stonden, maar Collet was ervan overtuigd dat zijn prooi het bos niet zou halen. 'Stuur er een paar mannen heen. Waarschijnlijk zitten ze hier vlakbij vast. Die dure sportwagens kunnen dit terrein niet aan.'

'Eh, chef?' De agent wees naar een bord met haken waar verscheidene sleutelbossen aan hingen. Op de bordjes boven de sleutels stonden bekende namen.

DAIMLER... ROLLS-ROYCE... ASTON MARTIN... PORSCHE...

Aan de laatste haak hing niets.

Toen Collet het bordje erboven las, wist hij dat hij een probleem had.

67

De Range Rover was zwart metallic, had vierwielaandrijving, een handgeschakelde versnellingsbak, sterke kunststof koplampen en het stuurwiel aan de rechterkant.

Langdon was blij dat hij niet achter het stuur hoefde te zitten.

Rémy, Teabings bediende, manoeuvreerde het vehikel in opdracht van zijn baas met indrukwekkende behendigheid over de maanverlichte velden achter Château Villette. Zonder de koplampen aan was hij over een heuveltje gereden en nu daalden ze een lange helling af en lieten het landhuis steeds verder achter zich. Hij leek naar het kartelige silhouet van een bosachtig gebied in de verte te rijden.

Langdon, die met de sluitsteen op schoot naast de bestuurder zat, draaide zich om en keek naar Teabing en Sophie op de achterbank. 'Hoe gaat het met je hoofd, Robert?' vroeg Sophie, en ze klonk bezorgd.

Langdon trok een scheve grijns. 'Dat gaat al beter, dank je.' Hij verrekte van de pijn.

Naast haar wierp Teabing een blik over zijn schouder naar de geknevelde monnik, die in de nauwe bagageruimte achter de achterbank lag. Teabing zat met het pistool van de monnik op schoot en zag eruit als een Brit op safari, die op een oude foto naast zijn prooi poseert.

'Ik ben blij dat je vanavond even bent langsgewipt, Robert,' zei Teabing, en hij grijnsde alsof hij voor het eerst in jaren echt plezier had.

'Het spijt me dat ik je hierbij betrokken heb, Leigh.'

'O, alsjeblieft, ik wacht mijn hele leven al tot ik er eindelijk bij betrokken word.' Teabing keek langs Langdon door de voorruit naar de donkere vorm van een lange haag. Hij klopte Rémy op zijn schouder. 'Denk erom, geen remlichten. Gebruik de handrem maar, als dat nodig is. Eerst moeten we een stukje het bos in zijn. Ik wil niet het risico lopen dat ze ons vanuit het huis zien.'

Rémy liet de wagen uitlopen totdat hij bijna stapvoets reed en stuurde hem door een opening in de haag. Toen de auto een overwoekerd pad op slingerde, schermden de bomen boven hun hoofd het maanlicht bijna onmiddellijk af.

Ik zie geen hand voor ogen, dacht Langdon. Hij moest zich inspannen om ook maar de vaagste vormen voor zich uit te zien. Het was pikdonker. Er sloegen takken tegen de linkerkant van de auto, en Rémy stuurde een beetje de andere kant op. Daarna hield hij het stuur min of meer recht en kroop de auto een meter of dertig vooruit.

'Je doet het fantastisch, Rémy,' zei Teabing. 'Nu zijn we wel ver genoeg. Robert, zou je dat blauwe knopje net onder de ventilatieopening kunnen indrukken? Zie je het?'

Langdon vond het knopje en drukte het in.

Er waaierde een zachtgeel licht uit over het pad voor hen, zodat het dichte kreupelhout aan weerszijden van het pad zichtbaar werd. *Mistlampen,* besefte Langdon. Die gaven net genoeg licht om op het pad te blijven, maar ze waren inmiddels zo diep in het bos dat de lampen hen niet meer zouden verraden.

'Nou, Rémy,' sprak Teabing vrolijk, 'de lichten zijn aan. Ons leven ligt in jouw handen.'

'Waar gaan we heen?' vroeg Sophie.

'Dit pad gaat nog ongeveer drie kilometer verder het bos in,' zei Teabing. 'Het loopt dwars over het landgoed en buigt dan af naar het noorden. Als de weg niet wordt versperd door diepe plassen of omgevallen bomen, zullen we ongedeerd de snelweg bereiken.'

Ongedeerd. Langdons hoofd kon het daar niet helemaal mee eens zijn. Hij keek naar beneden, naar zijn schoot, waar de sluitsteen veilig in zijn houten kistje lag. De ingelegde roos op het deksel zat weer op zijn plaats, en hoewel hij zich duf voelde, verlangde hij er toch naar het inlegwerk er weer uit te halen en de gegraveerde tekst eronder beter te bekijken. Hij maakte de sluiting los en wilde het deksel openklappen, toen Teabing van achteren een hand op zijn schouder legde.

'Geduld, Robert,' zei Teabing. 'Het is hobbelig en donker. God sta ons bij als we iets kapotmaken. Als je de taal in het licht niet herkende, zal het je in het donker niet beter lukken. Laten we ons concentreren op hier heelhuids weg te komen, goed? Voor dat andere is straks nog tijd genoeg.'

Langdon wist dat Teabing gelijk had. Met een knikje sloot hij het deksel weer.

De monnik achterin kreunde en vocht tegen zijn ketenen. Plotseling begon hij woest te schoppen.

Teabing draaide zich om en stak het pistool over de leuning heen. 'Ik begrijp niet wat u te klagen hebt, meneer. U bent mijn huis binnengedrongen en hebt een goede vriend van me een lelijke bult op zijn hoofd bezorgd. Ik zou in mijn volste recht staan als ik u hier en nu doodschoot en in het bos achterliet om weg te rotten.'

De monnik werd stil.

'Weet je zeker dat het een goed idee was om hem mee te nemen?' vroeg Langdon.

'Absoluut!' riep Teabing uit. 'Je wordt gezocht wegens moord, Robert. Deze schurk kan jou je vrijheid bezorgen. Blijkbaar wil de politie je zo graag oppakken dat ze je naar mijn huis zijn gevolgd.'

'Dat is mijn fout,' zei Sophie. 'De gepantserde wagen had waarschijnlijk een zendertje.'

'Dat doet er niet toe,' zei Teabing. 'Het verbaast me niets dat de politie jullie heeft gevonden, maar wel dat het die kerel van Opus Dei is gelukt. Na wat jullie me allemaal hebben verteld, kan ik me niet voorstellen hoe deze man jullie naar mijn huis gevolgd kan zijn, tenzij hij een contactpersoon bij de recherche of bij de Depositobank van Zürich heeft.'

Langdon dacht erover na. Bezu Fache leek wel erg vastbesloten om een zondebok te vinden voor de moorden van vanavond. En

Vernet had zich nogal plotseling tegen hen gekeerd, hoewel het, gezien het feit dat Langdon van vier moorden werd beschuldigd, misschien begrijpelijk was dat de bankier van gedachten was veranderd.

'Deze monnik werkt niet alleen, Robert,' zei Teabing, 'en zolang je nog niet weet wíé er achter dit alles zit, verkeren jullie in gevaar. Maar het goede nieuws is dat je nu een zekere macht hebt, m'n vriend. Dit monster achter me beschikt over die informatie, en degene die aan zijn touwtjes trekt, mag nu wel heel zenuwachtig worden.'

Rémy ging sneller rijden, want hij raakte gewend aan het pad. Ze spetterden door een paar plassen, reden een heuveltje op en daalden aan de andere kant weer af.

'Robert, zou je zo vriendelijk willen zijn me die telefoon aan te geven?' Teabing wees naar de autotelefoon op het dashboard. Langdon gaf hem die aan en Teabing koos een nummer. Hij moest heel lang wachten voordat er iemand opnam. 'Richard? Heb ik je wakker gemaakt? Ja, natuurlijk. Domme vraag. Het spijt me. Ik heb een probleempje. Ik voel me niet erg lekker. Rémy en ik moeten even het Kanaal over voor mijn behandeling... Nou, nu meteen, eigenlijk. Het spijt me dat ik het nu pas laat weten. Kun je ervoor zorgen dat Elizabeth over twintig minuten klaarstaat? ... Dat weet ik, kijk maar of het je lukt. Tot zo.' Hij hing op.

'Elizabeth?' zei Langdon.

'Mijn vliegtuig. Heeft me een vorstelijke som gekost.'

Langdon draaide zich helemaal om en keek hem aan.

'Wat?' vroeg Teabing. 'Jullie kunnen toch niet in Frankrijk blijven, met de hele recherche achter jullie aan? Londen is veel veiliger.'

Sophie had zich ook naar Teabing gedraaid. 'Vindt u dat we het land uit moeten?'

'Beste vrienden, ik heb in de beschaafde wereld veel meer invloed dan hier in Frankrijk. Bovendien zou de graal in Groot-Brittannië moeten zijn. Als we de sluitsteen openkrijgen, zullen we ongetwijfeld een landkaart vinden die aangeeft dat we de goede kant op zijn gegaan.'

'U neemt een groot risico door ons te helpen,' zei Sophie. 'U zult geen vrienden maken bij de Franse politie.'

Teabing wuifde dat argument vol weerzin weg. 'Ik heb het gehad met Frankrijk. Ik ben hierheen verhuisd om de sluitsteen te vinden. Dat is nu gebeurd. Het kan me niet schelen of ik Château Villette ooit weerzie.'

Sophie klonk onzeker. 'Hoe komen we door de douane?'

Teabing grinnikte. 'Ik vlieg vanaf Le Bourget. Franse medici maken me nerveus, dus vlieg ik elke twee weken naar het noorden om in Engeland te worden behandeld. Ik betaal in beide landen voor bepaalde privileges. Als we eenmaal in de lucht zijn, kunnen jullie beslissen of jullie willen dat we worden opgehaald door iemand van de Amerikaanse ambassade.'

Langdon wilde plotseling niets meer te maken hebben met de ambassade. Het enige waar hij aan kon denken was de sluitsteen, de inscriptie, en of die hen naar de graal zouden leiden. Hij vroeg zich af of Teabing gelijk had over Engeland. Het was waar dat de graal zich volgens de meeste meer recente legenden ergens in het Verenigd Koninkrijk zou bevinden. Zelfs van het mythische eiland Avalon van koning Arthur werd tegenwoordig gedacht dat het Glastonbury was. Waar de graal ook was, Langdon had nooit gedacht dat hij er nog eens naar op zoek zou gaan. *De Sangreal-documenten. Het ware verhaal van Jezus Christus. De sarcofaag van Maria Magdalena.* Plotseling had hij het gevoel dat hij zich vannacht in een of andere schemerzone bevond, in een luchtbel, waar de echte wereld niet bij hem kon.

'Meneer?' vroeg Rémy. 'Overweegt u echt om voorgoed terug te keren naar Engeland?'

'Rémy, je hoeft je geen zorgen te maken,' verzekerde Teabing hem. 'Dat ik terugkeer naar het koninkrijk wil nog niet zeggen dat ik van plan ben mijn smaakpapillen voor de rest van mijn leven te teisteren met worstjes en puree. Ik reken erop dat je bij me in dienst blijft. Ik ben van plan een mooie villa in Devonshire te kopen, en dan laten we al onze spullen onmiddellijk verschepen. Een avontuur, Rémy. Stel je voor, een avontuur!'

Langdon moest glimlachen. Teabing ratelde verder over zijn plannen voor een triomfantelijke terugkeer naar Engeland en Langdon merkte dat hij steeds meer werd meegesleept door het aanstekelijke enthousiasme van de man.

Afwezig uit het raam starend zag Langdon het bos langstrekken, spookachtig bleek in de gele gloed van de mistlampen. De zijspiegel was door takken naar binnen geduwd, en Langdon zag de weerspiegeling van Sophie, die stilletjes op de achterbank zat. Hij bleef lang naar haar kijken en voelde zich onverwachts tevreden. Ondanks alle problemen van vannacht was hij blij dat hij zulk gezelschap had getroffen.

Na een paar minuten was het alsof ze plotseling voelde dat hij naar haar keek; ze boog zich naar voren en legde haar handen op zijn schouders, waar ze even in kneep. 'Alles goed?'

'Ja,' zei Langdon. 'Om de een of andere reden wel.'
Sophie liet zich weer tegen de rugleuning zakken, en Langdon zag hoe een kalme glimlach om haar mond speelde. Hij besefte dat ook hij inmiddels grijnsde.

Achter in de Range Rover was het zo nauw dat Silas nauwelijks kon ademhalen. Zijn armen waren naar achteren getrokken en stevig aan zijn enkels gebonden met huishoudtouw en breed plakband. Bij elke hobbel in de weg ging er een pijnscheut door zijn verdraaide schouders. Gelukkig hadden zijn overmeesteraars de *cilice* afgedaan. Het stuk plakband over zijn mond liet geen lucht door, dus hij kon alleen door zijn neusgaten ademen, en die begonnen langzamerhand dicht te zitten doordat de bagageruimte waarin hij lag zo stoffig was. Hij begon te hoesten.
'Ik geloof dat hij stikt,' zei de Franse bestuurder op bezorgde toon.
De Britse man die Silas met zijn kruk had geslagen, draaide zich om, tuurde over de rugleuning en keek met een kille frons naar Silas. 'Je hebt geluk dat wij Britten het fatsoen van een man niet afmeten naar het mededogen dat hij zijn vrienden betoont, maar naar dat wat hij voor zijn vijanden heeft.' De Brit stak zijn hand uit en pakte het tape dat over Silas' mond zat. Met één snelle beweging rukte hij het los.
Silas had het gevoel dat zijn lippen in brand stonden, maar de lucht die zijn longen binnenstroomde was van God gegeven.
'Voor wie werk je?' vroeg de Brit.
'Ik doe het werk van God,' gooide Silas er fel uit, ondanks de pijn in zijn kaak waar de vrouw hem had geschopt.
'Je bent van het Opus Dei,' zei de man. Het was geen vraag.
'Jij weet helemaal niets van mij.'
'Waarom wil het Opus Dei de sluitsteen bemachtigen?'
Silas was niet van plan antwoord te geven. De sluitsteen vormde de verbinding met de heilige graal, en de heilige graal was de sleutel tot het beschermen van het geloof.
Ik doe het werk van God. De Weg is in gevaar.
Nu hij gebonden in de Range Rover lag, vreesde Silas dat hij definitief tekort was geschoten jegens de Leermeester en de bisschop. Hij kon zelfs geen contact met hen opnemen om hun te vertellen hoe vreselijk verkeerd alles was gelopen. *Mijn overmeesteraars hebben de sluitsteen! Ze zullen de graal vinden voordat wij dat doen!* In de verstikkende duisternis bad Silas. Hij gebruikte zijn lichamelijke pijn als brandstof voor zijn smeekbeden.

Een wonder, Heer. Ik heb een wonder nodig. Silas kon niet weten dat hij dat over een paar uur zou krijgen.

'Robert?' Sophie zat nog steeds naar hem te kijken. 'Is er iets? Je kijkt zo vreemd.'

Langdon keek haar even aan en besefte dat zijn kaak gespannen was en zijn hart bonsde. Er was een verbluffende gedachte bij hem opgekomen. *Zou de verklaring echt zo eenvoudig kunnen zijn?* 'Ik heb je mobieltje nodig, Sophie.'

'Nu?'

'Ik geloof dat ik iets doorheb.'

'Wat dan?'

'Dat vertel ik je zo wel. Ik moet eerst even bellen.'

Sophie keek weifelend. 'Ik betwijfel of Fache dit natrekt, maar hou het gesprek onder een minuut, voor het geval dat.' Ze gaf hem haar mobieltje.

'Hoe bel ik naar Amerika?'

'Je moet degene die je belt de gesprekskosten laten betalen. Anders kun je niet buiten Europa bellen.'

Langdon toetste een nul in, en wist dat hij in de komende minuut misschien het antwoord te weten zou komen op een vraag die hij zichzelf al de hele nacht stelde.

68

Jonas Faukman, uitgever in New York, was net in bed gestapt toen de telefoon ging. 'Een beetje laat om te bellen,' mompelde hij terwijl hij opnam.

Een telefonist vroeg hem: 'Wilt u de kosten betalen voor een gesprek met Robert Langdon?'

Verbaasd deed Jonas het licht aan. 'Eh... Ja, dat is goed.'

Hij hoorde een klik. 'Jonas?'

'Robert? Je belt me wakker en dan moet ik het ook nog eens betalen?'

'Jonas, neem me niet kwalijk,' zei Langdon. 'Ik zal het heel kort houden, maar ik moet dit echt weten. Het manuscript dat ik je heb gegeven. Heb je het...'

'Robert, het spijt me, ik weet dat ik had gezegd dat ik je de persklaar gemaakte versie deze week zou sturen, maar ik kom om in het werk. Aanstaande maandag. Ik beloof het.'

'Daar bel ik niet over. Ik moet weten of je kopieën van het manuscript hebt verstuurd om aanbevelingsteksten te krijgen, zonder dat je het me hebt verteld.'

Faukman aarzelde. Langdons laatste manuscript – een studie naar de geschiedenis van de godinnenverering – bevatte een paar fragmenten over Maria Magdalena waarover hier en daar wat wenkbrauwen zouden worden opgetrokken. Hoewel het materiaal goed gedocumenteerd was en er ook al anderen over hadden geschreven, was Faukman niet van plan om voorpublicaties van Langdons boek te gaan drukken zonder op zijn minst een paar aanbevelingen van serieuze historici en kunstkenners. Jonas had tien grote namen binnen de kunstwereld gekozen en hun allemaal een deel van het manuscript gestuurd met een beleefd verzoek een korte aanbeveling voor het omslag te schrijven. Het was Faukmans ervaring dat de meeste mensen de kans om hun naam in druk te zien met beide handen aangrepen.

'Jonas?' drong Langdon aan. 'Je hebt mijn manuscript naar mensen verstuurd, hè?'

Faukman fronste zijn wenkbrauwen, want hij had het gevoel dat Langdon er niet blij mee was. 'Het was helemaal klaar, Robert, en ik wilde je verrassen met een paar fantastische flapteksten.'

Een korte stilte. 'Heb je de conservator van het Louvre in Parijs er ook een gestuurd?'

'Wat denk je? Je verwijst in je boek een paar keer naar zijn collectie in het Louvre, zijn boeken zijn opgenomen in je bibliografie en de man kan grote invloed hebben op de verkoop naar het buitenland. Over Saunière hoefde ik niet lang na te denken.'

Nu bleef het lang stil aan de andere kant. 'Wanneer heb je het gestuurd?'

'Ongeveer een maand geleden. Ik heb ook vermeld dat je binnenkort in Parijs zou zijn en geopperd dat jullie misschien eens moesten praten. Heeft hij nog gebeld om een afspraak te maken?' Faukman zweeg even en wreef in zijn ogen. 'Wacht eens, moest je déze week niet in Parijs zijn?'

'Ik bén in Parijs.'

Faukman ging rechtop zitten. 'Bel je op mijn kosten uit Parijs?'

'Trek het maar van mijn royalty's af, Jonas. Heeft Saunière iets laten horen? Beviel het manuscript hem?'

'Dat weet ik niet. Ik heb nog niets van hem gehoord.'

'Nou, ga er dan maar niet op zitten wachten. Ik moet ophangen, maar dit verklaart een heleboel. Bedankt.'

'Robert...'

Maar Langdon was verdwenen.

Faukman schudde ongelovig zijn hoofd en hing op. *Schrijvers*, dacht hij. *Als ze niet regelrecht krankzinnig zijn, zit er toch op z'n minst een steekje aan los.*

In de Range Rover bulderde Leigh Teabing van het lachen. 'Robert, wil je me vertellen dat je een manuscript over een geheim genootschap hebt geschreven en dat je uitgever er een kopie van naar datzelfde genootschap heeft gestuurd?'

Langdon liet zijn schouders hangen. 'Kennelijk.'

'Een wreed toeval, beste vriend.'

Toeval heeft er niets mee te maken, dacht Langdon. Jacques Saunière vragen om een aanbevelingstekst voor een manuscript over godinnenverering was net zo voor de hand liggend als Tiger Woods vragen om een aanbeveling voor een boek over golf. Bovendien was het bijna onvermijdelijk dat in een boek over godinnenverering de Priorij van Sion werd genoemd.

'Dan is dit de vraag voor de hoofdprijs,' zei Teabing, nog steeds grinnikend. 'Spreek je je positief of negatief uit over de Priorij?'

Langdon wist precies wat Teabing bedoelde. Veel historici vroegen zich af waarom de Priorij de Sangreal-documenten nog steeds verborgen hield. Sommigen waren van mening dat de informatie lang geleden wereldkundig had moeten worden gemaakt. 'Ik heb geen standpunt ingenomen over het optreden van de Priorij.'

'Het gebrek daaraan, bedoel je.'

Langdon haalde zijn schouders op. Blijkbaar vond Teabing dat de documenten openbaar moesten worden gemaakt. 'Ik heb gewoon de geschiedenis van de broederschap beschreven en die gekenschetst als een hedendaags genootschap van godinnenverering, hoeders van de graal en bewakers van oude documenten.'

Sophie keek hem aan. 'Heb je over de sluitsteen geschreven?'

Langdons gezicht vertrok. Dat had hij. Veelvuldig. 'Ik heb de vermeende sluitsteen een voorbeeld genoemd van de moeite die de Priorij bereid is te doen om de Sangreal-documenten te beschermen.'

Sophie keek verbaasd. 'Dat verklaart dan waarschijnlijk het *P.S. Zoek Robert Langdon*.'

Langdon had het vermoeden dat het iets ánders in het manuscript was dat Saunières aandacht had getrokken, maar dat onderwerp kon hij beter met Sophie bespreken als ze alleen waren.

'Dus je hebt gelogen tegen hoofdinspecteur Fache,' zei Sophie.

'Hoezo?' vroeg Langdon.

'Je hebt hem verteld dat je nooit met mijn opa had gecorrespondeerd.'

'Dat heb ik ook niet! Mijn uitgever heeft hem een manuscript gestuurd.'

'Maar probeer het eens van de andere kant te bekijken, Robert. Als hoofdinspecteur Fache de envelop niet heeft gevonden waarin je uitgever het manuscript heeft verstuurd, moet hij wel tot de conclusie zijn gekomen dat jíj het had gestuurd.' Ze zweeg even. 'Of nog erger, dat je het hem hebt gegéven en daarover hebt gelogen.'

Toen de Range Rover op het vliegveld Le Bourget aankwam, reed Rémy naar een kleine hangar die achteraan langs de landingsbaan stond. Toen ze erheen reden, kwam er haastig een man met verward haar en een gekreukt kaki uniform uit de hangar lopen; hij zwaaide en schoof de enorme deur van metalen golfplaat open, zodat er een glanzend wit vliegtuig zichtbaar werd.

Langdon keek met grote ogen naar de glimmende romp van het toestel. 'Is dát Elizabeth?'

Teabing grijnsde. 'Een stuk beter dan de Kanaaltunnel.'

De man in het kaki uniform kwam haastig naar hen toe en kneep zijn ogen tot spleetjes vanwege het felle licht van de koplampen. 'Bijna klaar, meneer,' riep hij met een Brits accent. 'Mijn verontschuldigingen voor het oponthoud, maar u verraste me en...' Hij zweeg plotseling toen de hele groep uitstapte. Hij keek naar Sophie en Langdon, en daarna naar Teabing.

Teabing zei: 'Mijn metgezellen en ik moeten dringend naar Londen. We hebben geen tijd te verliezen. Maak het toestel alsjeblieft klaar om meteen te vertrekken.' Onder het praten pakte Teabing het pistool uit de auto en gaf het aan Langdon.

De ogen van de piloot vielen bijna uit hun kassen toen hij het wapen zag. Hij liep naar Teabing en fluisterde: 'Meneer, mijn diepste verontschuldigingen, maar mijn vergunning voor diplomatieke vluchten is alleen geldig voor u en uw bediende. Ik kan uw gasten niet meenemen.'

'Richard,' zei Teabing met een warme glimlach, 'ik heb tweeduizend pond en een geladen pistool om je ervan te overtuigen dat je mijn gasten wél kunt meenemen.' Hij wees naar de Range Rover. 'En die pechvogel in de achterbak.'

69

De twee Garrett TFE-731-motoren van de Hawker 731 bulderden en joegen het vliegtuig met misselijkmakende kracht de lucht in. Buiten verdween Le Bourget met een duizelingwekkende snelheid in de diepte.

Ik vlucht naar het buitenland, dacht Sophie, terwijl ze tegen de rugleuning van haar leren stoel werd geduwd. Tot op dat moment had ze gedacht dat ze haar kat-en-muisspelletje met Fache op de een of andere manier zou kunnen rechtvaardigen tegenover het ministerie van defensie. *Ik probeerde een onschuldige te beschermen. Ik wilde de laatste wens van mijn grootvader inwilligen.* Die mogelijkheid was nu afgesloten, wist Sophie. Ze verliet het land zonder papieren, samen met een voortvluchtige en een geknevelde gijzelaar. In het begin had ze misschien nog binnen min of meer rationele grenzen geopereerd, maar nu had ze die overschreden. *En bijna met de snelheid van het geluid.*

Sophie zat met Langdon en Teabing vooraan in de cabine, een *Fan Jet Executive Elite Design,* volgens het gouden plaatje op de deur. Hun luxueuze draaistoelen waren vastgeschroefd aan rails in de vloer en konden verplaatst worden en rond een rechthoekige hardhouten tafel worden vastgezet. Een miniatuurbestuurskamer. Die waardige omgeving kon echter niet verhullen dat het er achter in het toestel minder waardig aan toe ging; Rémy voerde in een apart zitgedeelte naast het toilet met het pistool in zijn hand met tegenzin Teabings instructies uit en bewaakte de bebloede monnik, die als een stuk bagage aan zijn voeten lag.

'Voordat we onze aandacht op de sluitsteen richten,' zei Teabing, 'zou ik graag iets willen zeggen.' Hij klonk nerveus, als een vader die op het punt staat zijn kinderen over de bloemetjes en de bijtjes te gaan vertellen. 'Vrienden, ik besef dat ik op deze reis slechts te gast ben, en dat is me een grote eer. Maar toch vind ik dat het mijn plicht is, als iemand die al zijn hele leven op zoek is naar de graal, om jullie ervoor te waarschuwen dat jullie op het punt staan een weg in te slaan waarvan terugkeer niet mogelijk is, ongeacht de gevaren die op de loer liggen.' Hij wendde zich tot Sophie. 'Je grootvader heeft je deze cryptex gegeven in de hoop dat je het geheim van de heilige graal levend zou houden.'

'Ja.'

'En je voelt je natuurlijk verplicht het spoor te volgen, waarheen het ook leidt.'

Sophie knikte, hoewel er nog een tweede motivering brandde in haar binnenste. *De waarheid over mijn familie.* Ondanks Langdons verzekering dat de sluitsteen niets met haar verleden te maken kon hebben, had Sophie nog steeds het gevoel dat er ook iets heel persoonlijks in dit mysterie verweven was. Het was alsof de cryptex die haar opa zelf had gemaakt tegen haar probeerde te praten en haar een oplossing wilde bieden voor de leegte die ze al die jaren had gevoeld.

'Je grootvader en drie anderen hebben vanavond hun leven gegeven,' vervolgde Teabing, 'en dat hebben ze gedaan om de sluitsteen uit handen van de Kerk te houden. Het Opus Dei heeft hem vannacht op een haar na bemachtigd. Ik hoop dat je begrijpt dat dat jou een bijzonder grote verantwoordelijkheid geeft. Je hebt een fakkel gekregen. Een vlam die al tweeduizend jaar brandt en niet mag doven. Deze fakkel mag niet in verkeerde handen vallen.' Hij zweeg even en keek naar het rozenhouten kistje. 'Ik besef dat je hier niet zelf voor gekozen hebt, maar aangezien er heel wat op het spel staat, moet je die verantwoordelijkheid volledig op je nemen... of aan iemand anders geven.'

'Mijn opa heeft de cryptex aan mij gegeven. Blijkbaar dacht hij dat ik die verantwoordelijkheid aankon.'

Teabing keek bemoedigd, maar leek niet overtuigd. 'Mooi. Een sterke wil is noodzakelijk. Maar ik vraag me af of je inziet dat je een nog veel grotere beproeving wacht als we erin slagen de sluitsteen open te maken.'

'Hoezo?'

'M'n lieve kind, stel je voor dat je plotseling een landkaart in je bezit hebt die aangeeft waar de heilige graal zich bevindt. Op dat moment beschik je over een waarheid die de geschiedenis voor altijd kan veranderen. Je zult de hoeder zijn van de waarheid waar de mens al eeuwen naar op zoek is. Je zult geconfronteerd worden met de verantwoordelijkheid om die waarheid bekend te maken. Degene die dat doet, zal door velen eerbiedigd en door velen verfoeid worden. De vraag is of je sterk genoeg bent om die taak op je te nemen.'

Sophie zweeg even. 'Ik weet niet zeker of ík dat moet beslissen.'

Teabing trok zijn wenkbrauwen op. 'Nee? Als de bezitter van de sluitsteen dat niet moet doen, wie dan wel?'

'De broederschap die het geheim al die tijd met succes heeft bewaakt.'

'De Priorij?' Teabing keek sceptisch. 'Maar hoe? De broederschap is vanavond uiteengevallen. "Onthoofd", zoals je dat zo treffend noemde. Of ze zijn afgeluisterd of dat er een spion in hun gelederen is geweest, zullen we nooit weten, maar iemand is erin geslaagd achter de identiteit van de vier topmensen te komen. Ik zou niemand vertrouwen die zich op dit moment meldt als vertegenwoordiger van de broederschap.'

'Wat stel jij dan voor?' vroeg Langdon.

'Robert, je weet net zo goed als ik dat de Priorij de waarheid niet al die jaren zo streng heeft bewaakt om die tot in de eeuwigheid te laten verstoffen. Ze hebben gewacht op het juiste moment in de geschiedenis om hun geheim openbaar te maken. Een moment waarop de wereld klaar was om de waarheid aan te kunnen.'

'En jij denkt dat dat moment gekomen is?' vroeg Langdon.

'Absoluut. Het kan niet duidelijker zijn. Alle historische tekens zijn ernaar, en als de Priorij niet van plan was het geheim zeer binnenkort te onthullen, waarom heeft de Kerk dan nu de aanval ingezet?'

'De monnik heeft ons nog niet verteld wat zijn bedoeling was,' voerde Sophie aan.

'De bedoeling van de monnik is de bedoeling van de Kerk,' antwoordde Teabing. 'Zij is eropuit de documenten die het grote bedrog onthullen te vernietigen. De Kerk is er vanavond dichterbij gekomen dan ooit, en de Priorij heeft zijn vertrouwen in jou gesteld. Het redden van de heilige graal omvat ontegenzeggelijk ook het uitvoeren van de laatste wens van de Priorij: het wereldkundig maken van de waarheid.'

Langdon kwam tussenbeide. 'Leigh, het is nogal wat om Sophie te vragen dat besluit te nemen. Ze weet pas een uur van het bestaan van de Sangreal-documenten.'

Teabing zuchtte. 'Mijn excuses als ik te veel aandring, lieve kind. Het is duidelijk dat ik altijd heb gevonden dat deze documenten openbaar moeten worden gemaakt, maar uiteindelijk is het jouw beslissing. Ik denk alleen dat het belangrijk is dat je gaat nadenken over wat er moet gebeuren als we erin slagen de sluitsteen open te maken.'

'Heren,' zei Sophie op ferme toon. 'In jullie eigen woorden: je vindt de graal niet, de graal vindt jou. Ik zal erop vertrouwen dat de graal een reden had om mij te vinden, en als het zo ver is, zal ik weten wat ik moet doen.'

Beide mannen keken geschokt.

'Kom op,' zei ze, en ze gebaarde naar het rozenhouten kistje. 'Laten we verder gaan.'

70

In de salon van Château Villette stond inspecteur Collet moedeloos naar het dovende vuur te kijken. Een paar minuten geleden
was hoofdinspecteur Fache gearriveerd, en die stond nu in de kamer ernaast in de telefoon te schreeuwen. Hij coördineerde de mislukte poging de vermiste Range Rover te vinden.

Die kan inmiddels overal zijn, dacht Collet.

Nadat hij Faches instructies had genegeerd en Langdon voor de
tweede maal was kwijtgeraakt, was Collet blij dat het sporenonderzoek een kogelgat in de vloer had opgeleverd, want dat bevestigde Collets bewering dat er een schot was gelost. Maar Fache
was in een zeer slecht humeur, en Collet had het gevoel dat dit een
onaangenaam staartje zou kunnen krijgen wanneer het stof eenmaal was gaan liggen.

Helaas waren ze hier nog niets wijzer geworden over wat zich had
afgespeeld en wie erbij betrokken was. De zwarte Audi die buiten
stond, was onder een valse naam met een vals creditcardnummer
gehuurd, en de vingerafdrukken in de auto waren niet terug te vinden in het gegevensbestand van Interpol.

Er kwam een agent haastig de zitkamer in lopen, en hij keek zoekend om zich heen. 'Waar is hoofdinspecteur Fache?'

Collet keek nauwelijks op van de gloeiende as. 'Aan de telefoon.'

'Niet meer,' snauwde Fache, die de kamer binnen beende. 'Wat is
er?'

De agent zei: 'Meneer, de centrale heeft net een telefoontje gehad
van André Vernet van de Depositobank van Zürich. Hij wil u onder vier ogen spreken. Hij verandert zijn verhaal.'

'O?' zei Fache.

Nu keek Collet op.

'Vernet geeft toe dat Langdon en Neveu vannacht enige tijd in zijn
bank hebben doorgebracht.'

'Daar waren we al achter,' zei Fache. 'Waarom heeft Vernet er eerst
over gelogen?'

'Hij zei dat hij alleen met u wil praten, maar hij heeft zijn volledige medewerking toegezegd.'

'In ruil waarvoor?'

'Dat wij de naam van zijn bank uit het nieuws houden en hem helpen een gestolen voorwerp terug te vinden. Het klonk alsof Langdon en Neveu iets uit Saunières kluis hebben gestolen.'

'Wat?' riep Collet uit. 'Hoe?'

Fache gaf geen krimp en zijn blik was strak op de agent gericht. 'Wat hebben ze gestolen?'

'Daar ging Vernet niet op in, maar hij klonk alsof hij tot alles bereid was om het terug te krijgen.'

Collet probeerde zich voor te stellen hoe dat had kunnen gebeuren. Misschien hadden Langdon en Neveu een medewerker van de bank onder schot gehouden. Misschien hadden ze Vernet gedwongen Saunières kluis te openen en hen te helpen ontsnappen in de gepantserde vrachtwagen. Hoe plausibel dat ook klonk, Collet kon moeilijk geloven dat Sophie Neveu bij zoiets betrokken zou zijn.

Uit de keuken riep een andere agent naar Fache. 'Hoofdinspecteur? Ik ben aan het kijken welke nummers meneer Teabing in zijn telefoon heeft geprogrammeerd, en ik heb het vliegveld Le Bourget aan de lijn. Ik vrees dat ik slecht nieuws heb.'

Een halve minuut later stond Fache klaar om Château Villette te verlaten. Hij had net gehoord dat Teabing een privévliegtuig op Le Bourget had en dat dat toestel ongeveer een halfuur geleden was opgestegen.

De functionaris van Le Bourget die hij aan de telefoon had, beweerde dat hij niet wist wie er in het vliegtuig zat en waar het naartoe ging. Het vertrek was niet gepland geweest en er was geen vluchtschema ingediend. Zeer onwettig, zelfs voor een klein vliegveld. Fache wist zeker dat hij, door voldoende druk uit te oefenen, de antwoorden zou krijgen die hij nodig had.

'Inspecteur Collet,' brulde Fache terwijl hij naar de deur liep. 'Ik zal de leiding van het sporenonderzoek hier aan jou moeten overlaten. Probeer voor de verandering eens wat goed te doen.'

71

Toen de Hawker horizontaal ging vliegen, met zijn neus in de richting van Engeland, tilde Langdon het rozenhouten kistje voorzichtig van zijn schoot, waar hij het tijdens het opstijgen had vastgehouden. Hij zette het kistje op de tafel en voelde dat Sophie en Teabing zich verwachtingsvol naar voren bogen.

Nadat hij de sluiting had losgemaakt en het deksel had opengeklapt, richtte Langdon zijn aandacht niet op de geletterde schijven van de cryptex, maar op het kleine gaatje in de onderkant van het deksel. Met de punt van een pen duwde hij de ingelegde roos voorzichtig los, waardoor de tekst eronder zichtbaar werd. *Sub rosa*, dacht hij, en hij hoopte dat een nieuwe blik op de tekst duidelijkheid zou brengen. Uiterst geconcentreerd bestudeerde Langdon de vreemde tekst.

een oude wijsheid leert u wat voor
waarmee u deze rol in ruste stoort
dan voort ook haar familie één geheel
sinds tijden viel verstrooiing hun ten deel
een steen aan 't hoofd, door tempeliers vereerd
met atbash wordt sleutel deze voor u ontdekt zeer

Na een paar seconden kwam hetzelfde gevoel van frustratie weer boven. 'Leigh, ik kan het gewoonweg niet thuisbrengen.'

Van waar Sophie zat, aan de andere kant van de tafel, kon ze de tekst niet zien, maar het verbaasde haar dat Langdon de taal niet meteen herkende. *Kende mijn opa een taal die zo onbekend is dat zelfs een symboliekdeskundige die niet kan identificeren?* Ze besefte al snel dat dat niet zo verbazingwekkend was. Dit zou niet het eerste geheim zijn dat Jacques Saunière voor zijn kleindochter had gehad.

Leigh Teabing, die tegenover Sophie zat, barstte bijna van nieuwsgierigheid. Hij wilde de tekst dolgraag zien en probeerde bevend van opwinding om Langdon heen te kijken. Die stond nog steeds over het kistje gebogen.
'Ik weet het niet,' fluisterde Langdon ingespannen. 'Eerst dacht ik dat het een Semitische taal was, maar nu ben ik daar niet zo zeker meer van. De meeste Semitische talen gebruiken *nekkudot*. Dat zit hier niet in.'
'Misschien is het ouder,' opperde Teabing.
'*Nekkudot?*' vroeg Sophie.
Teabing wendde zijn blik niet van het kistje af. 'De meeste mo-

derne Semitische alfabetten hebben geen klinkers en gebruiken *nek-kudot* – kleine puntjes en streepjes die onder of in de medeklinkers worden geschreven – om aan te geven welke klinker erbij moet worden uitgesproken. Als je naar de geschiedenis van de talen kijkt, zijn het betrekkelijk nieuwe toevoegingen.'

Langdon hing nog steeds over het kistje heen. 'Een sefardisch schrift, misschien...?'

Teabing kon zich niet langer beheersen. 'Als ik misschien even mag...' Hij stak zijn hand uit en trok het kistje voorzichtig naar zich toe. Langdon had ongetwijfeld een grondige kennis van de standaardklassieken – Grieks, Latijn, de Romaanse talen – maar aan de glimp die Teabing van deze tekst had opgevangen, dacht hij gezien te hebben dat dit iets ongebruikelijkers was, misschien Rasji-schrift of STA'M met kronen.

Teabing ademde diep in en verlustigde zich in de aanblik van de gravering. Hij bleef heel lang zwijgen. Met elke verstrijkende seconde voelde hij zijn zelfvertrouwen wegebben. 'Ik sta versteld,' zei hij. 'Dit schrift lijkt op niets dat ik ooit heb gezien!'

Langdon liet zijn schouders hangen.

'Mag ik eens kijken?' vroeg Sophie.

Teabing deed alsof hij haar niet hoorde. 'Robert, zei jij daarnet niet dat je dacht al eens zoiets gezien te hebben?'

Langdon keek gekweld. 'Dat dacht ik. Ik weet het niet zeker. Het schrift komt me om de een of andere reden bekend voor.'

'Leigh?' herhaalde Sophie, die het duidelijk niet kon waarderen dat ze buiten het gesprek werd gehouden. 'Zou ik even mogen kijken naar het kistje dat mijn opa heeft gemaakt?'

'Natuurlijk, kind,' zei Teabing, en hij duwde het naar haar toe. Het was niet zijn bedoeling geweest kleinerend te klinken, maar dit was ver boven het niveau van Sophie Neveu. Als een historicus van de Britse Royal Historical Society en een symboliekdeskundige van Harvard het schrift niet eens konden thuisbrengen...

'Aha,' zei Sophie een paar seconden nadat ze het deksel onder ogen had gekregen. 'Ik had het kunnen weten.'

Teabing en Langdon draaiden zich tegelijk naar haar toe en staarden haar aan.

'Wát had je kunnen weten?' vroeg Teabing.

Sophie haalde haar schouders op. 'Dat dit het schrift was dat mijn opa zou gebruiken.'

'Bedoel je dat je deze tekst kunt lézen?' riep Teabing uit.

'Moeiteloos,' zei Sophie opgewekt; ze had er duidelijk plezier in. 'Mijn opa heeft me dit schrift geleerd toen ik nog maar zes was.

Ik beheers het vloeiend.' Ze leunde over de tafel en keek Teabing vermanend aan. 'En gezien uw trouw aan het Verenigd Koninkrijk verrast het me eerlijk gezegd een beetje dat u het niet herkent.'

Opeens wist Langdon het.

Geen wonder dat het schrift er zo bekend uitziet!

Een paar jaar geleden was hij aanwezig geweest bij een feestelijk evenement in het Fogg-museum van Harvard. Bill Gates, die Harvard zonder diploma had verlaten, was teruggekomen naar zijn alma mater om het museum een van zijn kostbare aanwinsten te lenen: achttien vellen papier die hij kort daarvoor op een veiling had gekocht uit de nalatenschap van Armand Hammer.

Zijn winnende bod: een slordige 30,8 miljoen dollar.

Degene die de bladzijden had beschreven: Leonardo da Vinci.

De achttien bladen, die nu bekendstonden als Leonardo's *Codex Leicester*, naar hun beroemde eigenaar, de graaf van Leicester, waren het enige dat restte van een van Leonardo's fascinerendste notitieboeken; korte verhandelingen en tekeningen over Da Vinci's vooruitstrevende theorieën op het gebied van astronomie, geologie, archeologie en hydrologie.

Langdon zou nooit meer vergeten hoe hij zich voelde nadat hij in de rij had staan wachten en eindelijk de kostbare perkamenten kon zien. Diep teleurgesteld. De bladzijden waren niet te lezen. Hoewel ze nog volkomen intact waren en in een keurig handschrift waren geschreven — karmijnrode inkt op roomgeel papier – was het een volkomen onherkenbaar gekrabbel. Eerst dacht Langdon dat hij het niet kon lezen omdat Da Vinci in zijn notitieboeken een archaïsch Italiaans schreef. Maar nadat hij wat beter had gekeken, besefte hij dat hij geen enkel Italiaans woord kon herkennen, zelfs nog geen letter.

'Hiermee gaat het beter, meneer,' fluisterde de docente die bij de vitrine stond. Ze wees naar een handspiegel die met een ketting aan de vitrine hing. Langdon pakte hem en bekeek de tekst in de spiegel.

Toen werd alles duidelijk.

In zijn gretigheid om de ideeën van de grote denker te lezen was Langdon vergeten dat een van de vele artistieke talenten van de man zijn vermogen was om in een spiegelschrift te schrijven dat voor bijna iedereen behalve hemzelf praktisch onleesbaar was. Historici waren het er nog steeds niet over eens of Da Vinci op die manier schreef omdat hij dat zelf leuk vond of om te voorkomen dat mensen over zijn schouder meekeken en zijn ideeën stalen, maar dat zou altijd een onuitgemaakte zaak blijven. Da Vinci had altijd gedaan wat hij wilde.

Sophie glimlachte inwendig toen ze zag dat Robert begreep wat ze bedoelde. 'Ik kan de eerste paar woorden lezen,' zei ze. 'Het is Engels.'
Teabing zat nog te sputteren. 'Waar heb je het over?'
'Spiegelschrift,' zei Langdon. 'We hebben een spiegel nodig.'
'Nee, dat hoeft niet,' zei Sophie. 'Ik durf te wedden dat dit fineer dun genoeg is.' Ze tilde het rozenhouten kistje op naar een muurlamp en bekeek de onderkant van het deksel. Haar opa kon niet in spiegelschrift schrijven, dus smokkelde hij altijd door gewoon te schrijven, daarna het papier om te draaien en de doorschemerende letters over te trekken. Sophie vermoedde dat hij gewone tekst in een blok hout had gebrand en daarna de achterkant van het blok machinaal had geschuurd totdat het hout vliesdun was en de ingebrande tekst erdoorheen zichtbaar was. Toen had hij het hout gewoon omgedraaid en ingelegd.
Toen Sophie het deksel dichter bij de lamp hield, zag ze dat ze gelijk had. De felle lichtbundel scheen door het dunne laagje hout en het schrift verscheen gespiegeld in de onderkant van het deksel.
Ogenblikkelijk leesbaar.
'Engels,' kreunde Teabing, en hij liet beschaamd zijn hoofd hangen. 'Mijn moedertaal.'

Achter in het vliegtuig spande Rémy Legaludec zich in om het gesprek boven het geluid van de motoren uit te volgen, maar dat lukte hem niet. Het verloop van de nacht stond Rémy niet aan. Helemaal niet. Hij keek naar de geketende monnik aan zijn voeten. De man lag nu volkomen stil, alsof hij in een soort trance zijn lot had aanvaard, of misschien in stilte bad om verlossing.

72

Vijftienduizend voet hoog in de lucht had Robert Langdon het gevoel dat de tastbare wereld vervaagde toen hij zich volledig concentreerde op Saunières gedicht in spiegelschrift, dat door het deksel van het kistje heen scheen.

een oude wijsheid levert u het woord

waarmee u deze rol in ruste stoort

dan wordt ook haar familie één geheel

sinds tijden viel verstrooiing hun ten deel

een steen aan 't hoofd, door tempeliers vereerd

met atbash wordt deez' sleutel omgekeerd

Sophie zocht snel een velletje papier op en schreef de tekst over. Toen ze daarmee klaar was, lazen ze die om beurten door. Het was een soort archeologische kruiswoordpuzzel, een raadsel dat je moest oplossen om de cryptex te kunnen openen. Langdon las het gedicht langzaam.

Een oude wijsheid levert u het woord... waarmee u deze rol in ruste stoort... dan wordt ook haar familie één geheel... sinds tijden viel verstrooiing hun ten deel... een steen aan 't hoofd, door tempeliers vereerd... met atbash wordt deez' sleutel omgekeerd.

Voordat Langdon ook maar kon beginnen na te denken over het wachtwoord dat het gedicht probeerde te onthullen, voelde hij iets veel fundamentelers in zijn binnenste resoneren: het metrum van het gedicht. *De vijfvoetige jambe.*

Dat metrum was Langdon in de loop der jaren vaak tegengekomen bij zijn onderzoek naar geheime genootschappen in Europa, de laatste keer vorig jaar in het Vaticaanse geheime archief. Eeuwenlang was de vijfvoetige jambe over de hele wereld een geliefd metrum voor poëzie geweest bij onverschrokken dichters – van de oude Griekse schrijver Archilochus tot Shakespeare, Milton, Chaucer en Voltaire – die ervoor kozen hun commentaren op de samenleving in een metrum te schrijven waarvan velen in die tijd geloofden dat het mystieke eigenschappen had. De oorsprong van de vijfvoetige jambe was uitgesproken heidens.

Jamben. Twee lettergrepen met een wisselende nadruk. Ongeaccentueerd en geaccentueerd. Yin en yang. Een harmonieus paar. Gerangschikt in series van vijf. Vijf voor het pentagram van Venus en het heilig vrouwelijke.

'Het zijn vijfvoetige jamben!' riep Teabing uit, terwijl hij zich naar Langdon keerde. 'En het gedicht is in het Engels! *La lingua pura!*'

Langdon knikte. Zoals veel Europese geheime genootschappen die in onmin met de Kerk leefden, had de Priorij Engels eeuwenlang beschouwd als de enige zuivere taal. In tegenstelling tot het Frans, Spaans en Italiaans, die allemaal hun wortels in het Latijn hadden – de taal van het Vaticaan – had het Engels linguïstisch gezien weinig banden met het propaganda-apparaat van Rome. Daarom werd het een heilige, geheime taal voor de broederschappen die ontwikkeld genoeg waren om het te leren.

'Dit gedicht,' zei Teabing enthousiast, 'verwijst niet alleen naar de graal, maar ook naar de tempeliers en de verstrooide familie van Maria Magdalena! Wat kunnen we nog meer verlangen?'

'Het wachtwoord,' zei Sophie, die weer naar het gedicht keek. 'We hebben blijkbaar een of ander woord van oude wijsheid nodig.'

'Abracadabra?' opperde Teabing, en zijn ogen twinkelden.

Een woord van vijf letters, dacht Langdon, en hij peinsde over het enorme aantal woorden die je als woorden van oude wijsheid zou kunnen beschouwen; fragmenten uit mystieke liederen, astrologische voorspellingen, inwijdingen van geheime genootschappen, heksenspreuken, Egyptische bezweringen, heidense mantra's, de lijst was oneindig.

'Het wachtwoord heeft blijkbaar iets met de tempeliers te maken,' zei Sophie. Ze las de tekst hardop voor. 'Een steen aan 't hoofd, door tempeliers vereerd.'

'Leigh,' zei Langdon, 'jij bent de tempeliersexpert. Enig idee?'

Teabing zweeg een paar seconden en zuchtte toen. 'Nou, een steen aan 't hoofd is waarschijnlijk een of andere grafsteen. Het is mogelijk dat het een verwijzing is naar een grafsteen van Magdalena die door de tempeliers werd aanbeden, maar daar hebben we niet veel aan, want we weten niet waar haar graf is.'

'In de laatste regel staat dat atbash de sleutel omkeert,' zei Sophie. 'Dat woord heb ik eerder gehoord, atbash.'

'Dat verbaast me niets,' antwoordde Langdon. 'Waarschijnlijk heb je het bij je colleges cryptologie gehad. De Atbash-code is een van de oudste geheimschriften die de mensheid kent.'

Natuurlijk! dacht Sophie. *Het beroemde Hebreeuwse codeersysteem.*

De Atbash-code was inderdaad aan het begin van Sophies cryptologiestudie behandeld. De code dateerde van 500 voor Christus en werd nu gebruikt als een schoolvoorbeeld van een eenvoudig rotatie-substitutiesysteem. Het was een veelvoorkomend joods geheimschrift, een simpele substitutiecode die gebaseerd was op het tweeëntwintigletterige Hebreeuwse alfabet. In Atbash werd de eerste letter vervangen door de laatste, de tweede door de een na laatste, enzovoort.

'Atbash is wel heel toepasselijk,' zei Teabing. 'Er zijn teksten in Atbash te vinden in de kabbala, in de Dode-Zeerollen en zelfs in het Oude Testament. Joodse geleerden en mystici vinden nog steeds verborgen betekenissen door Atbash te gebruiken. Het is heel waarschijnlijk dat de Priorij ook gebruik maakt van de Atbash-code.'

'Het enige probleem,' zei Langdon, 'is dat we niets hebben om de code op toe te passen.'

Teabing zuchtte. 'Er staat vast een woord op de grafsteen die door tempeliers wordt vereerd. Die steen moeten we zien te vinden.'

Uit de grimmige blik op Langdons gezicht maakte Sophie op dat dat geen kleinigheid zou zijn.

Atbash is de sleutel, dacht Sophie. *Maar we hebben geen deur.*

Drie minuten later slaakte Teabing een gefrustreerde zucht en schudde zijn hoofd. 'Vrienden, ik sta voor een raadsel. Laat me dit overdenken terwijl ik wat te knabbelen voor ons haal en kijk hoe het met Rémy en onze gast gaat.' Hij stond op en liep door het toestel naar achteren.

Sophie keek hem na en voelde zich moe.

Buiten was het, voorafgaand aan de dageraad, volkomen donker. Sophie had het gevoel dat ze door de ruimte suisde zonder te weten waar ze zou landen. Ze was opgegroeid met de raadsels van haar opa en had het verontrustende vermoeden dat dit gedicht meer informatie bevatte dan ze op dit moment overzagen.

Er zit meer in, dacht ze. *Ingenieus verborgen, maar wel degelijk aanwezig.*

Verder werd ze geplaagd door een angst dat datgene wat ze uiteindelijk in deze cryptex zouden vinden, niet heel eenvoudig 'een landkaart met de weg naar de heilige graal' zou zijn. Teabing en Langdon waren vol vertrouwen dat ze de waarheid zouden vinden met het openen van de marmeren cilinder, maar Sophie had genoeg door haar opa uitgezette zoektochten opgelost om te weten dat Jacques Saunière zijn geheimen niet zo gemakkelijk prijsgaf.

73

De luchtverkeersleider die die nacht dienst had op Le Bourget zat te dutten voor een leeg radarscherm toen de hoofdinspecteur van de recherche de deur opengooide en binnenstormde.

'Teabings toestel,' brulde Bezu Fache terwijl hij de kleine toren in beende, 'waar is dat heen?'

De eerste reactie van de verkeersleider was een stamelende, half-slachtige poging de privacy te beschermen van hun Britse cliënt, een van de meest gerespecteerde klanten van het vliegveld. Dat mislukte jammerlijk.

'Goed,' zei Fache. 'Ik arresteer u wegens het laten opstijgen van een privévliegtuig dat geen vluchtschema had ingediend.' Fache gebaarde naar een agent, die met handboeien op hem afkwam, en de vluchtleider werd door angst overmand. Hij dacht aan de krantenartikelen waarin de vraag werd gesteld of deze hoofdinspecteur een held of een lastpost was. Die vraag was zojuist beantwoord.

'Wacht even!' hoorde de vluchtleider zichzelf jammeren toen hij de handboeien zag. 'Ik kan u het volgende vertellen. Sir Leigh Teabing vliegt regelmatig naar Londen voor medische behandelingen. Hij heeft een hangar op het zakenvliegveld Biggin Hill in Kent. Aan de rand van Londen.'

Fache wuifde de man met de handboeien weg. 'Vliegt hij vannacht ook naar Biggin Hill?'

'Dat weet ik niet,' zei de vluchtleider naar waarheid. 'Het toestel is op de gebruikelijke koers vertrokken, en het laatste radarcontact wijst erop dat hij naar Engeland gaat. Biggin Hill lijkt me heel waarschijnlijk.'

'Had hij anderen bij zich?'

'Meneer, ik zweer u dat ik dat niet kan weten. Onze cliënten kunnen rechtstreeks naar hun hangar rijden en meenemen wie ze willen. Wie er aan boord is, is de verantwoordelijkheid van de douane op het vliegveld van aankomst.'

Fache keek op zijn horloge en liet zijn blik over de vliegtuigen gaan die hier en daar voor de terminal stonden. 'Als ze naar Biggin Hill gaan, hoe lang duurt het dan nog voordat ze daar landen?'

De vluchtleider zocht in zijn gegevens. 'Het is een kort vluchtje. Hij kan om... ongeveer halfzeven landen. Over een kwartier.'

Fache fronste zijn wenkbrauwen en wendde zich tot een van zijn mannen. 'Zorg voor een vliegtuig. Ik ga naar Londen. En bel de plaatselijke politie van Kent. Niet MI5. Ik wil dit stilhouden. De pláátselijke politie. Vertel ze dat ik wil dat Teabings toestel toestemming krijgt om te landen. Het moet op de landingsbaan worden omsingeld. Niemand stapt uit totdat ik er ben.'

74

'Je bent stil,' zei Langdon tegen Sophie in de cabine van de Hawker.

'Gewoon moe,' antwoordde ze. 'En het gedicht. Ik weet het niet.'

Langdon voelde zich net zo. Het brommen van de motoren en het zachte wiegen van het vliegtuig werkten hypnotisch, en zijn hoofd bonsde nog op de plek waar de monnik hem had geslagen. Teabing was nog achter in het toestel, en Langdon besloot gebruik te maken van het ogenblik alleen met Sophie om haar iets te vertellen waarover hij had nagedacht. 'Ik denk dat ik een van de redenen weet waarom je grootvader ons bij elkaar wilde brengen. Ik denk dat er iets is waarvan hij wilde dat ik het je zou uitleggen.'

'Behalve het verhaal van de heilige graal en Maria Magdalena, bedoel je?'

Langdon wist niet precies hoe hij verder moest gaan. 'De breuk tussen jullie. De reden dat je tien jaar lang niet met hem had gepraat. Ik denk dat hij misschien hoopte dat ik iets kon rechtzetten door uit te leggen wat jullie uiteen heeft gedreven.'

Sophie draaide in haar stoel. 'Ik heb je helemaal niet verteld wat ons uiteen heeft gedreven.'

Langdon keek haar behoedzaam aan. 'Je hebt een seksrite gezien, hè?'

Sophie schrok terug. 'Hoe weet jij dat?'

'Sophie, je hebt me verteld dat je iets had gezien wat je ervan heeft overtuigd dat je opa lid was van een geheim genootschap. En wat je gezien hebt, heeft je zo overstuur gemaakt dat je sinds die tijd niet meer tegen hem hebt gepraat. Ik weet tamelijk veel van geheime genootschappen. Je hoeft niet het verstand van Da Vinci te hebben om te raden wat je hebt gezien.'

Sophie staarde voor zich uit.

'Was het in het voorjaar?' vroeg Langdon. 'Ergens rond de equinox? Half maart?'

Sophie keek uit het raam. 'Ik had voorjaarsvakantie van de universiteit. Ik was een paar dagen eerder teruggekomen dan gepland.'

'Wil je me erover vertellen?'

'Liever niet.' Ze keerde zich plotseling weer naar Langdon, en er welden tranen op in haar ogen. 'Ik wéét niet wat ik heb gezien.'

'Waren er mannen en vrouwen bij?'

Na een paar seconden knikte ze.

'In het wit en het zwart gekleed?'

Ze veegde langs haar ogen en knikte toen; ze leek zich wat te ontspannen. 'De vrouwen droegen lange jurken van wit gaas... en goudkleurige schoenen. Ze hadden een gouden bol in hun hand. De mannen droegen zwarte tunieken en zwarte schoenen.'

Langdon deed zijn best zijn gevoelens te verbergen, maar hij kon zijn oren niet geloven. Sophie Neveu was zonder het te weten getuige geweest van een tweeduizend jaar oude religieuze ceremonie. 'Maskers?' vroeg hij, en hij zorgde ervoor dat zijn stem kalm bleef. 'Androgyne maskers?'

'Ja. Iedereen droeg een identiek masker. Wit voor de vrouwen. Zwart voor de mannen.'

Langdon had beschrijvingen van deze ceremonie gelezen en kende de oorsprong ervan. 'Het ritueel heet het *hiëros gamos*,' zei hij zacht. 'Het is meer dan tweeduizend jaar oud. Egyptische priesters en priesteressen beoefenden het regelmatig om het voortplantingsvermogen van de vrouw te eren.' Hij zweeg even en boog zich naar haar toe. 'En als je het hiëros gamos hebt gezien zonder enige voorbereiding en kennis van de betekenis ervan, kan ik me voorstellen dat het nogal schokkend is.'

Sophie zei niets.

'Hiëros gamos is Grieks,' vervolgde hij. 'Het betekent "het heilige huwelijk".'

'Het ritueel dat ik heb gezien, was geen huwelijk.'

'Huwelijk in de zin van vereniging, Sophie.'

'In de zin van seks, bedoel je.'

'Nee.'

'Nee?' Ze peilde hem met haar olijfgroene ogen.

Langdon aarzelde. 'Nou ja... In zekere zin wel, maar niet zoals we dat tegenwoordig opvatten.' Hij legde uit dat wat ze had gezien er weliswaar uitzag als een seksritueel, maar dat het hiëros gamos niets met erotiek te maken had. Het was een spirituele daad. In de vroege geschiedenis werd geslachtsgemeenschap gezien als de manier waarop de man en de vrouw God konden ervaren. In vroeger tijden geloofde men dat de man spiritueel gezien onvolledig was totdat hij vleselijke gemeenschap had gehad met het heilig vrouwelijke. Fysieke vereniging met het vrouwelijke was het enige middel waardoor de man spiritueel volledig kon worden en uiteindelijk *gnosis* kon bereiken, het goddelijke kon leren kennen. Sinds de tijd van Isis werden seksrituelen beschouwd als de enige brug van de aarde naar de hemel die de mens ter beschikking stond. 'Door gemeenschap te hebben met een vrouw,' zei Langdon, 'kon een man een ogenblik van climax bereiken waarop zijn geest totaal leeg was en hij God kon zien.'

Sophie keek sceptisch. 'Een orgasme bij wijze van gebed?'

Langdon haalde zijn schouders op, ontkennend noch bevestigend, maar in wezen had Sophie gelijk. Het mannelijke hoogtepunt ging gepaard met een fractie van een seconde dat er geen enkele gedachte was. Een kort mentaal vacuüm. Een moment van helderheid waarop een glimp van God kon worden opgevangen. Mediterende goeroes bereikten een soortgelijke staat van gedachteloosheid zonder seks en beschreven het nirwana vaak als een eeuwigdurend spiritueel orgasme.

'Sophie,' zei Langdon rustig, 'je moet niet vergeten dat de kijk op seks in vroeger tijden heel anders was dan de ideeën die wij erover hebben. Seks bracht nieuw leven voort, het ultieme wonder, en wonderen konden alleen door een god worden verricht. Het vermogen van de vrouw om leven voort te brengen uit haar schoot maakte haar heilig. Een god. Geslachtsgemeenschap was de gewijde vereniging van de twee helften van de menselijke geest, het mannelijke en het vrouwelijke, waardoor de man spirituele volledigheid kon bereiken en contact met God kon krijgen. Wat je hebt gezien, had niets met seks te maken, alleen met spiritualiteit. Het hiëros gamos-rituaal is geen perversiteit. Het is een sacrosancte ceremonie.'

Zijn woorden leken iets in Sophie te beroeren. Ze was de hele nacht opmerkelijk beheerst geweest, maar nu zag Langdon voor het eerst een barstje in de kalme buitenkant. Er verschenen weer tranen in haar ogen, en die veegde ze met haar mouw weg.

Hij gaf haar even de tijd om zich te herstellen. Hij kon niet ontkennen dat het idee van seks als weg naar God in eerste instantie verbijsterend was. Langdons joodse studenten keken altijd verbluft als hij hun vertelde dat rituele seks deel uitmaakte van de vroegste joodse traditie. In de tempel, nog wel. De joden geloofden vroeger dat in het heilige der heiligen van de tempel van Salomo niet alleen God, maar ook zijn machtige vrouwelijke evenknie Shekinah huisde. Mannen die naar spirituele volledigheid streefden, kwamen naar de tempel om daar met priesteressen – of *hiërodules* – gemeenschap te hebben en door die lichamelijke vereniging het goddelijke te ervaren. Het joodse tetragrammaton JHWH – de naam van God in het Hebreeuws – staat voor Jahweh of Jehova, een androgyne lichamelijke vereniging van het mannelijke *Jah* en de pre-Hebreeuwse naam voor Eva, *Havah*.

'Dat de mens seks gebruikte om rechtstreeks contact met God te krijgen,' zei Langdon met zachte stem, 'vormde een ernstige bedreiging voor de macht van de vroege katholieke Kerk. Het zette de Kerk buitenspel en ondermijnde de bewering van die Kerk dat ze de enige weg naar God was. Het was dus logisch dat ze haar best deed seks als duivels voor te stellen en er een weerzinwekkende en zondige daad van te maken. Andere grote religies deden hetzelfde.'

Sophie zweeg, maar Langdon had het gevoel dat ze haar grootvader beter begon te begrijpen. Het was ironisch dat Langdon eerder dit semester hetzelfde onderwerp tijdens een college had besproken. 'Vinden jullie het gek dat we tegenstrijdige gevoelens hebben over seks?' had hij zijn studenten gevraagd. 'Ons alleroudste erfgoed en ons eigen lichaam vertellen ons dat seks natuurlijk is, een mooie weg naar spirituele vervulling, maar de hedendaagse godsdiensten schilderen seks af als schandelijk en leren ons dat we onze seksuele verlangens moeten vrezen als de hand van de duivel.'

Langdon besloot zijn studenten niet te choqueren met het feit dat er over de hele wereld meer dan tien geheime genootschappen bestonden – voor een groot deel zeer invloedrijk – die nog steeds seksrituelen beoefenden en de oude traditie levend hielden. De man die door Tom Cruise werd vertolkt in de film *Eyes Wide Shut* ontdekte dat tot zijn schrik toen hij naar binnen sloop bij een besloten bijeenkomst van zeer elitaire inwoners van Manhattan, en daar getuige was van het hiëros gamos. Helaas hadden de makers van de film bij de meeste details de plank misgeslagen, maar de essentie klopte: een geheim genootschap dat bijeenkwam om de magie van de seksuele gemeenschap te vieren.

'Professor Langdon?' vroeg een student achter in het lokaal op hoopvolle toon, terwijl hij zijn vinger opstak. 'Bedoelt u dat we meer seks moeten hebben, in plaats van naar de kerk te gaan?'

Langdon grinnikte, maar hij was niet van plan zomaar toe te happen. Van wat hij over de feestjes op Harvard had gehoord, hadden deze jongelui ruim voldoende seks. 'Heren,' zei hij, wetend dat dit een gevoelig onderwerp was, 'mag ik u allen een suggestie doen? Zonder zo ver te gaan seks voor het huwelijk goed te keuren en zonder zo naïef te zijn om te denken dat jullie allemaal kuise engelen zijn, zal ik jullie een advies geven over jullie seksleven.'

Alle mannen in de klas bogen zich naar voren en luisterden aandachtig.

'Kijk de volgende keer dat je met een vrouw bent eens in je hart en probeer seks te benaderen als een mystieke, spirituele daad. Doe je best om die vonk van goddelijkheid te vinden die de man alleen kan bereiken via de vereniging met het heilig vrouwelijke.'

De vrouwen glimlachten veelbetekenend en knikten.

De mannen wisselden onzekere lachjes en mompelden elkaar wat schuine moppen toe.

Langdon zuchtte. Studenten waren nog jongetjes.

Sophie drukte haar voorhoofd tegen het raampje van het vliegtuig en voelde de kou ervan; ze staarde de leegte in en probeerde te verwerken wat Langdon haar zojuist had verteld. Ze voelde een nieuwe spijt in zich opwellen. *Tien jaar.* Ze haalde zich de stapels ongeopende brieven voor de geest die haar opa haar had gestuurd. *Ik zal Robert alles vertellen.* Zonder zich van het raam af te keren, begon Sophie te praten. Rustig. Bang.

Toen ze begon aan haar relaas over wat er die avond was gebeurd, voelde ze dat ze werd teruggevoerd in de tijd... Ze stapte uit in het bos bij het landhuis van haar opa in Normandië... liep zoekend en in verwarring rond door het verlaten huis... hoorde de stemmen onder zich... en vond toen de verborgen deur. Ze liep langzaam de stenen trap af, tree voor tree, naar de kelder die op een grot leek. Ze rook de aardachtige lucht weer. Koel en licht. Het was maart. In de duisternis van de trap keek ze toe hoe vreemden bij het oranje licht van flakkerende toortsen heen en weer wiegden en iets scandeerden.

Ik droom, hield ze zichzelf voor. *Dit is een droom. Wat zou het anders kunnen zijn?*

De mannen en vrouwen stonden om en om, zwart, wit, zwart, wit. De prachtige lange, gazen jurken van de vrouwen golfden toen ze hun rechterhand met daarin een gouden bol opstaken en in koor riepen: 'Ik was bij u in den beginne, in de dageraad van alles wat heilig is, ik heb u vóór het begin der dagen gedragen in mijn schoot.' De vrouwen lieten de bollen zakken, en iedereen wiegde als in trance heen en weer. Ze betuigden hun eerbied voor iets in het midden van de kring.

Waar kijken ze naar?

Het tempo werd opgevoerd. De stemmen werden harder. Sneller. 'De vrouw die u aanschouwt is liefde!' riepen de vrouwen, en ze staken hun bol weer in de lucht.

De mannen antwoordden: 'Haar woning is de eeuwigheid!'

De stemmen werden kalmer. Toen versnelden ze opnieuw. Ze bulderden. Steeds sneller. De mannen en vrouwen deden een stap naar voren en knielden neer.

Op dat moment kon Sophie eindelijk zien waar ze allemaal naar keken.

Op een laag, sierlijk altaar in het midden van de kring lag een man. Hij lag naakt op zijn rug en droeg een zwart masker. Sophie herkende zijn lichaam en de moedervlek op zijn schouder onmiddellijk. Ze gaf bijna een gil. *Opa!* Alleen deze aanblik zou Sophie al ongelooflijk hebben geschokt, maar er was meer.

Schrijlings op haar grootvader zat een naakte vrouw met een wit masker op, en haar weelderige, zilvergrijze haar hing los over haar rug. Haar lichaam was mollig, verre van volmaakt, en ze maakte draaiende bewegingen op het ritme van de gescandeerde woorden; ze bedreef de liefde met Sophies grootvader.

Sophie wilde zich omdraaien en wegrennen, maar dat kon ze niet. De stenen muren van de grot hielden haar gevangen, terwijl het scanderen naar een hoogtepunt rees. De mannen en vrouwen in de kring leken nu bijna te zingen, en het geluid werd steeds harder en uitzinniger. Met een plotseling gebrul leek het hele vertrek in een climax uit te barsten. Sophie kon geen adem krijgen. Plotseling besefte ze dat ze geluidloos huilde. Ze draaide zich om, wankelde stilletjes de trap op, het huis uit, en reed bevend terug naar Parijs.

75

De gecharterde turboprop-machine vloog net over de twinkelende lichtjes van Monaco toen Aringarosa voor de tweede keer de verbinding verbrak na een gesprek met Fache. Hij stak zijn hand weer uit naar de papieren zak, maar was zelfs te uitgeput om te moeten overgeven.

Was het maar voorbij!

Het laatste nieuws van Fache leek onvoorstelbaar, maar er was vannacht bijna niets dat wel volgens plan verliep. *Wat gebeurt er?* Alles was vreselijk uit de hand gelopen. *Wat heb ik Silas aangedaan? Waar ben ik aan begonnen?*

Beverig liep Aringarosa naar de cockpit. 'Ik wil onze plaats van bestemming veranderen.'

De piloot wierp een blik over zijn schouder en lachte. 'U maakt zeker een grapje?'

'Nee. Ik moet onmiddellijk naar Londen.'

'Pater, dit is een chartervlucht, geen taxiritje.'

'Ik betaal u natuurlijk extra. Hoeveel wilt u ervoor hebben? Londen ligt maar een uur vliegen noordelijker en bijna in dezelfde richting, dus...'

'Het is geen kwestie van geld, pater, er spelen andere zaken.'

'Tienduizend euro. Handje contantje.'

De piloot draaide zich met grote ogen van verbazing om. 'Hoeveel? Wat voor priester heeft er zoveel geld bij zich?'

Aringarosa liep terug naar zijn zwarte aktetas, opende die en haalde er een van de obligaties aan toonder uit. Die gaf hij aan de piloot.

'Wat is dit?' wilde de piloot weten.

'Een obligatie aan toonder van de Vaticaanse Bank ter waarde van tienduizend euro.'

De piloot keek bedenkelijk.

'Het is hetzelfde als contant geld.'

'Alleen contant geld is contant geld,' zei de piloot, terwijl hij de obligatie teruggaf.

Aringarosa voelde zich slap en zocht steun bij de deur van de cockpit. 'Dit is een zaak van leven of dood. U moet me helpen. Ik moet heel dringend naar Londen.'

De blik van de piloot viel op de gouden ring van de bisschop. 'Echte diamanten?'

Aringarosa keek naar de ring. 'Daar kan ik onmogelijk afstand van doen.'

De piloot haalde zijn schouders op, draaide zich om en keek weer voor zich uit door de voorruit.

Aringarosa voelde een diepe droefenis over zich komen. Hij keek naar de ring. Alles waar die voor stond, was nu toch verloren voor de bisschop. Na een lange stilte schoof hij de ring van zijn vinger en legde hem voorzichtig op het instrumentenbord.

Aringarosa liep geluidloos de cockpit uit en ging weer zitten. Vijftien seconden later voelde hij hoe het vliegtuig overhelde doordat de piloot de koers een paar graden bijstelde.

Maar Aringarosa's kans op een triomf was verkeken.

Het was allemaal begonnen als een sacrale, hoogstaande zaak, een briljant plan. Nu was het als een kaartenhuis ingestort... En het einde was nog niet in zicht.

76

Langdon zag aan Sophie dat ze nog aangedaan was van haar relaas over haar ervaring met hiëros gamos. Hij op zijn beurt was
verbijsterd over haar verhaal. Niet alleen had Sophie het volledige ritueel gezien, maar haar eigen grootvader was de voorganger
geweest, de Grootmeester van de Priorij van Sion. Hij verkeerde
in goed gezelschap. *Da Vinci, Botticelli, Isaac Newton, Victor Hugo, Jean Cocteau... Jacques Saunière.*
'Ik weet niet wat ik je er verder nog over kan vertellen,' zei Langdon zacht.
Sophies ogen waren nu diepgroen doordat ze vol tranen stonden.
'Hij heeft me grootgebracht alsof ik zijn dochter was.'
Nu herkende Langdon de emotie die tijdens hun gesprek in haar
ogen was opgeweld. Het was berouw. Diep berouw. Sophie Neveu
had geen contact meer met haar grootvader willen hebben en nu
zag ze hem in een heel ander licht.
Buiten naderde de dageraad, en de rechterflank van het vliegtuig
werd karmijnrood verlicht. De aarde onder hen was nog zwart.
'Willen jullie iets gebruiken, kinderen?' Teabing kwam weer bij
hen zitten en presenteerde met een weids gebaar een paar blikjes
cola en een doosje oude crackers. Terwijl hij de spullen ronddeel-
de, verontschuldigde hij zich uitgebreid voor het beperkte aanbod
aan levensmiddelen. 'Onze vriend de monnik zegt nog niets,' sprak
hij vrolijk, 'maar dat komt wel.' Hij nam een hapje van een crac-
ker en keek naar het gedicht. 'Zo, lieve kind, zijn jullie al iets op-
geschoten?' Hij keek naar Sophie. 'Wat probeert je grootvader ons
hier duidelijk te maken? Waar zou in 's hemelsnaam die grafsteen
zijn? Die steen aan 't hoofd, door tempeliers vereerd?'
Sophie schudde haar hoofd en zei niets.
Terwijl Teabing zich weer in het gedicht verdiepte, trok Langdon
een blikje cola open en keek uit het raam, terwijl er allerlei beelden van geheime rituelen en onopgeloste codes door zijn hoofd
gingen. *Een steen aan 't hoofd, door tempeliers vereerd.* Hij nam
een grote teug uit het blikje. *Door tempeliers vereerd.* De cola was
lauw.
De sluier van de nacht leek nu snel op te lossen, en terwijl Langdon naar de transformatie zat te kijken, zag hij een glinsterende
zee onder hen verschijnen. *Het Kanaal.* Nu waren ze er bijna.
Langdon wenste dat het daglicht ook in andere zin verlichting met
zich meebracht, maar hoe lichter het buiten werd, des te verder

verwijderd voelde hij zich van de waarheid. Hij hoorde de ritmes van vijfvoetige jamben en spreuken, gescandeerd bij het hiëros gamos en gewijde rituelen, resonerend in het gebrom van het vliegtuig.

Een steen aan 't hoofd, door tempeliers vereerd.

Het toestel vloog weer boven land toen Langdon een licht opging. Hij zette zijn lege blikje met een klap neer. 'Jullie zullen het niet geloven,' zei hij tegen de anderen. 'De steen aan 't hoofd... Ik ben eruit.'

Teabings ogen werden zo groot als schoteltjes. 'Wéét je waar de steen is?'

Langdon glimlachte. 'Niet wáár die is. Wát het is.'

Sophie boog zich naar hem toe.

'Ik denk dat de steen aan 't hoofd letterlijk naar een stenen hoofd verwijst,' legde Langdon uit, genietend van de bekende opwinding bij een wetenschappelijke doorbraak. 'Niet naar een grafsteen.'

'Een stenen hoofd?' vroeg Teabing.

Sophie keek al even verward.

'Leigh,' zei Langdon, en hij draaide zich naar hem toe. 'Gedurende de inquisitie beschuldigde de Kerk de tempeliers toch van allerlei vormen van ketterij?'

'Dat klopt. Ze verzonnen allerlei beschuldigingen. Sodomie, urineren tegen het kruis, verering van de duivel. Een hele lijst.'

'En op die lijst stond ook het aanbidden van valse idolen, is het niet? De Kerk beschuldigde de tempeliers er met name van dat ze in het geheim rituelen beoefenden waarbij ze baden tot een gebeeldhouwd stenen hoofd... van de heidense god...'

'Baphomet!' riep Teabing uit. 'Hemel, Robert, je hebt gelijk! Een steen aan 't hoofd, door tempeliers vereerd!'

Langdon legde Sophie snel uit dat Baphomet een heidense vruchtbaarheidsgod was die werd geassocieerd met het scheppende vermogen van de voortplanting. Baphomets hoofd werd afgebeeld als dat van een ram of een bok, een gebruikelijk symbool voor voortplanting en vruchtbaarheid. De tempeliers vereerden Baphomet door in een kring om een stenen beeld van zijn hoofd te gaan staan en gebeden te scanderen.

'Baphomet,' zei Teabing geestdriftig. 'Bij de ceremonie werd de scheppende magie van de seksuele gemeenschap vereerd, maar paus Clemens overtuigde iedereen ervan dat Baphomets hoofd dat van de duivel was. De paus gebruikte het hoofd van Baphomet als de spil van zijn argumenten tegen de tempeliers.'

Langdon knikte instemmend. Het geloof in een gehoornde duivel,

Satan genoemd, kon worden teruggevoerd op Baphomet en de pogingen van de Kerk om de gehoornde vruchtbaarheidsgod als symbool van het kwaad voor te stellen. De Kerk was daar dus in geslaagd, maar niet volledig. In Amerika werden op de tafels die
werden gedekt voor Thanksgiving Day nog steeds heidense, gehoornde vruchtbaarheidssymbolen gebruikt. De hoorn des overvloeds was een eerbetoon aan Baphomets vruchtbaarheid en was
terug te voeren op Zeus, die door een geit werd gezoogd. De hoorn
van de geit brak af en vulde zich op magische wijze met fruit. Baphomet verscheen ook op groepsfoto's, als een grappenmaker twee
vingers in het v-symbool opstak achter het hoofd van een vriend;
weinig van die grapjassen beseften dat ze met hun spottende gebaar in feite verkondigden dat hun slachtoffer een indrukwekkende zaadcelproductie had.
'Ja, ja,' zei Teabing opgetogen. 'Het gedicht móét wel naar Baphomet verwijzen. Een steen, door tempeliers vereerd.'
'Goed,' zei Sophie, 'maar als Baphomet de steen is, dan hebben we
een nieuw dilemma.' Ze wees naar de schijven van de cryptex.
'Baphomet heeft acht letters. We kunnen er maar vijf kwijt.'
Teabing grijnsde breed. 'Lieve kind, hier gaat de Atbash-code een
rol spelen.'

77

Langdon was onder de indruk. Teabing had zojuist het hele tweeëntwintigletterige Hebreeuwse alfabet – *alef-beit* – uit zijn hoofd opgeschreven. Weliswaar had hij Romeinse letters gebruikt in plaats
van Hebreeuwse, maar nu las hij ze toch met een onberispelijke
uitspraak op.

A B G D H V Z Ch T Y K L M N S O P Tz Q R Sh Th

'*Alef, Beit, Gimel, Dalet, Hei, Vav, Zayin, Chet, Tet, Yud, Kaf, La-
med, Mem, Nun, Samech, Ayin, Pei, Tzadik, Kuf, Reish, Shin* en
Tav.' Teabing maakte een gebaar alsof hij, al ploeterend, het zweet
van zijn voorhoofd wiste. 'In de officiële Hebreeuwse spelling worden de klinkers niet geschreven. Als we het woord Baphomet in
het Hebreeuwse alfabet schrijven, verliezen we dus de drie klinkers, zodat we...'

'Vijf letters overhouden,' riep Sophie uit.

Teabing knikte en begon weer te schrijven. 'Goed, hier is de juiste spelling van Baphomet in Hebreeuwse letters. Voor de duidelijkheid schrijf ik de verdwenen klinkers er klein bij.'

B a P V o M e Th

'Hebreeuws wordt normaal gesproken natuurlijk van rechts naar links geschreven,' vervolgde hij, 'maar om Atbash toe te passen, kunnen we het net zo goed deze kant op schrijven. Nu hoeven we alleen nog maar een substitutieschema te maken door het hele alfabet achterstevoren onder het eerste alfabet te schrijven.'

'Er is een makkelijker manier,' zei Sophie, en ze nam de pen over van Teabing. 'Die werkt bij alle gespiegelde substitutiecodes, inclusief Atbash. Het is een trucje dat ik op Royal Holloway heb geleerd.' Sophie schreef de eerste helft van het alfabet van links naar rechts, en daaronder de tweede helft van rechts naar links. 'Cryptoanalisten noemen het de opvouwtruc. Half zo ingewikkeld. Dubbel zo duidelijk.'

A	B	G	D	H	V	Z	Ch	T	Y	K
Th	Sh	R	Q	Tz	P	O	S	N	M	L

Teabing keek wat ze gedaan had en grinnikte. 'Je hebt gelijk. Ik ben blij dat die jongens van Holloway hun werk doen.'

Toen Langdon naar Sophies substitutietabel keek, voelde hij een golf van opwinding, waarvan hij zich voorstelde dat de geleerden uit vroeger tijden die ook gevoeld moesten hebben toen ze de Atbash-code voor het eerst gebruikten om het nu beroemde mysterie van Sesach op te lossen. Jarenlang hadden godsdienstwetenschappers voor een raadsel gestaan bij bijbelse verwijzingen naar een stad die Sesach heette. De stad kwam op geen enkele landkaart en in geen enkel ander document voor, en toch werd ze herhaaldelijk genoemd in het Boek van Jeremia; de koning van Sesach, de stad Sesach, de inwoners van Sesach. Ten slotte was er een geleerde die de Atbash-code op het woord toepaste, en zijn resultaat was verbluffend. Toen werd duidelijk dat Sesach een codewoord was voor een andere, zeer bekende, stad. Het decoderen was eenvoudig.

Sesach wordt in het Hebreeuws gespeld als Sh-Sh-K.

Als je de substitutietabel toepaste op Sh-Sh-K, kreeg je B-B-L.

B-B-L was de Hebreeuwse spelling voor Babel.

Zo werd bekend dat de mysterieuze stad Sesach de stad Babel was, en plotseling ging iedereen de bijbel opnieuw doorpluizen. Binnen een paar weken werden er in het Oude Testament nog enkele woorden in Atbash-code ontdekt en werd er een groot aantal verborgen betekenissen blootgelegd, waarvan geleerden geen idee hadden gehad.

'We zijn er bijna,' fluisterde Langdon, die zijn opwinding niet meer kon onderdrukken.

'Op een haar na, Robert,' zei Teabing. Hij keek even naar Sophie en glimlachte. 'Ben je zo ver?'

Ze knikte.

'Goed, in het Hebreeuws is Baphomet zonder de klinkers: B-P-V-M-Th. Nu passen we gewoon jouw Atbash-substitutietabel toe om de letters te vertalen in ons vijfletterige wachtwoord.'

Langdons hart bonsde. B-P-V-M-Th. De zon scheen nu door de ramen. Hij keek naar Sophies substitutietabel en begon de letters langzaam om te zetten. *B is Sh... P is V...*

Teabing grijnsde als een schooljongen met Kerstmis. 'En de Atbash-code laat zien...' Plotseling zweeg hij. 'Goeie god!' Hij verbleekte.

Langdon keek snel op.

'Wat is er aan de hand?' vroeg Sophie.

'Dit zullen jullie niet geloven.' Teabing keek naar Sophie. 'Vooral jij niet.'

'Hoe bedoel je?' vroeg ze.

'Dit is... ingenieus,' fluisterde hij. 'Ronduit ingenieus!' Teabing schreef weer iets op het vel papier. 'Tromgeroffel, alsjeblieft. Hier is het wachtwoord.' Hij liet hun zien wat hij had geschreven.

$$Sh - V - P - Y - A$$

Sophie fronste haar wenkbrauwen. 'Wat is het?'

Ook Langdon herkende het niet.

Teabings stem leek te beven van ontzag. 'Dit, vrienden, is werkelijk een oude wijsheid.'

Langdon las de letters opnieuw. *Een oude wijsheid levert u het woord.* Een seconde later had hij het door. Hier was hij niet op verdacht geweest. 'Een oude wijsheid!'

Teabing lachte. 'Letterlijk!'

Sophie keek naar het woord en toen naar de schijven. Ze besefte onmiddellijk dat Langdon en Teabing een ernstig probleem over het hoofd zagen. 'Wacht eventjes! Dit kan het wachtwoord niet zijn,' betoogde ze. 'De cryptex heeft geen Sh op de schijven. Die gebruikt het gewone Romeinse alfabet.'

'Lees het woord eens,' zei Langdon. 'En onthoud twee dingen. In het Hebreeuws kan het symbool voor de klank Sh ook worden uitgesproken als S, afhankelijk van de nadruk. En zo kan de P ook worden uitgesproken als F.'

svfya? dacht ze verbaasd.

'Geniaal!' riep Teabing. 'De letter Vav staat vaak in de plaats van de klinker O!'

Sophie keek weer naar de letters en probeerde ze uit te spreken. 'S... o... f... y... a.'

Ze hoorde haar eigen stem en kon niet geloven wat ze zojuist had gezegd. 'Sophia? Staat hier Sophia?'

Langdon knikte enthousiast. 'Ja! "Sophia" betekent "wijsheid" in het Grieks. De oorsprong van jouw naam, Sophie, is letterlijk een woord voor oude wijsheid.'

Plotseling miste Sophie haar opa vreselijk. *Hij heeft mijn naam gebruikt om de sluitsteen van de Priorij te vergrendelen.* Haar keel werd dichtgeknepen. Het leek allemaal zo volmaakt. Maar toen ze haar blik naar de vijf geletterde schijven van de cryptex liet gaan, besefte ze dat er nog steeds een probleem was. 'Maar wacht eens... Het woord Sophia heeft zés letters.'

Teabings glimlach verflauwde niet. 'Kijk nog eens naar het gedicht. Een óúde wijsheid, heeft je opa geschreven.'

'Ja?'

Teabing knipoogde. 'In Oud-Grieks wordt "wijsheid" gespeld als S-O-F-I-A.'

78

Sophie voelde haar hart bonzen toen ze de cryptex op haar schoot legde en aan de schijven begon te draaien. *Een oude wijsheid levert u het woord waarmee u deze rol in ruste stoort.* Langdon en Teabing keken met ingehouden adem toe.

S... O... F...

'Voorzichtig,' waarschuwde Teabing. 'Heel voorzichtig.'

... I... A.

Sophie draaide de laatste schijf goed. 'Zo,' fluisterde ze, en ze keek even op naar de anderen. 'Ik ga hem uit elkaar trekken.'

'Denk om de azijn,' fluisterde Langdon opgewonden en angstig. 'Wees voorzichtig.'

Als deze cryptex net zo was als degene die ze in haar jeugd had geopend, hoefde Sophie alleen de cilinder bij beide uiteinden te pakken, net voorbij de schijven, en langzaam maar zeker uit elkaar te trekken. Als de schijven in de juiste stand waren gedraaid, zou een van de uiteinden min of meer als een lensdop van de cilinder glijden en kon ze haar vingers erin steken om de papyrusrol eruit te trekken, die om het buisje azijn gerold zou zijn. Maar als het wachtwoord en dus de stand van de schijven níét juist was, zou de trekkracht die Sophie uitoefende worden overgebracht op een scharnierende hefboom in het binnenste. Die zou dan naar beneden de holte in draaien en zo druk uitoefenen op het glazen buisje, dat uiteindelijk zou breken als ze te hard trok.

Zachtjes trekken, hield ze zichzelf voor.

Teabing en Langdon bogen zich allebei naar haar toe toen Sophie haar handen om de uiteinden van de cilinder sloeg. In de opwinding van het zoeken naar het codewoord was Sophie bijna vergeten wat ze verwachtten te vinden. *Dit is de sluitsteen van de Priorij*. Volgens Teabing zou er een landkaart in zitten die de weg zou wijzen naar de heilige graal, die bestond uit de sarcofaag van Maria Magdalena en de Sangreal-documenten... De ultieme schatkamer van de geheime waarheid.

Sophie pakte de stenen huls en controleerde nogmaals of alle letters netjes op één rij tussen de pijlen stonden. Toen begon ze langzaam te trekken. Er gebeurde niets. Ze gebruikte iets meer kracht. Plotseling gleed de stenen cilinder als een nauwkeurig gemaakte telescoop uit elkaar. Het zware uiteinde lag los in haar hand. Langdon en Teabing sprongen bijna overeind. Sophies hartslag versnelde toen ze het kapje op tafel legde en de cilinder schuin hield om erin te turen.

Een rol!

Toen ze in de rol papier keek, zag Sophie dat die om een cilindervormig voorwerp was gewonden; het buisje met azijn, nam ze aan. Maar vreemd genoeg was het papier om het buisje niet het gebruikelijke kwetsbare papyrus, maar perkament. *Dat is vreemd*, dacht ze, *lamsperkament lost niet op in azijn*. Ze keek weer in de rol en zag dat het voorwerp dat erin was gewikkeld bij nader inzien geen buisje azijn was. Het was iets heel anders.

'Wat is er?' vroeg Teabing. 'Trek de rol er eens uit.'

Met een frons pakte Sophie het opgerolde perkament en datgene waar het omheen was gerold, en trok beide de huls uit.

'Dat is geen papyrus,' zei Teabing. 'Het is te dik.'

'Dat weet ik. Het is vulmateriaal.'

'Waarvoor? Voor het buisje met azijn?'

'Nee.' Sophie ontrolde het perkament en datgene wat erin was gerold, kwam te voorschijn. 'Hiervoor.'

Toen Langdon het voorwerp in het vel perkament zag, zonk de moed hem in de schoenen.

'God sta ons bij,' zei Teabing, en hij zakte terug in zijn stoel. 'Je grootvader was een meedogenloos bouwmeester.'

Langdon staarde vol verwondering naar het voorwerp. *Ik zie dat Saunière niet van plan is dit gemakkelijk te maken.*

Op tafel lag een tweede cryptex. Kleiner. Van zwart onyx. Hij paste keurig in de eerste. Saunières passie voor dualiteit. *Twee cryptexen.* Alles in paren. *Dubbelzinnigheden. Mannelijk en vrouwelijk. Zwart ingebed in wit.* Het netwerk van symboliek werd steeds groter. *Zwart wordt uit wit geboren.*

Elke man kwam voort uit een vrouw.

Wit: vrouwelijk.

Zwart: mannelijk.

Langdon stak zijn hand uit en pakte de kleinere cryptex op. Hij zag er precies zo uit als de eerste, behalve dat hij half zo groot en zwart was. Hij hoorde het bekende geklots. Blijkbaar zat het buisje azijn dat ze eerder hadden gehoord in deze kleinere cryptex.

'Nou, Robert,' zei Teabing, terwijl hij het vel perkament naar hem toe schoof. 'Het zal je verheugen dat we in elk geval de goede kant op vliegen.'

Langdon bekeek het dikke vel perkament. In een sierlijk schoonschrift was er opnieuw een gedicht van zes regels op geschreven. Weer in vijfvoetige jamben. Het gedicht was cryptisch, maar Langdon hoefde alleen de eerste twee regels te lezen om te beseffen dat Teabings plan om naar Engeland te gaan zijn vruchten zou afwerpen.

IN LONDEN RUST EEN RIDDER DOOR WIENS WERK
IN GROTE TOORN ONTSTAK DE HEILIGE KERK.

Uit de rest van het gedicht bleek duidelijk dat het wachtwoord om de tweede cryptex te openen gevonden kon worden door het graf van deze ridder te bezoeken, ergens in de stad.

Langdon wendde zich opgewonden tot Teabing. 'Heb jij enig idee naar welke ridder dit gedicht verwijst?'
Teabing grijnsde. 'Al sla je me dood. Maar ik weet precies in welke crypte we moeten zoeken.'

Op dat moment raasden er vijfentwintig kilometer verderop zes wagens van de politie van Kent over de kletsnatte straten naar het zakenvliegveld Biggin Hill.

79

Inspecteur Collet pakte een flesje Perrier uit Teabings koelkast en liep door de salon terug naar de gang. In plaats van met Fache mee te gaan naar Londen, waar het gebeurde, moest hij nu babysitten bij het team van de technische recherche dat zich door Château Villette had verspreid.
Met het bewijsmateriaal dat ze tot nu toe hadden verzameld, konden ze niet veel beginnen: één kogel in een vloerplank, een vel papier met een paar symbolen en de woorden 'kling' en 'kelk' erop gekrabbeld, en een bloederige riem met stekels waarvan de technische recherche Collet had verteld dat hij iets te maken had met de conservatieve katholieke groep Opus Dei. Die was kortgeleden in het nieuws geweest, doordat een actualiteitenprogramma hun agressieve wervingsmethoden in Parijs aan de kaak had gesteld.
Collet zuchtte. *Probeer maar eens iets op te maken uit zo'n onwaarschijnlijke mengelmoes van voorwerpen.*
Hij liep door een fraaie gang naar de enorme werkkamer in de balzaal, waar het hoofd van het team van de technische recherche naar vingerafdrukken aan het zoeken was. Het was een corpulente man met bretels.
'Al iets gevonden?' vroeg Collet toen hij binnenkwam.
De rechercheur schudde zijn hoofd. 'Niets nieuws. Sets van verschillende personen, dezelfde als in de rest van het huis.'
'En de vingerafdrukken op de *cilice*?'
'Daar werkt Interpol nog aan. Ik heb alles doorgegeven wat ik heb gevonden.'
Collet wees naar twee afgesloten zakken voor bewijsmateriaal op het bureau. 'En dat?'

De man haalde zijn schouders op. 'De macht der gewoonte. Ik stop alles wat eigenaardig is in een zak.'

Collet liep erheen. *Eigenaardig?*

'Die Engelsman is een rare,' zei de rechercheur. 'Kijk hier maar eens naar.' Hij bekeek de zakken met bewijsmateriaal en pakte er een van, die hij aan Collet gaf.

Er zat een foto in van de hoofdingang van een gotische kathedraal, met de traditionele terugwijkende poort, die bestond uit een groot aantal inspringende laagjes en een kleine deur omlijstte.

Collet bekeek de foto en draaide zich om. 'Is dit eigenaardig?'

'Draai hem maar om.'

Op de achterkant waren in het Engels aantekeningen gemaakt, waarin de langgerekte holte van het schip van de kathedraal werd beschreven als een geheim heidens eerbetoon aan de baarmoeder van een vrouw. Dit was eigenaardig. Maar wat hem nog meer verbaasde, was de notitie waarin de toegang van de kathedraal werd beschreven. 'Wacht even! Hij denkt dat de ingang van een kathedraal een symbool is voor de vrouwelijke...'

De rechercheur knikte. 'Compleet met de kleiner wordende schaamlippen en een lief, klein vijfblad als clitoris boven de deuropening.' Hij zuchtte. 'Je zou er bijna weer voor naar de kerk willen.'

Collet pakte de tweede zak met bewijsmateriaal op. Door het plastic zag hij een grote, glanzende foto van wat eruitzag als een oud document. Erboven stond:

Les dossiers secrets – nummer 4° lm^1 249

'Wat is dit?' vroeg Collet.

'Ik heb geen idee. Ze liggen overal, dus heb ik er maar een in een zak gestopt.'

Collet bekeek het document.

PRIORIJ VAN SION – LES NAUTONIERS / GROOTMEESTERS

Jean de Gisors	1188-1220
Marie de Saint-Clair	1220-1266
Guillaume de Gisors	1266-1307
Edouard de Bar	1307-1336
Jeanne de Bar	1336-1351
Blance d'Evreux	1351-1398
Nicolas Flamel	1398-1418
Rene d'Anjou	1418-1480
Iolande de Bar	1480-1483

Sandro Botticelli	1483-1510
Leonardo da Vinci	1510-1519
Connetable de Bourbon	1519-1527
Ferdinand de Gonzaque	1527-1575
Louis de Nevers	1575-1595
Robert Fludd	1595-1637
J. Valentin Andrea	1637-1654
Robert Boyle	1654-1691
Isaac Newton	1691-1727
Charles Radclyffe	1727-1746
Charles de Lorraine	1746-1780
Maximilian de Lorraine	1780-1801
Charles Nodier	1801-1844
Victor Hugo	1844-1885
Claude Debussy	1885-1918
Jean Cocteau	1918-1963

Priorij van Sion? vroeg Collet zich af.

'Inspecteur?' Een andere agent stak zijn hoofd om de deurpost. 'De centrale heeft een dringend telefoontje voor hoofdinspecteur Fache, maar hij is niet bereikbaar. Wilt u het aannemen?'

Collet liep terug naar de keuken en nam de telefoon op.

Het was André Vernet.

Het verfijnde accent van de bankier kon niet verhullen dat zijn stem gespannen klonk. 'Ik dacht dat hoofdinspecteur Fache had gezegd dat hij me zou bellen, maar ik heb nog niets van hem gehoord.'

'De hoofdinspecteur heeft het nogal druk,' antwoordde Collet. 'Kan ik u misschien helpen?'

'Er is me verzekerd dat ik vannacht op de hoogte zou worden gehouden van uw vorderingen.'

Even dacht Collet het timbre van de stem te herkennen, maar hij kon het niet helemaal thuisbrengen. 'Monsieur Vernet, ik heb momenteel de leiding over het onderzoek in Parijs. Mijn naam is inspecteur Collet.'

Er viel een lange stilte. 'Inspecteur, er komt een ander telefoontje voor me binnen. Excuseert u mij, alstublieft. Ik bel u later terug.'

Hij hing op.

Collet bleef een paar seconden met de hoorn in zijn handen staan. Toen begon het hem te dagen. *Ik wist dat ik die stem herkende!* Hij hapte naar lucht van verrassing.

De bestuurder van de gepantserde auto.

Met de valse Rolex.

Nu begreep Collet waarom de bankier zo snel had opgehangen. Vernet had zich de naam Collet herinnerd als die van de agent tegen wie hij eerder die nacht ronduit had gelogen.

Collet overpeinsde de implicaties van deze bizarre ontwikkeling. *Vernet is erbij betrokken.* Zijn instinct zei hem dat hij Fache moest bellen. Daarentegen vertelde zijn gevoel hem dat dit gelukje hem de kans zou geven te schitteren.

Hij belde onmiddellijk Interpol en vroeg alle informatie op die ze konden vinden over de Depositobank van Zürich en de president ervan, André Vernet.

80

'Veiligheidsgordels vast, alstublieft,' kondigde Teabings piloot aan toen de Hawker 731 in een sombere ochtendlijke motregen steeds lager ging vliegen. 'We landen over vijf minuten.'

Toen Teabing de weidse, mistige heuvels van Kent onder het dalende vliegtuig zag liggen, had hij het heerlijke gevoel dat hij thuiskwam. Engeland lag op minder dan een uur vliegen van Parijs, maar toch was het een andere wereld. Vanochtend zag het vochtige lentegroen van zijn vaderland er bijzonder verwelkomend uit. *Mijn tijd in Frankrijk is voorbij. Ik kom zegevierend terug naar Engeland. De sluitsteen is gevonden.* De vraag bleef natuurlijk waar de sluitsteen hen uiteindelijk zou brengen. *Ergens in Groot-Brittannië.* Waar precies, daar had Teabing geen idee van, maar hij kon de glorie al proeven.

Terwijl Langdon en Sophie toekeken, stond Teabing op en liep naar de andere kant van de cabine; hij schoof een wandpaneel opzij en er verscheen een goed verborgen muurkluis. Hij draaide het slot op de juiste combinatie, opende de kluis en pakte er twee paspoorten uit. 'Papieren voor Rémy en mij.' Daarna pakte hij een dikke stapel briefjes van vijftig pond. 'En papieren voor jullie tweeën.'

Sophie keek wantrouwig. 'Smeergeld?'

'Creatieve diplomatie. Op zakenvliegvelden zijn ze vrij inschikkelijk. In mijn hangar zullen we worden opgewacht door een Britse douanebeambte, die zal vragen of hij aan boord mag komen. In plaats van hem dat toe te staan, zal ik hem vertellen dat ik met een Franse beroemdheid reis, die liever niet wil dat bekend wordt dat ze in Engeland is – in verband met de pers, begrijpt u wel – en dan bied ik de beambte deze genereuze fooi aan uit dankbaarheid voor zijn discretie.'

Langdon keek verbaasd. 'En zal hij dat dan acceptéren?'

'Niet van iedereen, natuurlijk, maar ze kennen me hier allemaal. Hemeltje, ik ben geen wapenhandelaar. Ik ben geridderd.' Teabing glimlachte. 'Dat brengt zekere privileges met zich mee.'

Rémy kwam met het Heckler & Koch-pistool in zijn hand door het gangpad lopen. 'Mijn instructies, meneer?'

Teabing keek even naar zijn bediende. 'Ik laat jou met onze gast aan boord achter totdat we terugkomen. We kunnen hem moeilijk door Londen achter ons aan slepen.'

Sophie keek weifelend. 'Leigh, ik meende het toen ik zei dat ik bang was dat de Franse politie je vliegtuig misschien zou vinden voordat we terug zijn.'

Teabing lachte. 'Ja, stel je hun verrassing voor als ze aan boord komen en Rémy vinden.'

Sophie was verbaasd over zijn luchthartige reactie. 'Leigh, je hebt een gebonden gijzelaar meegenomen de grens over. Dit is ernstig.'

'Mijn advocaten ook.' Hij trok een lelijk gezicht in de richting van de monnik achter in het toestel. 'Die schoft is mijn huis binnengedrongen en heeft me bijna vermoord. Dat is een feit, en Rémy zal het bevestigen.'

'Maar jij hebt hem vastgebonden en meegenomen naar Londen!' zei Langdon.

Teabing stak zijn rechterhand op en deed alsof hij in een rechtszaal de eed aflegde. 'Edelachtbare, vergeeft u een excentrieke oude ridder zijn domme vooroordeel ten gunste van het Britse rechtsstelsel. Ik weet dat ik de Franse politie had moeten bellen, maar ik ben een snob en heb er geen vertrouwen in dat die Fransen zo'n proces behoorlijk aanpakken. Ze doen alles met de Franse slag. Deze man heeft me bijna vermoord. Ja, het was een onbezonnen besluit om mijn bediende te dwingen me te helpen hem naar Engeland te brengen, maar ik stond onder grote spanning. Mea culpa. Mea culpa.'

Langdon keek ongelovig. 'Uit jouw mond zou het misschien nog gepikt worden ook, Leigh.'

'Meneer?' riep de piloot naar achteren. 'De toren heeft net gemeld dat ze een of ander onderhoudsprobleem hebben in de buurt van uw hangar, en ze vragen me het toestel rechtstreeks naar de terminal te rijden.'

Teabing vloog al ruim tien jaar regelmatig naar Biggin Hill, maar zoiets was nooit eerder gebeurd. 'Hebben ze verteld wat het probleem was?'

'De vluchtleider was vaag. Iets over een lek bij het brandstofdepot? Ze hebben me gevraagd voor de terminal te parkeren en niemand te laten uitstappen totdat ik bericht krijg. Een voorzorgsmaatregel. We mogen niet van boord voordat we een seintje krijgen van de luchthavenautoriteiten dat alles veilig is.'

Teabing was sceptisch. *Dat moet me nogal een lek zijn.* Het brandstofdepot lag ruim achthonderd meter van zijn hangar.

Ook Rémy keek bezorgd. 'Dit klinkt zeer typisch, meneer.'

Teabing wendde zich tot Sophie en Langdon. 'Vrienden, ik heb het onaangename vermoeden dat we worden opgewacht door een ontvangstcomité.'

Langdon zuchtte somber. 'Blijkbaar denkt Fache nog steeds dat hij mij moet hebben.'

'Of hij zit er inmiddels te diep in om zijn vergissing toe te geven,' zei Sophie.

Teabing luisterde niet. Wat Fache ook dacht, er moest snel actie worden ondernomen. *Verlies het doel van dit alles niet uit het oog. De graal. We zijn er bijna.* Onder hen klapte met een bonk het landingsgestel uit.

'Leigh,' zei Langdon, en hij klonk zeer berouwvol, 'ik zou mezelf moeten aangeven en dit via legale weg verder moeten regelen. Zodat jullie erbuiten kunnen blijven.'

'O, lieve hemel, Robert!' Teabing wuifde zijn opmerking weg. 'Denk je nou echt dat ze ons zouden laten gaan? Ik heb je zojuist illegaal hierheen gebracht. Sophie heeft je geholpen uit het Louvre te ontsnappen, en we hebben een vastgebonden man achter in het vliegtuig liggen. Hoe kom je erbij? Het is samen uit, samen thuis.'

'Misschien een ander vliegveld?' zei Sophie.

Teabing schudde zijn hoofd. 'Als we nu weer gaan stijgen, zal ons ontvangstcomité uit legertanks bestaan tegen de tijd dat we toestemming krijgen om ergens anders te landen.'

Sophie liet moedeloos haar schouders hangen.

Om te zorgen dat ze in elk geval een kans hadden de confrontatie met de Britse autoriteiten uit te stellen tot nadat ze de graal hadden gevonden, moest er nu doortastend gehandeld worden, vreesde Teabing. 'Ik ben zo terug,' zei hij, terwijl hij naar de cockpit hinkte.

'Wat ga je doen?' vroeg Langdon.

'Over zaken praten,' zei Teabing, en hij vroeg zich af hoeveel het

hem zou kosten om zijn piloot over te halen een zeer ongebruikelijke manoeuvre uit te voeren.

81

De Hawker begint bijna aan zijn landing.
Simon Edwards, hoofd zakelijke dienstverlening van de luchthaven Biggin Hill, ijsbeerde door de verkeerstoren en tuurde nerveus
naar de natgeregende landingsbaan. Hij vond het nooit prettig om
zaterdagochtend vroeg wakker gemaakt te worden, maar het was
wel heel onaangenaam dat hij was opgeroepen om toe te zien op
de arrestatie van een van zijn winstgevendste cliënten. Sir Leigh
Teabing betaalde Biggin Hill niet alleen voor een privéhangar, maar
ook nog een bedrag per landing en vertrek, en dat waren er tamelijk veel. Meestal was het vliegveld van tevoren op de hoogte
van zijn komst en kon er een strikt protocol worden gevolgd. Teabing wilde de zaken graag op een bepaalde manier geregeld hebben. De extra lange, op bestelling gebouwde Jaguar limousine die
altijd in zijn hangar stond, moest worden volgetankt en gepoetst,
en de *London Times* van die dag werd op de achterbank gelegd.
Het vliegtuig werd in de hangar opgewacht door een douanebeambte om de verplichte controle van papieren en bagage snel af te
handelen. Af en toe nam een douanebeambte een grote fooi van
Teabing aan en zag in ruil daarvoor de invoer van wat onschuldige levensmiddelen door de vingers, vooral luxeartikelen zoals Franse wijngaardslakken, overrijpe rauwmelkse roquefort en verschillende soorten vruchten. Veel invoerwetten waren absurd, en als
Biggin Hill zich niet inschikkelijk opstelde, zouden andere, con-
currerende, vliegvelden dat wel doen. Teabing kreeg hier op Biggin Hill wat hij wilde, en de werknemers hadden daar profijt van.
Nu wachtte Edwards nerveus op de landing van het vliegtuig. Hij
vroeg zich af of Teabings neiging met geld te wapperen hem in de
problemen had gebracht; de Franse autoriteiten leken er erg op gebrand hem te pakken te krijgen. Edwards had nog niet gehoord
waarvan Teabing werd beschuldigd, maar blijkbaar was het ernstig. Op verzoek van de Franse autoriteiten had de politie van Kent
de vluchtleider van Biggin Hill opdracht gegeven de piloot van de
Hawker op te roepen en hem naar de terminal te laten taxiën, in
plaats van naar de hangar van de klant. De piloot had ermee in-

gestemd; blijkbaar geloofde hij het vergezochte verhaal over een brandstoflek.

Hoewel de Engelse politie normaal gesproken niet bewapend was, was er nu vanwege de ernst van de situatie een gewapend team ingezet. Er stonden acht politiemannen met handwapens bij de deuren van het luchthavengebouw te wachten op het ogenblik dat de motoren van het vliegtuig werden uitgeschakeld. Zodra dat gebeurde, zou het grondpersoneel blokken voor de wielen leggen, zodat het vliegtuig niet meer kon bewegen. Dan zou de politie naar buiten komen en de inzittenden in bedwang houden totdat de Franse politie arriveerde om de zaak over te nemen.

De Hawker vloog nu laag, net boven de boomtoppen rechts van hen. Simon Edwards ging naar beneden om de landing van de grond af te zien. De politie van Kent stond net uit het zicht klaar en de onderhoudsman wachtte met zijn blokken. Op de landingsbaan kwam de neus van de Hawker omhoog, en de banden raakten in een wolkje rook de grond. Het toestel minderde vaart en schoot van rechts naar links voor de terminal langs; de witte romp glinsterde van de regen. Maar in plaats van te remmen en naar de terminal toe te draaien, taxiede het vliegtuig die afslag kalmpjes voorbij en reed verder in de richting van Teabings hangar.

Alle agenten draaiden zich om en staarden Edwards aan. 'Ik dacht dat u zei dat de piloot ermee had ingestemd naar de terminal te komen!'

Edwards was verbijsterd. 'Dat heeft hij ook!'

Een paar seconden later zat Edwards in een politiewagen die over de landingsbaan naar de hangar in de verte racete. De rij auto's was nog een meter of vijfhonderd weg toen Teabings Hawker rustig de privéhangar in taxiede en uit het zicht verdween. Toen de auto's eindelijk bij de hangar waren en met piepende banden voor de open deur tot stilstand kwamen, stormden de agenten er met getrokken wapens uit.

Edwards sprong ook uit de auto.

Het kabaal was oorverdovend.

De motoren van de Hawker bulderden nog, want het vliegtuig voltooide net zijn gebruikelijke draai in de hangar, zodat het met de neus naar de deur stond en later weer gemakkelijk kon vertrekken. Toen het toestel honderdtachtig graden was gedraaid en langzaam naar de voorkant van de hangar reed, zag Edwards de piloot. Die was natuurlijk verrast en keek geschrokken naar de versperring van politiewagens.

De piloot zette het toestel stil en schakelde de motoren uit. De agenten stroomden binnen en omsingelden het vliegtuig. Edwards voegde zich bij de hoofdinspecteur, die behoedzaam naar de vliegtuigdeur liep. Na een paar seconden ging die open.

Leigh Teabing verscheen in de deuropening terwijl de elektrisch aangedreven trap van het toestel soepel naar beneden zakte. Hij keek uit over de batterij wapens die op hem waren gericht, hees zichzelf wat hoger op zijn krukken en krabde op zijn hoofd. 'Simon, heb ik de politieloterij gewonnen terwijl ik weg was?' Hij klonk eerder verbijsterd dan ongerust.

Simon Edwards stapte naar voren en slikte de kikker in zijn keel weg. 'Goedemorgen, meneer. Mijn verontschuldigingen voor de verwarring. We hebben een brandstoflek gehad en uw piloot zei dat hij naar de terminal zou komen.'

'Ja, ja, maar ik heb hem gezegd dat hij gewoon hierheen moest gaan. Ik ben al laat voor mijn afspraak. Ik betaal voor deze hangar, en die onzin over veiligheidsmaatregelen vanwege een brandstoflek klonk nogal overdreven.'

'Ik vrees dat we een beetje overvallen zijn door uw aankomst, meneer.'

'Dat weet ik. Die was ook niet gepland. Eerlijk gezegd moet ik wel erg vaak een kleine boodschap doen van mijn nieuwe medicijnen. Ik dacht dat ik daar maar even naar moest laten kijken.'

De agenten wisselden blikken. Edwards vertrok zijn gezicht. 'Uitstekend, meneer.'

'Meneer,' zei de hoofdinspecteur, en hij deed een stap naar voren. 'Ik moet u verzoeken nog ongeveer een halfuurtje aan boord te blijven.'

Teabing keek ontstemd en hinkte de trap af. 'Ik vrees dat dat niet mogelijk is. Ik heb een afspraak met mijn dokter.' Hij bereikte de voet van de trap. 'Daar mag ik absoluut niet te laat voor komen.'

De hoofdinspecteur stelde zich zo op dat hij Teabing de weg versperde. 'Ik ben hier in opdracht van de Franse recherche. Die beweert dat u voortvluchtigen aan boord hebt.'

Teabing keek de hoofdinspecteur even strak aan en barstte toen in lachen uit. 'Is dit een van die tv-programma's met een verborgen camera? Goeie mop!'

De hoofdinspecteur vertrok geen spier. 'Dit is een ernstige zaak, meneer. Volgens de Franse politie zou u ook een gijzelaar aan boord hebben.'

Teabings bediende Rémy verscheen boven aan de trap in de deuropening. 'Ik vóél me wel een gijzelaar, als werknemer van sir Leigh, maar hij heeft me ervan verzekerd dat ik vrij ben om te gaan.' Rémy keek op zijn horloge. 'Meneer, we moeten nu echt opschieten.' Hij knikte naar de verlengde Jaguar limousine in de hoek van de hangar. De enorme auto was zwart, had ramen van rookglas en banden met witte zijvlakken. 'Ik ga de auto halen.' Rémy wilde de trap af lopen.

'Ik vrees dat we u niet kunnen laten gaan,' zei de hoofdinspecteur. 'Ga alstublieft weer uw vliegtuig in. U allebei. De vertegenwoordigers van de Franse politie zullen zo meteen landen.'

Nu keek Teabing naar Simon Edwards. 'Hemel, Simon, dit is belachelijk! Er is niemand anders aan boord. Het is net als altijd: Rémy, onze piloot en ik. Misschien kun jij als bemiddelaar optreden? Ga maar aan boord, dan kun je controleren of het vliegtuig verder leeg is.'

Edwards wist dat hij in de val zat. 'Ja, meneer. Ik kan wel even gaan kijken.'

'Om de drommel niet!' zei de hoofdinspecteur, die blijkbaar genoeg van zakenvliegvelden wist om te vermoeden dat Simon Edwards best eens zou kunnen liegen over de inzittenden van het vliegtuig, in een poging Teabing als klant van Biggin Hill te behouden. 'Ik ga zelf wel kijken.'

Teabing schudde zijn hoofd. 'Nee, meneer. Dit is privéterrein en zolang u geen bevelschrift hebt, blijft u uit mijn vliegtuig. Ik bied u een redelijk alternatief aan. Meneer Edwards kan de inspectie uitvoeren.'

'Daar ga ik niet mee akkoord.'

Teabings houding werd ijzig. 'Meneer, ik ben bang dat ik geen tijd heb om uw spelletjes mee te spelen. Ik ben al laat, en nu vertrek ik. Als het zo belangrijk voor u is om me tegen te houden, zult u me moeten neerschieten.' Met die woorden liepen Teabing en Rémy om de hoofdinspecteur heen en begaven ze zich door de hangar in de richting van de geparkeerde limousine.

De hoofdinspecteur van de politie van Kent voelde alleen maar antipathie jegens Leigh Teabing toen de man uitdagend om hem heen hinkte. De bevoorrechten dachten altijd dat ze boven de wet stonden.

Dat staan ze niet. De hoofdinspecteur draaide zich om en richtte zijn pistool op Teabings rug. 'Blijf staan of ik schiet!'

'Ga uw gang,' zei Teabing zonder de pas in te houden of om te kijken. 'Mijn advocaten zullen gehakt maken van uw testikels. En als u zonder bevelschrift aan boord van mijn vliegtuig durft te gaan, maken ze daarna paté van uw lever.'

De hoofdinspecteur, die gewend was aan machtsspelletjes, was niet onder de indruk. In theorie had Teabing gelijk en had de politie een bevelschrift nodig om zijn vliegtuig te doorzoeken, maar het toestel was vanuit Frankrijk vertrokken en het was de machtige Bezu Fache die er opdracht toe had gegeven. Daarom wist de hoofdinspecteur zeker dat het alleen maar goed voor zijn carrière zou zijn om uit te zoeken wat er aan boord was dat Teabing zo graag wilde verbergen.

'Houd ze tegen,' verordende hij. 'Ik doorzoek het vliegtuig.'

Zijn mannen kwamen met getrokken wapens aanrennen en blokkeerden Teabing en zijn bediende de weg naar de limousine.

Nu draaide Teabing zich wel om. 'Inspecteur, dit is mijn laatste waarschuwing. Laat het uit uw hoofd om aan boord van dat toestel te gaan. U zult er spijt van krijgen.'

De hoofdinspecteur negeerde het dreigement, greep zijn pistool en liep de vliegtuigtrap op. Toen hij bij de deur aankwam, tuurde hij naar binnen. Na een ogenblik stapte hij de cabine in. *Wel verdraaid!*

Met uitzondering van de angstig kijkende piloot in de cockpit was het vliegtuig leeg. Er was verder geen levende ziel te bekennen. Bij een snelle controle van het toilet, de stoelen en de bagageruimtes vond de inspecteur geen spoor van iemand die zich verborg, laat staan van meerdere mensen.

Wat bezielt Bezu Fache? Zo te zien had Leigh Teabing de waarheid gesproken.

De hoofdinspecteur stond alleen in de verlaten cabine en slikte. *Verdomme.* Met rood aangelopen gezicht stapte hij weer de trap op en keek hij door de hangar naar Leigh Teabing en zijn bediende, die nu vlak bij de limousine onder schot werden gehouden. 'Laat ze gaan,' gelastte hij. 'We hebben een onbetrouwbare tip gekregen.'

Teabings dreigende blik was zelfs vanaf de andere kant van de hangar duidelijk zichtbaar. 'U kunt een telefoontje van mijn advocaten verwachten. En ter informatie: de Franse politie is niet te vertrouwen.'

Toen deed Teabings bediende het achterportier van de limousine open en hielp zijn invalide baas in de auto. Daarna liep hij langs de lange auto naar voren, ging achter het stuur zitten en startte de motor. Agenten stoven uiteen toen de Jaguar de hangar uit scheurde.

'Goed gedaan, m'n beste,' sprak Teabing opgewekt vanaf de achterbank toen de limousine snel van de luchthaven wegreed. Daarna keek hij voor zich, naar het schemerige, ruime binnenste van de auto. 'Heeft iedereen het naar zijn zin?'

Langdon knikte flauwtjes. Sophie en hij lagen nog steeds ineengedoken op de vloer naast de geboeide albino.

Een paar minuten eerder, toen de Hawker de verlaten hangar in was getaxied, had Rémy de deur geopend en was het toestel halverwege zijn draai stil blijven staan. Terwijl de politie in aantocht was, hadden Langdon en Sophie de monnik over de trap naar beneden gesleept en achter de limousine uit het zicht getrokken. Toen waren de motoren van het vliegtuig weer gaan bulderen en had het zijn draai afgemaakt terwijl de politiewagens halt hielden voor de hangar.

Nu de limousine in de richting van Kent zoefde, klauterden Langdon en Sophie door het lange binnenste van de auto naar achteren; ze lieten de monnik liggen waar hij lag. Ze gingen op de lange bank tegenover Teabing zitten. De Engelsman glimlachte hen kwajongensachtig toe en klapte het luikje van de bar open. 'Kan ik jullie iets te drinken aanbieden? Iets te knabbelen? Chips? Nootjes? Mineraalwater?'

Sophie en Langdon schudden allebei hun hoofd.

Teabing grijnsde en sloot het luikje weer. 'Goed, over dat graf van die ridder...'

82

'Fleet Street?' vroeg Langdon, en hij keek Teabing vragend aan. *Is er een crypte aan Fleet Street?* Tot nu toe deed Leigh op een speelse manier geheimzinnig over de plek waar hij dacht dat ze het graf van de ridder zouden vinden, dat hun volgens het gedicht het wachtwoord zou leveren waarmee de kleine cryptex geopend kon worden.

Teabing grijnsde en wendde zich tot Sophie. 'Wil je onze Harvardman het gedicht nog eens laten lezen, alsjeblieft?'

Sophie stak haar hand in haar zak en trok de zwarte cryptex eruit, die in het perkament was gewikkeld. Ze hadden met elkaar besloten het rozenhouten kistje en de grotere cryptex achter te laten in de kluis van het vliegtuig en alleen mee te nemen wat ze nodig hadden, de veel draagbaarder en onopvallender zwarte cryptex.

Sophie wikkelde het perkament los en gaf het vel aan Langdon. Hoewel Langdon het gedicht aan boord van het vliegtuig al een paar keer had gelezen, had hij er nog niet uit kunnen opmaken waar ze precies moesten zoeken. Nu hij de woorden opnieuw las, liet hij ze langzaam en zorgvuldig tot zich doordringen, in de hoop dat de verzen hem meer zouden zeggen nu hij op de grond was.

In Londen rust een ridder door wiens werk
in grote toorn ontstak de heilige Kerk.
Toch stond een paus te treuren aan zijn graf,
of was zijn dood in werk'lijkheid een straf?
Zoek nu de bol die aan zijn graf ontbreekt,
van rozig vlees, gevuld met zaden, spreekt.

Het taalgebruik leek niet al te ingewikkeld. Er lag een ridder begraven in Londen. Een ridder die ergens aan had gewerkt waar de Kerk boos over was geworden. Een ridder aan wiens graf een bol ontbrak die er zou moeten zijn. De laatste regel – *van rozig vlees, gevuld met zaden* – was een duidelijke verwijzing naar Maria Magdalena, de roos die het zaad van Jezus had gedragen.

Ondanks de schijnbare eenvoud van het gedicht, had Langdon nog steeds geen idee wie die ridder was of waar hij begraven lag. Bovendien leek het erop dat ze, als ze het graf eenmaal hadden gevonden, moesten zoeken naar iets dat er niet was. *De bol die aan zijn graf ontbreekt?*

'Geen invallen?' Teabing klakte teleurgesteld met zijn tong, hoewel Langdon het gevoel had dat de historicus het wel leuk vond om hem een stap voor te zijn. 'Sophie?'

Ze schudde haar hoofd.

'Wat zouden jullie zonder mij moeten beginnen?' vroeg Teabing. 'Goed dan, ik zal het jullie stap voor stap uitleggen. Het is eigenlijk heel eenvoudig. Kijk om te beginnen eens naar de derde en vierde regel. Wil je die even voorlezen?'

Langdon las ze op. 'Toch stond een paus te treuren aan zijn graf, of was zijn dood in werk'lijkheid een straf?'

'Juist. Er stond een paus aan zijn graf.' Hij keek naar Langdon. 'Wat maak je daaruit op?'

Langdon haalde zijn schouders op. 'Dat er een paus aan zijn graf sprak? Dat zijn begrafenis door een paus werd geleid?'

Teabing lachte hard. 'Dat is een goeie. Jij ziet alles altijd van de zonnige kant, Robert. Kijk eens naar de tweede regel. Deze ridder heeft duidelijk iets gedaan dat de Kerk in toorn deed ontsteken.

Denk eens na. Hoe lagen de verhoudingen tussen de Kerk en de tempeliers? Toch stond een paus te treuren aan zijn graf?'

'Zou de paus de ridder hebben vermóórd?' vroeg Sophie.

Teabing glimlachte en klopte haar op de knie. 'Heel goed, kindje. De paus stond aan het graf. De paus heeft de ridder gedood.'

Langdon dacht aan de beruchte dag in 1307 – de ongeluksdag vrijdag de dertiende – toen paus Clemens honderden tempeliers had laten oppakken en doden. 'Maar er moeten ontelbare graven zijn van ridders die door pausen zijn gedood.'

'Dat zou je tegenvallen,' zei Teabing. 'De meeste zijn op de brandstapel geëindigd en zonder plichtplegingen in de Tiber gegooid. Maar dit gedicht verwijst naar een gráf. Een graf in Londen. En er zijn maar weinig ridders in Londen begraven.' Hij zweeg even en keek naar Langdon alsof hij verwachtte dat hem nu een licht zou opgaan. Ten slotte snoof hij. 'Robert, in 's hemelsnaam! De kerk die in Londen is gebouwd door de militaire tak van de Priorij, door de tempeliers zelf!'

'De Tempelkerk?' Langdon ademde scherp in. 'Heeft die een crypte?'

'Met tien van de meest angstaanjagende graven die je ooit zult zien.'

Langdon was nooit in de Tempelkerk geweest, hoewel hij er vele verwijzingen naar was tegengekomen bij zijn onderzoek naar de Priorij. De Tempelkerk was ooit het middelpunt geweest van alle activiteiten van de tempeliers en de Priorij in Engeland en was vernoemd naar de tempel van Salomo, waar de tempeliers zelf ook hun naam aan te danken hadden, en de Sangreal-documenten die hun hun invloed in Rome hadden gegeven. Er deden talloze verhalen de ronde over ridders die vreemde, geheimzinnige rituelen beoefenden in het bijzondere heiligdom dat de Tempelkerk was.

'Ligt de Tempelkerk aan Fleet Street?'

'Eigenlijk net achter Fleet Street, aan Inner Temple Lane.' Teabing keek schalks. 'Ik wilde je nog even laten piekeren voordat ik het verraadde.'

'Bedankt.'

'Zijn jullie daar geen van beiden ooit geweest?'

Sophie en Langdon schudden hun hoofd.

'Dat verbaast me niets,' zei Teabing. 'De kerk gaat tegenwoordig schuil achter veel grotere gebouwen. De meeste mensen weten niet eens dat hij daar staat. Een spookachtig gebouw. De architectuur is door en door heidens.'

Sophie keek verrast. 'Heidens?'

'Zo heidens als het Pantheon!' riep Teabing uit. 'De kerk is rónd. De tempeliers hebben de traditionele christelijke kruisvorm genegeerd en ter ere van de zon een volkomen ronde kerk gebouwd.' Zijn wenkbrauwen dansten met een kwaadaardig plezier op en neer. 'Een niet al te subtiel opgestoken vinger naar de jongens in Rome. Ze hadden net zo goed Stonehenge kunnen herbouwen in het centrum van Londen.'

Sophie keek Teabing aan. 'En de rest van het gedicht?'

De vrolijkheid van de historicus ebde wat weg. 'Dat weet ik niet precies. Het is raadselachtig. We zullen alle tien de graven zorgvuldig moeten bekijken. Als we geluk hebben, zal er aan een ervan op opvallende wijze een bol ontbreken.'

Het drong tot Langdon door hoe dicht ze eigenlijk bij de graal waren. Als de ontbrekende bol het wachtwoord duidelijk maakte, zouden ze de tweede cryptex kunnen openen. Hij kon zich nog steeds niet goed voorstellen wat ze daarin zouden vinden.

Hij keek weer naar het gedicht. Het was een soort oervorm van het kruiswoordraadsel. *Een woord van vijf letters dat met de graal te maken heeft?* In het vliegtuig hadden ze alle voor de hand liggende wachtwoorden al geprobeerd – GRAAL, GREAL, VENUS, MARIA, JEZUS – maar de cilinder had niet meegegeven. *Veel te voor de hand liggend.* Blijkbaar bestond er nog een ander woord van vijf letters dat naar de schoot van de roos verwees. Het feit dat het antwoord een deskundige als Leigh Teabing ontging, zei Langdon dat het geen gebruikelijke zinspeling op de graal was.

'Sir Leigh?' riep Rémy over zijn schouder. Hij keek door de opengeschoven ruit naar hen in de achteruitkijkspiegel. 'Zei u dat Fleet Street in de buurt van de Blackfriars Bridge is?'

'Ja, neem Victoria Embankment.'

'Het spijt me, maar ik weet niet precies waar dat is. Meestal gaan we naar het ziekenhuis.'

Teabing rolde met zijn ogen naar Langdon en Sophie en mompelde: 'Ik zweer je, soms is het net een klein kind. Eén ogenblikje alsjeblieft. Neem wat te drinken en een lekkere snack.' Hij klauterde onhandig bij hen vandaan naar het open raampje om met Rémy te praten.

Sophie wendde zich nu tot Langdon en zei zacht: 'Robert, niemand weet dat jij en ik in Engeland zijn.'

Langdon besefte dat ze gelijk had. De politie van Kent zou Fache vertellen dat het vliegtuig leeg was, en Fache zou dan wel moeten aannemen dat ze nog in Frankrijk waren. *We zijn onzichtbaar.* Leighs stunt had hun een heleboel tijdwinst opgeleverd.

'Fache zal het niet snel opgeven,' zei Sophie. 'Er hangt voor hem inmiddels te veel van deze arrestatie af.'

Langdon had geprobeerd niet aan Fache te denken. Sophie had beloofd dat ze al het mogelijke zou doen om Langdon vrij te pleiten als dit allemaal voorbij was, maar Langdon begon te vrezen dat dat niets zou uitmaken. *Fache zou best in het complot kunnen zitten.* Hoewel Langdon zich niet kon voorstellen dat de Franse recherche iets met de heilige graal te maken had, waren er vannacht te veel toevalligheden geweest om mogelijke medeplichtigheid van Fache helemaal uit te sluiten. *Fache is godsdienstig, en hij is vastbesloten mij de schuld van de moorden te geven.* Daarentegen had Sophie betoogd dat Fache er misschien gewoon heel erg op gebrand was iemand te arresteren in deze zaak. Per slot van rekening waren er heel wat aanwijzingen die tegen Langdon pleitten. Behalve dat Langdons naam op de vloer van het Louvre en in Saunières agenda geschreven stond, leek hij nu ook nog te hebben gelogen over zijn manuscript en was hij daarna op de vlucht geslagen. *Maar dat was Sophies idee geweest.*

'Robert, het spijt me dat je hierbij betrokken bent geraakt,' zei Sophie, en ze legde haar hand op zijn knie. 'Maar ik ben heel blij dat je er bent.'

De opmerking klonk eerder pragmatisch dan romantisch, maar toch voelde Langdon onverwachts een aantrekkingskracht tussen hen. Hij glimlachte haar vermoeid toe. 'Ik ben veel leuker als ik geslapen heb.'

Sophie zweeg een paar seconden. 'Mijn opa heeft me gevraagd je te vertrouwen. Ik ben blij dat ik deze ene keer naar hem heb geluisterd.'

'Je opa kende me niet eens.'

'Toch heb ik het idee dat je alles hebt gedaan wat hij zou hebben gewild. Je hebt me geholpen de sluitsteen te vinden, uitgelegd wat de Sangreal-schat is en me verteld over het ritueel in de kelder.' Ze zweeg even. 'In zekere zin voel ik me vannacht dichter bij mijn opa dan in jaren. Ik weet dat hij daar blij mee zou zijn.'

In de verte begon het silhouet van Londen door de motregen van de vroege ochtend zichtbaar te worden. Eens werd de horizon gedomineerd door de Big Ben en de Tower Bridge, maar nu was het meest opvallende de Millennium Eye, een kolossaal, hypermodern reuzenrad dat honderdvijftig meter hoog was en een adembenemend uitzicht over de stad bood. Langdon had eens geprobeerd er een ritje mee te maken, maar de 'uitkijkcabines' deden hem denken aan afgesloten sarcofagen. Dus besloot hij met beide benen op

de grond te blijven en van het uitzicht te genieten vanaf de on-
overdekte oever van de Theems.

Langdon voelde een kneepje in zijn knie, dat hem terugriep naar
het hier en nu, en Sophie keek hem met haar groene ogen aan. Het
drong tot hem door dat ze iets tegen hem had gezegd. 'Wat vind
jíj dat we met de Sangreal-documenten moeten doen als we ze ooit
vinden?' fluisterde ze.

'Wat ik vind, doet er niet toe,' zei Langdon. 'Je grootvader heeft
de cryptex aan jou gegeven, en jij moet ermee doen wat je intuïtie je vertelt dat hij gewild zou hebben.'

'Ik vraag je naar je mening. Blijkbaar heb je in je manuscript iets
geschreven waardoor mijn opa je inzicht vertrouwde. Hij heeft een
afspraak met je gemaakt. Dat gebeurde zelden.'

'Misschien wilde hij me vertellen dat ik het helemaal bij het verkeerde eind had.'

'Waarom zou hij mij aansporen jou te zoeken als je ideeën hem
niet aanstonden? Heb je in je manuscript het idee verdedigd dat
de Sangreal-documenten openbaar gemaakt moesten worden, of
dat ze verborgen moesten blijven?'

'Geen van tweeën. Ik heb helemaal geen standpunt ingenomen. Het
manuscript gaat over de symboliek van het heilig vrouwelijke en
beschrijft de iconografie die daar door de eeuwen heen betrekking
op heeft gehad. Ik heb zeker niet beweerd dat ik zou weten waar
de graal is en of die wel of niet geopenbaard zou moeten worden.'

'Maar je hebt er wel een boek over geschreven, dus vind je blijkbaar dat die informatie openbaar moet worden gemaakt.'

'Er is een enorm verschil tussen het bespreken van de hypothese
dat de geschiedenis van Jezus anders is geweest dan wordt aangenomen en...' Hij zweeg.

'En wat?'

'En het wereldkundig maken van duizenden oude documenten als
wetenschappelijk bewijs dat het Nieuwe Testament een vals ge-
tuigenis is.'

'Maar je hebt me zelf verteld dat het Nieuwe Testament op ver-
zinsels berust.'

Langdon glimlachte. 'Sophie, elk geloof ter wereld berust op ver-
zinsels. Dat is de definitie van geloven: accepteren wat we denken
dat waar is, maar wat we niet kunnen bewijzen. In elke religie
wordt God beschreven met behulp van metaforen, allegorieën en
overdrijving: van de vroege Egyptische godsdienst tot aan de hedendaagse zondagsschool. Metaforen zijn een hulpmiddel om onze geest het onbegrijpelijke te laten verwerken. De problemen be-

ginnen als we onze eigen metaforen letterlijk gaan nemen.'

'Dus je vindt dat de Sangreal-documenten voorgoed verborgen moeten blijven?'

'Ik ben historicus. Ik ben tegen de vernietiging van documenten, en ik zou heel graag willen dat godsdienstgeleerden over meer informatie beschikten over het bijzondere leven van Jezus Christus.'

'Je voert voor beide kanten argumenten aan.'

'O, ja? De bijbel is voor miljoenen mensen op deze planeet een belangrijk houvast, net zoals de koran, de thora en de geschriften in het Pali dat voor mensen met een andere godsdienst zijn. Als jij en ik documentatie konden bemachtigen die alle verhalen van de islam, het jodendom of het boeddhisme zou tegenspreken, zouden we dat dan moeten doen? Zouden we dan met onze armen moeten zwaaien en de boeddhisten moeten vertellen dat we over bewijs beschikken dat Boeddha niet uit een lotusbloem is gekomen? Of dat Jezus niet letterlijk uit een maagd is geboren? Degenen die hun geloof werkelijk begrijpen, weten dat die verhalen metaforen zijn.'

Sophie keek sceptisch. 'Ik heb vrienden die vrome christenen zijn, en die geloven dat Christus létterlijk over het water heeft gelopen, water in wijn heeft veranderd en uit een maagd is geboren.'

'Dat is precies wat ik bedoel,' zei Langdon. 'Religieuze allegorieën zijn deel gaan uitmaken van de constructie van de werkelijkheid. En die werkelijkheid helpt miljoenen mensen het leven aan te kunnen en betere mensen te zijn.'

'Maar blijkbaar is hun werkelijkheid onecht.'

Langdon grinnikte. 'Niet onechter dan die van een mathematisch cryptoloog die in het denkbeeldige getal i gelooft omdat ze daarmee geheimtalen kan decoderen.'

Sophie fronste haar wenkbrauwen. 'Dat is niet eerlijk.'

Er verstreek een ogenblik.

'Wat was je vraag ook weer?' vroeg Langdon.

'Dat weet ik niet meer.'

Hij glimlachte. 'Het werkt altijd.'

83

Langdons Mickey Mouse-horloge gaf aan dat het bijna halfacht was toen hij met Sophie en Teabing op Inner Temple Lane uit de

Jaguar stapte. Het drietal liep om een doolhof van gebouwen heen naar een kleine binnenplaats voor de Tempelkerk. Het ruwe gesteente glinsterde in de regen, en duiven roekoeden vanuit nisjes boven hun hoofd.

De stokoude Tempelkerk in Londen was helemaal van Normandische kalksteen gemaakt. Het was een opvallend, rond gebouw met een intimiderende gevel, een centraal torentje en een schip dat er aan één kant uitstak, en het leek meer op een vesting dan op een kerk. Het gebouw was op 10 februari 1185 ingewijd door Heraclius, de patriarch van Jeruzalem. Het had daarna acht eeuwen politieke beroering, de Grote Brand en de Eerste Wereldoorlog overleefd en was uiteindelijk in 1940 zwaar beschadigd door brandbommen van de Luftwaffe. Na de oorlog was het in de oorspronkelijke, grimmige pracht hersteld.

De eenvoud van de cirkel, dacht Langdon, die het gebouw voor het eerst zag. De architectuur was grof en simpel, en deed meer denken aan het ruige Castel Sant'Angelo in Rome dan aan het verfijnde Pantheon. De rechthoekige aanbouw aan de rechterkant was een belediging voor het oog, maar slaagde er niet in de oorspronkelijke, heidense vorm van het vroegste deel van het gebouw te verhullen.

'Het is zaterdagochtend vroeg,' zei Teabing terwijl hij naar de ingang hinkte, 'dus ik neem aan dat er geen dienst is.'

De ingang van de kerk was een stenen nis waar een grote houten deur in was geplaatst. Links van de deur hing een mededelingenbord dat er volkomen misplaatst uitzag en waarop aankondigingen van concerten en gebedsdiensten hingen.

Teabing fronste zijn wenkbrauwen toen hij het bord las. 'Ze gaan pas over een paar uur open voor bezichtiging.' Hij liep naar de deur en voelde eraan. Er zat geen beweging in. Hij legde zijn oor tegen het hout en luisterde. Na een ogenblik richtte hij zich op en wees met een sluwe blik naar het mededelingenbord. 'Robert, wil je even op het programma van de diensten kijken? Wie gaat er deze week voor?'

In de kerk was een misdienaar bijna klaar met het stofzuigen van de bidbankjes toen hij iemand op de deur van het godshuis hoorde kloppen. Hij negeerde het. Dominee Harvey Knowles had zijn eigen sleutels en zou pas over een paar uur komen. Waarschijnlijk was dit een nieuwsgierige toerist of een behoeftige. De misdienaar ging door met stofzuigen, maar het geklop hield aan. *Kun je niet lezen?* Op de deur stond duidelijk aangegeven dat de kerk op zaterdag pas om halftien openging. De misdienaar werkte verder.

Plotseling veranderde het geklop in een krachtig gebonk, alsof iemand met een metalen staaf tegen de deur sloeg. De jongeman zette zijn stofzuiger uit en liep kwaad naar de deur. Nadat hij die had ontgrendeld, zwaaide hij hem open. Er stonden drie mensen op de stoep. *Toeristen*, dacht hij. 'We gaan om halftien open.'

De gezette man, die blijkbaar de leiding had, stapte met behulp van metalen krukken naar voren. 'Ik ben sir Leigh Teabing,' zei hij, met een elitair Engels accent. 'Zoals u ongetwijfeld weet, begeleid ik meneer en mevrouw Christopher Wren de Vierde.' Hij stapte opzij en maakte een zwierig armgebaar naar het knappe stel achter hem. De vrouw had een zacht gezicht en weelderig, bourgognerood haar. De man was lang, had donker haar en zag er vaag bekend uit.

De misdienaar had geen idee hoe hij moest reageren. Sir Christopher Wren was de bekendste weldoener van de Tempelkerk. Hij had alle restauraties mogelijk gemaakt die nodig waren geweest om de schade van de Grote Brand te herstellen. Hij was ook al sinds het begin van de achttiende eeuw dood. 'Eh... Aangenaam kennis met u te maken?'

De man met de krukken fronste zijn voorhoofd. 'Het is maar goed dat je niet in de verkoop zit, jongeman, want je klinkt niet erg overtuigend. Waar is dominee Knowles?'

'Het is zaterdag. Hij komt pas later.'

De frons van de kreupele man werd nog dieper. 'Dat is nou ware dankbaarheid. Hij heeft ons verzekerd dat hij hier zou zijn, maar het ziet ernaar uit dat we het zonder hem moeten stellen. Nou ja, het is zo gebeurd.'

De misdienaar bleef in de deuropening staan. 'Het spijt me, wát is zo gebeurd?'

De blik van de bezoeker werd nu fel en hij boog zich naar voren om iets te fluisteren, alsof hij iedereen een gênant ogenblik wilde besparen. 'Jongeman, blijkbaar ben je nieuw hier. De nazaten van sir Christopher Wren brengen elk jaar een snuifje as van de oude man mee om in het sanctuarium van de kerk te verstrooien. Dat stond in zijn laatste wil. Niemand is er erg blij mee dat die reis elke keer weer ondernomen moet worden, maar ja, wat doe je eraan?'

De misdienaar was hier al een paar jaar, maar hij had nog nooit van deze gewoonte gehoord. 'U kunt beter tot halftien wachten. De kerk is nog niet open en ik ben nog niet klaar met stofzuigen.'

De man met de krukken keek hem boos aan. 'Jongeman, het feit dat er nog iets van dit gebouw over is dat je kúnt stofzuigen, heb je te danken aan de meneer die deze dame in haar zak heeft.'

'Pardon?'

'Mevrouw Wren,' zei de man met de krukken, 'zou u zo vriendelijk willen zijn deze onbeschaamde jongeman de reliekhouder met as te laten zien?'

De vrouw aarzelde even en toen stak ze, alsof ze wakker werd uit een trance, haar hand in de zak van haar trui en haalde een kleine cilinder te voorschijn, die in een beschermend papier gewikkeld was.

'Zie je wel?' snauwde de man op krukken. 'Je hebt de keus: je kunt zijn laatste wens inwilligen en ons zijn as in het sanctuarium laten verstrooien, of ik vertel dominee Knowles hoe we hier behandeld zijn.'

De misdienaar aarzelde, want hij kende het grote respect van dominee Knowles voor de tradities binnen de kerk, en bovendien zijn opvliegendheid als iets dit oude heiligdom in een minder gunstig daglicht plaatste. Misschien was dominee Knowles gewoon vergeten dat deze familieleden vandaag kwamen. Als dat zo was, was het veel riskanter om hen weg te sturen dan om hen binnen te laten. *Per slot van rekening zeiden ze dat het zo gebeurd zou zijn. Wat kan het voor kwaad?*

Toen de misdienaar opzijging om de drie mensen te laten passeren, had hij kunnen zweren dat meneer en mevrouw Wren net zo van hun stuk gebracht leken te zijn als hij. Onzeker ging de jongen weer aan het werk, terwijl hij hen vanuit zijn ooghoek in de gaten hield.

Langdon kon een glimlach niet onderdrukken toen het drietal verder de kerk in liep. 'Leigh,' fluisterde hij, 'jij kunt veel te goed liegen.'

Teabings ogen twinkelden. 'De theaterclub van Oxford. Ze zijn nog niet uitgepraat over mijn Julius Caesar. Ik weet zeker dat niemand de eerste scène van het derde bedrijf ooit met meer toewijding heeft gespeeld.'

Langdon wierp hem een blik toe. 'Ik dacht dat Caesar in die scène dóód was.'

Teabing glimlachte zelfgenoegzaam. 'Ja, maar mijn toga scheurde open toen ik viel, en ik moest een halfuur op het toneel blijven liggen met mijn jongeheer naar buiten. Desondanks heb ik geen spier vertrokken. Ik was briljant, dat kan ik je wel vertellen.'

Langdon vertrok zijn gezicht. *Dat had ik graag willen meemaken.*

Toen ze door de rechthoekige aanbouw naar de poort liepen die toegang gaf tot de eigenlijke kerk, was Langdon verrast door de kale soberheid. Hoewel de indeling overeenkwam met die van een gewone christelijke kapel, was de inrichting streng en koud, zonder de traditionele versieringen. 'Somber,' fluisterde hij.

Teabing gniffelde. 'Anglicaanse Kerk. Deze anglicanen drinken hun religie puur. Niets om hen af te leiden van hun ellende.'

Sophie gebaarde naar de brede doorgang die leidde naar het ronde gedeelte van de kerk. 'Het lijkt wel een vesting,' fluisterde ze.

Langdon was het met haar eens. Zelfs hiervandaan zagen de muren er zeer robuust uit.

'De tempeliers waren krijgers,' bracht Teabing hun in herinnering, en het geluid van zijn aluminium krukken weerklonk door de echoënde ruimte. 'Een religieus-militaire gemeenschap. Hun kerk was hun bolwerk en hun bank.'

'Bank?' vroeg Sophie met een blik op Leigh.

'Nou en of! De tempeliers hebben het moderne bankieren úitgevonden. Voor de Europese adel was het gevaarlijk om met goud rond te reizen, dus boden de tempeliers edellieden de mogelijkheid goud in bewaring te geven bij de dichtstbijzijnde tempelkerk en het bij een andere tempelkerk elders in Europa weer op te halen. Dan hadden ze alleen de juiste papieren nodig.' Hij knipoogde. 'En de tempeliers vroegen een kleine provisie. Ze waren eigenlijk de voorlopers van de geldautomaten.' Teabing wees naar een glas in loodraam waarin de rijzende zon door een in het wit geklede ridder op een roze paard scheen. 'Alanus Marcel,' zei Teabing, 'Meester van de tempel in het begin van de dertiende eeuw. Hij en zijn opvolgers hadden ook een zetel in het parlement, die van Primus Baro Angiae.'

Langdon was verrast. 'Eerste Baron van het Rijk?'

Teabing knikte. 'Sommigen beweren dat de Meester van de tempel meer invloed had dan de koning zelf.' Toen ze aan de rand van het cirkelvormige vertrek aankwamen, wierp Teabing een blik over zijn schouder op de misdienaar, die in de verte stond te stofzuigen.

'Weet je,' fluisterde Teabing tegen Sophie, 'men zegt dat de heilige graal eens een nacht in deze kerk heeft doorgebracht, toen de tempeliers bezig waren hem van de ene schuilplaats naar de andere te brengen. Kun je je dat voorstellen: vier kisten met Sangreal-documenten en Maria Magdalena's sarcofaag, die hier gewoon staan? Ik krijg er kippenvel van.'

Ook Langdon kreeg kippenvel toen ze de ronde ruimte binnenstapten. Zijn blik volgde de ronding van de bleke stenen muur en ging langs de gebeeldhouwde gargouilles, demonen, monsters en vertrokken menselijke gezichten, die allemaal naar binnen staarden. Onder de sculpturen liep langs de muur één enkele stenen bank het hele vertrek rond.

'Een arenatoneel,' fluisterde Langdon.

Teabing stak een kruk op en wees ermee naar links achter in de ruimte en daarna naar rechts achterin. Langdon had ze al gezien.

Tien stenen ridders.

Vijf links en vijf rechts.

De gebeeldhouwde, levensgrote gestalten lagen in vredige poses op hun rug op de vloer. De ridders waren weergegeven in hun volledige wapenrusting, met schilden en zwaarden, en ze gaven Langdon het onbehaaglijke gevoel dat er iemand binnen was geslopen en gips over de ridders had gegoten terwijl ze lagen te slapen. Alle gestalten waren zeer verweerd, maar toch waren ze allemaal duidelijk anders; een verschillende wapenrusting, een verschillende stand van armen en benen, verschillende gelaatstrekken en symbolen op hun schild.

In Londen rust een ridder...

Langdon liep langzaam en met knikkende knieën verder de cirkelvormige ruimte in.

Het moest hier zijn.

84

In een steegje bezaaid met afval, vlak bij de Tempelkerk, zette Rémy de Jaguar stil achter een rij afvalcontainers. Hij schakelde de motor uit en keek om zich heen. Niemand te bekennen. Hij stapte uit, liep naar achteren en stapte in het passagiersgedeelte van de limousine, waar de monnik lag.

Die voelde Rémy's aanwezigheid en kwam uit een trance alsof hij had gebeden; zijn rode ogen stonden eerder nieuwsgierig dan bang. Rémy was al de hele avond onder de indruk van het vermogen van de geknevelde man om kalm te blijven. Nadat hij zich in de Range Rover eerst nog even had verzet, leek de monnik zijn situatie te hebben aanvaard en zijn lot in handen te hebben gegeven van een hogere macht.

Rémy trok zijn vlinderdasje los, knoopte zijn hoge, gesteven puntboord open en had het gevoel dat hij voor het eerst in jaren weer adem kon halen. Hij ging naar de bar in de limousine en schonk zichzelf een glas Smirnoff-wodka in. Hij sloeg het in één teug achterover en schonk zichzelf nog eens in.

Binnenkort kan ik gaan rentenieren.

Rémy zocht in de bar, vond een kurkentrekker en klapte het scherpe mesje ervan open. Dat werd meestal gebruikt om het lood door te snijden dat over de kurken van dure flessen wijn zat, maar vanochtend zou het een veel dramatischer doel dienen. Rémy draaide zich om, keek naar Silas en stak het glinsterende mesje omhoog. Nu sprak er angst uit die rode ogen.

Rémy glimlachte en klauterde door de limousine naar achteren. De monnik deinsde terug en worstelde om los te komen.

'Blijf stil liggen,' fluisterde Rémy terwijl hij het mes hief.

Silas kon niet geloven dat God hem had verlaten. Zelfs de lichamelijke pijn van het geketend zijn had hij in een geestelijke oefening veranderd: hij had zichzelf voorgehouden bij het kloppen van zijn afgebonden spieren te denken aan de pijn die Jezus had doorstaan. *Ik heb de hele nacht om verlossing gebeden.* Nu het mes naar beneden bewoog, kneep Silas zijn ogen dicht.

Er ging een pijnscheut door zijn schouderbladen. Hij schreeuwde het uit, nog steeds niet in staat te geloven dat hij hier achter in deze limousine zou sterven, zonder dat hij zich kon verdedigen. *Ik deed het werk van God. De Leermeester heeft gezegd dat hij me zou beschermen.*

Silas voelde dat er zich een bijtende warmte over zijn rug en schouders verspreidde en stelde zich voor hoe zijn eigen bloed over zijn huid stroomde. Nu ging er een snijdende pijn door zijn dijen, en hij voelde die bekende onderstroom van desoriëntatie opkomen, het verdedigingsmechanisme van het lichaam tegen pijn.

De doordringende hitte trok nu door al zijn spieren, terwijl Silas zijn ogen nog stijver dichtkneep, vastbesloten dat het laatste beeld dat hij zou zien niet dat van zijn moordenaar zou zijn. In plaats daarvan haalde hij zich een nog jonge bisschop Aringarosa voor de geest, die voor het kerkje in Spanje stond, het kerkje dat hij en Silas eigenhandig hadden gebouwd. *Het begin van mijn leven.*

Silas had het gevoel dat hij in brand stond.

'Neem een slok,' fluisterde de man in smoking met een Frans accent. 'Dat helpt je bloedsomloop weer op gang.'

Silas sperde verrast zijn ogen open. Er boog zich een vage gestalte over hem heen, die hem een glas drinken aanbood. Er lag een berg kapotgesneden plakband op de grond naast het schone mes.

'Drink maar op,' herhaalde hij. 'De pijn die je voelt, is het bloed dat weer door je spieren gaat stromen.'

Silas voelde het vurige kloppen nu veranderen in een stekende tinteling. De wodka smaakte afschuwelijk, maar hij dronk het toch op en was er dankbaar om. Het lot had Silas vannacht een flinke portie pech toebedeeld, maar God had het allemaal met één wonderbaarlijke wending goedgemaakt.

God heeft me niet verlaten.

Silas wist hoe bisschop Aringarosa het zou noemen.

Goddelijke interventie.

'Ik had je wel eerder willen bevrijden,' zei de bediende verontschuldigend, 'maar dat kon niet. Eerst kwam de politie naar Château Villette en toen naar Biggin Hill, dus dit was de eerste gelegenheid. Dat snap je toch wel, Silas?'

Silas deinsde geschrokken achteruit. 'Kent u mijn naam?'

De bediende glimlachte.

Silas ging zitten en wreef over zijn stijve spieren. In zijn hoofd raasde een storm van ongeloof, blijdschap en verwarring. 'Bent u... de Leermeester?'

Rémy schudde zijn hoofd en lachte bij het idee. 'Ik wou dat ik zoveel macht had. Nee, ik ben niet de Leermeester. Ik werk voor hem, net als jij. Maar de Leermeester geeft hoog van je op. Ik heet Rémy.'

Silas was verbaasd. 'Ik snap het niet. Als u voor de Leermeester werkt, waarom heeft Langdon de sluitsteen dan naar úw huis gebracht?'

'Niet míjn huis. Het huis van de belangrijkste graaldeskundige ter wereld, sir Leigh Teabing.'

'Maar ú woont daar. Die kans is toch...'

Rémy glimlachte; hij zag er blijkbaar geen toeval in dat Langdon nu juist dát toevluchtsoord had gekozen. 'Het was allemaal volkomen voorspelbaar. Robert Langdon had de sluitsteen in zijn bezit en had hulp nodig. Wat was er logischer dan dat hij naar het huis van Leigh Teabing zou vluchten? Dat ik daar toevallig woon, is de reden dat de Leermeester me heeft benaderd.' Hij zweeg even. 'Hoe denk je dat de Leermeester zoveel over de graal te weten is gekomen?'

Nu drong het tot Silas door, en hij was verbluft. De Leermeester had de bediende van sir Leigh Teabing in dienst genomen, omdat die toegang had tot al zijn onderzoek. Het was briljant.

'Ik heb je veel te vertellen,' zei Rémy, terwijl hij Silas het geladen Heckler & Koch-pistool gaf. Toen stak hij zijn hand door de opengeschoven ruit naar voren en pakte een revolvertje van zakformaat uit het handschoenkastje. 'Maar eerst hebben jij en ik een klus te doen.'

Hoofdinspecteur Fache liep op Biggin Hill de vliegtuigtrap af en luisterde ongelovig naar het relaas van de hoofdinspecteur van het korps Kent over wat er in Teabings hangar was gebeurd.

'Ik heb het toestel zelf doorzocht,' zei de Brit, 'en er was verder niemand.' Zijn toon werd hautain. 'En ik wil daaraan toevoegen dat ik, als sir Leigh Teabing een aanklacht tegen me indient...'

'Hebt u de piloot ondervraagd?'

'Natuurlijk niet. Hij is Frans, en onze bevoegdheid strekt zich niet uit...'

'Breng me naar het vliegtuig.'

Toen hij in de hangar aankwam, had Fache maar een minuut nodig om een verdachte bloedsmeer op de vloer te ontdekken, vlak bij de plek waar de limousine had gestaan. Fache liep naar het vliegtuig en bonsde hard op de romp.

'Dit is Fache, hoofdinspecteur van de Franse recherche. Doe open!'

De geschrokken piloot deed de deur open en liet de trap zakken.

Fache klom omhoog. Drie minuten later had hij met behulp van zijn revolver een bekentenis losgekregen, plus een beschrijving van de geknevelde albino monnik. Bovendien had hij van de piloot gehoord dat hij Langdon en Sophie iets had zien achterlaten in Teabings kluisje, een of ander houten kistje. De piloot ontkende te weten wat er in dat kistje zat, maar wist wel te melden dat Langdons aandacht er gedurende de vlucht steeds op gericht was geweest.

'Maak de kluis open,' eiste Fache.

De piloot keek doodsbang. 'Ik ken de combinatie niet!'

'Dat is nou jammer. Ik was net van plan je je vergunning als piloot te laten houden.'

De piloot wrong zijn handen. 'Ik ken wel een paar lui van de onderhoudsploeg hier. Misschien kunnen die hem open boren?'

'Je hebt een halfuur.'

De piloot stortte zich op zijn radio.

Fache beende door het vliegtuig naar achteren en schonk zichzelf een stevige borrel in. Het was nog vroeg, maar hij had niet geslapen, dus telde dit niet als drinken voor het middaguur. Hij ging in een luxueuze kuipstoel zitten, sloot zijn ogen en probeerde te bedenken wat er was gebeurd. *De blunder van die lui hier kan me duur komen te staan.* Iedereen was nu op zoek naar een zwarte Jaguar-limousine.

Faches telefoon ging, en hij wenste dat hij nu eens even met rust werd gelaten. '*Allô?*'

'Ik ben op weg naar Londen.' Het was bisschop Aringarosa. 'Ik kom over een uur aan.'

Fache ging rechtop zitten. 'Ik dacht dat u naar Parijs ging.'

'Ik ben zeer ongerust. Ik heb mijn plannen veranderd.'

'Dat had u niet moeten doen.'

'Hebt u Silas?'

'Nee. Zijn overmeesteraars zijn de lokale politie ontglipt voordat ik was geland.'

Aringarosa's woede klonk door in zijn stem. 'U heeft me verzekerd dat u dat vliegtuig zou aanhouden!'

Fache dempte zijn stem. 'Monseigneur, gezien uw situatie raad ik u aan mijn geduld vandaag niet op de proef te stellen. Ik zal Silas en de anderen zo snel mogelijk vinden. Waar landt u?'

'Eén ogenblikje.' Aringarosa legde even zijn hand over het mondstuk van de hoorn en zei toen: 'De piloot probeert toestemming te krijgen om op Heathrow te landen. Ik ben zijn enige passagier, maar we zijn onverwachts van koers veranderd.'

'Zeg hem dat hij naar het zakenvliegveld Biggin Hill kan komen. Ik zorg voor de toestemming. Als u straks landt en ik ben er niet, zorg ik dat er een auto voor u klaar staat.'

'Dank u.'

'En monseigneur, ik heb het al eens gezegd: onthoud dat u niet de enige bent voor wie alles op het spel staat.'

85

Zoek nu de bol die aan zijn graf ontbreekt.

Alle gebeeldhouwde ridders in de Tempelkerk lagen op hun rug met hun hoofd op een rechthoekig stenen kussen. Er liep een rilling over Sophies rug. De verwijzing naar een bol in het gedicht riep beelden bij haar op van de nacht in haar opa's kelder.

Hiëros gamos. De bollen.

Sophie vroeg zich af of hetzelfde ritueel ook in dit heiligdom beoefend was. De ronde zaal leek wel gemaakt voor een dergelijke heidense rite. Er was een stenen kerkbank rond een lege ruimte in het midden. *Een arenatoneel*, zoals Robert het had genoemd. Ze stelde zich deze kamer 's nachts voor, vol gemaskerde mensen die bij toortslicht woorden scandeerden en naar een 'heilige gemeenschap' in het midden van de zaal keken.

Ze verdrong het beeld uit haar gedachten en liep met Langdon en Teabing naar de eerste groep ridders. Hoewel Teabing had benadrukt dat ze de beelden nauwgezet moesten onderzoeken, liep Sophie in haar ongeduld voor hen uit en ze wandelde snel langs de vijf ridders die links in de kerk lagen.

Ze bekeek de graven en lette op de overeenkomsten en verschillen. Alle ridders lagen op hun rug, maar drie van hen hadden hun benen gestrekt en twee hadden ze over elkaar geslagen. Dit leek echter geen verband te houden met een ontbrekende bol. Toen ze naar hun kleding keek, viel het Sophie op dat twee van de ridders een tuniek over hun wapenrusting droegen, terwijl de andere drie een enkellang gewaad aanhadden. Ook daar schoot ze niets mee op. Ze richtte haar aandacht op het enige andere duidelijke verschil: de positie van de handen. Twee ridders omklemden een zwaard, twee baden, en een lag met zijn armen langs zijn lijf. Nadat ze aandachtig naar de handen had gekeken, haalde Sophie haar schouders op, want ze zag nergens een spoor van een opvallend ontbrekende bol.

Ze voelde het gewicht van de cryptex in de zak van haar trui en keek achterom naar Langdon en Teabing. De mannen kwamen langzaam vooruit en waren pas bij de derde ridder, maar ook zij hadden blijkbaar geen succes. Ze had geen zin om op hen te wachten, dus zette ze koers naar de tweede groep ridders. Terwijl ze door de lege zaal liep, citeerde ze in gedachten het gedicht, dat ze inmiddels zo vaak had gelezen dat ze het uit haar hoofd kende.

> In Londen rust een ridder door wiens werk
> in grote toorn ontstak de heilige Kerk.
> Toch stond een paus te treuren aan zijn graf,
> of was zijn dood in werk'lijkheid een straf?
> Zoek nu de bol die aan zijn graf ontbreekt,
> van rozig vlees, gevuld met zaden, spreekt.

Toen Sophie bij de tweede groep ridders aankwam, zag ze dat die grote overeenkomst vertoonde met de eerste. Ze lagen allemaal in iets verschillende houdingen op hun rug, in een wapenrusting en met een zwaard.

Tenminste, met uitzondering van het tiende en laatste graf.

Ze liep er snel heen en keek er met grote ogen naar.

Geen kussen. Geen wapenrusting. Geen tuniek. Geen zwaard.

'Robert? Leigh?' riep ze, en haar stem echode door de ruimte. 'Er ontbreekt hier iets.'

Beide mannen keken op en kwamen naar haar toe.

'Een bol?' riep Teabing opgewonden. Zijn krukken tikten in een snel en gelijkmatig ritme op de vloer toen hij zich naar haar toe haastte. 'Missen we een bol?'

'Niet echt,' zei Sophie, die met een frons naar het tiende graf stond te kijken. 'Ik geloof dat we een complete ridder missen.'

Toen de mannen bij haar aankwamen, keken ze verbaasd naar het tiende graf. Hier lag geen ridder op zijn rug; dit graf bestond uit een gesloten stenen kist. Die had de vorm van een trapezium – aan het voeteneinde smal en aan het hoofdeinde breder – en had een deksel in de vorm van een puntdak.

'Waarom is deze ridder niet afgebeeld?' vroeg Langdon.

'Fascinerend,' zei Teabing, terwijl hij langs zijn kin streek. 'Deze eigenaardigheid was ik helemaal vergeten. Het is jaren geleden dat ik hier ben geweest.'

'Deze kist,' zei Sophie, 'ziet eruit alsof hij in dezelfde tijd en door dezelfde beeldhouwer is gemaakt als de andere negen graven. Waarom ligt deze ridder dan niet op zijn graf?'

Teabing schudde zijn hoofd. 'Een van de raadsels van deze kerk. Bij mijn beste weten heeft niemand er ooit een verklaring voor gevonden.'

'Hallo?' zei de misdienaar, die met een verstoord gezicht aan kwam lopen. 'Ik wil niet onbeleefd lijken, maar u zei me dat u as wilde verstrooien, en nu ziet het er toch naar uit dat u de kerk aan het bezichtigen bent.'

Teabing keek de jongen lelijk aan en wendde zich tot Langdon. 'Meneer Wren, de filantropie van uw familie geeft u blijkbaar geen recht meer op de tijd die u vroeger kreeg, dus misschien moeten we de as maar te voorschijn halen en de verstrooiing uitvoeren.' Teabing wendde zich tot Sophie. 'Mevrouw Wren?'

Sophie speelde het spelletje mee en haalde de in perkament gewikkelde cryptex uit haar zak.

'Zo,' zei Teabing kortaf tegen de jongen, 'als je ons dan even wat privacy wilt gunnen?'

De misdienaar verroerde zich niet. Hij nam Langdon aandachtig op. 'U komt me bekend voor.'

Teabing snoof. 'Misschien komt dat doordat meneer Wren hier elk jaar komt!'

Of misschien, vreesde Sophie, *doordat hij Langdon vorig jaar op de tv heeft gezien, in het Vaticaan.*

'Ik heb meneer Wren nooit ontmoet,' verklaarde de misdienaar.

'Je vergist je,' zei Langdon beleefd. 'Ik geloof dat we elkaar vorig jaar in het voorbijgaan hebben gezien. Dominee Knowles heeft ons niet aan elkaar voorgesteld, maar ik herkende je gezicht toen we binnenkwamen. En ik snap best dat we heel lastig zijn, maar zou je me een paar minuten de tijd willen gunnen? Ik heb een lange reis gemaakt om de as tussen deze graven te verstrooien.' Langdon sprak de woorden met een Teabing-achtige geloofwaardigheid uit.

De blik van de misdienaar werd nog sceptischer. 'Dit zijn geen graven.'

'Pardon?' zei Langdon.

'Natuurlijk zijn het graven,' betoogde Teabing. 'Waar heb je het over?'

De misdienaar schudde zijn hoofd. 'In een graf ligt een lijk. Dit zijn monumenten. Een stenen eerbetoon aan mannen die hebben geleefd. Er liggen geen lichamen onder deze beelden.'

'Dit is een crypte!' zei Teabing.

'Alleen in verouderde geschiedenisboeken. Vroeger dacht men dat dit een crypte was, maar bij de renovatie van 1950 is duidelijk geworden dat dat helemaal niet zo is.' Hij wendde zich weer tot Langdon. 'En het lijkt me dat meneer Wren dat wel zou weten. Gezien de banden tussen zijn familie en deze kerk.'

Er viel een ongemakkelijke stilte.

Die werd verbroken door het dichtslaan van een deur in de aanbouw.

'Dat moet dominee Knowles zijn,' zei Teabing. 'Moet je niet even gaan kijken?'

De misdienaar keek weifelend, maar liep toen toch terug naar de aanbouw, zodat Langdon, Sophie en Teabing alleen achterbleven. Ze keken elkaar somber aan.

'Leigh,' fluisterde Langdon. 'Geen lichamen? Waar heeft hij het over?'

Teabing keek verontrust. 'Ik weet het niet. Ik heb altijd gedacht... Dit móet toch wel de plek zijn? Ik kan me niet voorstellen dat hij weet waar hij het over heeft. Het slaat nergens op!'

'Mag ik het gedicht nog eens zien?' vroeg Langdon.

Sophie haalde de cryptex uit haar zak en gaf hem die voorzichtig aan.

Langdon wikkelde het perkament los en hield de cryptex in zijn hand terwijl hij het gedicht bestudeerde. 'Ja, het gedicht verwijst

duidelijk naar een gráf. Niet naar een monument.'
'Zou dat een vergissing kunnen zijn?' vroeg Teabing. 'Zou Jacques Saunière dezelfde denkfout gemaakt kunnen hebben als ik?'
Langdon dacht er even over na en schudde zijn hoofd. 'Leigh, je hebt zelf gezegd dat deze kerk is gebouwd door de tempeliers, de militaire tak van de Priorij. Iets zegt me dat de Grootmeester van de Priorij wel weet of hier ridders begraven liggen of niet.'
Teabing leek van zijn stuk gebracht. 'Maar deze plek is volmaakt.' Hij draaide zich om naar de ridders. 'We moeten iets over het hoofd zien!'

Toen de misdienaar de aanbouw binnenging, was die tot zijn verbazing verlaten. 'Dominee Knowles?' *Ik weet zeker dat ik de deur heb gehoord*, dacht hij, en hij liep door totdat hij die kon zien.
Bij de ingang stond een magere man in rokkostuum, die op zijn hoofd krabde en er verloren uitzag. De misdienaar snoof geërgerd, want hij besefte dat hij was vergeten de deur weer op slot te doen toen hij de anderen binnenliet. Nu was er een of andere rare kwibus binnen komen dwalen, zo te zien op zoek naar de plek waar een bruiloft werd gehouden. 'Het spijt me,' riep hij, terwijl hij langs een grote zuil liep, 'we zijn gesloten.'
Er klonk het geruis van stof achter hem, en voordat de misdienaar zich kon omdraaien, werd zijn hoofd naar achteren getrokken en een sterke hand stevig voor zijn mond geslagen, zodat zijn kreet werd onderdrukt. De hand voor de mond van de jongen was spierwit, en hij rook alcohol.
De formeel geklede man haalde kalm een klein revolvertje te voorschijn, dat hij recht op het voorhoofd van de jongen richtte.
De misdienaar voelde zijn liezen warm worden en besefte dat hij in zijn broek had geplast.
'Luister goed,' fluisterde de man in rok. 'Je verlaat de kerk geluidloos en dan zet je het op een lopen. Je blijft niet staan. Begrepen?'
De jongen knikte zo goed en zo kwaad als dat ging, met de hand over zijn mond.
'Als je de politie belt...' De man drukte de revolver tegen zijn voorhoofd. 'Ik weet je te vinden.'
Het volgende moment spurtte de jongen over de binnenplaats voor de kerk, en hij was van plan te blijven rennen zolang zijn benen hem konden dragen.

86

Zo geruisloos als een geest benaderde Silas zijn prooi van achteren. Sophie Neveu merkte hem te laat op. Voordat ze zich kon omdraaien, drukte Silas de loop van het pistool tegen haar ruggengraat en sloeg een sterke arm om haar borst, waarmee hij haar tegen zijn grote lijf trok. Ze gaf een gil van schrik. Teabing en Langdon draaiden zich allebei met een verbijsterd en angstig gezicht om.

'Wat...?' bracht Teabing met moeite uit. 'Wat heb je met Rémy gedaan?'

'Het enige dat u hoeft te weten,' zei Silas rustig, 'is dat ik hier wegga met de sluitsteen.' Deze revanche, zoals Rémy het had genoemd, moest snel en eenvoudig verlopen: *Ga de kerk in, neem de sluitsteen mee en maak je uit de voeten; geen doden, geen worsteling.*

Terwijl hij Sophie stevig vasthield, liet Silas zijn hand van haar borst naar haar middel zakken en in de diepe zak van haar trui glijden. Hij rook haar zacht geurende haar door zijn eigen naar alcohol ruikende adem heen. 'Waar is hij?' fluisterde hij. *De sluitsteen zat daarnet in de zak van haar trui. Waar is hij nu?*

'Hier,' klonk Langdons diepe stem vanaf de andere kant van het vertrek.

Silas draaide zich om en zag dat Langdon de zwarte cryptex voor hem omhooghield en heen en weer zwaaide als een matador die een domme stier probeert te lokken.

'Leg hem neer,' eiste Silas.

'Laat Sophie en Leigh gaan,' antwoordde Langdon. 'Jij en ik kunnen dit verder regelen.'

Silas duwde Sophie bij zich vandaan, richtte het pistool op Langdon en liep langzaam naar hem toe.

'Geen stap dichterbij,' zei Langdon. 'Niet zolang ze nog in het gebouw zijn.'

'U bent niet in een positie om eisen te stellen.'

'Daar ben ik het niet mee eens.' Langdon hief de cryptex hoog boven zijn hoofd. 'Ik zal niet aarzelen dit op de grond te gooien en het buisje dat erin zit te breken.'

Hoewel Silas spottend lachte, voelde hij angst opwellen. Dit had hij niet verwacht. Hij richtte het pistool op Langdons hoofd en hield het stil, terwijl hij met vaste stem zei: 'U zou de sluitsteen nooit breken. U wilt de graal net zo graag vinden als ik.'

'Dat zie je verkeerd. Jij wilt hem veel liever vinden. Je hebt bewezen dat je bereid bent ervoor te doden.'

Op twaalf meter afstand stond Rémy Legaludec vanuit de kerkbanken in de aanbouw, vlak bij de doorgang, toe te kijken. Hij schrok van deze ontwikkeling. De manoeuvre was niet volgens plan verlopen, en zelfs hiervandaan kon hij zien dat Silas niet precies wist wat hij moest doen. Op instructies van de Leermeester had Rémy Silas verboden te schieten.

De rode ogen van de monnik vulden zich met woede en frustratie, en Rémy verstarde van angst dat Silas Langdon zou neerschieten terwijl die de cryptex vasthield. *De cryptex mag niet vallen!*

De cryptex zou Rémy vrijheid en rijkdom brengen. Ruim een jaar geleden was hij gewoon een vijfenvijftig jaar oude bediende geweest, die in Château Villette woonde en voldeed aan elke gril van die onuitstaanbare mankepoot sir Leigh Teabing. Toen was hem een opmerkelijk voorstel gedaan. Het feit dat Rémy voor sir Leigh Teabing werkte – de belangrijkste graaldeskundige ter wereld – zou Rémy alles brengen waar hij ooit van had gedroomd. Sedertdien was elk moment dat hij in Château Villette had doorgebracht een stapje in de richting van deze gebeurtenis geweest.

Ik ben er zo dichtbij, dacht Rémy, terwijl hij het heiligdom van de Tempelkerk inkeek en de sluitsteen in de hand van Robert Langdon zag. Als Langdon hem liet vallen, was alles verloren.

Ben ik bereid mijn gezicht te laten zien? Het was iets dat de Leermeester hem uitdrukkelijk had verboden. Rémy was de enige die wist wie de Leermeester was.

'Weet u zeker dat u wilt dat Silas deze opdracht uitvoert?' had Rémy de Leermeester minder dan een uur geleden gevraagd, toen hij de instructies kreeg om de sluitsteen te bemachtigen. 'Ik kan het zelf ook doen.'

De Leermeester was vastbesloten. 'Silas heeft goed werk geleverd bij de vier leden van de Priorij. Hij zal de sluitsteen bemachtigen. Jíj moet anoniem blijven. Als anderen je zien, moeten ze geëlimineerd worden en er is al genoeg gemoord. Laat je gezicht niet zien.'

Mijn gezicht zal veranderen, dacht Rémy. *Met wat u hebt beloofd me te betalen, zal ik een heel ander mens worden.* Zelfs zijn vingerafdrukken zouden operatief veranderd kunnen worden, had de Leermeester hem verteld. Binnenkort zou hij vrij zijn; een ander, onherkenbaar, knap gezicht hebben dat hij op het strand zou laten bruinen. 'Begrepen,' had Rémy gezegd. 'Ik zal Silas helpen zonder me te laten zien.'

'Ter informatie, Rémy,' had de Leermeester gezegd, 'het graf in kwestie is niet in de Tempelkerk. Wees dus niet bang. Ze zoeken op de verkeerde plek.'

Rémy was verbluft. 'Weet u dan waar het graf is?'

'Natuurlijk. Later zal ik het je vertellen. Maar nu moet je snel handelen. Als de anderen begrijpen wat de ware lokatie van het graf is en de kerk verlaten voordat jullie de cryptex hebben, zouden we de graal voorgoed kunnen verliezen.'

Rémy gaf helemaal niets om de graal, maar de Leermeester wilde hem pas betalen als die gevonden was. Elke keer dat Rémy aan het geld dacht dat hij binnenkort zou hebben, ging het hem duizelen. *Een derde van twintig miljoen euro. Ruim voldoende om voorgoed te verdwijnen.* Rémy zag de kustplaatsen aan de Côte d'Azur voor zich, waar hij zijn leven in de zon wilde slijten en zich voor de verandering eens wilde láten bedienen.

Maar nu Langdon dreigde de sluitsteen kapot te gooien, stond Rémy's toekomst op het spel. Hij kon de gedachte niet verdragen dat hij er zo dichtbij was geweest en alles zou verliezen, dus besloot hij een gewaagde actie te ondernemen. Het wapen in zijn hand was een Medusa, een klein kaliber J-vormige revolver, klein genoeg om te verbergen, maar van dichtbij toch zeer dodelijk.

Rémy stapte uit de schaduw, liep het ronde vertrek in en richtte de revolver op Teabings hoofd. 'Zo, ouwe, hier heb ik lang naar verlangd.'

Sir Leigh Teabings hart stond bijna stil toen hij zag dat Rémy een revolver op hem richtte. *Wat doet hij nu?* Teabing herkende de kleine Medusa als zijn eigen revolver, die hij voor de zekerheid in het handschoenkastje van de limousine bewaarde.

'Rémy?' sputterde Teabing geschokt. 'Wat gebeurt er allemaal?'

Ook Langdon en Sophie leken met stomheid geslagen.

Rémy cirkelde om Teabing heen en duwde de loop van het wapen in zijn rug, vrij hoog en iets links van het midden, recht achter zijn hart.

Teabing voelde zijn spieren verstrakken van angst. 'Rémy, ik snap niet...'

'Ik zal het eenvoudig houden,' beet Rémy hem toe, en hij keek over Teabings schouder naar Langdon. 'Leg de sluitsteen neer, of ik haal de trekker over.'

Even leek Langdon als aan de grond genageld te staan. 'De sluitsteen is waardeloos voor jou,' stamelde hij. 'Je kunt hem onmogelijk openmaken.'

'Arrogante idioten,' sneerde Rémy. 'Hebben jullie niet gemerkt dat ik vannacht steeds heb meegeluisterd toen jullie over die gedichten praatten? Alles wat ik heb gehoord, heb ik aan anderen verteld. Anderen die meer weten dan jullie. Jullie zoeken niet eens op de goede plek. Het graf dat jullie zoeken, is heel ergens anders!'

Teabing raakte in paniek. *Wat zegt hij allemaal?*

'Waarom wil je de graal hebben?' vroeg Langdon. 'Om hem te vernietigen? Vóór het einde der dagen?'

Rémy riep naar de monnik: 'Silas, pak meneer Langdon de sluitsteen af.'

Toen de monnik op hem afkwam, stapte Langdon achteruit en hief de sluitsteen hoog, blijkbaar volkomen bereid die op de grond te smijten.

'Ik maak hem liever kapot,' zei Langdon, 'dan dat hij in de verkeerde handen valt.'

Nu werd Teabing door ontzetting gegrepen. Hij zag zijn levenswerk voor zijn ogen in rook opgaan. Al zijn dromen spatten uiteen.

'Robert, nee!' riep Teabing uit. 'Niet doen! Dat is de graal, die je in je hand hebt! Rémy zou me nooit neerschieten. We kennen elkaar al tien...'

Rémy richtte op het plafond en vuurde de Medusa af. De klap was enorm voor zo'n klein wapen, en het schot echode als een donderslag door de stenen ruimte.

Iedereen verstijfde.

'Ik speel geen spelletjes,' zei Rémy. 'De volgende schiet ik in z'n rug. Geef de sluitsteen aan Silas.'

Langdon stak aarzelend de cryptex uit. Silas stapte naar voren en nam hem aan, en in zijn rode ogen glinsterde de voldoening van de wraak. Hij liet de sluitsteen in de zak van zijn pij glijden en liep achteruit weg, intussen Langdon en Sophie onder schot houdend.

Teabing voelde dat Rémy zijn arm om zijn hals sloeg. De bediende begon zich achteruit terug te trekken en sleurde Teabing mee, met de revolver nog steeds in zijn rug gedrukt.

'Laat hem gaan,' eiste Langdon.

'We nemen meneer Teabing mee een stukje rijden,' zei Rémy, die nog steeds achteruitliep. 'Als jullie de politie bellen, is hij dood. Als jullie iets doen om ons dwars te zitten, is hij dood. Begrepen?'

'Neem mij,' zei Langdon, en zijn stem sloeg over van emotie. 'Laat Leigh gaan.'

Rémy lachte. 'Dat lijkt me geen goed idee. Hij en ik hebben zo'n aardig verleden samen. Bovendien kan hij nog van pas komen.'
Ook Silas begon zich nu terug te trekken, maar hij hield Langdon en Sophie onder schot terwijl Rémy Leigh naar de uitgang trok; zijn krukken sleepten over de vloer.
Sophies stem was vast. 'Voor wie werken jullie?'
De vraag deed Rémy zelfgenoegzaam grijnzen. 'Dat zou u verrassen, mademoiselle Neveu.'

87

In de salon van Château Villette brandde geen vuur meer in de open haard, maar Collet ijsbeerde er toch voor heen en weer terwijl hij de faxberichten van Interpol las.
Helemaal niet wat hij had verwacht.
Volgens de officiële gegevens was André Vernet een modelburger. Geen strafblad, zelfs geen parkeerbon. Hij was cum laude aan de Sorbonne afgestudeerd in internationale financiën. Interpol zei dat Vernets naam af en toe in een krantenartikel opdook, maar altijd in positieve zin. Blijkbaar had de man meegewerkt aan het ontwerpen van de beveiligingsmaatregelen waardoor de Depositobank van Zürich voorop liep in de hypermoderne wereld van elektronische beveiliging. Uit Vernets gebruik van zijn creditcard bleek een voorliefde voor kunstboeken, dure wijn en klassieke cd's – vooral Brahms – die hij blijkbaar afspeelde op een zeer dure stereo-installatie die hij een paar jaar geleden had gekocht.
Nul komma nul, verzuchtte Collet.
Het enige dat Interpol vannacht te melden had gehad, had betrekking op een reeks vingerafdrukken die blijkbaar van Teabings bediende waren. Aan de andere kant van de kamer zat de rechercheur van de technische recherche in een leunstoel het rapport te lezen.
Collet keek zijn kant op. 'Iets interessants?'
De rechercheur haalde zijn schouders op. 'De vingerafdrukken zijn van Rémy Legaludec. Gezocht voor kruimelwerk. Niets ernstigs. Zo te zien is hij van de universiteit geschopt omdat hij met de telefoonbedrading had geknoeid om gratis te kunnen bellen... Later wat kleine diefstalletjes. Inbraak. Is een keer uit een ziekenhuis verdwenen zonder te betalen voor een tracheotomie, een spoedin-

greep.' Hij keek grinnikend op. 'Allergisch voor pinda's.'

Collet knikte en herinnerde zich een politieonderzoek naar een restaurant dat had nagelaten op het menu te vermelden dat er arachideolie in de chili con carne was verwerkt. Een nietsvermoedende gast was na één hapje aan tafel overleden aan een anafylactische shock.

'Legaludec woont hier waarschijnlijk om te voorkomen dat hij wordt opgepakt.' De rechercheur keek geamuseerd. 'Dan heeft hij vannacht wel geluk.'

Collet zuchtte. 'Goed, stuur deze informatie maar naar hoofdinspecteur Fache.'

De rechercheur liep weg, en op dat moment kwam er een andere agent van de technische recherche de woonkamer binnenstormen. 'Inspecteur! We hebben iets gevonden in de schuur.'

De man keek zo geschrokken, dat Collet maar één ding kon denken. 'Een lijk.'

'Nee, meneer. Iets...' Hij aarzelde. 'Onverwachters.'

Collet wreef de slaap uit zijn ogen terwijl hij achter de agent aan naar de schuur liep. Toen ze de muf ruikende, grote ruimte in waren gegaan, wees de agent naar het midden van de schuur, waar een houten ladder hoog in de richting van de daksparren stak; hij was tegen de rand van een hooizolder gezet, die zich hoog boven hen bevond.

'Die ladder stond er daarnet nog niet,' zei Collet.

'Nee, meneer. Die heb ik neergezet. We waren op zoek naar vingerafdrukken rond de Rolls toen ik de ladder op de grond zag liggen. Ik zou er verder geen aandacht aan hebben besteed, maar de sporten waren gesleten en modderig. Deze ladder wordt regelmatig gebruikt. De hoogte van de hooizolder paste bij de ladder, dus heb ik hem rechtop gezet en ben ik naar boven geklommen om een kijkje te nemen.'

Collets blik volgde de ladder bijna loodrecht omhoog naar de hoge hooizolder. *Klimt hier iemand regelmatig naar boven?* Van hieruit gezien leek de zolder een verlaten platform te zijn, maar het grootste deel ervan was vanuit deze hoek dan ook onzichtbaar.

Boven aan de ladder verscheen een oudere agent van de technische recherche. Hij keek naar beneden. 'Ik weet zeker dat u dit zelf wilt zien, inspecteur,' zei hij, terwijl hij Collet met zijn in een latexhandschoen gestoken hand naar boven wenkte.

Collet knikte vermoeid, liep naar de voet van de oude ladder en pakte een sport. De ladder was klassiek taps toelopend van vorm en werd smaller naarmate Collet hoger kwam. Toen hij vlak bij de zolder was, gleed Collet bijna weg op een smalle sport. Hij zag de schuur onder zich draaien. Extra voorzichtig klom hij verder, en uiteindelijk bereikte hij de top. De agent die boven hem stond, stak zijn hand naar hem uit. Collet greep de man bij de pols en maakte de lastige overstap van de ladder naar de zolder.

'Hier is het,' zei de man van de technische recherche, en hij wees naar de achtermuur van de onberispelijk schone zolder. 'Hier zijn alle vingerafdrukken van één persoon. We zullen snel weten van wie.'

Collet tuurde in het schemerige licht naar de muur tegenover hem. *Wat is dat in 's hemelsnaam?* Tegen de achtermuur stond een uitgebreide verzameling computerapparatuur: twee personal computers, een vlak beeldscherm met luidsprekers, een hele reeks harddisks en een geluidsregeltafel met een aparte, ontstoorde voeding. *Waarom zou iemand in godsnaam helemaal hierboven gaan zitten werken?* Collet liep naar de apparatuur. 'Hebben jullie het systeem onderzocht?'

'Het is een afluisterpost.'

Collet draaide zich om. 'Is hier afgeluisterd?'

De agent knikte. 'Zeer geavanceerd allemaal.' Hij wees naar een lange werktafel die vol lag met elektronische onderdelen, handboeken, gereedschap, draad, soldeerbouten enzovoort. 'Hier is iemand bezig geweest die weet wat hij doet. Veel van deze spullen zijn net zo geperfectioneerd als onze eigen apparatuur. Piepkleine microfoontjes, door licht oplaadbare accu's en geheugenchips met een grote capaciteit. Hij heeft zelfs een paar van die nieuwe nanocomponenten.'

Collet was onder de indruk.

'Dit is een compleet systeem,' zei de agent, en hij gaf Collet een apparaatje dat niet veel groter was dan een rekenmachientje. Aan het gevalletje hing een draad van een centimeter of dertig met aan het eind een stukje zeer dun folie ter grootte van een postzegel. 'Dit is een harddisk-audiorecorder met een oplaadbare batterij. Dat plaatje folie aan het eind van de draad is een combinatie van een microfoon en een foto-elektrische laadcel.'

Collet kende ze. Die folie-achtige combinatie van microfoon en zonnecel had een paar jaar geleden een enorme doorbraak betekend. Nu kon er bijvoorbeeld een harddisk-recorder achter een lamp worden bevestigd, terwijl het microfoontje van folie tegen de voet van de lamp werd gedrukt en in dezelfde kleur werd geschilderd. Als het microfoontje maar op een plek zat waar het een paar uur zonlicht per dag kreeg, zouden de zonnecellen het systeem van energie blijven voorzien. Dit soort afluisterapparaatjes kon een onbeperkte tijd blijven werken.

'Hoe wordt het signaal doorgegeven?' vroeg Collet.

De agent wees naar een geïsoleerde draad die vanuit de achterkant van de computer via de muur omhoog en door een gat in het dak liep. 'Gewoon radiogolven. Een kleine antenne op het dak.'

Collet wist dat deze opnameapparatuur meestal in kantoren werd aangebracht, door stemgeluid werd ingeschakeld om ruimte op de harddisk te besparen en in de loop van de dag gesprekken opnam, die 's nachts als gecomprimeerde audiobestanden werden overgeseind om de kans op ontdekking te verkleinen. Nadat het materiaal verzonden was, wiste de harddisk zichzelf en was hij weer klaar om de volgende dag hetzelfde te doen.

Collets blik ging naar een plank waar honderden audiocassettes op lagen, allemaal voorzien van een datum en een nummer. *Iemand heeft het hier heel druk gehad.* Hij wendde zich weer tot de agent. 'Heb je enig idee wie er is afgeluisterd?'

'Nou, inspecteur,' zei de agent, terwijl hij naar de computer liep en een programma startte. 'Het is heel vreemd...'

88

Langdon voelde zich volkomen uitgeput toen Sophie en hij in het metrostation Temple over een tourniquet sprongen en diep het groezelige labyrint van tunnels en perrons in holden. Hij werd verteerd door schuldgevoel.

Ik heb Leigh hierbij betrokken, en nu is hij in groot gevaar.

Het was een schok geweest dat Rémy in het complot zat, maar tegelijk was het ook logisch. Degene die achter de graal aan zat, had iemand ingehuurd die dicht bij het vuur van de kennis zat. *Ze zijn om dezelfde reden als ik naar Teabing gegaan.* In de loop van de geschiedenis hadden mensen die veel over de graal wisten als een magneet gewerkt op dieven zowel als geleerden. Langdons schuldgevoel zou getemperd moeten worden door het feit dat Teabing al die tijd al een doelwit was geweest, maar dat werd het niet. *We moeten Leigh vinden en hem helpen. Zo snel mogelijk.*

Langdon rende achter Sophie aan naar het perron van de westelijke District- en Circlelijn, waar ze zich naar een telefooncel haastte om de politie te bellen, ondanks Rémy's waarschuwing dat niet te doen. Langdon ging berouwvol op een armoedige bank vlak bij de telefoon zitten.

'De beste manier om Leigh te helpen,' herhaalde Sophie terwijl ze het nummer koos, 'is door onmiddellijk de Londense politie te waarschuwen. Geloof me nou maar.'

In eerste instantie was Langdon het hier niet mee eens geweest, maar toen ze een plan aan het beramen waren, begon hij toch de logica van haar redenering in te zien. Op het ogenblik was Teabing veilig. Zelfs als Rémy en de anderen wisten waar het graf van de ridder zich bevond, hadden ze waarschijnlijk toch Teabings hulp nodig bij het ontcijferen van de verwijzing naar de bol. Waar Langdon zich zorgen over maakte, was wat er zou gebeuren nádat de kaart naar de graal was gevonden. *Dan wordt Leigh een enorm blok aan hun been.*

Als Langdon enige kans wilde hebben Leigh te helpen of de sluitsteen ooit nog terug te zien, was het essentieel dat hij het graf vond. *Helaas heeft Rémy een grote voorsprong.*

Het vertragen van Rémy was Sophies taak geworden, het vinden van het juiste graf die van Langdon.

Sophie zou ervoor zorgen dat de Londense politie op zoek ging naar Rémy en Silas, wat ertoe zou leiden dat ze zich moesten verbergen of, beter nog, dat ze gepakt zouden worden. Langdons plan had meer haken en ogen: de metro nemen naar King's College, dat niet al te ver weg was en bekendstond om zijn geautomatiseerde gegevensbestand op het gebied van de theologie. *Het ultieme onderzoekshulpmiddel*, had Langdon gehoord. *Instant antwoorden op alle religieus-historische vragen.* Hij vroeg zich af wat de database te vertellen zou hebben over een ridder die in Londen begraven was en een paus die aan zijn graf had gestaan.

Hij stond op en ging lopen ijsberen; hij wou dat die trein een beetje opschoot.

Intussen kreeg Sophie eindelijk contact met de Londense politie.

'Afdeling Snow Hill,' zei de telefonist. 'Met wie kan ik u doorverbinden?'

'Ik wil een ontvoering melden.' Sophie wist dat ze kort en bondig moest zijn.

'Naam alstublieft?'

Sophie zweeg even. 'Agent Sophie Neveu van de Franse recherche.'

Dat had het gewenste effect. 'Ik verbind u door, mevrouw. Ik zal zorgen dat u een rechercheur aan de lijn krijgt.'

Terwijl het gesprek werd doorverbonden, begon Sophie zich af te vragen of de politie haar beschrijving van Teabings ontvoerders wel zou geloven. *Een man in rokkostuum.* Hoeveel herkenbaarder kon een verdachte zijn? Zelfs als Rémy zich omkleedde, verkeerde hij in het gezelschap van een monnik die ook nog een albino was. *Onmogelijk over het hoofd te zien.* Bovendien hadden ze een gijzelaar en konden ze dus niet met het openbaar vervoer reizen. Ze vroeg zich af hoeveel verlengde Jaguar-limousines er in Londen konden zijn.

Het leek een eeuwigheid te duren voordat Sophie een rechercheur aan de lijn kreeg. *Kom op!* Ze hoorde geklik en gebrom, alsof ze werd doorverbonden.

Er verstreken vijftien seconden.

Ten slotte kwam er een man aan de lijn. 'Neveu?'

Sophie herkende de barse toon onmiddellijk en stond perplex.

'Neveu,' zei Bezu Fache. 'Waar ben je in godsnaam?'

Sophie was sprakeloos. Blijkbaar had hoofdinspecteur Fache de telefonist van de Londense politie gevraagd hem te waarschuwen als Sophie belde.

'Luister,' zei Fache, en hij sprak afgebeten Frans tegen haar. 'Ik heb vannacht een vreselijke vergissing gemaakt. Robert Langdon is onschuldig. Alle tenlasteleggingen jegens hem zijn ingetrokken. Maar jullie verkeren in gevaar. Jullie moeten je melden.'

Sophies mond viel open. Ze had geen idee hoe ze moest reageren. Fache was geen man om zijn verontschuldigingen aan te bieden.

'Je had me niet verteld,' vervolgde Fache, 'dat Jacques Saunière je opa was. Ik ben volledig bereid je insubordinatie van gisteravond door de vingers te zien en toe te schrijven aan de schok van je verlies. Maar nu is het essentieel voor jullie veiligheid dat Langdon en jij naar het dichtstbijzijnde politiebureau in Londen gaan.'

Weet hij dat ik in Londen ben? Wat weet Fache nog meer? Sophie hoorde op de achtergrond iets dat klonk als een boor of een ander apparaat. Ook hoorde ze een vreemd geklik op de lijn. 'Trekt u dit telefoontje na, meneer?'

Fache klonk nu streng. 'Jij en ik moeten samenwerken, Neveu. We hebben allebei veel te verliezen. Ik probeer de schade beperkt te houden. Gisteravond heb ik beoordelingsfouten gemaakt, en als die fouten leiden tot de dood van een Amerikaanse hoogleraar en een cryptoloog van de recherche, is mijn loopbaan voorbij. Ik ben al een paar uur aan het proberen je terug te trekken en in veiligheid te brengen.'

Een trein, die met een laag, rommelend geluid aan kwam rijden, duwde een warme wind het station binnen. Sophie was vast van plan deze trein te nemen. Blijkbaar had Langdon hetzelfde idee; hij kwam naar haar toe.

'De man die u zoekt, is Rémy Legaludec,' zei Sophie. 'De bediende van Teabing. Hij heeft Teabing zojuist ontvoerd uit de Tempelkerk en...'

'Neveu!' brulde Fache terwijl de trein het station binnen denderde. 'Dit is niet iets om over een open lijn te bespreken. Langdon en jij komen je nú melden. In jullie eigen belang! Dat is een bevel!'

Sophie hing op en rende met Langdon naar de trein.

89

De anders zo onberispelijke cabine van Teabings Hawker lag nu bezaaid met staalvijlsel en rook naar perslucht en propaan. Bezu Fache had iedereen weggestuurd en zat alleen met zijn borrel en het zware houten kistje dat ze in Teabings kluis hadden gevonden. Hij ging met zijn vinger over de ingelegde roos en tilde het sierlijke deksel op. In het kistje vond hij een stenen cilinder die uit geletterde schijven bestond. De vijf schijven waren zo gedraaid dat ze het woord SOFIA vormden. Fache bleef even naar het woord kijken, tilde toen de cilinder van zijn gecapitonneerde plek en bestudeerde hem centimeter voor centimeter. Daarna trok hij langzaam aan de uiteinden en een van de kapjes kwam los. De cilinder was leeg.

Fache legde hem weer in het kistje en staarde afwezig uit het vliegtuigraampje naar de hangar, terwijl hij nadacht over zijn korte gesprek met Sophie en over de informatie die hij van de technische recherche in Château Villette had gekregen. Hij werd in zijn gepeins gestoord door het geluid van zijn telefoon.

Het was de telefonist van de recherche. Hij klonk verontschuldigend. De president van de Depositobank van Zürich had herhaaldelijk gebeld, en hoewel hem een paar keer was verteld dat de hoofdinspecteur voor zijn werk naar Londen was, bleef hij maar bellen. Met tegenzin zei Fache tegen de telefonist dat hij het gesprek maar moest doorgeven.

'Monsieur Vernet,' zei Fache voordat de man de kans had iets te zeggen, 'het spijt me dat ik u niet eerder heb gebeld. Ik heb het druk gehad. Zoals ik had beloofd, is de naam van uw bank niet in de media opgedoken. Dus wat is uw probleem?'

Vernet vertelde Fache op ongeruste toon dat Langdon en Sophie een houten kistje hadden meegenomen uit de bank en Vernet hadden overgehaald hen te helpen ontsnappen. 'Toen ik op de radio hoorde dat het misdadigers waren,' zei Vernet, 'heb ik de auto aan de kant gezet en het kistje teruggeëist, maar ze hebben me aangevallen en de vrachtwagen gestolen.'

'U maakt zich zorgen over een houten kistje,' zei Fache, en hij keek naar de ingelegde roos op het deksel en opende dat opnieuw voorzichtig om naar de witte cilinder te kijken. 'Kunt u me vertellen wat er in het kistje zat?'

'De inhoud doet er niet toe,' zei Vernet snel. 'Ik maak me zorgen over de reputatie van mijn bank. We zijn nooit eerder beroofd. Nóóit. Het zal ons ruïneren als ik er niet in slaag dit eigendom van mijn cliënt terug te krijgen.'

'U zei dat agent Neveu en Robert Langdon een wachtwoord en een sleutel hadden. Waarom zegt u dan dat ze het kistje gestolen hebben?'

'Ze hebben gisteravond mensen vermóórd. Onder wie Sophie Neveus grootvader. Het is duidelijk dat de sleutel en het wachtwoord onrechtmatig verkregen waren.'

'Meneer Vernet, mijn mannen hebben enig onderzoek gedaan naar uw achtergrond en interesses. U bent duidelijk een beschaafd man met een verfijnde smaak. Ik stel me voor dat u ook een man van eer bent. Dat geldt ook voor mij. Dat gezegd, geef ik u mijn woord als chef van de recherche dat uw kistje en de reputatie van uw bank in zeer goede handen zijn.'

90

Hoog op de hooizolder van Château Villette staarde Collet verbaasd naar het beeldscherm van de computer. 'Luistert dit systeem ál die lokaties af?'

'Ja,' zei de agent. 'Het ziet ernaar uit dat er meer dan een jaar lang gegevens zijn verzameld.'

Collet las de lijst opnieuw, sprakeloos.

COLBERT SOSTAQUE – Voorzitter van de Conseil Constitutionnel

JEAN CHAFFÉE – Conservator, Musée du Jeu de Paume

EDOUARD DESROCHERS – Hoofdarchivaris, Mitterrand-
bibliotheek
JACQUES SAUNIÈRE – Conservator, Musée du Louvre
MICHEL BRETON – Hoofd van DAS (Franse
inlichtingendienst)

De agent wees naar het scherm. 'Nummer vier is natuurlijk van
belang.'
Collet knikte wezenloos. Dat had hij direct gezien. *Jacques Sauniè-
re werd afgeluisterd.* Hij keek weer naar de rest van de lijst. *Hoe
kon iemand erin zijn geslaagd zulke vooraanstaande mensen af te
luisteren?* 'Heb je al opnamen beluisterd?'
'Een paar. Dit is een van de recentste.' De agent toetste iets in op
de computer. De luidsprekers kraakten. *'Capitaine, un agent du
Département de Cryptographie est arrivé.'*
Collet kon zijn oren niet geloven. 'Dat ben ik! Dat is mijn stem!'
Hij herinnerde zich dat hij aan Saunières bureau had gezeten en
Fache in de Grande Galerie over de portofoon had gebeld om hem
te waarschuwen dat Sophie Neveu was gearriveerd.
De agent knikte. 'Een groot deel van ons onderzoek in het Louvre
gisteravond is te horen geweest, voor iemand die erin geïnteresseerd was.'
'Heb je er al iemand heen gestuurd om naar het microfoontje te
zoeken?'
'Dat hoeft niet. Ik weet de plek precies.' De agent liep naar een
stapel papieren met aantekeningen en ontwerpschetsen op de werktafel. Hij koos er een vel uit en gaf dat aan Collet. 'Komt dit u bekend voor?'
Collet was verbaasd. Hij had een fotokopie in zijn hand van een
oude constructietekening van een eenvoudig apparaat. Hij kon de
handgeschreven Italiaanse bijschriften niet lezen, maar hij wist wat
het was. Het ontwerp van een middeleeuwse Franse ridder met be-
weegbare gewrichten.
De ridder die op Saunières bureau staat!
Collets blik ging naar de marge, waar iemand met een rode viltstift opmerkingen had gekrabbeld. Die waren in het Frans en leken ideeën te zijn over de beste manier om een afluisterapparaat-
je in de ridder te verstoppen.

91

Silas zat op de passagiersstoel van de Jaguar-limousine, die vlak bij de Tempelkerk geparkeerd stond. Zijn handpalmen, die op de sluitsteen lagen, waren bezweet. Hij wachtte tot Rémy Teabing achter in de auto had geketend met het touw dat ze in de koffer-bak hadden gevonden.

Uiteindelijk klom Rémy uit het achterste deel van de limousine, liep eromheen en ging naast Silas achter het stuur zitten.

'Heb je hem stevig vastgebonden?' vroeg Silas.

Rémy grinnikte, schudde de regen van zich af en wierp een blik over zijn schouder door het open raampje, naar de ineengedoken gestalte van Leigh Teabing, die nauwelijks zichtbaar was in de sche-mering achterin. 'Die gaat nergens heen.'

Silas hoorde Teabings gedempte kreten en besefte dat Rémy een stuk van het gebruikte plakband over zijn mond had geplakt.

'*Ferme ta gueule!*' schreeuwde Rémy over zijn schouder naar Tea-bing. Toen drukte hij een knopje op het uitgebreide dashboard in. Achter hen rees een ondoorzichtige ruit omhoog, die het achter-deel van de auto afscheidde. Teabing werd aan het zicht onttrok-ken en zijn stem was niet meer te horen. Rémy keek even naar Silas. 'Ik heb lang genoeg naar zijn akelige gejammer moeten luis-teren.'

Een paar minuten later, toen de Jaguar door de straten scheurde, ging Silas' mobieltje. *De Leermeester.* Hij nam opgewonden op. 'Hallo?'

'Silas,' zei de Leermeester met zijn bekende Franse accent, 'ik ben blij je stem te horen. Dat betekent dat je veilig bent.'

Het deed Silas ook goed om de Leermeester te horen. De vorige keer was uren geleden geweest, en de operatie had daarna een heel verkeerde wending genomen. Nu leken ze eindelijk weer op de goe-de weg te zijn. 'Ik heb de sluitsteen.'

'Dat is fantastisch nieuws,' zei de Leermeester tegen hem. 'Is Ré-my bij je?'

Silas was verrast dat de Leermeester Rémy's naam noemde. 'Ja. Rémy heeft me bevrijd.'

'Dat had ik hem ook opgedragen. Het spijt me alleen dat je zo lang vast hebt gezeten.'

'Lichamelijk ongemak is onbelangrijk. Het voornaamste is dat we de sluitsteen hebben.'

'Ja. Ik heb hem ogenblikkelijk nodig. Haast is geboden.'

Silas wilde de Leermeester dolgraag eindelijk in levenden lijve ontmoeten. 'Natuurlijk, meester, het zou me een eer zijn.'

'Silas, ik wil dat Rémy hem bij me brengt.'

Rémy? Silas was terneergeslagen. Na alles wat hij voor de Leermeester had gedaan, had hij gedacht dat híj degene zou zijn die de buit zou mogen overhandigen. *Geeft de Leermeester de voorkeur aan Rémy?*

'Ik merk dat je teleurgesteld bent,' zei de Leermeester, 'en daardoor weet ik dat je me niet begrijpt.' Hij dempte zijn stem tot gefluister. 'Je moet geloven dat ik de sluitsteen veel liever van jóú zou ontvangen – een man van God in plaats van een crimineel – maar ik moet met Rémy afrekenen. Hij heeft mijn bevelen genegeerd en een ernstige vergissing begaan, die onze hele operatie in gevaar heeft gebracht.'

Silas kreeg een koude rilling en wierp een blik op Rémy. De ontvoering van Teabing was niet gepland geweest, en nu hadden ze een nieuw probleem: wat ze met hem moesten doen.

'Jij en ik zijn mannen van God,' fluisterde de Leermeester. 'We kunnen ons niet van ons doel laten afhouden.' Er viel een veelbetekenende stilte. 'Alleen om die reden zal ik Rémy vragen me de sluitsteen te brengen. Begrijp je?'

Silas bespeurde woede in de stem van de Leermeester en het verbaasde hem dat de man niet wat meer begrip toonde. *Het was onvermijdelijk dat Rémy zijn gezicht heeft laten zien,* dacht Silas. *Hij heeft gedaan wat hij moest doen. Hij heeft de sluitsteen gered.* 'Ik begrijp het,' bracht hij met moeite uit.

'Mooi zo. Voor je eigen veiligheid moet je zo snel mogelijk van de straat af. De politie zal op zoek gaan naar de limousine, en ik wil niet dat je wordt opgepakt. Het Opus Dei heeft toch ook een centrum in Londen?'

'Natuurlijk.'

'En ben je daar welkom?'

'Als een broeder.'

'Ga daar dan heen en blijf uit het zicht. Ik bel je zodra ik de sluitsteen in handen heb en met mijn huidige probleempje heb afgerekend.'

'Bent u in Londen?'

'Doe wat ik je heb gezegd, dan komt alles in orde.'

'Ja, meneer.'

De Leermeester slaakte een zucht, alsof wat hij nu moest gaan doen zeer betreurenswaardig was. 'Het is tijd dat ik met Rémy praat.'

Silas gaf de telefoon aan Rémy, met het gevoel dat dit weleens het laatste telefoongesprek kon zijn dat Rémy Legaludec ooit zou aannemen.

Toen Rémy de telefoon aanpakte, wist hij dat deze arme, geschifte monnik geen idee had welk lot hem boven het hoofd hing nu hij zijn doel had gediend.

De Leermeester heeft je gebruikt, Silas.

En je bisschop is een marionet.

Rémy verbaasde zich nog steeds over de overtuigingskracht van de Leermeester. Bisschop Aringarosa had alles vertrouwd. Hij was verblind geweest door zijn eigen radeloosheid. *Aringarosa wilde er veel te graag in geloven.* Hoewel Rémy de Leermeester niet erg mocht, was hij er trots op dat hij het vertrouwen van de man had gewonnen en hem wezenlijk had geholpen. *Ik heb mijn loon wel verdiend.*

'Luister goed,' zei de Leermeester. 'Breng Silas naar het huis van het Opus Dei en zet hem een paar straten daarvandaan af. Rijd dan naar het St. James's Park. Dat ligt bij het parlementsgebouw en de Big Ben. Je kunt de limousine op Horse Guards Parade parkeren. Daar praten we verder.'

Toen werd er opgehangen.

92

King's College is in 1829 opgericht door koning George IV, en de afdeling Theologie en Religieuze Studies is naast het parlementsgebouw gevestigd, op grondgebied dat door de Kroon is afgestaan. De religieuze afdeling van King's College kan niet alleen bogen op honderdvijftig jaar ervaring met onderwijs en onderzoek, maar heeft, in 1982, ook het Onderzoeksinstituut voor Systematische Theologie opgericht, dat over een van de uitgebreidste en elektronisch meest geavanceerde religieuze onderzoeksbibliotheken ter wereld beschikt.

Langdon was nog steeds beverig toen Sophie en hij uit de regen de bibliotheek binnenstapten. De grootste onderzoekszaal zag eruit zoals Teabing die had beschreven: een indrukwekkende, achthoekige zaal met als opvallendste meubelstuk een enorme ronde tafel, waaraan koning Arthur en zijn ridders zich thuis gevoeld zouden hebben, ware het niet dat er twaalf computerterminals met platte beeldschermen op stonden. Aan de andere kant van de zaal was een bibliothecaresse bezig thee in te schenken en zich te installeren voor haar werkdag.

'Een prachtige ochtend,' zei ze opgewekt. Ze liet de thee staan en liep naar hen toe. 'Kan ik u helpen?'

'Ja, graag,' antwoordde Langdon. 'Ik heet...'

'Robert Langdon.' Ze glimlachte vriendelijk. 'Ik weet wie u bent.'

Even vreesde hij dat Fache zijn foto ook op de Engelse tv had laten zien, maar de glimlach van de bibliothecaresse wees erop dat dat niet het geval was. Langdon was aan de ene kant nog steeds niet gewend aan die onverwachte momenten waarop hij werd herkend. Aan de andere kant, als iemand ter wereld zijn gezicht zou herkennen, zou het wel een bibliothecaresse in een instituut voor religieuze studies zijn.

'Pamela Gettum,' zei de bibliothecaresse, en ze stak haar hand uit. Ze had een sympathiek, intelligent gezicht en een aangenaam stemgeluid. In het hoornen brilmontuur dat om haar hals hing, zaten dikke glazen.

'Aangenaam kennis te maken,' zei Langdon. 'Dit is Sophie Neveu, een vriendin van me.'

De twee vrouwen begroetten elkaar, en daarna zei Gettum tegen Langdon: 'Ik wist niet dat u zou komen.'

'Wij ook niet. Als het niet te veel moeite is, zouden we uw hulp goed kunnen gebruiken bij het zoeken naar gegevens.'

Gettum schuifelde wat heen en weer en keek weifelend. 'Normaal gesproken werken we alleen op aanvraag en op afspraak, tenzij u natuurlijk te gast bent bij iemand van de universiteit?'

Langdon schudde zijn hoofd. 'Ik vrees dat we onaangekondigd zijn gekomen. Een vriend van me heeft zeer hoog van u opgegeven. Sir Leigh Teabing?' Langdon voelde een steek van somberheid toen hij de naam zei. 'De historicus van de Royal Historical Society.'

Nu vrolijkte Gettum op, en ze lachte. 'Hemeltje, ja. Wat een type. Fanatiek! Elke keer dat hij hier komt, geeft hij dezelfde zoekterm op. Graal, graal en nog eens graal. Die man zal eerder dood neervallen dan dat hij zijn zoektocht opgeeft, daar durf ik om te wedden.' Ze knipoogde. 'Als je over tijd en geld beschikt, kun je je aan dat soort heerlijke hobby's overgeven, hè? Hij is een echte Don Quichot, die man.'

'Is er enige kans dat u ons kunt helpen?' vroeg Sophie. 'Het is nogal belangrijk.'

Gettum keek om zich heen in de verlaten bibliotheek en knipoog-

de toen naar hen beiden. 'Nou, ik kan moeilijk beweren dat ik het te druk heb, hè? Als u zich officieel aanmeldt, kan ik me niet voorstellen dat iemand er bezwaar tegen heeft. Wat wilde u weten?'
'We zijn op zoek naar een graftombe in Londen.'
Gettum keek bedenkelijk. 'Daar hebben we er ongeveer twintigduizend van. Kunt u iets specifieker zijn?'
'Het gaat om de graftombe van een ridder. We hebben geen naam.'
'Een ridder. Dat beperkt het aantal mogelijkheden al flink. Daar zijn er niet zoveel van.'
'We hebben niet veel informatie over de ridder naar wie we op zoek zijn,' zei Sophie, 'maar dit is wat we weten.' Ze haalde een velletje papier te voorschijn waarop ze de eerste drie regels van het gedicht had geschreven.
Omdat ze het hele gedicht liever niet aan een buitenstaander lieten zien, hadden Langdon en Sophie besloten alleen de eerste drie regels over te schrijven, die waarmee de identiteit van de ridder moest kunnen worden vastgesteld. 'Gecompartimenteerde cryptoanalyse', had Sophie het genoemd. Als een inlichtingendienst een gecodeerde tekst onderschepte die vertrouwelijke gegevens bevatte, werkte elke cryptoanalist aan een apart fragment van de tekst. Als de code dan werd gebroken, had geen enkele cryptoanalist de beschikking over de hele gedecodeerde boodschap.
In dit geval was de voorzorgsmaatregel waarschijnlijk overdreven; zelfs als deze bibliothecaresse het hele gedicht zag, de ridder wist thuis te brengen en wist welke bol er ontbrak, was die informatie nog steeds nutteloos zonder de cryptex.

Gettum bespeurde urgentie in de ogen van deze beroemde Amerikaanse geleerde, bijna alsof het vinden van deze tombe een zaak van leven of dood was. Ook de vrouw met de groene ogen die bij hem was, maakte een onrustige indruk.
Verbaasd zette Gettum haar bril op en bekeek het vel papier dat ze haar hadden gegeven.

> In Londen rust een ridder door wiens werk
> in grote toorn ontstak de heilige Kerk.
> Toch stond een paus te treuren aan zijn graf

Ze keek even op naar haar gasten. 'Wat is dit? Een speurtocht voor intellectuelen?'
Langdons lach klonk geforceerd. 'Zoiets, ja.'
Gettum zweeg even, want ze had het gevoel dat ze haar niet het

hele verhaal vertelden. Toch was ze geïntrigeerd en merkte ze dat ze diep over de regels nadacht. 'Volgens deze tekst heeft een ridder iets gedaan waarmee hij de toorn van de Kerk over zich afriep, maar toch was een paus zo vriendelijk om naar Londen te komen voor zijn begrafenis.'

Langdon knikte. 'Gaat er een lampje bij u branden?'

Gettum liep naar een van de terminals. 'Niet direct, maar laten we zien wat we in de database kunnen vinden.'

In de afgelopen twintig jaar had het Onderzoeksinstituut voor Systematische Theologie van King's College software voor optische letterherkenning in combinatie met linguïstische vertaalprogramma's gebruikt om een enorme verzameling teksten te digitaliseren en catalogiseren: godsdienstencyclopedieën, biografieën van religieuze figuren, heilige geschriften in tientallen talen, historische verhalen, Vaticaanse brieven, dagboeken van geestelijken; kortom, alles wat beschreven kon worden als een geschrift over religie. Doordat die enorme verzameling nu de vorm van bits en bytes had, in plaats van tastbare bladzijden, waren de gegevens veel beter toegankelijk.

Gettum ging bij een van de terminals zitten, keek naar het velletje papier en typte iets in. 'Om te beginnen zullen we een eenvoudige EN-zoekfunctie met een paar voor de hand liggende sleutelwoorden laten uitvoeren, en dan zien we wel wat er gebeurt.'

'Dank u.'

Gettum typte, uiteraard in het Engels, een paar woorden in:

```
London, knight, pope
```
(Londen, ridder, paus)

Toen ze op de ZOEK-knop drukte, kon ze het gezoem van het enorme mainframe beneden, dat met een snelheid van vijfhonderd megabytes per seconde gegevens doorzocht, bijna voelen. 'Ik vraag het systeem ons alle documenten te laten zien waarvan de complete tekst deze drie sleutelwoorden bevat. Dat zullen er meer zijn dan we leuk vinden, maar we moeten ergens beginnen.'

Op het scherm verschenen de eerste treffers al.

```
Painting the Pope.
```
The Collected Portraits of Sir Joshua Reynolds.
London University Press.

Gettum schudde haar hoofd. 'Dat is duidelijk niet waar u naar op zoek bent.'

Ze liep met de cursor door het scherm naar de volgende treffer.

```
The London Writings of Alexander Pope
           by G. Wilson Knight.
```

Opnieuw schudde ze haar hoofd.

De computer leverde nu in hoog tempo treffers af. Er verschenen tientallen teksten, waarvan vele betrekking hadden op de achttiende-eeuwse Engelse schrijver Alexander Pope, die in zijn antireligieuze, spottend epische gedichten de woorden 'ridder' en 'Londen' blijkbaar vaak had gebruikt.

Gettum wierp een snelle blik op het numerieke veld onder aan het scherm. Door het huidige aantal treffers te vermenigvuldigen met het percentage van de database dat nog moest worden doorzocht, maakte de computer een ruwe schatting van wat het totale aantal zou worden.

Zo te zien zou deze zoekactie een onwerkbare hoeveelheid gegevens opleveren.

```
Geschatte aantal treffers: 2.692
```

'We moeten de zoektermen verfijnen,' zei Gettum, en ze brak de zoekactie af. 'Is dit alle informatie die u hebt over die graftombe? Is er verder niets?'

Langdon wierp Sophie Neveu een onzekere blik toe.

Dit is niet zomaar een speurtocht, dacht Gettum. Ze had allerlei geruchten gehoord over Robert Langdons avonturen in Rome, vorig jaar. Deze Amerikaan had toegang gehad tot de strengst beveiligde bibliotheek ter wereld: het geheime archief van het Vaticaan.

Ze vroeg zich af wat voor geheimen Langdon daar misschien te weten was gekomen en of zijn huidige vertwijfelde jacht op een mysterieuze graftombe in Londen iets te maken kon hebben met informatie die hij in het Vaticaan had verkregen. Gettum was lang genoeg bibliothecaresse om te weten wat de meest voorkomende reden was dat mensen naar Londen kwamen om naar ridders te zoeken. *De graal.*

Gettum glimlachte en duwde haar bril goed. 'U bent bevriend met

Leigh Teabing, u bent in Engeland en u bent op zoek naar een ridder.' Ze vouwde haar handen. 'Ik kan alleen maar aannemen dat u op zoek bent naar de graal.'

Langdon en Sophie keken elkaar geschrokken aan.

Gettum lachte. 'Beste mensen, deze bibliotheek is een basiskamp voor zoekers naar de graal. Onder wie Leigh Teabing. Ik wou dat ik een stuiver kreeg voor elke keer dat ik een zoekactie uitvoerde naar de roos, Maria Magdalena, Sangreal, Merovingisch, Priorij van Sion, enzovoort, enzovoort. Iedereen is dol op samenzweringen.' Ze nam haar bril af en keek hen aan. 'Ik heb meer informatie nodig.'

In de stilte die viel, had Gettum het gevoel dat het verlangen naar discretie van de twee snel werd overwonnen door hun gretigheid om te komen tot een snel resultaat.

'Hier,' flapte Sophie Neveu eruit. 'Dit is alles wat we weten.' Ze leende een pen van Langdon, schreef nog drie regels op het velletje papier en gaf het aan Gettum.

> Of was zijn dood in werk'lijkheid een straf?
> Zoek nu de bol die aan zijn graf ontbreekt,
> van rozig vlees, gevuld met zaden, spreekt.

Gettum moest inwendig glimlachen. *Inderdaad de graal,* dacht ze, toen ze de verwijzingen naar de roos en haar zaden las. 'Ik kan u wel helpen,' zei ze, terwijl ze opkeek van het papier. 'Zou ik mogen vragen waar dit gedicht vandaan komt? En waarom u op zoek bent naar een bol?'

'U mag het wel vragen,' zei Langdon met een vriendelijke glimlach, 'maar het is een lang verhaal en we hebben heel weinig tijd.'

'Dat klinkt als een beleefde manier om "bemoei je met je eigen zaken" te zeggen.'

'We zouden je eeuwig dankbaar zijn, Pamela,' zei Langdon, 'als je erachter zou kunnen komen wie die ridder is en waar hij begraven ligt.'

'Goed dan,' zei Gettum, en ze typte weer iets in. 'Ik zal u helpen. Als dit iets met de graal te maken heeft, moeten we de computer ook op sleutelwoorden op dat gebied laten zoeken. Ik voeg een parameter toe voor de onderlinge afstand en zorg dat hij titels buiten beschouwing laat. Dat beperkt de treffers tot de teksten waarin een sleutelwoord voorkomt in de nabijheid van een woord dat met de graal te maken heeft.'

Zoek naar:
ridder, Londen, paus, graf

Binnen een afstand van honderd woorden van:
graal, roos, Sangreal, kelk

'Hoe lang gaat dit duren?' vroeg Sophie.

'Een paar honderd terabytes met meervoudig gekoppelde velden?' Gettums ogen twinkelden toen ze de ZOEK-knop indrukte. 'Hooguit een kwartiertje.'

Langdon en Sophie zeiden niets, maar Gettum had het gevoel dat dat hun een eeuwigheid leek.

'Thee?' vroeg Gettum, en ze stond op en liep naar de pot die ze eerder had gezet. 'Leigh is dol op mijn thee.'

93

Het Opus Dei-centrum in Londen is een bescheiden bakstenen gebouw aan Orme Court nummer 5, met uitzicht op de North Walk in Kensington Gardens. Silas was er nog nooit geweest, maar toen hij het gebouw te voet naderde, kreeg hij een gevoel van bescherming en geborgenheid. Ondanks de regen had Rémy hem op enige afstand van het gebouw afgezet, zodat hij zich niet met de limousine in de hoofdstraten hoefde te wagen. Silas vond het niet erg om een stukje te lopen. De regen was louterend.

Op Rémy's voorstel had Silas zijn pistool afgeveegd en door een rooster in het riool gegooid. Hij was blij dat hij het kwijt was. Hij voelde zich nu lichter. Zijn benen deden nog pijn van de tijd dat hij vastgebonden had gelegen, maar hij had wel ergere pijnen doorstaan. Hij vroeg zich wel af hoe dat voor Teabing zou zijn, die Rémy vastgebonden achter in de limousine had laten liggen. De Engelsman zou de pijn nu intussen wel voelen.

'Wat ga je met hem doen?' had Silas Rémy gevraagd toen ze hierheen reden.

Rémy had zijn schouders opgehaald. 'Dat moet de Leermeester beslissen.' Er klonk een eigenaardige beslistheid in zijn toon.

Nu Silas vlak bij het gebouw van het Opus Dei was, begon het harder te regenen; zijn zware pij raakte doorweekt en de wonden van de dag ervoor begonnen te prikken. Hij was klaar om de zondes van de afgelopen vierentwintig uur achter zich te laten en zijn ziel te zuiveren. Zijn werk zat erop.

Silas liep over een kleine binnenplaats naar de voordeur en ontdekte – wat hem niet verraste – dat de deur niet op slot was. Hij duwde hem open en stapte de sobere hal in. Boven klonk een zacht, elektronisch belletje toen Silas op de mat stapte. Dat was gebruikelijk in deze gebouwen, waar de bewoners het grootste deel van de dag in gebed in hun kamer doorbrachten. Silas hoorde beweging boven zijn hoofd, op de krakende houten vloeren.

Een man in een mantel kwam naar beneden. 'Kan ik u helpen?' Hij had vriendelijke ogen, die het opvallende voorkomen van Silas niet eens leken op te merken.

'Dank u. Ik heet Silas. Ik ben numerair van het Opus Dei.'

'U komt uit Amerika?'

Silas knikte. 'Ik ben vandaag alleen in de stad. Zou ik hier mogen uitrusten?'

'Dat hoeft u niet eens te vragen. Er zijn twee lege kamers op de derde verdieping. Zal ik u thee en brood brengen?'

'Heel graag.' Silas rammelde.

Hij ging naar boven, naar een bescheiden kamer met een raam, waar hij zijn natte pij uittrok en in zijn onderkleding neerknielde om te bidden. Hij hoorde zijn gastheer naar boven komen en een dienblad voor de deur zetten. Toen Silas klaar was met bidden, at hij het eten op en ging hij liggen om te slapen.

Drie verdiepingen lager rinkelde een telefoon. De numerair van het Opus Dei die Silas had ontvangen, nam op.

'Dit is de politie,' zei de beller. 'We zijn op zoek naar een monnik, een albino. We hebben een tip gekregen dat hij bij u zou zijn. Hebt u hem gezien?'

De numerair was geschokt. 'Ja, hij is hier. Is er iets mis?'

'Is hij er nog?'

'Ja, hij is boven aan het bidden. Wat is er aan de hand?'

'Laat hem waar hij is,' beval de agent. 'Zeg tegen niemand een woord. Ik stuur meteen een paar agenten langs.'

94

St. James's Park is een zee van groen midden in Londen, een openbaar park dat tussen Whitehall, Buckingham Palace en St. James's Palace ligt. Eens was het omheind en had koning Hendrik VIII er herten laten lopen voor de jacht, maar tegenwoordig is het open voor het publiek. Op zonnige middagen picknicken Londenaren onder de wilgen en voeren ze de pelikanen die rond de vijver leven; hun voorouders waren een geschenk van de Russische ambassadeur aan Karel II.

De Leermeester zag vandaag geen pelikanen. In plaats daarvan had het stormachtige weer zeemeeuwen landinwaarts gebracht. De grasvelden waren ermee bezaaid; honderden witte lijven, allemaal met hun kop dezelfde kant op, die geduldig wachtten tot de vochtige wind wat afnam. Ondanks de ochtendmist bood het park een prachtig uitzicht op de Houses of Parliament en de Big Ben. Als hij over de glooiende gazons, voorbij de eendenvijver en de fijne silhouetten van de treurwilgen keek, kon de Leermeester de torenspitsen zien van het gebouw waarin het graf van de ridder zich bevond; dat was de werkelijke reden dat hij Rémy naar deze plek had laten komen.

Toen de Leermeester naar het voorportier aan de passagierskant van de geparkeerde limousine liep, boog Rémy zich opzij en hij deed het portier open. De Leermeester bleef even naast de auto staan en nam een slok uit de zakflacon cognac die hij bij zich had. Daarna bette hij zijn mond, waarna hij naast Rémy ging zitten en het portier sloot.

Rémy hield de sluitsteen als een trofee omhoog. 'We waren hem bijna kwijt.'

'Je hebt goed werk geleverd,' zei de Leermeester.

'Wíj hebben goed werk geleverd,' antwoordde Rémy, en hij legde de sluitsteen in de gretige handen van de Leermeester.

Die bewonderde het voorwerp langdurig en met een glimlach. 'En de revolver? Heb je die afgeveegd?'

'Ligt weer in het handschoenkastje, waar ik hem vandaan had.'

'Uitstekend.' De Leermeester nam nog een slok cognac en gaf de flacon aan Rémy. 'Laten we toosten op ons succes. Het einde is in zicht.'

Rémy nam de fles dankbaar aan. De cognac smaakte een beetje zout, maar dat kon Rémy niet schelen. De Leermeester en hij waren nu echt partners. Hij voelde dat hij naar een hogere status was opgeklommen. *Ik zal nooit meer bediende zijn.* Terwijl Rémy over de oever naar de lager liggende eendenvijver keek, leek Château Villette oneindig ver weg.

Hij nam nog een teug uit de flacon en voelde dat de cognac zijn bloed verwarmde. Maar de warmte in zijn keel veranderde snel in een onaangename hitte. Terwijl hij zijn vlinderdasje lostrok, proefde hij een onplezierige zanderigheid, en hij gaf de flacon terug aan de Leermeester. 'Ik geloof dat ik genoeg heb gehad,' bracht hij zwakjes uit.

De Leermeester nam de flacon aan en zei: 'Rémy, zoals je weet ben jij de enige die mijn gezicht kent. Ik heb heel veel vertrouwen in je gesteld.'

'Ja,' zei Rémy, en hij trok met een koortsig gevoel zijn dasje nog wat verder los. 'En ik zal uw identiteit meenemen in het graf.'

De Leermeester liet een lange stilte vallen. 'Ik geloof je.' Nadat hij de flacon en de sluitsteen in zijn zak had gestoken, stak de Leermeester zijn hand uit naar het handschoenkastje en haalde de kleine Medusa-revolver te voorschijn. Even voelde Rémy een golf van angst opwellen, maar de Leermeester liet de revolver gewoon in de zak van zijn broek glijden.

Wat doet hij? Rémy merkte plotseling dat hij zweette.

'Ik weet dat ik je vrijheid heb beloofd,' zei de Leermeester, en zijn stem klonk nu bedroefd. 'Maar gezien de omstandigheden is dit het beste dat ik je kan bieden.'

De zwelling in Rémy's keel kwam razendsnel op, en hij zakte naar voren tegen het stuur terwijl hij naar zijn keel greep en braaksel proefde in zijn vernauwende luchtpijp. Hij bracht een gedempt gekras uit toen hij wilde schreeuwen, zelfs niet hard genoeg om buiten de auto hoorbaar te zijn. Nu drong tot hem door wat de zoute smaak van de cognac was geweest.

Ik word vermoord!

Ongelovig keek Rémy opzij en zag de Leermeester, die rustig naast hem zat en recht voor zich uit door de voorruit keek. Rémy ging onscherp zien en hapte naar lucht. *Ik heb alles voor hem mogelijk gemaakt! Hoe kan hij dit doen?* Of de Leermeester dit van het begin af aan van plan was geweest of dat het Rémy's optreden in de Tempelkerk was geweest waardoor de Leermeester zijn vertrouwen had verloren, dat zou hij nooit weten. Doodsangst en woede golfden door hem heen. Hij probeerde een uitval te doen naar de Leermeester, maar hij was al zo verstijfd dat hij zich nauwelijks kon bewegen. *Ik heb je al die tijd vertrouwd!*

Rémy probeerde zijn gebalde vuist te heffen om te toeteren, maar in plaats daarvan gleed hij opzij en viel hij op zijn zij naast de Leermeester, terwijl hij weer naar zijn keel greep. Het was harder gaan regenen. Rémy zag niets meer, maar hij was zich ervan bewust dat zijn naar zuurstof snakkende brein worstelde om de laatste flauwe restjes helderheid vast te houden. Toen zijn wereld langzaam zwart werd, had Rémy Legaludec kunnen zweren dat hij het zachte geluid van de rustige branding aan de Rivièra hoorde.

De Leermeester stapte uit de limousine, blij dat niemand in zijn richting keek. *Ik had geen keus,* hield hij zichzelf voor, en het verraste hem dat hij zo weinig wroeging voelde over wat hij zojuist had gedaan. *Rémy heeft zijn eigen lot bezegeld.* De Leermeester had vanaf het begin gevreesd dat Rémy misschien geëlimineerd moest worden als de onderneming voltooid was, maar door zich brutaalweg te laten zien in de Tempelkerk had Rémy de noodzaak daartoe aanzienlijk bespoedigd. Robert Langdons onverwachte bezoek aan Château Villette was voor de Leermeester een meevaller geweest, maar het had hem ook voor een ingewikkeld dilemma geplaatst. Langdon had de sluitsteen rechtstreeks naar het hart van de operatie gebracht. Dat was een aangename verrassing geweest, maar het had ook de politie op zijn spoor gezet. Rémy's vingerafdrukken waren overal in Château Villette te vinden, en in de afluisterpost in de schuur, waar Rémy de apparatuur had bediend. De Leermeester was blij dat hij er zorgvuldig voor had gezorgd dat er geen verband te leggen was tussen Rémy's activiteiten en die van hemzelf. Niemand kon aantonen dat de Leermeester bij dit alles betrokken was, behalve als Rémy zou doorslaan, en daar hoefde hij zich nu geen zorgen meer over te maken.

Nog één los eindje af te werken, dacht de Leermeester, terwijl hij naar het achterportier van de limousine liep. *De politie zal geen idee hebben wat er is gebeurd... en geen levende getuige om het te vertellen.* Nadat hij om zich heen had gekeken om zeker te zijn dat niemand naar hem keek, trok hij het portier open en stapte hij het ruime achtercompartiment van de auto in.

Een paar minuten later liep de Leermeester door St. James's Park. *Nu zijn er nog maar twee mensen over. Langdon en Neveu.* Dat lag ingewikkelder. Maar het was te doen. Op dit moment wilde de Leermeester zijn aandacht echter aan de cryptex besteden.

Hij keek triomfantelijk uit over het park en zag zijn bestemming. *In Londen rust een ridder.* Toen de Leermeester het gedicht had gehoord, had hij meteen het antwoord geweten. Maar het was niet verrassend dat de anderen er niet uit waren gekomen. *Ik heb een oneerlijk voordeel.* Doordat hij maandenlang de gesprekken van Saunière had afgeluisterd, had hij de Grootmeester die beroemde ridder af en toe horen noemen, waarbij hij blijk had gegeven van een bijna net zo groot respect als hij voor Da Vinci had gehad. De verwijzing naar de ridder in het gedicht was kinderlijk eenvoudig als je het eenmaal doorhad – wat voor Saunières vernuft pleitte – maar hoe dit graf uiteindelijk tot het wachtwoord zou leiden was nog steeds een raadsel.

Zoek nu de bol die aan zijn graf ontbreekt.

De Leermeester kon zich vaag foto's van het beroemde graf voor de geest halen, en in het bijzonder van het meest opmerkelijke kenmerk daarvan. *Een grote bol.* Die was bijna zo groot als de tombe zelf. De aanwezigheid van de bol kwam de Leermeester zowel bemoedigend als verontrustend voor. Aan de ene kant leek het een handwijzing, maar aan de andere kant was het ontbrekende deel van de puzzel volgens het gedicht een bol die op de tombe hóórde, niet een bol die er daadwerkelijk was. Hij vertrouwde erop dat een nadere inspectie van de tombe het antwoord zou brengen.

Het begon nu echt hard te regenen, en hij duwde de cryptex diep in zijn rechterzak om hem te beschermen tegen het vocht. Hij had de kleine Medusa-revolver in zijn linkerzak, uit het zicht. Na een paar minuten stapte hij de stilte in van Londens indrukwekkendste, negenhonderd jaar oude heiligdom.

Precies op het moment dat de Leermeester uit de regen stapte, stapte bisschop Aringarosa erin. Op zakenvliegveld Biggin Hill klom Aringarosa uit zijn kleine vliegtuigje op het natte asfalt, en hij klemde zijn soutane om zich heen tegen de klamme kou. Hij had gehoopt dat hij door hoofdinspecteur Fache zou worden begroet. In plaats daarvan kwam er een jonge Engelse politieagent met een paraplu naar hem toe.

'Monseigneur Aringarosa? Hoofdinspecteur Fache moest weg. Hij heeft me gevraagd u op te vangen. Het leek hem het beste als ik u naar Scotland Yard bracht. Hij dacht dat dat het veiligste zou zijn.'

Het veiligste? Aringarosa keek naar beneden, naar de zware aktetas met Vaticaanse obligaties die hij in zijn hand had. Die was hij bijna vergeten. 'Graag, dank u.'

Aringarosa stapte in de politiewagen en vroeg zich af waar Silas kon zijn. Een paar minuten later hoorde hij het antwoord over de politiescanner.

Orme Court 5.

Aringarosa herkende het adres meteen.

Het Opus Dei-centrum in Londen.

Hij keerde zich razendsnel naar de chauffeur. 'Breng me daar onmiddellijk heen!'

95

Langdon had zijn blik sinds het begin van de zoekactie niet van het computerscherm afgewend.

Vijf minuten. Pas twee treffers. Allebei niet ter zake.

Hij begon ongerust te worden.

Pamela Gettum was in de aangrenzende kamer iets warms aan het inschenken. Langdon en Sophie waren zo onverstandig geweest om te vragen of Gettum behalve thee misschien ook kóffie klaar had staan, en zo te horen aan de piepjes van een magnetron in het aangrenzende vertrek zou hun verzoek worden beloond met Nescafé.

Eindelijk gaf de computer weer een vrolijk tingeltje.

'Het klinkt alsof hij er weer een heeft,' riep Gettum uit de andere kamer. 'Wat is de titel?'

Langdon keek naar het scherm.

```
Allegorieën van de graal in middeleeuwse
                literatuur:
Een verhandeling over Gawain en de groene
                 ridder.
```

'De allegorie van de groene ridder,' riep hij terug.

'Dat is niks,' zei Gettum. 'Er liggen niet al te veel mythologische groene reuzen begraven in Londen.'

Langdon en Sophie zaten geduldig voor het scherm en wachtten terwijl er nog twee twijfelachtige vondsten verschenen. Maar toen de computer opnieuw tingelde, had hij iets onverwachts te bieden.

Die Opern von Richard Wagner

'De opera's van Wagner?' vroeg Sophie.

Gettum stak haar hoofd om de deuropening, met een pakje oploskoffie in haar hand. 'Dat lijkt me een vreemde treffer. Was Wagner een ridder?'

'Nee,' zei Langdon, die geïntrigeerd raakte. 'Maar het is algemeen bekend dat hij vrijmetselaar was.' *Net als Mozart, Beethoven, Shakespeare, Gershwin, Houdini en Disney.* Er waren boeken vol geschreven over de banden tussen de vrijmetselaars en de tempeliers, de Priorij van Sion en de heilige graal. 'Deze wil ik wel even zien. Hoe krijg ik de volledige tekst in beeld?'

'Je moet niet meteen naar de volledige tekst kijken,' riep Gettum. 'Klik op de titel. De computer zal je sleutelwoorden laten zien, met een enkelvoudige voorloper en een drievoudige naloper voor de context.'

Langdon had geen idee wat ze bedoelde, maar hij klikte toch.

Er verscheen een nieuw scherm.

```
... mythologische ridder genaamd Parsifal,
                    die...
... metaforische graal-zoektocht waarvan
             aannemelijk...
   ... het London Philharmonic in 1855...
Rebecca Pope's opera-anthologie 'Diva's...
... Wagners graf in Bayreuth, Duitsland...
```

'De verkeerde *pope*,' zei Langdon teleurgesteld. Toch was hij verrast door het gebruiksgemak van het systeem. De sleutelwoorden met hun context waren genoeg om hem in herinnering te brengen dat Wagners opera *Parsifal* een eerbetoon was aan Maria Magdalena en de afstammelingen van Jezus Christus, in de vorm gegoten van het verhaal van een jonge ridder die op zoek was naar de waarheid.

'Je moet geduld hebben,' zei Gettum. 'Het is een kwestie van tijd. Laat de machine maar draaien.'

In de volgende paar minuten kwam de computer met nog een paar verwijzingen naar de graal, waaronder een tekst over troubadours, Franse rondreizende minstrelen. Langdon wist dat het geen toeval was dat de woorden 'minstreel' en 'minister' dezelfde etymologische oorsprong hadden. Ze kwamen allebei van het Latijnse woord voor dienaar. De troubadours waren rondreizende dienaren van de Kerk van Maria Magdalena, die muziek gebruikten om het verhaal van het heilig vrouwelijke onder het gewone volk te verbreiden.

Tot op de dag van vandaag zongen de troubadours liederen waarin de deugden werden bezongen van 'onze Dame', een geheimzinnige en schone vrouw met wie ze zich voor hun leven hadden verbonden.

Gretig klikte hij op de titel, maar dat leverde niets op.

De computer tingelde weer.

```
Ridders, boeren, pausen en pentagrammen:
de geschiedenis van de heilige graal met
        behulp van het tarotspel
```

'Niet verbazingwekkend,' zei Langdon tegen Sophie. 'Een paar van onze sleutelwoorden zijn namen van tarotkaarten.' Hij stak zijn hand uit naar de muis om op de titel te klikken. 'Ik weet niet of je opa het ooit heeft verteld als je tarot met hem speelde, Sophie, maar die kaarten kun je lezen als een catechismus van het verhaal van de verloren bruid en haar onderwerping door de kwade Kerk.'

Sophie keek hem ongelovig aan. 'Daar had ik geen idee van.'

'Dat was ook de bedoeling. Door onderwijs te geven door middel van een metaforisch spel, verborgen de volgelingen van de graal hun boodschap voor het waakzame oog van de Kerk.' Langdon vroeg zich vaak af hoeveel hedendaagse kaartspelers ook maar enig vermoeden hadden dat hun vier kleuren – schoppen, harten, klavers en ruiten – symbolen waren die verband hielden met de graal en rechtstreeks afstamden van de vier kleursymbolen van de tarot: zwaarden, bekers, staven en pentakels.

Schoppen waren zwaarden: de kling. Mannelijk.
Harten waren bekers: de kelk. Vrouwelijk.
Klavers waren staven: het koninklijke bloed. De bloeiende staf.
Ruiten waren pentakels: de godin. het heilig vrouwelijke.

Vier minuten later, toen Langdon bang begon te worden dat ze niet zouden vinden waar ze voor gekomen waren, vond de computer weer een treffer.

De zwaarte van genialiteit:
Biografie van een moderne ridder.

'*De zwaarte van genialiteit?*' riep Langdon naar Gettum. 'Biografie van een moderne ridder?'

Gettum stak haar hoofd weer om de hoek. 'Hoe modern? Vertel me alsjeblieft niet dat het over jullie sir Rudy Giuliani gaat. Persoonlijk vond ik dat een beetje een miskleun.'

Langdon had zelf meer problemen met de recent geridderde sir Mick Jagger, maar dit leek hem niet het juiste moment om een discussie te beginnen over wie er wel of niet geridderd zou moeten worden. 'Laten we eens kijken.' Langdon riep de sleutelwoorden op.

```
... edelachtbare ridder, sir Isaac Newton...
        ... in Londen in 1727 en...
   ... zijn graf in Westminster Abbey...
   ... Alexander Pope, vriend en collega...
```

'Het begrip "modern" is natuurlijk betrekkelijk,' riep Sophie naar Gettum. 'Het is een oud boek. Over sir Isaac Newton.'

Gettum schudde in de deuropening haar hoofd. 'Dat is hem niet. Newton is begraven in Westminster Abbey, de zetel van de anglicaanse Kerk. Daar kan onmogelijk een katholieke paus bij aanwezig zijn geweest. Melk en suiker?'

Sophie knikte.

Gettum wachtte. 'Robert?'

Langdons hart bonsde. Hij maakte zijn blik met moeite los van het scherm en stond op. 'Sir Isaac Newton is onze ridder.'

Sophie bleef zitten. 'Waar heb je het over?'

'Newton is in Londen begraven,' zei Langdon. 'Zijn werk, dat zijn allemaal wetenschappelijke ontdekkingen, die de Kerk in toorn deden ontsteken. En hij was Grootmeester van de Priorij van Sion. Wat kunnen we nog meer verlangen?'

'Wat nog meer?' Sophie wees naar het gedicht. 'Hoe zit het met die paus die aan zijn graf stond te treuren? Je hoort wat mevrouw Gettum zegt. Newton is niet door een katholieke paus begraven.'

Langdon legde zijn hand op de muis. 'Wie heeft er iets gezegd over een katholiéke paus?' Hij klikte op het woord voor paus, *Pope*, en de volledige zin verscheen.

De begrafenis van sir Isaac Newton, die werd
bijgewoond
door koningen en edelen, werd geleid door
Alexander Pope,
vriend en collega, die een inspirerende
grafrede hield
voordat hij aarde over de kist strooide.

Langdon keek Sophie aan. 'We hadden bij onze tweede treffer de
goede Pope al te pakken. Alexander.' Hij zweeg even. 'A. Pope,
een paus.'
Sophie stond sprakeloos van verbazing op.
Jacques Saunière, de meester van de dubbelzinnigheden, had opnieuw bewezen dat hij zeer slim was geweest.

96

Silas schrok wakker.
Hij had geen idee waar hij wakker van was geworden en hoe lang
hij had geslapen. *Heb ik iets gedroomd?* Hij ging op zijn stromat
zitten en luisterde naar de kalme ademhaling van het Opus Dei-
huis; de stilte kreeg nog meer diepte door het zachte gemompel
van iemand die hardop bad in een kamer onder hem. Dat was een
bekend geluid, dat hem zou moeten geruststellen.
Toch was hij plotseling en onverwachts op zijn hoede.
Hij stond op en liep in zijn onderkleding naar het raam. *Ben ik
gevolgd?* De binnenplaats onder hem was verlaten, net als die bij
zijn aankomst was geweest. Hij luisterde. Stilte. *Waarom voel ik
me dan niet op mijn gemak?* Silas had lang geleden geleerd op zijn
intuïtie te vertrouwen. Die intuïtie had hem als kind in de straten
van Marseille in leven gehouden, lang voordat hij in de gevangenis terechtkwam... Lang voordat hij door toedoen van bisschop
Aringarosa werd wedergeboren. Hij gluurde uit het raam en zag
de flauwe omtrek van een auto door de heg schemeren. Op het
dak ervan stond een zwaailicht. Er kraakte een vloerplank in de
hal. Een deurgrendel verschoof.
Silas reageerde instinctief; hij stormde door de kamer en kwam
glijdend net achter de deur tot stilstand toen die werd opengegooid.

De eerste politieagent rende naar binnen en zwaaide zijn wapen eerst naar links en toen naar rechts in wat een lege kamer leek te zijn. Voordat hij besefte waar Silas was, had Silas zijn schouder tegen de deur gegooid en een tweede agent omvergeduwd toen die naar binnen wilde komen. Toen de eerste agent zich omdraaide om te schieten, dook Silas naar zijn benen. De revolver ging af en de kogel vloog over Silas' hoofd heen, precies op het ogenblik dat hij de schenen van de agent raakte en zijn benen onder hem vandaan duwde, zodat de man met zijn hoofd tegen de vloer sloeg. De tweede agent wankelde in de deuropening overeind, en Silas gaf hem een kniestoot in zijn kruis en sprong toen over de kronkelende man de hal in.

Met zijn bijna naakte, witte lijf stormde Silas de trap af. Hij wist dat hij verraden was, maar door wie? Toen hij in de lounge aankwam, kwamen er een paar agenten door de voordeur binnenrennen. Silas draaide zich om en stoof dieper het huis in. *De vrouweningang. Elk gebouw van het Opus Dei heeft er een.* Hij holde door smalle gangen en zigzagde door een keuken, langs geschrokken mensen die daar aan het werk waren en zich uit de voeten maakten voor de halfnaakte albino toen hij schalen en tafelzilver op de grond stootte. Daarna kwam hij in een donkere gang bij het vertrek waar de ketel stond. Nu zag hij de deur die hij zocht; aan het eind van de gang brandde een bordje met UITGANG erop.

Silas rende in volle vaart de deur uit en de regen in, sprong van het lage bordes en zag de agent niet die van de andere kant kwam, totdat het te laat was. De twee mannen botsten tegen elkaar en Silas' brede, naakte schouder raakte met een verpletterende kracht het borstbeen van de agent. Die werd achterwaarts op de grond geworpen en Silas kwam met een klap boven op hem neer. De revolver van de agent kletterde tegen de stenen. Silas hoorde mannen schreeuwend door de gang rennen. Hij rolde over de grond en greep de revolver op het ogenblik dat de agenten te voorschijn kwamen. Vanaf het trapje werd een schot gelost, en Silas voelde een pijnscheut onder zijn ribben. In zijn razernij opende hij het vuur op alle drie de agenten, en hun bloed spoot in het rond.

Uit het niets verscheen een donkere gestalte. De handen die hem hardhandig bij zijn blote schouders grepen, voelden aan alsof ze bezield waren met de kracht van de duivel. De man brulde in zijn oor. SILAS, NEE*!*

Silas draaide zich om en vuurde. Ze keken elkaar aan. Silas schreeuwde al van ontzetting toen bisschop Aringarosa viel.

97

Er rusten meer dan drieduizend mensen in Westminster Abbey. Het kolossale stenen interieur is geheel bezet met de stoffelijke resten van koningen, staatslieden, geleerden, dichters en musici. Hun graven, die tot in elke nis en alkoof te vinden zijn, variëren in grootsheid van het meest vorstelijke mausoleum – dat van koningin Elizabeth I, wier overhuifde sarcofaag een eigen kapel in een apsis heeft – tot de eenvoudigste, gegraveerde vloertegels waarvan de inscripties door alle voeten die er eeuwenlang overheen zijn gelopen zijn weggesleten, zodat aan de verbeelding wordt overgelaten wiens resten eronder zouden kunnen liggen.

Westminster Abbey is ontworpen in de stijl van de grote kathedralen van Amiens, Chartres en Canterbury, en wordt noch als kathedraal, noch als parochiekerk beschouwd. Hij is geclassificeerd als *royal peculiar*, wat wil zeggen dat hij de officiële kerk van de koningin is en onder directe bescherming van de monarchie staat. Sinds de kroning van Willem de Veroveraar er op eerste kerstdag 1066 plaatsvond, is het oogverblindende heiligdom het decor geweest van een eindeloze reeks koninklijke plechtigheden en staatsaangelegenheden; van de canonisatie van Eduard de Belijder tot het huwelijk van prins Andrew en Sarah Ferguson en de begrafenisplechtigheden van Hendrik V, koningin Elizabeth I en prinses Diana.

Toch had Robert Langdon op dit moment geen belangstelling voor de geschiedenis van de abdij, afgezien van één gebeurtenis: de begrafenis van de Britse ridder sir Isaac Newton. *In Londen rust een ridder...*

Toen ze zich door de indrukwekkende ingang in het noordelijke transept naar binnen haastten, werden Langdon en Sophie ontvangen door bewakers die hen beleefd op de nieuwste aanwinst van de abdij wezen; een grote metaaldetector in de vorm van een poort, zoals die nu in de meeste historische gebouwen in Londen aanwezig is. Ze liepen er allebei doorheen zonder dat het alarm afging en liepen verder de abdij in.

Toen ze over de drempel Westminster Abbey in stapten, had Langdon door de plotselinge rust de indruk dat de buitenwereld in het niets verdween. Geen geraas van verkeer. Geen geruis van de regen. Alleen een oorverdovende stilte, die door het gebouw leek te weergalmen alsof het in zichzelf fluisterde.

Zoals bijna alle bezoekers overkwam, werd ook de blik van Langdon en Sophie onmiddellijk naar boven getrokken, waar de enorme spelonk die de abdij was nog eens leek te exploderen. Grijze stenen zuilen rezen als Californische sequoia's op in de schaduw, overwelfden sierlijk een duizelingwekkende afstand en schoten dan weer terug naar de stenen vloer. Voor hen uit strekte het brede noordelijke transept zich uit als een diep ravijn, geflankeerd door steile klippen van glas in lood. Op zonnige dagen was de vloer van de abdij een prismatisch mozaïek van licht. Vandaag gaven de regen en de duisternis deze reusachtige ruimte een spookachtige sfeer, wat beter paste bij de crypte die het gebouw in werkelijkheid was.

'Er is hier vrijwel niemand,' fluisterde Sophie.

Langdon was teleurgesteld. Hij had gehoopt dat er veel meer mensen zouden zijn. Hij had weinig trek in een herhaling van hun eerdere ervaring in de verlaten Tempelkerk. Hij had verwacht dat hij zich betrekkelijk veilig zou voelen tussen hordes toeristen, maar zijn herinneringen aan drukke menigtes in een goed verlichte abdij waren gevormd in het hoogseizoen. Het was nu een regenachtige ochtend in april. In plaats van mensenmassa's en glinsterend glas in lood zag Langdon nu alleen meters en meters verlaten vloeroppervlak en schemerige, lege alkoven.

'We zijn door een metaaldetector gelopen,' bracht Sophie hem in herinnering. Blijkbaar voelde ze Langdons vrees. 'Als hier iemand is, kan hij niet bewapend zijn.'

Langdon knikte, maar was nog steeds op zijn hoede. Hij had de Londense politie erbij willen halen, maar Sophies angst over wie er in het complot konden zitten hadden een einde gemaakt aan alle contact met de autoriteiten. 'We moeten de cryptex terug zien te krijgen,' had Sophie volgehouden. 'Die is de sleutel tot alles.'

Ze had natuurlijk gelijk.

We hebben de cryptex nodig om Leigh levend terug te vinden, om te kunnen bepalen waar de heilige graal zich bevindt en om te weten te komen wie hierachter zit.

Helaas moesten ze voor hun enige kans om de sluitsteen weer in handen te krijgen op dit moment hier zijn... bij het graf van Isaac Newton. Degene die de cryptex in zijn bezit had, zou een bezoek aan het graf moeten brengen om de laatste aanwijzing op te lossen, en als diegene nog niet geweest en alweer vertrokken was, zouden Sophie en Langdon hem kunnen opvangen.

Ze beenden naar de linkermuur om niet te veel in het zicht te lopen en gingen in een donkere zijbeuk achter een rij pilaren staan. Langdon kon de gedachte aan Leigh Teabing die gevangen werd gehouden en waarschijnlijk vastgebonden achter in zijn eigen limousine lag niet uit zijn hoofd zetten. Degene die opdracht had gegeven tot het vermoorden van de hoogste leden van de Priorij zou er vast niet voor terugdeinzen om anderen te elimineren die hem in de weg liepen. Het was op een wrede manier ironisch dat Teabing – een hedendaagse Britse ridder – gegijzeld was tijdens de zoektocht naar zijn landgenoot, sir Isaac Newton.

'Welke kant is het op?' vroeg Sophie, terwijl ze om zich heen keek. *Het graf.* Langdon had geen flauw idee. 'We moeten een gids zien te vinden en het vragen.'

Langdon wist dat het weinig zin had om willekeurig door de abdij te gaan dwalen. Westminster Abbey was een wirwar van mausolea, aangrenzende vertrekken en nissen met graven. Net als de Grande Galerie van het Louvre had de abdij één ingang – de deur waar ze zojuist door binnen waren gekomen – en het was dus gemakkelijk om de weg naar binnen te vinden, maar vrijwel onmogelijk om die deur vanbinnen uit weer terug te vinden. 'Letterlijk een toeristenval,' had een van Langdons collega's het gebouw eens genoemd, na er grondig te zijn verdwaald. In overeenstemming met de bouwkundige traditie had de abdij een plattegrond in de vorm van een gigantisch kruis. Maar in tegenstelling tot de meeste kerken was de ingang aan de zijkant in plaats van achter in de kerk, via de narthex achter in het schip. Bovendien stond de kerk in verbinding met een aantal uitgestrekte kloostergangen. Eén stap door de verkeerde poort en een bezoeker verdwaalde in een labyrint van corridors in de openlucht, omgeven door hoge muren.

'Gidsen dragen een karmijnrood gewaad,' zei Langdon terwijl hij in de richting van het schip liep. Toen hij schuin langs het hoog oprijzende vergulde altaar het zuidelijke transept inkeek, zag Langdon verscheidene mensen op handen en voeten zitten. Deze kruipende pelgrimage werd vaak gesignaleerd in de Dichtershoek, maar was veel minder vroom dan je zou denken. *Toeristen die grafstenen met houtskool op papier willen overnemen.*

'Ik zie geen gidsen,' zei Sophie. 'Zouden we het graf niet op eigen houtje kunnen vinden?'

Zonder een woord nam Langdon haar nog een paar stappen verder mee, tot ze in het midden van de kerk stonden, en wees naar rechts.

Sophie hield geschrokken haar adem in toen ze het lange deel van het schip inkeek; nu was de volledige omvang van het gebouw zichtbaar. 'Aha,' zei ze. 'Laten we een gids gaan zoeken.'

Op dat moment had het statige graf van sir Isaac Newton, honderd meter verderop in het schip, verborgen achter het koorhek, één enkele bezoeker. De Leermeester stond het monument nu al tien minuten aandachtig op te nemen.

Newtons graftombe bestond uit een grote zwart marmeren sarcofaag waarop de gebeeldhouwde gestalte van sir Isaac Newton in klassieke kledij trots achterover leunde tegen een stapel door hemzelf geschreven boeken: *Divinity, Chronology, Opticks* en *Philosophiae Naturalis Principia Mathematica.* Aan Newtons voeten stonden twee gevleugelde jongetjes met een perkamentrol. Achter Newtons achterover leunende lichaam rees een sobere piramide op. De piramide zelf was al eigenaardig, maar wat de Leermeester het meest intrigeerde, was de enorme vorm die halverwege die piramide was aangebracht.

Een bol.

De Leermeester overpeinsde Saunières bedrieglijke raadsel. *Zoek nu de bol die aan zijn graf ontbreekt.* De reusachtige bol die uit het oppervlak van de piramide stak, was een bas-reliëf en stelde een verzameling van hemellichamen voor: sterrenbeelden, kometen, sterren en planeten. Daarboven was de godin van de astronomie afgebeeld, onder een hemel vol sterren.

Talloze bollen.

De Leermeester was ervan overtuigd geweest dat als hij het graf eenmaal had gevonden, het ontdekken van de ontbrekende bol gemakkelijk zou zijn. Nu was hij daar niet zo zeker meer van. Het was een ingewikkelde weergave van het heelal, waarnaar hij stond te kijken. Ontbrak er een planeet? Was er een of andere bol weggelaten uit een sterrenbeeld? Hij had geen idee. Daarentegen vermoedde de Leermeester dat de oplossing ingenieus rechtlijnig en eenvoudig zou zijn, net als in het geval van de treurende paus. *Wat voor bol zoek ik?* Er was toch zeker geen gevorderde kennis van de astrofysica voor nodig om de heilige graal te kunnen vinden?

Van rozig vlees, gevuld met zaden, spreekt.

De concentratie van de Leermeester werd verstoord doordat er een paar toeristen aan kwamen lopen. Hij liet de cryptex weer in zijn zak glijden en keek behoedzaam toe toen de toeristen naar een naburige tafel liepen, een donatie achterlieten in de beker en nog wat materiaal pakten dat door de abdij gratis ter beschikking werd gesteld om grafstenen over te trekken. Gewapend met nieuwe staafjes houtskool en grote vellen zwaar papier liepen ze weg naar de voorkant van de abdij, waarschijnlijk naar de populaire Dichtershoek, om eer te bewijzen aan Chaucer, Tennyson en Dickens door verwoed over hun grafsteen te krassen.

Toen hij weer alleen was, ging hij dichter bij het graf staan en bekeek het zeer nauwkeurig van beneden naar boven. Hij begon bij de klauwvormige poten onder de sarcofaag en liet zijn blik naar boven klimmen langs Newton, zijn boeken over wetenschap, de twee jongetjes met hun perkamentrol met wiskundige formules, langs het oppervlak van de piramide naar de gigantische bol met zijn sterrenbeelden, en ten slotte naar de sterrenhemel die het dak van de nis vormde.

Welke bol zou er moeten zijn... maar ontbreekt? Hij legde zijn hand om de cryptex in zijn zak, alsof hij het antwoord op de een of andere manier zou kunnen voelen aan Saunières marmeren ambachtswerk. *Nog maar vijf letters scheiden me van de graal.*

Hij ijsbeerde nu vlak bij de hoek van het koorhek, ademde diep in en keek door het lange schip naar het hoofdaltaar in de verte. Zijn blik dwaalde van het vergulde altaar naar beneden, naar het helder karmijnrode gewaad van een gids, die werd gewenkt door twee zeer bekende gestalten.

Langdon en Neveu.

Kalm deed de Leermeester twee stappen achteruit, zodat hij weer achter het koorhek stond. *Dat hebben ze snel gedaan.* Hij had erop gerekend dat Langdon en Sophie de betekenis van het gedicht uiteindelijk zouden doorzien en naar Newtons graf zouden komen, maar hij had niet gedacht dat dat zo snel al zou gebeuren. Hij ademde diep in en overwoog zijn opties. Hij was eraan gewend geraakt met verrassingen geconfronteerd te worden.

Ik heb de cryptex.

Hij stak zijn hand in zijn zak en raakte het tweede voorwerp aan dat hem zelfvertrouwen gaf: de Medusa-revolver. Zoals te verwachten was geweest, was de metaaldetector van de abdij gaan loeien toen de Leermeester er met de revolver in zijn zak doorheen liep. Zoals ook te verwachten was geweest, hadden de bewakers onmiddellijk ingebonden toen de Leermeester hen verontwaardigd had aangekeken en zijn legitimatiebewijs had laten zien. Een hoge positie dwong altijd gepaste eerbied af.

Hoewel de Leermeester in eerste instantie had gehoopt het raadsel van het gedicht alleen op te lossen en verdere complicaties te vermijden, had hij nu het gevoel dat de komst van Langdon en Neveu eigenlijk een welkome ontwikkeling was. Gezien het gebrek aan succes dat hij had met de verwijzing naar de bol, zou hij hun deskundigheid misschien kunnen gebruiken. Als Langdon het gedicht zo ver had ontcijferd dat hij het graf had gevonden, was er per slot van rekening ook een redelijke kans dat hij iets over de bol wist. En als Langdon het wachtwoord kende, hoefde hij alleen nog maar de juiste druk uit te oefenen.

Niet hier, natuurlijk.

Ergens op een afgezonderde plek.

De Leermeester herinnerde zich een bordje met een mededeling dat hij onderweg in de abdij had gezien. Hij wist ogenblikkelijk wat de volmaakte plek was om hen heen te lokken.

De enige vraag was nu... wat kon hij als aas gebruiken?

98

Langdon en Sophie liepen langzaam door de noordelijke zijbeuk en zorgden ervoor dat ze in de schemering bleven achter de vele pilaren die hen van het open schip scheidden. Hoewel ze al meer dan de helft van de lengte van het schip hadden afgelegd, konden ze Newtons graf nog steeds niet goed zien. De sarcofaag stond in een nis en werd vanuit deze hoek aan het zicht onttrokken.

'Er is in elk geval niemand,' fluisterde Sophie.

Langdon knikte opgelucht. Het deel van het schip in de buurt van Newtons graf was verlaten. 'Ik ga erheen,' fluisterde hij. 'Jij moet je blijven verbergen, voor het geval dat iemand...'

Sophie was al uit het schemerdonker gestapt en liep over de open vloer.

'... toekijkt,' zei Langdon met een zucht, en hij haastte zich achter haar aan.

Zwijgend staken Langdon en Sophie het enorme schip diagonaal over, en het rijkelijk bewerkte grafmonument begon steeds beter en verlokkelijker zichtbaar te worden... Een zwart marmeren sarcofaag... een achterover leunend beeld van Newton... twee gevleugelde jongetjes... een reusachtige piramide... en... *een enorme bol.*

'Wist je dat die er was?' vroeg Sophie geschokt.

Langdon schudde zijn hoofd; ook hij was verrast.

'Het lijkt wel alsof er sterrenbeelden in zijn gegraveerd,' zei Sophie.

Toen ze de nis naderden, zonk Langdon de moed in de schoenen. Het graf van Newton was bezááid met bollen: sterren, kometen en planeten. *Zoek nu de bol die aan zijn graf ontbreekt?* Dat zou weleens net zoiets kunnen zijn als proberen een ontbrekende grasspriet te vinden op een golfbaan.

'Hemellichamen,' zei Sophie, en ze keek ongerust. 'En veel ook.'

Langdon fronste zijn wenkbrauwen. Het enige verband tussen de planeten en de graal dat Langdon kon bedenken was het pentagram van Venus, maar hij had het wachtwoord 'Venus' al geprobeerd in het vliegtuig.

Sophie liep meteen naar de sarcofaag, maar Langdon bleef een paar meter achter haar en hield de abdij om hen heen in de gaten.

'*Divinity*,' zei Sophie, die haar hoofd in haar nek had gelegd en de titels las van de boeken waar Newton tegenaan leunde. '*Chronology. Opticks. Philosophiae Naturalis Principia Mathematica?*' Ze draaide zich naar hem toe. 'Gaat je een licht op?'

Langdon kwam dichterbij en dacht erover na. '*Principia Mathematica* heeft, als ik het me goed herinner, iets te maken met de gravitatiekracht van planeten... Dat zijn natuurlijk wel bollen, maar het lijkt een beetje vergezocht.'

'En de sterrenbeelden?' vroeg Sophie, en ze wees naar de constellaties op de bol. 'Je hebt het over Vissen en Waterman gehad, weet je nog?'

Het einde der dagen, dacht Langdon. 'Het einde van Vissen en het begin van Waterman werd gezien als het moment in de geschiedenis waarop de Priorij van plan zou zijn de Sangreal-documenten wereldkundig te maken.' *Maar de millenniumwisseling is gekomen en gegaan zonder dat er iets gebeurde, en nu weten historici niet meer wanneer de waarheid zal komen.*

'Misschien is het mogelijk dat de plannen van de Priorij om de waarheid te onthullen verband houden met de laatste regel van het gedicht,' zei Sophie.

Van rozig vlees, gevuld met zaden, spreekt. Langdon kreeg een rilling bij de gedachte aan die mogelijkheid. Op die manier had hij die regel nog niet bekeken.

'Je hebt me eerder verteld,' zei ze, 'dat het tijdstip waarop de Priorij de waarheid over "de roos" en haar vruchtbare schoot wilde onthullen rechtstreeks verband hield met de stand van de planeten... bollen.'

Langdon knikte; hij had voor het eerst het gevoel dat ze misschien in de buurt van een oplossing kwamen. Maar zijn intuïtie zei hem dat die niet in de astronomie lag. De vorige oplossingen van de Grootmeester hadden allemaal een welsprekende, symbolische betekenis gehad; de *Mona Lisa, Madonna in de grot,* SOFIA. Die ontbrak als je het had over hemellichamen en de dierenriem. Tot nu toe had Jacques Saunière bewezen een nauwgezet codeur te zijn, en Langdon verwachtte dat dit laatste wachtwoord – de vijf letters die het ultieme geheim van de Priorij zouden onthullen – niet alleen qua symboliek toepasselijk was, maar ook kristalhelder. Als deze oplossing op de andere leek, zou ze, als ze eenmaal gevonden was, pijnlijk voor de hand liggend zijn.

'Kijk!' bracht Sophie hijgend uit, en ze onderbrak zijn gedachtegang door zijn arm te grijpen. Uit de angst in haar aanraking maakte Langdon op dat er iemand aankwam, maar toen hij naar haar keek, staarde ze ontzet naar de zwart marmeren sarcofaag. 'Er is hier iemand geweest,' fluisterde ze, en ze wees op een plek op de sarcofaag naast Newtons uitgestrekte rechtervoet.

Langdon begreep haar schrik niet. Een slordige toerist had een staafje houtskool op het deksel van de sarcofaag naast Newtons voet achtergelaten. *Niets aan de hand.* Langdon stak zijn hand uit om het te pakken, maar toen hij zich naar de sarcofaag boog, veranderde de lichtinval op het glanzende zwarte marmer, en hij verstijfde. Plotseling zag hij waar Sophie van geschrokken was.

Op het deksel van de sarcofaag, aan Newtons voeten, was met houtskool een nauwelijks zichtbare boodschap geschreven.

Ik heb Teabing.
Ga door de kapittelzaal via
de zuidelijke uitgang naar de tuin.

Langdon las de woorden tweemaal, en zijn hart bonsde in zijn keel. Sophie draaide zich om en keek het schip in.

Ondanks de grote onrust die over hem kwam toen hij deze woorden zag, hield Langdon zichzelf voor dat het goed nieuws was. *Leigh leeft nog.* En dit betekende nog iets. 'Zij weten het wachtwoord ook niet,' fluisterde hij.

Sophie knikte. Waarom zouden ze anders laten weten waar ze waren?

'Misschien willen ze Leigh ruilen voor het wachtwoord.'

'Of het is een valstrik.'

Langdon schudde zijn hoofd. 'Ik denk het niet. De tuin is buiten de muren van de abdij. Een zeer openbare plek.' Langdon had de beroemde College Garden van de abdij eens bezocht. Het was een kleine boomgaard en kruidentuin, een overblijfsel uit de tijd dat monniken hier natuurlijke geneesmiddelen kweekten. De College Garden kon bogen op de oudste, nog levende fruitbomen in Groot-Brittannië en was een geliefde plek voor toeristen, omdat je de tuin kon bezoeken zonder de abdij binnen te gaan. 'Ik denk dat ze ons naar buiten sturen om ons vertrouwen in te boezemen. Om ons een veiliger gevoel te geven.'

Sophie keek bedenkelijk. 'Buiten, bedoel je, waar geen metaaldetectors zijn?'

Langdon trok een gezicht. Daar zat wel wat in.

Hij keek weer naar het graf vol bollen en wilde dat hij een idee had over het wachtwoord... Iets waarmee hij kon onderhandelen. *Ik heb Leigh hierin betrokken en ik zal alles doen wat in mijn macht ligt als er een kans is hem te helpen.*

'Er staat dat we door de kapittelzaal naar de zuidelijke uitgang moeten gaan,' zei Sophie. 'Misschien hebben we vanuit die uitgang uitzicht over de tuin? Dan zouden we de situatie kunnen inschatten voordat we naar buiten lopen en onszelf aan gevaar blootstellen.'

Dat was een goed idee. Langdon herinnerde zich de kapittelzaal vaag als een enorme, achthoekige ruimte waar het Britse parlement had vergaderd voordat het huidige parlementsgebouw bestond. Het was jaren geleden dat hij er was geweest, maar hij wist nog dat je er via een kloostergang kwam. Hij deed een paar stappen naar achteren, tuurde om het koorhek heen naar rechts en keek verder het schip in.

Dicht bij hen in de buurt was een gapende, gewelfde doorgang met een groot bord erbij.

NAAR:

KLOOSTERGANGEN

DECANAAT

VERGADERZAAL

MUSEUM

PYXISKAMER

KAPEL VAN ST. FAITH

KAPITTELZAAL

Langdon en Sophie holden onder het bord door, te snel om het kleinere bordje te zien waarop werd aangekondigd dat bepaalde vertrekken wegens renovatie gesloten waren.

Ze kwamen meteen op een open binnenplaats met hoge muren terecht, waar de ochtendregen viel. Boven hen gierde de wind met een laag geloei over de muren heen, alsof er iemand over de hals van een fles blies. Toen ze het stelsel van nauwe, lage gangen binnengingen dat aan de binnenplaats grensde, bekroop Langdon het bekende, onbehaaglijke gevoel dat hij altijd had in kleine ruimtes. Deze gangen werden kloostergangen genoemd, en Langdon kreeg een ongemakkelijk gevoel bij de gedachte dat de woorden 'klooster' en 'claustrofobie' allebei waren afgeleid van het Latijnse woord *claustrum*: afgesloten plaats.

Hij concentreerde zich op het einde van de tunnel, recht voor hem uit, en volgde de borden naar de kapittelzaal. De regen bleef maar vallen, en het was koud en nat in de kloostergang doordat er vlagen regen naar binnen werden geblazen tussen de rij pilaren aan één kant door, de enige bron van daglicht voor de kloostergang. Een ander stel passeerde hen in tegengestelde richting, haastig lopend om snel binnen te zijn. De kloostergangen leken nu verlaten te zijn; ze vormden bij deze wind en regen dan ook het minst aantrekkelijke deel van de abdij.

Nadat ze veertig meter door de oostelijke kloostergang hadden gelopen, verscheen er aan hun linkerhand een poort naar een andere gang. Hoewel dit de ingang was waar ze naar op zoek waren, was de doorgang afgezet met een lint en een officieel ogend bord.

```
WEGENS RENOVATIE GESLOTEN
       PYXISKAMER
    KAPEL VAN ST. FAITH
       KAPITTELZAAL
```

De lange, verlaten gang achter het lint lag vol met steigermateriaal en dekzeilen. Meteen aan de andere kant van het lint zag Langdon aan de linker- en rechterkant de ingangen van de pyxiskamer en de kapel van St. Faith. De ingang van de kapittelzaal was veel verder weg, aan het einde van de lange gang. Zelfs hiervandaan kon Langdon zien dat de zware, houten deur ervan wijd openstond en dat de grote, achthoekige ruimte baadde in een grijsachtig daglicht, dat naar binnen viel door de enorme ramen die uitkeken op de College Garden. *Ga door de kapittelzaal via de zuidelijke uitgang naar de tuin.*

'We komen net uit de oostelijke kloostergang,' zei Langdon, 'dus de zuidelijke uitgang naar de tuin moet daar zijn, en dan rechtsaf.'

Sophie stapte al over het lint en liep verder.

Toen ze zich door de donkere gang haastten, stierven de geluiden van de wind en de regen uit de open kloostergang achter hen weg. De kapittelzaal was eigenlijk een vrijstaand bijgebouw aan het eind van de lange gang, zodat de privacy van de parlementsvergadering gewaarborgd was geweest.

'Het ziet er reusachtig uit,' fluisterde Sophie toen ze er dichter bij kwamen.

Langdon was vergeten hoe groot deze ruimte was. Al voordat ze binnen waren, kon hij over de uitgestrekte vloer naar de indrukwekkende ramen aan de andere kant van de achthoek kijken, die over een hoogte van vijf verdiepingen oprezen naar een gewelfd plafond. Van hieraf zouden ze in elk geval een goed uitzicht op de tuin hebben.

Toen ze over de drempel stapten, moesten Langdon en Sophie allebei hun ogen tot spleetjes knijpen. Na de donkere kloostergangen leek de kapittelzaal wel een solarium. Ze waren al een meter of drie de zaal in gelopen en zochten met hun blik de zuidelijke muur, toen ze beseften dat de deur die hun was beloofd er helemaal niet was.

Ze stonden in een enorme, doodlopende ruimte.

Toen er achter hen iets kraakte, draaiden ze zich om, en op dat moment sloeg de zware deur met een weergalmende dreun dicht en viel de grendel op zijn plaats. De ene man die achter de deur had gestaan, richtte met een kalme blik een kleine revolver op hen. Hij was gezet en leunde op een stel aluminium krukken.

Even dacht Langdon dat hij droomde.

Het was Leigh Teabing.

99

Sir Leigh Teabing keek met een gevoel van spijt over de loop van zijn Medusa-revolver naar Robert Langdon en Sophie Neveu. 'Vrienden,' zei hij, 'vanaf het ogenblik dat jullie gisteravond mijn huis kwamen binnenlopen, heb ik alles gedaan wat ik kon om jullie niets te laten overkomen. Maar jullie vasthoudendheid heeft me nu in een moeilijke positie gebracht.'

Hij zag aan Sophies en Langdons gezicht dat ze geschokt waren en zich verraden voelden, maar hij had er het volste vertrouwen in dat ze zo meteen zouden begrijpen hoe een reeks gebeurtenissen tot deze onwaarschijnlijke confrontatie had geleid.

Ik moet jullie zoveel vertellen... Zoveel dat jullie nog niet begrijpen.

'Wees er alsjeblieft van overtuigd,' zei Teabing, 'dat ik nooit van plan ben geweest jullie erin te betrekken. Jullie zijn naar mijn huis gekomen. Júllie hebben míj opgezocht.'

'Leigh?' wist Langdon eindelijk uit te brengen. 'Wat ben je aan het doen? We dachten dat je in gevaar was. We zijn gekomen om je te helpen!'

'En dat verwachtte ik ook,' zei hij. 'We hebben veel te bespreken.'

Langdon en Sophie leken hun verbijsterde blikken niet los te kunnen weken van de revolver die op hen was gericht.

'Dat is alleen om er zeker van te zijn dat ik jullie volledige aandacht heb,' zei Teabing. 'Als ik jullie kwaad had willen doen, zouden jullie allang dood zijn. Toen jullie afgelopen nacht mijn huis binnenwandelden, heb ik alles op het spel gezet om jullie leven te sparen. Ik ben een man van eer, en ik heb gezworen alleen degenen op te offeren die de Sangreal hebben verraden.'

'Waar heb je het over?' vroeg Langdon. 'De Sangreal verraden?'

'Ik heb een afschuwelijke waarheid ontdekt,' zei Teabing met een zucht. 'Ik ben erachter gekomen waaróm de Sangreal-documenten nooit wereldkundig zijn gemaakt. Ik ben erachter gekomen dat de Priorij uiteindelijk had besloten de waarheid toch maar niet bekend te maken. Daarom is de millenniumwisseling verstreken zonder openbaring, daarom is er niets gebeurd toen we het einde der dagen ingingen.'

Langdon ademde in om te gaan protesteren.

'De Priorij,' vervolgde Teabing, 'had de heilige opdracht gekregen de waarheid bekend te maken. Ze zouden de Sangreal-documenten wereldkundig maken als het einde der dagen aanbrak. Eeuwenlang hebben mannen als Da Vinci, Botticelli en Newton alles op het spel gezet om de documenten te beschermen en die opdracht uit te voeren. En nu, op het laatste moment, was Jacques Saunière van gedachten veranderd. De man die de eer had de grootste verantwoordelijkheid in de christelijke geschiedenis te dragen, verzaakte zijn plicht. Hij besloot dat de tijd niet rijp was.' Teabing wendde zich tot Sophie. 'Hij heeft de graal in de steek gelaten. Hij heeft de Priorij in de steek gelaten. En hij heeft de nagedachtenis verraden van alle generaties die ervoor hebben gezorgd dat de openbaring mogelijk was.'

'Jij?' vroeg Sophie, en nu keek ze op. Haar groene ogen boorden zich vol besef en woede in hem. 'Ben jíj verantwoordelijk voor de moord op mijn opa?'

Teabing lachte spottend. 'Je opa en zijn *sénéchaux* waren verraders van de graal.'

Sophie voelde hoe de razernij in haar opwelde. *Hij liegt!*

Teabing praatte gestaag verder. 'Je opa is gezwicht voor de Kerk. Het is duidelijk dat die hem onder druk heeft gezet om de waarheid stil te houden.'

Sophie schudde haar hoofd. 'De Kerk had geen invloed op mijn opa!'

Teabing lachte koel. 'Lieve kind, de Kerk heeft tweeduizend jaar ervaring met het onder druk zetten van mensen die dreigen haar leugens te ontmaskeren. Sinds de tijd van Constantijn is de Kerk erin geslaagd de waarheid over Maria Magdalena en Jezus verborgen te houden. Het zou ons niet moeten verrassen dat ze uitgerekend nu weer een manier heeft gevonden om de wereld in het ongewisse te houden. De Kerk maakt geen gebruik meer van kruisvaarders om ongelovigen af te slachten, maar haar invloed is er niet minder groot om. Niet minder verraderlijk.' Hij zweeg even, alsof hij zijn volgende punt wilde benadrukken. 'Sophie, je grootvader wilde je al enige tijd de waarheid over je familie vertellen.'

Sophie was verbluft. 'Hoe weet je dat?'

'Mijn methoden doen er niet toe. Wat je moet begrijpen, is dit.' Hij ademde diep in. 'De dood van je vader, moeder, oma en broertje was géén ongeluk.'

Nu liepen Sophies emoties hoog op. Ze deed haar mond open om iets te zeggen, maar kon niets uitbrengen.

Langdon schudde zijn hoofd. 'Waar heb je het over?'

'Robert, het verklaart alles. Alle stukjes passen. De geschiedenis herhaalt zichzelf. De Kerk heeft een traditie van moord als het erop aankomt de Sangreal-documenten verborgen te houden. Toen het einde der dagen nabij was, was het vermoorden van de naasten van de Grootmeester een zeer duidelijke boodschap. Hou je mond, of Sophie en jij zijn de volgenden.'

'Het was een auto-ongeluk,' stamelde Sophie, en het verdriet uit haar kindertijd welde weer in haar op. 'Een óngeluk!'

'Sprookjes om je onschuld te beschermen,' zei Teabing. 'Bedenk dat er maar twee familieleden ongedeerd bleven: de Grootmeester van de Priorij en zijn enige kleindochter. Met alleen jullie twee kreeg de Kerk precies de macht over de broederschap die ze zo graag wilde. De Kerk moet de afgelopen jaren een ware terreur over je grootvader hebben uitgeoefend, met dreigementen om jóú te vermoorden als hij het Sangreal-geheim durfde te openbaren, dreigementen om hun karwei af te maken, tenzij Saunière de Priorij kon overhalen terug te komen op haar eeuwenoude eed.'

'Leigh,' betoogde Langdon, die zichtbaar kwaad begon te worden, 'je hebt vast geen bewijs dat de Kerk iets met de dood van Sophies familie te maken heeft gehad of dat die van invloed is geweest op de beslissing van de Priorij om te blijven zwijgen.'

'Bewijs?' reageerde Teabing fel. 'Wil je bewijs dat de Priorij beïnvloed is? Het nieuwe millennium is hier en de wereld weet nog steeds van niets! Bewijst dat niet genoeg?'

In de echo van Teabings woorden hoorde Sophie een andere stem. *Sophie, ik moet je de waarheid over je familie vertellen.* Ze merkte dat ze beefde. Zou dít de waarheid kunnen zijn die haar opa haar had willen vertellen? Dat haar familie vermóórd was? Wat wist ze eigenlijk over het ongeluk waarbij haar familie was omgekomen? Alleen oppervlakkige details. Zelfs de verhalen in de kranten waren vaag geweest. Een ongeluk? Sprookjes? Plotseling dacht Sophie aan de beschermende houding van haar opa, hoe hij haar nooit alleen wilde laten toen ze klein was. Zelfs toen ze volwassen was en op de universiteit zat, had ze nog het gevoel gehad dat haar opa over haar waakte. Ze vroeg zich af of ze haar hele leven heimelijk in de gaten was gehouden door leden van de Priorij, die op haar pasten.

'Je vermoedde dat hij gemanipuleerd was,' zei Langdon, die Teabing boos en ongelovig aankeek. 'En dus heb je hem vermóórd?'

'Ik heb de trekker niet overgehaald,' zei Teabing. 'Saunière was al jaren dood, sinds de Kerk hem zijn familie had ontnomen. Hij was gecompromitteerd. Nu is hij bevrijd van die pijn, van de schaamte dat hij zijn heilige plicht niet kon doen. Bedenk eens wat het alternatief zou zijn. Er moest iets gedaan worden. Moet de wereld dan voorgoed onkundig blijven? Moeten we de Kerk toestaan onze geschiedenisboeken tot in de eeuwigheid te bevuilen met haar leugens? Moet ze in staat worden gesteld tot in het oneindige invloed uit te oefenen door middel van moord en afpersing? Nee, er moest iets gedaan worden! En nu staan we op het punt Saunières testament uit te voeren en een vreselijke misstand recht te zetten.' Hij zweeg even. 'Wij drieën. Gezamenlijk.'

Sophie kon haar oren niet geloven. 'Hoe kun je ook maar dénken dat we je zouden helpen?'

'Omdat, lieve kind, jíj de reden bent dat de Priorij de documenten niet heeft vrijgegeven. Je grootvaders liefde voor jou heeft hem ervan weerhouden de Kerk te tarten. Zijn angst voor vergelding jegens zijn enige overgebleven familielid heeft hem verlamd. Hij heeft nooit de kans gehad de waarheid te vertellen, doordat jij hem afwees. Daardoor waren zijn handen gebonden en was hij gedwongen af te wachten. Nu ben je de wereld de waarheid verschuldigd. Je bent het de nagedachtenis van je grootvader verplicht.'

Robert Langdon had zijn pogingen opgegeven om alles te begrijpen. Ondanks de stroom vragen die door zijn hoofd ging, wist hij dat er nu maar één ding van belang was: Sophie hier levend weg krijgen. Al het schuldgevoel dat Langdon ten onrechte jegens Teabing had gehad, was nu op Sophie gericht.

Ik heb haar meegenomen naar Château Villette. Ik ben verantwoordelijk.

Langdon kon zich niet voorstellen dat Leigh Teabing in staat zou zijn hen allebei hier in de kapittelzaal in koelen bloede om te brengen, maar aan de andere kant waren er bij Teabings verdwaasde zoektocht al meer doden gevallen. Langdon had het onbehaaglijke gevoel dat schoten in deze afgelegen zaal met dikke muren door niemand gehoord zouden worden, al helemaal niet met deze regen. *En Leigh heeft net schuld bekend.*

Langdon wierp een blik op Sophie, die er overstuur uitzag. *Heeft de Kerk Sophies familie vermoord om de Priorij het zwijgen op te leggen?* Langdon wist zeker dat de hedendaagse Kerk geen mensen vermoordde. Er moest een andere verklaring zijn.

'Laat Sophie gaan,' zei Langdon, terwijl hij Teabing strak aankeek. 'Jij en ik moeten dit onder vier ogen bespreken.'

Teabing stootte een geforceerd lachje uit. 'Ik vrees dat ik me een dergelijk blijk van vertrouwen niet kan veroorloven. Maar dít kan ik je wel bieden.' Hij leunde met één elleboog op een kruk en hield de revolver onelegant op Sophie gericht, terwijl hij de sluitsteen uit zijn zak pakte. Hij wankelde een beetje toen hij Langdon die toestak. 'Een blijk van goede wil, Robert.'

Langdon was op zijn hoede en verroerde zich niet. *Geeft Leigh ons de sluitsteen terug?*

'Pak aan,' zei Teabing, en hij stak de cryptex onhandig nog wat verder naar Langdon uit.

Langdon kon zich maar één reden voorstellen waarom Teabing die zou teruggeven. 'Je hebt hem al opengemaakt. Je hebt de kaart eruit gehaald.'

Teabing schudde zijn hoofd. 'Robert, als ik de oplossing had gevonden, was ik verdwenen om zelf de graal te zoeken en had ik jou er niet bij betrokken. Nee, ik weet het wachtwoord niet. En dat kan ik ronduit toegeven. Een ware ridder leert nederigheid tegenover de graal. Hij leert de aanwijzingen te gehoorzamen die aan hem verschijnen. Toen ik jullie de abdij zag binnenkomen, begreep ik het. Jullie waren hier met een reden. Om me te helpen. Ik ben niet op zoek naar individuele glorie. Ik dien een veel grotere meester dan mijn eigen trots. De waarheid. De mens heeft er recht op die waarheid te kennen. De graal heeft ons gevonden, en nu smeekt ze te worden geopenbaard. We moeten samenwerken.'

Ondanks Teabings pleidooi voor samenwerking en vertrouwen, was zijn revolver nog steeds op Sophie gericht toen Langdon naar voren stapte en de koude marmeren cilinder aanpakte. De azijn klotste toen Langdon naar achteren stapte. De schijven waren nog in een willekeurige stand gedraaid en de cryptex was dicht.

Langdon keek Teabing aan. 'Hoe weet je dat ik hem niet meteen kapotgooi?'

Teabings lach was een angstaanjagend gegnuif. 'Ik had moeten beseffen dat je dreigement om hem kapot te laten vallen in de Tempelkerk loos was. Robert Langdon zou de sluitsteen nooit kapotgooien. Je bent historicus, Robert. Je hebt de sleutel tot tweeduizend jaar geschiedenis in handen, de verloren sleutel tot de Sangreal. Je kunt de zielen voelen van alle ridders die op de brandstapel zijn geëindigd omdat ze haar geheim beschermden. Zou je willen dat die vergeefs gestorven zijn? Nee, je zult hen rehabiliteren. Je zult je aansluiten bij de gelederen van de grote mannen die je bewondert: Da Vinci, Botticelli, Newton. Die zouden allemaal vereerd zijn om op dit moment in jouw schoenen te staan. De inhoud van de sluitsteen roept ons, verlangend om bevrijd te worden. De tijd is gekomen. Het lot heeft ons naar dit ogenblik geleid.'

'Ik kan je niet helpen, Leigh. Ik heb geen idee hoe ik de cryptex open moet krijgen. Ik heb Newtons graf maar kort gezien. En zelfs als ik het wachtwoord kende...' Langdon zweeg, omdat hij besefte dat hij te veel had gezegd.

'Zou je het me niet vertellen?' Teabing zuchtte. 'Ik ben teleurgesteld en verrast, Robert, dat je niet inziet hoeveel je me verschuldigd bent. Mijn taak zou veel eenvoudiger zijn geweest als Rémy en ik jullie hadden geëlimineerd toen jullie Château Villette binnen kwamen lopen. In plaats daarvan heb ik alles op het spel gezet om een nobeler weg te zoeken.'

'Is dit nóbel?' vroeg Langdon, terwijl hij naar de revolver keek.

'Het is Saunières schuld,' zei Teabing. 'Zijn *sénéchaux* en hij hebben tegen Silas gelogen. Anders had ik de sluitsteen zonder problemen kunnen bemachtigen. Hoe moest ik weten dat de Grootmeester zoveel moeite zou doen om me te bedriegen en de sluitsteen na te laten aan zijn van hem vervreemde kleindochter?' Teabing keek vol minachting naar Sophie. 'Iemand die zo weinig gekwalificeerd is om over deze kennis te beschikken dat ze een symboliekdeskundige nodig had als babysitter.' Teabing richtte zijn blik weer op Langdon. 'Gelukkig bleek jouw betrokkenheid hierin mijn redding te zijn, Robert. De sluitsteen is niet voorgoed in de depositobank blijven liggen doordat jij hem eruit hebt gehaald en er mijn huis mee bent binnengewandeld.'

Waar had ik anders heen moeten gaan? dacht Langdon. *De gemeenschap van graalhistorici is klein, en Teabing en ik kenden elkaar al.*

Teabing keek nu zelfvoldaan. 'Toen ik hoorde dat Saunière een laatste bericht voor jullie had achtergelaten, was ik er vrij zeker van dat jullie over waardevolle informatie van de Priorij beschikten. Of het de sluitsteen zelf was of informatie over waar die te vinden was, wist ik niet. Maar toen jullie de politie achter jullie aan kregen, had ik zo'n vaag vermoeden dat jullie misschien wel snel bij mij op de stoep zouden staan.'

Langdon keek hem lelijk aan. 'En als dat niet was gebeurd?'

'Ik werkte aan een plan om je een helpende hand toe te steken. Hoe dan ook, de sluitsteen zou naar Château Villette komen. Het feit dat jullie hem in mijn handen afleverden, bewijst dat mijn zaak rechtvaardig is.'

'Wát?' Langdon was ontsteld.

'Het was de bedoeling dat Silas in Château Villette zou inbreken en de sluitsteen van jullie zou stelen, zodat jullie ongedeerd buitenspel werden gezet en niemand mij van medeplichtigheid zou kunnen verdenken. Maar toen ik zag hoe ingewikkeld Saunières aanwijzingen waren, besloot ik jullie wat langer bij mijn zoektocht te betrekken. Ik kon Silas de sluitsteen later nog laten stelen, als ik genoeg wist om alleen verder te gaan.'

'De Tempelkerk,' zei Sophie, en aan haar stem was te horen hoe verraden ze zich voelde.

Het begint tot ze door te dringen, dacht Teabing. De Tempelkerk was de volmaakte plek om de sluitsteen van Robert en Sophie te stelen, en het schijnbare verband dat hij tussen het gedicht en de kerk kon leggen, maakte de valstrik compleet. Rémy had duidelijke orders gekregen: blijf uit het zicht. Silas bemachtigt de sluitsteen. Helaas had Langdons dreigement om de sluitsteen op de vloer van de kapel kapot te gooien Rémy in paniek gebracht. *Had Rémy zich maar niet laten zien,* dacht Teabing vol spijt, toen hij aan zijn eigen in scène gezette ontvoering dacht. *Rémy was de enige link met mij, en hij heeft zijn gezicht laten zien!*

Gelukkig kende Silas Teabings ware identiteit niet en liet hij zich gemakkelijk overhalen hem mee te nemen uit de kerk, waarna hij naïef had toegekeken toen Rémy deed alsof hij hun gijzelaar achter in de limousine vastbond. Toen de geluiddichte ruit dicht was geschoven, kon Teabing Silas opbellen en hem met het nagebootste Franse accent van de Leermeester opdragen naar het Opus Dei te gaan. Daarna was een eenvoudige anonieme tip aan de politie alles wat nodig was om Silas uit beeld te doen verdwijnen.

Eén los eindje afgewerkt.

Het andere losse eindje was lastiger. *Rémy.*

Teabing had geworsteld met het besluit, maar uiteindelijk had Rémy bewezen dat hij een risico vormde. *Voor een zoektocht naar de graal moeten nu eenmaal offers worden gebracht.* De gemakkelijkste oplossing had voor het grijpen gestaan in de bar van de limousine: een flacon, wat cognac en een blikje pinda's. De pinda's had hij tot een poeder vermalen en in de flacon met cognac gedaan; genoeg om Rémy's dodelijke allergie te activeren. Toen Rémy de limousine op Horse Guards Parade had geparkeerd, was Teabing uit het achterdeel geklommen, naar het portier aan de passagierskant gelopen en naast Rémy gaan zitten. Een paar minuten later was Teabing uitgestapt, was weer achterin geklommen, had het bewijsmateriaal opgeruimd en was ten slotte weer te voorschijn gekomen om de laatste fase van zijn onderneming uit te voeren.

Het was maar een klein stukje lopen naar Westminster Abbey. Teabings beensteunen, krukken en revolver hadden de metaaldetector natuurlijk geactiveerd, maar de ingehuurde bewakers wisten niet wat ze met hem moesten beginnen. *Vragen we hem zijn steunen af te doen en erdoorheen te kruipen? Fouilleren we zijn misvormde lijf?* Teabing bood de gegeneerde bewakers een veel gemakkelijker oplossing: een in reliëf gedrukt kaartje dat bewees dat hij ridder was. De arme mannen struikelden bijna over zichzelf in hun haast hem binnen te laten.

Nu hij tegenover de verbijsterde Langdon en Neveu stond, bood Teabing weerstand aan de impuls te vertellen hoe hij op briljante wijze het Opus Dei had betrokken bij het complot dat binnenkort de ondergang van de hele Kerk zou betekenen. Dat zou moeten wachten. Nu was er werk aan de winkel.

'Mes amis,' verklaarde Teabing in vlekkeloos Frans, '*vous ne trouvez pas le Saint-Graal, c'est le Saint-Graal qui vous trouve.*' Hij glimlachte. 'Als je ziet hoe onze paden samen zijn gekomen, kan

er geen twijfel over bestaan. De graal heeft ons gevonden.'
Stilte.

Hij fluisterde tegen hen: 'Luister. Horen jullie het niet? De graal spreekt tot ons, over de eeuwen heen. Ze wil worden gered van de dwaasheid die de Priorij heeft begaan. Ik smeek jullie deze gelegenheid te baat te nemen. Er bestaan geen drie mensen die geschikter zijn om de laatste code te kraken en de cryptex te openen dan wij.' Teabing zweeg even en zijn ogen lichtten op. 'We moeten een eed zweren. Een gelofte van trouw. De toewijding van een ridder om de waarheid te ontdekken en bekend te maken.'

Sophie keek Teabing diep in de ogen en zei op staalharde toon: 'Ik zal nooit een eed zweren met de moordenaar van mijn opa. Behalve de eed dat ik zal zorgen dat je in de gevangenis komt.'

Teabings blik werd somber, maar toen nam hij een besluit. 'Het spijt me dat je er zo over denkt, kind.' Hij draaide zich een stukje en richtte de revolver op Langdon. 'En jij, Robert? Sta jij aan mijn kant, of ben je tegen me?'

100

Bisschop Manuel Aringarosa had al veel soorten pijn moeten verduren, maar de brandende hitte van de schotwond in zijn borst voelde volkomen vreemd aan. Diep en serieus. Niet als een lichamelijke wond, maar dichter bij de ziel.

Hij deed zijn ogen open en probeerde iets te zien, maar de regen in zijn gezicht vertroebelde zijn blik. *Waar ben ik?* Hij voelde dat hij door sterke armen werd vastgehouden en dat zijn slappe lijf als een lappenpop werd gedragen, terwijl zijn zwarte soutane flapperde.

Hij tilde moeizaam een arm op, veegde langs zijn ogen en zag dat de man die hem droeg Silas was. De grote albino rende strompelend over een mistige stoep terwijl hij om een ziekenhuis riep, als een hartverscheurende, gekwelde jammerklacht. Zijn rode ogen keken recht vooruit en er liepen tranen langs zijn bleke, met bloed bespatte gezicht.

'M'n zoon,' fluisterde Aringarosa, 'je bent gewond.'

Silas keek vol smart op hem neer. 'Het spijt me zo, pater.' Hij leek bijna te gekweld om te kunnen praten.

'Nee, Silas,' antwoordde Aringarosa. 'Ik ben degene die spijt heeft.

Dit is mijn schuld.' *De Leermeester had me beloofd dat er niet gemoord zou worden, en ik heb je opgedragen hem volledig te gehoorzamen.* 'Ik was te gretig. Te bang. Jij en ik zijn bedrogen.' *De Leermeester is nooit van plan geweest ons de heilige graal te bezorgen.* Gedragen in de armen van de man die hij al die jaren geleden in huis had genomen, werd bisschop Aringarosa terug gezogen in de tijd. Naar Spanje. Naar het bescheiden begin, toen hij samen met Silas in Oviedo een katholiek kerkje had gebouwd. En naar New York, later, toen hij de heerlijkheid van God had geprezen na de voltooiing van het hoog oprijzende Opus Dei-centrum aan Lexington Avenue.

Vijf maanden geleden had Aringarosa verschrikkelijk nieuws ontvangen. Zijn levenswerk was in gevaar. Hij herinnerde zich nog levendig de bijeenkomst in Castel Gandolfo die zijn leven had veranderd... Het nieuws waarmee deze hele rampzalige toestand was begonnen.

Aringarosa was met geheven hoofd de Astronomische Bibliotheek van Castel Gandolfo binnengestapt, in de volle verwachting dat hij ontvangen zou worden door een verwelkomende menigte en dat iedereen hem schouderklopjes wilde geven voor de fantastische manier waarop hij het katholicisme in Amerika vertegenwoordigde.

Maar er waren slechts drie mensen.

De staatssecretaris van het Vaticaan. Corpulent. Streng.

Twee hoge Italiaanse kardinalen. Schijnheilig. Zelfvoldaan.

'Staatssecretaris?' zei Aringarosa verbaasd.

De gezette man schudde Aringarosa de hand en gebaarde naar de stoel tegenover hem. 'Gaat u alstublieft zitten.'

Dat deed Aringarosa, met het gevoel dat er iets mis was.

'Ik ben niet goed in beleefd gekeuvel, monseigneur,' zei de staatssecretaris. 'Dus ik kom direct ter zake.'

'Spreek alstublieft openhartig.' Aringarosa wierp een blik op de twee kardinalen, die hem vol eigendunk en afwachtend leken op te nemen.

'Zoals u weet,' zei de staatssecretaris, 'hebben Zijne Heiligheid en anderen in Rome zich de laatste tijd zorgen gemaakt over de politieke gevolgen van Opus Dei's meer controversiële praktijken.'

Aringarosa merkte dat zijn haren ogenblikkelijk overeind gingen staan. Hier was hij al herhaaldelijk over onderhouden door de nieuwe paus, die tot Aringarosa's grote verdriet een verontrustend fervent voorstander van modernisering van de Kerk was gebleken.

'Ik wil u verzekeren,' vervolgde de staatssecretaris snel, 'dat Zijne

Heiligheid er niet naar streeft iets te veranderen aan de manier waarop u uw ambt vervult.'

Dat mag ik ook niet hopen! 'Waarom ben ik dan hier?'

De omvangrijke man zuchtte. 'Bisschop, ik weet niet precies hoe ik dit voorzichtig moet brengen, dus ik zal direct zijn. Twee dagen geleden heeft de raad er unaniem voor gestemd om de sanctionering van het Vaticaan voor het Opus Dei te herroepen.'

Aringarosa wist zeker dat hij het verkeerd had verstaan. 'Pardon?'

'Het komt erop neer dat het Opus Dei over een halfjaar niet langer als een prelatuur van het Vaticaan zal worden beschouwd. U zult een zelfstandig kerkgenootschap zijn. De Heilige Stoel trekt zijn handen van u af. Zijne Heiligheid is het ermee eens en we zijn de juridische papieren al aan het opstellen.'

'Maar... dat is onmogelijk!'

'Integendeel, het is heel goed mogelijk. En noodzakelijk. Zijne Heiligheid heeft moeite met uw agressieve wervingsmethodes en uw praktijk van zelfkastijding.' Hij zweeg even. 'En uw beleid ten opzichte van vrouwen. Eerlijk gezegd is het Opus Dei een blok aan het been en een last geworden.'

Bisschop Aringarosa was verbluft. 'Een lást?'

'Het zal u waarschijnlijk niet verbazen dat het zo ver is gekomen.'

'Het Opus Dei is de enige katholieke organisatie waarvan het ledental groeit! We hebben nu meer dan elfhonderd priesters!'

'Dat is waar. Een grote zorg voor ons allen.'

Aringarosa sprong overeind. 'Vraag Zijne Heiligheid maar eens of het Opus Dei in 1982 ook een last was, toen we de Vaticaanse Bank hebben geholpen!'

'Daar zal het Vaticaan altijd dankbaar voor blijven,' zei de staatssecretaris op verzoenende toon, 'maar er zijn mensen die nog steeds geloven dat uw generositeit in 1982 de enige reden is dat u de status van prelatuur hebt gekregen.'

'Dat is niet waar!' De insinuatie was een diepe belediging voor Aringarosa.

'Hoe het ook zij, we zijn van plan dit netjes af te handelen. We stellen voorwaarden van afscheiding op, waaronder ook een terugbetaling van die som valt. Dat zal in vijf termijnen gebeuren.'

'Kopen jullie me af?' vroeg Aringarosa verontwaardigd. 'Betalen jullie me om zonder ophef te gaan? Terwijl het Opus Dei de laatste stem der rede is?'

Een van de kardinalen keek op. 'Pardon, zei u réde?'

Aringarosa boog zich over de tafel naar voren en zei op scherpe toon: 'Vraagt u zich echt af waarom katholieken de Kerk verlaten? Kijk om u heen, kardinaal. De mensen hebben geen respect meer. De strenge wetten van het geloof zijn verdwenen. De leer is een buffet geworden. Abstinentie, de biecht, de communie, de doop, de mis... Maak je keuze, kies er maar een combinatie uit die je bevalt en negeer de rest. Wat voor geestelijk houvast heeft de Kerk nog te bieden?'

'Wetten uit de derde eeuw,' zei de tweede kardinaal, 'kunnen niet worden toegepast op de hedendaagse volgelingen van Christus. De regels werken niet meer in de huidige samenleving.'

'Nou, voor het Opus Dei werken ze anders wel!'

'Bisschop Aringarosa,' zei de staatssecretaris op vastberaden toon. 'Uit respect voor de relatie van uw organisatie met de vorige paus zal Zijne Heiligheid het Opus Dei een halfjaar geven om zich vrijwíllig los te maken van het Vaticaan. Ik stel voor dat u uw meningsverschillen met de Heilige Stoel aanvoert als reden om u als zelfstandige christelijke organisatie te vestigen.'

'Ik weiger!' verklaarde Aringarosa. 'En dat zal ik hem persoonlijk vertellen!'

'Ik vrees dat Zijne Heiligheid u liever niet meer wil spreken.'

Aringarosa stond op. 'Hij zou het niet dúrven om een persoonlijke prelatuur die door een vorige paus is aangegaan ongedaan te maken!'

'Het spijt me.' De staatssecretaris was onbewogen. 'De Heer geeft en de Heer neemt.'

Aringarosa was verbijsterd en in paniek naar buiten gewankeld. Terug in New York had hij dagenlang gedesillusioneerd naar het silhouet van de stad zitten staren, overmand door droefenis voor de toekomst van het christendom.

Een paar weken later had hij het telefoontje gekregen dat alles had veranderd. De beller klonk Frans en noemde zich de Leermeester, een gebruikelijke titel binnen de prelatuur. Hij zei dat hij wist van de Vaticaanse plannen om het Opus Dei niet langer te steunen.

Hoe kan hij dat weten? had Aringarosa zich afgevraagd. Hij had gehoopt dat alleen een handjevol machtige Vaticaanse intriganten op de hoogte was van de naderende intrekking van de steun aan het Opus Dei. Blijkbaar was het nieuws bekend geworden. Als het om geruchten ging, waren er in de hele wereld geen poreuzere muren dan die rond Vaticaanstad.

'Ik heb overal oren, bisschop,' had de Leermeester gefluisterd, 'en met die oren heb ik bepaalde informatie opgevangen. Met uw hulp kan ik achter de geheime bergplaats komen van een heilig relikwie dat u enorme macht zal verlenen... Genoeg macht om het Vaticaan

voor u te laten buigen. Genoeg macht om het geloof te redden.'
Hij zweeg even. 'Niet alleen voor het Opus Dei. Voor ons allemaal.'

De Heer neemt... en de Heer geeft. Aringarosa kreeg een sprankje hoop. 'Vertel me uw plan.'

Bisschop Aringarosa was buiten bewustzijn toen de deuren van het St. Mary's Hospital sissend opengingen. Silas struikelde ijlend van uitputting naar binnen. Hij viel met zijn knieën op de tegelvloer en riep om hulp. Iedereen in de hal keek met open mond naar de halfnaakte albino met een bloedende geestelijke in zijn armen.

De dokter die Silas hielp de bewusteloze bisschop op een brancard te tillen, keek somber toen hij Aringarosa's pols voelde. 'Hij heeft veel bloed verloren. Ik ben niet optimistisch.'

Aringarosa knipperde met zijn ogen, en even kwam hij bij en keek hij Silas aan. 'M'n kind...'

Wroeging en woede denderden door Silas' ziel. 'Pater, ook al kost het me de rest van m'n leven, ik zal degene vinden die ons heeft bedrogen en ik zal hem doden.'

Aringarosa schudde zijn hoofd en keek bedroefd. Vlak voordat hij werd weggereden, zei hij: 'Silas... Ook al zou je verder niets van me hebben geleerd, leer dan alsjeblieft het volgende.' Hij pakte Silas' hand en kneep er stevig in. 'Vergiffenis is het grootste geschenk van God.'

'Maar pater...'

Aringarosa sloot zijn ogen. 'Je moet bidden, Silas.'

101

Robert Langdon stond onder het hoge koepeldak van de verlaten kapittelzaal en staarde in de loop van Leigh Teabings revolver.

En jij, Robert? Sta jij aan mijn kant, of ben je tegen me? De woorden van de Britse historicus echoden in de stilte van Langdons geest. Er was geen antwoord mogelijk, wist Langdon. Als hij ja zei, pleegde hij verraad jegens Sophie. Als hij nee zei, zou Teabing geen keus hebben en hen beiden moeten doodschieten.

De jaren dat Langdon voor de klas had gestaan, hadden hem niet geleerd hoe je moest reageren als je onder schot werd gehouden, maar wel hoe je moeilijke vragen moest beantwoorden. *Als er op*

een vraag geen juist antwoord is, is er maar één eerlijke reactie.
Het grijze gebied tussen ja en nee.
Stilte.
Langdon keek strak naar de cryptex in zijn hand en liep een stukje weg.
Zonder zijn ogen op te slaan, liep hij achteruit, de grote lege zaal in. *Neutraal terrein.* Hij hoopte dat zijn concentratie op de cryptex voor Teabing een teken was dat samenwerking een optie zou kunnen zijn, en dat zijn zwijgen Sophie duidelijk maakte dat hij haar niet in de steek liet.
Tijdrekken om na te kunnen denken.
Nadenken was precies wat Teabing wilde dat Langdon deed, vermoedde hij. *Daarom heeft hij me de cryptex gegeven. Zodat ik het gewicht van mijn beslissing kan voelen.* De Engelsman hoopte dat Langdon doordrongen zou raken van het enorme belang van de inhoud van de cryptex door dat voorwerp vast te houden. Daardoor zou zijn wetenschappelijke nieuwsgierigheid het winnen van alle andere overwegingen en zou hij beseffen dat het de ondergang van de geschiedenis zou betekenen als hij de sluitsteen niet wilde openen.
Sophie werd nog steeds onder schot gehouden, en Langdon vreesde dat het vinden van het ongrijpbare wachtwoord de enige hoop was die hem restte om Leigh over te halen haar te laten gaan. *Als ik de kaart uit de cryptex kan krijgen, zal Teabing bereid zijn te onderhandelen.* Terwijl hij zich op deze cruciale taak probeerde te concentreren, liep hij langzaam naar de ramen... Hij liet zijn gedachten over alle astronomische afbeeldingen op Newtons graf gaan.

> Zoek nu de bol die aan zijn graf ontbreekt,
> van rozig vlees, gevuld met zaden, spreekt.

Hij draaide de anderen zijn rug toe en liep naar de hoog oprijzende ramen, op zoek naar inspiratie in het gebrandschilderde glas. Die kon hij niet vinden.
Stel je voor dat je Saunière bent, hield hij zichzelf voor, terwijl hij de College Garden inkeek. *Wat voor bol zou er volgens hem op Newtons graf aanwezig moeten zijn?* Er twinkelden beelden van sterren, kometen en planeten in de vallende regen, maar die negeerde Langdon. Saunière was geen man van de exacte wetenschap. Hij was een man van de humaniora, van kunst en geschiedenis. *het heilig vrouwelijke... De kelk... De roos... De*

verbannen Maria Magdalena... De ondergang van de godin... De heilige graal.

In legenden was de graal altijd neergezet als een wrede minnares, die net uit het zicht in de schaduw danste, in je oor fluisterde, je een stap verder lokte en dan in de nevel oploste.

Toen hij naar de ruisende bomen in de College Garden keek, voelde Langdon haar schalkse aanwezigheid. De tekenen waren overal. Als een verlokkend silhouet dat uit de mist verscheen, stond de oudste appelboom van Engeland te pronken met zijn vijfbladige bloesem, die glinsterde als Venus. De godin was in de tuin. Ze danste in de regen, zong oeroude liedjes en gluurde tussen de takken vol knoppen door alsof ze Langdon eraan wilde herinneren dat de vrucht der kennis net buiten zijn bereik hing.

Aan de andere kant van de zaal keek sir Leigh Teabing vol vertrouwen toe hoe Langdon uit het raam stond te staren alsof hij in trance was.

Precies zoals ik had gehoopt, dacht Teabing. *Hij trekt wel bij.*

Teabing had al een tijdje vermoed dat Langdon misschien de sleutel tot de graal in handen had. Het was geen toeval dat Teabing zijn plan in werking had gezet op de avond dat Langdon een afspraak met Jacques Saunière had. Teabing had de conservator afgeluisterd en was er zeker van dat de gretigheid van de man om Langdon onder vier ogen te ontmoeten maar één ding kon betekenen. *Langdons mysterieuze manuscript heeft een gevoelige snaar geraakt bij de Priorij. Langdon heeft toevallig iets ontdekt, en Saunière is bang dat dat bekend wordt gemaakt.* Teabing was ervan overtuigd dat de Grootmeester een afspraak met Langdon had gemaakt om hem het zwijgen op te leggen.

De waarheid is lang genoeg onderdrukt!

Teabing wist dat hij snel moest handelen. De aanval van Silas zou twee doelen dienen. Saunière zou Langdon niet kunnen overhalen zijn mond te houden, en als Teabing de sluitsteen eenmaal in handen had, zou Langdon in Parijs zijn zodat Teabing hem te hulp kon roepen als dat nodig was.

Het organiseren van de fatale ontmoeting tussen Saunière en Silas was bijna al te eenvoudig geweest. *Ik beschikte over vertrouwelijke informatie over Saunières grootste angst.* Gistermiddag had Silas de conservator gebeld en zich voorgedaan als een veronruste priester. 'Monsieur Saunière, neemt u me niet kwalijk, maar ik moet u ogenblikkelijk spreken. Ik mag het biechtgeheim niet schenden, maar in dit geval kan ik niet anders. Ik heb zojuist een man de biecht afgenomen die beweerde dat hij familieleden van u had vermoord.'

Saunières reactie was geschrokken maar achterdochtig geweest. 'Mijn familie is bij een ongeluk omgekomen. Het politierapport was daar duidelijk over.'

'Ja, een áúto-ongeluk,' zei Silas, die het aas uitgooide. 'De man die ik heb gesproken, zei dat hij hun auto de weg af had gedrukt, een rivier in.'

Saunière zweeg.

'Monsieur Saunière, ik zou u niet gebeld hebben als dat alles was, maar de man maakte een opmerking die me doet vrezen voor úw veiligheid.' Hij liet een stilte vallen. 'De man had het ook over uw kleindochter, Sophie.'

Het noemen van Sophies naam had als katalysator gewerkt. De conservator was ogenblikkelijk in actie gekomen. Hij had Silas gevraagd onmiddellijk naar hem toe te komen op de veiligste plek die Saunière kende: zijn kantoor in het Louvre. Daarna had hij Sophie opgebeld om haar te waarschuwen dat ze in gevaar zou kunnen zijn. Zijn afspraak met Robert Langdon was meteen van de baan.

Nu Langdon apart van Sophie aan de andere kant van de zaal stond, had Teabing het gevoel dat hij de twee partners met succes uit elkaar had gespeeld. Sophie Neveu was nog steeds opstandig, maar Langdon begon duidelijk het grotere geheel te zien. Hij probeerde te bedenken wat het wachtwoord was. *Hij ziet in hoe belangrijk het is de graal te vinden en te bevrijden.*

'Hij zal hem niet voor je openmaken,' zei Sophie ijzig. 'Al zou hij het kunnen.'

Teabing wierp een blik op Langdon terwijl hij de revolver op Sophie gericht hield. Hij was er vrij zeker van dat hij het wapen zou moeten gebruiken. Hoewel het idee hem niet aanstond, wist hij dat hij, als het erop aankwam, niet zou aarzelen. *Ik heb haar alle gelegenheid gegeven het juiste te doen. De graal is groter dan wij mensen.*

Op dat ogenblik keerde Langdon zich bij het raam om. 'Het graf...' zei hij plotseling, terwijl hij met een flauw sprankje hoop in zijn ogen naar hen keek. 'Ik weet waar ik moet zoeken op Newtons graf. Ja, ik denk dat ik het wachtwoord kan vinden!'

Teabings hart sprong op. 'Waar, Robert? Vertel het me!'

Sophie klonk ontzet. 'Robert, nee! Je gaat hem toch zeker niet helpen?'

Langdon kwam met resolute tred op hen af en hield de cryptex voor zich uit. 'Nee,' zei hij, en zijn blik verhardde toen hij zich naar Leigh keerde. 'Niet voordat hij je laat gaan.'

Teabings optimisme ebde weg. 'We zijn er zo dicht bij, Robert. Ga nu geen spelletjes met me spelen!'

'Het zijn geen spelletjes,' zei Langdon. 'Laat haar gaan. Dan neem ik je mee naar Newtons graf. We maken de cryptex samen open.'

'Ik ga helemaal nergens heen,' zei Sophie, en haar ogen werden klein van woede. 'Die cryptex is door mijn opa aan mij gegeven. Het is niet aan jóú om hem open te maken.'

Langdon draaide zich met een angstig gezicht naar haar toe. 'Sophie, alsjeblieft! Je bent in gevaar. Ik probeer je te helpen!'

'Hoe? Door het geheim te onthullen waarvoor mijn opa gestorven is? Hij vertrouwde je, Robert. Ik vertrouwde je!'

In Langdons blauwe ogen stond nu paniek te lezen, en Teabing kon een glimlach niet onderdrukken toen hij zag hoe de twee tegen elkaar in gingen. Langdons pogingen galant te zijn waren voornamelijk pathetisch. *We staan op het punt een van de grootste geheimen uit de geschiedenis te onthullen, en hij maakt zich druk over een vrouw die heeft bewezen de zoektocht niet waardig te zijn.*

'Sophie,' smeekte Langdon. 'Alsjeblieft... Je moet gaan.'

Ze schudde haar hoofd. 'Alleen als je me de cryptex geeft of die op de grond kapotgooit.'

'Wat?' bracht Langdon verbijsterd uit.

'Robert, mijn opa zou liever hebben dat zijn geheim voorgoed verloren ging dan dat het in handen van zijn moordenaar viel.' Sophie zag eruit alsof er tranen in haar ogen zouden gaan opwellen, maar dat gebeurde niet. Ze keek Teabing recht aan. 'Schiet me maar neer als dat moet. Ik geef je de nalatenschap van mijn opa niet in handen.'

Goed dan. Teabing richtte de revolver.

'Nee!' schreeuwde Langdon, en hij stak zijn arm uit en hield de cryptex gevaarlijk hoog boven de hardstenen vloer. 'Leigh, als je er ook maar over denkt, laat ik dit vallen.'

Teabing lachte. 'Die bluf werkte bij Rémy. Niet bij mij. Ik ken je te goed.'

'Is dat zo, Leigh?'

Ja. Je moet nog eens aan je pokergezicht werken, vriend. Het kostte me een paar seconden, maar nu zie ik dat je liegt. Je hebt geen idee waar op het graf van Newton het antwoord te vinden is. 'Is het echt waar, Robert? Weet je waar op het graf je moet zoeken?'

'Jazeker.'

De aarzeling in Langdons ogen was vluchtig, maar Leigh zag haar toch. Het was een leugen. Een vertwijfelde, erbarmelijke truc om Sophie te redden. Teabing was diep teleurgesteld in Robert Langdon.

Ik ben een eenzame ridder, omgeven door onwaardigen. En ik zal de sluitsteen op eigen houtje open moeten maken.

Langdon en Neveu vormden alleen nog maar een gevaar voor hem... en voor de graal. Hoe pijnlijk het besluit ook was, hij wist dat hij het met een schoon geweten zou uitvoeren. Het enige probleem was dat hij Langdon moest overhalen de sluitsteen neer te leggen, zodat hij veilig een eind aan deze poppenkast kon maken.

'Een blijk van goede wil,' zei Teabing, en hij liet zijn revolver zakken. 'Leg de sluitsteen neer, dan kunnen we praten.'

Langdon wist dat zijn leugen had gefaald.

Hij zag de duistere vastberadenheid op Teabings gezicht en wist dat het moment gekomen was. *Als ik dit neerleg, zal hij ons allebei doodschieten.* Zelfs zonder naar Sophie te kijken, kon hij haar, in haar geluidloze wanhoop, bijna horen smeken. *Robert, deze man is de graal niet waard. Laat die alsjeblieft niet in zijn handen vallen. Ongeacht de consequenties.*

Langdon had zijn besluit al een paar minuten geleden genomen, toen hij alleen bij het raam stond en uitkeek op de College Garden.

Bescherm Sophie.

Bescherm de graal.

Langdon had in zijn vertwijfeling bijna uitgeroepen: *maar ik weet niet hoe!*

De grimmige momenten van ontgoocheling hadden hem een grotere tegenwoordigheid van geest gebracht dan hij ooit had gekend. *De waarheid is vlak voor je neus, Robert.* Hij wist niet waar de revelatie vandaan kwam. *De graal houdt je niet voor de gek, ze roept naar iemand die haar waard is.*

Nu boog hij als een ondergeschikte op een paar meter afstand van Leigh Teabing en liet de cryptex tot op een paar centimeter boven de grond zakken.

'Ja, Robert,' fluisterde Teabing, terwijl hij de revolver op hem richtte. 'Zet maar neer.'

Langdon sloeg zijn ogen op naar de gapende leegte van het koepeldak van de kapittelzaal. Hij ging nog dieper op zijn hurken zitten en liet zijn blik zakken naar Teabings revolver, die recht op hem gericht was.

'Het spijt me, Leigh.'

In één vloeiende beweging sprong Langdon overeind, zwaaide hij zijn arm omhoog en gooide hij de cryptex recht naar boven, naar de koepel boven zijn hoofd.

Leigh Teabing voelde niet dat zijn vinger de trekker overhaalde, maar de Medusa ging met een daverende klap af. Langdons zojuist nog gehurkte gestalte was nu gestrekt, bijna in de lucht, en de kogel sloeg in de vloer vlak bij Langdons voeten. De ene helft van Teabings hersenen probeerde te richten en opnieuw te vuren, maar de sterkere helft dwong hem zijn blik naar boven te richten, de koepel in.

De sluitsteen!

De tijd leek te bevriezen en veranderde in een droom die zich in slow motion voltrok; de door de lucht tollende sluitsteen werd Teabings hele wereld. Hij keek hoe de cryptex naar zijn hoogste punt rees, heel even stil bleef hangen in de leegte en toen naar beneden tuimelde, terug naar de stenen vloer.

Al Teabings hoop en dromen stortten naar beneden. *Hij mag de grond niet raken! Ik moet hem opvangen!* Teabings lijf reageerde instinctief. Hij liet de revolver los, wierp zichzelf naar voren en liet zijn krukken vallen toen hij zijn zachte, gemanicuurde handen uitstak. Hij strekte zijn armen en vingers en ving de sluitsteen uit de lucht.

Toen hij met de sluitsteen zegevierend in zijn hand geklemd voorover viel, wist Teabing dat hij te hard zou vallen. Hij had niets om zijn val te breken, dus kwam hij op zijn gestrekte armen neer, en de cryptex sloeg hard tegen de vloer.

Er klonk een misselijkmakend gekraak van glas uit de cilinder.

Een seconde lang hield Teabing zijn adem in. Hij lag languit op de koude vloer, staarde langs zijn gestrekte armen naar de marmeren cilinder in zijn blote handen en smeekte het glazen buisje dat erin zat niet kapot te gaan. Toen verspreidde zich een zure azijnlucht en voelde Teabing hoe de koele vloeistof tussen de schijven door in zijn handpalm liep.

Hij werd door paniek gegrepen. *Néé!* De azijn stroomde nu uit de cilinder, en Teabing zag voor zich hoe de papyrus binnenin oploste. *Robert, idioot! Het geheim is verloren!*

Teabing merkte dat hij onbeheerst snikte. *De graal is weg. Alles vernietigd.* Huiverend van ongeloof over wat Langdon had gedaan, probeerde Teabing de cilinder uiteen te rukken om een vluchtige glimp van de geschiedenis op te vangen voordat die voorgoed oploste. Toen hij aan de uiteinden van de sluitsteen trok, schoof de cilinder tot zijn schrik open.

Hij hapte naar lucht en tuurde erin. Er zaten alleen scherven nat glas in. Geen oplossende papyrus. Teabing rolde zich op zijn zij en keek op naar Langdon. Sophie stond naast hem en hield de revolver op Teabing gericht.

Verbijsterd keek Teabing weer naar de sluitsteen en toen zag hij het. De schijven stonden niet meer in een willekeurige stand. Ze vormden een vijfletterig woord: APPEL.

'De bol waar Eva van at,' zei Langdon koel, 'wat haar de heilige toorn van God opleverde. De erfzonde. Het symbool van de val van het heilig vrouwelijke.'

De verpletterende waarheid drong, in haar ondraaglijke grimmigheid, tot Teabing door. De bol die op Newtons graf thuishoorde, kon alleen maar de rozige appel zijn die uit de hemel op Newtons hoofd was gevallen en hem had aangezet tot zijn levenswerk. *Het rozig vlees, gevuld met zaden!*

'Robert,' stamelde Teabing buiten zichzelf. 'Je hebt hem opengemaakt. Waar... is de kaart?'

Zonder met zijn ogen te knipperen, stak Langdon zijn hand in de borstzak van zijn tweedjasje en haalde daar voorzichtig een kleine papyrusrol uit. Op slechts een paar meter afstand vanwaar Teabing lag, rolde Langdon de papyrus uit en keek ernaar. Na enige tijd ging er een veelbetekenende glimlach over zijn gezicht.

Hij weet het! Teabing verlangde vanuit het diepst van zijn hart naar die kennis. Zijn grote droom bevond zich vlak voor hem.

'Vertel het me!' smeekte Teabing. 'Alsjeblieft! O God, alsjeblieft! Het is nog niet te laat!'

Terwijl er zware voetstappen door de gang in de richting van de kapittelzaal dreunden, rolde Langdon de papyrus kalm weer op en liet hem in zijn zak glijden.

'Nee!' riep Teabing uit, en hij probeerde tevergeefs te gaan staan. Toen de deur openvloog, kwam Bezu Fache als een stier binnenstormen. Zijn woeste blik zocht de ruimte af en vond zijn doel – Leigh Teabing – hulpeloos op de vloer. Met een zucht van opluchting stak Fache zijn Manurhin-revolver in de holster en wendde zich tot Sophie. 'Neveu, ik ben blij dat meneer Langdon en jij veilig zijn. Je had je moeten melden toen ik dat vroeg.'

Vlak achter Fache kwamen Engelse politieagenten binnen; ze grepen de gekwelde gevangene en sloegen hem in de boeien.

Sophie stond er versteld van dat Fache plotseling was opgedoken. 'Hoe hebt u ons gevonden?'

Fache wees naar Teabing. 'Hij heeft de vergissing gemaakt zijn legitimatiebewijs te laten zien toen hij de abdij binnenkwam. De bewakers hoorden over de radio in een politiebericht dat we naar hem op zoek waren.'

'Hij zit in Langdons zak!' krijste Teabing. 'De kaart naar de heilige graal!'

Toen ze Teabing overeind hesen en naar buiten droegen, gooide hij zijn hoofd in zijn nek en brulde: 'Robert! Vertel me waar hij verborgen is!'

Toen Teabing hem passeerde, keek Langdon hem aan. 'Alleen degenen die het waard zijn, vinden de graal, Leigh. Dat heb je me zelf verteld.'

102

De nevel hing laag over Kensington Gardens toen Silas naar een verlaten plekje uit het zicht hinkte. Toen hij in het natte gras knielde, voelde hij een warme stroom bloed uit de kogelwond onder zijn ribben vloeien. Hij bleef recht vooruit kijken.

Door de mist leek het hier op de hemel.

Hij hief zijn bebloede handen om te bidden en zag de regendruppels die zijn vingers schoonspoelden en witwasten. Toen de druppels steeds harder op zijn rug en schouders vielen, leek het alsof zijn lichaam stukje bij beetje in de mist verdween.

Ik ben een geest.

Er ruiste een bries langs hem, die de klamme, aardachtige geur van nieuw leven meevoerde. Silas bad met elke levende cel in zijn gebroken lijf. Hij bad om vergiffenis. Hij bad om genade. En bovenal bad hij voor zijn mentor, bisschop Aringarosa... dat de Heer hem niet voor zijn tijd tot Zich zou nemen. *Hij heeft nog zoveel te doen.*

De mist wervelde nu om hem heen, en Silas voelde zich zo licht dat hij zeker wist dat de flarden hem weg zouden kunnen voeren. Hij sloot zijn ogen en zei een laatste gebed.

Van ergens in de nevel fluisterde de stem van Manuel Aringarosa tegen hem.

Onze Heer is een goede en genadige God.
Eindelijk begon Silas' pijn af te nemen, en hij wist dat de bisschop gelijk had.

103

Het was laat in de middag toen in Londen de zon doorbrak en de stad begon op te drogen. Bezu Fache was moe toen hij uit de verhoorkamer kwam en een taxi aanhield. Sir Leigh Teabing had heftig betoogd onschuldig te zijn, maar als Fache luisterde naar zijn onsamenhangende tirades over de heilige graal, geheime documenten en mysterieuze broederschappen, kreeg hij het vermoeden dat de listige historicus vast voorbereidingen trof, zodat zijn advocaten konden bepleiten dat hij ontoerekeningsvatbaar geacht moest worden.

Ja, hoor, dacht Fache. *Ontoerekeningsvatbaar.* Teabing had met ingenieuze precisie een plan opgesteld waarbij hij voortdurend buiten schot bleef. Hij had zowel het Vaticaan als het Opus Dei misbruikt, twee organisaties die volkomen onschuldig bleken te zijn. Zijn vuile werk was uitgevoerd door een fanatieke monnik en een wanhopige bisschop, die niet wisten hoe de vork in de steel zat. En wat nog slimmer was: Teabing had zijn afluisterpost ingericht op de énige plek die een man met polio onmogelijk kon bereiken. Het afluisteren zelf was gedaan door zijn bediende, Rémy, de enige die Teabings ware identiteit kende, en wiens dood aan een allergische reactie wel heel gelegen was gekomen.

Niet echt het werk van iemand die ze niet allemaal op een rijtje heeft, dacht Fache.

Uit de informatie die hij van Collet in Château Villette kreeg, leek te blijken dat Teabing zo geslepen was dat Fache er zelf nog van zou kunnen leren. Om afluistermicrofoontjes te verstoppen in de kantoren van de allerhoogsten in Parijs had de Britse historicus zich tot de Grieken gewend. *Trojaanse paarden.* Sommige mensen die Teabing wilde afluisteren, kregen dure kunstwerken cadeau, anderen boden op veilingen onwetend op voorwerpen die door Teabing waren ingebracht. Saunière had een uitnodiging voor een diner op Château Villette ontvangen om te praten over de mogelijkheid dat Teabing een nieuwe Da Vinci-vleugel voor het Louvre zou financieren. Onder aan de uitnodiging had een onschuldig postscriptum gestaan waarin Teabing zijn fascinatie uitsprak voor een robotachtige ridder die Saunière gebouwd zou hebben. *Neem hem mee naar het diner,* had Teabing geopperd. Blijkbaar had Saunière dat inderdaad gedaan en had hij de ridder lang genoeg uit het oog verloren om Rémy Legaludec de kans te geven er iets onopvallends aan toe te voegen.

Achter in de taxi sloot Fache zijn ogen. *Nog één ding voordat ik terugga naar Parijs.*

In de verkoeverkamer van het St. Mary's Hospital was het zonnig. 'U hebt grote indruk op ons allemaal gemaakt,' zei de verpleegster, en ze glimlachte naar hem. 'We mogen wel van een wonder spreken.'

Bisschop Aringarosa glimlachte flauwtjes terug. 'Ik ben altijd gezegend geweest.'

De verpleegster was klaar met haar klusjes en liet de bisschop alleen. Het zonlicht op zijn gezicht voelde aangenaam en warm aan. De afgelopen nacht was de zwartste van zijn leven geweest.

Verdrietig dacht hij aan Silas, wiens lichaam in het park was gevonden.

Vergeef me alsjeblieft, m'n zoon.

Aringarosa had graag gewild dat Silas deel uitmaakte van dit glorieuze plan. Maar in de afgelopen nacht was Aringarosa gebeld door Bezu Fache, die de bisschop had ondervraagd omdat Silas in verband werd gebracht met de moord op een non in de Saint-Sulpice. Aringarosa had beseft dat de avond een afschuwelijke wending had genomen. Toen hij over de vier andere moorden hoorde, was zijn ontzetting veranderd in een hevige smart. *Silas, wat heb je gedaan?* De bisschop kon de Leermeester niet bereiken en wist dat hij was geloosd. *Gebruikt.* De enige manier om een einde te maken aan de afschuwelijke aaneenschakeling van gebeurtenissen die hij mede in gang had gezet, was alles aan Fache te bekennen, en vanaf dat ogenblik hadden Aringarosa en Fache hun uiterste best gedaan Silas te vinden voordat de Leermeester hem overhaalde nog een moord te plegen.

Moe tot op het bot sloot Aringarosa zijn ogen en luisterde naar een tv-verslag van de arrestatie van een prominente Brit, sir Leigh Teabing. *De Leermeester, ontmaskerd ten overstaan van de hele wereld.* Teabing had lucht gekregen van de plannen van het Vaticaan om de handen af te trekken van het Opus Dei. Hij had Aringarosa gekozen als de volmaakte marionet. *Wie zou er per slot van rekening eerder blindelings achter de heilige graal aan gaan dan*

een man als ik, die alles te verliezen had? De graal zou zijn bezit-
ter enorme macht bezorgen.

Leigh Teabing had zijn identiteit listig geheimgehouden. Hij had gedaan alsof hij een Frans accent had en een vroom man was, en had als betaling om juist datgene gevraagd wat hij niet nodig had: geld. Aringarosa was veel te begerig geweest om achterdochtig te zijn. Het prijskaartje van twintig miljoen euro stelde niets voor in vergelijking met wat daartegenover stond – het bemachtigen van de graal – en doordat het Vaticaan het Opus Dei bij de afscheiding geld betaalde, waren de financiën geen probleem geweest. *De blinden zien wat ze willen zien.* De ultieme brutaliteit van Teabing was natuurlijk geweest om betaling in Vaticaanse obligaties te eisen, zodat, als er iets mis zou gaan, het onderzoek naar Rome zou leiden.

'Ik ben blij dat het goed met u gaat, monseigneur.'

Aringarosa herkende de barse stem die vanuit de deuropening klonk, maar het gezicht was anders dan hij had verwacht: streng, met krachtige trekken, glad naar achteren geplakt haar en een brede nek die strak in de kraag van zijn overhemd onder zijn donkere pak zat. 'Hoofdinspecteur Fache?' vroeg Aringarosa. Door het medeleven en de bezorgdheid die de hoofdinspecteur de afgelopen nacht voor Aringarosa's situatie had getoond, had de bisschop hem een veel vriendelijker voorkomen toegedicht.

De hoofdinspecteur kwam naar het bed en zette een bekende, zware zwarte aktetas op een stoel. 'Ik geloof dat deze van u is.'

Aringarosa keek naar de aktetas vol obligaties en wendde meteen daarna vervuld van schaamte zijn hoofd af. 'Ja... Dank u.' Hij zweeg even en frunnikte aan de zoom van zijn laken en vervolgde toen: 'Hoofdinspecteur, ik heb hier diep over nagedacht en ik moet u om een gunst vragen.'

'Ga uw gang.'

'De families van de mensen in Parijs die Silas...' Hij zweeg weer en slikte zijn emotie weg. 'Ik besef dat geen enkele som hun verlies goed kan maken, maar als u zo vriendelijk zou kunnen zijn om de inhoud van deze aktetas onder hen te verdelen... De families van de slachtoffers.'

Fache keek hem met zijn donkere ogen langdurig aan. 'Een rechtschapen gebaar, monseigneur. Ik zal ervoor zorgen dat uw wens wordt uitgevoerd.'

Er viel een diepe stilte tussen hen.

Op de tv gaf een magere Franse politiefunctionaris een persconferentie tegen de achtergrond van een groot landhuis. Fache zag wie het was en richtte zijn aandacht op het scherm.

'Inspecteur Collet,' zei een verslaggeefster van de BBC, en haar toon klonk beschuldigend. 'Gisteravond heeft uw hoofdinspecteur twee onschuldigen in het openbaar van moord beschuldigd. Zullen Robert Langdon en Sophie Neveu een klacht indienen? Zal dit hoofdinspecteur Fache zijn baan kosten?'

De glimlach van inspecteur Collet was vermoeid, maar kalm. 'Mijn ervaring is dat hoofdinspecteur Bezu Fache zelden vergissingen maakt. Ik heb hem nog niet gesproken, maar zijn manier van werken kennende, vermoed ik dat zijn publieke jacht op agent Neveu en meneer Langdon deel uitmaakte van een list om de werkelijke moordenaar te voorschijn te lokken.'

De verslaggevers wisselden verraste blikken.

Collet vervolgde: 'Of meneer Langdon en agent Neveu vrijwillig aan de operatie hebben meegewerkt, weet ik niet. Hoofdinspecteur Fache houdt zijn creatievere methodes meestal voor zich. Het enige dat ik op dit moment kan bevestigen, is dat de hoofdinspecteur de verantwoordelijke heeft gearresteerd, en dat meneer Langdon en agent Neveu beiden onschuldig en in veiligheid zijn.'

Fache had een flauwe glimlach om zijn lippen toen hij zich weer naar Aringarosa keerde. 'Een goeie vent, die Collet.'

Er verstreken enige seconden. Ten slotte haalde Fache zijn hand over zijn voorhoofd en streek zijn haar naar achteren terwijl hij neerkeek op Aringarosa. 'Monseigneur, voordat ik terugga naar Parijs, is er nog één zaak die ik met u zou willen bespreken: uw geïmproviseerde vlucht naar Londen. U hebt een piloot omgekocht om van koers te veranderen. Daarmee hebt u een aantal internationale wetten overtreden.'

Aringarosa liet zijn hoofd hangen. 'Ik was wanhopig.'

'Ja. Evenals de piloot, toen mijn mannen hem ondervroegen.' Fache stak zijn hand in zijn zak en haalde een bekende ring met een paarse amethist, een staf en een mijter te voorschijn.

Aringarosa voelde de tranen in zijn ogen prikken toen hij de ring aannam en om zijn vinger liet glijden. 'U bent zeer vriendelijk voor me geweest.' Hij stak zijn hand uit en pakte die van Fache. 'Dank u.'

Fache wuifde zijn dank weg, liep naar het raam en keek uit over de stad, duidelijk in gedachten verzonken. Toen hij zich omdraaide, leek hij onzeker te zijn. 'Monseigneur, waar gaat u nu heen?'

Precies dezelfde vraag was Aringarosa een dag eerder gesteld, toen hij Castel Gandolfo verliet. 'Ik vrees dat mijn pad net zo onzeker is als het uwe.'

'Ja.' Fache zweeg even. 'Ik vrees dat ik vervroegd zal uittreden.'
Aringarosa glimlachte. 'Een beetje vertrouwen kan wonderen doen, hoofdinspecteur. Een beetje vertrouwen.'

104

Rosslyn Chapel, die vaak de Kathedraal der Codes wordt genoemd, staat elf kilometer ten zuiden van Edinburgh in Schotland, op de plek waar een oude Mithraïsche tempel heeft gestaan. De kapel is in 1446 door de tempeliers gebouwd en er is een verbazende hoeveelheid symbolen uit de joodse, christelijke, Egyptische, vrijmetselaars- en heidense traditie in aangebracht.
De kapel staat precies op de meridiaan die door Glastonbury loopt. Volgens de overlevering lag het eiland Avalon van koning Arthur op deze lengtecirkel, en hij wordt beschouwd als de middellijn van de heilige geometrische vorm van Groot-Brittannië. Deze belangrijke *rose ligne* heeft Rosslyn – oorspronkelijk gespeld als Roslin – haar naam gegeven.
De ruige torenspitsen van Rosslyn Chapel wierpen lange schaduwen toen Robert Langdon en Sophie Neveu die avond hun huurauto parkeerden op het grasveldje aan de voet van de hoogte waarop de kapel stond. Hun korte vlucht van Londen naar Edinburgh was rustig verlopen, maar ze hadden geen van beiden kunnen slapen van opwinding over wat hun te wachten stond. Toen hij omhoogkeek naar het streng uitziende bouwwerk, dat afstak tegen een hemel met overjagende wolken, voelde Langdon zich net Alice, toen ze voorover in het konijnenhol viel. *Dit moet een droom zijn.* Maar Saunières laatste boodschap had niet duidelijker kunnen zijn.

> Diep onder Roslin ligt de graal nu daar,
> waar kelk en kling steeds waken over haar.

Langdon had zich voorgesteld dat de 'kaart naar de graal' van Saunière een echte landkaart zou zijn, een tekening met een X op de plek waar ze moesten zijn. Het grote geheim van de Priorij werd echter op dezelfde manier onthuld als waarop Saunière van het begin af aan tegen hen had gesproken. In de vorm van een eenvoudig gedichtje. Vier regels die zonder enige twijfel in de richting van deze plek wezen. Behalve dat Rosslyn bij name werd genoemd, verwees het gedicht naar verschillende bekende architectonische kenmerken van de kapel.

Ondanks de helderheid van Saunières laatste onthulling, bracht die Langdon eerder van zijn stuk dan dat hij er veel wijzer van werd. Rosslyn Chapel leek hem een veel te voor de hand liggende plek. Deze stenen kapel was eeuwenlang omgeven geweest door gefluister, dat duidde op de aanwezigheid van de graal. In de afgelopen decennia was dat gefluister in geschreeuw veranderd, toen met behulp van radaronderzoek van de bodem was vastgesteld dat er een enorme constructie ónder de kapel schuilging, een grote onderaardse zaal. Dat diepe gewelf deed de kapel erboven qua omvang in het niet zinken, maar leek geen in- of uitgang te hebben. Archeologen dienden verzoeken in om een deel van het omliggende gesteente te mogen opblazen om bij de mysterieuze zaal te komen, maar de Rosslyn Trust verbood uitdrukkelijk alle opgravingen op de heilige plek. Dit wakkerde de speculaties natuurlijk alleen maar aan. Wat had de Rosslyn Trust te verbergen?

Rosslyn was een pelgrimsoord voor mysteriezoekers geworden. Sommigen beweerden dat ze werden aangetrokken door de sterke magnetische kracht die de plek op onverklaarbare wijze uitstraalde, sommigen dat ze op de heuvel naar een verborgen ingang van het gewelf wilden zoeken, maar de meesten gaven toe dat ze gewoon waren gekomen om er rond te wandelen en de overlevering van de heilige graal tot zich te laten doordringen.

Hoewel Langdon hier nooit eerder was geweest, grinnikte hij altijd als hij de kapel hoorde beschrijven als de huidige lokatie van de heilige graal. Het was natuurlijk mogelijk dat Rosslyn eens, lang geleden, de graal had gehuisvest... Maar dat was nu zeker niet meer het geval. Er was in de afgelopen decennia veel te veel aandacht voor Rosslyn geweest, en vroeg of laat zou iemand een manier vinden om het gewelf binnen te komen.

Serieuze wetenschappers op het gebied van de graal waren het erover eens dat Rosslyn een dekmantel was, een van de verraderlijke doodlopende wegen die de Priorij zo overtuigend wist aan te leggen. Maar vanavond, nu de sluitsteen van de Priorij een gedicht bleek te bevatten dat rechtstreeks naar deze plek verwees, was Langdon niet meer zo zeker van zijn zaak. Er spookte de hele dag al een verwarrende vraag door zijn hoofd: waarom zou Saunière zoveel moeite hebben gedaan om ons naar zo'n voor de hand liggende plek te laten komen?

Er leek maar één logisch antwoord te zijn.

Er is iets met Rosslyn dat we nog niet doorzien.

'Robert?' Sophie stond naast de auto en keek hem over haar schouder aan. 'Kom je?' Ze had het rozenhouten kistje in haar handen, dat hoofdinspecteur Fache hun terug had gegeven. Daarin lagen de twee cryptexen precies zoals ze gevonden waren, weer in elkaar geschoven. De papyrusrol zat er veilig in; alleen het gebroken buisje azijn ontbrak.

Toen ze over het lange grindpad liepen, kwamen Langdon en Sophie langs de beroemde westelijke muur van de kapel. Toevallige bezoekers namen aan dat deze muur, waaruit eigenaardige blokken steen staken, een deel van de kapel was dat niet was voltooid. Langdon herinnerde zich dat de waarheid veel intrigerender was.

De westelijke muur van de tempel van Salomo.

De tempeliers hadden van Rosslyn Chapel een exacte kopie gemaakt van de tempel van Salomo in Jeruzalem, compleet met een westelijke muur, een smal rechthoekig sanctuarium en een onderaards gewelf zoals het heilige der heiligen, waarin de eerste zes tempeliers hun grote schat hadden gevonden. Langdon moest toegeven dat er een intrigerende symmetrie uitging van het idee dat de tempeliers een rustplaats voor de graal hadden gebouwd die een weergave was van de oorspronkelijke geheime bergplaats van de graal.

De ingang van Rosslyn Chapel was bescheidener dan Langdon had verwacht. De kleine, houten deur had twee ijzeren scharnieren en er hing een eenvoudig bordje van eikenhout op.

ROSLIN

Langdon vertelde Sophie dat de naam in deze oude spelling afkomstig was van de *rose ligne*, de meridiaan waar de kapel op stond... Of, zoals graalgeleerden liever geloofden, van de 'lijn van de roos', de afstammingslijn van Maria Magdalena.

De kapel zou bijna sluiten, en toen Langdon de deur opentrok, ontsnapte er een warme luchtstroom, alsof het oude gebouw een vermoeide zucht slaakte aan het eind van een lange dag. Op de poorten waardoor ze binnenkwamen, waren talloze gebeeldhouwde vijfbladen aangebracht.

Rozen. De schoot van de godin.

Toen hij met Sophie naar binnen liep, merkte Langdon dat hij zijn blik razendsnel door het beroemde heiligdom liet gaan en alles in zich opnam. Hoewel hij had gelezen over de verbazend gecompliceerde steenbewerking van Rosslyn, was het een overweldigende ervaring om die met eigen ogen te zien.

'Het walhalla voor symboliekdeskundigen', had een van Langdons collega's de kapel genoemd.

Overal in de kapel waren symbolen uitgesneden; christelijke kruisen, joodse sterren, vrijmetselaarszegels, tempelierskruisen, hoornen des overvloeds, piramides, tekens van de dierenriem, planten, groenten, pentagrammen en rozen. De tempeliers waren meesterlijke steenhouwers geweest, die in heel Europa kerken hadden neergezet, maar Rosslyn werd beschouwd als hun fraaiste uiting van liefde en verering. De steenhouwers hadden geen steen onbewerkt gelaten. Rosslyn Chapel was een tempel voor alle geloven, voor alle tradities, maar bovenal voor de natuur en de godin.

Het heiligdom was leeg, afgezien van een handjevol bezoekers die naar een jongeman luisterden die de laatste rondleiding van de dag gaf. Ze liepen achter hem aan langs een bekende route; een onzichtbaar pad dat zes belangrijke architectonische punten binnen de kerk met elkaar verbond. Generaties bezoekers waren langs die rechte lijnen gelopen, van het ene punt naar het andere, en hun talloze voetstappen hadden een enorm symbool in de vloer gesleten.

De davidster, dacht Langdon. *Dat is geen toeval.* Deze zespuntige ster, die ook wel het zegel van Salomo werd genoemd, was eens het geheime symbool geweest van priesters die aan sterrenwichelarij deden en was later overgenomen door de Israëlitische koningen, David en Salomo.

De gids had Langdon en Sophie zien binnenkomen, en hoewel het bijna sluitingstijd was, glimlachte hij hen vriendelijk toe en gebaarde hij hun dat ze rustig konden rondkijken.

Langdon knikte om hem te bedanken en liep dieper het heiligdom in. Sophie bleef echter met een blik van verbazing als aan de grond genageld in de ingang staan.

'Wat is er?' vroeg Langdon.

Sophie staarde de kapel in. 'Ik geloof... dat ik hier al eens geweest ben.'

Dat verraste Langdon. 'Maar je zei dat je zelfs nog nooit van Rosslyn had gehóórd.'

'Dat had ik ook niet...' Ze liet haar blik door de kapel gaan en leek onzeker. 'Mijn opa moet me hierheen hebben meegenomen toen ik nog heel klein was. Ik weet het niet. Het voelt bekend.' Toen ze de ruimte in zich opnam, begon ze met meer zekerheid te knikken. 'Ja.' Ze wees naar voren. 'Die twee pilaren... Die heb ik eerder gezien.'

Langdon keek naar de twee kunstig gebeeldhouwde pilaren aan de andere kant van het heiligdom. Hun witte beeldhouwwerk, zo fijn als kant, leek te smeulen in de rossige gloed van het laatste zonlicht van de dag, dat door het westelijke raam naar binnen viel. De pilaren, die stonden op de plek waar normaal gesproken een altaar zou staan, vormden een vreemd paar. In de pilaar links waren eenvoudige verticale lijnen ingesneden, terwijl de pilaar rechts verfraaid was met een sierlijke, spiralende bloemslinger.

Sophie liep erheen. Langdon haastte zich achter haar aan, en toen ze bij de pilaren aankwamen, knikte Sophie ongelovig. 'Ja, ik weet zeker dat ik deze eerder heb gezien!'

'Ik twijfel er niet aan,' zei Langdon, 'maar dat hoeft niet per se híér geweest te zijn.'

Ze draaide zich om. 'Hoe bedoel je?'

'Deze twee pilaren zijn de meest nagemaakte bouwkundige elementen uit de geschiedenis. Er zijn over de hele wereld kopieën van.'

'Van Rosslyn?' Ze keek sceptisch.

'Nee. Van de pilaren. Weet je nog dat ik heb gezegd dat Rosslyn zelf een kopie van de tempel van Salomo is? Die twee pilaren zijn exacte nabootsingen van de twee pilaren die voor in die tempel stonden.' Langdon wees naar de linkerpilaar. 'Die wordt *Boaz* genoemd, of de Steenhouwerspilaar. De andere heet *Jachin*, of de Leerlingpilaar.' Hij zweeg even. 'In bijna elke vrijmetselaarstempel ter wereld staan zulke pilaren.'

Langdon had haar al verteld dat de tempeliers sterke historische banden hadden met de hedendaagse vrijmetselaars, van wie de eerste drie graden – Leerlingen, Gezellen en Meesters – dateerden uit de begintijd van de tempeliers. Het laatste gedicht van Sophies opa verwees rechtstreeks naar de meester-steenhouwers die Rosslyn hadden gedecoreerd met hun kunstzinnige reliëfs. Er zat ook een verwijzing in naar het plafond van Rosslyn, dat bezaaid was met uitgesneden sterren en planeten.

'Ik ben nog nooit in een vrijmetselaarstempel geweest,' zei Sophie, terwijl ze nog steeds naar de pilaren keek. 'Ik weet bijna zeker dat ik ze híér heb gezien.' Ze draaide zich om en keek naar de rest van de kapel, alsof ze op zoek was naar iets anders om haar geheugen op te frissen.

De andere bezoekers vertrokken, en de jonge gids kwam met een vriendelijke glimlach door de kapel naar hen toe lopen. Het was een knappe jongeman, achter in de twintig, met rossig haar en een Schots accent. 'Ik ga de zaak zo sluiten. Kan ik u helpen iets te vinden?'

De heilige graal misschien? wilde Langdon zeggen.

'De code,' riep Sophie plotseling uit. 'Er is hier een code!'

De gids leek blij met haar enthousiasme. 'Jazeker, mevrouw.'

'Op het plafond,' zei ze, en ze draaide zich naar de rechtermuur. 'Ergens... Daar.'

Hij glimlachte. 'Ik zie dat het niet uw eerste bezoek aan Rosslyn is.'

De code, dacht Langdon. Die was hij vergeten. Een van de vele raadsels van Rosslyn was een doorgang met een gewelfd plafond waar honderden steenblokken uitstaken, die een bizar, gefacetteerd oppervlak vormden. In elk blok was een schijnbaar willekeurig symbool gegraveerd, en zo ontstond een onvoorstelbaar lange boodschap in geheimschrift. Sommigen geloofden dat de code aangaf waar de ingang van het gewelf onder de kapel te vinden was. Anderen dachten dat er de ware legende van de graal in werd verteld. Niet dat het iets uitmaakte; cryptologen probeerden al eeuwenlang de betekenis te ontcijferen. Tot op de dag van vandaag loofde de Rosslyn Trust een royale beloning uit voor degene die kon vertellen wat er stond, maar de code was nog steeds een mysterie.

'Ik kan u wel laten zien...'

De stem van de gids stierf weg.

Mijn eerste geheimschrift, dacht Sophie, die alleen, als in trance, naar de gecodeerde doorgang liep. Ze had het rozenhouten kistje aan Langdon gegeven, en nu merkte ze dat ze even alles over de graal, de Priorij van Sion en alle raadsels van het afgelopen etmaal vergat.

Toen ze onder het gecodeerde plafond aankwam en de symbolen boven haar hoofd zag, werd ze door herinneringen overmand. De eerste keer dat ze hier was geweest stond haar plotseling weer duidelijk voor de geest, en een onverwachte droefenis maakte zich van haar meester.

Ze was nog klein geweest... Ongeveer een jaar nadat haar familie was omgekomen, had haar opa haar voor een korte vakantie meegenomen naar Schotland. Ze waren naar Rosslyn Chapel gekomen voordat ze terug zouden gaan naar Parijs. Het was laat in de middag en de kapel was gesloten, maar zij waren nog binnen.

'Gaan we nu naar huis, *grand-père*?' smeekte Sophie, want ze was moe.

'Zo meteen, lieverd, nog heel even.' Zijn stem klonk melancholiek. 'Ik moet hier nog één ding doen. Als jij nou eens in de auto wachtte?'

'Moet je weer iets voor grote mensen doen?'

Hij knikte. 'Ik zal opschieten. Dat beloof ik.'

'Kan ik de plafondcode nog een keer doen? Dat was leuk.'

'Ik weet het niet. Ik moet even naar buiten. Zul je hier niet bang zijn, in je eentje?'

'Natuurlijk niet!' zei ze verontwaardigd. 'Het is nog niet eens donker!'

Hij glimlachte. 'Goed dan.' Hij nam haar mee naar de rijkelijk bewerkte doorgang die hij haar eerder had laten zien.

Sophie liet zich ogenblikkelijk op de stenen vloer zakken, ging op haar rug liggen en staarde omhoog naar de collage van puzzelstukjes boven haar hoofd. 'Ik ga dit geheimschrift ontcijferen voordat je terug bent!'

'Dat is dan een wedstrijdje.' Hij bukte zich, kuste haar op haar voorhoofd en liep naar de zijdeur, die vlakbij was. 'Ik ben buiten. Ik laat de deur open. Als je me nodig hebt, moet je maar roepen.'

Hij stapte naar buiten, het zachte avondlicht in.

Sophie lag op de vloer naar de code te kijken. Haar ogen voelden zwaar. Na een paar minuten werden de symbolen vaag. En toen verdwenen ze.

Toen Sophie wakker werd, voelde de vloer koud aan.

'*Grand-père?*'

Er kwam geen antwoord. Ze stond op en sloeg haar kleren af. De zijdeur stond nog open. Het was al vrij donker. Ze liep naar buiten en zag haar opa op de stoep van een stenen huis staan, dat vlak achter de kerk stond. Haar opa stond gedempt te praten met iemand die aan de andere kant van de hordeur stond en nauwelijks zichtbaar was.

'*Grand-père?*' riep ze.

Haar opa draaide zich om, zwaaide en gebaarde haar dat ze nog heel even moest wachten. Toen zei hij langzaam een paar laatste woorden tegen degene die binnen stond en wierp een kushandje in de richting van de hordeur. Hij kwam met tranen in zijn ogen naar haar toe.

'Waarom huil je, *grand-père?*'

Hij tilde haar op en drukte haar tegen zich aan. 'O, Sophie, jij en ik hebben van veel mensen afscheid moeten nemen dit jaar. Dat valt niet mee.'

Sophie dacht aan het ongeluk, aan haar vader en moeder, haar oma en haar kleine broertje. 'Heb je van nóg iemand afscheid genomen?'

'Van een goede vriendin van wie ik heel veel houd,' antwoordde hij, en zijn stem was verstikt van emotie. 'En ik vrees dat het heel lang zal duren voordat ik haar terugzie.'

Langdon stond naast de gids. Hij had zijn blik langs de muren van de kapel laten gaan en begon bang te worden dat ze misschien op een dood spoor zaten. Sophie was weg gewandeld om naar de code te kijken en had Langdon achtergelaten met het rozenhouten kistje in zijn handen, waarin een kaart naar de graal zat waar ze nu niet veel aan leken te hebben. Hoewel er in Saunières gedicht duidelijk over Rosslyn werd gesproken, wist Langdon, nu ze er waren, eigenlijk niet wat ze moesten doen. Het gedicht verwees naar een 'kelk en kling' die Langdon nergens kon ontdekken.

> Diep onder Roslin ligt de graal nu daar,
> waar kelk en kling steeds waken over haar.

Opnieuw had Langdon het gevoel dat er een nog onopgehelderd aspect aan dit mysterie was.

'Ik wil niet nieuwsgierig lijken,' zei de gids, terwijl hij naar het rozenhouten kistje in Langdons handen keek. 'Maar dat kistje... Mag ik vragen hoe u eraan komt?'

Langdon lachte vermoeid. 'Dat is een heel lang verhaal.'

De jongeman aarzelde en keek weer naar het kistje. 'Het is heel typisch... Mijn oma heeft precies zo'n kistje, een juwelenkistje. Van hetzelfde gepolitoerde rozenhout, met dezelfde ingelegde roos, zelfs de scharnieren zien er hetzelfde uit.'

Langdon wist dat de jongeman zich moest vergissen. Als er ooit een uniek kistje had bestaan, was het dit wel; het kistje dat speciaal voor de sluitsteen van de Priorij was gemaakt. 'De twee kistjes lijken misschien op elkaar, maar...'

De zijdeur viel met een klap dicht, zodat ze allebei omkeken. Sophie was zonder een woord te zeggen naar buiten gelopen en dwaalde nu over de helling naar een huis van ruwe stukken steen dat vlakbij stond. Langdon staarde haar in gedachten na. *Waar gaat ze heen?* Ze had zich al vreemd gedragen sinds ze het gebouw binnen waren gekomen. Hij wendde zich tot de gids. 'Weet u wat dat huis is?'

Hij knikte, en keek ook verbaasd dat Sophie erheen liep. 'Dat is de predikantswoning. De beheerster van de kapel woont er. Ze is ook het hoofd van de Rosslyn Trust.' Hij zweeg even. 'En mijn oma.'

'Is uw oma hoofd van de Rosslyn Trust?'

De jongeman knikte. 'Ik woon met haar in de predikantswoning en help met het onderhoud van de kapel en het geven van rondleidingen.' Hij haalde zijn schouders op. 'Ik woon hier mijn hele leven al. Mijn oma heeft me in dat huis grootgebracht.'

Ongerust over Sophie liep Langdon door de kapel naar de deur om haar te roepen. Hij was pas halverwege toen hij plotseling bleef staan. Iets wat de jongeman had gezegd, drong tot hem door. *Mijn oma heeft me grootgebracht.*

Langdon keek naar Sophie op de helling, en daarna naar het rozenhouten kistje in zijn handen. *Onmogelijk.* Langzaam draaide Langdon zich om naar de jongeman. 'Zei u dat uw oma net zo'n kistje heeft?'

'Vrijwel identiek.'

'Hoe komt ze daaraan?'

'Mijn opa heeft het voor haar gemaakt. Hij is gestorven toen ik een baby was, maar mijn oma praat nog steeds over hem. Ze zegt dat hij ongelooflijk veel met zijn handen kon. Hij maakte allerlei dingen.'

Langdon had het gevoel dat er langzaam een onvoorstelbaar web van connecties duidelijk werd. 'U zei dat uw oma u heeft grootgebracht. Zou ik mogen vragen wat er met uw ouders is gebeurd?'

De jongeman keek verrast. 'Die zijn gestorven toen ik klein was.' Hij zweeg even. 'Op dezelfde dag als mijn opa.'

Langdons hart bonsde. 'Bij een auto-ongeluk?'

De gids zette met een verbijsterde blik in zijn olijfgroene ogen een stap naar achteren. 'Ja. Bij een auto-ongeluk. Mijn hele familie is op die manier gestorven. Ik heb mijn opa verloren, mijn ouders en...' Hij aarzelde en keek naar de vloer.

'En uw zus,' zei Langdon.

Buiten bleek het huis er nog precies uit te zien zoals Sophie het zich herinnerde. Het was al vrij donker, en het huis straalde warmte en gezelligheid uit. De geur van brood dreef door de hordeur naar buiten, en er scheen een goudgeel licht door de ramen. Toen Sophie naderbij kwam, hoorde ze een zacht gesnik.

Door de hordeur zag Sophie een oude vrouw in de gang staan. Ze had haar rug naar de deur gekeerd, maar Sophie kon zien dat ze huilde. De vrouw had lang, weelderig, zilvergrijs haar dat een onverwachte flard van een herinnering opriep. Sophie werd vanzelf naar haar toe getrokken en stapte de paar treden van de stoep op. De vrouw had een ingelijste foto van een man in haar hand en raakte liefdevol en verdrietig met haar vingertoppen zijn gezicht aan.

Het was een gezicht dat Sophie goed kende.

Grand-père.

De vrouw had blijkbaar het droevige nieuws van zijn dood gehoord.

Er kraakte een plank onder Sophies voeten, en de vrouw draaide zich langzaam om. Haar bedroefde blik ontmoette die van Sophie. Sophie wilde wel wegrennen, maar ze stond als aan de grond genageld. De vrouw wendde haar blik niet meer af, terwijl ze de foto neerzette en naar de hordeur kwam. Er leek een eeuwigheid te verstrijken terwijl de twee vrouwen elkaar door het dunne gaas aanstaarden. Toen veranderde de gelaatsuitdrukking van de oudere vrouw als een langzaam aanzwellende golf in de oceaan van onzeker... naar ongelovig... naar hoopvol... en ten slotte naar een enorme vreugde.

Ze gooide de deur open, kwam naar buiten en nam Sophies verblufte gezicht in haar zachte handen. 'O, lieve kind... kijk jou nou toch!'

Hoewel Sophie haar niet herkende, wist ze wie deze vrouw was. Ze probeerde iets te zeggen, maar merkte dat ze niet eens kon ademhalen.

'Sophie,' snikte de vrouw, en ze kuste haar voorhoofd.

Sophies woorden waren een verstikt gefluister. 'Maar... *grand-père* zei dat u...'

'Ik weet het.' De vrouw legde haar handen teder op Sophies schouders en keek haar aan met ogen die haar zo bekend waren. 'Je opa en ik waren gedwongen allerlei dingen te zeggen. We hebben gedaan wat ons het beste leek. Het spijt me zo. Het was voor je eigen veiligheid, prinses.'

Toen Sophie dat laatste woord hoorde, moest ze onmiddellijk aan haar opa denken, die haar jarenlang prinses had genoemd. Zijn stem leek in de oude stenen van Rosslyn te weerklinken, door de aarde heen te dringen en door de onbekende ruimte daaronder te echoën.

De vrouw sloeg haar armen om Sophie en haar tranen gingen sneller stromen. 'Je opa wilde je zo graag alles vertellen. Maar het contact tussen jullie was moeizaam. Hij heeft zo zijn best gedaan. Er is zoveel uit te leggen. Zo vreselijk veel.' Ze kuste Sophie nogmaals op haar voorhoofd en fluisterde toen in haar oor: 'Geen geheimen meer, prinses. Het is tijd dat je de waarheid over je familie hoort.'

Sophie en haar oma zaten met betraande gezichten en met hun armen om elkaar heen op de stoep toen de jonge gids over het gazon aan kwam rennen, met ogen die glinsterden van hoop en ongeloof.

'Sophie?'

Door haar tranen heen knikte Sophie, en ze stond op. Ze kende het gezicht van de jongeman niet, maar toen ze elkaar omhelsden, voelde ze de kracht van het bloed dat door zijn aderen stroomde... Het bloed waarvan ze nu begreep dat ze het deelden.

Toen Langdon aan kwam lopen om zich bij hen te voegen, kon Sophie zich niet voorstellen dat ze zich gisteren nog helemaal alleen op de wereld had gevoeld. En nu, op deze onbekende plek, in het gezelschap van drie mensen die ze nauwelijks kende, had ze eindelijk het gevoel dat ze thuis was.

105

De duisternis was gevallen over Rosslyn.

Robert Langdon stond alleen op de stoep van het huis te genieten van de geluiden van gelach en hereniging die door de hordeur achter hem te horen waren. De beker sterke Braziliaanse koffie in zijn hand had zijn groeiende uitputting even verdrongen, maar hij voelde dat dat niet lang zou duren. Hij was door en door moe.

'U bent stilletjes naar buiten geglipt,' zei een stem achter hem. Hij draaide zich om. Sophies grootmoeder verscheen, en haar zilvergrijze haar glansde in het donker. Ze heette al zeker achtentwintig jaar Marie Chauvel.

Langdon glimlachte haar vermoeid toe. 'Ik vond dat ik uw familie wat tijd samen moest gunnen.' Door het raam zag hij Sophie met haar broer praten.

Marie kwam naast hem staan. 'Meneer Langdon, toen ik van de moord op Jacques hoorde, maakte ik me vreselijke zorgen over Sophie. Dat ik haar vanavond in mijn deuropening zag staan, was de grootste opluchting van mijn leven. Ik kan u niet genoeg bedanken.'

Langdon wist niet hoe hij moest reageren. Hij had aangeboden Sophie en haar grootmoeder onder vier ogen te laten praten, maar Marie had hem gevraagd te blijven en te luisteren. 'Mijn man vertrouwde u, meneer Langdon, dus doe ik dat ook.'

En dus was Langdon gebleven. Hij had naast Sophie gestaan en in stomme verbazing geluisterd toen Marie het verhaal van Sophies overleden ouders vertelde. Het was ongelooflijk, maar ze waren allebei afkomstig uit een Merovingische familie; rechtstreekse afstammelingen van Maria Magdalena en Jezus Christus. Sophies ouders en hun voorouders hadden uit zelfbescherming hun achternamen, Plantard en Saint-Clair, veranderd. Hun kinderen vormden de meest rechtstreekse koninklijke afstammelingen die nog leefden, en werden daarom zorgvuldig bewaakt door de Priorij. Toen Sophies ouders omkwamen bij een auto-ongeluk waarvan de oorzaak niet kon worden vastgesteld, was de Priorij bang dat de ware identiteit van de families was ontdekt.

'Je opa en ik,' had Marie met een door verdriet verstikte stem uitgelegd, 'moesten een zware beslissing nemen op het moment dat we het telefoontje kregen. De auto van jullie ouders was net in de rivier gevonden.' Ze bette haar ogen droog. 'We zouden die avond alle zes – inclusief jullie, onze kleinkinderen – in die auto gezeten hebben. Gelukkig hadden we onze plannen op het laatste moment veranderd, en jullie ouders waren alleen. Toen we van het ongeluk hoorden, wisten Jacques en ik niet wat er werkelijk was gebeurd... en of het écht een ongeluk was geweest.' Marie keek Sophie aan. 'We wisten dat we onze kleinkinderen moesten beschermen, en we deden wat ons het beste leek. Jacques vertelde de politie dat je broertje en ik in de auto hadden gezeten... Blijkbaar waren onze lichamen door de stroom meegesleurd. Toen zijn je broer en ik met behulp van de Priorij ondergedoken. Jacques was een vooraanstaand man en kon niet zomaar verdwijnen. Het leek ons logisch dat Sophie, omdat ze de oudste was, in Parijs zou blijven en door Jacques zou worden opgevoed, dicht bij de kern en de bescherming van de Priorij.' Ze dempte haar stem en fluisterde: 'De familie scheiden was het moeilijkste dat we ooit hebben moeten doen.

Jacques en ik zagen elkaar maar heel af en toe, en altijd tijdens zeer geheime ontmoetingen... onder bescherming van de Priorij. Er zijn bepaalde ceremoniën die de broederschap altijd trouw is gebleven.'

Langdon had het gevoel gehad dat het verhaal veel verder ging, maar ook dat het niet voor zijn oren bestemd was. Dus was hij naar buiten gegaan. Nu hij opkeek naar de torenspitsen van de kapel, knaagde het onopgeloste raadsel van Rosslyn aan hem. *Is de graal echt hier, in Rosslyn? En als dat zo is, waar zijn dan de kelk en de kling die Saunière in zijn gedicht noemt?*

'Geef die maar aan mij,' zei Marie, en ze gebaarde naar Langdons hand.

'O, dank u.' Langdon stak haar zijn lege koffiebeker toe.

Ze keek hem strak aan. 'Ik had het over uw ándere hand, meneer Langdon.'

Langdon keek naar beneden en besefte dat hij Saunières papyrusrol in zijn hand had. Die had hij weer uit de cryptex gehaald, in de hoop iets te ontdekken dat hij eerder over het hoofd had gezien. 'Natuurlijk, het spijt me.'

Marie nam met een geamuseerd gezicht de papyrus aan. 'Ik ken een man bij een bank in Parijs die dit rozenhouten kistje waarschijnlijk heel graag terug ziet komen. André Vernet was een goede vriend van Jacques, en Jacques vertrouwde hem volkomen. André zou alles hebben gedaan om aan Jacques' verzoek te voldoen en op dit kistje te passen.'

Waaronder mij neerschieten, herinnerde Langdon zich, en hij besloot niet te vertellen dat hij de arme man waarschijnlijk een gebroken neus had geslagen. Toen hij aan Parijs dacht, herinnerde hij zich ook de drie *sénéchaux* die de vorige avond waren vermoord. 'En de Priorij? Wat gebeurt er nu?'

'De raderen draaien al, meneer Langdon. De broederschap heeft eeuwenlang weten te overleven en zal ook dit te boven komen. Er zijn altijd mensen die klaarstaan om door te schuiven en de organisatie opnieuw op te bouwen.'

Langdon had de hele avond vermoed dat Sophies grootmoeder nauwe banden met de Priorij onderhield. Per slot van rekening had de Priorij altijd vrouwelijke leden gehad. Vier Grootmeesters waren vrouwen geweest. De *sénéchaux* waren altijd mannen – de bewakers – maar vrouwen stonden in hoog aanzien binnen de Priorij en konden vanuit praktisch elke rang naar de hoogste post stijgen.

Langdon dacht aan Leigh Teabing en Westminster Abbey. Het leek een mensenleven geleden. 'Zette de Kerk uw man onder druk om de Sangreal-documenten niet openbaar te maken als het einde der dagen aanbrak?'

'Hemeltje, nee. Het einde der dagen is een mythe, verzonnen door paranoïde geesten. Nergens in de leer van de Priorij is een aanwijzing te vinden voor een datum waarop de graal openbaar gemaakt zou worden. Sterker nog, de Priorij is altijd van mening geweest dat de graal nóóit openbaar gemaakt dient te worden.'

'Nooit?' Langdon stond versteld.

'Het is het mysterie en het wonder dat onze ziel goed doet, niet de graal zelf. De schoonheid van de graal ligt in haar ongrijpbaarheid.' Marie Chauvel keek op naar Rosslyn Chapel. 'Voor sommigen is de graal een kelk die hun het eeuwige leven zal brengen. Voor anderen is het de zoektocht naar verdwenen documenten en geheime geschiedenis. En voor de meesten vermoed ik dat de heilige graal gewoon een verheven idee is... Een prachtige, onbereikbare schat die ons op de een of andere manier, zelfs in de huidige chaotische wereld, inspireert.'

'Maar als de Sangreal-documenten verborgen blijven, zal het verhaal van Maria Magdalena voor altijd verloren zijn,' zei Langdon.

'Is dat zo? Kijk om u heen. Haar verhaal wordt in kunst, muziek en boeken verteld. Dat gebeurt zelfs steeds meer. Er is een slingerbeweging gaande. We beginnen de gevaren van onze geschiedenis in te zien... en van onze destructieve gewoonten. We gaan de noodzaak voelen om het heilig vrouwelijke in ere te herstellen.' Ze zweeg even. 'U vertelde toch dat u een boek aan het schrijven bent over de symbolen van het heilig vrouwelijke?'

'Dat klopt.'

Ze glimlachte. 'Maak het af, meneer Langdon. Zing haar lied. De wereld heeft behoefte aan moderne troubadours.'

Langdon zweeg, en voelde de last van haar boodschap op zijn schouders rusten. In de verte rees een maan boven de bomen uit. Langdon wendde zijn blik naar Rosslyn Chapel en voelde een jongensachtig verlangen haar geheimen te kennen. *Vraag het niet*, hield hij zichzelf voor. *Dit is niet het moment.* Hij keek even naar de papyrusrol in Maries hand en daarna weer naar de kapel.

'Vraag het maar, meneer Langdon,' zei Marie met een geamuseerd gezicht. 'Dat hebt u verdiend.'

Langdon voelde dat hij bloosde.

'U wilt weten of de graal hier in Rosslyn Chapel is.'

'Kunt u me dat vertellen?'

Ze slaakte een zucht en zei op quasi-geërgerde toon: 'Hoe komt het toch dat mannen de graal gewoon niet kúnnen laten rusten?' Ze lachte, had er blijkbaar plezier in. 'Waarom denkt u dat hij hier is?'

Langdon wees naar de papyrusrol in haar hand. 'Het gedicht van uw man verwijst duidelijk naar Rosslyn, maar er worden ook een kelk en een kling in genoemd, die over de graal waken. Ik heb helemaal geen symbolen van de kelk en de kling kunnen vinden.'

'De kelk en de kling?' vroeg Marie. 'Hoe zien die er precies uit?'

Langdon had het gevoel dat ze hem voor de gek hield, maar hij speelde het spelletje mee en beschreef in het kort de symbolen.

Er ging een vage blik van herkenning over haar gezicht. 'Ach, ja, natuurlijk. De kling staat voor alles wat mannelijk is. Ik geloof dat hij zo wordt getekend, is het niet?' Met haar wijsvinger trok ze een vorm in haar handpalm.

'Ja,' zei Langdon. Marie had de minder gebruikelijke 'gesloten' vorm van de kling getekend, maar Langdon had het symbool op beide manieren afgebeeld gezien.

'En het omgekeerde,' zei ze, terwijl ze weer in haar hand tekende, 'is de kelk, die voor het vrouwelijke staat.'

'Dat is juist,' zei Langdon.

'En nu zegt u dat tussen alle honderden symbolen die we hier in de Rosslyn Chapel hebben deze twee nergens voorkomen?'

'Ik heb ze niet gezien.'

'En als ik ze u laat zien, kunt u dan straks slapen?'

Voordat Langdon antwoord kon geven, was Marie Chauvel van de stoep gestapt en liep ze naar de kapel. Langdon haastte zich achter haar aan. Marie ging het oude gebouw binnen, deed het licht aan en wees naar het midden van de vloer. 'Daar zijn ze, meneer Langdon. De kelk en de kling.'

Langdon staarde naar de versleten vloer. Die was leeg. 'Maar er is niets...'

Marie zuchtte en begon de beroemde route te lopen die in de vloer van de kapel was gesleten, dezelfde route die Langdon de bezoekers eerder die avond had zien lopen. Zijn ogen pasten zich aan en hij zag het reusachtige symbool voor zich, maar hij tastte nog steeds in het duister. 'Maar dat is de davidst...'

Langdon onderbrak zichzelf en verstomde van verbazing toen het tot hem doordrong.

De kelk en de kling.
Tot één geheel versmolten.
De davidster... De volmaakte verbintenis van het mannelijke en het vrouwelijke... Het zegel van Salomo, dat het heilige der heiligen aangaf, waar de mannelijke en vrouwelijke godheden – Jahweh en Shekinah – zouden wonen.

Langdon had even tijd nodig om woorden te vinden. 'Het gedicht wijst inderdaad naar Rosslyn Chapel. Volledig. Volmaakt.'

Marie glimlachte. 'Het lijkt er wel op.'

Hij kreeg een koude rilling toen hij besefte wat dat betekende. 'Dus de heilige graal bevindt zich in het gewelf onder ons?'

Ze lachte. 'Alleen in de geest. Een van de eerste taken van de Priorij was ervoor te zorgen dat de graal op een dag zou terugkeren naar haar vaderland, Frankrijk, waar ze voorgoed in vrede zou kunnen rusten. Eeuwenlang werd ze van hot naar her gesleept om te zorgen dat ze niet werd ontdekt. Een onwaardige toestand. Toen Jacques Grootmeester werd, was het zijn taak haar in ere te herstellen door haar naar Frankrijk te halen en een laatste rustplaats voor haar te bouwen die een koningin waardig was.'

'En is hij daarin geslaagd?'

Nu werd haar uitdrukking heel ernstig. 'Meneer Langdon, u hebt heel veel voor me gedaan, en daarom kan ik u als beheerster van de Rosslyn Trust verzekeren dat de graal hier niet meer is.'

Langdon besloot wat meer aan te dringen. 'Maar de sluitsteen zou moeten vertellen waar de heilige graal nú verborgen is. Waarom wijst hij dan naar Rosslyn Chapel?'

'Misschien interpreteert u het gedicht verkeerd. Vergeet niet dat de graal bedrieglijk kan zijn. Net als mijn overleden echtgenoot.'

'Maar duidelijker had hij toch niet kunnen zijn?' vroeg Langdon. 'We staan boven een ondergronds gewelf dat wordt gemarkeerd door de kelk en de kling, onder een plafond vol sterren, omgeven door de kunst van meester-steenhouwers. Alles wijst naar Rosslyn Chapel.'

'Goed, laat me eens kijken naar dat mysterieuze gedicht.' Ze rolde de papyrus uit en las het gedicht bedachtzaam voor.

Diep onder Roslin ligt de graal nu daar,
waar kelk en kling steeds waken over haar.
Omringd door oude meesters vindt zij rust,
terwijl de sterrennacht haar teder kust.

Toen ze klaar was, zweeg ze een paar seconden, totdat er een veelbetekenende glimlach over haar gezicht ging. 'O, Jacques.'
Langdon keek haar verwachtingsvol aan. 'Begríjpt u dit?'
'Zoals u aan de vloer van de kapel hebt gezien, meneer Langdon, zijn er veel manieren om eenvoudige dingen te zien.'
Langdon deed zijn uiterste best het te begrijpen. Alles rond Jacques Saunière leek dubbelzinnig te zijn, maar Langdon zag alleen deze ene betekenis.
Marie geeuwde. 'Meneer Langdon, ik zal u iets bekennen. Ik ben nooit officieel op de hoogte geweest van de huidige lokatie van de graal. Maar ik was natuurlijk wel getrouwd met iemand met grote invloed... en ik heb een sterke intuïtie.' Langdon wilde iets zeggen, maar Marie vervolgde: 'Het spijt me dat u na al uw harde werk Rosslyn zult verlaten zonder echte antwoorden gekregen te hebben. Maar iets zegt me dat u uiteindelijk zult vinden wat u zoekt. Op een dag zal het tot u doordringen.' Ze glimlachte. 'En als dat gebeurt, vertrouw ik erop dat u, juist u, een geheim kunt bewaren.'
Er klonk het geluid van voetstappen in de deuropening. 'Jullie waren plotseling verdwenen,' zei Sophie, terwijl ze naar binnen stapte.
'Ik wilde net weggaan,' antwoordde haar grootmoeder, en ze liep naar Sophie toe. 'Welterusten, prinses.' Ze kuste Sophie op haar voorhoofd. 'Houd meneer Langdon niet te lang op.'
Langdon en Sophie keken haar oma na, die terugliep naar haar huis. Toen Sophie zich naar hem toe draaide, stonden haar ogen vol emotie. 'Niet bepaald het einde dat ik had verwacht.'
Dat kun je wel zeggen, dacht hij. Hij kon zien dat ze overweldigd was. Wat ze vanavond had ontdekt, had haar hele leven veranderd. 'Gaat het een beetje? Het is nogal wat om te verwerken.'
Ze glimlachte kalm. 'Ik heb familie. Dat is mijn uitgangspunt. Van daaruit zal het nog wel een tijdje duren voordat we van elkaar weten wie we zijn en wat ons verleden is.'
Langdon zweeg.

'Blijf je na vannacht nog wat langer bij ons?' vroeg Sophie. 'In elk geval nog een paar dagen?'

Langdon zuchtte, want hij zou niets liever willen. 'Jij moet wat tijd met je familie doorbrengen, Sophie. Ik ga morgenochtend terug naar Parijs.'

Ze keek teleurgesteld, maar leek te weten dat het het beste was. Een tijdlang zeiden ze geen van tweeën iets. Uiteindelijk pakte Sophie zijn hand en nam hem mee de kapel uit. Ze liepen naar het hoogste punt van de heuvel. Daarvandaan keken ze uit over het Schotse landschap, dat zich voor hen uitstrekte, gedompeld in bleek maanlicht dat tussen de wegtrekkende wolken door scheen. Ze stonden zwijgend hand in hand en vochten allebei tegen de neerdalende deken van vermoeidheid.

De sterren begonnen net te verschijnen, maar in het westen gloeide een klein lichtpuntje feller dan alle andere. Langdon glimlachte toen hij het zag. Het was Venus. De oude godin scheen onverstoorbaar en geduldig op hen neer.

Het werd kouder; er kwam een koele bries aan rollen uit het laagland.

Na een tijdje keek Langdon naar Sophie. Ze had haar ogen dicht en haar lippen waren ontspannen in een tevreden glimlach. Langdon merkte dat zijn eigen ogen zwaar werden. Aarzelend kneep hij in haar hand. 'Sophie?'

Langzaam deed ze haar ogen open en ze keek naar hem. Haar gezicht was prachtig in het maanlicht. Ze glimlachte hem slaperig toe. 'Hoi.'

Langdon werd onverwachts triest bij het besef dat hij zonder haar terug zou gaan naar Parijs. 'Misschien ben ik wel vertrokken voordat je wakker wordt.' Hij zweeg even, en er vormde zich een brok in zijn keel. 'Het spijt me, ik ben niet erg goed in...'

Sophie stak haar hand uit en legde die zacht tegen de zijkant van zijn gezicht. Toen boog ze zich naar voren en ze kuste hem teder op zijn wang. 'Wanneer kan ik je weer zien?'

Langdon wankelde even, verloren in haar ogen. 'Wanneer?' Hij vroeg zich af of ze enig idee had hoe vaak hij zich dat al had afgevraagd. 'Nou, volgende maand geef ik een lezing op een conferentie in Florence. Dan ben ik daar een week, zonder dat ik veel om handen heb.'

'Is dat een uitnodiging?'

'We zouden een luxeleventje hebben. Ze geven me een kamer in het Brunelleschi.'

Sophie glimlachte schalks. 'U durft, meneer Langdon.'

Hij kromp ineen toen hij besefte hoe het geklonken moest hebben. 'Ik bedoelde...'

'Ik wil niets liever dan je in Florence weerzien, Robert. Maar op één voorwaarde.' Haar toon werd serieus. 'Geen musea, geen kerken, geen graftombes, geen kunst, geen relikwieën.'

'In Florence? Een week lang? Er is daar niets anders te doen.'

Sophie boog zich naar voren en kuste hem opnieuw, deze keer op zijn mond. Hun lichamen raakten elkaar, eerst zachtjes, en toen helemaal. Toen ze zich terugtrok, waren haar ogen vol belofte.

'Goed,' wist Langdon uit te brengen. 'We hebben een afspraak.'

EPILOOG

Robert Langdon schrok wakker. Hij had gedroomd. Op de ochtendjas naast zijn bed was HOTEL RITZ PARIS geborduurd. Hij zag een flauw licht tussen de jaloezieën door schijnen. *Is het ochtend of avond?* vroeg hij zich af.

Hij had het lekker warm en voelde zich zeer behaaglijk. Hij had de afgelopen twee dagen voornamelijk geslapen. Terwijl hij langzaam ging zitten, besefte hij waarvan hij wakker was geworden: van een eigenaardige gedachte. Dagenlang had hij geprobeerd zijn weg te vinden door een berg informatie, maar nu merkte hij dat zijn aandacht gefixeerd was op iets waar hij niet eerder aan had gedacht.

Zou dat kunnen?

Hij bleef lange tijd roerloos zitten.

Toen kwam hij uit bed en liep naar de marmeren douchecabine. Hij stapte erin en liet de sterke straal zijn schouders masseren. De gedachte liet hem niet los.

Onmogelijk.

Twintig minuten later stapte Langdon het Ritz-hotel uit, de Place Vendôme op. Het begon donker te worden. De dagen van slaap hadden hem gedesoriënteerd, maar tegelijk voelde hij zich eigenaardig helder van geest. Hij had zichzelf beloofd dat hij in de foyer van het hotel een *café au lait* zou nemen om goed wakker te worden, maar in plaats daarvan droegen zijn benen hem meteen door de voordeur de Parijse nacht in.

Toen hij over de Rue des Petits Champs naar het oosten liep, werd zijn opwinding groter. Hij sloeg naar rechts de Rue de Richelieu in, waar de lucht zoet geurde door de bloeiende jasmijn in de statige tuin van het Palais Royal.

Hij bleef naar het zuiden lopen totdat hij zag wat hij zocht: de beroemde koninklijke galerij, met een glanzende vloer van gepolijst zwart marmer. Langdon liep verder door de galerij en speurde de grond onder zijn voeten af. Binnen een paar seconden vond hij wat hij wist dat er moest zijn: een aantal bronzen cirkels die in een volkomen rechte lijn waren ingebed in het marmer. Elke schijf had een diameter van twaalfenhalve centimeter en was voorzien van de letters N en S.

Nord. Sud.

Hij draaide zich recht naar het zuiden en volgde met zijn ogen het verlengde van de lijn tussen de schijven. Hij zette zich weer in beweging en volgde het spoor, waarbij hij naar de stoep bleef kijken. Toen hij langs de hoek van de Comédie Française kwam, passeerde hij opnieuw een bronzen schijf onder zijn voeten. *Ja!*

Langdon wist al jaren dat er in de straten van Parijs honderdvijfendertig van deze bronzen merktekens te vinden waren, ingebed in trottoirs, binnenplaatsen en straten, en dat ze een noord-zuidas door de stad vormden. Hij had die lijn eens gevolgd vanaf de Sacré-Coeur naar het zuiden de Seine over, helemaal naar het oude Observatoire. Daar had hij ontdekt wat de betekenis van de heilige route was.

De oorspronkelijke eerste lengtecirkel.

De eerste nulmeridiaan die er had bestaan.

De oude rose ligne *van Parijs.*

Nu haastte Langdon zich de Rue de Rivoli over en hij wist dat hij bijna bij zijn bestemming was.

Diep onder Roslin ligt de graal nu daar.

Hij kreeg de ene revelatie na de andere. Saunières oude spelling van Roslin... De kelk en de kling... Het graf omringd door oude meesters.

Is dat de reden dat Saunière me wilde spreken? Had ik zonder het te weten de waarheid geraden?

Hij zette een sukkeldrafje in en voelde hoe de *rose ligne* hem de weg wees en hem naar zijn bestemming trok. Toen hij de Passage Richelieu binnenging, een lange overdekte passage, kreeg hij kippenvel van verwachting. Hij wist dat aan het eind van deze passage het meest mysterieuze monument van Parijs stond, in de jaren tachtig van de vorige eeuw ontworpen en gebouwd in opdracht van de Sfinx zelf, François Mitterrand, een man over wie geruchten gingen dat hij zich in geheime kringen bewoog, een man wiens nalatenschap aan Parijs een plek was die Langdon nog maar een paar dagen eerder had bezocht.

In een ander leven.

Met een laatste uitbarsting van energie stormde Langdon de passage uit, de bekende binnenplaats op, en bleef staan. Buiten adem sloeg hij zijn ogen op, langzaam, ongelovig, naar de glinsterende constructie die voor hem stond.

De piramide van het Louvre.

Blinkend in het donker.

Hij bleef maar heel even staan om haar te bewonderen. Hij had meer belangstelling voor wat er rechts van hem was. Hij draaide zich om en merkte dat zijn voeten opnieuw het onzichtbare pad van de oude *rose ligne* volgden en hem over de binnenplaats naar de Carrousel du Louvre brachten, de enorme cirkel van gras met een keurig geknipte heg eromheen, waar eens, heel lang geleden, feesten werden gehouden ter aanbidding van de natuur, vreugdevolle riten ter ere van de vruchtbaarheid en de godin.

Toen Langdon over de heg stapte naar het grasveld daarbinnen, had hij het gevoel dat hij een andere wereld binnenging. Op deze gewijde grond was nu een van de opmerkelijkste monumenten van de stad te vinden. In het midden gaapte een soort afgrond van kristal, de gigantische omgekeerde glazen piramide die hij een paar avonden geleden had gezien, toen hij de ondergrondse entree van het Louvre binnen was gegaan.

La Pyramide Inversée.

Vol gespannen verwachting liep hij naar de rand en tuurde hij het uitgestrekte ondergrondse complex in, waar een amberkleurig licht scheen. Hij concentreerde zich niet alleen op de enorme omgekeerde piramide, maar ook op wat er recht onder was. Daar, op de vloer van de lager gelegen ruimte, stond een kleine constructie... een constructie die Langdon in zijn manuscript had genoemd. Langdon raakte doordrongen van een onvoorstelbare mogelijkheid. Hij sloeg zijn ogen op naar het Louvre en had het gevoel dat de reusachtige vleugels van het gebouw hem helemaal insloten... Gangen en zalen die uitpuilden van prachtige kunstwerken.

Da Vinci... Botticelli...

Omringd door oude meesters vindt zij rust.

Vol verwondering staarde hij opnieuw door het glas naar beneden, naar het kleine bouwsel onder hem.

Ik moet erheen!

Hij verliet het grasveldje en haastte zich over de binnenplaats terug naar de hoog oprijzende, piramidevormige ingang van het Louvre. De laatste bezoekers van de dag kwamen in kleine groepjes naar buiten.

Langdon ging de draaideur door en liep de gebogen trap af de piramide in. Hij voelde dat de lucht koeler werd. Toen hij beneden aankwam, liep hij de lange tunnel in die zich onder de binnenplaats van het Louvre uitstrekte, terug naar de Pyramide Inversée.

Aan het eind van de tunnel kwam hij in een grote ruimte terecht. Recht voor hem uit hing de omgekeerde piramide te glanzen; een adembenemende v-vorm van glas.

De kelk.

Langdons blik volgde de toelopende vorm naar beneden, naar de punt, die maar twee meter boven de vloer hing. Er recht onder stond het kleine bouwwerkje.

Een miniatuurpiramide. Slechts een meter hoog. Het enige in dit kolossale complex dat op kleine schaal was gebouwd.

Langdon besprak in zijn manuscript de grote kunstcollectie van het Louvre op het gebied van godinnenverering en noemde terloops deze bescheiden piramide. 'Het kleine bouwwerk steekt door de vloer omhoog als de top van een ijsberg, de spits van een enorm piramidevormig gewelf, dat er als een verborgen kamer onder ligt.'

In het zachte licht van het verlaten souterrain wezen de twee piramides naar elkaar; hun lichamen bevonden zich precies boven elkaar en hun punten raakten elkaar bijna.

De kelk boven. De kling beneden.

Waar kelk en kling steeds waken over haar.

Marie Chauvels woorden echoden door Langdons hoofd. *Op een dag zal het tot u doordringen.*

Hij stond onder de *rose ligne*, omringd door oude meesters. *Waar had Saunière beter de wacht kunnen houden dan hier?* Nu had hij eindelijk het gevoel dat hij de ware betekenis van het gedicht van de Grootmeester begreep. Hij sloeg zijn ogen op en keek door het glas omhoog naar een schitterende sterrenhemel.

Terwijl de sterrennacht haar teder kust.

Als het gefluister van geesten in het donker weerklonken er vergeten woorden. *De zoektocht naar de heilige graal is de zoektocht om voor het gebeente van Maria Magdalena te kunnen neerknielen. Een tocht om te kunnen bidden aan de voeten van de verstotene.*

In een plotselinge opwelling van eerbied liet Robert Langdon zich op zijn knieën zakken.

Even dacht hij een vrouwenstem te horen... die vanuit de diepte van de aarde eeuwenoude wijsheden tegen hem fluisterde.

WOORD VAN DANK

Allereerst mijn dank aan Jason Kaufman, mijn vriend en uitgever, omdat hij zo hard aan dit project heeft gewerkt en werkelijk begrijpt waar dit boek over gaat. En aan de niet te evenaren Heide Lange, onvermoeibaar ijveraarster voor *De Da Vinci Code*, *agent extraordinaire* en goede vriendin.

Mijn grote dankbaarheid gaat uit naar het fantastische team bij Doubleday, vanwege hun generositeit, vertrouwen en voortreffelijke hulp. Met name Bill Thomas en Steve Rubin bedankt, omdat ze van het begin af aan in het welslagen van dit boek hebben geloofd. Verder gaat mijn dank uit naar de kleine, maar trouwe schare van vroege fans van het boek, aangevoerd door Michael Palgon, Suzanne Herz, Janelle Moburg, Jackie Everly en Adrienne Sparks, naar de getalenteerde mensen van de afdeling verkoop van Doubleday en naar Michael Windsor voor het prachtige omslag.

Vanwege hun ruimhartige hulp bij de research voor het boek, wil ik bedanken: het Louvre, het Franse ministerie van cultuur, het Gutenberg-project, de Bibliothèque Nationale, de Bibliotheek van het Gnostisch Genootschap, de afdeling Studie- en Documentatiedienst Schilderijen van het Louvre, Catholic World News, het Royal Observatory Greenwich, de London Record Society, de Muniment Collection van Westminster Abbey, John Pike en de Federation of American Scientists, en de vijf leden van Opus Dei (drie actief, twee gewezen) die hebben verteld wat hun ervaringen met het Opus Dei zijn, zowel in positieve als in negatieve zin.

Verder gaat mijn dank uit naar de Water Street Bookstore omdat ze heel veel boeken hebben opgespoord die ik nodig had voor mijn research, naar mijn vader Richard Brown – wiskundeleraar en schrijver – voor zijn hulp bij de gulden snede en de Fibonacci-reeks, naar Stan Planton, Sylvie Baudeloque, Peter McGuigan, Francis McInerney, Margie Wachtel, Andre Vernet, Ken Kelleher van Anchorball Web Media, Cara Sottak, Karyn Popham, Esther Sung, Miriam Abramowitz, William Tunstall-Pedoe en Griffin Wooden Brown.

En ten slotte zou ik in het dankwoord van een boek dat zo zwaar op het heilig vrouwelijke leunt wel erg in gebreke blijven als ik de twee zeer bijzondere vrouwen niet noemde die mijn leven hebben beïnvloed. Ten eerste mijn moeder, Connie Brown, schrijfster, opvoedster, musicienne en rolmodel. En dan Blythe, mijn vrouw: kunsthistorica, schilderes, eerste redactrice en zonder twijfel de meest getalenteerde vrouw die ik ooit heb gekend.

Dan Brown
Het Bernini Mysterie

Professor Robert Langdon wordt naar CERN ontboden om een mysterieus symbool op de borst van een vermoorde wetenschapper te duiden. Langdon ziet een verband met de Illuminati... de machtigste terreurbeweging die de wereld ooit gekend heeft. Maar die bestaat allang niet meer. Of toch?

Dan onthullen de Illuminati dat er een tijdbom in het Vaticaan verstopt is. Hun timing is perfect: de kerkleiders zijn bijeen om een nieuwe Paus te kiezen en Rome wemelt van de pers. Om de bom te vinden doet men een beroep op Robert Langdon, wiens unieke kennis van de Illuminati tot het uiterste beproefd zal worden. Langdon onderneemt een race tegen de klok door een eeuwenoud Rome, langs verzegelde crypten, gevaarlijke catacomben en verlaten kerken.

Het Bernini Mysterie raast van verlichte rede via duistere mystiek naar een onvoorziene, schokkende ontknoping. Door dat alles heen loopt de oude strijd tussen religie en wetenschap.

'De boeiende karakters, de prachtige setting, het vernuftige plot, de historische anekdotes en een verrassende ontknoping maken *Het Bernini Mysterie* tot misschien wel de meest indrukwekkende thriller die ik de laatste jaren heb gelezen.'
WWW.CRIMEZONE.NL

'Een spannend en intrigerend leesavontuur.'
NRC HANDELSBLAD